KB250725

이성과 감성

이성과 감성

Sense and Sensibility

초판 1쇄 인쇄 2007년 3월 24일
초판 1쇄 발행 2007년 3월 30일

지은이 | 제인 오스튼 Jane Austen
옮긴이 | 김 현 숙
펴낸이 | 모 지 희

펴 낸 곳 | **부북스**
등록번호 | 2-4326호
주   소 | (100-835) 서울 중구 신당2동 432-1628
팩   스 | (02) 2253-6042
원고 출판 문의 | boobooks@naver.com

ISBN 978-89-957715-3-2 04840

값 9,800원

＊잘못된 책은 바꾸어 드립니다.

총판 | ㈜송인서적_전화: (02)491-2555, 팩스: (02)439-5088~90

이성과 감성

제인 오스튼 Jane Austen 지음
김 현 숙 옮김

부북스

이성과 감성

/ 목 / 차 /

인물 소개 · · · · · · · · · · · · · · · · · · · 7

제 1권 · 9
제 2권 · 157
제 3권 · 289

옮긴이 후기 · · · · · · · · · · · · · · · · · · 436
제인 오스튼의 생애 · · · · · · · · · · · · · · 439
『이성과 감성』 해설 · · · · · · · · · · · · · 444
제인 오스튼 연보 · · · · · · · · · · · · · · · 461

인물 소개

| 대시우드 집안 |

헨리 대시우드 아저씨의 영지인 놀런드 파크를 상속받는다. 첫 부인과의 사이에 아들 존을 두었고, 현재의 부인에게서 엘러너, 매리앤, 마거릿 세 딸을 두었다.

헨리 대시우드 부인 다정하고 이해를 따지지 않는 낭만적인 성격으로 딸들에게 헌신적으로 대하지만 어머니다운 분별이 다소 부족하다.

엘러너 대시우드 맏딸로 이해력이 뛰어나며 집안의 문제를 침착하고 분별 있게 처리하며 에드워드 페러스와 사랑하는 사이가 된다.

매리앤 대시우드 둘째 딸로 어머니처럼 낭만적이어서 자신의 감정에 충실한 반면 일반적으로 지켜야 할 예법 등을 무시한다. 윌러비와 정열적인 사랑에 빠진다.

존 대시우드 헨리 대시우드의 첫 번째 부인에게서 난 아들로 편협하고 이기적이다. 상당한 재산을 가지고 있지만 이복누이들에게 아무런 도움도 주지 않는다.

패니 대시우드 존의 부인으로 남편보다 더 이기적이고 탐욕스러우며 사교계의 예법만 따지는 속물적인 인물이다. 에드워드 페러스의 누이이다.

| 페러스 집안 |

페러스 부인 아들 에드워드가 사회에서 출세하기를 바라지만 에드워드가 그것을 만족시켜 주지 않기 때문에 아들의 경제적 독립을 도와주지 않는 옹졸하고 거만한 부인이다.

에드워드 페러스 사회적으로 출세하겠다는 야심보다는 행복한 가정을 꾸리겠다는 소박한 꿈을 가진 진실한 사람이나, 집안에서 인정을 받지 못하고 침울하고 소심하게 지낸다.

로버트 페러스 에드워드의 동생으로 형과는 정반대로 경망스럽고 속물적인 인물로 맵시만 부리며 자기애에 빠져 있는 인물이다.

| 미들튼 집안 |

존 미들튼 경 헨리 대시우드 부인의 친척으로 경제적으로 힘들어진 대시우드 가족에게 바튼 파크에 있는 코티지를 싼 가격에 제공하는 친절한 호인이다. 다른 사람에게 베푸는 것을 좋아하지만 분별이 별로 없다.

레이디 메리 미들튼 존 경과는 정반대로 예법만 아는 무미건조하고 냉정한 부인으로 집안 살림과 아이들 기르는 재미를 유일한 낙으로 삼고 있다.

| 기타 |

제닝스 부인 존 미들튼 경의 장모로 분별이 없고 주책스럽지만 마음씨는 착하며 대시우드 자매를 친절하게 돌봐준다.

샬럿 파머 제닝스 부인의 작은 딸인 샬럿은 언니인 레이디 미들튼과 정반대의 인물로 아무 것에나 웃고 좋아하며 분별이 없다. 심지어 자신을 무시하는 남편 파머 씨에 대해서도 재미있어한다.

브랜든 대령 존 경의 친구지만 존 경과는 달리 분별이 있고 이해심도 깊다. 매리앤을 사랑하게 되지만 매리앤이 윌러비를 사랑하기 때문에 갈등한다.

존 윌러비 외모가 출중하고 예법도 완벽한 청년이지만 방종한 성격으로 인해 많은 빚을 지고 있으며 결국 매리앤을 버리고 돈 많은 여자와 결혼한다.

＊이 번역본의 원전으로는 토니 태너 Tony Tanner가 소개문을 쓴 Jane Austen, *Sense and Sensibility*, (Penguin Books ,1967, rpt 1982)를 사용했다.
＊원전에 이탤릭체로 되어 있는 단어는 번역본에서 고딕체로 바꾸어 표기했디.
＊오스튼이 이 작품을 출판한 당시에는 삼 권으로 분할되어 출판되었으므로 각권의 표시를 장의 표시와 함께 수록했다.

제1권

1장

　대시우드 가문은 서식스 지방의 유서 깊은 집안이었다. 그들의 영지는 광대했으며 그 한 가운데 있는 놀런드 파크(시골 젠트리의 장원에 대한 호칭—역주)에 저택이 자리 잡고 있었다. 그 곳에서 그들은 여러 세대동안 점잖게 살아오면서 주변 지기들에게서 대체로 좋은 평판을 누렸다. 이 영지의 최근 소유주는 독신이었다. 그는 연로한 나이까지 살았고 누이가 오랫동안 친구 겸 안주인 노릇을 하고 있었다. 그러다 누이가 그보다 십 년 앞서 죽는 바람에 이 집에 큰 변화가 일어났다. 그는 누이의 빈자리를 메우기 위해 놀런드 영지의 법적 상속인이자 자신이 기꺼이 이 곳을 물려줄 사람으로 생각하고 있는 조카 헨리 대시우드 가족을 이 집으로 불러 들였다. 조카와 조카며느리, 조카의 아이들과 함께 살면서 이 노신사의 나날은 편안히 흘러갔다. 그들 모두에 대한 노인의 사랑은 점점 커졌다. 헨리 대시우드 부부는, 꼭 이익을 바라서라기보다는 선량한 마음에서, 노인이 원하는 것을 극진한 정성으로 보살펴서 노년에 받음직한 진정한 안식을 노인에게 주었으며 아이들의 밝은 태도는 그의 삶에 풍미를 보태었다.

　헨리 대시우드는 첫 번째 결혼에서 아들을 하나 두었고 지금의 부인에게서 세 딸을 두었다. 아들은 체통깨나 부리고 사는 젊은 이로, 상당한 액수에 달했던 자기 어머니의 재산 중 절반을 성년이 되어 양도받아 풍족하게 살고 있었다. 게다가 그 후 곧 결혼을 하면서 재산은 더 늘어났다. 따라서 그는 놀런드 영지를 꼭 상속받아야 할 필요가 누이들만큼 절실히 않다. 그에 비하면 누이들의 재산은 보잘것없을 터였다. 아버지가 영지를 상속받게 되면 딸들에게 돌아올 몫을 계산에 넣지 않을 경우에 말이다. 그들의 어머니는 가진 것이 없는 데다 아버지는 마음대로 처분할 수 있는 돈이 7,000파운드뿐이었기 때문이다. 전처의 재산 중 아버지가 맡고 있는 나머지 몫도 생존해 있는 동안만 이자를 받을 뿐 나중에 아들이 몽땅 물려받게 한정되어 있었다.

노신사가 죽었다. 유언장이 밝혀지자 대개의 다른 유언장이나 마찬가지로 기쁨과 실망을 동시에 일으켰다. 노인은 조카에게 영지를 물려주지 않는 불공평하고 감사할 줄 모르는 짓을 하지는 않았다. 단지 유산의 가치를 반은 망치는 거나 마찬가지의 조건으로 조카에게 물려 준 것이었다. 대시우드 씨는 유산이 자기나 아들보다는 아내와 딸들에게 도움이 되기를 원했다. 그러나 영지를 담보로 차용을 하거나 값 나가는 숲을 팔아서, 자기에게 정말 소중하고 또 재산이 꼭 필요한 이들을 위해 뭔가 할 수 있는 권한이 조금도 없게 되었다. 영지는 그의 아들과 네 살 박이 손자에게 전적으로 한정되어 있었던 것이다. 모든 것이 이 꼬마에게 이익이 되도록 묶여 있었다. 아이는 자기 부모와 함께 가끔씩 놀런드를 방문했을 때 두세 살 먹은 아이들에게 드물지 않은 그런 귀염성으로 노인의 사랑을 차지했던 것이다. 제대로 말이 되지도 않는 소리를 내고, 제 맘대로 하려고 고집을 부리며 꾀바른 장난을 치고 시끄럽게 떠들고 한 것이, 노인이 조카며느리와 그 딸들에게서 몇 년 동안이나 받았던 정성이라는 가치를 순식간에 뛰어 넘었던 것이다. 그러나 노인은 무정하게 굴 생각은 없었으므로 세 손녀딸에 대한 애정의 표시로 한 사람 당 1,000파운드씩을 남겼다.

처음에는 대시우드 씨의 실망감이 대단했다. 그러나 그의 성격은 밝고 낙관적이었다. 하기야 그가 앞으로 수년은 더 살 것이고, 검소하게 살면서, 이미 엄청난데다 곧 더 불릴 수도 있는 영지의 수입에서 상당한 돈을 모을 수 있을 것이라고 바란 것이 무리한 생각은 아니었을 것이다. 그러나 그렇게 꾸물거리면서 왔던 운세가 막상 열두 달을 넘게 지탱하지 못했다. 그는 얼마 안가 자기 아저씨를 뒤따랐다. 그래서 얼마 전에 받은 유산을 포함해서 10,000파운드가 미망인과 딸들에게 남은 전부였다.

대시우드 씨가 위독한 상태가 되자 곧 아들인 존 대시우드가 불려 왔다. 아버지는 위독한 순간에도 온 힘을 다해 간곡하게 계모와 이복누이들을 잘 돌봐주라고 아들에게 부탁했다.

존 대시우드 씨는 나머지 가족들에게 각별한 정이 있는 것은 아니었다. 그러나 그런 때에 그런 성격의 부탁을 받게 되자 마음이 움직여서, 그들을 편안하게 해주기 위해 자기 힘닿는 대로 어떤 일이건 하겠다고 약속했다. 아버지는 이런 약속을 받고 편안히 눈을 감았다. 그제야 존 대시우드 씨는 분별을 잃지 않으면서 그들에게 얼마나 해 줄 수 있는 지 생각할 여유가 생겼다.

그는 심성이 나쁜 젊은이는 아니었다. 다소 냉담하고 다소 이기적인 것을 심성이 나쁘다고 하지 않는다면 말이다. 대체로 평판은 좋은 편이었다. 일상적인 의무를 할 때는 적절히 처신을 했기 때문이다. 그가 좀 더 인정스러운 여자와 결혼했더라면 현재보다 훨씬 괜찮은 사람이 되었을 것이다. 심지어 인정스러운 사람이 되었을지도 모른다. 그는 아주 일찍 결혼했고 아내를 매우 좋아했기 때문이다. 그러나 존 대시우드 부인은 남편과 판에 박은 듯이 닮은 데다 더 편협하고 더 이기적이었다.

그는 아버지에게 약속 했을 때, 누이들에게 각각 1,000 파운드씩을 선물하여 재산을 불려 주어야겠다고 마음 먹었다. 그 때는 정말 그 정도는 할 수 있다고 생각했다. 현재의 수입에다, 어머니의 재산 중 나머지 반도 다 받았고, 일년에 4,000파운드가 더 들어올 거라는 예상을 하니 마음이 든든해져서 그 정도로 관대하게 베풀 여유는 있다고 생각했다.

'그래, 누이들에게 3,000파운드를 주자. 그 정도면 대범하게 많이 주는 거지. 그 정도면 편안히 잘 살 수 있을 거야. 3,000파운드라! 상당히 많은 돈이지만, 내가 별 무리 없이 낼 수 있지.'

그는 하루 종일 내내 그 문제를 생각했고 그 후로도 여러 날을 계속해서 생각을 했으며 결국 잘하는 일이라고 여겼다.

존 대시우드 부인은 시아버지의 장례식이 끝나자마자 시어머니에게 통고도 하지 않고, 아이와 식솔들을 데리고 이 곳, 놀런드 파크로 옮겨 왔다. 그녀가 올 권리가 있다는 것은 누구도 부정할 수 없었다. 이 집은 시아버지가 세상을 떠난 순간부터 남편 집이었으니까. 그러나 그렇기 때문에 그녀의 행동은 더 무례한 것이었다. 아무리 무던한 성격의 부인이라도 헨리 대시우드 부인과 비슷한 처지가 되었다면 몹시 불쾌했을 것이다. 더구나 **부인의** 마음은 예법에 아주 민감했으며 낭만적일 정도로 고결했으므로 그런 모욕은 누가 주고 누가 당하던 간에 혐오감을 일으키는 것이었다. 존 대시우드 부인은 그 전에도 시댁 식구들에게 좋은 인상을 주지 못했지만, 그나마 지금까지는, 그럴 상황이 생기면 다른 사람에 대해 얼마나 배려 없이 행동할 수 있는가를 보여 줄 기회가 없었을 뿐이다.

대시우드 부인은 이런 체모 없는 행동을 뼈저리게 느끼면서 며느리를 철저히 경멸했기 때문에, 며느리가 도착했을 때 영원히 이 집을 떠나 버리려고 했다. 그러나 처음에는, 그렇게 가 버리는 것이 예법에 맞는지 생각해 보라고 큰딸이 간절히 애원을 했고, 나중에는 세 딸을 워낙 사랑했기에, 딸들을 위해서 머물기로, 애들 오빠와 불화를 지지 않기로 결심 했다.

그렇게 적절한 충고를 한 큰딸 엘러너는 이해력이 뛰어났으며 침착한 판단력을 가지고 있었다. 그 점으로 인해 아직 열아홉 살밖에 되지 않았는 데도 어머니의 의논상대가 되었으며, 대개는 무모하게 나갈 수도 있었던 대시우드 부인의 열정을 모두에게 도움이 되는 방향으로 중화시킬 수 있었다. 그녀는 마음씨도 빼어났다. 성격은 다정했으며 감정은 열정적이었다. 그러나 그녀는 그것을 다스릴 줄 알았다. 그런 지혜를 어머니는 아직 배워야 했으며 동생들 중 하나는 결코 배우지 않겠다고 결심하고 있었다.

매리앤의 능력은 여러 면에서 엘러너와 비슷했다. 그녀는 분별도 있고 영리했다. 그러나 모든 점에서 열정적이었고, 슬플 때도 기쁠 때도 적당한 선이 없었다. 그녀는 관대하고 상냥했으며 재치도 있었으니, 신중하지 못하다는 점을 빼고는 다 좋았다. 매리앤과 어머니의 성격은 놀랄 만큼 똑 같았다.

엘러너는 동생의 과도한 감성을 걱정스럽게 여겼다. 그러나 대시우드 부인은 그것을 자랑스럽고 소중하게 여겼다. 부인과 매리앤은 이제 격렬한 고통을 겪으면서 서로를 부추기고 있었다. 그들은 처음에 자신들을 사로잡았던 고통을 스스로 원해서 되씹었고 찾아내었으며, 새록새록 새로운 것으로 만들어 내었다. 그들은 자신들의 불쌍한 처지를 연상시킬 생각은 모조리 다 해 보고 그런 처지를 더욱 부풀리면서 슬픔에 푹 빠져 있었고, 앞으로 절대 위로 받지 않겠다고 결심했다. 엘러너도 마찬가지로 몹시 괴로웠다. 그러면서도 그녀는 마음을 추스르려고 노력할 수 있었다. 그녀는 오빠와 의논을 했고, 올케가 도착했을 때 맞아 들이고 적절한 배려를 할 수 있었다. 그리고 어머니를 달래서 자기만큼의 노력을 하게 했으며 참아 내도록 격려 할 수 있었다.

막내인 마거릿은 마음씨 좋은 여자아이였다. 그러나 매리앤 만큼의 분별도 없으면서 언니의 낭만적인 면에 이미 흠뻑 빠져 버렸으므로, 열세 살인 그녀는 나이를 더 먹은 언니들과 겨룰만하지 못했다.

2장

존 대시우드 부인은 이제 놀런드의 안주인으로 자리 잡았다. 시어머니와 시누이들은 손님의 처지로 내려갔다. 며느리는 손님을 대하듯 담담하게 예의를 차리며 시댁식구들을 대했으며, 남편은 자신이나 아내, 아들 외의 다른 사람을 대할 때 하는 정도의 친절을 베풀기는 했다. 그는 놀런드를 집으로 생각하라고 간곡하게 청하기도 했다. 대시우드 부인으로서는 근처에 집을 구할 때까지 거기 남아있는 것 외에 다른 방책이 없었으므로 초대를 받아들였다.

즐거웠던 지난 날을 상기시키는 곳에서 계속 살게 된 것이 대시우드 부인의 정서와는 꼭 들어맞았다. 즐거웠던 시절에는 어떤 사람도 그녀보다 더 명랑할 수 없었으며, 행복 그 자체라고 할 수 있는 행복에 대한 쾌활한 기대감에 가득 차 있었다. 그러나 그녀는 슬플 때도 그와 똑 같이 환상의 나래를 타고 날아가는 바람에, 기쁨을 누그러뜨릴 수 없듯이 슬픔을 가라앉힐 수 없었다.

존 대시우드 부인은 남편이 누이들에게 해주려는 일을 수긍하지 않았다. 사랑하는 아들에게서 3,000파운드를 빼앗아 버리는 것은 그애를 끔찍할 정도로 헐벗게 만드는 것이라고 생각했다. 그녀는 남편에게 그 문제를 다시 생각해 보라고 종용했다. 어떻게 당신이 자기 자식에게서, 그것도 외아들에게서, 그런 큰 금액을 강탈할 생각을 할 수가 있나요? 피를 반만 같이 나눈 대시우드 자매가, 자기 생각에는 전혀 혈연이라고 할 수도 없는데, 무슨 권리로 당신의 관대함에 빌붙어 그렇게 많은 돈을 바랄 수 있단 말인가요. 배다른 자식들 사이에 애정이 없는 법이라는 건 잘 알려진 사실이에요. 그런데 왜 당신이 이복누이들에게 돈을 전부 다 줘버리고 자신과 불쌍한 작은 해리를 파멸시켜야 하는가요? 라는 얘기였다.

"나더러 미망인과 딸들을 잘 돌봐 달라는 것이 아버지의 마지막 부탁이셨소." 남편이 대답했다.

"아버님은 당신께서 무슨 말씀을 하는지도 모르셨을 거예요. 십중팔구는, 그 당시에 머리가 몽롱한 상태였을 거예요. 올바른 정신이셨다면 당신더러 자식의 재산을 반이나 빼앗으라는 부탁을 할 생각은 않으셨을 거예요."

"액수까지 정해서 말씀하신 건 아니라오, 패니. 단지, 그들을 도와주어 당신께서 하실 수 있는 것보다 그들의 처지를 더 편안하게 해 주라고 막연하게 청하셨소. 아마 전적으로 내게 맡기신 거나 마찬가지일거요. 내가 그들을 냉대할거라고 생각하지는 않으셨을 거요. 그러나 약속을 원하시는데 하지 않을 수 없었어요. 최소한 그 당시에는 그렇게 생각했어요. 그렇게 약속을 했으니 지켜야 되겠지요. 그들이 놀런드를 나가서 새 집에 정착할 때는 뭔가를 해야 될 거요."

"그럼 뭔가 하기는 **해야겠네요**. 그렇지만 그 뭔가가 꼭 3,000 파운드가 될 필요는 없겠지요. 생각해 보세요." 그녀가 말을 이었다. "돈이란 한 번 떨어져 나가면 절대 돌아오지 않는답니다. 아가씨들은 결혼을 할 테고, 그러면 돈은 영영 사라지지요. 만일 그 돈을 가엾은 우리 아들에게 되돌려 줄 수 있다면……"

"정말 그렇군." 남편이 아주 침통하게 말했다. "그로 인해 큰 차이가 생길 수도 있겠군. 그렇게 많은 돈이 없어져 버린 것을 해리가 섭섭해 할 때가 올지도 모르겠군. 예를 들어, 그 애가 식구가 많을 경우는 그 돈이 아주 요긴할 텐데."

"정말 그럴 거예요."

"그렇다면, 금액을 반으로 줄이는 게 모두를 위해 더 좋겠소. 각자에게 500파운드씩만 주어도 재산을 엄청나게 불려주는 게 될 거요."

"아! 굉장하다마다요. 세상에 어떤 오빠가 누이들에게 그 반만큼이나 하겠어요! **진짜** 누이라 하더라도 말이에요. 그리고 사실은 피를 반만 같이 나눴잖아요. 당신이 너무 마음씨가 좋아서 그래요!"

"인색하게 굴고 싶지 않아서 그래요." 그가 대답했다. "그런 경우에는 좀 적은 듯이 하는 것보다는 다소 많은 듯이 하는 게 나아요. 최소한, 누구도 내가 누이들을 위해 충분히 하지 않았다고 말하지 못할 거요. 심지어 누이들도 더 이상 기대할 수는 없겠지."

"**그들이** 얼마나 기대할 지는 아무도 모르지요." 부인이 대답했다. "그렇지만 그들의 기대치를 고려할 필요는 없어요. 문제는, 당신이 얼마나 할 여유가 있느냐 예요."

"물론이오……각기 500파운드 씩 줄 여유는 있을 것 같아요. 사실 내 돈을 보태 주지 않더라도 자기 어머니가 돌아가시면 3,000파운드 이상은 각자 가지게 될 테니, 젊은 여자로서는 상당히 괜찮은 재산이지."

"정말 그래요. 참, 그러고 보니 아가씨들이 돈이 더 필요하지 않을 거라는 생각도 드네요. 10,000파운드를 나누어 가질 수 있을 테니까요. 결혼을 하게 되면 잘 살 테고, 못하더라도 10,000 파운드의 이자를 받아 편안하게 같이 살 수 있을 거예요."

"그 말이 정말 맞군. 그러니까 전체적으로 볼 때, 누이들보다는 계모님께 살아 계신 동안 뭔가를 해 주는 게 훨씬 낫지 않을까 하는 생각이 드는구려. 말하자면 연금 식으로 드리는 거지요. 계모님뿐 아니라 누이들도 그게 좋다고 생각할거요. 일년에 100파운드면 아주 편안하게 살 수 있을 거요."

그의 아내는 남편의 계획에 동의하지 못하고 머뭇거리며 이렇게 말했다.

"확실히 한꺼번에 1,500파운드를 떼어주는 것보다는 그게 낫군요. 하지만 만일 시어머님이 십오 년을 산다면 우리는 완전히 낭패를 보게 되는 거예요."

"십오 년이라고! 여보 패니, 그 양반의 여생이 그 반도 되지 않을 거요."

"물론 그렇죠. 하지만 주위를 둘러보면, 연금을 받는 사람들은 늘 영원히 사는 것 같답니다. 게다가 시어머님은 튼튼하고 건강하며 채 사십도 안됐어요. 연금이란 매우 심각한 문제예요. 매년 거듭 거듭 돌아오고 끝낼 도리가 없어요. 당신은 그게 어떤 건지 모르고 있어요. 저는 연금이 골치 아프다는 것을 아주 잘 알고 있답니다. 친정아버지의 유언 때문에 늙어 퇴직한 하인 셋에게 연금을 주느라고 친정어머니가 시달렸거든요. 그 일이 얼마나 불쾌한지 어머니가 아시게 됐다니까요. 일년에 두 번 씩 연금을 지불해야 하고, 게다가 그들에게 가져다주는 수고도 해야지요. 그러다 그 중 하나가 죽었다는 얘기가 들리더니 나중에는 그런 일이 없다는 거예요. 어머니는 그 일을 지긋지긋해 하세요. 이머니 말씀은 그런 식으로 영원히 지급요구가 되어 있으면 자기 수입도 자기 것이 아니라는 거예요. 정말 아버지께서 잘못하신 처사였어요. 그렇지 않았더라면 어떤 제한도 받지 않고 전적으로 어머니 마음대로 그 돈을 처분할 수 있었을 테니까요. 그 때문에 저는 연금이라면 아주 지긋지긋해서 절대로 연금을 지불하는 일에 얽매이고 싶지 않아요."

"매년 그런 식으로 자기 수입에서 빠져나가는 돈이 있다는 건 정말 불쾌한 일이지." 대시우드 씨가 대답했다. "장모님께서 잘 말씀하셨듯이 자기 수입도 자기 몫이 아니게 되지요. 세를 받을 때마다 그런 금액을 규칙적으로 지불하도록 매여 있는 건 절대로 바람직하지 않아요. 그건 재량권을 빼앗는 거지."

"물론이에요. 게다가 그렇게 해서 고맙다는 인사를 받는 것도 아니랍니다. 그들은 보장을 받은 거고 당신은 해야 할 일을 하는 거니까 결국 고마움을 느끼지 않는 거죠. 제가 당신이라면 무얼 하든 전적으로 제 뜻대로 되게 할 거예요. 매년 무엇을 주는 식으로 스스로를 속박하는 일은 않겠어요. 언젠가 우리가 쓸 돈에서 100파운드나 심지어 50파운드라도 떼어내는 게 매우 힘들지도 몰라요."

"여보, 정말 당신 말이 옳구려. 이 경우에도 연금을 주지 않는 게 낫겠소. 그들에게도 무엇이든 틈틈이 주는 게 매년 지불하는 것보다 더 큰 도움이 될 거요. 수입이 더 많을 거라고 믿어 버리면 생활 규모를 키우기만 할 테고, 그러면 연말에 가서 한 푼어치라도 더 잘 살게 되지도 못할 테니까 말이요. 주지 않는 게 훨씬 더 나은 방법이겠소. 때때로 그들이 돈 때문에 괴로울 때 50파운드 정도의 선물을 하는 게 도움이 될 거요. 그러면 나도 아버지께한 약속을 충분히 지키는 게 되고."

"정말 그렇겠어요. 사실 솔직히 말하자면, 제 속마음은, 아버님께서 그들에게 돈을 주라는 뜻은 아니셨던 걸로 믿어요. 아버님이 생각하신 도움이라는 건, 감히 말하면, 당신에게 요구해도 될 만한 그런 것들이었을 거예요. 예를 들면, 그들이 살 작고 편안한 집을 찾아 준다거나, 물건을 옮기도록 도와주거나, 물고기나 고기류 등을 제 철마다 선물한다거나 하는 것 말이에요. 아버님이 그 이상을 바란 게 아니라는 데에 제 목을 걸겠어요. 정말이지, 만일 다른 것을 바라셨다면, 그거야말로 이상하고 사리에 맞지 않을 거예요. 여보, 대시우드 씨, 이 점을 분명히 생각해 보세요. 어머님과 아가씨들은 7,000파운드의 이자로 엄청나게 편안하게 살 수 있을 거예요. 게다가 아가씨들은 3,000파운드의 이자로 일년에 각기 50파운드씩 받게 되면, 물론 어머님에게 생활비를 주겠죠. 모두 합하면 일년에 500파운드는 될 텐데, 그러면, 세상에, 여자 네 명이 사는데 그 이상 뭐가 필요하겠어요? 그들은 돈 들 일이 별로 없이 살 텐데요 뭘. 집안 꾸리기는 거저나 마찬가지일거예요. 마차나 말이나 하인도 두지 않을 테죠. 손님도 없을 테죠. 돈이 들 일이 없잖아요! 얼마나 편안하게 살지 생각해 보세요. 일년에 500파운드라니! 정말이지 어떻게 그 돈의 절반이나 쓸 수 있을지 생각도 못하겠어요. 당신이 그들에게 더 주겠다니, 생각만 해도 터무니없어요. 차라리 그들이 **당신에게** 뭔가를 줄 형편이겠어요."

"정말 당신 말이 이모저모 옳소." 대시우드 씨가 말했다. "아버지께서 내게 부탁하실 때 분명히 당신이 말한 것 이상을 의미하시지는 않은 것 같소. 이제 그것을 분명히 알겠소. 당신이 이야기한 그런 식으로 친절하게 도움을 주면서 약속을 꼭 지키도록 하겠소. 계모님이 다른 집으로 이사하실 때, 내가 할 수 있는 한 기꺼이 그 분이 자리를 잡도록 돕겠소. 그때는 작은 살림살이 몇 점을 선물할 수도 있겠지."

"그럼요. 그렇지만 한 가지는 생각하셔야 해요." 존 대시우드 부인이 대답했다. "아버님과 어머님이 놀런드로 이사 오실 때 스탠힐에서 쓰던 가구는 팔았지만 도자기나 그릇, 리넨 등은 지금도 어머님이 송두리째 가지고 계시잖아요. 그러니 집을 마련하시면 살림살이를 거의 완벽하게 갖추게 되는 셈이죠."

"정말 중요한 지적이오. 아주 값진 유산이지. 게다가 어떤 그릇은 여기, 우리 집의 물건과 같이 두고 싶을 정도로 좋지."

"네, 조찬 도자기 세트는 집에 있는 것보다 두 배는 좋아요. 제 생각에는 그들이 살게 될 집에 비해 너무 좋은 것 같아요. 그러나 그게 사실인 걸요. 아버님은 그들만 생각하셨어요. 이건 꼭 말해야겠어요. 당신은 아버님께 특별히 감사할 것도, 그 분의 소망을 배려할 것도 없어요. 그 분은 할 수만 있었다면 이 세상에 있는 모든 것을 그들에게 남겼을 거라는 걸 잘 알고 있잖아요."

이것은 정곡을 찌른 말이었다. 이 말을 듣고 그의 의도는 전에 없이 단호해졌다. 그래서 그는 마침내 아버지의 미망인과 딸들에게 아내가 암시한 그런 류의 호의적인 행동보다 더 베푸는 것이, 아주 가당찮은 일은 아니겠지만, 절대적으로 불필요하다고 마음먹었다.

3장

대시우드 부인은 놀런드에서 몇 개월을 머물렀다. 속속들이 잘 알고 있는 집안의 구석구석을 볼 때마다 괴로운 감정이 솟구쳐

올랐으나, 그런 감정이 가라앉은 후에는 굳이 이사하는 것이 내키지 않은 것은 아니었다. 다시 기운이 살아나기 시작하고, 우울한 회상을 하며 고통을 키우는 일 말고도 다른 노력을 할 수 있는 마음 상태가 되자, 그녀는 떠나고 싶어 안달 했으며, 지칠 줄 모르고 놀런드 근처에 있는 적당한 주거지를 찾아보았다. 이 소중한 곳에서 아주 멀어진다는 것은 생각도 못했다. 그러나 편안하고 안락해야 한다는 그녀의 생각에도 딱 들어맞으면서, 어머니가 좋다고 해도 야무지게 판단 해보고는, 자신들의 수입에 비해 너무 크다면서 여러 저택을 거절한 큰딸의 신중한 생각에도 맞는 적절한 집을 찾을 수 없었다.

대시우드 부인은 의붓아들이 자신들을 돌보겠다는 엄숙한 약속을 했다는 얘기를 남편에게 들었다. 그 약속 덕분에 남편은 마지막으로 이승의 일을 생각하면서 안심했다. 남편이나 마찬가지로 그녀도 약속의 진실성을 의심하지 않았다. 자신의 입장에서는 7,000파운드보다 더 적은 돈으로도 얼마든지 잘 살 수 있다고 마음을 다 잡아 먹기는 했지만, 딸들을 생각하면 마음이 든든해졌다. 또 딸들의 오빠를 위해서도 기뻤던 것은, 그에 대해 좋은 감정을 가질 수 있게 되어서였다. 그래서, 그가 베풀 줄 모른다고 여기면서 전에 그의 좋은 면을 제대로 보지 못했던 자신을 책망하기도 했다. 자신과 누이들에 대해 신경을 쓰는 그의 행동을 보며 부인은, 그가 자신들의 행복을 염두에 두고 있다고 확신했으며, 대범하게 베풀어 줄 것이라고 한참동안은 굳게 믿고 있었다.

대시우드 부인이 며느리 되는 사람을 처음 알기 시작했을 때부터 느꼈던 경멸감은, 반년 간을 함께 살면서 성격을 더 알게 되자 더욱 커졌다. 부인 쪽에서 아무리 예절을 차리고 시어머니의 애정을 보일 생각을 했더라도, 함께 그만큼이라도 오래 산다는 것이 불가능하다는 것은 두 사람 다 잘 알았을 것이다. 그런데 대시우드 부인의 입장에서 딸들이 놀런드에 계속 거주하는 것이 훨씬 바람직한 특별한 상황이 있었던 것이다.

그 특별한 상황이란, 큰딸과 존 대시우드 부인의 남동생이며 신사답고 인정스러운 젊은이 사이의 교제가 점점 깊어진 것이었다. 젊은이는 누나가 놀런드에 정착한 직후에 그들에게 소개 되었으며 이후 여기서 대부분의 시간을 보냈다.

어떤 어머니는 이해득실을 따져 본 후 이런 교제를 장려했을 것이다. 에드워드 페러스는 많은 재산을 남기고 세상을 떠난 사람의 장남이었기 때문이다. 그리고 어떤 어머니는 신중하게 고려해 보고 이 교제를 막았을 것이다. 보잘 것 없는 돈을 제외하면 그가 받을 재산은 어머니의 유언에 따라 결정될 것이기 때문이다. 그러나 대시우드 부인은 어느 쪽 생각에도 영향을 받지 않았다. 부인에게는 그가 인정 많고 자기 딸을 좋아하며, 엘러너도 마찬가지로 그를 좋아하는 것으로 충분했다. 서로 성격이 비슷해서 어울리는 한 쌍이 재산 차이 때문에 헤어져야 한다는 것은 그녀의 원칙에 맞지 않는 것이었다. 또 엘러너를 알면서 미덕을 인정하지 않는 사람이 있다는 것은 어머니로서 생각도 할 수 없는 일이었다.

에드워드 페러스가 외모나 화술이 특별히 매력적이어서 호감을 얻게 된 것은 아니었다. 그는 미남도 아니었고, 태도는 친한 사람에게나 호감을 주는 편이었다. 그는 수줍어서 자신의 장점을 제대로 드러내지 못했다. 그러나 타고난 수줍음이 걷히는 경우 탁 트인 다정한 마음씨가 행동에서 엿보였다. 원래 뛰어난 이해력은 교육을 받아 더욱 탄탄하게 향상되어 있었다. 그러나 그는 능력과 성격이, 그가 뛰어난 사람이 되는 걸 보고 싶어 하는 어머니나 누나의 소망(어떤 방면으로 인지는 자기들도 잘 몰랐지만)에는 결코 맞지 않았다. 그들은 어떤 식으로든 그를 세상에서 이름난 사람으로 만들고 싶어 했다. 어머니는 그가 정치적인 문제에 관심을 가져서 의회로 나가거나 당대의 거물들과 친분을 맺는 것을 보고 싶어 했다. 존 대시우드 부인도 같은 것을 원했다. 그러나 그런 동안, 이런 최고의 축복이 이루어질 때까지는 그가 대형쌍두 사륜마차라도 모는 것을 보았다면 그녀의 야심이 다독거려졌을 것이다. 그러나 에드워드는 거물이나 쌍두 사륜마차 따위에는 관심이 없었다. 그의 소망은 가정적인 안락과 조용한 개인생활에 집중되어 있었다. 그에게 장래가 더 유망한 동생이 있는 것이 그나마 다행이었다.

대시우드 부인은 에드워드가 그 집에 머문 지 몇 주가 지나고 나서야 그를 유심히 보게 되었다. 당시 부인은 주변 상황에 무심할 수밖에 없을 정도로 고통스러웠기 때문이다. 그녀는 그가 조용하며 나서지 않는다는 것을 알았을 뿐이고 그 때문에 그를 좋아했다. 그는 불쑥 말을 걸어서 슬픔에 젖어 있는 부인에게 방해가 되는 일은 없었던 것이다. 그러다 어느 날 우연히, 엘러너가 그와 누나의 차이를 언급하는 말을 듣고 부인은 처음으로 그를 유심히 살펴보고 더 좋아하게 되었다. 그가 가장 마음에 든 점은 바로 누나와 다르다는 점이었다.

"그가 패니와 다르다고 말하는 것으로 충분하다. 그렇다면 매우 인정이 많다는 얘기지. 나는 벌써 그가 사랑스럽다." 부인이 말했다.

"그이를 좀 더 알게 되면 어머니도 좋아하실 거예요." 엘러너가 말했다.

"좋아할 거라고! 사랑보다 못한 감정은 느낄 수도 없단다." 어머니가 미소를 띠며 대답했다.

"그이를 존중하게 되실 거예요."

"존중과 사랑이 뭐가 다른지 모르겠구나."

대시우드 부인은 이제 에드워드와 친해지려고 노력했다. 부인의 다정한 태도 덕분에 곧 그의 수줍음이 사라졌다. 부인은 그의 모든 장점을 재빨리 알아챘는데, 아마 그가 엘러너에게 호감을 가지고 있다고 믿었기 때문에 더 잘 꿰뚫어 볼 수 있었을 것이다. 사실 부인은 그가 정말 괜찮은 사람이라고 믿었다. 심지어 젊은이의 언변은 이러저러해야 한다는 그녀의 고정관념에 비추어 보자면 불리하다고 볼 수 있는 조용한 태도조차도, 마음이 따뜻하고 성품이 다정하다는 것을 알게 되자 더 이상 시시하게 여길 수 없었다.

엘러너에 대한 그의 행동에서 사랑의 징후를 깨닫자마자 부인은 그들이 진지하게 사귄다는 것을 기정사실로 여기면서 결혼이 눈앞에 다가 왔다고 간주했다. 대시우드 부인이 말했다.

"매리앤, 몇 달만 있으며 엘러너가 정착하게 확실하구나. 그 애가 그리울 거야. 그렇지만 그 애는 행복할거야."

"어머나, 어머니, 언니가 없으면 우리는 어떡해요?"

"얘야, 아주 헤어지는 건 아닐 거야. 얼마 떨어지지 않은 곳에 살면서 매일 만나자꾸나. 너는 형부를, 정말 다정한 형부를 얻는 거야. 나는 에드워드의 마음이 이 세상에서 제일이라고 여긴단다. 그런데 우울해 보이는구나, 매리앤. 언니의 선택이 마음에 들지 않니?"

"아마 좀 의외라서 그런가 봐요" 매리앤이 대답했다. "에드워드는 아주 상냥하고, 저도 그이를 아끼고 좋아해요. 그렇지만…… 그이는 젊은 사람치고는…… 뭔가 좀 부족해요. 외모도 빼어난 건 아니구요. 언니를 정말 사랑할 남자에게 있을 거라고 기대했던 그런 매력이 없어요. 그이의 눈에는 덕성과 지성을 바로 보여주는 그런 기백, 그런 열정이 부족해요. 그 밖에도 어머니, 그이는 진짜 취향이 없는 것 같아요. 음악에도 매력을 느끼는 것 같지 않아요. 엘러너의 그림에 감탄하기는 하지만 그 가치를 이해하는 건 아니에요. 언니가 그림을 그릴 때 관심을 보이긴 하지만, 거기 대해서 아무 것도 모르는 게 분명해요. 감식가로서가 아니라 연인으로서 감탄 하는 거지요. 저는 그 둘이 결합되어 있어야 만족하겠어요. 모든 점에서 저와 취향이 일치하는 사람이 아닌 경우는 행복할 수 없어요. 그이는 저의 모든 감정에 공감해야 하고 같은 책, 같은 음악이 우리 둘 다를 매혹시켜야 해요. 글쎄, 어머니, 어젯밤에 에드워드가 낭송해줄 때 그 태도가 얼마나 생기 없고 단조로웠어요! 언니가 정말 안 됐더라구요. 그런데 언니는 너무나 침착하게 견디면서 그런 점을 깨닫지도 못하는 것 같았어요. 저는 자리를 지키고 있을 수가 없었어요. 종종 저를 열광하게 만드는 그런 아름다운 구절을 그렇게 둔감할 정도로 침착하게, 그렇게 끔찍스럽도록 무심하게 읽는 것을 듣자니!"

"소박하고 우아한 산문이라면 틀림없이 훨씬 잘 읽었을 텐데. 나는 그때 그렇게 생각했었는데, 네가 그이에게 쿠퍼(1731–1800, 영국의 시인으로 신고전주의 시대의 시와는 달리 자연의 아름다움을 노래했으며 낭만주의의 전조를 보여주고 있다–역주)의 시집을 주자고 **고집했지.**"

"아니, 어머니, 만일 그이가 쿠퍼로 생기를 얻을 수 없다면!…… 그렇지만 취향이 다른 것은 할 수 없지요. 엘러너가 나 같은 감정을 가진 것은 아니니까, 언니는 눈감아 주고 행복하게 살 거예요. 그렇지만, 만일 제가 그이를 사랑하는데, 그렇게 감정도 없이 읽는 것을 들었다면 제 가슴은 터져 버렸을 거예요. 어머니, 저는 세상에 대해 알면 알수록 정말 사랑하는 남자를 만날 수 없을 것 같아요. 저는 너무 많이 요구하거든요! 그이는 에드워드의 미덕을 다 가지고 있으면서도 아주 매력적인 외모와 태도로 그 미덕이 장식되어 있어야 해요."

"애야, 아직 열일곱 살도 안됐다는 걸 명심해. 그런 행복을 얻지 못할까봐 절망하기에는 너무 일러. 왜 네가 엄마보다 더 운이 없겠니? 단지 한 가지 상황에서만은, 매리앤, 너의 운명이 엄마와 다르기를 바라자꾸나!"

4장

"엘러너, 에드워드가 그림에 대한 취향이 없어서 정말 유감이야." 매리앤이 말했다.

"그림에 취향이 없다고?" 엘러너가 대답했다. "왜 그렇게 생각해? 사실 그이 자신이 그림을 그리지는 않지만, 다른 사람의 작품을 보는 건 아주 좋아한단다. 키울 기회를 갖지 못한 건 분명하지만, 타고난 소질이 부족하지는 않아. 만일 배울 기회가 있었더라면 굉장히 잘 그렸을 거야. 그이는 그런 문제에 대해 자신의 판단을 불신하기 때문에 그림에 대한 의견을 밝히는 걸 꺼리는 편이란다. 하지만 그이는 알맞고 소박한 취향을 타고 났고 대체로 정확해."

매리앤은 언니의 기분을 상하게 할까봐 그 문제에 대해 더 말하

지 않았다. 엘러너 말처럼 그가 다른 사람의 그림을 알아 볼 줄
안다 하더라도, 그의 태도는 매리앤이 생각하기에 취향이라고 할
수 있는 유일한 것인 열광적인 즐거움과는 거리가 멀었다. 그러
나 속으로 언니의 실수를 웃으면서도, 에드워드에 대한 맹목적인
호감 때문에 그런 실수를 하는 언니를 존경했다. 엘러너가 계속
해서 말했다.

"그이가 전반적으로 취향이 부족하다고 생각하지 않기 바래,
매리앤. 사실 네가 그렇게 생각하지는 않는 것 같애. 그이에 대한
네 행동이 아주 공손하니까 말이야. 만일 네가 아까 한 말대로 생
각하고 있다면 절대로 그이에게 공손하게 대하지 않을 걸."

매리앤은 뭐라고 말해야 좋을지 알 수 없었다. 그녀는 어떤 일
이 있어도 언니의 감정을 상하게 하고 싶지 않았다. 그렇지만 자
기가 믿지 않는 것을 말할 수도 없었다. 마침내 그녀는 대답했다.

"엘러너, 그이에 대한 내 칭찬이 언니의 판단과 모든 점에서 똑
같지는 않더라도 기분 나빠하지 마. 나는 그이의 마음이나 기호,
취향의 더 세세한 면모를 평가할 기회가 언니처럼 많지 않았어.
하지만 그이의 선량함이나 분별은 정말 높이 평가하고 있어. 정
말 그이가 훌륭하고 상냥한 사람이라고 생각해."

"그런 칭찬을 들으면 그이의 제일 친한 친구들도 불만스러워
하지 않을 거야. 네가 그보다 더 열성적으로 말하기도 어려울 거
야." 엘러너가 미소를 띠며 대답했다.

매리앤은 언니가 그렇게 쉽게 기뻐해서 안도했다. 엘러너가 계
속해서 말했다.

"그이의 분별과 선량함에 대해서는 터놓고 대화를 할 만큼 자
주 만나 본 사람들은 누구도 의심하지 않을 거야. 그이가 수줍어
날이 없을 때만 총명함이나 훌륭한 신조가 드러나지 않는 거야.

너는 그이를 잘 아니까 그이의 진정한 가치를 정당하게 평가할 수 있는 거지. 그러나 그이의 더 세세한 면모라고 네가 말한 부분에 대해서는, 특별한 상황 때문에 너는 나보다 잘 모르게 되었지. 네가 어머니 곁에서 슬픈 생각에 빠져 있을 때, 그이와 나는 때때로 많은 시간을 함께 지내게 되었단다. 나는 그이를 자주 보았고, 그이의 감정을 살피기도 했으며, 문학이나 취향이라는 주제를 두고 그이의 견해도 들었단다. 전체적으로 감히 말할 수 있는 건, 그이가 박식하고 책을 아주 좋아하며, 상상력은 활발하고 관찰력은 공정하고 정확하며, 취향은 세심하고 순수하다는 거야. 그이의 재능은 모든 점에서 사귀면 사귈수록 더 나아 보이는데, 태도나 인물도 마찬가지인 것 같애. 처음 볼 때는 분명히 태도가 빼어나지는 못해. 인물도 잘 생겼다고 할 수 없겠지. 그렇지만 유별나게 선량한 눈매와 상냥한 표정이 곧 드러난단다. 지금은 아주 잘 알다 보니 그이가 정말로 미남이라고 생각된단다. 아니, 최소한 미남에 가깝다고 여긴단다. 어떠니, 매리앤?"

"지금은 아니지만 나도 곧 그이를 미남이라고 생각할거야, 엘러너. 그이를 형부로서 사랑하라고 언니가 말할 때, 지금 그이의 마음에서 결점을 찾을 수 없듯이 얼굴에서도 결점을 못 보게 될 거야."

엘러너는 이런 선언을 듣고 놀랐으며 에드워드에 대한 얘기를 하면서 너무 열을 올린 것을 후회했다. 에드워드가 자신의 마음에 큰 자리를 차지하고 있다고 느끼고는 있었다. 또 그런 호감이 서로 통하고 있다고 믿었다. 그렇지만 두 사람의 사랑에 대한 매리앤의 확신에 자신도 동의할 수 있으려면 좀 더 확실할 필요가 있었다. 매리앤과 어머니는 한 순간 추측한 것을 다음 순간 믿어버렸다. 그들이 어떤 일을 막연히 바란다고 할 때는 강력하게 소망하는 것이며, 소망한다고 할 때는 벌써 그 일이 일어 날 것으로 예상한다는 것을 엘러너는 알고 있었다. 그녀는 동생에게 현재의 상황을 정확하게 설명하려고 했다.

"내가 그이를 매우 높이 평가한다는 것을 부정하지는 않겠어. 그이를 무척 존중하고 좋아하기는 해."

매리앤은 여기서 분을 이기지 못하고 터뜨렸다.

"그이를 존중한다고! 그이를 좋아한다고! 냉담한 엘러너! 세상에! 냉담한 것 보다 더 나빠! 사랑한다고 말하는 걸 부끄러워하다니. 한번만 더 그런 식으로 말하면 나는 당장 방에서 나가 버릴 거야."

엘러너는 웃지 않을 수 없었다. 그녀가 말했다.

"미안해. 내 감정을 그렇게 밋밋하게 말해 네 기분을 상하게 하려던 건 아니었는데. 내가 말로 표현한 것보다 더 강력한 감정이긴 해. 간단히 말해 내 감정은, 그이의 장점과, 나에 대해 그이가 호감을 품고 있으리라는 생각 때문에, 아니 무모하거나 어리석지는 않을 정도의 희망 때문에 생겨 날 수 있는 그 정도라고 생각하는 건 좋아. 그렇지만 그 이상으로 생각해선 안돼. 나에 대한 그이의 사랑을 확신하고 있지는 못해. 어느 정도인지 의심스러운 순간이 있어. 그래서 그이의 감정을 확실히 알 때까지는 있는 그대로보다 더 믿어 버리거나 말을 해서 나 자신의 좋아하는 감정을 키우고 싶지 않아. 그것을 네가 이해해야지. 마음속으로는 그이가 나를 좋아하고 있다는 것을 전혀, 아니 거의 의심하지 않아. 그렇지만 그이의 의향 말고도 생각할게 많아. 그이는 독립한 처지가 못 되잖아. 그이의 어머니가 어떤 분인지 우리는 모르고 있어. 그렇지만 그분의 행동이나 의견에 대해 때때로 쌔니가 말하는 것을 보면 상냥한 분 같지는 않잖아. 재산이 많지도 않고 가문이 높지도 않은 여자와 결혼하려면 엄청난 어려움이 있을 거라는 걸 에드워드가 모르고 있다고 여긴다면 내가 어리석은 거지."

매리앤은 어머니와 자신의 상상이 얼마나 진실을 앞지르고 있었는지 깨닫고 놀라서 말했다.

"그러면 정말로 그이와 약혼을 한 게 아니란 말이지! 하지만 머잖아 그렇게 될 거야. 그래도 늦어져서 좋은 게 두 가지는 있어. 나는 언니를 곧 잃지 않아도 되고, 에드워드는 언니가 제일 좋아하는 일에 대해 타고난 취향을 향상시킬 기회가 더 있을 테니까. 언니의 미래의 행복에는 그게 꼭 있어야 할 걸. 아! 그이가 언니의 재능에 자극을 받아 그림을 배우면 얼마나 좋을까!"

엘러너는 자신의 진짜 속내를 동생에게 털어놓은 것이었다. 그녀는 에드워드에 대한 사랑이 매리앤이 믿고 있듯이 그렇게 순조로운 상태라고 여길 수 없었다. 때로 그에게는 정열이 부족했다. 그 점은 그가 엘러너에게 관심이 없음을 드러내는 것은 아니었지만 그들의 사랑이 낙관적이지는 않다는 징조였다. 그녀가 자신을 좋아하는지에 대해 의문을 느끼고 있는 경우라면 불안감 이상을 느낄 필요는 없었을 것이다. 그 때문에 종종 그런 침울한 정신상태에 빠지는 일은 없었을 것이다. 자신의 애정을 마음껏 드러내지 못하는 좀 더 타당한 이유는 독립을 하지 못한 처지 때문인 것 같았다. 그녀가 알기로 그는 어머니의 행동 때문에 현재는 집이 편하다고 느끼지 못했다. 그렇다고 해서, 그를 대단한 사람으로 만들겠다는 어머니의 견해를 그대로 따르지 않은 채 새 가정을 꾸려도 좋다는 확답을 받은 것도 아니었다. 이런 것을 알고 있는 마당이므로 엘러너는 이 문제를 마음 편하게 여기기 힘들었다. 어머니와 동생은 여전히 확실하다고 믿고 있었지만 그녀는 자신에 대한 그의 호감이 어떤 결실을 맺을지 확신할 수 없었다. 아니, 함께 오래 있을수록 그의 호감이 어떤 성격인지 불확실해졌다. 때로 그것이 우정 이상은 아니라고 생각되는 고통스런 순간도 있었다.

그러나 이런 감정이 실제로 어떤 단계에 있든 간에 그의 누나에게 알려지자 심기를 불편하게 만들고, 동시에 (이런 일이 훨씬 더 흔한데) 무례하게 굴도록 만들기에 충분했다. 그녀는 재깍 그 문제에 대해 시어머니와 맞대놓고 말을 할 기회를 만들어서, 자기 동생이 유산을 엄청나게 상속받을 것이며, 페러스 부인은 두 아들 다 결혼을 잘 시키려고 마음먹고 있다는 것과, 그를 붙잡으려고 시도하는 아가씨들은 무모한 짓을 하는 것이라며 아예 대놓고 이야기를 해서 대시우드 부인은 무슨 말인지 모르는 체 할 수도, 침착한 척 노력할 수도 없었다. 부인은 경멸에 가득 찬 대답을 하고 즉각 그 방을 나왔고, 갑자기 이사하는 것이 아무리 불편하고 아무리 비용이 들더라도 사랑하는 엘러너가 그런 비열한 암시를 한 주일이라도 더 당하는 일은 없게 하겠다고 결심했다.

부인이 이런 기분에 빠져 있을 때 편지 한 통이 배달되었는데 특히 그 시점에 딱 들어맞는 제안이 들어 있었다. 그것은 데번셔에 사는 부인의 친척인 명망 있고 부유한 신사가 자기 소유인 작은 코티지(젠트리의 저택보다 규모가 좀 작은 단독 주택—역주)를 아주 좋은 조건으로 제안하는 것이었다. 편지는 신사 분이 몸소 쓴 것으로 편안한 거처를 제공하려는 참된 마음이 담겨 있었다. 신사는 부인이 거처를 구한다는 것을 알고 있었고 자신이 제공하는 집이 코티지에 불과하지만 마음에 맞으면 필요하다고 생각되는 모든 조처를 하겠다고 약속했다. 그는 집과 정원을 구체적으로 설명한 후, 딸들과 함께 자신의 저택인 바튼 파크로 오라고 성심껏 청했다. 두 집이 같은 교구 내에 있으니, 바튼 코티지가 손을 좀 보면 편하게 살만 하겠는지를 스스로 판단하라는 것이었다. 그는 정말로 그들을 오게 하고 싶은 것 같았고 편지는 너무나 친근한 투여서 친척으로서 대시우드 부인은 기쁘지 않을 수 없었다. 특히 더 가까운 인척의 냉정하고 몰인정한 행동을 당하고 난 직후라 더욱 더 그랬다. 생각하거나 물어볼 시간도 필요 없었다. 부인은 편지를 읽으면서 곧 결정 해버렸다. 바튼이 데번셔처럼 서식스에서 멀리 떨어진 고장에 있다는 것은 몇 시간 전만 하더라도 다른 이점을 전부 무시하게 할 충분한 반대조건이었겠지만 지금은 그 점이 가장 바람직한 것이었다. 놀런드의 주변에서 벗어나는 것이 이제는 못할 짓이 아니라 바라는 바가 되었으며, 비참하게 며느리의 손님 노릇을 계속하는 것과 비교할 때 축복이라 할 수 있었다. 또 그토록 정든 곳을 영원히 떠나는 것이, 그런 여자가 안주인인 이 곳에 살거나 방문하는 것보다 덜 괴로울 것이었다. 부인은 즉시, 친절에 감사하며 제안을 받아들인다는 편지를 존 미들튼 경에게 썼다. 그리고 답장을 보내기 전에 딸들의 동의를 얻으려고 두 통의 편지를 곧바로 보여주었다.

엘러너는 오빠네와 가까이 사는 것보다 놀런드에서 다소 먼 곳에 자리 잡는 것이 더 바람직하다는 생각을 늘 하고 있었기에 그 점에서는 데번셔로 옮기자는 어머니의 의도에 반대할 리 없었다. 또 존 경이 묘사한 집이 소박했고 집세도 드물게 저렴했으므로 어느 면에서나 반대할 여지가 없었다. 그러므로, 비록 마음을 확 끌어당기는 계획은 아니었고 자기가 바란 이상으로 놀런드의 근교에서 멀어지는 것이긴 했으나, 어머니가 제안을 수락하는 편지를 보내는 것을 막으려 하지 않았다.

5장

　대시우드 부인은 답장을 보낸 직후 의붓아들과 며느리에게 자신이 집을 구했으며 거기서 살 준비가 다 되면 더 이상 폐를 끼치지 않겠노라고 발표하는 기쁨을 누렸다. 그들은 부인의 말을 듣고 놀랐다. 존 대시우드 부인은 아무 말도 하지 않았다. 그러나 남편은 놀런드에서 너무 먼 곳에 자리 잡지는 마셨으면 한다는 소망을 정중하게 피력했다. 부인은 데번셔로 갈 것이라고 대답하면서 뿌듯한 만족감을 느꼈다. 에드워드는 이 말을 듣자 급히 돌아보면서 놀라고 걱정스런 목소리로 되물었는데 왜 그런지 그녀는 잘 알고 있었다.

　"데번셔라구요! 정말 거기로 가십니까? 여기서 그렇게 멀리 떨어진 곳으로! 거기 어느 지역입니까?"

　부인은 그 곳이 엑시터에서 북쪽으로 4마일 정도 되는 곳이라고 위치를 설명해주었다. 그리고 계속 말을 이었다.

　"그 곳은 코티지에 불과하지만 그래도 친지들을 맞을 수는 있을 거예요. 방 한두 개는 쉽게 증축할 수 있을 테니 친지들이 나를 만나러 그렇게 먼 곳까지 힘들게 여행 와서 묵을 곳이 없지는 않을 거예요."

　부인은 존 대시우드 부부에게도 바튼으로 놀러오라고 친절하게 초대하며 말을 맺었다. 에드워드에게는 훨씬 더 정이 촉촉히 묻어나게 초대 했다. 며느리와 지난번에 나눈 대화 때문에 놀런드에는 꼭 필요한 기간 이상 더 머물지 않겠다고 결심했지만, 그런 관계가 되게 한 주된 원인에 대해서는 영향을 받지 않았던 것이다. 에드워드와 엘러너를 헤어지게 하는 것은 결코 그녀의 뜻이 아니었다. 부인은 에드워드를 직접 초대해서 그런 결혼을 승인하지 않으려 한다는 존 대시우드 부인의 견해를 철저히 무시한다는 것을 보여 주고 싶었던 것이다.

존 대시우드 씨는 계모가 놀런드에서 그렇게 먼 곳에 살 곳을 정하는 바람에 살림 옮기는 일을 도와주지 못하게 되어 너무나 섭섭하다는 말을 되풀이했다. 그는 이 상황에서 정말 양심의 혼란을 느꼈다. 이런 식으로 일이 되어 버려서 아버지와의 약속을 실행하는 방법으로 생각해 둔 것을 실천할 수 없게 되었기 때문이다. 살림을 모두 배로 보낸 것이다. 살림으로는 침구용 리넨과 그릇들, 도자기, 책과 매리앤의 멋진 피아노 등이 있었다. 존 대시우드 부인은 그런 꾸러미들이 나가는 것을 보면서 한숨을 쉬었다. 시어머니의 수입은 자신의 수입과 비교해서 훨씬 보잘것없을 것인데 그런 멋진 살림살이를 가지고 있는 것을 고깝게 여기지 않을 수 없었던 것이다.

대시우드 부인은 열두 달간 집을 빌리기로 했다. 집에는 가구가 딸려 있어 곧바로 거주할 수 있었다. 서로 의견의 일치를 보는 데 어려움은 전혀 없었다. 서쪽으로 출발하기 전에 지체한 시간은 놀런드에서 가지고 있던 동산을 처분하고 식솔을 어느 정도로 할까 결정하는 동안뿐이었다. 부인은 좋아하는 일의 처리는 엄청나게 빨리 했으므로 그 일은 곧 정리가 되었다. 남편이 남겨 준 말들은 그가 죽은 후 곧 팔았고, 마차를 처분할 기회가 대두되자 역시 큰딸의 사려 깊은 충고에 따라 파는 것에 동의했다. 부인의 소망으로야 딸들을 편안하게 해주려고 마차를 가지고 있으려고 했다. 그러나 엘러너의 사리판단이 이겼다. 그녀의 지혜로 식솔도 놀런드에 정착할 때 빨리 자리잡게 도와준 하인 하나와 하녀 둘 등 모두 세 명으로 줄였다.

여주인이 도착할 때에 맞추어 집을 준비해 놓도록 하인과 하녀 한 명은 바로 데번셔로 보냈다. 대시우드 부인은 미들튼 부인을 전혀 모르는 상태였으므로 바튼 파크의 손님이 되기보다는 곧장 코티지로 가고 싶었다. 부인은 이사를 들어가기 전에 살펴보려는 호기심도 없을 정도로 존 경이 집에 대해 이야기해 준 것을 그대로 믿고 있었다. 놀런드에서 빨리 떠나고 싶은 부인의 마음이 달라지는 일도 없었다. 떠나는 게 확실해지자 며느리는 마지못해, 출발을 좀 늦추시는 게 어떠냐고 마음에도 없는 인사치레를 했을 뿐 다행으로 여긴다는 것을 감추려고 하지도 않았기 때문이다. 지금이 의붓아들이 아버지에게 한 약속을 구체적인 방식으로 이루어 줄 시기였다. 이 영지를 맡으면서 바로 하지 않았으므로 그들이 집을 떠나는 때가 그 일을 하기에 가장 적절한 시기일 것이다. 그러나 대시우드 부인은 곧 그런 희망을 죄다 포기하게 되었으며, 그가 말하는 것을 지켜보면서, 그의 도움이 육 개월 간 놀런드에서 묵게 해 준 것 이상으로 베풀어지지 않을 것을 확신하게 되었다. 그는 집안 유지에 돈이 점점 많이 든다거나, 중요한 위치에 있는 사람에게는 예상할 수 없을 만큼 끊임없이 재정적 요구가 생겨난다는 등의 이야기를 하도 자주 해서, 돈을 줄 계획을 하고 있다기보다는 더 많은 돈이 필요한 입장에 있는 것 같았다.

존 미들튼 경의 첫 번째 편지가 도착한 날에서 몇 주가 지나자 그들이 앞으로 살 집에 모든 준비가 되었으므로 대시우드 부인과 딸들은 여행을 시작할 수 있게 되었다.

그렇게 사랑했던 집에 마지막으로 작별인사를 하면서 엄청난 눈물이 쏟아졌다. 매리앤은 그 곳에 있는 마지막 날 밤에 혼자 집 앞을 거닐며 중얼거렸다.

"사랑하는 놀런드! 언제면 내가 너를 그리워하지 않을까! 언제면 다른 곳을 집으로 느끼게 될까! 아! 행복한 집아, 이 자리에서 너를 볼일은 다시 없을 지 모르는데, 여기서 너를 보면서 내가 지금 느끼는 고통을 너는 알겠니! 그리고 너, 정든 나무들아! 너희도 여전히 자라겠지. 우리가 간다고 해서 잎이 마르지도 않을 테고, 우리가 더 이상 너를 봐줄 수 없다고 해서 가지가 흔들리지 않을 리도 없지! 그래, 너희들은 계속 자랄 거야. 너희들이 일으킨 즐거움이나 회한도 모르고, 그 그늘 아래서 산책하던 이들에게 어떤 변화가 있는지도 모른 채! 그러나 누가 남아서 너희를 즐길까?"

6장

여행 초반부에는 다들 몹시 우울한 기분이어서 지겹고 불편할 뿐이었다. 그러나 여행의 끝이 가까워지자 자신들이 살게 될 마을의 경치에 흥미가 생겨서 침울한 기분이 사라졌고, 바튼 계곡에 들어서면서 경치를 보고 생기가 돌아왔다. 그 곳은 아름답고 풍요로운 땅으로 숲이 무성하고 목초지도 풍부했다. 계곡을 일 마일을 넘게 돌아가자 집에 도착하게 되었다. 앞쪽의 땅은 자그마한 초록 마당이 전부였으며 깔끔한 쪽문을 통해 집안으로 들어가게 되어 있었다.

바튼 코티지는 작기는 했지만 주택으로는 편안하고 짜임새가 있었다. 그러나 코티지라기에는 적합하지 않았다. 건물은 사각형이고 지붕도 타일로 덮여 있었으며 창의 덧문도 초록색이 아니었고 벽도 인동덩굴로 덮여 있지 않았기 때문이다. 비좁은 복도 끝은 바로 뒷 정원과 연결되어 있었다. 16제곱 피트 정도 되는 거실이 양쪽 입구에 각각 있었고 그 너머에 가사실과 계단이 있었다. 그 외에 네 개의 침실과 두 개의 다락방이 있었다. 지은 지 몇 년이 되지 않았고 수리도 잘 되어 있었다. 사실 놀런드와 비교하면이 곳은 정말 초라하고 작았다! 그러나 집에 들어 올 때 과거와 견주어 보면서 솟아올랐던 눈물은 곧 말라 버렸다. 그들이 도착하는 것을 보고 기뻐하는 하인들을 보자 기운이 솟았고 다들 서로를 위해 행복한 것처럼 보이려고 마음먹었던 것이다. 때는 9월초순이었다. 좋은 계절이었고 날씨도 좋은 유리한 상황에서 이곳을 처음 보았기 때문에 좋은 인상을 받았고 그 덕분에 나중까지 이곳을 좋아하게 되었다.

집의 위치도 좋았다. 높은 언덕들이 집 바로 뒤와 양옆으로 조금 떨어진 곳에 솟아 있었다. 언덕 가운데 탁 트인 구릉지도 있었고 조림이 잘되어 숲이 무성한 곳도 있었다. 이 언덕들 중 하나에 바튼 마을이 있었고 코티지의 창문으로 그곳의 멋진 전망이 보였다. 앞쪽의 경치는 훨씬 광대했는데, 계곡 전체와 그 너머에 있는 마을까지 보였다. 코티지를 둘러싼 언덕들이 그 방향으로 이어져 계곡을 끝맺고 있었다. 그중 가장 깊은 두 언덕 사이에서 다시 계곡이 뻗어 나와 다른 방향으로 나가면서 다른 이름을 얻고 있었다.

집의 크기와 가구에 대해 대시우드 부인은 대체로 만족했다. 비록 전에 살던 방식대로 하자면 가구를 많이 보태야 했지만, 그녀는 보태고 멋지게 고치는 것을 즐겼고, 이 무렵에는 방들을 우아하게 꾸밀 때 필요한 물건을 다 구입할 정도의 여유 돈이 있었기 때문이다. 부인이 말했다.

"분명 집 자체는 우리 가족이 살기에 너무 작구나. 그래도 올해는 고치기에 너무 늦은 것 같으니 당분간은 그럭저럭 편안하게 지내보자꾸나. 봄에 돈이 충분히 생기면 집을 고칠 생각을 해 보지 뭐. 거실은 자주 여기로 모여들 우리 손님들에 비해 둘 다 너무 작아. 그래서 거실 하나와 복도를 터고 다른 거실의 일부를 보태서 거실을 하나로 만들고, 조금 남은 부분으로는 입구를 만들 생각이야. 거기다 쉽게 새 거실을 하나 보탤 수 있을 테고, 새 침실 하나와 그 위에 다락을 올리게 되면 아주 아늑한 집이 될 거야. 계단이 멋있었으면 좋았을 텐데. 그러나 선부 다 바랄 수는 없지. 그래도 계단을 넓히는 게 어려운 문제는 아닐 거야. 봄이 되면 내가 분수에 넘친 생각을 한 건지 알게 될 거고, 그러면 그에 맞추어 고칠 것을 계획해야지 뭐."

그 동안, 평생 저축이라고는 해 본 일이 없는 여인이 일년에 500파운드의 수입으로 저금을 해서 이런 개조를 다 할 수 있을 때까지는, 그들은 있는 그대로의 집에서 만족할 만큼 현명했다. 각자는 책과 다른 소지품들을 주변에 자리를 찾아 놓는 등 개별적인 관심거리를 바쁘게 정리하면서 자기 집으로 만들려고 노력했다. 매리앤의 피아노는 포장을 풀어 적당한 곳에 놓았고 엘러너의 그림들은 거실의 벽에 붙였다.

이런 일들은 다음날 아침 식사 직후 집주인이 들르는 바람에 중단되었나. 집주인은 그들이 바튼에 온 것을 환영하면서 자기 집과 채원에 있는 것 중에서 이집에 아직 없을 만한 물품들을 제공하려고 살펴보러 온 것이었다. 존 미들튼 경은 마흔 정도의 선량해 보이는 신사였다. 그는 전에 스탠힐을 방문한 적이 있었지만 친척 아가씨들이 기억하기에는 너무 오래 전이었다. 그의 표정은 정말 호인다웠고 태도는 편지의 문투만큼이나 친근했다. 존경은 그들이 도착한 것이 진정으로 반가우며 그들이 편안하기를 진심으로 염려하는 것 같았다. 자기 가족과 격의 없는 관계를 유지하며 살기 바란다는 말을 누차 하면서, 집이 더 편안하게 느껴 질 때까지 매일 바튼 파크에서 정찬을 하자고 하도 성심껏 졸라서, 비록 그의 요청이 정중함을 넘어서 고집에 가까울 정도였지만 그들은 화를 낼 수 없었다. 그의 친절은 말에만 국한된 것이 아니었다. 그가 떠난 지 한 시간 후에 파크에서 밭 채소와 과일이 가득 든 큰 바구니가 오더니 날이 저물기 전에 사냥한 날고기 선물이 뒤따랐던 것이다. 더구나 그는 우체국에 오가면서 그들의 편지를 전달해 주겠다고 고집했고 아무리 사양해도 기어코 자신의 신문을 매일 그들에게 보내주겠다고 했다.

레이디 미들튼은 남편 편에 공손한 전갈을 보내어 자신의 방문이 폐가 되지 않는 게 확실해지면 곧 대시우드 부인에게 인사를 오겠다는 의사를 밝혔다. 이런 전갈에 그만큼 정중한 초대의 회답이 갔으므로 레이디는 다음날 그들에게 소개되었다.

물론 그들도 바튼에서 자신들이 즐겁게 지낼 수 있을지를 좌우하게 될 사람에 대해 무척 궁금했다. 우아한 외모는 그들이 바라던 바대로였다. 레이디 미들튼은 스물 예닐곱 이상으로 보이지 않았다. 얼굴은 잘 생겼고 키가 크고 자태도 빼어났으며 말씨도 우아했다. 그녀의 태도에는 남편에게 없는 우아함이 있었다. 그러나 남편의 솔직함과 따뜻함이 있었더라면 훨씬 나아 보였을 것이다. 방문해 있던 시간만으로도, 그녀가 완벽할 정도로 교양이 넘치지만 내성적이고 냉담하며 아주 상투적인 질문이나 화제 이외에는 스스로 말할게 없다는 것이 드러나서, 그들이 처음에 느꼈던 찬사를 되 물리기에 충분했다.

그러나 대화는 부족하지 않았는데 그 이유는, 존 경이 매우 말을 많이 했으며, 레이디 미들튼은 현명하게도 장남인 여섯 살 정도의 귀여운 사내아이를 데려오는 예방책을 강구했기 때문이다. 그 아이 덕에 숙녀들은 급한 경우에는 언제나 되돌아 갈 수 있는 한 가지 주제가 있는 셈이었다. 그들은 아이의 이름과 나이를 물었고 잘생겼다고 칭찬을 했으며 여러 가지 질문을 했다. 그러면 아이 어머니가 대신 대답을 했고 그동안 아이는 어머니에게 달라붙은 채 머리를 숙이고 있었다. 그러자 레이디 미들튼은 집에서 그렇게 시끄럽게 굴던 아이가 사람들 앞에서 이리 부끄러워하니 이상하다며 놀라는 것이었다. 공식적인 방문에서는 언제나 아이가 일행 중에 있어 대화거리가 되어야 한다. 이번 경우에 아이가 아버지를 닮았는지 혹은 어머니를 닮았는지, 또 어느 쪽을 어떤 특별한 점에서 닮았는지 결정하는 데에 십 여분이 걸렸다. 모두가 의견이 달랐고 모두가 다른 사람의 의견에는 매우 놀랐기 때문이다.

대시우드 가족이 나머지 아이들에 대해 논란을 벌일 기회가 곧 있을 예정이었다. 존 경은 다음날 파크에서 정찬을 들겠다는 약속을 받아 내기 전에는 집을 떠나려 하지 않았기 때문이다.

7장

바튼 파크는 코티지에서 반 마일 정도의 거리에 있었다. 대시우드 가의 숙녀들은 계곡을 따라 처음 이 곳에 들어 올 때 그 가까이를 지나쳤었다. 그러나 코티지에서는 산등성이에 막혀서 그곳이 보이지 않았다. 저택은 웅장하고 멋있었다. 미들튼 가는 후하게 대접하는 일과 우아하게 사는 일을 똑같은 비율로 하고 있었다. 전자는 존 경의 만족을 위해서였고 후자는 부인을 위한 것이었다. 집에는 몇 사람이라도 친구가 머물지 않는 일이 거의 없었으며 이웃한 어떤 집안보다 더 폭넓게 교제를 하고 있었다. 이것은 두 사람의 행복을 위해서는 필수적이었다. 그들은 기질이나 겉으로 보이는 행동에서는 엄청나게 달랐지만 재능이나 취미가 하나도 없다는 점에서는 서로 꼭 닮았고, 이로 인해 그들의 활동은 교제를 하면서 생겨나는 것 말고는 극히 좁은 범위 안에 한정되어 있었다. 존 경은 수렵가였고 레이디 미들튼은 어머니일 따름이었다. 그는 사냥을 다니며 총을 쏘았고 그녀는 아이들을 달랬는데 이런 것이 그들의 유일한 재주였다. 레이디 미들튼은 다행히도 일년 내내 아이들을 망칠 수 있는 이점이 있었지만 존 경의 독자적인 활동은 그 반 정도의 시간에만 가능했다. 그렇지만 집 안팎에서 끊임없이 약속을 만들어 본성과 교육의 부족으로 빚어진 것을 보충했고, 존 경의 활기를 지탱하며 그의 아내의 멋진 교양을 써먹을 기회로 삼았던 것이다.

레이디 미들튼은 식탁 차림이나 살림살이 처리를 우아하게 하는 것에 신경을 곤두세웠다. 그녀는 파티를 열 때마다 이런 허영에서 제일 큰 즐거움을 느꼈다. 그러나 존 경이야말로 교제를 통해 훨씬 더 실제적인 만족감을 누렸다. 그는 집에 들일 수 있는 숫자보다 더 많은 젊은이들을 즐겨 주변에 모았으며 그들이 시끄러울수록 더 좋아했다. 그는 이웃의 모든 젊은이들에게 고마운 존재였다. 여름에는 야외에서 차가운 햄과 닭고기를 먹는 모임을 계속 열었고, 겨울에는 만족할 줄 모르는 욕구를 지닌 열다섯 살의 아가씨만 아니라면 누구나 충분하다고 할 정도로 개인무도회를 많이 열었기 때문이다.

존경은 새로운 가족이 마을에 도착하는 것을 늘 기쁜 사건으로 여겼지만 특히 바튼의 코티지에 오게끔 자신이 주선한 가족에게는 모든 점에서 매료되었다. 대시우드 자매는 젊고 예쁘고 꾸밈이 없었다. 그의 호감을 끌기에는 그것으로 충분했다. 꾸밈이 없다는 것은 예쁜 여성이 용모 뿐 아니라 마음도 매혹적으로 만들려면 필요한 것이기 때문이다. 그는 정이 많은 성격이었기에 과거와 비교해 볼 때 불행해졌다고 여길 수 있는 상황에 처한 이들 가족에게 자신이 거처를 내준 것이 뿌듯했다. 친척에게 친절을 베풀면서 좋은 일을 했다는 진짜 만족감도 맛본 셈이었다. 또 코티지에 여성가족만 살게 하여 수렵가의 입장에서도 만족스러웠다. 수렵가란 자기와 같은 수렵가인 남성만을 존중하긴 하지만 그들을 자신의 영지 안에 거주하도록 허용하여 취미를 북돋아 줄 마음은 없기 때문이다.

존 경은 현관까지 나와 대시우드 부인과 딸들을 맞으면서 바튼 파크에 와준 것을 진심으로 환영했다. 거실로 안내하면서 전날과 마찬가지로, 아가씨들과 만나게 해줄 멋진 젊은이들을 데려올 수 없었다는 걱정을 되풀이했다. 아가씨들은 자신을 빼고는 신사 한 분만 보게 될 것이며, 신사는 파크에 머물고 있는 각별한 친구이지만 그리 젊지도 않고 활발하지도 않다는 것이었다. 또 모인 일행이 너무 적은 것을 이해해주기 바라면서 다시는 이런 일은 없을 거라고 확언했다. 손님 수를 좀 늘리려고 그날 아침 여러 집을 가보았으나, 실망스럽게도 모두 약속이 있었다는 것이다. 다행히도 조금 전에 레이디 미들턴의 어머니가 바튼에 도착했는데 매우 명랑하고 재미있는 부인이니까 아가씨들도 예상한 만큼 지겹지는 않기를 바란다는 것이었다. 대시우드 부인뿐 아니라 딸들도 일행 중에 낯선 이가 둘 뿐이라는 것에 정말로 만족하며 더 이상은 원치 않는다고 말했다.

　레이디 미들튼의 어머니인 제닝스 부인은 성격이 좋고 명랑하며 뚱뚱하고 나이든 여성으로 말이 무척 많았고 매우 즐거워 보였으며 다소 저속했다. 그녀는 농담을 많이 하고 웃음도 많았다. 식사가 끝나기도 전에 벌써 애인과 남편이라는 주제에 대해 재치 있는 이야기를 잔뜩 늘어놓았다. 또 그들이 마음을 서식스에 두고 오지 않았기 바란다고 말하고는, 실제로 그랬던 아니던 간에, 그들의 얼굴이 붉어졌다고 야단이었다. 그런 말을 들으면서 매리앤은 언니 때문에 당황해서, 언니가 이런 공격을 어떻게 견디나 하고 하도 열심히 쳐다보는 바람에 엘러너는 제닝스 부인의 평범한 농담에서보다 더 큰 고통을 받았다.

　존 경의 친구인 브랜든 대령은, 레이디 미들튼이 존 경의 아내이며 제닝스 부인이 레이디 미들튼의 어머니라는 것이 어울리지 않듯이, 태도로 볼 때 친구와 전혀 닮지 않았다. 그는 말수가 적고 근엄했다. 서른다섯을 넘겼으므로 매리앤과 마거릿이 보기에는 틀림없는 노총각이었지만 외모가 보기 싫은 것은 아니었다. 얼굴은 잘 생기지 못했지만 표정에는 분별이 나타나 있었고 말투는 특히 신사다웠다.

　일행 중에 대시우드 가족의 친구로 대접받을만한 사람은 없었지만 냉정하고 무미건조한 레이디 미들튼은 특히 거부감을 일으켰으므로 차라리 근엄한 브랜든 대령이나 심지어 떠들썩하게 웃는 존 경과 그 장모가 더 마음에 들 정도였다. 레이디 미들튼은 식사 후 네 아이들이 들어와 떠들썩하게 굴 때에야 재미를 느끼는 듯 했다. 아이들은 그녀를 잡아끌고 옷을 당기면서 자신들과 관련된 것을 제외한 대화는 죄다 끊어지게 했다.

저녁에는 매리앤이 음악에 재주가 있다는 것이 알려져 노래를 해달라는 요청을 받았다. 악기가 준비되었고 모두가 매료될 준비가 되었기에 노래를 썩 잘 부르는 매리앤은 신청에 따라 악보에서 대표적인 곡들을 골라서 불렀다. 악보는 레이디 미들튼이 결혼하면서 가져왔으나 아마 그 이후 피아노 위의 같은 장소에 계속 놓여 있었던 모양이었다. 이 부인은, 자기 어머니의 설명에 따르면 음악에 매우 소질이 있으며 자신의 설명에 따르면 음악을 매우 좋아한다면서도, 그것을 포기함으로써 결혼이라는 사건을 축하했던 것이다.

　매리앤의 연주와 노래는 많은 박수갈채를 받았다. 존 경은 노래하는 동안 내내 다른 사람과 큰 소리로 이야기를 나누고 있다가 노래가 끝날 때마다 크게 칭찬을 했다. 레이디 미들튼은 번번이 남편더러 조용히 좀 하라고 하면서, 어떻게 잠깐 동안이라도 음악에서 주의를 뗄 수 있는지 모르겠다며 특정한 곡을 지정해 매리앤에게 불러 달라고 요청했는데, 그 곡은 매리앤이 막 끝낸 노래였다. 일행 중에서 브랜든 대령만이 떠들썩하게 굴지 않고 노래를 들었다. 그는 주의 깊게 들어주는 경의를 표했던 것이다. 그 점으로 인해 매리앤은 안목이 부족한 것을 부끄러움도 없이 드러내는 다른 사람들에게는 당연히 느낄 수 없는 존경심을 그에게 품었다. 그가 음악을 즐기는 태도는 그녀의 기분에 맞는 유일한 것인 열광적인 기쁨에는 미치지 못하지만, 다른 사람들의 끔찍할 정도의 무감각과 대조할 때 존중할 만 했다. 서른다섯의 남자라면 폐부를 찌르는 듯한 느낌이나 격렬한 기쁨을 누리는 일은 이미 지난 상태일 것이라고 인정해 줄 정도의 분별은 매리앤도 가지고 있었다. 그녀는 지긋한 나이의 대령의 상황을 되는대로 다 참작해 줄 마음이었다.

8장

제닝스 부인은 미망인으로 상당한 유족 연금을 받고 있었다. 그녀는 딸만 둘이 있었는데 둘 다 결혼을 잘 시켰으므로 이제는 나머지 세상 사람들을 결혼시키는 일 외에 할 일이 없었다. 부인은 힘이 닿는 한 열심히 이 목적을 이루려고 했다. 또 아는 젊은이들 사이에서 결혼을 추진시킬 기회도 놓치지 않았다. 애정을 발견해 내는 데는 누구보다 빨랐으며, 아가씨들에게 그들이 어떤 청년을 사로잡았다는 암시를 해서 얼굴을 붉히게 하고 자만심을 키워주는 재미를 즐겼다. 바튼에 도착한 직후 부인은 이런 식별력으로 브랜든 대령이 매리앤 대시우드를 사랑하게 되었노라고 자신 있게 선언했다. 그들이 처음으로 함께 있었던 바로 그 날 저녁 매리앤이 노래를 하는 동안 대령이 그토록 주의 깊게 듣는 것을 보고 그렇게 생각 되었다는 것이다. 그리고 답례로 미들튼 가족이 코티지에서 정찬을 했을 때 다시 대령이 매리앤의 노래를 듣는 모습에서 그 사실은 확실해졌다는 것이다. 틀림이 없다. 자신은 절대 확신한다. 그는 부자고 그녀는 예쁘니까 아주 어울리는 한 쌍이 될 것이다. 제닝스 부인은 존 경과 인척이 되면서 브랜든 대령을 처음 알게 된 이후 줄곧 그가 결혼 잘 하기를 원했었다. 또 예쁜 처녀만 보면 좋은 남편을 얻어주고 싶어 늘 안달이었다.

제닝스 부인 자신이 직접 누리는 이득도 결코 적지 않았다. 그들 둘에 대해 끝없이 농담을 만들어 낼 수 있었기 때문이다. 파크에서는 대령을 놀렸고 코티지에서는 매리앤을 놀렸다. 대령은 자신만 언급된다면 그녀의 농담을 안중에 두시 않았다. 그러나 매리앤은 처음에는 알아채지 못하다가 농담의 대상을 깨닫고서 그 어이없는 말에 웃어야 할지 아니면 그 무례함을 나무라야 할지 기가 막힐 지경이었다. 매리앤이 볼 때 그것은 대령의 지긋한 나이나 노총각으로서의 외로운 처지를 전혀 고려하지 않은 말이었기 때문이다.

대시우드 부인은 자기보다 고작 다섯 살 아래인 남자를 딸이 젊은 생각에서 몰아붙이듯이 그렇게 늙었다고 여길 수 없었으므로, 제닝스 부인이 나이에 대해 조롱했을 가능성에 대해서는 해명을 해주려고 했다.

"하지만 어머니, 나쁜 마음에서 고의로 그런 것은 아니라고 생각하실지 몰라도, 최소한 그런 농담이 말도 안된다는 것을 부정할 수는 없을 거예요. 브랜든 대령이 제닝스 부인보다 젊기는 하지만, 제 아버지뻘 되는 나이예요. 설사 그분이 사랑에 빠질 정도로 활기찬 적이 있었다 하더라도 그런 감정은 오래 전에 다 지나간 상태일거예요. 말도 안돼요. 남자가 나이가 들고 노쇠해져도 이런 놀림을 당해야 한다면 언제쯤 되어야 그런 일을 당하지 않을까요?"

"노쇠하다고!" 엘러너가 말했다. "브랜든 대령이 노쇠하다고 하는 거니? 어머니와 달리 네가 그분의 나이를 엄청나게 많다고 여기는 게 이해는 돼. 그렇지만 그분이 자기 손 발을 쓴다는 사실을 모르지 않겠지!"

"그분이 류머티즘에 대해 불평하는 걸 언니도 들었잖아? 그게 노년에 가장 흔한 병 아냐?"

"맙소사, 애야. 그런 식이라면 너는 내가 죽을까봐 늘 겁내고 있겠구나. 내가 사십이라는 지긋한 나이까지 살아 온 것이 너한테는 기적 같겠구나." 그녀의 어머니가 웃으면서 말했다.

"어머니는 제 말을 엉뚱하게 받아들이세요. 그분을 잃을까봐 친구들이 걱정할 정도로 브랜든 대령이 늙지는 않았다는 건 저도 잘 알아요. 그분은 이십 년은 더 살 거예요. 그렇지만 서른다섯의 나이는 결혼과는 아무런 관계가 없어요."

"서른다섯과 열일곱 살이 서로 결혼 문제로 연관되지 않는 게 좋기는 할 거야. 그렇지만 만일 스물일곱된 독신 여자가 있다면 브랜든 대령이 서른다섯이라는 것이 결혼하는데 반대 조건이 되지는 않을 거야." 엘러너가 말했다.

"스물일곱의 여자가 새로 사랑을 느낀다거나 사랑을 불러일으킬 수는 절대 없을 거야." 매리앤이 잠시 있다가 말했다. "만일 집안이 편치 못하다든지 재산이 보잘 것 없다면 아내로서 얻을 수 있는 의식주와 안정감 때문에 간병인의 직무에 자신을 바칠 수도 있다고 생각해. 그분이 그런 여자와 결혼하는 것이 타당치 않을 것은 없지. 그건 편의를 위한 계약일 테고 세상도 용납할거야. 내 눈에 그건 결혼이 아니며 아무 것도 아닐 거야. 그건 서로가 서로를 이용해서 이익을 얻고자 하는 상업적 교환에 불과해."

"스물일곱 살의 여자가 서른다섯 살의 남자에게 사랑에 가까운 감정을 느낄 수 있고, 그이를 자신의 바람직한 반려자로 여길 수 있다고 너더러 믿으라는 건 불가능하겠지. 그렇지만 브랜든 대령이 어저께 (날씨도 춥고 매우 습했었지) 우연히 어깨 한 쪽에 류머티즘 통증이 약간 있다는 말을 했다고 해서 그분과 그분의 아내를 언제나 병실에 갇혀 있을 것으로 정해 버리는 건 반대해야 겠어." 엘러너가 대답했다.

"그렇지만 그분은 플란넬 조끼에 대한 얘기도 했다구. 나는 플란넬 조끼라는 말을 들으면 언제나 통증이나 경련, 류머티즘같이 노인이나 병약한 사람들이 걸리는 병이 연상되는 걸." 매리앤이 말했다.

"만약 그분이 열병에 걸렸다면 너는 그분을 그 반만큼도 경멸하지 않았을 거야. 매리앤, 너는 뺨에 열이 올라 있고 눈이 푹 꺼져 있으며 열 때문에 맥박이 빨리 뛰고 있으면 매력을 느끼지, 그렇지?"

이 말을 한 후 곧 엘러너가 방을 나가자 매리앤이 말했다.

"어머니, 아프다는 얘기가 나오자 제가 놀라는 거 보셨죠. 에드워드 페러스가 아픈 게 틀림없어요. 우리가 여기 온지 거의 보름이 되는데 그이가 오질 않잖아요. 정말 아프지 않다면 이렇게 특별히 늦어지지 않을 거예요. 놀런드에서 그이를 잡아 둘만한 일이 달리 뭐가 있겠어요?"

"그이가 그렇게 곧 올 거라고 생각했니?" 대시우드 부인이 말했다. "나는 아니다. 차라리 그 문제에 대해 불안했다면, 그이더러 바튼에 오라고 했을 때 초대를 받아들이면서 기꺼워하며 기뻐하는 모습이 없었다는 것이 생각날 때란다. 엘러너는 그이가 곧 올 거라고 기다리니?"

"언니에게 말을 해본 적은 없지만, 틀림없이 그렇겠죠."

"네가 잘못 알고 있는 것 같다. 어제, 손님방에 놓아 둘 난로를 새로 사자고 했더니 그 방은 얼마간 쓰지 않을 테니까 그렇게 서둘 필요가 없다고 하더구나."

"정말 이상해요! 도대체 어떻게 된 걸까요! 하기야 두 사람이 지금까지 서로를 대하는 행동도 제대로 이해가 안 돼요! 작별인사도 얼마나 냉정하고 침착했던지! 마지막으로 함께 지냈던 저녁에도 얼마나 대화가 무미건조했던지! 에드워드의 작별 인사도 저에게 하는 것이나 엘러너에게 하는 것이 별 차이가 없었어요. 둘 다에게 다정한 오빠가 행운을 빌어주는 것이었다니까요. 마지막 날 아침에도, 제가 일부러, 두 번이나, 둘 만을 남겨 두고 나왔는데 매번 그이가 까닭도 없이 저를 따라 방을 나오는 거예요. 엘러 너도 놀런드와 에드워드를 떠나면서 저만큼도 울지 않았어요. 지 금도 언니의 침착한 태도는 변함이 없어요. 언니가 침울해 하거 나 우울해 할 때가 있을까요? 언니도 사람들을 피하거나 사람들 속에서 불안해하고 불만을 느낄 때가 있을까요?"

9장

대시우드 가족은 이제 상당히 편안하게 바튼에 자리 잡았다. 집 과 정원과 더불어 주변의 모든 경치에도 익숙해졌으며 놀런드의 매력을 반은 차지했던 일상적인 일에도 다시 열중하게 되어 아버 지가 돌아가신 후의 놀런드에서보다 훨씬 즐겁게 지냈다. 존 미 들튼 경은 처음 보름 동안 매일 그들을 방문했는데 집안에 열중 할 일이 많을 것이라고 생각해 본 적이 없던 그는 그들에게 언제 나 할 일이 있다는 것에 놀라움을 숨길 수 없었다.

바튼 파크의 사람들을 빼고는 그들을 찾아오는 사람은 많지 않 았다. 존 경은 이웃과 더 자주 어울리라고 간곡히 청하면서 필요 할 때면 언제든지 자신의 마차를 쓰라고 누차 말했지만, 대시우 드 부인은 딸들을 위해 교제를 맺고 싶은 생각보다 신세를 지지 않겠다는 생각이 더 컸기 때문에 걸어 다닐 거리 너머에 있는 집 안을 방문하는 것은 단호하게 거절했다. 그런 조건에 들 수 있는 집안은 거의 없었고 또 해당이 되더라도 다 사귈 수 있는 것은 아 니었다. 초기에 딸들이 산책 하면서, 전에 묘사한 것처럼 바튼 계곡에서 갈라져 나온 앨런험의 좁고 구부러진 계곡을 따라 코티지에서 1.5 마일쯤 떨어진 곳에, 오래되고 훌륭해 보이는 저택이 있는 것을 발견했다. 이 곳은 놀런드를 연상시키기도 해서 그들의 상상을 북돋았고 더 잘 알고 싶은 마음이 들게 했다. 그러나 물어본 결과 그 곳의 소유주는 성품이 좋은 노부인이지만 불행히도 너무 노쇠해서 사람들과 사귈 수 없으며 집에서 나오는 법이 없다는 것을 알게 되었다.

주변에는 아름다운 산책로가 풍부했다. 아래쪽의 계곡이 흙탕이 되는 바람에 그 기막힌 아름다움을 즐길 수 없을 때면 기꺼이 대안으로 삼을 수 있는 곳이 높은 구릉지였다. 코티지의 거의 모든 창문에서 다 보이는 이곳은 그들에게, 어서 나와 꼭대기에서 신선한 공기를 즐겨 보라고 유혹했다. 어느 기억할만한 아침, 소나기가 올 듯 찌푸린 하늘에 잠깐 햇살이 비치자 매리앤과 마거릿은 마음이 설렌데, 지난 이틀 동안 끈질기게 내린 비 때문에 갇혀 있었으므로 더 이상 참을 수 없어 이 언덕 중 하나로 발걸음을 향했다. 비를 예고하는 구름은 언덕에서 곧 걷힐 것이며 계속해서 날씨가 좋을 것이라고 매리앤이 공언해도, 나머지 두 사람은 연필과 책에서 손을 놓을 만큼 날씨가 매혹적이라고 여기지 않았기에 아가씨 둘만 함께 출발했다.

그들은 푸른 하늘이 조금씩 더 보일 때마다 자신들의 통찰에 기뻐하며 즐겁게 구릉지를 올라갔다. 그리고 기분을 상쾌하게 하는 높은 남서풍 바람을 얼굴에 느끼면서 어머니와 엘러너가 겁이 많아 이런 즐거운 감정을 함께 하지 못한 것을 섭섭하게 여겼다. 매리앤이 말했다.

"세상에 이보다 더 행복할 수 있겠니? 마거릿, 여기서 적어도 두 시간은 산책 하자."

마거릿도 동의해서 그들은 바람을 거슬러 계속 걸어갔다. 약 이십 분 정도 더 즐겁게 웃으며 바람을 헤치고 나가는데 갑자기 구름이 머리 위로 모이더니 비가 휘몰아치면서 얼굴에 뿌렸다. 놀라고 속이 상했지만 할 수 없이 뒤돌아서야 했다. 집 말고는 더 가까운 피난처가 없었기 때문이다. 그러나 위급한 순간이기 때문에 무모하다고 야단 듣지 않으면서 재미를 볼 수 있는 것이 하나 남아 있었다. 그것은 정원 문으로 통하는 언덕의 가파른 등성이를 있는 대로 속도를 내어 달려가는 것이었다.

그들은 출발했다. 처음에는 매리앤이 앞섰으나 갑자기 발을 헛디뎌 쓰러졌고 마거릿은 돕고 싶어도 갑자기 멈출 수가 없어 할 수 없이 계속 달려가 아래쪽에 무사히 도착했다.

이런 사고가 일어났을 때 매리앤에게서 몇 야드 떨어진 곳에 한 신사가 소총을 든 채 포인터 사냥개 두 마리를 데리고 언덕을 오르고 있었다. 그는 총을 두고 달려와 그녀를 도왔다. 그녀는 땅에서 일어나려고 했으나 넘어지면서 발이 비틀린 바람에 설 수도 없었다. 신사는 도와주겠다고 제안하다가 그녀가 수줍어서 그 상황에서 꼭 필요한 것도 거절한다는 것을 깨닫고 더 이상 머뭇거리지 않고 그녀를 팔에 안고 언덕 아래로 내려갔다. 마거릿이 정원의 문을 열어 둔 상태였으므로 그는 곧장 정원을 지나 마거릿이 막 도착한 집안으로 들어갔으며 매리앤을 거실의 의자에 앉히고서야 붙잡은 손을 놓았다.

엘러너와 어머니는 그들이 들어오는 것에 놀라서 벌떡 일어섰다. 둘은 놀라서, 또 마음속으로 그의 외모에 찬탄을 금치 못하면서 그에게 시선을 못 박고 있었다. 그동안 그는 이렇게 불쑥 들어오게 된 경위에 대해 솔직하고 우아한 태도로 사과했으므로 드물게 잘생긴 외모는 목소리와 말투 덕분에 더욱 매력적으로 여겨졌다. 그가 나이가 들었고 못생기고 저속했다 하더라도 대시우드 부인은 분명 자기 딸을 보살펴 준 것에 대해 감사하면서 친절을 베풀었을 것이다. 그러나 그렇지 않아도 그녀를 감동시킨 그의 행동은 그가 젊고 잘생기고 우아했기 때문에 더욱 두드러져 보였다.

대시우드 부인은 거듭 그에게 고마워하면서 항상 몸에 배어 있는 정겨운 말투로 앉으라고 청했다. 그러나 그는 자신이 흙투성이고 온통 젖었다면서 이를 거절했다. 대시우드 부인은 고마운 분의 이름을 알고 싶다고 했다. 그는 자신의 이름이 윌러비고 현재 사는 곳은 앨런험이며 내일 대시우드 양의 안부를 물으러 방문하는 영예를 허락해 주시기 바란다고 했다. 그 영예는 당연히 허락되었고 그 다음 그는 엄청나게 쏟아지는 빗속으로 떠나갔기에 더욱 신비스럽게 여겨졌다.

남자답게 잘생긴 용모와 보통 이상으로 우아한 태도는 곧 바로 모두의 찬탄의 대상이 되었고, 그의 용감한 행동을 두고 매리앤을 놀릴 때도 외모가 매력적이다 보니 특히 활기가 넘쳤다. 매리앤 본인은 다른 사람보다 그의 인물을 자세히 보지 못했었다. 그가 자신을 안아 올린 것 때문에 얼굴이 붉어질 정도로 당황했기에 집안에 들어온 후에도 민망해서 제대로 살펴보지 못한 것이었다. 그러나 그녀가 칭찬할 때면 늘 그렇듯이, 열을 내어 다른 사람들의 찬사에 합세하기에는 그 정도 본 걸로도 충분했다. 그의 외모와 태도는 자기가 좋아하는 이야기의 주인공을 상상으로 그려 본 모습에 버금가는 것이고, 그렇게 격식에 얽매이지 않고 자신을 집으로 데려온 행동은 머리회전이 빠르다는 것을 나타내며, 그 점이 특히 마음에 든다는 것이었다. 그와 관계된 모든 상황이 관심을 일으켰다. 이름도 멋있고 사는 곳도 그들이 제일 좋아하는 지역에 있었다. 그녀는 곧 옷 중에서도 사냥복이 남자에게 가장 어울리는 옷이라고 생각하게 되었다. 그녀의 상상력이 바삐 움직였고 회상할수록 즐거웠으며 삔 발목의 아픔도 느끼지 못했다.

오전 중 다시 날이 개어 문 밖 출입을 할 수 있게 되자마자 존 경이 방문했다가 매리앤의 사고 이야기를 들으면서, 앨런험의 월러비라는 신사를 아느냐는 질문을 사방에서 한꺼번에 받았다.

"월러비라구요!" 존 경이 소리쳤다. "그래, 그 사람이 여기 왔었어요? 그거 멋진 소식인데. 내일 건너가서 목요일에 정찬을 들자고 해야겠군요."

"그럼, 그이를 아시는군요." 대시우드 부인이 말했다.

"아냐구요! 물론 압니다. 매년 여기로 내려오지요."

"어떤 젊은인가요?"

"세상에서 제일 괜찮은 친구지요. 총도 아주 잘 쏘는데다가 영국에서 그 사람보다 대담한 기수는 없을 겁니다."

매리앤이 화가 나서 소리쳤다.

"**그것밖에** 그 사람에 대해서 할 말이 없나요? 더 가까이 지내는 사람에게는 어떻게 대하나요? 그이의 취미는 무엇이며 재능이나 뛰어난 점은 무엇이에요?"

존 경은 다소 난처해했다.

"정말이지 **그런 점**에 대해서는 잘 모르겠군요. 그렇지만 그 사람은 유쾌한 호인이고, 내가 본 중에서 제일 멋진 검정색 암 포인터를 데리고 있지요. 오늘 그 개도 같이 있었소?"

그러나 존 경이 매리앤에게 월러비의 마음의 색조를 묘사해 줄 수 없었듯이 매리앤도 그에게 월러비 씨의 포인터가 무슨 색이었는지에 대해 만족스런 대답을 할 수가 없었다.

"그런데 그이는 어떤 사람인가요? 그이가 어디서 왔어요? 그이는 앨런험에 집이 있어요?" 엘러너가 물었다.

이런 점에 대해서는 존 경도 좀 더 확실한 정보를 줄 수 있었다. 윌러비 씨는 이 마을에 자기 몫의 재산이 있는 건 아니고, 단지 앨런험 코트에 사는 노부인을 방문하는 동안만 머물고 있을 따름이며, 그 부인과는 친척관계로서 재산을 물려받게 될 것이라는 것 등을 말해 주면서 다음과 같이 덧붙였다.

"그래요, 그 사람은 붙잡을 만 해요, 대시우드 양. 그 사람은 서미싯셔에도 자기 몫의 작은 영지가 있어요. 내가 당신이리면, 이렇게 언덕 아래로 굴러 떨어지는 일이 있었다 하더라도 동생에게 그 사람을 넘기지 않겠어요. 매리앤 양은 남자를 혼자서 다 차지하려고 해서는 안 돼지요. 아가씨가 조심하지 않으면 브랜든이 질투할겁니다."

"내 딸 중 누가 당신 말처럼 **붙잡으려고** 시도해서 윌러비 씨가 불편해지는 일은 없을 겁니다." 대시우드 부인이 사람 좋은 미소를 띠며 말했다. "내 딸들은 그런 일을 하라고 배우지 않았답니다. 남자들은 아무리 부자라도 우리와 있으면 안전합니다. 그렇지만 당신이 말씀하신 것을 들으니 그이가 믿을만한 젊은이이고 사귀어도 나쁘지 않을 사람이라서 기쁘군요."

"세상에서 제일 좋은 친구라니까요." 존 경이 되풀이해서 말했다. "생각해 보니, 지난 크리스마스 때 파크에서 열린 소 무도회에서 여덟 시에서 새벽 네 시까지 한번도 자리에 앉지 않은 채 춤을 추었군요."

"정말 그랬어요? 우아하고 활기도 있었나요?" 매리앤이 눈을 반짝이며 소리쳤다.

"그럼. 그리고는 잠복사냥에 나가려고 다시 아침 여덟 시에 일어났지요."

"그런 게 제가 좋아하는 거예요. 젊은이는 그래야 해요. 하는 일이 무엇이건 그 일에 열중하면서 적당히 해서는 안 되고 피로 감을 느껴서도 안 돼요."

"아하, 이제 어떻게 될지 알겠군." 존 경이 말했다. "어떻게 될지 알겠어. 이제 그 사람에게 눈웃음 치면서 가엾은 브랜든은 생각도 않겠군요."

"존 경, 그런 것이 제가 특히 싫어하는 표현이에요." 매리앤이 흥분해서 말했다. "재치를 부리려고 한 그런 진부한 구절은 혐오 스러워요. 그 중 '남자에게 눈웃음을 친다'거나 '정복을 했다'는 말이 가장 끔찍스러워요. 그 의미는 천박하고 상스러워요. 그런 표현을 만든 것을 기발하게 여길 수도 있지만 그 참신성도 세월 이 흘러 오래 전에 없어졌어요."

존 경은 이 비난을 제대로 이해하지 못했지만 마치 이해한 듯이 호쾌하게 웃고는 대답했다.

"글쎄, 내 단언컨대, 아가씨는 이 쪽이든 저 쪽이든 충분히 정복을 할 것이라니까. 가엾은 브랜든! 그 사람은 이미 마음을 빼앗 겼거든. 아무리 넘어지고 발목을 삐는 일이 생겼다 하더라도 그 사람은 아가씨가 눈웃음 칠 가치가 있는 사람이라오."

10장

마거릿이, 정확하다기 보다는 멋을 부려, 매리앤의 보호자라고

이름 붙인 윌러비는 다음날 아침 일찍 안부를 물으러 직접 코티지를 방문했다. 대시우드 부인은 존 경의 설명을 들은 데다 감사한 마음에 정중한 태도 이상의 친절을 베풀면서 그를 맞았다. 방문한 동안 그는 사고로 알게 된 이 가족의 분별과 우아함, 서로의 애정, 안락한 생활 등을 다방면에서 확신하게 되었다. 그들의 개별적인 매력을 알아채는 데는 두 번 볼 필요도 없었다.

대시우드 양(엘러너를 가리킴. 딸이 여럿 있을 때 장녀에게 '양'을 붙임-역주)은 우아한 안색에 이목구비가 반듯했으며 뛰어나게 예쁜 몸맵시를 가지고 있었다. 매리앤은 더 멋있었다. 몸매는 언니만큼 완벽하지 못했지만 키가 큰 이점이 있어 훨씬 두드러졌다. 얼굴은 너무나 사랑스러워서, 보통 유행하는 문구로 황홀한 여인이라고 부르더라도 흔히 그런 것처럼 진실을 심하게 왜곡한 것은 아니었다. 피부는 갈색 빛이 짙었지만 투명했기 때문에 안색이 유달리 환했고 이목구비가 뚜렷했으며, 미소는 사랑스럽고 매력적이었으며, 새까만 눈에는 즐겁게 바라보지 않을 수 없는 생명력, 활기, 열정이 넘쳐흐르고 있었다. 처음에는 그의 도움을 받은 것을 생각하고 당황해 있었으므로 이런 표정이 윌러비에게 띄지 않았다. 그러나 그 순간이 지나고 그녀의 활기가 되살아나자, 윌러비가 신사로서 완벽한 교양을 갖추고 있을 뿐 아니라 솔직하고 쾌활하기까지 한 것을 보고, 또 무엇보다도 그가 음악과 춤을 열정적으로 좋아한다고 공언하는 말을 듣고, 매리앤은 사람의 마음을 끄는 표정을 지으면서 그가 머무는 동안 그의 대화의 대부분이 자신을 향하게 이끌었다.

매리앤이 말하게 하려면 좋아하는 취미를 언급하기만 하면 됐다. 그녀는 그런 화제가 나오면 침묵할 수 없었으며 토론을 할 때도 수줍어하거나 머뭇거리지 않았다. 그들은 좋아하는 음악과 춤이 둘 다 같으며 그 이유는 춤과 음악에 관련된 모든 것에 대해 대체로 판단이 일치하기 때문이라는 것을 금새 발견했다. 이것에 자극 받아 그녀는 그의 견해를 더 알아보고 싶어 책을 주제로 질문을 시작했다. 자신이 좋아하는 작가들을 언급하며 무척 열광적으로 설명했으므로 스물다섯 된 젊은이라면 비록 이전에 무시했던 작품이라도 우수하다고 믿는 개종자로 바뀌지 않을 수 없었다. 그들의 기호는 놀랍도록 똑 같았다. 그들은 똑 같은 책, 똑같은 구절을 숭배하고 있었다. 혹시 차이점이 있거나 반대가 있더라도 그녀가 눈을 반짝이면서 힘차게 설득 하면 더 이상 지속되지 못했다. 그는 그녀의 모든 결정에 순종했고 그녀의 열정에 전염되었다. 그가 떠나기 훨씬 전부터 이미 그들은 오랫동안 사귀어온 친구처럼 친근하게 대화 하고 있었다.

그가 떠나고 나서 엘러너가 말했다.

"그런데 매리앤. 하루아침치고는 아주 잘했다고 생각해. 벌써 거의 모든 중요한 문제에서 윌러비 씨의 의견을 확인했으니까. 그이가 쿠퍼나 스코트(1771-1832, 스코틀랜드의 소설가로 낭만적인 역사소설로 유명하나 오스튼 당시에는 낭만 풍의 시인으로 더 유명했다-역주)에 대해 어떻게 생각하는지도 알았지. 당연히 그들이 쓴 작품의 아름다움을 높이 평가한다는 것도 확인했고, 포프(1688-1744, 18세기 신고전주의를 대표하는 최고의 시인이나 이성과 합리를 중시하므로 이후 낭만주의자들의 비판의 대상이 됨-역주)를 쓸데없이 찬미하지 않는다는 확신도 얻었지. 그렇지만 그렇게 빨리 대화의 주제를 다 써버리면 어떻게 교제를 오래 지속시키겠니? 좋아하는 화제는 곧 바닥 나 버릴 거야. 다음에 만나면 회화적 미나 재혼에 대한 그의 생각을 설명할 테고 그 다음에는 물어볼게 아무 것도 없을 거야."

"엘러너, 그렇게 말할 수 있어?" 매리앤이 소리쳤다. "너무하지 않아? 내 생각이 그렇게 보잘것없어 보여? 언니 말뜻을 알겠어. 내가 너무 편안하고 행복하며 솔직했다는 거지. 내가 예법이라는 그야말로 상투적인 개념을 거스른 거지. 내가 말도 않고 활기도 없이 지루하게 내숭을 떨면서 있어야 하는데 솔직하고 진지했다는 거지. 내가 날씨와 길에 대한 이야기만 하고 십 분에 한번 씩만 말했더라면 이런 비난이 쏟아지지는 않았겠지."

"애야, 엘러너 말에 기분 상하지 말거라. 언니는 단지 농담을 하는 거란다. 언니가 우리의 새 친구와 너의 대화의 즐거움을 방해하려는 마음을 먹을 줄이라도 안다면 내가 꾸짖을 거야." 어머니가 말하자 매리앤은 곧 누그러졌다.

윌러비 편에서는 교제를 더욱 진척시켜 나가려고 하면서 그들과 사귀는 것을 즐거워하고 있다는 것을 역력히 드러내었다. 그는 매일 왔다. 처음에는 매리앤의 안부를 묻는다는 구실이었지만 매일 더욱 친절하게 환대 받았으므로, 매리앤이 완전히 회복되어 그런 구실을 쓸 수 없게 되기 훨씬 전부터 구실을 댈 필요도 없어졌다. 매리앤은 며칠은 집에 갇혀 있어야 했지만 갇혀 있다는 것이 이렇게 넌더리나지 않은 적은 한 번도 없을 정도였다. 윌러비는 재능이 뛰어나고 상상력도 활발하며, 정신은 활기가 넘치고, 태도는 솔직하며 다정한 청년이었다. 그는 매리앤의 마음을 사로잡기에 꼭 알맞았다. 이 모든 것과 더불어 그는 매혹적인 외모뿐 아니라 타고난 열정적인 마음을 가지고 있었기 때문이다. 그의 열정은 이제 그녀를 본받아 일어나 더욱 커졌는데 다른 무엇보다도 바로 그런 점 때문에 그녀는 그에게 호감을 느끼고 있었다.

매리앤에게는 점점 그와의 교제가 참으로 소중한 즐거움이 되었다. 그들은 함께 책을 읽고 이야기를 나누고 노래를 했다. 그의 음악적 재능은 상당했으며 불행히도 에드워드에게는 없는 감수성과 기백으로 책을 읽었다.

대시우드 부인의 평가에서도 윌러비는 매리앤에게서나 마찬가지로 결점이 없는 존재였다. 엘러너는 그에게서 다른 것은 비난할 것이 없었지만 사람이나 상황을 배려하지 않은 채 어떤 경우에나 자기 생각만 많이 말하는 성향은 문제가 있다고 보았다. 그 점에서 그는 동생과 빼닮았고 그래서 특히 동생의 마음에 들었던 것이다. 그가 다른 사람에 대해 성급히 판단하여 말할 때, 자기 마음이 향한 사람에게서 한결같은 관심을 받고 싶어 주변 사람에게 정중하지 못할 때, 세상을 살면서 지켜야 할 예의범절이라는 형식을 너무 쉽게 무시할 때, 아무리 그와 매리앤이 옳다고 주장하더라도 엘러너로서는 그렇게 조심성이 없는 것을 못마땅하게 여기지 않을 수 없었다.

매리앤은 이제, 자신의 나이가 열여섯이 지났을 때, 완벽한 사랑에 대한 자신의 생각을 만족시켜줄 사람을 만날 수 없을 것이라며 절망감에 사로 잡혔던 것이 성급했고 터무니없었다는 것을 깨닫게 되었다. 윌러비는 그 불행한 시기에, 그리고 더 즐거웠던 시기에도, 자신을 사로잡을 수 있는 사람으로 상상하며 그려보았던 바로 그 사람이었다. 그가 외모나 재능으로 볼 때 그 사람이 되기에 딱 들어맞는 만큼이나 그 사람이 되고 싶어 한다는 것도 그의 행동에서 분명히 드러났다.

매리앤의 어머니는 그가 부유하다는 전망 때문에 마음속으로 그들의 결혼을 계산해 보는 일은 조금도 없었지만, 주말쯤에는 결혼을 당연한 것으로 기대하게 되었으며 에드워드와 윌러비 같은 사위 둘을 얻게 된 자신을 내심 축하했다.

브랜든 대령의 친구들은 매리앤에 대한 대령의 호감을 일찍부터 알아챘으면서도 엘러너가 처음으로 그것을 깨닫게 된 지금에 와서는 아무도 더 이상 관심을 보이지 않았다. 그들의 관심과 재치는 훨씬 운 좋은 경쟁자에게 향했다. 브랜든이 실제로 호감의 감정을 갖기도 전에 그를 두고 했던 농담들은, 막상 그런 조롱을 불러일으키게 마련인 사랑의 감정에 그가 진짜로 빠지게 되었을 무렵에는 오히려 없어져 버렸다. 엘러너는, 제닝스 부인이 재미를 보려고 브랜든에게 부여했던 그런 감정이 동생으로 인해 지금은 실제로 생겨났으며, 당사자들 사이의 성격이 대체로 비슷한 것이 윌러비 씨의 애정을 커지게 하기도 하겠지만 성격이 그만큼 대조적이라고 해서 브랜든 대령의 호감을 막는 것도 아니라는 것을 별 수 없이 믿을 수밖에 없었다. 엘러너는 걱정스럽게 그것을 지켜보았다. 서른다섯 살의 말 수 적은 남자가 활발한 스물다섯 살의 남자와 대립할 때 무엇을 바랄 수 있을 것인가? 그녀는 브랜든 대령의 성공을 기대조차 할 수 없었기에 그가 무심한 마음이 되기를 진심으로 바랐다. 그녀는 그가 좋았다. 그는 근엄하고 말이 없었지만 관심을 가질만한 대상으로 여겨졌다. 그의 태도는 비록 심각하기는 했으나 온화했으며 말수가 적은 것도 타고난 어두운 기질 탓이기보다는 어떤 정신적인 고통을 겪은 탓인 것 같았다. 그의 과거의 상처에 대해 존 경이 암시를 해주어 그가 불행한 사람이라는 믿음이 확인되었으므로 그녀는 그를 존경과 연민의 마음으로 바라보았다.

아마도 윌러비나 매리앤이 대령을 경시했기 때문에 엘러너는 더욱 그를 동정하고 존중했을 것이다. 그들은 대령이 활발하지도 젊지도 않다는 것에 편견을 갖고 그의 장점을 낮추어 보려고 작정한 것 같았다. 어느 날 그들이 브랜든에 대해 말하고 있을 때 윌러비가 말했다.

"브랜든은 누구나 좋게는 말하지만 신경을 쓰지는 않고, 만나면 누구나 기뻐하지만 이야기를 걸 생각은 들지 않는 그런 사람이지요."

"정말 내 생각과 똑 같군요." 매리앤이 소리쳤다.

"그렇게 함부로 말하지 마세요." 엘러너가 말했다. "두 사람 다 부당하니까요. 그분은 파크의 가족 모두에게서 매우 존경받고 있어요. 나만해도 그분을 볼 때마다 대화해 보려고 하는 걸요."

"당신이 그 사람을 후원한다면 그건 분명 도움이 되겠군요." 윌러비가 대답했다. "그렇지만 나머지 사람들의 존경은 그 자체가 모욕이나 마찬가지지요. 레이디 미들튼이나 제닝스 부인 같은 여성에게서 칭찬을 들으면 오히려 다른 사람의 외면을 받을 뿐인데, 누가 그런 모욕을 견뎌내겠습니까?"

"그러나 당신이나 매리앤의 비난은 레이디 미들튼이나 제닝스 부인의 호감과 상쇄되겠군요. 그들의 칭찬이 비난이나 마찬가지라면 당신의 비난은 칭찬이라고 볼 수 있어요. 그들이 분별력이 없는 만큼이나 당신은 편견에 사로잡혀있고 부당하니까요."

"피보호자를 방어하실 때는 대담해지시는군요."

"제 피보호자는, 당신이 이름을 붙여 주셨으니 말인데요, 분별 있는 분이에요. 그리고 분별은 늘 제 마음을 끈답니다. 그래, 매리앤, 심지어 서른과 마흔 사이의 남성이라도 말이야. 그분은 세상을 잘 알고 있으며 해외도 나갔었고 책도 많이 읽었으며 생각도 깊어. 그분은 다양한 주제에 대해 많은 것을 깨우쳐 줄 수 있어. 또 내가 질문을 하면 언제나 교양 있고 친절하게 기꺼이 대답해 주셨어."

"말하자면 동인도의 기후는 덥고 보기가 끔찍하다는 얘기를 해 주었겠군." 매리앤이 경멸하듯이 소리쳤다.

"내가 그런 질문을 했다면 그런 말을 해 주었겠지. 그렇지만 그런 것은 내가 이미 알고 있던 문제란다."

"아마도 그 사람의 지식은 나봅(인도 태수-역주), 골드 모르(인도 금화-역주), 팔라퀸(인도 가마-역주)이 있다는 데까지 뻗어 있겠지요." 윌러비가 말했다.

"그분의 지식이 당신의 솔직성보다는 훨씬 멀리까지 뻗어 있다고 말하고 싶군요. 그런데 왜 당신은 그분을 싫어하세요?"

"저는 그를 싫어하지 않습니다. 반대로, 아주 점잖은 분으로, 누구에게서나 좋은 말을 듣지만 누구의 관심도 받지 못하는 사람이며, 쓸 수 있는 것보다 더 많은 돈이 있고, 어떻게 보내야 할지 모르는 시간이 잔뜩 있으며, 매년 새 외투를 두 벌이나 사는 사람으로 여기고 있지요."

"거기다 보태자면 그이는 재능도, 취향도, 기백도 없어요. 반짝이는 총기도 없고 열정적인 감정도 없으며 목소리도 밋밋해요." 매리앤이 큰소리로 말했다.

"너는 그분의 결점을 상상력의 힘으로 뭉뚱그려 아예 단정지어 버렸기 때문에 내가 그분에 대해 할 수 있는 칭찬은 상대적으로 냉담하고 싱겁게 들릴 거야. 내가 말할 수 있는 것은, 그분이 분별이 있으며 좋은 교육을 받았고 아는 것도 많으며 말투가 점잖고 상냥한 마음을 가진 분이라는 거야." 엘러너가 대답했다.

"대시우느 양, 당신은 지금 제게 불친절하게 구십니다." 윌러비가 소리쳤다. "이성으로 저를 항복시켜 제 의지에 어긋나는 걸 믿게 하려고 노력하세요. 그렇지만 그렇게 되지 않을 겁니다. 당신이 교묘한 만큼 저도 고집이 세다는 걸 아실 겁니다. 제가 브랜든 대령을 싫어하는 결정적인 이유가 세 가지 있어요. 제가 날씨가 좋기를 바랐을 때 그가 비가 올 징후를 들먹였고, 제 쌍두 이륜마차의 걸쇠에 흠을 잡았으며, 제 갈색 암말을 사게 할 수 없더라고요. 그 외에는 그의 성격에 비난할 점이 없다고 생각한다는 말을 들어야 흡족하신다면 기꺼이 그렇게 고백해드리죠. 그리고 제가 고통스럽게 이런 인정을 했으니 그 대가로 당신도 제가 언제까지나 그를 싫어할 특권을 부정할 수 없습니다."

11장

데번셔로 처음 왔을 때 대시우드 부인이나 딸들은 이 곳에 온지 얼마 되지도 않아 시간을 뺏는 약속이 이렇게 많이 생길지, 이렇게 자주 초대를 받고 방문객도 끊이지 않아 일다운 일에 몰두할 여가가 거의 없을 정도가 되리라고 상상도 못했었다. 그러나 그런 상황이었다. 매리앤이 회복되자 존 경이 벌써부터 계획하고 있던 실내외의 여흥이 실행에 옮겨졌다. 그때부터 파크에서 소규모 무도회도 시작되었다. 소나기 잘 오는 시월 날씨가 허용하는 한 자주 물놀이도 이루어졌다. 이런 모든 종류의 모임에 윌러비가 꼭 끼어 있었다. 이런 모임은 자연히 편안하고 허물없기 마련이므로 그가 대시우드 가족과 점점 친근한 교제를 쌓기에 안성맞춤이었고, 매리앤의 뛰어난 점을 눈으로 보고 열정적인 찬사를 드러내며, 자신을 대하는 그녀의 행동에서 분명히 드러나는 호감을 확인하는 기회가 되기에도 알맞았다.

엘러너는 그들이 서로 사랑한다는 것에 놀라지 않았다. 단지 그런 감정을 좀 공공연하게 드러내지 말았으면 하고 바랐고, 한두 번은, 적당한 자제가 필요하지 않겠냐고 매리앤에게 암시하기도 했다. 그러나 매리앤은 진짜로 수치스러운 경우에만 솔직하지 못한 법이라고 여기고 있었으므로 숨긴다는 것은 뭐든지 혐오했다. 그 자체로 칭찬 못할 것도 아닌 감정을 억제하려고 하는 것은 불필요한 노력일 뿐 아니라, 평범하고 잘못된 생각에 수치스럽게도 이성이 종속되는 것으로 여겼다. 윌러비도 같은 생각이었다. 그래서 그들은 언제나 생각나는 대로 행동했다.

매리앤은 윌러비가 있을 때 다른 사람은 안중에도 없었다. 그가 하는 일은 전부 옳았다. 그가 하는 말도 전부 똑똑한 것이었다. 저녁에 파크에서 카드 게임을 하게 되면 그는 속임수를 쓰면서까지 그녀에게 좋은 패를 주었다. 밤에 춤을 즐기게 되는 경우 두 사람이 짝이 되는 일이 절반은 되었다. 두 번의 춤이 돌아가는 동안 떨어져야 하는 경우에는 나란히 서 있으려고 기를 썼고 다른 사람에게는 말도 거의 하지 않았다. 물론 그런 행동 때문에 그들은 상당한 웃음거리가 되었지만 조롱 받는다고 해서 부끄럽게 여기지도 않았고 자극을 받는 것 같지도 않았다.

대시우드 부인은 그들의 감정에 열렬히 공감했으므로 이런 지나친 과시를 막을 의향이 전혀 없었다. 젊고 열렬한 마음이 강렬한 애정을 느낄 때 자연스레 생기는 결과로 여길 뿐이었다.

이때가 매리앤에게는 행복한 시절이었다. 그녀의 마음은 온통 윌러비 뿐이었다. 서식스 뿐 아니라 이곳에 와서도 계속되었던 놀런드에 대한 애착심도 윌러비와 사귀고 현재의 집에 매력을 느끼게 되면서 이전에 가능할 것이라고 생각했던 것보다 훨씬 더 쉽게 사그라졌다.

엘러너는 그다지 행복하지 못했다. 그녀의 마음은 그렇게 편안하지 못했고 여흥에도 티없이 어울려 즐길 수 없었다. 그녀는 남겨두고 온 사람을 대신하거나 놀런드에 대한 애착이 옅어지게 해 줄 친구를 여기서 만나지 못했다. 레이디 미들튼도, 제닝스 부인도 그녀가 잃어버린 대화의 공백을 메워 주지 못했다. 후자는 지칠 줄 모르고 말을 하면서 친절하시게도 처음부터 대화의 상당 부분을 엘러너에게 할애했다. 부인은 엘러너에게 벌써 서너 번은 자신의 내력을 되풀이했으므로, 만일 엘러너의 기억력이 부인의 수다로 하는 교육을 제대로 따를 수 있었더라면, 사귀게 된 아주 초창기에 벌써, 제닝스씨가 마지막에 앓은 병의 구체적인 증상이나, 죽기 몇 분전에 아내에게 한 말 등을 엘러너는 다 알고 있었을 것이다. 레이디 미들튼은 자기 어머니보다 입을 다물고 있다는 점에서만 그 어머니보다 괜찮다고 할 수 있었다. 얼마 겪어 보지 않아 엘러너는, 그녀의 침묵은 분별과는 별 상관없는 그냥 밋밋한 태도에 불과하다는 것을 파악했다. 남편이나 어머니를 대할 때도 그들을 대할 때나 마찬가지였다. 따라서 친밀감이라는 것은 찾을 수도 바랄 수도 없었다. 그녀가 전날 말하지 않은 새로운 것을 다음날 말하는 법은 없었다. 이처럼 변함없이 무미건조한 것은 기분이 언제나 똑같기 때문이었다. 만일 모든 것이 격식에 맞게 진행되고 큰 애 둘을 데리고 있을 수만 있으면 남편이 주관하는 모임에 반대하지는 않았지만, 집에 가만히 앉아 있을 때보다 더 즐거운 것처럼 보이지도 않았다. 대화에 한 몫을 하여 그녀의 존재가 다른 사람의 즐거움에 보탬이 되는 일도 거의 없었기에 다른 사람들은 어쩌다 그녀가 말썽꾸러기 아이들에 대한 걱정을 할 때에만 그녀라는 존재가 있었다는 것을 깨달을 뿐이었다.

엘러너는 새로 알게 된 사람들 중에서 브랜든 대령만이 그 재능이 존경할 만 하고 우정을 맺고 싶은 마음이 들며, 친구로서 기쁨을 줄 수 있는 사람으로 여길 수 있었다. 윌러비는 논외였다. 엘러너의 찬사와 호감, 심지어 처형으로서의 사랑이 그에게 향했지만, 그는 사랑에 빠져 온전히 매리앤에게만 관심을 향하고 있었기 때문에 그보다 훨씬 못한 사람도 대체로 더 유쾌하게 여겨질 정도였다. 브랜든 대령은, 자신을 위해서는 불행한 일이지만, 오직 매리앤만 생각하도록 격려를 받는 축에 끼지 못했으므로, 엘러너와 이야기를 나누면서 동생의 철저한 무관심에 대한 가장 큰 위로를 받았다.

대령이 이미 쓰라린 실연의 경험을 한 적이 있다는 의심이 들만한 근거가 생기는 바람에 엘러너의 연민은 더욱 커졌다. 어느 날 저녁 파크에서, 다른 사람들이 춤을 추는 동안 두 사람이 서로 동의 하에 함께 앉아 있었을 때, 대령이 우연히 흘린 몇 마디 말을 들으면서 그런 의심이 생겨났던 것이다. 매리앤에게서 시선을 떼지 못하고 있던 그는 잠시 침묵한 후에 가벼운 미소를 띠며 말했다.

"동생 분은 두 번째 사랑을 용납하지 않는 것 같습니다."

"네, 그래요. 저 애는 지극히 낭만적인 견해를 가지고 있답니다." 엘러너가 대답했다.

"아니면, 그보다는, 그런 사랑이 존재할 수도 없다고 생각하는 것 같군요."

"그럴 거예요. 제 아버지도 아내가 두 분이셨는데, 어떻게 저 애가 아버지의 인격을 낮추어 보지 않으면서도 그런 생각을 가질 수 있는지 알 수가 없답니다. 그러나 몇 년 지나면 저 애의 견해도 상식과 관찰이라는 합리적 근거 위에서 이루어지겠지요. 그 때가 되면 본인 뿐 아니라 다른 사람들도 저 애 생각을 지금보다 쉽게 알 수 있고 이해하게 되겠지요."

"아마 그렇게 되겠지요." 그는 대답했다. "하지만 젊은 사람의 편견은 정말 사랑스러운 점도 있어요. 그들이 좀 더 일반적인 의견을 받아들이게 되는 것을 보면 섭섭하기도 합니다."

"저는 거기에 동의할 수 없어요." 엘러너가 말했다. "매리앤 것과 같은 감정에는 폐단이 있어서 세상에 대한 열정과 무지라는 매력으로는 절대 그것을 벌충할 수 없답니다. 저 애 식으로 하면 적절한 예법이 아무 것도 아닌 걸로 되는 한심스런 경향이 있어요. 그래서 저는 세상을 좀 더 잘 알게 되는 것이 저 애에게 가장 도움이 될 것으로 기대하고 있답니다."

잠시 있다가 그는 다음과 같이 대화를 계속했다.

"동생 분은 두 번째 사랑을 반대하면서 차이를 두지는 않습니까? 누구든 다 똑같이 괘씸할까요? 상대가 불성실해서라든지 혹은 어려운 상황이든지에 상관없이, 똑같이 첫 번째 선택에서 실패했던 사람들은 남은 세월 동안 사랑을 할 수 없을까요?"

"사실은, 저는 동생의 원칙을 사소한 점까지 알고 있지는 못해요. 단지 제가 아는 것은 저 애가 두 번째 사랑도 허용될 수 있는 예를 수긍한 적이 없다는 거지요."

"계속 그럴 수는 없을 겁니다." 그가 말했다. "변할 때가, 감정이 완전히 변하는 때가…… 아니, 아니, 그런 것을 바라지 맙시다. 젊은 사람의 낭만적인 고결함이 꺾여야만 할 때, 그 다음에는 상스럽고 위험할 뿐인 견해를 가지게 되는 법이 얼마나 많은지! 제 경험으로 말씀드리는 겁니다. 예전에 기질이나 마음이 동생분과 아주 닮은 여성을, 그녀처럼 생각하고 판단하는 여성을 안 적이 있습니다. 그렇지만 그녀는 강요된 변화에, 여러 불행한 상황 때문에……"

여기서 그는 자신이 너무 말을 많이 했다고 생각한 듯 갑자기 멈추었는데 그 표정이 생각도 못했던 추측을 엘러너에게 일으켰다. 만일 그가 그 여성에 대한 얘기를 입 밖에 낸 게 잘못이라고 여긴다는 인상을 뚜렷하게 주지 않았더라면 그 여성은 아마 별 의심받지 않고 묻혀졌을 것이다. 사실 그의 북받치는 감정이 과거의 사랑에 대한 아련한 회상에서 비롯되었다는 것은 약간의 상상력만 발휘해도 알 수 있었다. 엘러너는 더 이상 시도하지는 않았다. 그러나 매리앤이었다면 이 정도에서 그치지 않았을 것이다. 그녀의 활발한 상상력 아래서 이야기 전체가 빠르게 만들어졌을 것이고 모든 것이 불운한 사랑의 가장 슬픈 상태로 자리 잡았을 것이다.

12장

　다음날 아침, 매리앤은 엘러너와 함께 산책을 하면서 한 가지 소식을 전했다. 엘러너는 매리앤이 신중하지 못하고 생각이 모자란다는 것을 전에도 알고 있었지만 이 두 가지 점이 그렇게 극단적으로 드러난 것에 놀랐다. 매리앤은 기뻐서 어쩔 줄 모르면서 윌러비가 말을 한 필 주었다고 말했다. 그 말은 서머싯셔의 영지에서 *그*가 손수 기른 것이며 여성이 타기에 적합한 말이라는 것이다. 어머니가 말을 키울 계획이 없으며, 만일 이 선물이 반가워서 어머니가 계획을 바꾼다 하더라도 그 경우에는 하인이 탈 말을 사야 할 뿐 아니라 말을 탈 하인도 구해야 하며, 결국에는 그들을 들일 마구간을 지어야 한다는 것을 생각해 보지도 않은 채 덜컥 선물을 받아들인 것이며 들떠서 언니에게 그런 말을 한 것이었다. 매리앤은 덧붙였다.

"그이는 즉시 서머싯셔로 마부를 보내서 말을 데려 오려고 해. 말이 도착하면 우리는 매일 타고 다닐 거야. 언니도 타게 해 줄게. 언니, 이 구릉지를 말을 타고 달리면 얼마나 재미있을까 생각해 봐."

매리앤은 그런 행복한 꿈에서 깨어나 그 일에 수반되는 불편한 사실들을 받아들이고 싶은 마음이 전혀 없었기에 얼마동안은 그런 것을 수긍하려고 하지 않았다. 하인이 더 필요하게 되더라도 비용이 얼마 되지 않을 것이다. 어머니가 반대하지 않을 거라고 자신은 확신한다. **하인**은 아무 말이라도 타면 된다. 언제라도 파크의 말을 탈 수 있을 거다. 마구간으로는 그저 그런 헛간이면 충분할 것이다 등의 이유를 대었다. 그러자 엘러너는 잘 알지도 못하는 사람에게서, 아니 최소한 알게 된 지 얼마 되지도 않은 사람에게서 그런 선물을 받는 것이 적절한지 의심스럽다고 했다. 이것은 지나친 말이었다. 매리앤은 열을 올리며 말했다.

"엘러너, 내가 윌러비를 잘 모른다고 생각하는 것은 잘못이야. 그이를 오래 안 것은 아니지만 언니와 어머니를 빼면 이 세상에서 누구보다 잘 알고 있는 사람이야. 기간이나 기회가 아니라 오로지 성격이 친밀감을 결정짓는 거야. 어떤 사람은 서로 친해지는데 칠 년이 있어도 부족하겠지만 어떤 사람에게는 칠 일로도 충분해. 오히려 오빠에게서 말을 받는다면 윌러비에게서 받는 것보다 더 예법에 어긋난다는 꺼림칙한 기분이 들 거야. 비록 몇 년간 함께 살았지만 존을 거의 모르고 있는 반면에 윌러비에 대해서는 이미 오래 전에 내 판단이 끝났으니까."

엘러너는 더 이상 그 점은 건드리지 않는 것이 현명하겠다고 생각했다. 그녀는 동생의 기질을 잘 알고 있었다. 그런 미묘한 문제를 반대하면 오히려 동생이 더욱 자신의 생각에 집착하게 만들 수 있었다. 그러나 어머니를 향한 동생의 애정에 호소하면서 관대한 어머니가 그렇게 집을 늘리는데 동의하여 (아마 그렇게 하시겠지만) 걸머지게 될 불편을 이야기하자 매리앤은 곧 수그러지면서, 어머니에게 그 제안을 전달해서 그런 분수에 넘친 배려를 하게 하는 일은 않겠으며 다음에 윌러비를 만날 때 거절하겠다고 약속했다.

매리앤은 자기 말을 충실히 지켰다. 바로 그날 윌러비가 코티지를 방문했을 때 낮은 목소리로, 유감스럽지만 그의 선물을 받아들일 수 없다고 말하는 것이 엘러너에게도 들렸다. 동시에 이렇게 바뀌게 된 이유도 이야기되었으므로 그의 편에서 더 이상 간청하지 못하는 듯 했다. 그러나 그는 여전히 선물하고 싶은 마음이 명백했다. 그런 자신의 심정을 열심히 토로한 후 마찬가지로 낮은 목소리로 말했다.

"그렇지만 매리앤, 지금 당신이 탈 수는 없지만 그 말은 여전히 당신 것이라오. 당신이 달라고 할 때까지만 내가 가지고 있겠소. 당신이 바튼을 떠나 좀 더 항구적인 집이 될 곳에서 자신의 거처를 꾸밀 때 퀸 맵(말 이름–역주)이 당신을 맞이할 것이오."

이런 말들이 대시우드 양에게 모두 들렸다. 그녀는 그 말의 내용에서, 말을 하는 태도에서, 동생을 그냥 이름으로만 부르는 데서, 명백한 친밀감과 분명한 의미가 내포되어 있음을 알았고 그들 사이에 완벽한 합의가 이루어졌다는 것을 깨달았나. 그 순간부터 그녀는 그들이 약혼했다는 것을 의심치 않았다. 그렇게 믿게 되자 그녀는, 다른 것보다도, 그렇게 솔직한 기질의 두 사람이 자신이나 다른 친구들이 그 사실을 우연히 발견하게끔 내버려두었다는 사실 때문에 놀랐다.

다음날 마거릿이 이 문제를 한결 명확하게 밝혀주는 이야기를 엘러너에게 해주었다. 윌러비는 전날 저녁을 그들과 함께 보냈는데, 마거릿은 얼마간 그와 매리앤과 함께 거실에 남아 있어서 살펴 볼 기회가 있었던 것이다. 마거릿은 엘러너와 있게 되었을 때 아주 심각한 얼굴을 하며 말했다.

"아! 엘러너 언니. 매리앤에 대한 비밀 얘기를 해 줄께. 작은언니와 윌러비 씨가 곧 결혼할게 확실해."

"그들이 하이 처치 구릉지에서 처음 만난 이후로 너는 매일 그런 말을 했어." 엘러너가 대답했다. "그리고 서로 알게 된지 일주일도 채 되지 않았을 때 너는 매리앤이 그이의 초상을 목에 걸고 있다고 확신했지만, 그건 우리 할아버지 초상이라는 게 밝혀졌잖니."

"그렇지만 이번은 정말 달라. 그들이 곧 결혼할게 확실해. 그이가 작은언니 머리카락을 얻어 가졌거든."

"신중하게 굴어, 마거릿. 그건 아마 그이 할아버지 머리카락인지도 모르지."

"그렇지만, 엘러너 언니, 그건 정말 매리앤 거야. 틀림없다니까. 그이가 머리를 자르는 걸 봤거든. 어젯밤 차를 마신 후 언니와 어머니가 방에서 나가고 나자, 그들이 속닥거리면서 말을 빨리 하는 거야. 그이가 작은언니에게 뭔가 애원하더라구. 그리고 곧 언니 가위를 들더니 긴 머리 한 타래를 잘랐어. 그게 등뒤로 굴러 떨어졌다니까. 그이는 거기에 키스를 하더니 흰 종이에 싸서는 자기 지갑에 집어넣었어."

그런 정확한 근거에서 그런 구체적인 말을 하는 것을 듣자 엘러너도 믿지 않을 수 없었다. 또 그 정황이 자신이 보고 들은 것과도 일치했으므로 부정하고 싶지도 않았다.

마거릿의 총명함이 늘 언니에게 흡족하게 발휘되는 것만은 아니었다. 어느 날 저녁 파크에서, 제닝스 부인이 오랫동안 많이 궁금했다면서 엘러너의 특별한 호감을 받고 있는 신사의 이름을 대라고 추궁하자 마거릿은 언니를 쳐다보면서 "나 말해서는 안되지, 그렇지, 엘러너 언니?"라고 말했다.

이 말에 물론 모두가 웃었으며 엘러너도 웃으려고 했다. 그러나 그 노력은 고통스러웠다. 그녀는 마거릿이 어떤 사람을 염두에 두는지 잘 알았으며 그의 이름이 제닝스 부인에게 지속적인 농담의 대상이 될 것을 편안하게 견딜 수 없었던 것이다.

매리앤은 언니를 진심으로 걱정했지만 얼굴이 붉어져서 마거릿에게 화를 내며 말하는 바람에 도움보다는 해가 될 뿐이었다.

"네 추측이 뭐든지 간에 그 말을 할 권리가 없다는 걸 명심해."

"내 추측이 아니야. 작은 언니가 그 말을 해 줬잖아." 마거릿이 대답했다.

일행은 이 말에 더욱 웃었고 좀 더 말하라고 마거릿을 열심히 부추겼다. 제닝스 부인이 말했다.

"아유! 제발, 마거릿 양, 우리한테도 전부 말해 줘. 그 신사 분의 이름이 뭐지요?"

"저는 말하면 안돼요, 부인. 그렇지만 잘 알고는 있어요. 어디 사는 지도 아는 걸요."

"그래, 그래. 어디 사는지는 우리도 추측할 수 있어요. 놀런드의 자기 집이겠지. 그 곳 교구의 목사보가 틀림없을걸."

"아니에요. 그이는 **그런 사람**이 아니에요. 그이는 직업이 없어요."

"마거릿, 그런 얘기 전부 네가 지어 낸 거지. 그런 사람은 있지도 않잖아." 매리앤이 잔뜩 열이 올라 말했다.

"그러면 그 사람이 근래에 죽은 거겠네, 매리앤 언니. 전에 그런 사람이 있었다는 건 내가 잘 아는데. 이름이 '표'으로 시작하는걸."

그 순간 레이디 미들튼이 입을 열어 "비가 굉장히 오네요."라고 말했다. 엘러너는 비록 그녀가 끼어 든 것이 자신을 배려해서라기보다는 남편과 어머니가 좋아하는 그런 저속한 농담거리를 싫어했기 때문이라는 것을 알고 있었지만 얼마나 감사한지 몰랐다. 어떤 경우에나 다른 사람의 감정을 배려할 줄 아는 브랜든 대령이 레이디가 시작한 화제를 즉각 이어 받아 비를 화제로 두 사람 사이에 많은 이야기가 오고 갔다. 윌러비는 피아노를 열고 매리앤더러 그 앞에 앉으라고 요청했다. 이처럼 그 화제를 피하려는 여러 사람의 다양한 노력으로 그것은 곧 잊혀졌다. 그러나 엘러너는 놀란 가슴을 그렇게 쉽게 진정할 수 없었다.

이 날 저녁, 다음 날 바튼에서 12마일 떨어져 있는 멋진 곳을 보러 갈 일행이 짜여졌다. 그곳은 브랜든 대령의 매형 소유였는데, 주인은 그 때 해외에 나가 있으면서 그 곳의 관리를 대령에게만 위임해 두었기 때문에 대령이 주선하지 않으면 그 곳을 볼 수 없었다. 그 영지는 매우 아름다운 곳으로 정평이 나 있었다. 특히 존 경은 칭찬에 열을 올렸는데, 그는 지난 십년 간 여름마다 적어도 두 번씩 그 곳을 방문하는 모임을 주도했으므로 꽤 적절한 감정가로 여겨질 수 있었다. 거기에는 거대한 호수가 있어서 그 위에서 돛단배를 타면 멋진 아침 놀이가 될 것이었다. 찬 음식을 가져가고 무개마차만 쓰기로 했고 모든 것이 평상시처럼 완벽하게 진행되어 즐거운 모임이 될 것이었다.

일행 중 극히 소수는 그 소풍이 시기로 보건대, 또 지난 보름동안 매일 비가 내렸으므로 다소 무리한 모험으로 여겼다. 그래서 이미 감기에 걸려 있었던 대시우드 부인은 엘러너의 설득에 따라 집에 남기로 했다.

13장

윗트웰로 소풍을 가려던 계획은 엘러너의 예상과 아주 다른 결과가 되었다. 그녀는 흠뻑 젖을테고 피곤하고 지치게 될 것이라고 마음의 준비를 하고 있었는데 일이 훨씬 더 언짢게 되느라고 가지도 못하게 되었다.

파크에서 아침을 먹기로 되어 있어 열 시경에 일행이 다 모였다. 밤새 비가 왔지만 아침결에는 다소 좋아져서 구름은 하늘 위로 흩어지고 있었고 해도 짬짬이 얼굴을 내밀었다. 그들 모두는 활기차고 유쾌한 기분이었고 즐기려는 마음이 가득했으며 아무리 불편하고 힘들더라도 참겠다는 결심이 되어 있었다.

아침을 먹을 때 편지가 도착했다. 그중에 브랜든 대령에게 온 것도 한 통 있었는데 그는 그것을 받아서 주소를 보더니 안색이 변했고 즉시 방에서 나가 버렸다.

"브랜든이 왜 저러지?" 존 경이 말했다.

아무도 알 수 없었다.

"나쁜 소식이 아니었으면 좋겠는데요." 레이디 미들튼이 말했다. "브랜든 대령이 우리 집 식탁에서 이처럼 벌떡 일어서 나갈 정도라면 특별한 일이 생긴 게 틀림없어요."

5분쯤 후에 그가 돌아왔다.

"나쁜 소식이 아니길 바래요, 대령." 그가 방에 들어서자마자 제닝스 부인이 말했다.

"네, 그렇지 않습니다, 부인. 감사합니다."

"애비뇽에서 왔수? 누님이 더 악화되었다는 소식은 아니겠지요."

"아닙니다, 부인. 런던에서 온 사무적인 편지일 뿐입니다."

"단지 사무적인 편지라면 왜 필적만 보고서 그렇게 당황하우? 쯧쯧, 그렇게는 안 넘어가요, 대령. 어디 사실을 들어봅시다."

"제발, 어머니. 생각을 좀 하시면서 말씀하세요." 레이디 미들튼이 말했다.

"사촌인 패니가 결혼한다는 소식인가요?" 딸이 야단치는 것에 개의치 않고 제닝스 부인이 말했다.

"아닙니다. 그런 게 아닙니다."

"그러면 누구에게서 온 건지 알겠어요, 대령. 그녀가 잘 지내고 있기를 바래요."

"누구 말씀입니까, 부인?" 대령이 얼굴이 약간 붉어지면서 말했다.

"아이! 누구 말인지 알고 있잖수."

대령이 레이디 미들튼을 향해 말했다.

"오늘 이런 편지를 받게 되어 특히 유감입니다, 부인. 이 일로 제가 즉시 런던으로 가야하기 때문입니다."

"런던으로 간다구요! 이런 계절에 도시에서 할 일이 뭐가 있수?" 제닝스 부인이 소리쳤다.

"이런 좋은 친구 분들과 헤어져야 한다니," 대령이 말을 이었다. "저도 정말 섭섭합니다. 더구나 여러분이 윗트웰에 들어가시려면 제가 있어야 하는데 말입니다."

이것은 그들 모두에게 엄청난 충격이었다!

"그렇지만 브랜든 씨, 하녀장에게 편지를 써주시면 충분하지 않을까요? 그러면 충분하지 않을까요?" 매리앤이 간절하게 말했다.

그는 머리를 흔들었다.

"우리는 가야 해." 존 경이 말했다. "이렇게 준비가 다 되어 있는데 연기할 수 없어. 브랜든, 내일까지 런던으로 가지 말게. 그렇게 하자구."

"나도 그렇게 쉽게 해결되면 좋겠어. 그렇지만 출발을 하루라도 늦출 힘이 내게 없다네!"

"당신 일이 뭔지 말해주면 연기할 수 있는지 아닌지 우리가 가려 주리다." 제닝스 부인이 말했다.

"우리가 돌아 올 때까지만 출발을 늦추더라도 여섯 시간 정도 밖에 늦어지지 않을 겁니다." 윌러비가 말했다.

"저는 한시도 놓칠 여유가 없습니다."

그때 엘러너는 윌러비가 목소리를 낮춰 매리앤에게 말하는 소리를 들었다.

"즐거운 놀이를 못 견디는 사람도 있다니까요. 브랜든도 그런 사람이지요. 틀림없이 감기 걸리는 게 겁나서 빠져나가려고 이런 속임수를 지어냈을 겁니다. 그 편지도 자신이 썼다는 데 50기니를 걸 수 있어요."

"저도 틀림없이 그렇다고 생각해요." 매리앤이 대답했디.

"자네가 한 번 마음을 먹으면 바꾸도록 설득할 수 없다는 건 내가 오래 전부터 알고 있지." 존 경이 말했다. "그렇지만 한 번 잘 생각해 보기 바라네. 생각해 보게. 윗트웰에 가려고 뉴턴에서 두 분 캐리 양들도 오셨고 대시우드 양들도 코티지에서 올라오신 데다 윌러비 씨도 평소보다 두 시간이나 먼저 일어 나셨다네."

브랜든 대령은 일행을 실망시키게 되어 미안하다는 말을 되풀이하면서 동시에 어쩔 수 없다고 분명히 말했다.

"그러면 언제 다시 돌아 올 텐가?"

"런던을 떠나도 괜찮은 시기가 되면 곧 바튼에서 뵐 수 있기 바랍니다. 돌아오실 때까지 윗트웰로 가는 소풍은 연기해야겠어요." 레이디 미들튼이 덧붙여 말했다.

"정말 감사합니다. 그렇지만 제가 언제쯤 돌아 올 지도 제 맘대로 할 수 있는 게 아니라서 전혀 약속을 할 수 없겠습니다."

"아니! 자네는 돌아와야 되고 돌아오게 될 거네. 주말까지 여기 오지 않으면 내가 자네를 뒤따라 갈 거야." 존 경이 소리쳤다.

"그래, 그렇게 하게, 존 경. 그러면 아마 자네는 저이 일이 뭔지 알게 될 거야." 제닝스 부인이 큰 소리로 말했다.

"저는 다른 사람의 문제를 엿보고 싶지는 않습니다. 이 사람이 부끄러워할 일이겠지요."

브랜든 대령의 말이 준비되었다는 전갈이 왔다.

"말을 타고 런던으로 가는 건 아니겠지?" 존 경이 물었다.

"응. 호니튼까지만 갈 거네. 그 다음에는 역마(말을 빌려서 가다가 말이 지치면 중간에 바꾸는 제도-역주)를 이용할 거네."

"글쎄, 간다고 결심했다니까 잘 다녀오게. 그렇지만 마음을 바꾸는 게 좋을 텐데."

"정말 내 힘으로 되는 일이 아니라네."

그런다음 그는 일행 전부에게 작별 인사를 했다.

"이번 겨울에 당신과 동생 분들을 런던에서 볼 기회가 없겠습니까, 대시우드 양?"

"네, 그럴 일이 없을 것 같아요."

"그러면 제가 원하는 것보다 더 오랜 이별을 고해야겠군요."

그는 매리앤에게는 고개만 숙이고 아무 말도 하지 않았다.

"제발, 대령." 제닝스 부인이 말했다. "가기 전에 왜 가는지 말해줘요."

대령은 그녀에게 인사를 하고 존 경과 함께 방을 나갔다.

예절을 지키느라고 그때까지 참고 있었던 불만과 섭섭해 하는 소리가 이제 한꺼번에 터져 나왔고 그들 모두는 계획이 취소되면 얼마나 짜증스러운지 입을 모아 말했다.

"그런데, 그이의 일이 뭔지 알겠다우." 제닝스 부인이 의기양양해서 말했다.

"정말이에요, 부인?" 모두가 이구동성으로 물었다.

"그럼요. 틀림없이 윌리엄스 양에 대한 일일 거야."

"윌리엄스 양이 누구예요?" 매리앤이 물었다.

"뭐라고! 아직 윌리엄스 양이 누군지 모른단 말이우? 전에 틀림없이 얘기를 들었을 텐데. 그녀는 대령의 일가라우. 아주 가까운 일가라우. 얼마나 가까운지는 말 않겠수. 젊은 아가씨들을 놀라게 하기 싫으니까." 그리고는 목소리를 조금 낮추어 엘러너에게 말했다. "대령의 딸이라우."

"그럴 수가!"

"그래요! 아주 똑같이 생겼다우. 틀림없이 대령은 그녀에게 전 재산을 물려줄 거라우."

존 경이 돌아와서 이처럼 불운한 사건에 대한 모두의 유감 표명에 가장 열심히 가세했으며, 그래도 모두 함께 모였으니 뭔가 행복을 느낄 일을 해야 한다는 말로 결론을 지었다. 얼마간 의논한 후, 비록 윗트웰에서만 행복을 느낄 수 있지만 마차를 타고 마을을 돌면서 그럭저럭 마음을 달랠 수 있을 거라고 의견을 모았다.

그런 다음 마차를 불렀다. 윌러비의 마차가 맨 처음으로 오자 매리앤은 더 이상 행복할 수 없는 표정으로 그 안에 들어갔고 곧 시야에서 사라졌다. 이후 그들의 모습은 보이지 않다가 다른 사람들이 모두 돌아 온 뒤에야 돌아왔다. 둘은 즐겁게 마차를 타고 다닌 것처럼 행동했으나 다른 사람들이 구릉지로 갔을 때 자신들은 오솔길로 갔었다며 두루 뭉실하게 둘러 댈 뿐이었다.

하루 종일 최대한 즐겁게 지내기로 작정했으므로 저녁에는 춤을 추기로 했다. 정찬에는 캐리 댁 가족이 몇 사람 더 와서 기쁘게도 식탁에 스무 명이나 앉게 되었고 존 경은 이 모습을 흐뭇하게 바라보았다. 윌러비는 여느 때처럼 대시우드 자매 사이에 자리를 잡았다. 제닝스 부인은 엘러너의 오른 편에 앉았는데 앉은 지 얼마 되지 않아 엘러너와 윌러비 뒤로 몸을 젖혀 그들 둘에게 다 들릴 정도의 큰 소리로 매리앤에게 말했다.

"두 사람이 속여도 다 알아냈지. 둘이서 아침에 어디 있었는지 나는 알아요."

"어디 있었다니요?" 매리앤은 얼굴이 붉어지며 급히 대답했다.

"제 이륜마차를 타고 나간 것을 모르셨습니까?" 윌러비가 말했다.

"그래요, 그래, 뻔뻔스런 사람, 그건 잘 알고 있지. 그래서 당신들이 어디 갔었는지 알아내겠다고 마음먹었다우. 매리앤 양, 저택이 마음에 들었기 바래요. 아주 큰 저택이라는 건 나도 알고 있다우. 내가 방문할 때쯤에는 가구를 새로 들여놓았기 바래요. 육년 전에 거기 갔을 때만 해도 새 가구가 몹시 필요한 상태였으니까."

매리앤은 몹시 당황해서 얼굴을 돌렸다. 제닝스 부인은 마음껏 웃었다. 그녀는 그들이 어디 갔었는지 알아내겠다고 마음먹고 하녀를 시켜 윌러비 씨의 마부에게 물어보았던 것이며, 그래서 그들이 앨런험에 가서 정원을 거닐고 저택을 다 돌아보며 상당한 시간을 보냈다는 말을 들었다는 것을 엘러너도 알게 되었다.

이 말이 사실이라고 엘러너가 믿을 수 없었던 것은, 스미스 부인이 저택 안에 있는데 그녀와 일면식도 없는 매리앤에게 집안에 들어가자고 윌러비가 제안을 했고 그 말에 매리앤이 동의했을 것 같지가 않았기 때문이다.

엘러너는 정찬실에서 나오자마자 매리앤에게 물어 보고는, 제닝스 부인이 말한 모든 정황이 사실이라는 것을 알고 놀라지 않을 수 없었다. 매리앤은 되레 그녀가 의심하는 것에 화를 냈다.

"왜 언니는 우리가 그곳에 가지 않았다거나 저택을 둘러보지 않았을 거라고 생각해? 언니도 자주 그렇게 하고 싶었잖아?"

"그랬어, 매리앤. 그렇지만 스미스 부인이 거기 있는데 윌러비 씨와 단 둘이 가지는 않았을 거야."

"그렇지만 윌러비 만이 집을 구경시켜줄 권한이 있는 사람이야. 또 무개마차로 갔으니까 다른 사람이 함께 가기는 불가능했지. 내 평생 이렇게 재미있는 아침은 처음이야."

"어떤 일이 즐겁다고 해서 언제나 예절과 일치하는 것은 아니란다." 엘러너가 대답했다.

"엘러너, 그 반대로 즐거웠다는 것보다 더 예절을 강력하게 뒷받침하는 것은 없어. 내가 한 일이 정말 예의바르지 못했다면, 우리가 나쁜 일을 할 때 늘 알게 되듯이, 그 당시에 알아챘을 것이고, 그렇게 생각했더라면 나는 기쁘지도 않았을 거야."

"그렇지만 매리앤, 그런 일로 몹시 창피한 말을 들었으니 이제는 네 행동이 신중하지 못했다는 의심이 들지 않니?"

"제닝스 부인의 창피 주는 말을 예의범절에 어긋난 기준으로 삼는다면 우리는 살아가는 매순간 잘못을 저지른다고 할 수 있을 걸. 나는 부인의 칭찬을 높이 보지 않듯이 비난도 크게 염두에 두지 않아. 스미스 부인의 정원을 거닌 것이나 그분의 집을 구경한 것 중 어느 것도 잘못했다고 생각하지 않아. 어느 날인가는 그곳이 윌러비 씨의 집이 될 것이고······."

"언젠가 그곳이 너의 것이 된다 하더라도, 매리앤, 네가 한 행동은 정당화되지 못해."

그녀는 이런 암시를 듣자 얼굴이 붉어졌지만 눈에 띌 정도로 뿌듯해 했다. 십여 분을 진지하게 생각해 본 후 그녀는 다시 언니에게 와서 기분 좋게 말을 걸었다.

"엘러너, 앨런험에 간 것은 내가 잘못 판단했던 일인 것 같아. 그렇지만 윌러비 씨가 특별히 그곳을 보여주고 싶어했어. 정말 멋진 곳이었어······ 이층에 아주 예쁜 거실이 있는데, 크기도 항상 쓰기 좋을 만큼 적당해. 현대식 가구를 들이면 진짜로 멋질 거야. 모서리 방이라서 양쪽으로 창문이 있어. 한 쪽 창문에서는 집 뒤의 잔디 보울링장 너머로 아름답게 우거진 경사진 숲을 볼 수 있고 다른 쪽 창문으로는 교회와 마을의 전경이 보이면서 그 너머로 우리가 그렇게 자주 찬사를 보냈던 멋진 가파른 언덕이 보였어. 방 자체가 멋진 것은 아니었어. 가구가 그처럼 형편없을 수는 없었으니까. 그렇지만 새로 치장을 하면······ 윌러비가 그러는데 200파운드 정도면 영국에서 제일 멋진 여름방으로 만들 수 있다는 거야."

엘러너가 다른 사람의 방해를 받지 않고 매리앤의 말을 계속 들을 수 있었다면 그녀는 집안의 모든 방을 마찬가지로 재잘대며 묘사했을 것이다.

14장

　브랜든 대령이 갑작스레 파크를 떠나면서 그 이유를 끝내 숨긴 것이 며칠간 제닝스 부인의 뇌리를 온통 차지했고 궁금증을 일으켰다. 친지들의 만사에 대해 참견 하는 사람이 으레 그러하듯이 그녀는 엄청나게 궁금증이 많은 사람이었다. 부인은 이유가 무엇일지 거의 쉬지 않고 생각했으며, 나쁜 소식이 있는 게 틀림없다고 여겼고, 그에게 떨어졌을 각양각색의 불행을 생각해 보면서, 그가 절대로 그것을 피할 수 없을 거라고 굳게 마음먹은 것 같았다. 부인이 말했다.

　"뭔가 몹쓸 일이 생긴 게 틀림없어요. 얼굴에도 그게 나타났다우. 가여운 사람! 형편이 안 좋아진 것 같아요. 델러포드의 영지도 일년에 2,000파운드 이상은 내지 못하는데다 형이 딱할 정도로 부채를 잔뜩 진 채 물려주었거든. 돈 문제 때문에 불려 간 게 틀림없어. 아니면 무슨 문제겠수. 정말 그런 걸까. 사실을 알 수 있다면 뭘 줘도 아깝지 않을 텐데. 아마 윌리엄스 양 문제일지도 몰라. 말이 나왔으니 말이지 분명 그거야. 내가 그 아가씨 말을 하니까 그이가 흠칫하더라니까. 아마 그녀가 런던에서 아픈가 봐. 그게 가장 그럴듯한 게, 그녀는 항상 아팠다는 생각이 나거든. 윌리엄스 양 문제라는 데에 내가 얼마라도 걸겠수. **지금** 와서 재산 상태 때문에 힘들 것 같지는 않아. 그이는 굉장히 신중한 사람이니까 지금쯤 영지의 부채를 깨끗이 정리해 놓은 게 틀림없을 테니까. 도대체 뭔지를 모르겠다니까! 아마 애비뇽에서 누나가 몸이 더 안 좋아져서 그를 부르러 보냈을래나. 그렇게 서둘러 가는 게 그런 것 같아. 근데 제발, 그가 어려움에서 벗어나길 바라고, 게다가 좋은 아내까지 얻었으면 좋겠수."

제닝스 부인은 그렇게 궁금해 하면서 말을 많이 했다. 그녀의 의견은 새로운 추측이 떠오를 때마다 달라졌고 그때마다 그럴 법하다고 여겼다. 엘러너도 브랜든 대령이 잘 되기를 진정으로 원했지만 그가 그렇게 갑자기 가버린 것에 대해 제닝스 부인이 바라는 만큼 궁금증을 보일 수는 없었다. 엘러너의 의견으로 볼 때 그 상황은 그처럼 계속해서 놀라면서 다양한 추측을 할 만하지는 않다는 점 이외에도 궁금증이 다른 쪽으로 향하고 있었기 때문이다. 그녀가 의아한 것은, 동생과 윌러비가 식구들 모두가 각별히 관심을 가지고 있다는 것을 뻔히 알고 있는 화제에 대해 유별나게 침묵을 지키고 있다는 점이었다. 이런 침묵이 계속 되자 날이 갈수록 더욱 이상하게 여겨졌고 두 사람의 성격과도 어울리지 않아 보였다. 그들이 서로를 대할 때의 변함없는 행동을 볼 때 틀림없이 어떤 결정이 이루어진 모양인데 왜 그것을 자신과 어머니에게 터놓고 알리지 않는지 알 수가 없었다.

그들이 빠른 시일 내에 결혼할 수 없다는 것은 엘러너도 쉽게 짐작할 수 있었다. 윌러비가 자립은 했지만 부자라고 믿을 이유는 없었기 때문이다. 존 경의 평가로는 윌러비의 영지는 연수 600에서 700파운드 정도였는데 그는 그런 수입으로는 감당할 수 없을 정도의 규모로 살았으며 스스로 돈이 없다는 불평을 곧잘 하곤 했다. 그러나 그들이 행동으로는 전혀 숨김없이 약혼했다는 것을 드러내면서도 이렇듯 이상할 정도로 입을 다물고 있는 것을 엘러너는 이해할 수 없었다. 그것은 이들의 보통 때의 성격이나 행동과는 전혀 어울리지 않는 것이라서 때로, 그들이 정말로 약혼을 하기나 했는지 의문이 생겼고, 이런 의문 때문에 더욱 매리앤에게 물어 볼 수 없었다.

윌러비의 행동이야말로 그들 모두에 대한 애정을 명백하게 보여주는 것이었다. 매리앤에게는 연인의 마음으로 할 수 있는 특별한 사랑을 주었고 나머지 가족에게는 사위이자 형부며 제부로서 다정한 배려를 하고 있었다. 그는 코티지를 자신의 집으로 여기고 사랑하면서 앨런험보다 여기서 더 많은 시간을 보냈다. 파크에서 모두 모일 약속이 없는 경우에는 아침에 운동을 나왔다가 필경 코티지로 향하기 마련이었고 거기서 매리앤 곁에 머물며, 그녀의 발치에 자신의 애견 포인터를 두고 남은 하루를 보냈다.

　특히 어느 날 저녁, 브랜든 대령이 마을을 떠난 지 일주일쯤 후, 그는 평상시보다 더 주변의 사물에 애정을 듬뿍 느끼는 듯 했다. 대시우드 부인이 우연히 봄에 코티지를 고치겠다는 계획을 언급하자 그는 흥분하면서, 자신이 애정을 느끼고 완벽하다고 여기는 이 곳을 조금이라도 바꾸는 것에 반대한다는 것이었다. 그는 소리쳤다.

　"뭐라고요! 이렇게 정든 코티지를 고치다니요! 안됩니다. 거기에 저는 절대 동의 못 합니다. 제 감정을 고려하신다면 벽에 돌 하나라도 더해서는 안 되고 일 인치라도 넓혀서는 안 됩니다."

　"놀라지 마세요. 그런 일은 없을 테니까요. 그렇게 할 만큼 어머니에게 돈이 생기지도 않을 테니까요." 대시우드 양이 말했다.

　"그 말을 들으니 정말 기쁩니다. 돈을 그런 곳에 쓰시겠다면 차라리 부인께서 언제나 가난하시기를 빌겠습니다." 그가 말했다.

　"고마워요, 윌러비. 내가 아무리 고치고 싶더라도 당신이나 내가 사랑하는 사람이 이 집안 구석구석에 대해 가지고 있는 애착심을 조금이라도 상하게 하면서 그렇게 하지는 않을 거예요. 봄에 회계를 맞춰 보고 남은 돈이 얼마간 있더라도 당신에게 고통을 주면서 그 돈을 쓰느니 차라리 쓰지 않고 내버려 둘게요. 그런데 당신은 정말 이 곳에 정이 들어서 결점이 없다고 여기나요?"

"그렇습니다." 그가 말했다. "제가 보기에 이 곳에는 부족한 것이 없습니다. 아니, 더 나아가 이 곳만이 행복을 줄 수 있는 유일한 건물 형태라고 생각합니다. 만일 제가 그만큼 돈이 있다면 쿰매그너의 제 집을 즉각 부수고 이 코티지의 설계 그대로 다시 짓겠습니다."

"어둡고 비좁은 계단하고 연기 나는 부엌까지도 말이죠." 엘러너가 말했다.

"그래요. 이곳에 있는 모든 것을 그대로 말입니다." 그는 여전히 열렬한 어조로 말했다. "편리한 게 하나도 없거나 불편한 점이 있더라도 최소한의 변경도 없이 말이지요. 그럴 때, 단지 그럴 때에만, 쿰의 지붕 밑에서도 바튼에 있을 때만큼 행복할 것입니다."

"방이 더 좋고 계단도 더 넓은 단점이 있더라도 당신이 앞으로 자신의 집도 여기처럼 흠이 없다고 느낄 것 같은데요." 엘러너가 되받아 말했다.

"분명 그곳에도 아주 소중한 부분이 있긴 합니다. 하지만 이곳에는 다른 곳에는 없는, 저의 애정을 끄는 한 가지가 있습니다." 윌러비가 말했다.

대시우드 부인은 만족한 표정으로 매리앤을 보았으며 매리앤의 아름다운 눈은 그윽한 시선으로 윌러비를 응시하면서 그의 말을 잘 알아들었다는 것을 분명히 드러내었다.

"한 해 중 이 무렵에 앨런험에 내려 올 때마다 바튼 코티지에 사람이 살기를 얼마나 바랐다구요! 지나가면서 이곳을 볼 때마다 그 위치에 경탄하면서 아무도 살지 않는 것을 애통하게 생각했습니다. 그 때는, 다음에 이 곳에 내려 왔을 때 스미스 부인에게서 처음 듣게 될 소식이 바튼 코티지에 사람이 살게 되었다는 것일

거라고는 생각도 못했지요. 그 소식을 듣자마자 마음이 뿌듯해지고 관심이 끌렸는데, 그것은 제가 여기서 경험하게 될 엄청난 행복을 예견했기 때문이라고 설명할 수밖에 없지 않겠습니까." 그는 목소리를 낮추어 매리앤에게 "매리앤, 그렇지 않을까요?" 라고 한 후 다시 이전의 어조로 계속해서 말했다. "그런데도 이 집을 망치시겠습니까, 대시우드 부인? 당신이 구상하시는 대로 고치면 그 소박한 멋은 없어져 버릴 것입니다! 그리고 이 소중한 거실, 우리가 처음 알게 되었고 그토록 행복한 시간을 함께 했던 이곳을 평범한 입구로 전락시켜 버리겠지요. 그러면 지금까지는 이 세상의 어떤 멋진 규모의 방 보다 더 진정한 안식과 편안함을 간직하고 있는 이 방을 누구나 어서 지나가고 싶어만 하겠지요."

대시우드 부인은 그런 변화를 시도하지 않겠다고 다시 그를 안심시켰다.

"부인은 좋은 분이십니다." 그는 열렬히 말했다. "그런 약속을 들으니 마음이 놓입니다. 조금 더 약속을 해주시면 저를 행복하게 해 주실 것입니다. 집만 그대로 있을 것이 아니라 부인과 따님들 모두가 집과 마찬가지로 변하지 않겠다고 말씀해 주십시오. 부인께 속한 모든 것을 제가 사랑하지 않을 수 없게 만든 그런 친절한 마음으로 저를 늘 반겨주겠다고 말씀해 주십시오."

그 약속은 기꺼이 주어졌고 그날 저녁 내내 윌러비의 행동에서는 애정과 행복이 그대로 드러났다. 그가 떠날 때 대시우드 부인이 말했다.

"내일 정찬 때 볼까요? 아침에 오라고는 못하겠네요. 레이디 미들튼을 방문하러 파크에 가야 하거든요."

그는 네 시에 오겠다고 약속했다.

15장

　다음날 대시우드 부인이 레이디 미들튼을 방문하러 갈 때 두 딸만 함께 갔다. 매리앤이 몇 가지 할 일이 있다는 핑계로 빠지겠다고 하자 어머니는, 전날 밤 윌러비가 식구들이 없는 동안 방문하겠다고 약속한 것으로 짐작하고, 집에 남아 있으라고 흔쾌히 허락했다.

　파크에서 돌아 왔을 때 윌러비의 이륜마차와 하인이 집 앞에 기다리고 있는 것을 보고 대시우드 부인은 자신의 추측이 맞았다고 생각했다. 거기까지는 자신이 예상했던 대로였지만 집안에 들어서면서 그녀는 어떤 선견지명이 있었더라도 전혀 예상할 수 없었던 것을 보게 되었다. 그들이 복도에 들어서자마자 매리앤이 눈에 손수건을 댄 채, 겉보기에도 매우 고통스러워하며 황급히 거실에서 나오더니 그들을 보지도 못한 채 곧 이층으로 뛰어 올라갔다. 그들은 너무 놀라서 어안이 벙벙한 채 바로 그녀가 방금 나온 방으로 들어갔다. 거기에 윌러비가 그들 쪽으로 등을 향하고 벽난로에 기댄 채 서 있었다. 그들이 들어서자 그가 돌아섰는데 그의 얼굴에도 매리앤을 엄습했던 감정이 뚜렷이 드러나 있었다.

　"저 애에게 무슨 일이 생겼나요? 저 애가 아픈가요?" 대시우드 부인이 들어서면서 소리쳤다.

　"그렇지 않기를 바랍니다." 그는 밝은 얼굴을 하려고 하면서 말했다. 그리고 억지로 미소를 지으면서 곧 덧붙였다. "아플 사람은 바로 제가 될 것 같습니다. 저도 지금 엄청나게 낙담하고 있으니까요."

　"낙담이라구요!"

"네, 약속을 지킬 수 없게 되었기 때문입니다. 오늘 아침 스미스 부인이, 가난하고 처분만 바라는 조카에게 부자의 특권을 행사해서, 런던으로 일을 보러 가라고 하시더군요. 막 통고를 받고 앨런험에 작별을 고했습니다. 그리고 기운을 차리고 여러분께 작별 인사를 하러 왔습니다."

"런던으로! 그런데 오전에 떠나는 건가요?"

"지금 바로 가야 합니다."

"매우 서운한 일이군요. 하지만 스미스 부인의 말을 따라야겠지요. 그런데 부인 일 때문에 오래 떠나 있지는 않겠지요."

"정말 친절한 말씀이지만, 데번셔에 곧 돌아올지는 모르겠습니다. 스미스 부인을 일년에 두 번 방문하는 일은 없었습니다." 그는 얼굴이 붉어지면서 대답했다.

"스미스 부인만이 당신 친구인가요? 이곳에서 당신을 받아 줄 집이 앨런험 뿐인가요? 아서요, 윌러비 씨. 여기서 지금 초대를 할까요?"

그는 얼굴이 더 붉어지면서 시선을 바닥에 둔 채 단지 "정말 친절하십니다."라고 말할 뿐이었다.

대시우드 부인은 놀라서 엘러너를 바라보았다. 엘러너도 똑같이 놀랐다. 몇 분 동안 모두 침묵을 지켰다. 대시우드 부인이 먼저 말을 꺼냈다.

"윌러비 씨, 내가 하고 싶은 말은, 바튼 코티지에서 당신은 언제나 환영받을 거라는 거예요. 빨리 이곳에 돌아오라는 부담을 주지는 않겠어요. 당신만이 그것이 스미스 부인의 마음에 들지 판단할 수 있을 테니까요. 그 문제에 대해 당신의 의중을 의심하지 않는 것처럼 당신의 판단에도 의구심을 품지 않겠어요."

"현재 제가 맡은 일의 성격상," 윌러비가 난처해하며 대답했다.

"입에 발린 말을 하기가……"

그는 입을 다물었다. 대시우드 부인은 놀라서 말을 할 수 없었고 다시 침묵이 흘렀다. 이번에는 윌러비가 침묵을 깨고 옅게 미소를 흘리면서 말했다.

"이런 식으로 머뭇거리는 것은 어리석은 짓입니다. 이제 어울리기 힘들게 된 분들과 함께 있으면서 자신을 괴롭히는 일은 더 이상 못하겠습니다."

그러더니 그는 황급히 인사를 하고 방을 나갔다. 그들은 그가 마차에 오르는 것을 보았다. 순식간에 마차는 시야에서 사라졌다.

대시우드 부인은 말도 나오지 않을 정도로 감정이 북받쳐 올라 이런 갑작스런 작별로 생긴 근심과 놀라움을 혼자서 되씹어 보려고 나가버렸다.

엘러너의 불안감도 어머니에 못지않았다. 그녀는 방금 전에 있었던 일을 생각하면서 걱정 되고 의심이 들었다. 작별을 고하는 윌러비의 행동이나 당황한 모습, 활발한 척하려는 것, 그리고 무엇보다도 어머니의 초대를 받아들이지 못하는 것과 연인답지 않고 그 사람답지도 않은 뒷걸음질치는 태도 등이 상당히 혼란스러웠다. 한 순간 그녀는 그 사람 편에서는 진지한 애정이 전혀 없었던 것이 아니었나 하는 생각을 했으나 다음 순간에는 그와 동생 사이에 유감스런 말다툼이 있었을 거라는 생각도 해 보았다. 그에 대한 매리앤의 열렬한 사랑을 고려할 때 다툼이 있을 리 없기는 했지만, 매리앤이 방을 나가면서 보인 비통해 하는 모습을 가장 그럴듯하게 설명할 수 있는 것은 심각한 말다툼밖에 없을 것이기 때문이다.

그러나 그들이 헤어진 구체적인 이유가 무엇이든 간에 동생의 애정은 의심할 여지가 없었으므로 엘러너는 매리앤이 느낄 깊은 슬픔을 몹시 안타깝게 여겼다. 매리앤은 틀림없이 마음의 위안 삼아 그런 슬픔에 푹 빠져 있을 뿐 아니라 그것을 부추기면서 지속시키는 것을 의무라고 여기고 있을 터였다.

반 시간쯤 후에 어머니가 돌아왔는데 비록 눈은 충혈 되어 있었지만 안색이 밝지 않은 것도 아니었다. 그녀는 일거리를 들고 앉으며 말했다.

"우리 사랑하는 윌러비가 지금쯤 바튼에서 몇 마일을 갔겠지, 엘러너. 여행하면서도 얼마나 마음이 무거울까?"

"정말 이상해요. 그렇게 갑자기 가 버리다니! 단지 한 순간의 일 같아요. 어제 저녁에 함께 있으면서 그렇게 행복하고 명랑하고 다정하지 않았어요? 그런데 지금은 겨우 십여 분 만에 통고를 하고는…… 게다가 돌아온다는 기약도 없이 가버리다니! 그이가 우리에게 털어놓은 것 말고 다른 일이 있는 게 틀림없어요. 말이나 행동이 그이답지 않았어요. 저처럼 **어머니**도 달라진 것을 보셨잖아요. 무슨 일일까요? 두 사람이 다투었을까요? 그렇지 않다면 왜 이 곳으로 오라는 어머니 초대를 그렇게 꺼리면서 받아들이지 못했까요?"

"엘러너야, 그이가 받아들일 생각이 없었던 건 아니었어. **그것**을 분명히 알겠어. 그이는 초대를 받아들일 사정이 못되었던 거야. 그 문제를 곰곰 생각해 보았더니 너뿐 아니라 나도 처음에는 이상하게 여겼던 점이 이제는 죄다 납득이 가는구나."

"정말이세요?"

"그래. 나로서는 아주 흡족하게 납득이 됐지만, 엘러너, 너는 될 수 있으면 의심하려고 하니, 너를 납득시킬 수는 없을 거야. 그래도 내가 믿지 못하게 설득할 수는 없을 거다. 내 생각에는 말이다, 그이가 매리앤을 사랑한다는 것을 스미스 부인이 눈치 챘는데 그것을 반대하기에 (아마도 부인은 다른 계획이 있겠지), 그이를 멀리 보내고 싶었던 거야. 그이를 보내면서 처리하라는 일도 그이를 쫓으려는 구실로 만들어낸 걸거야. 나는 그랬으리라 믿는다. 게다가 그이는 부인이 이 교제를 용납하지 않는다는 것을 알고 있으니까 매리앤과 약혼했다는 것을 당장은 부인에게 고백하지 못하는 거야. 또 자신이 의존하고 있는 처지니까 부인의 계획에 순종해서 잠시 데번셔를 떠나야겠다고 느낀 거겠지. 너는 그럴 수도 있고 아닐 수도 있다고 말하겠지. 그렇지만 이만큼 타당하게 이 일을 이해할 다른 방법을 제시할 수 없다면 트집 잡는 말은 듣지 않겠다."

"할 말이 없어요. 어머니가 제 대답을 미리 하셨어요."

"그렇다면 너는 그럴 수도 있고 아닐 수도 있다고 말했을 거구나. 아유! 엘러너, 네 감정은 도대체 이해할 수가 없어! 너는 좋은 쪽보다는 나쁜 쪽으로 믿어 버리는구나. 가엾은 윌러비의 사연을 이해해 주기보다는 매리앤이 비참해지기를, 그이가 잘못했기를 바라는구나. 그이가 평소에 행동하던 것과 달리 냉랭하게 작별했다고 해서 그이가 문제가 있다고 생각하기로 했구나. 실수할 수도 있다거나 낙담이 되어 마음이 울적했기 때문이라고 봐줄 수 없겠니? 확실하지 않다고 해서 가능성을 받아들일 수는 없니? 우리 모두가 사랑할 이유는 정말 많지만 나쁘게 생각할 이유는 전혀 없는 그런 사람에게 응당 해야 할 도리도 없니? 비록 어쩔 수 없이 얼마간 숨길 수밖에 없지만 그 자체로 틀림없는 동기가 있을 수도 있지 않겠어? 그래, 네가 그이를 의심하는 점은 결국 뭐니?"

"저 자신도 설명하기 힘들어요. 그렇지만 방금 그이가 그렇게 변한 것을 보고서 어쩔 수 없이 좋지 못한 쪽으로 의심이 생길 수밖에 없네요. 방금 어머니가 그이에 대해 참작해 주어야 된다고 애써 하신 말씀은 옳아요. 저도 누구를 판단할 때 공정하고 싶어요. 윌러비는 분명 그런 행동을 한 충분한 이유가 있을 테고, 저는 정말 그렇기를 바래요. 그렇지만 그런 이유를 바로 알려주는 것이 훨씬 윌러비다웠을 거예요. 숨긴다는 것이 바람직 할 수도 있어요. 하지만 그이가 숨긴다는 것은 여전히 이상하지 않을 수 없어요."

"그렇지만 성격에 어긋난 일을 할 수밖에 없는데 성격과 동 떨어진다고 그이를 비난하지는 말거라. 그런데 정말로 내가 그이를 변명하는 말들이 타당하다고 인정하니? 내 마음도 편하고 그이도 비난을 면했구나."

"완전히는 아니에요. 그들의 약혼을 (만일 그들이 약혼을 했다면) 스미스 부인에게 숨기는 게 타당할 수도 있고, 그런 경우라면 윌러비가 당장은 데번셔에 없는 게 편리하긴 할 거예요. 하지만 그것이 우리에게 그 사실을 숨긴 데 대한 변명은 되지 못해요."

"우리에게 숨겼다고? 얘야, 윌러비와 매리앤이 숨겼다고 비난하다니? 정말 이상하구나. 두 사람이 조심성이 없다고 매일 곱지 않은 눈으로 봤으면서."

"그들이 서로 좋아한다는 증거가 없다는 것이 아니에요. 그들이 약혼했다는 증거가 없다는 거지요." 엘러너가 말했다.

"나는 두 가지 다 완벽하다고 본다."

"그렇지만 그 문제에 대해 두 사람 다 어머니께 한 마디도 하지 않았잖아요."

"행동으로 그렇게 뚜렷이 드러나는데 무슨 말이 필요하겠니. 최소한 지난 보름동안 그이가 매리앤이나 우리 모두에게 하는 행동에서, 매리앤을 사랑하고 미래의 아내로 여기며 우리를 가장 가까운 가족으로 느낀다는 것이 분명히 드러나지 않았니? 우리가 서로를 완전히 이해하지 않니? 표정이나 태도로 사려 깊고 다정한 존경심을 보이면서, 그이는 매일 나의 허락을 구하지 않았니? 엘러너야, 어떻게 그들의 약혼을 의심하니? 어떻게 그런 생각을 할 수 있니? 윌러비가 네 동생과 사랑에 빠졌다고 믿으면서도, 그이가 그 애와 헤어지면서, 게다가 몇 달이 될 지도 모르는데, 사랑한다는 말을 하지 않았을 거라고, 서로 약속을 나누지도 않은 채 헤어졌을 거라고 어떻게 생각할 수 있니?"

"솔직히 말하면," 엘러너가 대답했다. "한 가지만 제외하면 그들이 틀림없이 약혼을 한 것 같아요. 그 한 가지는 그들이 그 문제에 대해 철저히 입을 다물고 있다는 것인데, 제게는 그게 가장 문제가 있다고 여겨지는 점이에요."

"참 이상하구나! 둘 사이의 공공연한 행동을 보고도 그들이 어떤 관계인지 의심스럽게 여긴다면, 너는 윌러비를 정말 몹쓸 사람으로 생각하는 게 틀림없어. 그 동안 내내 그이가 네 동생에게 한 행동이 거짓이었단 말이니? 그이가 정말로 매리앤에게 무심하다고 생각하니?"

"아니에요. 그렇게 생각할 수는 없어요. 그이가 매리앤을 사랑할 수밖에 없고 사랑한다는 것은 분명해요."

"그러면서도 네가 생각하듯 그이가 그렇게 무심하게, 미래는 생각지 않고 그 애와 작별을 할 수 있는 사람이라면 참 이상한 사랑이구나."

"어머니, 제가 이 문제를 확실하게 단정 짓고 있었던 것은 아니라는 걸 염두에 두셔야죠. 솔직히, 의심을 했다는 것은 인정해요. 하지만 처음보다 많이 옅어졌고, 곧 없어지겠죠. 그들이 편지 왕

래를 하는 것을 알게 되면(결혼할 사이에서만 편지 왕래를 했음-역
주) 제 걱정은 완전히 없어질 거예요."

"정말 많이도 양보했구나! 그들이 제단 앞에 서는 것을 봐야 결
혼할 거라고 생각하겠구나. 몹쓸 애 같으니라구! 그렇지만 나는
그런 증거가 필요 없다. 내가 보기에 마땅히 의심할 만 하다고 여
길게 없었다. 비밀스럽게 하려던 적도 없었으며, 모든 것이 언제
나 공공연했고 숨김이 없었어. 너도 동생의 소망을 의심할 수는
없겠지. 그러니 네가 의심하는 것은 윌러비일거야. 그러나 왜? 그
이가 명예심과 감정이 없는 사람이니? 그이 편에서 경계심을 일
으킬 정도로 방종한 점이 있었니? 그이가 속이고 있겠니?"

"저도 그렇지 않기를 바래요. 그렇게 생각하지도 않아요." 엘러
너가 소리쳤다. "저도 윌러비가 좋아요. 진정으로 좋아요. 그이의
정직성을 의심하는 것은 어머니만큼이나 제게도 고통스러워요.
저도 모르게 그런 생각이 든 거예요. 더는 그런 식으로 생각하지
않을래요. 솔직히 오늘 아침에 그이 태도가 바뀐 것에 놀랐어요.
그이가 말하는 것도 예전과 달랐고, 어머니의 친절하신 초대를
예법에 맞게 받아들이지도 않았어요. 그러나 이 모든 것은 어머
니가 생각하신 것처럼 그이의 상황이 변했기 때문이라고 설명할
수 있어요. 그이는 막 동생과 작별했고, 그 애가 엄청나게 괴로워
하며 나가는 것을 봤죠. 게다가 스미스 부인을 화내게 할까봐 두
려워 여기에 곧 돌아오고 싶은 마음을 억눌러야 했어요. 그러면
서도, 어머니의 초대를 거절하고 또 얼마간 떠나 있을 거라고 말
해서 우리 가족이 그가 도량 없고 의심스런 행동을 한다고 생각
할거라는 의식을 했다면, 무척 당황하고 난처한 것도 무리는 아
니었을 거예요. 그런 경우에 자신의 어려움을 공개적으로 명백하
게 밝히는 것이 그이의 보통 때의 성격과 훨씬 더 어울리며, 그의

면목도 더 세워줄 수 있을 거라고 생각해요. 그렇지만 저와는 판단이 다르다는 이유에서, 또 제가 옳고 조리 있다고 생각하는 행동과 동떨어졌다는 그런 아량 없는 기준으로 다른 사람의 행동을 비판하지는 않겠어요."

"네가 말 잘 했다. 윌러비는 분명 의심받을 만한 일은 하지 않았어. 우리는 그이를 오래 알지 못했지만 이 곳에서 그이는 낯선 사람도 아니야. 그이를 좋지 않게 말한 사람이 어디 있었니? 마음대로 행동할 수 있고 곧 결혼도 할 수 있는 상황이었다면 우리에게 모든 것을 다 알려주지 않고 떠난 것이 이상한 거지만 이번은 그런 경우가 아니야. 이 약혼은 어떤 면에서는 처음부터 순조로울 것 같진 않았지. 언제 결혼하게 될지도 불확실할 테니까 말이야. 그렇게 보면 비밀로 하는 것도 바람직하다고 볼 수 있을 거야."

마거릿이 들어오는 바람에 대화가 끊어졌다. 그래서 엘러너는 어머니가 말한 내용을 여유를 갖고 곰곰이 되짚어 보았고 그럴 가능성이 많다는 것을 깨달으면서 그 말이 전부 옳기만을 바라게 되었다.

그들은 매리앤을 통 보지 못했는데 그녀는 정찬 때가 되어서야 들어와 한 마디 말도 없이 식탁에 자리 잡았다. 눈은 충혈 되고 부어 있었으며 지금도 간신히 눈물을 참고 있는 것으로 보였다. 그녀는 모두의 시선을 피했으며 먹을 수도 말할 수도 없었는데, 얼마 후 어머니가 연민에 가득 차서 말없이 그녀의 손을 지그시 누르자 그나마 간신히 참고 있던 감정이 북받쳐서 눈물을 터뜨리면서 방을 나갔다.

이처럼 저녁 내내 매리앤은 극도로 침울한 상태에 빠져 있었다. 그녀는 자신을 추스를 힘이 없었는데 그것은 아예 그럴 생각이 없었기 때문이었다. 윌러비와 관련된 것은 아무리 사소한 것이라도 언급만 되면 즉각 울음이 북받쳐 오르게 했다. 가족들은 그녀를 편안하게 해 주려고 갖은 신경을 다 썼지만 그들이 말을 하는 한 그와 같은 감정상태에 있는 매리엔에게 윌러비를 연상시킬 주제를 완전히 없애기란 불가능했다.

16장

윌러비와 헤어진 후 처음 맞게 된 밤에 잠을 잘 수 있었다면 매리엔은 절대로 자신을 용서할 수 없었을 것이다. 또 잠자리에서 일어났을 때 잠자기 전보다 더 휴식이 필요할 정도가 되지 않았더라면 아침에 식구들 얼굴을 대하기 부끄러워했을 것이다. 그러나 자제력을 창피하게 여기는 감정 덕분에 그녀에게 그런 일이 일어날 위험은 없었다. 그녀는 밤새도록 깨어 있으면서 눈물로 지샜다. 일어났을 때는 두통이 나서 말도 할 수 없었으며 무얼 먹으려고 하지도 않아서, 매순간 어머니와 자매들의 마음을 아프게 했고 누가 위로해도 전혀 들으려 하지 않았다. 그녀의 감성이 그만큼 강력했던 것이다!

아침 식사가 끝나자 매리엔은 혼자 산책을 나가 앨런험 마을 근처를 배회하면서 지난날의 즐거웠던 회상에도 빠져 보고 달라진 현재를 애통해 하면서 아침나절을 보냈다.

그녀는 저녁에도 똑같은 감정에 빠져 지냈다. 윌러비에게 연주해 주곤 했던 애창곡을 모두 연주해 보았고 둘이 목청을 모아 자주 불렀던 노래를 다 불러 보았다. 그가 자신을 위해 베껴 써 준 악보를 한 줄 한 줄 응시하면서 피아노 앞에 앉아 있다가 마음이 무거워져 더 이상 슬퍼할 수 없을 정도가 되기도 했다. 이처럼 슬픔을 부추기는 행동이 매일 거듭되었다. 그녀는 피아노에 앉아 내내 노래하다 울다 번갈아 했다. 눈물 때문에 목소리가 막히는 때도 종종 있었다. 음악뿐 아니라 책에서도 일부러 과거와 현재의 대조가 줄 수밖에 없는 고통을 찾아 다녔다. 그녀는 그들이 함께 읽곤 했던 것 이외에는 읽지 않았다.

이렇게 격렬하게 고통스러워하는 일을 계속할 수는 없었다. 며칠이 지나자 다소 가라앉은 우울한 상태에 빠졌다. 그러나 매일 되풀이하는 이런 일들과, 외로운 산책, 말없는 명상 등으로 인해 때때로 전과 마찬가지의 생생한 슬픔이 터져 나오기도 했다.

윌러비에게서 편지는 오지 않았고 매리앤도 기다리고 있는 것 같지 않아 어머니는 놀랐고 엘러너는 다시 불안해졌다. 그러나 대시우드 부인은 원할 때는 늘 구실을 찾을 수 있었으며 그것으로 최소한 자신은 만족했다. 대시우드 부인이 말했다.

"엘러너야, 우리 편지를 존 경이 우체국에서 몸소 찾아온다는 것을 기억해야지. 비밀을 지킬 필요가 있다는 것에는 우리가 이미 의견의 일치를 보았으니, 만일 그들의 편지가 존 경의 손을 거치게 된다면 비밀을 지킬 수 없다는 것도 생각해야지."

엘러너는 이 말도 일리가 있다는 것을 부정할 수는 없었으므로 편지 왕래가 없는 이유도 충분히 거기에 있을 것이라고 생각하려고 했다. 그러나 사건의 진상을 알려주고 모든 궁금증을 즉시 풀어줄, 직접적이며 간단할 뿐 아니라 그녀의 의견으로는 바람직한 방법이 하나 있었으니 어머니에게 그 이야기를 하지 않을 수 없었다.

"매리앤이 윌러비와 약혼을 한 건지 아닌지를 그 애에게 직접 물어 보는 게 어떨까요? 어머니가, 친절하고 우리를 끔찍이 아끼는 어머니가 물어 보는 것은 기분을 상하게 하지 않을 거예요. 그 거야 그 애를 사랑하는 어머니가 당연히 하실만한 일이니까요. 그 애는 모든 것을 터놓곤 했고 어머니께는 더욱 그랬어요."

"나는 절대로 그런 것을 묻지 않겠어. 만일 그들이 약혼을 하지 않았다면 그런 질문이 얼마나 고통스럽겠니! 어쨌든 그건 너무 무정할거야. 지금은 누구에게도 알리고 싶지 않은 것을 억지로 고백 받고 나면 다시는 그 애의 속내를 들을 수 없게 될 거야. 나는 매리앤의 마음을 알아. 그 애는 이 엄마를 정말 사랑하니까 정황을 보아 밝히는 게 좋을 때가 되면 털어 놓을 거라는 걸 알아. 나는 사람의 속내를 억지로 끌어내고 싶지 않아. 자식은 더 더욱 그래. 거부하고 싶은 마음이 있어도 의무감 때문에 그렇게 하지 못할 테니까 말이다."

엘러너는 동생의 어린 나이를 생각할 때 이러한 관용은 너무 지나치다고 여겨서 좀 더 주장을 했으나 허사였다. 상식적인 분별이나 상식적인 고려, 상식적인 신중함 등은 모두 대시우드 부인의 낭만적인 세심한 배려에 묻혀 버렸다.

가족들은 여러 날이 지날 때까지도 매리앤 앞에서 윌러비의 이름을 거론하지 못했다. 존 경과 제닝스 부인은 사실 그렇게 친절히지는 못해서 그렇지 않아도 고통스런 시간이 그들의 농담 때문에 더욱 고통스러웠다. 그런 어느 날 저녁 대시우드 부인이 우연히 셰익스피어전집을 꺼내다가 소리쳤다.

"우리가 『햄릿』을 다 읽지 못했구나, 매리앤. 다 끝내기도 전에 윌러비가 가버렸구나. 그이가 돌아 올 때까지 미뤄놓자구나. **그러려면 몇 달이 걸릴지 모르겠다**"

"몇 달이라구요!" 매리앤이 깜짝 놀라면서 소리쳤다. "아니에 요…… 몇 주일도 안 될 거예요."

대시우드 부인은 자신의 말을 미안해했지만 엘러너는 다행스런 기분이 들었다. 매리앤의 대답에서 그녀가 윌러비를 믿고 있으며 그의 의도를 알고 있다는 것이 분명하게 드러났기 때문이다.

윌러비가 떠난 지 일주일쯤 된 어느 날 아침, 혼자서 다니는 대신 자매들이 함께 산책을 하자는 권유에 매리앤도 마음이 움직였다. 지금까지 그녀는 다른 사람과 함께 산책하는 것을 조심스럽게 피했다. 만일 자매들이 구릉지로 갈 계획이라면 그녀는 오솔길 쪽으로 살며시 나갔고 만일 그들이 계곡에 대한 이야기를 하면 그녀는 재빨리 언덕으로 올라갔기에 다른 사람들이 출발할 때는 그녀의 모습을 찾을 수가 없었다. 그러나 엘러너는 매리앤이 계속 혼자 있는 것이 염려가 되어 마침내 그녀를 붙잡았던 것이다. 그들은 계곡 사이의 길을 따라 갔으며 대체로 침묵을 지켰다. 매리앤의 마음이 아직 정리가 되지 못했고, 엘러너는 한 가지를 얻어낸 데 만족해서 더 이상은 시도할 생각이 없었기 때문이다. 계곡 초입은 울창하기는 하지만 한결 사람의 손이 간 흔적이 있으며 환하게 트여 있었다. 그 너머로 그들이 처음 바튼에 올 때 지나왔던 길이 앞으로 길게 뻗어 있었다. 그들은 거기 도착해서 주변을 돌아보며 집에서는 멀리로만 보았던 전망을 살펴보았다. 이전에 산책을 할 때 한 번도 와보지 않은 곳이었다.

그들은 곧 풍경 속에서 뭔가 움직이는 것을 발견했는데 그것은 그들을 향해 말을 타고 오는 어떤 남자였다. 몇 분 후 그 사람이 신사라는 것을 구별할 수 있었고 잠시 후 매리앤이 기쁨에 들떠 소리 질렀다.

"그이야. 정말이야. 나는 알아."

그리고 서둘러 그를 맞으러 가려고 할 때 엘러너가 소리쳤다.

"매리앤, 네가 잘못 봤어. 윌러비가 아니야. 저 사람은 그이만큼 크지 않고 풍채도 달라."

"똑같아. 똑같아. 틀림없이 똑같아. 그이의 풍채, 그이의 외투, 그이의 말이야. 나는 그이가 곧 올 거라는 걸 알고 있었어." 매리앤이 소리쳤다.

그녀는 말을 하면서 열심히 걸어갔으므로 그 사람이 윌러비가 아니라고 확신한 엘러너는 매리앤이 구체적인 행동을 못하게 막으려고 발걸음을 빨리 해서 그녀를 따라 잡았다. 그들은 곧 그 신사와 30야드쯤 떨어진 곳에 이르렀다. 매리앤은 다시 쳐다보고는 풀이 죽어 갑자기 돌아서더니 서둘러 되돌아가려고 했다. 그때 두 자매가 목청을 돋우어 그녀에게 멈추라고 했고 또 하나의 목소리가, 윌러비의 목소리만큼 잘 아는 목소리가 합세해서 그녀에게 멈추라고 간청했다. 그녀가 놀라서 돌아서자 에드워드 페러스가 거기 있었다.

그는 그 순간 윌러비가 아니어도 용서받을 수 있는 이 세상의 유일한 사람이었다. 그녀에게서 미소를 끌어낼 수 있었을 유일한 사람인 윌러비가 아니어도. 그러나 그녀는 눈물을 훔치고 그에게 미소를 보였으며 언니가 행복하다는 생각에 잠시 자신의 실망을 잊었다.

그는 말에서 내려 고삐를 하인에게 주고 그들과 함께 바튼으로 걸어갔다. 그들을 방문하러 일부러 이곳에 온 것이었다.

에드워드는 그들 모두에게서 살갑게 환영받았으며 특히 매리앤은 엘러너보다 더 따뜻하게 그를 맞아 주었다. 사실 매리앤이 보기에 에드워드와 언니의 재회는 도대체 이해가 안 될 정도로 담담한 것으로 놀런드에서 자주 보았던 행동의 연장일 뿐이었다.

특히 에드워드는 그런 경우 연인이라면 당연히 하는 식으로 눈을 맞추거나 말을 걸지도 않았다. 그는 어리둥절해 있었으며 그들을 만나서 즐거운 것 같지도 않았고 기쁘다거나 명랑하게 보이지도 않았으며 질문을 받아 어쩔 수 없는 경우가 아니면 말도 거의 하지 않았고 엘러너를 두드러지게 다정하게 대하지도 않았다. 매리앤은 이런 것을 눈으로 보고 귀로 들으면서 점점 더 놀랐다. 그녀는 에드워드가 싫어질 정도까지 되었다. 그러다 대개 끝에는 언제나 그렇게 되듯이 그녀의 감정은 윌러비에게 귀착되어, 그의 훌륭한 예법이 동서가 될 사람의 예법과 얼마나 뚜렷하게 대조되는지를 생각해 보았다.

뜻밖의 만남에 반가워하며 안부를 주고받은 후 잠시 침묵이 흘렀고 곧 매리앤이 그가 런던에서 바로 오는 길인지 물었다. 아니, 그는 보름 전에 데번셔로 왔다고 했다.

"보름이라구요!" 그녀는 그가 같은 주에 그렇게 오래 있었으면서도 먼저 엘러너를 보러 오지 않은 것에 놀라 되풀이했다.

그는 다소 고민스러운 표정으로 플리머스 근처에서 친구들과 함께 있었다고 덧붙였다.

"최근에 서식스에 가보셨어요?" 엘러너가 물었다.

"한 달 쯤 전에 놀런드에 갔었습니다."

"그립고 그리운 놀런드는 어떤 모습인가요?" 매리앤이 소리쳤다.

"그립고 그리운 놀런드는 아마도 이 무렵 늘 있던 그 모습이겠지. 숲과 오솔길이 낙엽으로 두껍게 덮였을 거야." 엘러너가 말했다.

"아! 이전에 낙엽이 떨어지는 것을 얼마나 황홀한 감정으로 보았던지!" 매리앤이 말했다. "산책을 할 때면 낙엽이 내 곁으로 소나기처럼 바람에 휩쓸려 가는 것을 보며 얼마나 기뻤든지! 낙엽과 계절과 대기가 함께 불러 일으켰던 느낌은 또 어땠구! 이제 낙엽을 봐 줄 사람은 없을 거야. 낙엽은 급히 쓸어 치워 버려야할, 될 수 있으면 시야에 들어오지 않게 없애야 할 귀찮은 존재로만 보이겠지."

"모두가 너처럼 낙엽에 대한 정열을 가지고 있지는 않단다." 엘러너가 말했다.

"그래, 내 감정에 공감하는 이도 잘 없고 이해하는 이도 드물어. 그렇지만 때로는 그런 이도 있어." 매리앤은 이 말을 하면서 잠시 생각에 빠졌지만 다시 정신을 차려서, "그런데 에드워드"라고 하면서 그의 주의를 경치로 돌렸다. "여기가 바튼 계곡이에요. 좀 올려다보면 마음이 벅차 오를 거예요. 저 언덕을 보세요! 저것에 버금가는 것을 본 적이 있나요? 그 왼쪽의 숲과 농토 사이에 바튼 파크가 있어요. 아마 집의 한 쪽 귀퉁이가 보일 거예요. 그리고 저기, 가장 멀리에 아주 웅장하게 솟은 언덕 아래에 우리 코티지가 있어요."

"아름다운 고장입니다." 그가 대답했다. "그런데 겨울에는 기슭이 온통 진흙탕이겠어요."

"저런 경치를 눈앞에 보면서 어떻게 진흙탕을 생각하세요?"

"내 눈앞에 진흙탕길이 보이기 때문이지요." 그는 웃으면서 대답했다.

'정말 이해가 안돼!' 매리앤은 걸어가면서 혼잣말을 했다.

"여기 이웃은 좋은 분들입니까? 미들튼 가족은 상냥한 분들입니까?"

"아뇨, 전혀 그렇지 않아요." 매리앤이 불평을 토했다. "이렇게 집을 잘못 정할 수도 없었을 거예요."

"매리앤." 그녀의 언니가 소리쳤다. "어떻게 그런 말을 할 수 있니? 어쩌면 그렇게 부당한 말을 하니? 그들은 존경할만한 가족이에요, 페러스 씨. 우리에게 그럴 수 없이 친절하게 대해 준답니다. 매리앤, 그분들 덕에 얼마나 즐거운 나날을 지냈는지 잊었니?"

"아니. 그리고 얼마나 고통스런 순간을 보냈는지도 잊지 않았어." 매리앤이 낮은 목소리로 말했다.

엘러너는 이 말은 무시한 채 손님에게 주의를 돌려서 현재 사는 곳의 좋은 점을 이야기했고, 때때로 그에게서 질문이나 말을 끌어내어 대화 비슷한 것을 유지해 나가려고 노력했다. 그의 냉랭한 태도나 침묵은 그녀의 마음을 몹시 상하게 했다. 또 그녀는 심란하기도 하고 반쯤 화가 치밀기도 했다. 그러나 현재보다는 과거를 생각해서 그를 대하겠다고 결심하고 화가 났거나 불쾌한 표시를 내지 않았고 가족관계로 보아 그가 대접받아야 할 정도에 따라 그를 대우했다.

17장

대시우드 부인이 그를 보고 갑작스러워하며 놀란 것은 잠시 뿐이었다. 그녀 생각에는 그가 바튼에 오는 것이야말로 당연한 일이었기 때문이다. 뜻밖이라기보다 반갑고 기쁜 마음이 앞섰다. 그는 부인에게서 가장 살갑게 환영 받았다. 그런 살가운 대접을 받으면서도 수줍어하며 냉정하게 입을 다물고 있기는 힘들었다.

수줍어하던 태도는 집에 들어오기 전에 물러가기 시작했으며 대시우드 부인의 정감 어린 태도를 대하자 완전히 사라졌다. 사실 부인의 딸과 사랑에 빠진 남성이라면 부인에게까지 열정을 뻗치지 않기란 힘들었을 것이다. 엘러너는 그가 곧 본래의 모습으로 돌아오는 것을 보고 기뻤다. 그들 모두에 대한 그의 애정이 되살아나는 것 같았고 그들의 행복에 대한 그의 관심도 다시 눈에 띌 정도가 되었다. 그러나 그는 활기차지는 못했다. 그들의 집을 칭찬했고 전망에 찬사를 보냈으며 사려 깊고 친절하기는 했지만 여전히 활기차지는 못했다. 온 가족이 그것을 느꼈다. 대시우드 부인은 그것이 에드워드의 어머니가 너그럽게 베풀지 않은 탓이라고 여겼기에 이기적인 부모들에게 분개하면서 식탁에 앉았다. 정찬이 끝나고 난로 가에 둘러앉았을 때 부인이 말했다.

"에드워드, 요즘 페러스 부인은 당신에게 어떤 기대를 하고 계시나요? 아직도 적성에 맞지 않는 위대한 웅변가가 되어야 하나요?"

"아닙니다. 제가 공직 생활을 할 의향이 없을 뿐 아니라 재능도 없다는 걸 이제는 분명히 아실 걸로 믿습니다!"

"그러면 어떻게 명성을 얻을 생각인가요? 가족을 기쁘게 하려면 유명해져야 하는데, 시간과 돈을 들일 생각도 없고, 모르는 사람과 잘 사귀지도 못하고, 직업도 없고, 자신도 없으니 아주 어려운 문제일 텐데."

"저는 그럴 뜻이 없습니다. 유명해지고 싶지도 않습니다. 절대 그렇게 되지 못할 걸 압니다. 고마운 일이지요! 억지로 천재나 웅변가가 될 수는 없을 겁니다."

"당신이 야심이 없다는 건 잘 알아요. 당신 소망은 아주 소박하지요."

"대부분의 세상 사람들처럼 소박하지요. 저도 다른 사람들처럼 완벽하게 행복하고 싶지만, 누구나 그렇듯이 제 방식으로 그렇게 되어야 합니다. 저명한 인물이 된다고 해서 행복해지지는 않을 겁니다."

"그렇게 된다면 이상한 거지요!" 매리앤이 소리쳤다. "부나 명성이 행복과 무슨 관계가 있어요?"

"명성은 관계가 없을 수도 있겠지만 부는 행복과 상당한 관계가 있지." 엘러너가 말했다.

"엘러너, 어쩜 창피하게! 다른 아무 것으로도 행복할 수 없을 때에만 돈으로 행복해질 수 있어. 돈이 편하게 살 수 있는 충분한 자산은 되겠지만 그 이상으로 진정한 만족을 주지는 못해." 매리앤이 말했다.

"아마 우리는 같은 말을 하고 있을 거야." 엘러너가 웃으면서 말했다. "네가 **말하는** 충분한 자산이나 내가 **말하는** 부라는 것이 아주 비슷할 걸. 지금 세상에 그게 없이는 현실적으로 편안하게 지내지 못할 거라는 데 우리 둘 다 동의할 걸. 단지 네 생각이 나보다 규모가 클 것 같은데. 말해봐, 너는 얼마를 충분한 자산으로 보는 거니?"

"연수 1,800에서 2,000파운드 정도야. **그 정도**보다 많을 필요는 없지."

"연수 2,000파운드라고!" 엘러너는 웃었다. "1,000파운드가 내가 부라고 한 거야! 이렇게 될 줄 나도 알았어."

"그렇지만 연수 2,000파운드는 아주 규모 있게 잡은 수입이야. 그보다 더 적은 수입으로는 집안을 잘 꾸려갈 수 없어. 내 요구가 지나친 건 아니라고 생각해. 하인들이나 미차 둘, 사냥용 말을 제대로 건사하려면 더 적은 돈으로는 힘들어." 매리앤이 말했다.

엘러너는 미래에 쿰 매그너에서 쓸 비용을 동생이 그렇게 정확하게 묘사하는 것을 듣고 다시 미소 지었다.

"사냥용 말이라고!" 에드워드가 매리앤의 말을 되풀이했다. "왜 사냥용 말을 두려고 하죠? 모두가 사냥을 하지는 않아요."

"그렇지만 대부분은 하죠." 매리앤은 얼굴이 붉어지면서 대답했다.

"누군가 우리 모두에게 큰 재산을 물려주었으면 좋겠어!" 마거릿이 새로운 생각을 해내어 말했다.

"아 정말 그랬으면!" 매리앤이 소리쳤다. 그런 행운을 상상만 해도 즐거워 그녀의 눈은 생기가 나 반짝거렸고 볼이 발갛게 달아올랐다.

"부는 충분하지 않은데 우리 모두 그런 소망에는 한 마음이네." 엘러너가 말했다.

"아! 얼마나 행복할까! 그 돈으로 무얼 해야 할지 모르겠어!" 마거릿이 큰 소리로 말했다.

매리앤은 그 점에 대해 망설일 여지가 없어 보였다.

"딸들이 내 도움 없이도 부자가 된다면 나는 이 많은 재산을 혼자서 어떻게 써야 할지 모를 거야." 대시우드 부인이 말했다.

"이 집을 개조하는 일부터 시작해야죠. 그러면 어머니의 어려움은 곧 없어질 거예요." 엘러너가 이렇게 말하자 에드워드가 말을 이었다

"그런 일이 생기면 이 집에서 런던으로 어마어마한 주문서가 나가겠군요! 서적상, 악보상, 그리고 판화상들이 즐거운 비명을 지르겠어요! 대시우드 양, 당신은 괜찮은 판화가 새로 나오는 족족 보내달라고 일괄 의뢰를 하겠지요. 매리앤에 대해 말해 보면, 당신의 심오한 영혼을 알고 있으니 말인데요, 런던에는 당신을

만족시켜 줄만한 악보가 충분히 없을 겁니다. 책들도 마찬가지구요! 당신은 톰슨(제임스 톰슨. 1700-1748. 『사계』라는 시집을 냄. 낭만주의적 성향의 선구자-역주), 쿠퍼, 스코트 등의 책을 사고 또 살 것입니다. 제 생각에는, 그런 책들이 자격도 없는 사람의 손에 들어가는 것을 막으려고 있는 대로 다 사 모을 것 같군요. 고목이 되어 뒤틀린 나무를 찬미하는 법을 가르쳐 주는 책도 다 사겠지요. 그렇지 않소, 매리앤? 제가 너무 건방지게 들렸다면 용서해 줘요. 그러나 옛날 우리가 했던 논쟁을 잊지 않았다는 걸 보여주고 싶었소."

"저는 과거를 돌아보는 게 좋아요, 에드워드. 우울한 일이든 즐거운 일이든 회상하는 게 좋아요. 그러니 지난날에 대한 이야기를 했다고 해서 기분 나쁠 거는 없지요. 제가 돈을 어떻게 쓸지는 당신이 생각한대로 다 맞아요. 최소한 그 돈 중 일부에 대해서는 말예요. 여유 돈으로는 분명 악보와 책을 더 많이 사 모을 거예요."

"그러면 대부분 재산은 작가나 그 후손에게 연금으로 주려고 비축할 거구요."

"아니에요, 에드워드, 그 돈으로 할 일은 따로 있어요."

"그렇다면 아마도 당신이 제일 좋아하는 금언, 즉 사람은 일생에 한 번밖에 사랑에 빠질 수 없다는 이론을 가장 잘 옹호하는 글을 쓴 사람에게 포상으로 주겠군요. 그 점에 대해 당신의 의견은 아직 바뀌지 않았지요?"

"물론이죠. 제 나이 또래에는 견해가 비교적 고정되어 있는 편이지요. 제가 생각을 바꿀 정도의 일을 지금 보고 듣는 일은 없는 것 같은데요."

"보다시피 매리앤은 전이나 마찬가지로 확고부동하답니다. 저 애는 전혀 변하지 않았어요." 엘러너가 말했다.

"단지 예전보다 다소 침울해진 것 같군요."

"아니, 에드워드, **당신**이 저를 비난해서는 안 되죠. 당신도 쾌활하지는 않아요." 매리앤이 말했다.

"저런, 그렇게 생각하는군요!" 그가 한숨을 쉬며 대답했다. "그렇지만 원래 제 성격이 쾌활한 것과는 거리가 멀었지요."

"매리앤의 성격도 쾌활한 것과는 거리가 멀어요." 엘러너가 말했다. "저 애를 활발하다고 할 수는 없어요. 저 애는 자기가 하는 모든 일에 매우 진지하고 열심이며, 때로는 말도 상당히 많고 또 늘 생기가 넘치기는 하지만, 사실은 명랑하지 못할 때가 많아요."

"당신 말이 맞습니다. 그런데도 저는 항상 그녀를 활발한 사람이라고 단정하고 있었답니다." 그가 대답했다.

"저 자신도 그런 실수를 하는 걸 자주 깨닫는답니다." 엘러너가 말했다. "이러 저러한 점에서 성격을 완전히 잘못 이해하기도 하고, 사람들을 실제보다 더 명랑하거나 침울하다고, 혹은 훨씬 명석하거나 우둔하다고 착각을 했어요. 이런 잘못된 생각이 왜, 어디서 생겨났는지 모르겠어요. 때때로 우리는 어떤 사람이 스스로에 대해 말하는 것이나, 혹은 더 자주는, 다른 사람들이 그에 대해 말하는 것만 듣고서 깊이 생각해보고 판단할 시간을 갖지 않고 따라가게 되지요."

"그렇지만 엘러너, 다른 사람의 의견을 그대로 따르는 게 옳은 줄 알았는데. 우리의 판단력은 이웃의 판단을 따르라고 주어진 줄 알았지. 그게 항상 언니 신조였잖아." 매리앤이 말했다.

"아니야, 매리앤. 절대로 아니야. 자신의 분별을 굽히라는 것이 내 신조는 아니었어. 내가 바꾸려고 했던 것은 행동이었지. 내 의미를 혼동해서는 안돼. 만나는 사람들을 좀더 사려 깊게 대하라고 종용한 적이 많았다는 건 인정할게. 그렇지만 진지한 문제에서 너더러 그들의 감정을 받아들이거나 그들의 판단에 순응하라고 한 적이 언제 있었니?"

"당신은 일상적인 예의를 지키자는 계획에 동생을 동참시킬 수 없었군요. 진척을 전혀 못 보았습니까?" 에드워드가 엘러너에게 말했다.

"그렇답니다." 엘러너가 의미심장하게 매리앤을 보면서 말했다.

"그 문제에서 제 판단은 전적으로 당신 편입니다." 에드워드가 대꾸했다. "그러나 유감스럽게도 제 실제 행동은 훨씬 더 동생 편에 가깝습니다. 저는 무례하게 굴고 싶지 않은데도 멍청할 정도로 수줍어서 종종 남을 무시하는 사람으로 여겨진답니다. 원래 쑥스러워 하다보니 그냥 뒤로 물러서 있을 뿐인데 말입니다. 저는 잘 모르는 상류층 사람들과는 도무지 편하질 않아서, 원래 낮은 계층의 사람들을 좋아하는 성향이라는 생각도 종종 합니다!"

"매리앤은 수줍어서 무심한 행동을 한다고 변명할 수도 없어요." 엘러너가 말했다.

"매리앤 양은 자신의 가치를 잘 알고 있어서 일부러 부끄러워 하는 체 할 수도 없을 겁니다. 수줍음이라는 것은 어떤 면에서는 열등감의 결과일 뿐이랍니다. 만일 제 태도가 완벽하게 자연스럽고 고상하다는 자신이 있으면 저는 수줍어하지 않을 겁니다." 에드워드가 대답했다.

"그렇지만 당신은 여전히 속을 털어놓지 않을 걸요. 그건 더 나쁘지요." 매리앤이 말했다.

"속을 털어놓지 않는다구요! 제가 속을 털어놓지 않고 있나요, 매리앤?" 에드워드가 눈을 휘둥그레 뜨며 말했다.

"네, 아주요."

"이해가 안 되는군요." 그가 얼굴이 붉어지면서 말했다. "속을 털어놓지 않는다구요! 어떻게, 어떤 식으로요? 무슨 말을 해야 할까요? 무슨 추측을 하는 겁니까?"

엘러너는 그가 이렇게 감정적인 것에 놀랐지만 웃어서 그 화제를 넘겨 버리려고 말했다.

"동생을 몰라서 그 말뜻을 이해하지 못하시나요? 저 애는 자기만큼 재빨리 말하지 않거나 자기가 찬미하는 것을 그만큼 찬미하지 않는 사람은 다 속을 털어놓지 않는다고 비난하잖아요?"

에드워드는 대답하지 않았다. 우울하고 생각에 잠긴 태도가 다시 완전히 되돌아 온 채, 한참을 말없이 무기력하게 앉아 있었다.

18장

엘러너는 방문객의 우울한 기분을 걱정스레 바라보았다. 에드워드의 방문이 그녀에게 보잘것없는 기쁨만을 주었을 뿐이라면 그가 느끼는 즐거움은 더 형편없어 보였다. 그가 불행한 것은 명백했다. 엘러너는 한때 자신이 일으켰다고 의심치 않았던 바로 그 애정을 그가 간직한 채 자신을 여전히 각별하게 여긴나는 사실도 그만큼 명백했으면 하고 바랐다. 그러나 지금까지는 그의 애정이 지속되고 있는지도 몹시 불확실하기만 한 것 같았다. 한 순간 생기 있는 표정이 들 때 이전의 감정이 언뜻 드러나다가도 다음 순간 그녀에 대해 뒷걸음질치는 듯한 태도는 그것을 부정하고 있었다.

다음날 아침, 그는 다른 사람들이 내려오기 전에 조찬실에서 그녀와 매리앤을 만나게 되었다. 매리앤은 힘이 닿는 한 그들의 행복을 도와주려고 열심이기에 곧 그들끼리 남겨두고 나와 버렸다. 그러나 그녀가 이층으로 반도 올라가기 전에 문이 열리는 소리가 들려 돌아서자 놀랍게도 에드워드가 밖으로 나오는 것이 보였다. 그가 말했다.

"아직 아침 준비가 안 되었으니까 제 말들을 보러 마을로 가봐야겠어요. 곧 돌아오겠습니다."

*

에드워드는 돌아 와서 주변 경치에 대해 새로이 찬사를 늘어놓았다. 그는 마을로 걸어가면서 계곡의 여러 지대를 더 잘 볼 수 있었던 것이다. 코티지보다 훨씬 높은 지대에 있는 마을에서는 전체적인 전망이 잘 보여서 무척 기뻤다고 했다. 이것은 매리앤의 관심을 끄는 화제여서 그녀는 이런 풍경에 대한 자신의 찬사를 피력하면서 특히 그에게 인상적이었던 것들을 더 구체적으로 묻기 시작했다. 그때 에드워드가 그녀의 말을 가로막고 말했다.

"너무 많이 묻지 말아요, 매리앤. 제가 회화적인 것(평범한 자연 풍경과 달리 그림으로 그릴만한 특성을 가진 자연 풍경-역주)에 대해 아는 게 없다는 걸 알지 않소. 구체적인 얘기를 하게 되면 제가 무식하고 취향이 없는 것에 기분이 상할 겁니다. 언덕이 힘차게 뻗어 있는 것을 가파르다고 할 테고, 표면이 바위로 층을 이루어 골이 진 것을 이상하고 거칠다고 할 것이며, 안개 짙은 대기라는 부드러운 매개체 속에 희미하게 보일 뿐인 것을 멀어서 보이지 않는다고 할 테니까요. 제가 솔직하게 말하는 이런 정도의 찬사로 만족하세요. 이곳은 아주 멋진 마을입니다. 언덕은 가파르고 숲은 좋은 나무로 가득 차 있고 계곡은 편안하고 아늑해 보여요. 풍부한 목초지와 여러 채의 아담한 농가가 여기 저기 흩어져 있더군요. 이곳은 제가 생각하는 멋진 시골과 꼭 들어맞습니다. 아름다움과 실용성이 겸비되어 있으니까요. 그리고 당신이 찬미를 하니까 이곳이 회화적인 아름다움을 가진 곳이라고 할 수도 있겠군요. 저도 이곳에 바위와 곶, 회색 이끼, 관목이 많이 있을 거라고 쉽게 믿을 수 있지만 제 눈에 들어오지는 않더군요. 저는 회화적인 것에 대해서 아무 것도 모르니까요."

"과연 그런 것 같네요. 그런데 왜 그걸 자랑하세요?" 매리앤이 말했다.

"내 생각에," 엘러너가 말했다. "에드워드는 한 종류의 가식을 피하려다 다른 가식에 빠지게 된 거야. 많은 사람들이 실제로 느끼는 이상으로 자연의 아름다움을 찬미하는 척한다고 생각하고는 그런 허세가 싫기 때문에 자신은 자연을 보면서 실제보다 더 무관심한 척, 안목이 없는 척 하는 거지. 까다로워서 자기 나름대로 가식이 있을 거야."

"사실 자연경관에 대한 찬미가 진부한 상투어로 변해버리기는 했어요." 매리앤이 말했다. "모두가 그것을 느끼는 척 하면서 회화적인 아름다움을 처음 정의한 사람의 취향과 멋진 표현을 빌어 묘사하려고 해요. 저는 진부한 용어는 전부 혐오해요. 어떤 때는 감각과 의미가 죄다 낡고 닳아 빠진 언어 말고는 제 느낌을 표현할 적당한 말을 찾을 수 없어서 속으로만 삭이기도 한답니다."

"당신이 멋진 풍경을 보고 즐겁다고 할 때는 정말 그렇게 느낀다고 믿습니다." 에드워드가 그 말을 받아 말했다. "그 대신, 당신 언니는 제가 고백한 것 이상으로 느끼지 않는다는 것을 수긍해야 합니다. 저는 멋진 경치를 좋아하지만 회화적인 아름다움이라는 원칙에서는 아닙니다. 저는 굽어서 비틀리고 말라버린 나무를 좋아하지 않습니다. 크게 쭉 뻗어서 잘 자라고 있는 나무를 훨씬 더 찬미할 겁니다. 황폐하고 부서진 오두막도 좋아하지 않습니다. 쐐기풀도 엉겅퀴도 히스 꽃도 좋아하지 않습니다. 저는 망루보다는 아늑한 농가에 있는 게 더 즐거워요. 이 세상에서 제일 멋진 노상강도들보다 만족스레 잘 사는 마을사람들이 더 좋습니다."

매리앤은 놀라 에드워드를 바라보면서 언니가 안됐다고 여겼다. 엘러너는 웃고 있을 뿐이었다.

화제는 더 이상 이어지지 않아서 매리앤은 말없이 생각에 잠겨 있었는데 갑자기 새로운 물건이 그녀의 주의를 끌었다. 그녀는 에드워드 옆에 앉아 있어서 그가 대시우드 부인에게서 차를 받을 때 손을 바로 그녀 앞에 내밀게 되어, 꼰 머리카락을 가운데에 박아 넣은 반지가 손가락에 끼어 있는 것을 똑똑히 보게 되었다. 매리앤이 소리쳤다.

"전에 당신이 반지를 낀 것을 본 적이 없었어요, 에드워드. 그건 패니의 머리카락인가요? 당신에게 주겠다고 올케 언니가 약속했던 게 기억나요. 그렇지만 올케 언니의 머리카락은 좀 더 검은 것 같았는데."

매리앤은 실제로 느낀 것을 생각 없이 말한 것에 불과했다. 그러나 그 때문에 에드워드가 몹시 난처해하는 것을 보자 그녀는 자신의 생각이 부족했던 것이 미안해서 그에 못지않게 당황했다. 에드워드는 얼굴이 벌개져서 엘러너를 흘깃 보고는 대답했다.

"네, 누님 머리카락입니다. 아시다시피 반지에 박아 넣게 되면 색깔이 좀 다르게 보이지요."

엘러너는 그의 시선과 마주치고는 마찬가지로 겸연쩍어했다. 그 머리카락이 바로 자신의 것이라고 그녀도 매리앤 만큼이나 확신한 것이다. 단지 그들의 결론에 차이가 있다면 매리앤은 언니가 기꺼이 준 것으로 여긴 반면 엘러너는 에드워드가 자신도 모르는 새 슬쩍 했거나 무슨 수를 써서 손에 넣은 게 틀림없다고 생각했다는 점이다. 그러나 엘러너는 그런 행동을 도가 지나쳤다고 여기고 싶은 마음은 아니었으므로 무슨 얘긴지 눈치 채지 못한 척하고 바로 다른 이야기를 꺼내었다. 그러면서, 앞으로 그 머리카락을 눈여겨볼 기회를 잡아서 정말 자기 머리색인지 의문의 여지가 없도록 확인해야겠다고 마음먹었다.

에드워드는 한참 당황한 기색이더니 나중에는 정신이 아예 다른데 가있는 듯 했다. 그는 아침 내내 유달리 우울했다. 매리앤은 그런 말을 한 스스로에 대해 몹시 자책했다. 그러나 그런 말이 언니에게는 거의 상처를 주지 않았다는 것을 알았더라면 자신을 좀더 빨리 용서했을 것이다.

정오가 되기 전에 존 경과 제닝스 부인이 방문 했다. 그들은 코티지에 신사 분이 오셨다는 말을 듣고 손님을 한 번 보러 온 것이었다. 장모의 도움으로 존 경은 얼마 되지 않아 페러스의 이름이 'ㅍ'으로 시작된다는 것을 알게 되었으므로 충실한 엘러너에 대해 앞으로 농담을 할 수 있는 광맥이 준비된 셈이었으나 에드워드를 안지 얼마 되지 않았다는 사실 때문에 즉각 파헤치지는 못하고 있었다. 엘러너는 그들의 의미심장한 표정에서 마거릿이 알려 준 것을 토대로 그들의 상상력이 얼마나 뻗어 나가고 있을지 짐작할 수 있을 뿐이었다.

존 경은 대시우드네에 올 때는 반드시 다음날 파크에서 정찬을 하자든지 혹은 그 날 저녁 차를 마시자고 초대하곤 했다. 이번에는 방문한 손님을 즐겁게 해 줄 의무가 자신에게 있다고 여겼기에, 손님을 더 즐겁게 해주기 위해 그들이 두 행사에 다 참가하기를 원했다.

"오늘 밤 우리와 차를 드셔야 합니다. 우리 식구밖에 없거든요. 그리고 내일은 반드시 우리와 정찬을 함께 해야 합니다. 손님을 많이 모실 테니까요."

제닝스 부인도 꼭 그래야 한다고 고집하면서 말했다.

"여러분 덕분에 춤을 추게 될 지도 모르잖수. 그러면 당신도 추고 싶을거유, 매리앤 양."

"춤이라구요!" 매리앤이 소리쳤다. "말도 안돼요! 누가 춤을 추겠어요?"

"누구라니! 당신과 캐리네 아가씨들, 그리고 윗태커네 아가씨들이지. 맙소사! 이름을 말할 수 없는 어떤 사람이 없다고 해서 아무도 춤 추지 않을 거라고 생각했다니!"

"나도 윌러비가 다시 우리와 함께 하기를 진심으로 바랍니다." 존 경이 말했다.

이 말과 더불어 매리앤의 얼굴이 붉어진 것이 에드워드에게 새로운 의문을 일으켰다. 옆에 앉아 있던 대시우드 양에게 그가 낮은 목소리로 물었다.

"윌러비가 누구입니까?"

그녀는 간단히 말해 주었다. 그러나 매리앤의 안색이 더 많은 것을 알려 주었다. 에드워드는 다른 사람의 말뜻 뿐만 아니라 전에는 이해가 되지 않았던 매리앤의 표정의 의미를 깨달을 만큼 충분히 본 것이었다. 그래서 방문객들이 돌아가자 그는 바로 그녀에게 돌아서 소곤거리며 말했다.

"저는 추측을 해 보았습니다. 제 추측을 말해 볼까요?"

"무슨 말이에요?"

"말해 볼까요?"

"해 보세요."

"좋아요. 제 추측은 윌러비 씨가 사냥을 한다는 겁니다."

매리앤은 놀라고 당황했지만 그의 점잖게 장난치는 태도에 미소짓지 않을 수 없었다. 그래서 조금 침묵한 뒤 말했다.

"아이! 에드워드! 어떻게 그걸?…… 그럴 때가 오면…… 당신도 그이를 좋아할 거예요."

"저도 그렇게 생각합니다."

에드워드는 매리앤의 열렬하고 진지한 모습에 다소 놀라며 대답했다. 윌러비 씨와 그녀 사이에 오고간 약간의 사연을 토대로 주변 사람들이 농담을 하자는 생각이 아니었더라면 그는 감히 그런 말을 하지 않았을 것이기 때문이었다.

19장

에드워드는 코티지에 일주일간 머물렀다. 좀 더 머물라고 대시우드 부인이 간곡하게 붙잡았지만 그는 마치 고행을 하기로 작정하고 친구들 사이에서 가장 즐거울 때 떠나기로 결심한 것 같았다. 여전히 굴곡이 있기는 했지만 지난 이삼일 동안 그는 한결 생기가 돌아났다. 그는 이 집과 주변을 점점 더 마음에 들어 했고 간다는 말을 할 때마다 한숨을 내쉬었다. 이후에 약속을 정해 둔 것도 아니었고 심지어 여기서 떠나면 어디로 갈지도 막막하다고 했다. 그러나 자신은 가야 한다는 것이었다. 한 주가 이렇게 빨리 흘러간 적은 없었다. 한 주가 지나갔다는 것을 믿을 수 없다. 그는 이런 말을 되풀이했다. 또 그의 감정의 흐름을 잘 드러내지만 행동과는 맞지 않는 다른 얘기도 했다. 놀런드에서는 즐겁지도 않고 런던에 있는 것도 싫지만 자신은 놀런드나 런던으로 가야 한다. 자신은 그들의 친절한 초대를 진정 소중히 여기며 그들과 함께 있는 것이 가장 행복하다. 그러나 그들과 자신의 소망에도 불구하고, 시간에 구애받는 일도 없지만, 자신은 주말에는 가야 한다는 것이었다.

엘러너는 이런 식의 이해할 수 없는 행동을 모두 에드워드의 어머니 탓이라고 여겼다. 아들이 이상한 행동을 할 때마다 어머니를 구실로 삼을 수 있을 정도로 그 어머니의 성격을 별반 아는 게 없는 것이 그녀에게는 다행인 셈이었다. 그녀는 자신에 대한 그의 불확실한 태도에 실망하고 당황했으며 때로는 불쾌하기도 했지만 대체로 그의 행동을 매우 담대하게 받아들이면서 너그럽게 이해하려는 자세가 되어 있었다. 윌러비에 대해서는 어머니 때문에 마지못해 이해했을 뿐이면서 말이다. 에드워드가 활기가 없고 속내를 트지도 않으며 일관성이 없는 것도 그가 독립을 못한데다 페러스 부인의 성격이나 의도를 더 잘 알고 있기 때문이라고 여겼다. 굳이 서둘러 방문을 끝내고 떠나려는 목표가 확고한 것도 매어있는 처지이기 때문이라고, 어쩔 수 없이 어머니와 타협을 해야 하기 때문이라고 여겼다. 뜻을 굽히고 의무를 따르라는, 자식이 부모에게 굽히라는, 이전부터 깊게 뿌리 내린 불평이 모든 것의 원인이라고 여긴 것이다. 언제 이런 어려움이 끝나고 이런 반대가 없어질지, 언제 페러스 부인이 마음을 고쳐먹어 아들이 자유롭게 행복을 찾게 될지, 정말 그녀도 알고 싶었다. 그러나 그런 것은 꿈도 꿀 수 없었으므로 마음의 위로를 얻기 위해서는 에드워드의 애정을 다시금 믿어 보거나, 바튼에 있는 동안 드러냈던 표정이나 말에서 애정의 흔적을 기억해 내거나, 그리고 무엇보다도 틀림없는 사랑의 증거물을 그가 항상 손가락에 끼고 있는 것에 기댈 수밖에 없었다.

마지막 날 아침을 먹으면서 대시우드 부인이 말했다.

"내 생각에는 에드워드, 당신이 직업을 가지게 되어 시간을 써야만 하고 계획을 세워서 행동하게 되면 훨씬 행복할 거예요. 친구들에게는 불편한 점도 있겠지. 당신이 시간을 많이 내지 못할 테니까. 그렇지만 (미소를 지으면서) 적어도 한 가지 점에서는 당신에게 실제로 도움이 될 거예요. 친구들과 작별하면서 자신이 어디로 갈 지는 알 테니까."

"사실, 그 문제에 대해 저도 오래 전부터 부인과 같은 생각이었습니다." 에드워드가 대답했다. "제가 꼭 종사해야만 할 일이 없다는 것, 제가 몰두할 만 하거나 저를 독립시켜줄 직업이 없다는 것이 저의 큰 불운이었고 지금도 그렇고 아마 언제나 그럴 겁니다. 그렇지만 불행하게도 저 자신이 까다로운데다 집안에서도 까다롭게 구는 바람에 지금의 게으르고 쓸모없는 존재가 되고 말았습니다. 저와 집안 식구들은 직업 선택에서 결코 의견이 일치될 수 없었습니다. 지금도 그렇지만 저는 항상 성직이 좋았습니다. 그렇지만 성직은 저희 집안의 구미에 걸맞지 못했습니다. 그 분들은 육군을 추천했습니다. 그곳은 제게 너무 과한 곳이었습니다. 법률계도 웬만큼 점잖은 것으로 인정을 받았습니다. 템플(템플법학원—역주)에 사무실을 가지고 있는 많은 젊은이들이 아주 멋지게 최상류 층으로 진출 했으며 세련된 이륜마차를 타고 시내를 다니지요. 그렇지만 저는 집안에서 인정해주는 그리 심원하지 못한 분야인 법률계에도 마음이 끌리지 않았습니다. 당시 유행이던 해군에 입대하는 문제는, 그 문제가 처음 얘기되었을 때 제가 너무 나이가 들어 버렸지요. 결국 꼭 직업을 가질 필요가 없었기 때문에, 붉은 색 외투(영국군의 제복-역주)를 입지 않고도 입은 사람만큼이나 무모하고 낭비적이 될 수 있기에, 결국 아무 일도 하지 않고 지내는 것이 가장 이롭고 명예로운 일이라고 모두들 입을 모으게 된 겁니다. 대개 열여덟 살 먹은 젊은이라면, 아무 일도 하지 말라는 친지들의 권유를 물리칠 정도로 바쁜 생활을 절실하게 원하지는 않는 법이지요. 그래서 옥스퍼드 대학에 들어갔고 그 후로 당연히 한가롭게 지내고 있습니다."

"여가시간이 많았다고 해서 더 행복해진 건 아니니까 그 결과로 당신은 아들을 칼류멜러의 아들처럼(리처드 그레이브즈(1715-1804)가 지은 『칼류멜러』에서 칼류멜러는 자기 아들이 지껄지 않은 인생을 살게 하기 위해 갖가지 교육을 시킨다.-역주) 일, 직업, 사업을 다양하게 하도록 키우겠군요." 대시우드 부인이 말했다.

"가능한 제 자식들은 저와 다르게 키울 것입니다. 감정이나 행동, 환경, 모든 면에서 말입니다." 그가 진지한 어조로 말했다.

"마음을 가라 앉혀요. 지금 기분이 울적해서 그런 거니, 에드워드. 당신이 울적하니까 자기와 다른 사람은 전부 행복할 거라고 상상하는 거지요. 그렇지만 어떤 교육을 받았건 어떤 지위에 있건 상관없이 누구나 때때로 친구와 헤어지는 고통을 겪기도 한다는 것을 기억해요. 당신은 그래도 괜찮은 거예요. 인내심만 있으면 되니까. 아니 좀 더 그럴듯하게 말해서 희망이라고 해요. 머지않아 어머니는 당신이 그렇게 바라는 독립을 보장해 줄 거예요. 당신의 젊음이 온통 불만에 찬 채 낭비되지 않도록 막아주는 것이 그분의 의무이며 또 머지않아 그분의 행복이 될 거예요. 그렇게 되어야지. 몇 달 지나면 어떻게 달라질지 누가 알아요?"

"좋은 일이 생기려면 세월이 한참은 지나야 할 것 같은데요." 에드워드가 대답했다.

에드워드의 이런 의기소침한 정신 상태가 대시우드 부인에게는 그리 와 닿지 않았으나 곧 헤어지게 되었을 때 다른 모두에게는 다시 고통을 주었으며, 특히 엘러너의 마음에 언짢은 인상을 남겨서 가라앉히는 데 상당한 노력과 시간이 들었다. 그러나 마음을 가라 앉혀야겠다고, 또 그가 가버렸다고 해서 자신이 가족들 이상으로 고통을 겪는 것처럼 보이지는 말아야겠다고 결심했기에 엘러너는 비슷한 상황에서 매리앤이 자기 성향에 딱 들어맞게 했던 식, 즉 말없이 혼자 지내고 일을 팽개친 채 자신의 슬픔을 늘리고 곰곰 새기는 식의 방법을 택하지는 않았다. 그들이 취한 방법은 그들의 목적만큼이나 달랐고 마찬가지로 각자의 목적을 증진시키는 데도 잘 들어맞았다.

엘러너는 그가 가자마자 미술 책상에 앉아서 하루 종일 바쁘게 작업을 했고, 일부러 그의 이름을 언급하거나 회피하는 일도 없었으며, 평소처럼 가족의 일상적인 일에 관심을 가진 것처럼 보였다. 이렇게 행동하여 슬픔을 줄일 수는 없었지만 최소한 불필요하게 커지는 것은 막았다. 따라서 어머니와 동생들은 그녀 때문에 염려를 하지 않아도 되었다.

매리앤은 자신의 행동이 잘못되었다고 여기지 않듯이 자신과 정반대인 이런 행동을 칭찬할만하다고 여기지 않았다. 자제라는 문제를 그녀는 손쉽게 해결했다. 즉 강한 애정이 있을 경우에 자제란 불가능하며 담담하게 좋아하는 경우라면 자제하는 것이 자랑일 수 없다는 것이다. 그녀는 얼굴이 붉어지기는 했지만 언니의 애정이 담담하다는 점을 인정하지 않을 수 없었다. 속상하지만 이렇게 믿으면서도 여전히 그런 언니를 사랑하고 존경했으니 언니에 대한 애정이 깊다는 것은 뚜렷이 증명한 셈이 되었다. 가족과 떨어져 있지 않으면서도, 또 그들을 피하려고 결심하고 혼자 집을 나서지 않고도, 생각에 잠겨 온 밤을 깨어 있지 않고도, 엘러너는 에드워드와 그의 행동을 매일 생각해 볼 여가가 있었다. 시시각각 달라지는 마음의 상태에 따라 감정도 다양했는데, 연민에 가득 차서 다정하게 이해하는 마음이 되기도 했고 비난하거나 의심하기도 했다. 어머니와 동생들이 없을 때가 아니더라도 그들이 하는 일의 성격상 대화를 하지 말아야 해서 혼자 있는 것이나 마찬가지인 시간이 상당히 많았다. 당연히 생각이 자유로이 흘러갈 수 있었다. 그녀의 생각이 다른 곳에 매일 리 없었다. 그렇게 관심이 쏠려 있는 문제의 과거와 미래가 눈앞에 어른거리고 머리에 꽉 차 있으며 그녀의 기억, 상념, 상상을 사로잡은 것은 당연했다.

에드워드가 떠난 지 얼마 지나지 않은 어느 아침 엘러너는 미술 책상에 앉아 이런 상념에 빠져 있다가 누군가 오는 소리에 정신을 차렸다. 마침 혼자 있던 참이었다. 집 앞의 초록색 마당의 입구에 있는 작은 대문이 닫히는 소리가 나 창으로 시선을 향했을 때 여러 사람이 현관으로 걸어오는 것이 보였다. 존 경과 레이디 미들턴, 제닝스 부인이 있었으며 다른 두 사람, 그녀가 전혀 모르는 신사와 숙녀가 더 있었다. 그녀는 창 곁에 앉아 있었는데 존 경은 그녀를 보자마자 같이 온 사람들이 현관문을 두드리게 내버려두고 잔디밭을 건너와 이야기를 할 수 있게 창문을 열라고 했다. 사실 현관에서 창문까지는 아주 가까웠으므로 두 사람이 일행에게 들리지 않게 말하기는 힘들었는데 존 경이 말했다.

"자, 새 손님들을 여기 모셔 왔소. 저 사람들이 마음에 들어요?"

"쉿! 저 분들이 듣겠어요."

"그래도 상관없소. 파머 씨 부부인데 뭘. 샬럿은 아주 예쁘다오. 이 쪽으로 보면 그녀가 보이는데."

그런 무례를 범하지 않아도 이삼 분 내로 그녀를 볼 것이 확실해서 엘러너는 사양했다.

"매리앤은 어디 있소? 우리가 와서 달아났나? 피아노가 열려 있는 것이 보이는데."

"산책하고 있을 거예요."

이제 제닝스 부인까지 그들 쪽으로 왔다. 그녀도 현관문이 열릴 때까지 자기 말을 하지 않고 기다릴 인내심이 없었던 것이다. 그녀는 큰 소리로 말하면서 창문으로 다가왔다.

"안녕하우, 아가씨? 대시우드 부인은 어떠시구? 동생들은 어디 있수? 이럴 수가! 혼자 있다니! 같이 앉아 있을 친구가 오니 반갑겠수. 작은 딸네 부부를 만나게 해주려고 데려 왔다우. 이 사람들이 갑자기 들이 닥쳤어! 어제 밤에 차를 마시고 있는데 마차소리가 들리는 것 같더라구. 그래도 이 사람들이 온 거라고는 생각도 못했지. 브랜든 대령이 다시 돌아온 게 아닐까 하고만 생각했다우. 그래 존 경더러, 마차소리가 들리는데 브랜든 대령이 다시 돌아 온 걸 거라고 말했지."

엘러너는 일행을 맞아들이기 위해 그녀가 말하는 도중에 놀아서야 했다. 레이디 미들튼이 새 손님들을 소개했다. 대시우드 부인과 마거릿이 바로 그 순간 계단을 내려 왔고 그들은 모두 앉아 서로를 마주 보았다. 그 동안 제닝스 부인은 자기 이야기를 계속하면서 존 경과 함께 복도를 통해 거실로 들어 왔다.

파머 부인은 레이디 미들튼보다 몇 살 어렸는데 모든 점에서 언니와 판이하게 달랐다. 키가 작고 통통했으며 얼굴이 아주 예쁘고 그야말로 사람 좋은 표정을 하고 있었다. 태도는 언니만큼 우아하지 않았으나 더 사람의 마음을 끌었다. 그녀는 올 때도 미소를 머금고 있었는데 큰 소리로 웃을 때를 제외하고는 방문한 동안 내내 미소를 머금고 있었고 떠날 때도 마찬가지였다. 그녀의 남편은 스물 대여섯 살 가량의 근엄해 보이는 젊은이로 자기 아내보다 더 세련되고 분별도 있어 보였지만 즐거워하려고도 분위기를 맞추어 주려고도 하지 않았다. 그는 거들먹거리며 방에 들어와 숙녀들에게 말없이 목례만 하고는 잠시 그들과 방을 살펴본 후 탁자에서 신문을 집어 들었고 머무는 동안 내내 그것을 읽고 있었다.

반대로 파머 부인은 어느 경우에나 정중하게 굴고 기뻐하려는 성향을 타고 난 듯 자리에 앉기도 전에 거실과 그 안에 있는 모든 것에 대해 감탄했다.

"어머나! 정말 멋진 방이에요! 이렇게 매력적인 방은 본 적이 없네요. 어머니, 좀 보세요. 제가 전에 여기 왔을 때보다 훨씬 나아졌어요. (대시우드 부인에게 돌아서서) 저는 언제나 이 곳을 멋진 곳이라고 생각했답니다, 부인! 그렇지만 부인이 이 곳을 정말 매력적으로 만들었어요! 좀 봐요, 언니, 얼마나 예쁜지! 나도 이런 집이 있으면 얼마나 좋을까! 당신은 안 그래요, 파머 씨?"

파머 씨는 대답도 하지 않았고 심지어 신문에서 시선을 떼지도 않았다. 그녀는 웃으면서 말했다.

"파머 씨는 내 말이 안 들리나 봐요. 저이는 어떤 때는 저렇다니까요. 정말 우스워요!"

대시우드 부인은 상대방이 무시하는 것을 재미있다고 여겨 본 적이 없어 이런 어이없는 말에 놀라 그들 둘을 새로 보지 않을 수 없었다.

그 동안 제닝스 부인도 전날 저녁 딸 부부를 보고 놀란 얘기를 최대한 큰 소리로 끝까지 다 할 때까지 잠시도 멈추지 않았다. 파머 부인은 그들이 놀라던 모습을 돌이켜 보며 마음껏 웃었다. 놀라긴 했지만 정말 반가웠다고 모두 입을 모아 두세 번이나 말했다.

"우리가 작은 딸 부부를 보고 얼마나 기뻤는지 짐작될거유." 제닝스 부인은 마치 자기 말을 다른 누구도 듣지 않기 바라는 듯 엘러너 쪽으로 몸을 숙여 소곤거리는 목소리로 보태어 말했다. 사실 두 사람은 서로 방의 반대쪽에 앉아 있었다. "그렇지만 나는 딸애 부부가 그렇게 빠른 속도로 여행하거나 게다가 그렇게 먼 길을 오지 말았으면 한다우. 일이 있어 런던을 돌아서 여기 왔거든. (의미 있게 고개를 끄덕이고 자기 딸을 가리키면서) 그런 건 저 애 몸에 좋지 않아요. 오늘 아침에도 저 애더러 집에 머물며 쉬라고 했는데 굳이 함께 오겠다는 거야. 저 애는 그렇게 당신들을 만나고 싶어 했다니까."

파머 부인은 웃으면서 몸에 이상이 있지는 않을 거라고 말했다.

"2월에 몸을 풀 거라우." 제닝스 부인이 연이어 말했다.

레이디 미들튼은 그런 대화를 더 이상 견딜 수 없어 몸소 나서 파머 씨에게 신문에 새로운 소식이라도 있는지 물어 보았다.

"아뇨, 없습니다." 그는 대답하고 계속 신문을 읽었다.

그때 존 경이 소리쳤다.

"매리앤이 오는군요. 자, 파머, 기막히게 예쁜 숙녀를 보게 될 거네."

그는 곧장 복도로 나가 현관문을 열고 몸소 매리앤을 맞아 들였다. 제닝스 부인은 그녀가 나타나자마자 앨런험에 가지 않았었나고 물었으며 파머 부인은 그 질문의 의미를 알아들었다는 듯이 신나게 웃었다. 파머 씨는 매리앤이 방에 들어오자 시선을 치켜 들고 몇 분 동안 뚫어지게 쳐다보더니 다시 신문으로 눈길을 돌 렸다. 파머 부인의 시선은 이제 방에 빙 둘러 걸려있는 그림으로 향했다. 그녀는 일어서서 살펴보았다.

"어머나! 세상에, 정말 아름다워라! 너무 멋져요! 어머니, 보세 요. 얼마나 예쁜지! 맹세코 너무나 매혹적이에요. 평생 봐도 질리 지 않겠어요." 그런 다음 그녀는 다시 앉았고 그런 것이 방안에 있다는 사실도 곧 잊어 버렸다.

레이디 미들튼이 가려고 일어서자 파머 씨도 신문을 놓고 일어 서 기지개를 펴면서 모두를 둘러보았다.

"여보, 당신 자고 있었수?" 그의 아내가 웃으면서 말했다.

그는 대답도 하지 않고 방을 다시 둘러본 후 천장이 낮고 휘었 다고 한 마디 했다. 그 다음 그는 목례를 하고 일행과 함께 떠났 다.

존 경은 다음 날 모두 함께 파크에서 지내자고 채근했다. 대시 우드 부인은 존 경 가족이 코티지에서 정찬을 드는 것만큼만 파 크에서 정찬을 들겠다고 마음먹었기에 자신은 단호히 거절했지 만 딸들은 원하는 대로 하게 했다. 그러나 딸들도 파머 씨 부부가 어떤 식으로 정찬을 드는지 보고 싶은 호기심도 없었고 다른 즐 거운 일이 있을 것으로 기대하지도 않았으므로 참석하지 않을 구 실을 만들려고, 날씨가 험하고 좋아지지도 않을 거라고 했다. 그 러나 존 경은 수긍하지 않으면서 그들을 데리러 마차를 보낼 테 니 와야 한다는 것이었다. 레이디 미들튼도 그들의 어머니에게는 그러지 않으면서 딸들에게는 와달라고 부탁했다. 제닝스 부인과 파머 부인도 합세해서 모두 한결같이 간청을 하면서 가족끼리만 모여 있는 것을 피하고 싶어 안달이었다. 그래서 아가씨들은 할 수 없이 굴복해야 했다.

그들이 가자마자 매리앤이 말했다.

"왜 그들이 우리를 초대할까? 이 코티지 집세가 싸다고는 하지만, 그 집이나 우리 집에 누가 올 때마다 우리가 파크에서 정찬을 들어야 한다면 아주 악조건으로 집을 빌린 거야."

"이런 잦은 초대가 몇 주 전의 초대보다 더 무례하거나 불친절한 것은 아니잖니. 그 모임이 지겹고 짜증이 나는 건 그 분들이 변해서 그런 게 아니지. 변한 이유가 다른데 있지." 엘러너가 말했다.

20장

다음날 대시우드 자매가 파크의 거실로 들어갔을 때 건너편 문에서 파머 부인이 달려 나왔는데 전 날과 마찬가지로 친절하고 쾌활했다. 그녀는 그들의 손을 다정하게 꼭 잡고는 재회의 기쁨을 열렬히 표현 했다. 엘러너와 매리앤 사이에 앉으면서 그녀가 말했다.

"만나서 정말 반가워요! 날씨가 너무 나빠서 안 올지도 모른다고 걱정했는데, 그랬으면 정말 끔찍했을 거예요. 내일 다시 떠나야 되거든요. 다음 주에 웨스턴 가족이 방문할 예정이라 꼭 가야 되는 거예요. 여기 온 것조차 갑작스러운 일이었어요. 마차가 현관에 왔을 때까지도 나는 까맣게 모르고 있었는데 파머 씨가 자기와 함께 바튼에 가겠냐고 묻는 거예요. 그이는 너무 재미있어요! 무슨 일이건 절대로 나한테 말해주는 법이 없다니까요! 더 오래 못 있어 몹시 섭섭하지만 런던에서 곧 다시 만나게 되겠죠."

그들은 그런 기대를 실망시킬 수밖에 없어 미안하다고 했다. 파머 부인은 웃으면서 소리쳤다.

"런던에 안 간다구요! 그렇다면 나는 정말 실망할 거예요. 하노버 스퀘어에 있는 우리 집 옆에다 세상에서 제일 멋진 집을 얻어줄 수도 있을 텐데. 정말이지 꼭 오세요. 만일 대시우드 부인이 사교 모임에 나가는 걸 좋아하지 않으시면 내가 해산할 때까지 언제라도 기꺼이 샤프롱(사교계에 나가는 젊은 여성의 보호자—역주) 역할을 해 줄게요."

그들은 감사하지만 초대를 다 거절할 수밖에 없어 미안하다고 했다. 파머 부인은 그때 막 방으로 들어온 자기 남편에게 소리쳤다.

"어머! 여보. 대시우드 아가씨들더러 이번 겨울에 런던에 오시라고 설득하는 걸 좀 도와줘요."

그녀의 '여보'는 대답은 하지 않고 숙녀들에게 목례만 까딱 한 후 날씨에 대해 불평하기 시작했다.

"정말 끔찍하군! 이런 날씨에는 세상만사나 세상 사람들이 다 지긋지긋해진다니까. 비 때문에 밖에 있으나 안에 있으나 지겹기는 마찬가지야. 이런 날씨에는 아는 사람들도 다 싫어진다니까. 도대체 존 경은 집에 당구실도 안 만들고 뭐한 거야? 편안한 게 뭔지 아는 인간이 없다니까! 존 경도 날씨만큼이나 멍청해."

나머지 사람들도 곧 들어 왔다. 존 경이 말했다.

"매리앤 양. 당신은 늘 하던 앨런험 산책을 오늘은 할 수 없었겠소."

매리앤은 매우 침울해 보였고 아무 말도 하지 않았다.

"아유! 우리 앞에서 그렇게 숨기지 말아요." 파머 부인이 말했다. "정말이지 우리도 다 알고 있어요. 당신 안목이 높은 거예요. 내 생각에도 그이는 기막히게 잘 생겼으니까요. 우리는 그이와 그리 멀지 않은 마을에 산답니다. 아마 10마일을 넘지 않을걸요."

"30마일에 더 가깝지." 파머 부인의 말을 받아 남편이 말했다.

"아! 그래요! 별로 차이가 없군요. 그이 집에 가 본 일은 없지만 아주 멋진 곳이라더군요."

"내가 본 중에 제일 형편없는 곳이요." 파머 씨가 말했다.

매리앤은 여전히 침묵을 지키고 있었지만 얼굴 표정에는 그 화제에 관심이 있다는 것이 드러났다 .

"그렇게 형편없나요?" 파머 부인이 말을 받았다. "그럼 멋진 곳은 딴 덴가 보네."

그들이 정찬실에 자리 잡자 존 경은 모두 여덟밖에 되지 않아 섭섭하다며 부인에게 말했다.

"여보, 이렇게 인원이 적으면 짜증이 나는구려. 길버트 가족을 오늘 오라고 하지 않았소?"

"존 경, 아까 그 말을 했을 때 그럴 수 없다고 했잖아요? 그들은 지난번에 우리와 정찬을 했다구요."

"존 경, 자네와 나는 그런 예법에 얽매이지 말자구." 제닝스 부인이 밀했다.

"그렇다면 장모님은 몰상식한 거지요." 파머 씨가 외쳤다.

그의 아내가 여느 때처럼 웃으며 말했다.

"여보, 당신은 우리 모두가 잘못이라고 비난하는 셈이예요. 당신이 아주 무례한 거 알아요?"

"장모님이 몰상식하다고 말했는데 누구를 잘못했다고 비난하게 됐는지 모르겠군."

"좋아, 하고 싶은 대로 나를 욕하게나. 자네는 샬럿을 내게서 데려갔고 다시 돌려 줄 수 없어. 그러니 내가 자네를 좌지우지하게 된 거지." 사람 좋은 노부인이 말했다.

샬럿은 남편이 자기를 내버릴 수 없다는 생각에 마음껏 웃었다. 자기들은 함께 살아야 하기 때문에 그가 아무리 못되게 굴어도 상관없다고 의기양양하게 말했다. 누구도 파머 부인처럼 철저히 속이 없는 사람이 되기도, 행복해지겠다고 그만큼 굳게 마음먹기도 불가능했다. 남편이 일부러 애를 써서 무심하게 대하고 무례하게 굴며 불만을 터뜨려도 그녀에게 전혀 고통을 주지 못했다. 그가 꾸짖거나 모욕할 때 그녀는 매우 흥겨워했다. 그녀는 엘러너에게 속삭였다.

"파머 씨는 정말 재미있어요! 늘 화가 나 있다니까요."

얼마간 관찰한 후 엘러너는, 파머 씨가 겉으로 그런 체 하는 만큼 진짜로 성질이 고약하고 몰상식하다고 보지는 않았다. 아마 다른 많은 남성들처럼 그도 무모하게 미모에 마음을 빼앗기는 바람에 멍청한 여자의 남편이 되고 말았다는 것을 깨닫고 성격이 다소 냉소적이 되었을 것이다. 그러나 그런 실수는 워낙 흔하기 때문에 분별 있는 남자라면 그것 때문에 계속 상처받지는 않는다는 것을 그녀는 알고 있었다. 그녀가 보기에 모두를 경멸적으로 대하고 눈앞에 있는 것을 죄다 욕하는 것은 남보다 뛰어나고 싶은 마음 때문이었다. 그것은 다른 사람보다 잘나 보이고 싶은 욕구였다. 그런 동기는 너무 흔한 것이어서 놀랄 것도 없었다. 그러나 그런 방법으로는, 몰상식하다는 점에서는 남보다 뛰어나다는 평판을 얻는데 성공한다 하더라도, 자기 아내 이외의 사람에게서 호감을 얻을 수 없을 것이다.

"아! 친애하는 대시우드 양," 잠시 후 파머 부인이 말했다. "당신과 동생에게 꼭 청할 것이 있어요. 이번 크리스마스에 얼마간 클리블랜드에 와주겠어요? 제발 그렇게 해요. 그리고 웨스턴 가족이 와 있을 때 오세요. 내가 얼마나 기쁠지 생각도 못할 거예요! 정말 즐거울 거야! 여보." 그녀는 자기 남편을 돌아보았다. "당신도 대시우드 아가씨들을 클리블랜드에 초대하고 싶죠?"

"물론이오." 남편이 코웃음을 치면서 대답했다. "그래서 내가 데번셔에 온 것 아니겠소."

"보세요. 파머 씨도 그러기를 바라잖아요. 그러니 거절하면 안 돼요." 그의 아내가 말했다.

그들 둘 다 열심히 그리고 단호히 그녀의 초대를 사양했다.

"그렇지만 정말 당신들은 와야 되고 그렇게 될 거예요. 다른 어디보다 그곳을 더 좋아할 거예요. 웨스턴 가족이 우리와 함께 있을 테니 아주 재미있을 거예요. 클리블랜드는 얼마나 멋진 곳인지 몰라요. 게다가 지금은 파머 씨가 지방 선거 유세를 하러 곳곳을 다녀서 아주 즐거워요. 전에 본 적도 없는 사람들이 정찬을 하러 몰려오니 얼마나 멋져요! 그렇지만 가엾은 이! 저이는 매우 피곤할거예요! 다른 사람이 다 자기를 좋아하게 만들어야 하니 말이에요."

엘러너는 그런 책임이 힘들다는 것에 동의하면서 제대로 표정을 관리하기 힘들었다.

"저이가 의회로 나가면 얼마나 멋질까요! 그렇지 않아요?" 샬럿이 말했다. "내가 얼마나 웃을지! 저이에게 오는 편지에 다 의원님이라고 되어있는 걸 보면 매우 우스울 거야. 그렇지만 나를 위해 무료송달(의원에게 무료로 편지를 우송해주는 제도 – 역주)해주는 일은 없을 거라고 한 거 아세요? 저이는 절대 안 해준다고 딱 자르네요. 그렇지 않아요, 파머 씨?"

파머 씨는 들은 체도 하지 않았다. 그녀는 계속해서 말했다.

"말이죠, 저이는 글 쓰는 걸 못 견뎌해요. 정말 소름이 돋는다나요."

"아니. 나는 그런 분별없는 말을 한 적 없소. 당신이 함부로 써 먹는 말을 내게 떠넘기지 말아요." 파머 씨가 말했다.

"저것 보세요. 저이가 얼마나 재미있는지 알겠죠. 저이는 언제나 저런 식이라구요! 어떤 때는 반나절 내내 말을 않다가도 아주 재미있는 얘기를 내뱉는답니다. 세상 무슨 일에건 다 그래요."

거실로 돌아왔을 때 엘러너는 파머 부인이 파머 씨가 엄청나게 마음에 들지 않았는지 물어 보는 바람에 깜짝 놀랐다.

"물론이지요. 아주 좋은 분 같아요." 엘러너가 말했다.

"네, 그렇다니 반가워요. 그럴 거라고 생각했어요. 그이는 아주 상냥하잖아요. 파머 씨도 당신과 동생들을 엄청 좋아한다는 건 내가 장담해요. 만일 당신들이 클리블랜드에 오지 않으면 그이가 얼마나 실망할지 몰라요. 왜 당신은 그 계획에 반댄지 모르겠네요."

엘러너는 다시 초대를 거절해야 했다. 그녀는 화제를 바꾸어 더 이상 청하지 못하게 막았다. 그녀가 생각하기에 파머 부인은 윌러비와 같은 주에 살고 있으니까 그와 얼마 사귀지 않은 미들튼 가족보다 그의 대체적인 성품에 대해 훨씬 구체적인 설명을 해 줄 수 있을 것 같았다. 엘러너는 매리앤 때문에 걱정하지 않아도 되게끔 누구에게서라도 그의 인격을 확인하고 싶었다. 그녀는 먼저 그들 부부가 클리블랜드에서 윌러비 씨를 자주 보는지, 그리고 친밀하게 지내는지 물었다. 파머 부인이 대답했다.

"아유! 그럼요. 굉장히 잘 알지요. 사실 그이와 말을 해 본 적은 없어요. 그래도 런던에서 항상 보게 되지요. 어찌 된 건지 그이가 앨런햄에 있을 동안 내가 바튼에 온 적이 없었어요. 어머니는 전에 여기서 그이를 한 번 보았지만 그때 나는 웨이머스의 아저씨 댁에 있었어요. 불행히도 같은 시기에 우리가 서머싯셔에 있은 적이 없어서 그렇지, 그렇지만 않았더라면 거기서 자주 보았을 게 확실하다니까요. 그이는 쿰에는 거의 있질 않는 것 같아요. 하긴 그이가 거기 있더라도 파머 씨가 방문하지는 않을 걸요. 알다시피 그이는 야당이고, 게다가 그 곳은 꽤 떨어져 있으니까요. 당신이 왜 그이에 대해 묻는지 잘 알아요. 동생이 그이와 결혼할거지요. 그래서 나는 펄쩍 뛸 정도로 기쁘답니다. 동생이 내 이웃이 될 테니 말이지요."

"분명히 말씀드리지만, 그들이 결혼할거라고 예상할 근거가 있다면, 당신이 저보다 훨씬 더 많이 아는 셈이예요." 엘러너가 대답했다.

"아닌 척 할 필요 없어요. 모두가 그 얘기를 한다는 걸 알잖아요. 런던을 지나올 때 그 말을 들었다니까요."

"그럴리가요, 파머 부인!"

"정말이라니까요. 런던을 떠나기 직전, 월요일 아침 브랜든 대령님을 본드 가에서 만났어요. 그이가 직접 그렇게 말하더군요."

"정말 놀라게 하시는군요. 브랜든 대령님이 그런 말씀을 하시다니요. 잘못 아신 거죠. 제가 아는 브랜든 대령은, 그것이 사실이라 하더라도, 관련이 있을 리 없는 분에게 그런 소식을 얘기할 분이 아니세요."

"그렇지만 분명히 그랬는걸요. 어떻게 된 건지 말해 줄게요. 우리와 마주치자 그이도 가던 길을 돌아서서 우리와 함께 걸으면서, 언니나 형부 얘기도 하고, 이런 저런 이야기를 나누기 시작했어요. 내가 그이에게 말했지요. '근데, 대령님, 바튼 코티지에 새 가족이 이사 왔다고 들었는데, 어머니가 보낸 편지에 그들이 매우 예쁘고 그중 한 아가씨는 쿰 매그너의 윌러비 씨와 결혼할 것이라고 했어요. 정말인가요? 물론 바로 얼마 전까지 데번셔에 계셨으니 아실테지요.'"

"대령님은 뭐라고 하셨나요?"

"아! 그이는 별말 없었지만 그게 사실인걸 아는 것처럼 보여서 그 순간부터 나도 '틀림없구나' 하고 결론을 내렸죠. 정말 축하할 일이죠! 날짜는 언제로 잡을 건가요?"

"브랜든 씨는 잘 지내시겠지요."

"아! 그럼요, 아주 잘 지내세요. 당신을 워낙 좋게 봐서인지 당신 칭찬 밖에 않더라구요."

"칭찬하셨다니 영광이네요. 아주 훌륭한 분인 것 같아요. 또 남달리 호감을 주는 분이라고 생각해요."

"나도 그래요. 아주 매력적인 분인데 그렇게 우울하고 무료하게 지내서 안됐어요. 어머니 말로는 그이도 당신 동생을 사랑한다는 거예요. 만일 그렇다면 아주 으쓱해할 일이죠. 그이가 누구랑 사랑에 빠지는 일은 거의 없으니까요."

"서머싯셔의 당신이 사는 곳에도 윌러비가 잘 알려져 있나요?" 엘러너가 물었다.

"아! 네, 엄청나게 잘 알려져 있죠. 사실, 쿰 매그너가 제법 떨어져 있기 때문에 그이를 아는 사람이 많은 건 아니에요. 그래도 모두 그이를 엄청 괜찮은 사람이라고 생각한다는 건 보장해요. 정말, 어디를 가든 윌러비 씨보다 인기 있는 사람은 없으니까 동생에게 그렇게 말해요. 그이를 차지하다니, 정말 끔찍하게 운이 좋은 아가씨예요. 하긴 동생을 차지한 그이가 훨씬 더 운이 좋은 거지요. 동생도 견줄 사람이 없을 정도로 잘 생겼고 상냥하잖아요. 그렇지만 동생이 당신보다 더 잘 생겼다고 생각하지는 않아요, 정말이에요. 두 사람 다 엄청나게 예쁘다고 생각하니까요. 파머 씨도 틀림없이 그렇게 생각할거예요. 비록 지난밤에는 실토하게 만들 수 없었지만 말예요."

윌러비에 관한 파머 부인의 정보는 별반 도움이 되지 않았다. 그러나 아무리 사소하더라도 그를 좋게 말해 주는 증언이 엘러너로서는 반가웠다. 샬럿이 계속 말했다.

"우리가 마침내 사귀게 되어 무척이나 기쁘답니다. 앞으로 좋은 친구가 되길 바래요. 내가 얼마나 당신들을 보고 싶어 했는지 생각도 못할 거예요! 당신들이 코티지에 살게 되어 너무나 기뻐요! 절대로 이렇게 기쁜 일은 없어요. 또 동생이 결혼을 잘 하게 된 것도 무척 반가워요. 당신도 쿰 매그너에 많이 와 있기 바래요. 누구나 그곳은 아름답다고 해요."

"브랜든 대령과는 오래 알고 지냈지요, 그렇지 않나요?"

"그럼요, 오래 알았지요. 언니가 결혼한 이후부터요. 그이는 존 경의 각별한 친구였어요. 내 생각에는," 그녀가 목소리를 낮추며 덧붙였다. "그이는 할 수만 있었다면 나와 결혼하고 싶었을 거예요. 존 경과 레이디 미들튼이 그렇게 되기를 매우 바랬지요. 그런데 어머니가 내게 걸맞지 못하다고 생각한 거예요. 그렇지 않았더라면 존 경이 대령에게 결혼애기를 했을 테고 우리는 곧장 결혼을 했을 텐데 말이죠."

"존 경이 어머니에게 결혼 얘기를 하기 전에 브랜든 대령은 그런 얘기를 몰랐어요? 대령이 당신에게 직접 사랑을 고백하지는 않았어요?"

"아! 그러지 않았어요. 그렇지만 만일 어머니가 반대하지 않았더라면 그이는 틀림없이 그렇게 했을 거예요. 그때는 내가 학교를 나오기 전이니까 그이는 나를 두 번 정도 보았지요. 그렇지만 나는 지금이 훨씬 더 행복해요. 파머 씨가 내가 좋아하는 바로 그 타입이거든요."

21장

다음날 파머 부부는 클리블랜드로 돌아갔고 바튼의 두 가족은 다시 서로에게서 재미를 찾아야 했다. 그러나 이것도 오래 가지 않았다. 엘러너가 지난번 손님들을 머리에서 채 지우기도 전에, 샬럿이 이유도 없이 그렇게 행복해하는 것이나 파머 씨가 훌륭한 자질이 있으면서도 그렇게 어리석게 행동하는 것, 아내와 남편 사이에 종종 존재하는 이상한 부조화 등에 대해 오래 궁금할 새도 없이, 사교라는 문제에 있어 존 경과 제닝스 부인이 부리는 적극적인 열성 덕분에 그녀는 새로운 친구를 만나 관찰하게 되었다.

존 경과 제닝스 부인은 엑시터에 아침 나들이를 나갔다가 아가씨 둘을 만나게 되었는데, 제닝스 부인은 기쁘게도 이들이 자신의 친척이라는 것을 알게 됐으며, 이것만으로도 존 경이 그들에게 엑시터의 지금 약속이 끝나자마자 바로 파크로 오라고 초대할 충분한 이유가 되었다. 엑시터의 약속은 그런 초대 앞에서는 즉각 빛을 잃었으므로 레이디 미들튼은 존 경이 돌아왔을 때 곧 두 숙녀가 방문할 것이라는 말을 듣게 되었고, 그들이 자신이 평생 본 적도 없는 사람들이며, 그들이 우아한 지에 대해, 심지어 그럭저럭 봐줄 만큼 점잖은지에 대해서도 전혀 감지할 수 없었기에 경악하지 않을 수 없었다. 품위의 문제에 관한한 남편과 어머니의 보장은 전혀 도움이 되지 않았기 때문이다. 그들이 어머니의 친척이라는 사실도 문제를 악화시켰다. 그러니 제닝스 부인이 위로를 한답시고, 그들이 상류층이든 아니든 신경 쓰지 말라고 충고하면서 서로 친척이니 참아 주어야 한다고 말한 것은 아주 잘못 짚은 것이었다. 그러나 지금에 와서 오는 것을 막을 수도 없었으므로 레이디 미들튼은 교양 있는 여자답게 달관하고, 남편에게 매일 대여섯 번 정도 그 문제로 점잖게 꾸중하는 것으로 만족하면서 체념할 수밖에 없었다.

아가씨들이 도착했는데 외모는 결코 점잖지 못하거나 상류 사회풍이 없지는 않았다. 옷매무새도 빼어났고 행동거지도 사근사근하기 이를 데 없었다. 그들은 저택을 보고 감탄했고 가구를 보고 황홀해했다. 게다가 아이들에게 홀딱 빠져 어쩔줄 모르고 좋아했으므로 그들이 파크에 온지 한 시간도 채 되지 않아 레이디 미들튼의 의견은 우호적으로 변했다. 레이디는 그들이 정말 상냥한 아가씨들이라고 공공연히 말했는데 그런 말은 그녀로서는 열광적인 찬사에 맞먹는 것이었다. 부인이 이처럼 열을 내어 칭찬하는 바람에 존 경은 자신의 판단에 자신감을 가지게 되어 곧장 코티지로 가서 스틸 자매가 왔다고 대시우드 자매에게 알리면서 그들은 이 세상에서 가장 상냥한 숙녀들이라고 장담했다. 그러나 이런 칭찬으로는 별로 알 만한 게 없었다. 이 세상에서 가장 상냥한 숙녀는 영국 내의 어디서나 만날 수 있지만 몸매나 얼굴, 기질, 이해력에 있어 그야말로 천차만별이라는 것을 엘러너는 잘 알고 있었기 때문이다. 존 경은 가족 모두가 바로 파크로 걸어가 자신의 손님을 보기를 원했다. 자비심 많고 박애적인 사람! 심지어 사돈의 팔촌도 혼자만 아는 것이 그에게는 고통이었던 것이다. 그가 말했다.

"지금 갑시다. 제발 갑시다. 가야 합니다. 반드시 당신들이 가야 합니다. 그이들을 정말로 좋아하게 될 거요. 루시는 기막히게 예쁘고 성격도 아주 좋고 유쾌한 사람이라오! 아이들은 마치 잘 아는 사이처럼 벌써 그 아가씨에게 죄다 매달려 있어요. 두 아가씨는 무엇보다 당신들을 보고 싶어 해요. 당신들이 세상에서 제일 아름다운 아가씨들이라는 말을 엑시터에서 들은 데다 나도 그 말이 전부 사실이며 그 이상이라고 했거든. 그이들과 만나면 재미있을 거라는 건 내가 보장하지요. 그이들은 아이들에게 줄 장난감을 마차 가득 싣고 왔다니까. 어쩌면 그렇게 까다롭게 굴면서 가지 않으려고 할 수가 있소? 그이들은 어느 정도는 당신들 친척도 된다구. **당신들은** 내 친척이고 그이들은 내 아내의 친척이니까 서로 친척이 되지."

그러나 존 경은 뜻을 이룰 수 없었다. 단지, 하루 이틀 내로 파크를 방문하겠다는 약속을 얻어내었을 뿐이다. 그는 그들이 무심한 것에 놀라며 집으로 걸어갔으며, 아까 스틸 자매를 추켜세웠듯이 스틸 자매에게 새로 그들의 매력을 자랑했다.

대시우드 자매는 약속한 대로 파크를 방문해서 곧 이 아가씨들을 소개받았다. 그리고 거의 서른 살은 먹어 보이며 못생기고 둔감한 얼굴의 언니에게는 칭찬할 게 전혀 없다는 것을 발견했으나 스물 두셋 정도밖에 안되어 보이는 다른 아가씨는 상당한 미모라는 것을 인정했다. 얼굴이 예쁘고 눈매가 날카롭고 총기가 있었다. 야무진 맵시는 우아하고 고상하다고 볼 수는 없었지만 외모를 두드러져 보이게 했다. 그들은 유별나게 공손했다. 레이디 미들튼의 눈에 들기 위해 그들이 계속해서 이런 저런 신경을 적절하게 쓰는 것을 보고 엘러너는 곧, 그들이 그렇고 그런 종류의 분별은 있다는 것을 인정했다. 그들은 아이들에 대해 끝없이 열광하고 예쁘다고 칭찬하면서 어르고 기분을 맞추어 주었다. 이렇게 비위를 맞춰주자 더 보채는 아이들의 끈덕진 요구를 다 들어주고도 조금이라도 시간이 남을 때, 부인이 행여 일이라도 하고 있을 양이면 그게 뭐든 간에 감탄을 연발했다. 아니면 전날 그들을 황홀의 도가니에 빠뜨릴 정도로 부인의 자태를 돋보이게 했던 우아한 새 드레스의 본을 떴다. 약한 구석을 파고들어 비위를 맞추는 사람들에게는 다행스럽게도 자식을 사랑하는 어머니들은 자식에 대한 칭찬을 얻으려고 하는 면에서는 가장 게걸스러우며 또 그만큼 잘 믿는다. 어머니들은 터무니없이 바라기도 하지만 뭐라도 집어삼킬 수 있다. 그러므로 레이디 미들튼은 스틸 자매가 아이들을 지나치게 좋아하고 참아주는 것을 조금도 놀랍거나 이상하다고 여기지 않았다. 그녀는 자기 친척이 버릇없이 방해받고 심술궂은 장난에 몸을 내맡기고 있어도 어머니다운 느긋한 마음으로 보고 있었다. 그들의 머리띠가 풀려서 머리카락이 귀 주변에 흘러내리고 바느질 주머니가 뒤져지고 칼이나 가위를 뺏기는 것을 보고도 서로 즐겁게 노는 것이라고 의심치 않았다. 그녀로서는 엘러너와 매리앤이 옆에서 벌어지는 놀이에 한몫 끼지 않고 그렇게 얌전하게 앉아 있는 것이 놀라울 뿐이었다. 큰아들이 스틸 양의 손수건을 집어 창 밖으로 던져 버리자 미들튼 부인이 말했다.

"존이 오늘은 기운이 넘치네! 장난꾸러기 같으니라고."

얼마 안 있어 둘째 아들이 바로 그 숙녀의 손가락 하나를 꽉 꼬집는 것을 보고 그녀는 다정하게 말했다.

"윌리엄 녀석, 장난스럽기도 하지!"

그녀는 이제 간신히 이 분 정도 소리를 내지 않고 있는 세살 박이 여자애를 사랑스레 쓰다듬으면서 덧붙였다.

"예쁜 꼬마 애너마리아 좀 보자. 언제나 얌전하고 조용하다니까. 이렇게 조용한 아기가 어디 있을까!"

그러나 불행히도 이렇게 안아 주는 바람에 부인의 머리장식 핀이 아이의 목을 살짝 긁어 이 얌전함의 전형은 시끄럽다고 알려진 어떤 존재도 따라갈 수 없을 정도의 격렬한 비명을 질러댔다. 그 어머니는 굉장히 놀랐다. 그러나 스틸 자매보다 더 놀랄 수는 없었다. 세 사람은 이런 위급한 상황에서 어린 피해자의 고통을 가라앉히기 위해 애정으로 할 수 있는 일은 다 했다. 아이는 자기 어머니의 무릎에 앉아 키스 세례를 받았고 스틸 자매 중 하나가 애를 살펴보느라고 무릎을 꿇고 앉아 상처에 라벤더 수를 발랐으며 다른 스틸 양은 애의 입에다 봉봉 과자를 물려주었다. 눈물을 흘려서 그런 보상이 생기자 아이는 꾀바르게도 울음을 그치지 않았다. 아이는 여전히 소리를 지르면서 몹시 흐느꼈고 자기를 만지려 한다고 두 오빠를 발로 걷어찼으며 모두 힘을 합해 달래도 소용이 없었다. 그때 다행히도, 지난주 이와 비슷하게 난처한 상황에 처했을 때 상처난 관자놀이에 살구 잼을 발라서 달랠 수 있었던 것을 레이디 미들튼이 기억해내자 이 몹쓸 상처에도 같은 처치를 해보라고 야단들이었으며, 그 말을 듣고 꼬마 아가씨의 흐느낌이 다소 그치자 그들은 이 방법이 거부되지는 않을 것이라는 희망을 가지게 되었다. 이 약을 찾아 아이는 어머니의 팔에 안겨 방 밖으로 나갔다. 두 아들은 뒤에 남아 있으라고 어머니가 아무리 말려도 따라 가는 쪽을 선택했으므로 이 방에 몇 시간 동안은 전혀 깃든 적이 없었던 정적 속에 네 아가씨만 남겨졌다. 그들이 나가자마자 스틸 양이 말했다.

"가엾은 것! 큰일 날 뻔했어."

"그럴 리 없죠." 매리앤이 큰 소리로 말했다. "상황이 달랐다면 몰라도 흔히 그렇듯이 이번 일은 실제로 놀랄 일도 아닌데 호들갑스럽게 군거죠."

"레이디 미들튼은 정말 상냥한 분이세요!" 루시 스틸이 말했다.

매리앤은 잠자코 있었다. 아무리 사소한 경우라도 그녀는 자신이 느끼지 않는 것을 말할 수 없었기 때문이다. 그래서 예의상 거짓말을 할 필요가 있을 때 그 일은 전적으로 엘러너에게 떨어졌다. 무슨 말인가 해야만 하게 되자 엘러너는 레이디 미들튼에 대해 루시 양보다는 훨씬 못하지만 최선을 다해서 실제 자신이 느낀 것보다 더 좋게 말을 했다.

"존 경도 마찬가지지. 얼마나 매력적인 분이야!" 언니 되는 사람이 소리쳤다.

이때도 마찬가지로 대시우드 양의 칭찬은 간결하고 타당하면서도 대단한 갈채가 들어 있지는 않았다. 그가 철저히 호인이며 친절하다고 말했을 뿐이다.

"정말 멋진 가족이야! 내 평생 이렇게 예쁜 아이들은 본 적이 없다니까. 정말이지 벌써 애들에게 정이 흠뻑 들었거든. 사실 나는 애들을 정신없이 좋아하는 편이거든요."

"오늘 아침에 보니까 그런 것 같군요." 엘러너가 미소를 지으며 말했다.

"당신은 미들튼 가의 애들을 보고 너무 응석을 받아 준다고 여기는 것 같군요." 루시가 말했다. "아마 좀 심하다고 볼 수는 있겠죠. 그렇지만 레이디 미들튼으로서는 당연한 일이죠. 나도 애들이 생기 넘치고 활기찬 게 좋아요. 애들이 얌전하고 조용하면 참지 못하겠어요."

"나는 바튼 파크에 있는 동안 얌전하고 조용한 아이들이 싫다는 생각이 든 적이 없답니다." 엘러너가 말했다.

이 말 다음에 잠깐 정적이 감돌았다. 스틸 양이 먼저 그것을 깼다. 그녀는 이런저런 말을 하고 싶어 하는 성격인 것 같긴 했지만 지금은 다소 갑작스런 말을 했다.

"대시우드 양, 데번셔를 어떻게 생각해요? 서식스를 떠나기가 매우 섭섭했겠네요."

이처럼 지나치게 허물없는 질문에, 아니 적어도 그 말하는 어조에 다소 놀라면서 엘러너는 그렇다고 대답했다.

"놀런드는 엄청나게 아름다운 곳이죠, 그렇지 않아요?" 스틸 양이 덧붙였다.

"존 경이 그곳을 매우 칭찬 하시더라구요." 루시가 언니의 허물 없는 말을 다소 변명할 필요가 있다고 여긴듯이 말했다.

"그곳을 본 사람이면 누구나 감탄할거라고 생각해요. 물론 그곳의 아름다움을 우리만큼 제대로 평가할 사람은 없겠지만요." 엘러너가 대답했다.

"거기는 멋쟁이 신사들이 많이 있었나요? 이 지역에는 별로 없을 걸요. 나는 멋쟁이들이 있는게 제일 중요하다고 보거든요."

"그런데 왜 언니는 데번셔에는 서식스만큼 점잖은 청년이 많이 없다고 생각해?" 루시는 언니 때문에 다소 부끄러운 듯 말했다.

"아냐, 얘, 없다고 말하려던 건 절대 아니야. 정말이지 엑시터에도 멋쟁이 신사들이 굉장히 많지. 하지만 말이야, 놀런드에 어떤 멋쟁이 신사가 있을지 모르니까 말이야. 바튼에 대시우드 양들이 예전에 사귀던 만큼 멋쟁이들이 많이 없으면 매우 지겨울거라는 생각이 든다는 거지. 그렇지만 너희같이 젊은 아가씨들은 멋쟁이에게 별로 관심이 없어서 있으나 없으나 마찬가질 지 모르겠네. 나는야 그들이 근사하게 차려 입고 공손하게 행동만 하면 아주 괜찮은 것 같아. 하지만 지저분하고 구질구질하면 질색이야. 엑시터에 로즈 씨라고 있는데 무척 재치 있는 젊은이로 아주 멋쟁이고, 심슨 씨의 서기잖아. 근데 아침에 만나면 도저히 봐줄 수 없는 꼴이라니까. 대시우드 양, 당신 오빠도 결혼하기 전에 아주 멋쟁이였지요? 굉장히 부자였으니까."

"글쎄요. 뭐라고 해야 할지 모르겠네요." 엘러너가 대답했다. "멋쟁이라는 말이 무슨 뜻인지 완전히 이해하지 못했거든요. 그러나 이렇게 말할 수는 있죠. 만약 오빠가 결혼하기 전에 멋쟁이였다면 지금도 여전히 그렇겠죠. 오빠는 조금도 변하지 않았으니까요."

"맙소사! 결혼한 남자를 멋쟁이라고 생각하는 사람은 없어요. 그이들은 할 일이 따로 있잖아요."

"세상에! 앤. 언니는 멋쟁이 얘기밖에 몰라. 대시우드 양이 언니가 다른 건 염두에도 없다고 생각하겠어." 루시가 소리쳤다. 그리고 화제를 돌려서 집과 가구를 칭찬하기 시작했다.

스틸 자매에 대해서는 이런 행동을 본 것만으로 충분했다. 언니 되는 사람은 저속할 정도로 격의 없이 구는 어리석은 태도 때문에 도무지 사귀고 싶은 마음이 들지 않았다. 또 엘러너는 동생 되는 사람의 미모나 똑똑한 표정에 눈이 멀어 그녀에게 진정한 우아함이나 순수함이 없다는 것을 몰라보는 일은 없었다. 엘러너는 그들을 더 사귀고 싶다는 마음이 전혀 없이 그 집을 떠났다.

스틸 자매는 그렇지 않았다. 그들은 엑시터에서 오면서부터 존 미들튼 경이나 가족, 그리고 친척 모두에게 써먹을 찬사의 말을 잔뜩 준비하고 있었다. 그리고 이제 결코 인색하지 않은 몫을 존경의 아름다운 친척들에게도 배당하여, 여지껏 본 중에 대시우드 자매가 가장 아름답고 우아하고 교양 있고 상냥한 여성들이라고 공언하면서, 그들과 특히 잘 사귀고 싶은 마음이 간절하다고 했다. 그리고 더 사귀는 것이 자신들의 불가피한 운명이라는 것을 엘러너는 곧 깨달았다. 존 경은 전적으로 스틸 자매와 같은 의견이었으므로 반대하기에는 그쪽이 너무 강력했기 때문이다. 그래서 거의 매일 한두 시간을 같은 방에 함께 앉아 있는 그런 식의 친교는 유지해 나가지 않을 수 없었다. 존 경은 더 이상은 어떻게 할 수도 없었지만 그 이상이 요구된다는 것도 몰랐다. 그의 의견으로는 함께 있는 것이 친해지는 것이기 때문이다. 그들을 만나게 하려는 끊임없는 계획이 효과가 있는 한 그는 그들이 친한 친구가 되었다는 것을 의심하지 않았다.

사실을 말하자면 존 경은 그들을 터놓는 사이로 만들려고 자기 친척의 상황에 대해 해서는 안 될 구체적인 얘기까지, 자기가 알거나 추측한 것을 죄다 스틸 자매에게 알려주는 등 자신의 힘이 닿는 한 모든 일을 다 한 것이었다. 그래서 엘러너는 스틸 자매를 두 번째 보았을 때 언니 되는 사람에게서 동생이 바튼에 와서 멋쟁이를 정복할 정도로 운이 좋은 것을 축하한다는 말을 들었다. 스틸 양이 말했다.

"그렇게 젊어서 결혼하면 정말이지 좋을 거예요. 게다가 그이는 굉장히 멋쟁이고 엄청나게 잘생겼다고 들었어요. 당신에게도 곧 좋은 운이 생기기 바래요. 벌써 구석에 한 사람 박아 둔지도 모르겠네요"

엘러너는 존 경이 자신과 에드워드의 관계에 대한 추측을 매리앤에 대한 얘기를 할 때보다는 사려 깊게 함부로 얘기하지 않았을 것이라고 생각하기 힘들었다. 사실 두 화제 중에서 엘러너에 대한 것이 더 새로웠고 추측할 여지가 많은 관계로 그가 더 좋아하는 농담거리였다. 에드워드가 방문한 이후로 그들이 함께 식사

할 때마다 존 경은 모두의 주의를 끌 정도로 의미심장하게 고개를 끄덕이고 눈을 깜박이면서 그녀의 멋진 사랑에 건배를 들곤 했다. 낱글자 'ㅍ'도 마찬가지로 변함없이 입에 올려지면서 셀 수 없을 만큼 많은 농담을 만들어내었으므로 엘러너에게 그 낱글자는 알파벳 중에서 가장 재치 있는 성격을 가진 것으로 확립된 지 오래였다.

그녀가 예상했던 대로 스틸 자매는 이제 이런 농담을 다 알고 있었고 그중 언니 되는 사람은 암시된 신사의 이름을 유난히 알고 싶어 했다. 그런 호기심은 종종 뻔뻔스럽게 드러나기는 했지만 그녀가 대시우드 가족의 여러 사정에 대해 품고 있는 궁금증의 연장일 뿐이었다. 그런데 존 경은 궁금증을 불러일으키는 것을 좋아하는 했지만 오래 끌지는 못했다. 스틸 양이 그 이름을 듣고 싶어 하는 만큼이나 그는 그것을 말해주는데 쾌감을 느꼈기 때문이다. 그는 속삭이긴 했지만 다 들릴만한 소리로 말했다.

"그 사람 이름은 페러스라오. 그렇지만 말하지는 말아요. 정말 비밀입니다."

"페러스라구요!" 스틸 양이 되풀이했다. "페러스 씨가 그 행복한 신사군요, 그래요? 세상에! 당신 올케의 동생 말이죠, 대시우드 양? 정말 호감이 가는 젊은이죠. 나도 그이를 잘 알고 있어요."

"어떻게 그런 말을 할 수 있어, 앤?" 자기 언니가 뭔가를 주장할 때마나 고쳐 주곤 하던 루시가 소리쳤다. "아저씨 집에서 그분을 한두 번 봤다고 잘 아는 체 하는 것은 너무 지나치잖아."

엘러너는 이 말에 귀를 곤두세웠고 마음속에 의문을 품었다.

'아저씨라는 분이 누구지? 그가 어디서 살았지? 그들이 어떻게 알게 되었을까?'

엘러너는 자신이 직접 얘기하고 싶지는 않았지만 이 화제가 계속되기를 몹시 바랐는데 더 이상 얘기가 이어지지 않았다. 그녀는 생전 처음으로, 제닝스 부인이 그렇게 적게 들은 후인데도 궁금해 할 줄도 모르고 말을 많이 하지도 않는 것이 안타까웠다. 스틸 양이 에드워드에 대한 이야기를 하는 태도도 엘러너의 궁금증을 커지게 했다. 그 태도가 다소 악의적이었고 그에게 불리한 어떤 것을 이 숙녀가 알고 있거나 안다고 생각한다는 느낌을 주었기 때문이다. 그러나 엘러너의 궁금증은 만족되지 못했다. 존 경이 페러스의 이름을 암시하거나 공공연히 언급할 때조차 더 이상 스틸 양은 아는 체 하지 않았던 것이다.

22장

매리앤은 원래 뻔뻔스럽거나 저속한 것, 재능이 떨어지는 것, 심지어 자신과 취향이 다른 것도 참고 봐주는 성품이 아닌데다 이번에는 특히 마음이 언짢은 상태였으므로, 스틸 자매와 더불어 즐거워하거나 그들의 접근을 고무할 마음이 없었다. 친해보려는 그들의 모든 노력을 거부해 버리는 매리앤의 변함없이 쌀쌀한 행동 때문에 스틸 자매의 태도에서, 특히 루시의 태도에서 곧 분명해졌는데, 자신에 대한 편애가 생겨났다는 것을 엘러너는 알게 되었다. 특히 루시는 기회가 있을 때마다 스스럼없이 자신의 감정을 솔직하게 털어놓으면서 엘러너를 대화에 끌어 들였고 친해지려고 노력했다.

루시는 천성적으로 영리했으며 얘기하는 것도 종종 적절하고 재

미있었다. 그녀가 반시간 정도 벗하기에는 괜찮은 사람이라는 것
도 엘러너는 알게 되었다. 그러나, 뛰어난 사람으로 보이려고 끊임
없이 노력하는데도 불구하고 루시는 제대로 교육을 받지 못했으므
로 무식하고 무지했다. 교양이 부족하고 아주 평범한 문제에 대해
서도 아는 것이 없다는 것이 간과될 수 없었다. 교육을 제대로 받
았으면 바람직하게 될 수도 있었던 능력이 이처럼 묻혀 버린 것을
보고 엘러너는 그녀를 동정했다. 그러나 파크에서 루시가 눈치를
보고 부지런히 움직이며 아첨하는데서 드러났듯이 마음의 우아함
이나 성실함, 고결함이 전혀 없는 것을 고운 시선으로 볼 수 없었
다. 무지하면서 진실하지도 못한데다 배움이 부족해 만나서도 같
은 차원에서 대화를 할 수 없으며, 다른 사람에 대한 행동으로 볼
때 자신에 대한 배려와 존중도 가치 없는 것으로 여길 수밖에 없는
사람과의 교제에서 엘러너는 지속적인 만족을 느낄 수 없었다.

어느 날 파크에서 코티지로 함께 걸어가고 있을 때 루시가 말했
다.

"이런 질문을 이상하다고 여길지 모르겠지만, 저, 당신 올케의
어머니인 페러스 부인과 개인적으로 친분이 있나요?"

엘러너는 그 질문이 기묘하다고 **생각했다.** 그래서 페러스 부인
을 한 번도 본 적이 없다는 대답을 하면서 얼굴에 그런 생각을 드
러냈다.

"그럴 수가! 이상하네요. 놀런드에서 가끔씩 그분을 봤을 거라
고 생각했거든요. 그러면 그분이 어떤 분인지 말해 줄 수가 없겠
군요?" 루시가 말했다.

엘러너는 에드워드의 어머니에 대한 자신의 진짜 의견을 말하
지 않도록 조심하면서, 또 매우 뻔뻔스럽게 여겨지는 호기심을
만족시켜주고 싶지도 않아서 대답했다.

"네, 그래요. 나는 그분을 전혀 몰라요."

루시가 엘러너를 주의 깊게 살펴보면서 말했다.

"이런 식으로 그분에 대해 물어 보아 매우 이상하게 생각할거라는 걸 알아요. 그렇지만 이유가 있을 수도 있죠. 그 이유를 말해줄 수 있으면 좋겠어요. 그렇지만 뻔뻔스레 굴 요량은 아니었다는 걸 믿어주면 좋겠어요."

엘러너는 예의상 그렇다고 대답했고 그들은 말없이 계속 걸어갔다. 루시가 침묵을 깨고 주저하면서 다시 그 화제를 끄집어내었다.

"나를 뻔뻔스럽게 호기심이 많다고 생각할까봐 견딜 수 없네요. 호감을 얻고 싶은 당신 같은 분에게 그렇게 여겨지느니 차라리 무슨 짓이라도 하겠어요. 그리고 당신을 믿지 못해 걱정할 것은 전혀 없을 거라고 생각해요. 사실은 나처럼 불안한 상황에서는 어떻게 해야 할지 충고를 받는 게 좋을 거예요. 그렇지만 당신을 귀찮게 할 일은 없군요. 페러스 부인을 모른다니 유감이에요."

"그분에 대한 내 의견이 도움이 될 수 있었다면 모르는 것이 나도 유감이군요." 엘러너는 아주 놀라서 말했다. "사실 당신이 그 집안과 관계가 있다는 건 전혀 몰랐어요. 그래서, 솔직히 말하면, 당신이 그분의 성격을 그렇게 심각하게 묻는 것에 조금 놀랐어요."

"정말 그랬을 거예요. 당연하다고 생각해요. 그렇지만 내가 모두 털어놓으면 당신도 그렇게 놀라지 않을 거예요. 페러스 부인은 현재는 나와 아무 관계가 없어요. 하지만 때가 올 거예요. 그때가 얼마나 빨리 닥칠지는 그분에게 달려 있지만…… 그분과 제가 인척관계가 될 때가 올 거예요."

루시는 이 말을 할 때 수줍은 듯 살짝 시선을 내리 깔았지만 시선 한 쪽은 자신의 말이 동행에게 어떤 효과를 주었는지 살피고 있었다.

"이럴 수가! 무슨 말이죠? 로버트 페러스와 사귀고 있나요? 그럴 수가?" 엘러너가 소리쳤다. 엘러너는 이런 동서를 얻게 될 거라는 생각이 그리 달갑지 않았다.

"아니에요." 루시가 대답했다. "**로버트 페러스 씨**가 아니에요. 그 사람은 본 적도 없어요. 그게 아니라," 그녀는 엘러너에게 시선을 못 박고 말했다. "그 사람의 형이에요."

그 순간 엘러너가 무엇을 느꼈나? 경악 그 자체였다. 그 말을 믿지 못하겠다는 마음이 즉각 따라 오지 않았더라면 놀란 만큼이나 고통스러웠을 것이다. 그녀는 루시가 그런 선언을 한 이유나 목적을 알 수 없어서 말도 못할 정도로 놀라 루시를 향해 돌아섰다. 그녀는 안색은 변했지만 절대 사실이 아니라고 확신했으므로 신경질적인 발작을 일으키거나 기절할 위험을 느끼지는 않았다. 루시가 말을 이었다.

"당신이 놀라는 것도 당연하죠. 전에는 전혀 몰랐을 테니까요. 그이는 당신이나 당신 가족 누구에게도 그 일을 조금도 내비치지 않았을 거예요. 그 일을 철저하게 비밀로 하기로 했거든요. 이 시간까지는 나도 비밀을 충실하게 지키고 있었으니까요. 앤 말고는 우리 친척 중 누구도 이 사실을 몰라요. 정말이지 당신이 비밀을 꼭 지켜줄 분이라고 믿지 않았더라면 당신에게도 결코 이 말을 하지 않았을 거예요. 그리고 페러스 부인에 대해 그렇게 질문을 많이 한 내 행동이 너무 이상하게 여겨질 것 같아서 설명해야겠다고 생각한 것도 사실이에요. 당신에게 털어놓았다는 것을 페러스 씨가 알더라도 기분 나빠하지는 않을 거라고 생각해요. 그이는 당신 가족을 세상에서 제일 높이 평가하고 있으며 당신과 동생 분들을 자기 누이나 마찬가지로 아끼거든요." 루시는 말을 멈추었다.

엘러너는 몇 분간 말없이 있었다. 들은 이야기에 너무 놀라서 처음에는 말도 제대로 할 수 없었다. 그러나 마침내 간신히, 조심스럽게 말을 해 보려고 정신을 가다듬었고 놀라움이나 근심을 그럭저럭 잘 숨긴 채 침착한 태도로 물었다.

"약혼한지 얼마나 되었는지 물어도 될까요?"

"약혼한지 사 년째랍니다."

"사 년이라구요!"

"네."

엘러너는 엄청나게 충격을 받았지만 여전히 믿을 수 없었다. 그녀가 말했다.

"나는 얼마 전까지 당신들이 서로 아는 사이라는 것도 몰랐어요."

"그렇지만 우리가 알고 지낸 지는 훨씬 더 되었답니다. 그이가 상당 기간 우리 아저씨의 보호를 받았거든요."

"아저씨라구요!"

"네. 프래트 씨예요. 그이가 프래트 씨에 대해 말을 한 적이 없나요?"

"들은 것 같아요." 엘러너는 기운을 내려고 노력하면서 대답하려고 했는데 감정도 함께 북받쳐 올랐다.

"그이는 플리머스 근처의 롱스테이플에 사는 우리 아저씨 밑에서 사 년을 보냈어요. 거기서 우리 교제가 시작됐어요. 언니랑 내 (루시의 비표준적인 어법-역주)는 종종 아저씨네서 지냈거든요. 그이가 학생 신분을 벗어난 지 일 년 후가 되었을 때 거기서 우리 약혼도 이루어졌지요. 그 후로 그이는 거의 언제나 우리와 함께 있었어요. 당신도 상상할 수 있겠지만, 그이의 어머니에게 알리지도 허락 받지도 못한 채 약혼을 하기는 정말 내키지 않았어요. 그러나 나는 너무 어린데다 그이를 너무 사랑했기에 응당 신중해야 할 만큼 신중하지는 못했지요. 당신은 내만큼 그이를 잘 모르겠지만, 대시우드 양, 그만큼 보셨으니 그이는 여자가 진정으로 사랑하고 싶은 사람이라는 걸 알 거예요."

"그렇지요."

엘러너는 대답을 했지만 자기가 뭐라고 하는지도 몰랐다. 그러나 잠시 생각한 후 에드워드의 명예와 사랑에 대한 확고한 믿음이 되살아났고 자기 동행이 거짓말을 하고 있다는 생각에 다시 보태어 말했다.

"에드워드 페러스 씨와 약혼을 했다구요! 솔직히 털어놓으면, 당신이 말한 것에 너무 놀라서 정말인지가…… 미안해요. 그러나 분명 사람이나 이름에 무슨 실수가 있는 것 같아요. 우리가 같은 페러스 씨 얘기를 하는 게 아닌 것 같군요."

"서로 다른 사람 얘기를 하는 게 아니에요." 루시가 미소를 지으며 외쳤다. "에드워드 페러스 씨, 파크 스트리트에 사는 페러스 부인의 장남이며 당신 올케인 존 대시우드 부인의 동생이 내가 말하는 사람이에요. 내 행복이 송두리째 달려 있는 사람의 이름을 잘못 알고 있지는 않을 거라는 걸 인정하셔야죠."

"이상하군요. 그이가 당신 이름을 언급하는 걸 들은 적이 한번도 없었어요." 엘러너가 고통스러울 정도로 당황해서 대답했다.

"당연하죠. 우리 상황을 생각할 때 그건 이상한 게 아니죠. 우리가 첫째로 고려한 것이 이 문제를 비밀로 하는 것이었어요. 당신은 나나 내 가족에 대해 아무 것도 모르니 그이가 내 이름을 당신에게 언급할 일도 없었겠고, 또 그이는 특히 자기 누나가 의심할까봐 항상 걱정했으니 그것만으로도 그이가 말을 하지 않은 충분한 이유가 되죠."

엘러너는 말을 할 수 없었다. 그녀의 확신은 밑바닥에 가라앉아 버렸다. 그러나 그녀의 자제력도 더불어 가라앉지는 않았다. 그녀는 침착한 목소리로 말했다.

"약혼한지 사 년이나 됐다는 거죠."

"그래요. 그리고 얼마나 더 기다려야 할지는 하늘만이 아시죠. 가여운 에드워드! 그래서 그이는 아주 상심하고 있답니다." 루시는 주머니에서 작은 세밀화를 꺼내며 덧붙여 말했다. "실수할 가능성을 없애기 위해 이 얼굴을 한 번 봐 주세요. 정말이지, 그이 모습을 제대로 그리지는 못했지만 누굴 그린 것인지 못 알아볼 정도는 아닐 거예요. 지난 삼 년이 넘게 이걸 지니고 있답니다."

이렇게 말하면서 그녀는 엘러너의 손에 초상화를 놓았다. 엘러너는 너무 성급하게 결론짓는 게 두렵기도 하고 거짓이라고 믿고 싶기도 해서 다른 의문들을 여전히 마음에 품고 있기는 했지만, 그것을 보자 그 초상이 에드워드의 얼굴이라는 것을 의심할 수 없었다. 그녀는 바로 알아보고 즉시 돌려주었다. 루시가 말을 이었다.

"이것을 받고도 내 초상화는 줄 수 없어서 몹시 신경이 쓰인답니다. 그이는 항상 내 초상을 갖고 싶어 했거든요! 그래서 기회가 되는대로 곧 만들어야겠다고 마음을 먹었어요."

"잘 생각했어요." 엘러너는 침착하게 대답했다.

그 다음 그들은 말없이 몇 걸음 더 걸어갔다. 루시가 먼저 말을 꺼냈다.

"정말이지 당신이 이 비밀을 충실하게 지켜 줄 거라는 걸 의심하지 않아요. 이 일이 그이 어머니에게 들어가지 않게 하는 것이 우리에게 얼마나 중요한지 당신도 알 테니까요. 그분은 이 약혼을 결코 용납하지 않으실 거예요. 나는 지참금도 없고, 그분은 엄청나게 거만한 분 일건 뻔하니까요."

"내가 당신 비밀을 알고 싶어 한 건 절대 아니었죠." 엘러너가 말했다. "그러나 내가 믿을 수 있는 사람이라고 생각했다면 잘못 보지는 않았어요. 당신 비밀이 내게서 새어 나가는 일은 없을 거예요. 그러나 쓸데없이 그런 얘기를 한 것에 내가 놀란 건 이해하세요. 내가 알게 되는 것이 비밀을 지키는데 보탬이 될 수 없다는 건 당신도 알아야 했어요."

엘러너는 이 말을 할 때 루시를 열심히 쳐다보면서 그녀의 얼굴에서 그녀가 말한 대부분이 거짓임을 드러내는 기미를 찾아내고 싶었다. 그러나 루시의 표정은 변화가 없었다. 루시가 대답했다.

"이런 얘기를 전부 하면서, 내가 너무 허물없이 털어놓는다고 생각할까봐 염려도 됐어요. 내가 당신을 오래 안 것은 분명 아니에요. 적어도 개인적으로는 말이에요. 그러나 얘기를 통해서는 당신과 당신 가족을 오래 전부터 알고 있었어요. 그래서 당신을 보자마자 마치 오랜 친구처럼 느꼈죠. 게다가 당장 이 문제는, 에드워드의 어머니에 대해 그처럼 개인적인 질문을 한 뒤라 정말이지 당신에게 설명을 좀 해야겠다고 생각했다구요. 나는 불행히도 충고를 구할 데도 없답니다. 앤이 이 사실을 아는 유일한 사람이지만 전혀 판단력이 없어요. 사실 언니는 내게 도움이 된다기보다는 해만 끼쳐요. 언니가 내 일을 탄로 낼까 봐 걱정이 끊이질 않거든요. 당신도 눈치 챘겠지만 언니는 말을 자제할 줄 모른답니다. 정말이지 저번 날 존 경이 에드워드의 이름을 언급했을 때 언니가 다 말해 버리지 않나 하고 엄청나게 놀랐답니다. 약혼 일로 내가 얼마나 고통을 겪는지 당신은 생각할 수도 없을 거예요. 에드워드 때문에 지난 사 년간 그렇게 고생을 겪은 후에도 내가 살아 있다는 것이 신기할 따름이에요. 모든 것이 너무나 어정쩡

하고 불확실해요. 그리고 그이를 거의 만나지도 못하니까…… 우리는 일년에 두 번 이상은 만나지 못해요. 내 심장이 아직 터지지 않은 것이 이상하지요."

여기서 그녀는 손수건을 꺼냈지만 엘러너는 전혀 연민이 생기지 않았다. 루시는 눈물을 훔친 후 계속 말했다.

"때때로, 이 문제를 완전히 매듭지어 버리는 것이 우리 둘 다를 위해 더 좋지 않을까 하는 생각도 해요." 루시는 이 말을 하면서 자기 동행을 똑바로 쳐다보았다. "그러나 막상 그렇게 할 결심이 서지 않아요. 그런 말만 꺼내도 그이가 불행해할 걸 뻔히 아는데 그이를 불행하게 만든다는 생각은 견딜 수 없어요. 그리고 나 자신 때문이기도 해요. 그이는 내게 너무나 소중해서…… 내가 헤어질 수 있을 것 같지도 않아요. 이런 경우 당신은 내게 어떤 충고를 할 수 있겠어요, 대시우드 양? 당신이 이런 처지라면 어떻게 하겠어요?"

"미안합니다만," 엘러너가 그 질문에 깜짝 놀라 대답했다. "그런 상황에서 내가 당신에게 충고할 수는 없어요. 당신 자신의 판단에 따라야죠."

양쪽에서 몇 분간 침묵이 흐른 후 루시가 계속했다.

"분명히 언젠가는 어머니가 그이에게 재산을 주긴 하겠지요. 그러나 가엾은 에드워드는 몹시 절망해 있어요. 그이가 바튼에 왔을 때 기분이 지독히 처져 있다고 생각하지 않았어요? 그이가 롱스태이플에서 우리와 헤어져 당신에게 가려고 할 때 너무 안돼 보여서 당신이 그이가 아프다고 여길까봐 걱정했어요."

"그러면 그이가 우리를 방문했을 때 당신 아저씨네서 오는 길이었던가요?"

"그럼요! 그이는 보름간 우리와 같이 지냈어요. 그이가 런던에서 곧장 온 걸로 알았나요?"

"아니에요. 생각해 보니 그이는 플리머스 근처의 친구네서 보름간 머물렀다고 말했어요."

엘러너는 대답하면서 새로운 상황마다 루시의 말에 신빙성을 보태주고 있다는 것을 뼈저리게 느꼈다. 또한 그 당시 에드워드가 친구에 대해 더 이상 말하지 않았고 심지어 그들의 이름에 관해서도 입을 꽉 다물었던 것에 자신이 놀랐던 기억도 났다.

"그이가 유난히 기분이 처져 있다고 생각하지 않았어요?" 루시가 되풀이했다.

"그랬지요. 특히 처음에 도착했을 때 더 그랬죠."

"무슨 일인지 당신이 의심할까봐 그이더러 힘을 좀 내라고 했지요. 그렇지만 보름 이상은 우리와 함께 있을 수 없는데다, 내가 그렇게 고통스러워하는 것을 보고 그이는 몹시 우울해졌어요. 가엾은 이! 지금도 마찬가지일거라고 생각해요. 그이가 비참한 심경으로 편지를 보내오거든요. 엑시터를 떠나기 전에 그이에게서 소식이 왔어요." 그리고 주머니에서 편지를 꺼내 무심결인양 주소 부분이 엘러너에게 보이게 했다. "당신도 그이의 필적을 알겠지만, 필체가 아주 좋잖아요. 그렇지만 평소만큼 잘 쓰지는 못했어요. 가능한 데까지 내용을 가득 채우고 나서 지쳤던 거지요."

엘러너는 그것이 에드워드의 필적이라는 것을 보았고 더 이상 의심할 수 없었다. 초상은 우연히 얻은 것일 수도 있다고 믿으려고 했다. 에드워드의 선물이 아닐 수도 있을 것이다. 그러나 서신 왕래는 확실한 약혼 아래서만 존재할 수 있었지 다른 것으로 규정지을 수 없었다. 그녀는 몇 분 동안은 정신이 아득해졌다. 가슴이 무너지면서 서 있을 수가 없었다. 그러나 반드시 마음을 가다듬어야 했다. 그녀는 휘몰아치는 감정을 추스르려고 안간힘을 써서 곧 스스로를 다독거리고 정신을 차릴 수 있었다.

루시는 편지를 다시 주머니에 넣으며 말했다.

"서로에게 편지 쓰는 것이 그토록 오래 헤어져 있으면서 우리가 가진 유일한 위안이랍니다. 그래요, 나는 초상을 보고 위로를 받기도 해요. 하지만 가엾은 에드워드는 그것조차 없어요. 그이는 내 초상만 있다면 마음이 편안할 거라고 해요. 지난번에 그이가 롱스테이플에 왔을 때 내 머리카락이 박힌 반지를 주었답니다. 그것이 다소 위안이 되기는 하지만 초상을 대신하지는 못한다고 하더군요. 아마 당신도 그이를 만났을 때 반지를 봤죠?"

"봤어요."

엘러너는 평정을 찾은 목소리로 말했지만 그 속에는 그녀가 여태껏 느껴보지 못했던 격정과 고통이 숨겨져 있었다. 그녀는 굴욕감을 느꼈고 충격을 받았고 당황했다.

엘러너에게는 다행스럽게도 그들은 이제 코티지에 도착해서 대화가 계속될 수 없었다. 스틸 자매는 잠시 앉아 있은 후 파크로 돌아갔고 그제야 엘러너는 생각을 해보고 비참한 기분에 빠질 여유를 가지게 되었다.

제2권

23장

평소에 엘러너가 아무리 루시의 진실성을 믿지 않았다 하더라도, 곰곰이 생각해 봤을 때, 그런 거짓 이야기를 만들어내는 바보짓을 해서 얻을 것이 없는 이번 경우에는 그 말이 사실이라는 것을 의심하기 힘들었다. 엘러너는 루시가 사실이라고 주장한 말들을 더 이상 의심할 수 없었고, 감히 의심하지도 못했다. 그것은 자신의 소망과만 대치될 뿐 모든 면에서 볼 때 이러저러한 개연성과 증거로 뒷받침이 되었기 때문이다. 프래트 씨의 집에서 그들이 교제할 기회가 있었다는 것이 놀랍지만 믿을 수밖에 없는 나머지 사실들에 대한 근거가 되었다. 그리고 에드워드가 플리머스 근처를 방문한 것이나 우울한 정신상태, 자신의 미래에 대한 불만, 그녀에 대한 불확실한 태도, 스틸 자매가 놀런드나 그들의 가족관계에 대해 종종 놀랄 정도로 세세하게 아는 것, 초상화, 편지, 반지 등이 모두 탄탄한 증거가 되어 그를 부당하게 비난하고 있을 지도 모른다는 그녀의 염려를 물리쳤으며, 아무리 그를 좋게 보려고 해도 그가 자신을 부당하게 대했다는 것을 외면할 수 없는 사실로 만들었다. 그의 행동이 원망스럽고 바보 취급당한 것에도 화가 나서 잠시 그녀는 오직 자신의 감정만을 생각했다. 그러나 곧 다른 생각, 다른 고려가 떠올랐다. 에드워드가 고의로 자신을 속여 왔던가? 그가 자신에 대해 느끼지도 않는 호감을 가장했던가? 루시와의 약혼은 마음까지 맺어진 것인가? 아니었다. 한때는 어땠을지 모르지만 현재는 그렇지 않다고 엘러너는 믿었다. 그의 애정은 송두리째 그녀를 향한 것이었다. 자신이 그것을 잘못 알 리 없었다. 놀런드에서 자신의 어머니, 동생들, 패니 등 모두가 자신에 대한 그의 호감을 의식했으니까 그것이 자신의 허영심에서 나온 환상은 아니었다. 그는 분명 그녀를 사랑하고 있었다. 이런 생각이 얼마나 사람의 마음을 누그러뜨리는지! 그런 생각이 어찌 용서하고자 하는 마음을 일으키지 않을 수 있을까! 그녀에 대한 감정이 자연스러운 단계를 넘어선 것을 처음으로 느낀 후에도 그가 놀런드에 계속 머물렀다는 점에서 그에게 잘못이, 아주 많은 잘못이 있었다. 그 점에서 그는 변명의 여지가 없었다. 그러나 그가 그녀에게 상처를 주었다고 하지만 그 자신은 훨씬 더 큰 상처를 입었으며, 그녀의 경우가 가련하다면 그의 경우는 절망적이었다. 그의 무모한 행동이 그녀를 잠시 비참하게 만들었지만 그 자신에게서는 다르게 될 수도 있는 기회를 송두리째 앗아간 것 같았다. 그녀는 곧 마음의 안정을 회복하겠지만 그는, 그는 기대할 게 뭐가 있을까? 그가 루시 스틸과 그럭저럭 행복할 수 있을까? 자신에 대한 그의 애정은 논외로 두더라도, 그이처럼 성실하며 섬세하고 풍부한 정신의 소유자가 루시처럼 무식하고 교활하며 이기적인 아내에게 만족할 수 있을까?

열아홉이라는 어린 나이에 열정에 휩싸이다 보니 루시의 미모와 싹싹한 태도 밖에는 아무것도 눈에 보이지 않았을 수도 있다. 그러나 그 다음에 이어진 사 년이라는 세월, 온당하게 보냈다면 이해력을 한층 향상시켰을 그 세월을 통해, 루시가 교육을 제대로 받지 못했다는 것에 에드워드의 눈이 뜨인 것이 틀림없으며 반면, 바로 같은 기간에, 루시는 질이 떨어지는 사람들과 사귀고 한층 하찮은 일만 쫓아다니며 지내다 보니 아마 한때는 그녀의 미를 돋보이게 했던 소박함마저 떨어져 나갔을 것이다.

그가 엘러너 자신과 결혼한다는 가정을 해 보았을 때 어머니 때문에 어려움을 겪을 것 같았다면, 그의 약혼 상대가 가문으로 볼 때 의심할 바 없이 자신보다 뒤쳐지고, 아마 재산에 있어서도 자신보다 못할 때, 이제 그 어려움은 얼마나 클 것인가. 사실 루시에게서 그토록 마음이 멀어진 상태에서는 이런 어려움 때문에 그가 크게 조바심을 내지는 않았을 것이다. 늘 우울하게 있는 것이 그런 사람의 상태이며, 가족의 반대나 불친절을 예상하는 것이 그에게는 오히려 위로가 되었을 것이다!

이런 생각들이 연이어 고통스럽게 일어났을 때 그녀는 자신 때문이 아니라 그를 생각하고 더 울었다. 자신이 현재의 불행을 당해 마땅하게 여겨질 만한 행동을 한 적이 전혀 없다는 확신에 힘을 얻고, 에드워드도 자신의 존경을 잃을 일은 조금도 하지 않았다는 믿음에 마음이 진정되어 그녀는, 심지어 엄청난 충격으로 휘청거리는 지금도, 어머니와 동생들이 사실을 눈치 채지 못하게끔 자신을 추스를 수 있다고 생각했다. 그녀는 자신의 이런 기대에 너무나 잘 부응해서 가장 소중한 희망이 꺼져 버린 아픔을 처음 겪은 지 두 시간 후 정찬 시간에 모였을 때 누구도 두 자매의 외모에서는, 엘러너가 사랑하는 사람에게서 영원히 자신을 갈라놓을 장애물 때문에 남몰래 슬퍼하고 있는 것도, 메리앤이 자신이 마음을 완전히 사로잡았다고 느끼고 있으며 집 근처에 마차가 올 때마다 혹시 보이지 않나 하고 기대하는 사람의 빼어난 점들을 곰곰이 되씹고 있다는 것도 알 수 없었을 것이다.

자신에게 은밀히 털어놓은 이야기를 어머니와 메리앤에게 반드시 숨겨야 하는 것은 부단한 노력이 들어야 하기는 했지만 엘러너의 고통을 더 크게 하는 것은 아니었다. 반대로, 그렇게 하는 것이 오히려 그녀의 마음을 편하게 해주었다. 그들에게 엄청난 고통을 줄 이야기를 전달하지 않아도 된 데다, 자신에 대한 그들의 편파적이고 과도한 애정 때문에 쏟아져 나올지도 모르지만 자신은 동참할 수 없는, 에드워드에 대한 비난을 듣지 않아도 되었기 때문이다.

그녀가 알기로 그들의 충고에서 혹은 그들과의 대화에서 도움을 얻지는 못할 것이며, 그들의 애정과 슬픔이 그녀의 고통을 더할 것이 틀림없었다. 반면 그들에게서 자제하는 법을 보고 배울 게 있는 것도 아니었고 그녀가 자제한다고 그들이 칭찬해 주지도 않을 것이었다. 그녀는 혼자일 때 더 강했으며 뛰어난 분별이 스스로를 잘 지탱해 주었으므로, 그렇게 가슴이 에이고 그렇게 새록새록 슬픈 상태에서 가능한 한, 그녀의 침착함은 흔들리지 않았고 명랑한 외모도 변함이 없었다.

그 화제에 대해 루시와 처음 이야기를 나눈 후 마음이 많이 아프기는 했지만 엘러너는 곧 그 얘기를 다시 꺼내고 싶은 마음이 간절해졌다. 여러 가지 이유가 있었다. 약혼의 구체적인 여러 사실을 되풀이 듣고 싶었고 또 루시가 에드워드에 대해 정말 어떻게 느끼는지, 그에 대한 애정을 공언하기는 하지만 과연 진정성이 담겨 있는지 좀 더 분명하게 알고 싶었다. 특히 그 문제를 거리낌 없이 다시 언급하고 얘기를 하면서 침착한 모습을 보여 줘서, 자신은 친구로서 그 문제에 관심이 있을 뿐이라는 것을 루시에게 확인시키고 싶었다. 아침나절의 대화에서 자기도 모르게 매우 당황했기 때문에 최소한 그 점에서 의심을 받을지도 모른다는 걱정이 들었기 때문이다. 루시가 그녀를 질투하고 있을 가능성이 매우 높았다. 루시의 말에서 뿐 아니라, 개인적으로 안지 얼마 되지도 않아서 본인도 엄청나게 중요하다고 인정하는 비밀을 털어놓는 모험을 하는 데서도, 에드워드가 늘 그녀를 높이 칭찬했다는 것이 명백했다. 심지어 존 경이 농담으로 알려준 정보도 한 몫한 것이 분명했다. 그러나 사실, 엘러너가 자신이 에드워드에게서 진정으로 사랑 받고 있다고 마음 속 깊이 확신하는 한, 루시가 질투를 느끼는 것이 분명하다고 볼 다른 이유를 고려할 필요도 없었다. 루시가 비밀을 털어놓은 것이 바로 그녀가 질투한다는 증거였다. 그렇게 하여 루시 자신이 에드워드에 대해 우선권이 있다는 것을 알리면서, 엘러너에게 앞으로 그를 멀리하라는 경고를 하려는 것이 아니었다면 그 관계를 밝힌 이유가 달리 뭐가 있을까? 엘러너는 경쟁자의 의도를 이 정도는 어렵지 않게 파악했으므로, 명예롭고 정직한 신조에 따라 행동하면서 에드워드에 대한 자신의 애정을 누르고 가능한 그를 보지 않기로 굳게 결심하긴 했지만, 자신의 마음이 상처입지 않았다는 것을 루시에게 확인시켜주고 싶은 마음까지 억누를 수는 없었다. 그 화제에 대해 이미 얘기 된 것 이상으로 더 고통스러운 이야기를 들을 것은 없었기에 그녀는 자신이 구체적인 사실을 되풀이 듣더라도 침착하게 견딜 힘이 있다고 믿었다.

루시도 엘러너만큼이나 이야기할 기회를 원하는 것 같았지만 그런 이야기를 할 기회가 마음먹은 대로 곧바로 잡히지는 않았다. 산책 때라면 손쉽게 다른 사람과 떨어져 둘만 있을 수 있었지만 날씨가 좋은 적이 별로 없어서 산책을 할만 하지 못했던 것이다. 파크나 코티지에서, 대개는 파크에서, 적어도 이틀에 한번 꼴은 만났지만 대화를 하기 위해 만난다고는 생각될 수도 없었다. 그런 생각이 존 경이나 레이디 미들튼의 머리에 들어온 적은 결코 없었기에 일상적인 잡담을 할 여가도 거의 주어지지 않았고 특별한 대화를 할 기회는 전혀 없었다. 그들은 먹고 마시고 함께 웃고 카드놀이를 하고 칸시퀀스(말이어 이야기 만들기 놀이- 역주)나 충분히 시끄러운 다른 게임을 하기 위해 만나는 것이었다.

이런 모임이 한두 번 있었으면서도 엘러너가 루시와 단 둘이 있을 기회는 없었는데, 어느 날 아침 존 경이 코티지를 방문하여, 제발 자비를 베풀어 그들 모두가 레이디 미들튼과 함께 정찬을 해 달라고 했다. 그는 엑시터의 클럽에 참석해야 하기 때문에 겨우 장모와 스틸 자매만 있을 뿐 레이디는 혼자 있는 셈이나 마찬가지라는 것이었다. 남편 되는 사람이 떠들썩한 한 가지 목표를 가지고 그들을 모을 때 보다 이런 모임처럼 레이디 미들튼이 조용하고 교양 있게 주도할 때는 한결 자신들이 내키는 대로 할 수 있어, 엘러너는 내심 생각해 온 문제에 대해 말문을 열 수 있는 좋은 기회가 있을 것으로 예상하고 바로 초대를 수락했다. 마거릿은 어머니의 허락을 받아 고분고분하게 받아 들였고, 매리앤은 언제나 그렇듯이 이런 모임에는 끼지 않으려고 했지만 그녀가 즐겁게 지낼 기회를 피하는 것을 못 견뎌 하는 어머니의 설득으로 가기로 했다.

아가씨들이 왔으므로 다행히도 레이디 미들튼은 자신을 위협했던 무섭도록 외로운 상황에서 벗어난 셈이었다. 그 모임은 엘러너가 예상했던 대로 무미건조했다. 신선한 생각이나 신선한 표현 하나 나오지 않았으며 정찬실이나 거실에서 그들이 나누었던 대화 전부를 통틀어 그보다 더 재미없는 것은 없을 터였다. 거실로 아이들이 따라 들어 왔는데 그들이 있는 동안 대화를 시도하려고 루시의 주의를 끄는 것은 불가능하다는 것을 엘러너는 너무나 잘 알고 있었다. 아이들은 찻잔이 치워질 때야 그 곳을 나갔다. 그러자 카드 탁자가 놓여졌으므로 엘러너는 파크에서 대화할 시간을 찾겠다고 마음먹은 자신이 놀라워지기 시작했다. 그들 모두는 일어서서 라운드 게임(조를 짜지 않고 각자 단독으로 하는 게임—역주)을 할 준비를 했다. 레이디 미들튼이 루시에게 말했다.

"오늘 저녁에 우리 아가 애너마리아의 바구니를 마무리할 생각이 아니라 다행이에요. 촛불아래서 필러그리(가는 줄세공 - 역주) 바구니 작업을 하면 틀림없이 눈이 상할 거예요. 내일 귀염둥이 아가가 실망할 것에 대비해서, 대신 달랠 것을 준비하지요, 뭐. 그 애가 너무 마음 상하지 않으면 좋겠는데."

이런 암시로 충분했다. 루시는 곧 제 정신을 차리고 대답했다.

"어쩌면, 레이디 미들튼, 정말로 오해하신 거예요. 제가 없어도 카드 모임이 성원이 되는지 보려고 기다렸을 뿐이에요. 그렇지 않았더라면 벌써 필러그리를 하고 있었을 거예요. 절대로 꼬마 천사를 실망시키지 않을 거예요. 카드게임에 지금 제가 필요하면 저녁 식사 후에 바구니를 만들려고 마음먹고 있었거든요."

"당신은 정말 좋은 사람이에요. 눈이 상하지 않아야 할 텐데. 작업용 초를 가져오라고 종을 좀 울리겠어요? 가여운 우리 아가는, 내가 알기로, 내일까지 바구니가 만들어져 있지 않으면 무척이나 실망할거예요. 물론 끝나지 않을 거라고 단단히 말해 놓긴 했지만, 그 애는 마무리가 될 걸로 믿고 있거든요."

루시는 바로 근처의 작업용 탁자로 물러가 응석받이 꼬마에게 줄 필러그리 바구니를 만드는 것보다 더 즐거운 일은 없다는 양 민첩하고 명랑하게 자리 잡았다.

레이디 미들튼은 다른 사람들에게 러버 게임(카드놀이 중 세 판 승부를 하는 것- 역주)을 제안했다. 아무도 반대하지 않았지만 매리앤은 평상시대로 으레 지켜야 할 예법을 무시하고 소리쳤다.

"저는 빼주시겠지요. 제가 카드를 질색하는 거 아시죠. 저는 피아노로 가겠어요. 조율한 뒤로 만져 보지 못했어요."

그녀는 더 이상의 양해를 기다리지 않고 돌아서서 악기가 있는 곳으로 걸어갔다.

레이디 미들튼은 **자신**은 결코 그런 무례한 말을 한 일이 없는 것을 하늘에 감사하는 것처럼 보였다. 엘러너는 그 무례한 행동을 변호해주려고 말했다.

"매리앤은 저 악기와 오래 떨어져 있을 수 없나 봐요, 부인. 놀라운 일은 아니지요. 들어 본 중에서 가장 음색이 뛰어난 피아노거든요."

나머지 다섯이 이제 카드 패를 뽑을 참이었다. 엘러너가 계속해서 말했다.

"혹시, 제가 빠질 수 있다면 루시 스틸 양이 종이를 감을 때 도움이 되겠는데요. 바구니가 되려면 아직 할 일이 무척 많은데, 혼자 일해서는 오늘 저녁에 마치기 힘들겠어요. 끼워 준다면 저도 그 일을 하고 싶어요."

"정말 당신이 도와주면 아주 고맙겠어요." 루시가 소리쳤다. "이제 보니 예상했던 것보다 할 일이 엄청나게 많아요. 결국 사랑스런 애너마리아를 실망시키게 되면 끔찍할 거예요."

"그럼! 정말이지 끔찍할 거예요. 사랑스런 어린 것, 얼마나 이쁜지!" 스틸 양이 말했다.

"고마운 얘기군요." 레이디 미들튼이 엘러너에게 말했다. "정말 그 일이 좋으면 다음 번 러버 게임 때까지 끼지 못해도 괜찮겠죠? 그렇지 않으면 지금 패를 잡을래요?"

엘러너는 이 제안 중에서 기꺼이 처음을 택했다. 그래서 매리앤이라면 결코 굽혀서 하지 않았을 별거 아닌 말로 자신의 목적을 이루면서 동시에 레이디 미들튼을 흡족하게 해준 것이다. 루시가 재빨리 그녀가 앉을 자리를 마련해 주어 두 여성 경쟁자는 같은 탁자에 나란히 앉아 지극히 사이좋게 같은 일을 진척시키는데 몰두했다. 매리앤은 피아노 앞에 앉아 자신의 음악과 자신만의 생각에 파묻혀 이 무렵에는 이 방에 자신 외에 누가 있다는 것마저 잊어버렸다. 그들은 피아노 바로 곁에 있었으므로, 대시우드 양은 이제 피아노 소리를 방패삼아 카드 탁자에까지 들릴 위험이 없이 마음에 둔 화제를 시작해도 괜찮겠다고 판단했다.

24장

엘러너는 조심스럽지만 단호한 어조로 다음과 같이 말을 꺼냈다.

"고맙게도 당신이 믿고 속내를 털어놓았는데 내가 그런 믿음이 계속 되기를 바라는 마음이 없거나 그 화제에 더 이상 호기심을 느끼지 않는다면 그런 속내를 들을 자격이 없었을 거예요. 그러니 내가 다시 그 문제를 꺼내는 것이 주제넘은 건 아니겠지요."

"터놓고 말해주어 고마워요." 루시가 반색을 하며 말했다. "이제 마음이 놓이는군요. 지난 월요일 내가 그런 말을 해서 당신이 언짢았던 게 아닌가 다소 걱정했거든요."

"내가 언짢았다구요! 어떻게 그런 생각을 할 수가 있지요?" 엘러너는 정말 진지하게 말했다. "사실, 그런 생각이 들게 했다면 그처럼 내 생각과 동떨어진 일은 없을 거예요. 당신이 속을 털어놓은 동기에 뭔가 내게 명예롭지 않거나 자랑스럽지 못한 점이 있었나요?"

"그래도 분명히 말하겠어요." 작고 날카로운 눈을 의미심장하게 뜨면서 루시가 대답했다. "당신 태도가 냉담하고 불쾌한 것 같아 아주 불편했답니다. 당신이 틀림없이 내게 화가 났다는 생각이 들었어요. 그래서 그 이후, 주책스럽게 내 문제로 당신을 그렇게 괴롭힌 스스로를 책망하고 있었답니다. 그렇지만 그게 내 오해였을 뿐 사실은 당신이 나를 비난하지 않았다니 정말 기뻐요. 살아가면서 매순간, 늘 생각해오던 것을 이야기하고 나니 후련해서 내가 얼마나 편안해졌는지 당신이 알았더라면, 동정심에서라도 다른 것은 다 그냥 넘겼을 거예요, 정말이지."

"사실 당신의 처지를 내게 알려주고, 그렇게 한 것을 후회할 이유가 없을 거라고 생각하면 매우 마음이 편해졌을 거라고 쉽게 짐작이 가네요. 당신은 아주 힘든 상황에 처해 있군요. 어려움이 도처에 산적해 있는 것 같은데, 그 와중에서 견뎌내려면 서로의 애정이 절대적으로 필요할 거예요. 페러스 씨는 완전히 어머니에게 의존해야 하는 처지일 테니까요."

"그이는 자기 몫으로는 2,000파운드 뿐이랍니다. 그걸 믿고 결혼하는 건 미친 짓일 거예요. 나야 한숨 한번 내쉬지 않고 더 받을 전망을 포기할 수 있지만 말이죠. 나야 적은 수입에 늘 익숙해져 있고 그이를 위해서라면 어떤 가난도 헤쳐 나갈 수 있어요. 그렇지만 그이를 너무 사랑하기 때문에, 어머니가 보기에 흡족한 결혼을 한다면 그이가 받게 될 것을 놓치게 만드는 이기적인 짓을 하고 싶지 않답니다. 우리는 기다려야 해요. 아마 몇 년이 걸리겠지요. 세상 남자들 누구한테든 이런 전망은 기가 막힌 일일 거예요. 그러나 그 어떤 것도 에드워드의 사랑과 일편단심을 앗아갈 수 없다는 걸 난 알아요."

"그런 확신이 당신에게는 가장 소중하군요. 그이도 분명 똑같이 당신의 사랑을 믿으며 견디겠지요. 사 년간의 약혼기간에 많은 사람을 만나고 여러 상황을 겪으면서 자연히 그렇게 되는 일도 있듯이, 만일 서로의 애정이 약해졌다면 당신 상황은 정말

가련하게 되었겠지요."

루시는 엘러너를 올려다보았지만 엘러너는 자신의 말에 의심스러운 낌새를 드러낼 기미가 절대 안색에 드러나지 않게 조심했다. 루시가 말했다.

"에드워드의 사랑은 우리가 처음 약혼한 뒤로 오래, 아주 오래 떨어져 있으면서 확실히 시험에 들었고 그 시험을 그토록 잘 견뎌 냈으니까, 이제 내가 의심을 한다면 나는 용서받지 못할 거예요. 처음부터 그 점에 대해서는 그이는 한 순간도 나를 불안하게 한 적이 없다고 당당히 말할 수 있어요."

엘러너는 이런 장담을 듣고 웃어야 할지 한숨을 지어야 할지 몰랐다. 루시는 계속 말을 이었다.

"게다가 나는 천성적으로 질투가 많은 성격이에요. 사는 처지에 차이가 나는 데다, 그이는 나보다 세상과 어울리는 일이 많고 우리는 계속 떨어져 있기에 의심할 수밖에 없는데, 우리가 만났을 때 그이 행동에 조그마한 변화라도 있거나, 이해할 수 없을 정도로 울적해 한다거나, 특별히 한 여성에 대한 이야기를 많이 한다거나, 어떤 면에서건 예전보다 롱스테이플에서 별 재미가 없어 한다거나 하면 바로 사실을 알아챘을 걸요. 내가 보통 때도 특히 관찰력이 있다거나 재빨리 알아챈다는 뜻이 아니라 그런 경우에는 내가 눈치 못 챌 리 없다는 거지요"

'아주 잘 꾸며대는군.' 엘러너는 생각했다. '그렇지만 우리 둘다 믿지 않는 얘길걸.'

잠시 침묵이 흐른 후 엘러너가 물었다.

"그런데 당신 계획은 무엇이에요? 페러스 부인이 돌아가시기를 기다리는 것 말고는 두리가 없나요? 그건 우울하고 충격석인 마무리일 텐데요. 그분의 아들은 그것을 감수하기로, 당신도 함께 겪어야 될 불안하고 지루한 세월을 감수하기로 결심했나요? 사실을 고백해서 얼마간 그녀의 노여움을 타는 모험을 하지 않고요?"

"그 세월이 잠시 뿐 일거라고 확신할 수만 있다면! 그렇지만 페러스 부인은 매우 고집이 세고 거만한 분이라 그 말을 듣자마자 벌컥 화를 내며 몽땅 로버트에게 물려줄 거예요. 그런 생각이 들면 성급한 대책을 세우려던 마음을 억누르게 된답니다. 에드워드를 위하는 마음에서요."

"당신 자신을 위해서기도 하지요. 아니면 이해 안 될 정도로 지나치게 사심 없이 구는 거구요."

루시는 다시 엘러너를 보더니 입을 다물었다.

"로버트 페러스 씨를 알고 있어요?" 엘러너가 물었다.

"전혀 몰라요. 본 적도 없어요. 하지만 형과는 아주 다른 것 같아요. 멍청한데다 거창한 맵시꾼 일 걸요."

"거창한 맵시꾼이라고!" 매리앤의 음악이 갑자기 끊어지는 바람에 이 말을 알아들은 스틸 양이 되풀이했다. "아! 저이들은 좋아하는 멋쟁이들 이야기를 하고 있군. 확실해."

"아니야, 언니. 잘못 알고 있어. 우리가 좋아하는 멋쟁이들은 거창한 맵시꾼이 아니야." 루시가 말했다.

"대시우드 양이 좋아하는 사람은 그렇지 않다는 걸 내가 보증하지." 제닝스 부인이 호쾌하게 웃으며 말했다. "그이는 내가 본 중 제일 겸손하고 행동거지가 바른 젊은이거든. 그렇지만 루시 양은 아주 의뭉스런 아가씨라 그녀가 누구를 좋아하는지 알 수가 없네."

"글쎄!" 스틸 양이 의미심장하게 그들을 돌아보면서 소리쳤다. "정말이지 루시의 멋쟁이도 대시우드 양의 멋쟁이만큼이나 겸손하고 행동거지가 바를 걸로 아는데요."

엘러너는 자기도 모르게 얼굴이 붉어졌다. 루시는 화가 나서 입술을 깨물며 언니를 노려보았다. 얼마간 둘 다 침묵을 지켰다. 루시가 먼저 침묵을 깨뜨렸다. 매리앤이 아주 장중한 콘체르토를 쳐서 강력한 방패를 제공하는데도 그녀는 훨씬 낮아진 어조로 말했다.

"근래에 머리에 떠오른 생각인데, 이 상황을 해결할 계획을 솔직하게 말할게요. 사실은 당신에게 비밀을 알려야 했어요. 당신도 관계가 있거든요. 정말이지, 당신은 에드워드를 잘 아니까 그이가 다른 직업보다 성직을 택하고 싶어 하는 걸 알고 있겠지요. 지금 내 계획은 그이가 될 수 있는 대로 빨리 서품을 받고, 그 다음, 당신이 영향력을 써서 당신 오빠가 그이에게 놀런드의 목사직을 맡겨 주었으면 하는 거지요. 그이에 대한 우정에서, 또 바라건대 나를 봐서라도 당신이 친절하게 그렇게 해 줄 걸로 믿어요. 내가 알기로, 그 자리는 상당히 좋은 조건인데다 현재 재직하는 목사가 그리 오래 살지 못할 거라고 하거든요. 그 정도면 우리가 결혼하는 데 충분할 것이고 나머지는 세월과 기회를 기다려 봐야지요."

"나는 언제든지 기꺼운 마음으로 페러스 씨에 대한 존경과 우정의 표시를 하고 싶어요." 엘러너가 대답했다. "그렇지만 그 경우에는 내 영향력이 전혀 필요 없다는 것을 모르세요? 그이는 존 대시우드 부인의 동생이니 그 점이 오빠가 특별히 고려할 충분한 이유가 되겠지요."

"그렇지만 존 대시우드 부인은 에드워드가 목사가 되는 것을 용납하지 않을 거예요."

"그렇다면 내 영향력이라는 것도 효력이 없을 것 같군요."

그들은 다시 오랫동안 침묵했다. 마침내 루시가 한숨을 깊이 쉬면서 다소 큰 소리로 말했다.

"약혼을 취소해서 이 문제를 즉시 끝내 버리는 것이 가장 현명한 방법이라는 생각도 들어요. 우리는 사방으로 어려움에 에워싸여 있으니, 비록 잠시는 비참하겠지만, 아마 결국 그게 더 좋을 거예요. 그런데 대시우드 양, 충고를 해주지 않을래요?"

엘러너는 몹시 당황한 감정을 미소로 감추며 대답했다.

"네, 그래요. 그런 문제에 대해서는 절대로 않겠어요. 내 의견이 당신 소망과 같지 않으면 별 가치가 없을 거라는 걸 당신도 잘 알잖아요."

"정말이지 당신은 나를 잘못 봤어요." 루시가 아주 엄숙하게 말했다. "내가 당신만큼 판단력을 높이 평가하는 사람은 없어요. 그래서 분명코 말하는데, 당신이 '무슨 일이 있어도 에드워드 페러스와의 약혼을 끝내라고 충고하며 그것이 두 사람의 행복을 위해 훨씬 좋을 겁니다.' 라고 말한다면 나는 즉각 그렇게 할 결심을 할 거예요."

엘러너는 에드워드의 아내가 될 사람의 이런 진실하지 못한 모습에 얼굴이 붉어져서 대답했다.

"그런 칭찬을 받으니, 그 문제에 대해 의견을 가졌다하더라도 실제로 말하기가 겁나는군요. 그 말은 내 영향력을 너무 높게 보는 거예요. 그렇게 사랑으로 묶인 두 사람을 떼어놓을 힘이 있다는 것은 상관없는 사람에게는 너무 지나친 말이군요."

"당신이 상관없는 사람이기 때문에," 루시는 다소 짜증을 내며 그 말을 특히 강조하며 말했다. "당신 판단이 당연히 내게 무게 있게 여겨지는 거지요. 만일 당신이 어떤 면에서건 자신의 감정으로 인해 편견을 가졌다고 여긴다면 당신 의견은 들을 가치가 없을 거예요."

엘러너는 이 말에 대답하지 않는 것이 현명할 것이라고 생각했다. 그래야 그들이 서로 타당치도 않은 편안하고 터놓는 관계로 빠지지 않을 터였다. 그리고 심지어 다시는 이 화제를 언급하지 않겠다고 마음먹었다. 그러므로 이 말 뒤에 또 한번의 침묵이 이어져 상당히 지속되었고 여전히 루시가 그것을 먼저 깨뜨렸다. 그녀는 평소처럼 사근사근하게 말했다.

"이번 겨울에 런던에 계실 건가요, 대시우드 양?"

"아뇨."

그 소식에 눈을 반짝이면서 상대가 대답했다.

"섭섭하네요. 거기서 당신을 만나면 너무나 반가울 텐데! 정말이지, 그래도 꼭 가게 될걸요. 틀림없이 당신 오빠와 올케가 오라고 하겠지요."

"초대를 해도 제 마음대로 받아들일 계제가 아니랍니다."

"정말 섭섭하군요! 거기서 만나기를 바랐거든요. 앤과 나는 우리가 방문해 주기를 여러 해 동안이나 기다리고 있는 친척이 있어서 1월 말에 거기로 갈 거랍니다! 그렇지만 나는 에드워드를 만나러 가는 거지요. 그이가 2월에 거기 올 거예요. 그렇지 않다면 런던은 내게 아무 매력도 없을 거예요. 별로 좋아하지 않거든요."

첫 번째 러버가 끝났으므로 엘러너가 카드 탁자로 불려가게 되어 두 숙녀의 비밀 대화도 끝이 났다. 두 사람의 대화 중 전보다 서로를 덜 싫어하게 만들 만한 것은 아무 것도 없었기 때문에 두 사람 다 기꺼이 그것을 받아 들였다. 엘러너는 카드 탁자에 앉았을 때, 에드워드가 아내 될 사람에 대해 애정이 없을 뿐 아니라, 아내 편에서라도 진지한 애정이 있으면 가능한, 그럭저럭 만족해서 사는 결혼 생활을 할 가능성도 전혀 없을 것이라는 우울한 생각을 했다. 남자가 지쳐한다는 것을 분명히 알면서도 약혼에 매어 두는 것은 오직 이기적인 욕심에서 비롯되는 것이기 때문이다.

이 순간부터 엘러너가 이 화제를 시작하는 일은 결코 없었다. 루시는 에드워드에게서 편지를 받을 때마다 빠지지 않고 언급하면서, 특히 자신이 얼마나 행복한지를 비밀친구에게 알리려고 노심초사했지만, 엘러너는 침착하고 조심스럽게 들으면서 예법상 지켜야할 정도가 지나면 곧 화제를 끊어 버렸다. 그런 대화는 루시가 누릴 자격도 없는 도락이며 자신으로서는 위험한 일이라고 여겼기 때문이다.

스틸 자매가 바튼 파크에 머무는 기간이 처음 초대할 때 암시했던 것보다 훨씬 더 길어졌다. 그들의 인기는 높아졌고 그들은 없어서는 안 될 사람이 되었다. 존 경은 그들이 가겠다는 말을 들으려 하지 않았다. 그들도 엑시터에 선약이 산더미처럼 쌓여 있으며, 약속을 지키러 무슨 일이 있어도 즉시 돌아가야만 한다고 특히 주말만 되면 노래를 하면서도, 설득 당해 파크에서 거의 두 달을 머물렀다. 그리고 손님으로서 개인 무도회와 대규모 정찬에서 하는 통상적인 몫보다 더 많은 몫을 요구하는 크리스마스 축제를 그 중요성에 걸맞게 축하하는데 보탬이 되었다.

25장

제닝스 부인은 한 해의 대부분을 딸과 친지 집에서 보내는 습관이 있기는 했지만 자신의 저택이 없는 것은 아니었다. 런던의 다소 격이 낮은 지역에서 장사를 하여 성공한 남편이 죽은 후 부인은 매년 겨울은 포트먼 스퀘어 근처에 있는 저택에서 지냈다. 1월이 다가오자 부인은 이 집 쪽으로 생각을 돌리기 시작하더니 어느 날 불현듯, 대시우드 자매로서는 뜻밖에도, 자기와 동행해서 거기로 가자고 부탁했다. 엘러너는 동생의 안색이 달라지고 표정이 생기 있게 변하면서 그 계획에 무심하지 않다는 심중을 드러내는 것은 보지 못하고서, 자신이 동생의 견해도 대변하고 있다고 믿으며 즉시 감사의 인사를 한 후 단호히 거절했다. 이유로 내세운 것은 연중 그 시기에 어머니를 남겨 두고 떠날 수 없다는 단호한 결심이었다. 제닝스 부인은 그 거절이 다소 의외여서 곧바로 초대를 되풀이했다.

"아유! 세상에. 분명, 어머니는 두 사람이 없어도 잘 지내실 거라우. 제발 날 봐줘서 같이 가자구. 내가 정말로 그렇게 하고 싶기 때문이라우. 폐가 될 거라고는 생각 말아요. 당신들 때문에 따로 애쓸 일은 없을 테니. 베티만 합승마차로 보내면 되는데 그 정도는 할 수 있다오. 우리 셋은 내 사륜마차로 편안히 갈 수 있을 테고. 런던에 가서는 내가 가는 곳마다 따라 가고 싶지 않으면, 그래 좋아, 언제든지 내 딸 중 하나와 함께 나가면 된다우. 틀림없이 어머니도 반대 않으실 거야. 나야 자식들을 치워버리는 데 아주 운이 좋았던 사람이니까 어머니도 내가 당신들을 맡기에 제일 적당한 사람이라고 여기지 않겠수. 당신들과 헤어지기 전에, 최소한 두 사람 중에 하나라도 결혼을 잘 시켜 놓지 못한다면 그건 내 잘못이 아닐 거우. 젊은 남자들에게 죄다 당신들 칭찬을 해놓을 테니 그건 믿어도 좋아요."

"내가 보기에 말입니다," 존 경이 말했다. "매리앤 양은 언니가 하자고 한다면 그 계획에 반대하지 않을 것 같아요. 대시우드 양이 원하지 않는다고 해서 매리앤 양도 작은 즐거움을 누릴 수 없다면 너무 한 거지요. 그래서 두 분에게 충고하고 싶은 것은 말이죠, 바튼이 지겨워지면 대시우드 양에게는 한 마디도 하지 말고 두 분만 런던으로 가시라는 겁니다."

"그렇지." 제닝스 부인이 소리쳤다. "대시우드 양이 가든 아니든 매리앤 양만 함께 있으면 나야 엄청 기쁘겠지. 단지 더 많이 있을수록 더 즐겁다는 말이지. 게다가 내 생각에 두 사람도 같이 있는 것이 훨씬 더 편안할 거라구. 나한테 지겨워지면 서로 이야기도 하고 내가 없는 데서 내 흉을 보며 웃을 수도 있을 테니까. 그렇지만 둘 다는 안 된다면 이쪽이든 저쪽이든 한사람은 데려가야 해. 하느님 맙소사! 어떻게 내가, 이번 겨울까지 늘 샬럿과 함께 있는데 익숙해진 내가, 혼자 불을 쑤시면서 지낼 수 있겠어? 이봐요, 매리앤 양, 우리 약속을 맺어 놓자구. 그러다 대시우드 양이 차차 마음을 바꾸면, 그러면 더 좋고."

"감사합니다, 부인." 매리앤이 감격해서 말했다. "진심으로 감사합니다. 초대에 영원히 감사할거예요. 그 초대를 받아들일 수 있다면 정말로 행복, 아니 세상에서 최고로 행복할거예요. 그렇지만 어머니, 사랑하는 친절하신 어머니가…… 저도 엘러너가 하는 말이 타당하다고 봐요. 우리가 없어서 어머니가 편안하지 못하시거나 행복하지 못 하시다면…… 아! 아니에요. 무슨 일이 있어도 어머니를 떠날 수 없어요. 갈등을 할 수도 없고, 해서도 안 되죠."

제닝스 부인은 대시우드 부인이 자매를 보내고도 아주 잘 지내실 걸로 믿는다는 말을 되풀이했다. 엘러너도 이제 동생을 이해했다. 동생이 윌러비와 다시 만나고 싶은 마음에만 사로 잡혀 나른 모든 것에 철저히 무심하다는 것을 알았으므로 더 이상 그 계획에 직접 반대는 하지 않았고 단지 어머니의 결정에 맡기겠다고만 했다. 그러나 매리앤을 위해서도 용인할 수 없고 자신으로서도 특별히 피할 이유가 있는 방문을 막으려는 자신의 노력을 어머니가 지지할 것이라고는 기대도 하지 않았다. 매리앤이 원하는 것이 무엇이든 어머니는 열심히 장려하곤 했던 것이다. 아무리 얘기해도 동생과 윌러비 관계의 미심쩍은 점을 어머니에게 납득시킬 수 없었는데, 조심해서 처신하도록 어머니를 유도할 수 있을 거라고는 기대도 할 수 없었다. 또 자신이 런던에 가고 싶어 하지 않는 동기는 감히 설명할 수도 없었다. 매리앤이 평소 까다로운데다 제닝스 부인의 태도를 속속들이 알고 늘 혐오했으면서도, 한 가지 목적을 추구하기 위해 그런 불편을 송두리째 무시해버리고, 자신의 성마른 감정에 몹시 못마땅한 일들도 다 못 본 체하려고 한다는 것은, 그녀에게 그 목적이 그만큼 중요하다는 것을 뚜렷하고 확연하게 드러내는 증거였다. 엘러너는 눈앞에 벌어지는 일을 보면서도 믿을 수 없었다.

초대소식을 듣고 대시우드 부인은, 그런 여행이 딸들에게 큰 즐거움을 줄 것이라고 믿은 데다, 매리앤이 자신에게 애정 어린 배려를 하는 중에도 마음은 얼마나 그 일에 집착하고 있는지 깨달았다. 부인은 자기 때문에 딸들이 그 제안을 거절하겠다는 말을 들으려고 하지 않고 즉시 둘 다 초대를 받아들이라고 고집했다. 그리고 떨어져 있어서 자연히 그들 모두에게 생기게 될 다양한 이점을 평소의 명랑한 태도로 예견하기 시작했다. 그녀가 큰소리로 말했다.

"정말 그 계획이 반갑다. 바로 내가 원하던 일이야. 마거릿과 나도 이 일로 너희만큼 이득을 볼 거야. 너희와 미들튼 가족이 가고 나면 책과 음악과 더불어 아주 조용히 행복하게 지낼 수 있을 거야! 너희가 다시 돌아올 때쯤이면 마거릿이 매우 향상된 것을 보게 될 거야! 그리고 너희 침실을 바꿀 계획이 있었는데, 이제 누구에게도 불편을 끼치지 않고 할 수 있겠어. 너희가 런던으로 가는 것이 정말 옳아. 너희 또래 아가씨들이라면 누구라도 런던의 예법과 여흥에 접하게 하고 싶은걸. 어머니 같은 좋은 부인이 돌봐 주실 테고. 나는 그 분의 친절을 의심하지 않는다. 게다가 틀림없이 오빠를 만나게 될 텐데, 그 사람의 결점이 뭐든, 혹은 그 안사람의 결점이 뭐든 간에, 누구 아들인가를 생각하면 너희가 서로 완전히 멀어지는 것은 견딜 수 없단다."

"어머니는 늘 우리가 행복하기만을 열심히 바라시니까 이 계획의 단점을 다 무시하시는 거예요. 하지만 제 의견으로는, 그렇게 쉽게 무시해 버릴 수 없는 걸림돌이 여전히 하나 있어요." 엘러너가 말했다

매리앤의 안색이 어두워졌다. 대시우드 부인이 말했다.

"그래, 우리 친애하는 신중한 엘러너 아가씨가 어떤 제안을 하실까? 어떤 끔찍한 반대를 이제 들고 나오실까? 비용에 대한 이야기는 한 마디도 듣고 싶지 않아요."

"제가 반대하는 건 이거예요. 제닝스 부인이 마음씨가 매우 좋은 분이라고 생각은 하지만 그 분과 교제하면서 우리가 즐거움을 얻기 힘들 거고, 또 그 분의 보호를 받으면 주변에서 좋은 평판을 얻지도 못할 거예요."

"그건 사실이긴 해." 어머니가 대답했다. "그렇지만 너희가 다른 사람과 교제도 않고 그 분과만 사귈 것도 아니고, 공식적인 곳은 거의 늘 레이디 미들튼과 함께 나가게 될 거야."

"엘러너가 제닝스 부인이 싫어서 머뭇거린다 해도," 매리앤이 끼어들었다. "최소한 **나까지** 그 분의 초대를 받아들이지 못할 건 없을 거예요. 나는 그렇게 까다롭지도 않고, 정말이지, 그런 식의 불쾌한 것은 뭐든지 별로 힘들이지 않고 견딜 수 있어요."

엘러너는 매리앤더러 그 분에 대해 적절하게 정중한 행동을 하

도록 설득하느라고 종종 어려움을 겪었는데, 그 분의 예법에 대해 그녀가 이런 식으로 무심한 태도를 드러내는 것에 웃지 않을 수 없었다. 그리고 만일 동생이 가겠다고 고집하면 자신도 가야겠다고 마음먹었다. 매리앤이 전적으로 자신의 판단력을 믿고 따르도록 내버려두는 것도, 제닝스 부인이 집에서 시간을 보내며 즐길 때 온전히 매리앤에게 내맡겨지는 것도 바람직하다고 여기지 않았기 때문이다. 이런 결심에 그녀가 더 쉽게 타협한 것은 에드워드 페러스가 2월 전에는 런던에 오지 않을 거라고 루시가 말했는데, 자신들의 방문은 터무니없이 줄이지 않더라도 그 이전에 끝날 것이라고 생각했기 때문이다. 대시우드 부인이 말했다.

"너희 둘 다 가야해. 이런 반대 이유들은 말도 안 되는 거야. 너희는 런던에 있으면, 특히 함께 지내면 재미있을 거야. 또 엘러너 아가씨도 한 발 양보해서 즐겁게 지내겠다고 마음만 먹으면 여러 곳에서 재미를 찾을 수 있을걸. 아마 우리 아가씨가 거기서 올케 언니의 가족과 자주 왕래하면서 뭔가 기대할 게 있겠지."

엘러너는 모든 사실이 밝혀졌을 때의 충격을 줄이기 위해 에드워드와 자신의 사랑에 대한 어머니의 믿음을 줄일 수 있는 기회를 자주 원했었다. 그래서 지금 이런 농담을 듣자, 비록 성공할 가능성은 거의 없었지만, 자기 계획을 시도해야겠다고 마음을 다져 먹고 될 수 있는 한 침착하게 말했다.

"저도 에드워드 페러스를 매우 좋아해요. 그이를 만나는 건 늘 반가운 일이예요. 그렇지만 나머지 가족에 대해서는 제가 그들에게 알려지든 않든 전혀 관심이 없는 문제예요."

대시우드 부인은 빙그레 웃고 아무 말도 않았다. 매리앤은 놀라서 눈을 치켜들었으므로 엘러너는 자신이 입을 다무는 편이 낫겠다고 생각했다.

더 이상 이야기를 끌지 않고 초대를 전폭 받아들이기로 마침내 결정되었다. 제닝스 부인은 그 소식에 뛸 듯이 기뻐하면서 친절하게 잘 보살피겠다고 거듭 다짐했다. 또한 그것은 부인에게만 기쁜 문제가 아니었다. 존 경도 기뻐했다. 혼자 있기 싫은 것이 주된 근심인 사람에게 런던의 거주민 수에 둘을 보태는 것은 굉장한 일이었기 때문이었다. 심지어 레이디 미들튼도 수고스럽게도 기뻐해 주셨는데 그것은 그녀로서는 특별한 일이었다. 스틸 자매로 말하자면, 그중 특히 루시가 평생 이 소식만큼 자신들을 행복하게 한 것은 없다고 했다.

엘러너는 자신의 소망과 정반대로 일이 진행되는 것을 예상보다 덜 꺼림칙한 기분으로 내맡기고 있었다. 자신을 고려해서 런던에 가느냐 마느냐를 따지는 것은 이제 관심 밖이었다. 어머니가 그 계획에 그렇게나 기뻐하며, 동생이 그로 인해 표정이나 목소리, 태도에서 원기가 나면서 평시의 활발한 모습을 모두 되찾고 평소보다 더 명랑해진 것을 보았을 때, 그녀는 그렇게 되게 한 원인에 대해 불평할 수 없었고 감히 그 결과를 의심할 수도 없었다.

매리앤의 기쁨은 행복이라는 말로 표현할 수 있는 이상이었다. 기분이 들떠서 갈 날을 기다리느라 안달하는 것이 대단했다. 어머니와 헤어지고 싶지 않은 마음만이 겨우 그녀를 침착하게 만들 수 있었다. 그리고 떠나는 순간에는 그 점 때문에 슬픔이 넘쳐흘렀다. 이머니의 고통도 못지 않았다. 셋 중에서 엘러너만이 영원히 작별하는 것이 아니라고 여기는 유일한 사람인 것 같았다.

그들은 1월 첫 주에 출발했다. 미들튼 가족은 일주일 쯤 있다 따라올 예정이었다. 스틸 자매는 파크에서 계속 자리를 지키고 있다가 그 가족과 함께 그 곳을 떠날 예정이었다.

26장

　엘러너는 제닝스 부인과 함께 마차에 앉아 그녀의 보호를 받고 그녀의 손님이 되어 런던으로 여행을 시작한 자신을 보면서, 그런 상황에 이상한 기분이 들지 않을 수 없었다. 이 부인과 사귄 것이 그야말로 얼마 되지 않은데다, 나이나 성격으로 볼 때도 그토록 달랐으며, 며칠 전만 하더라도 이런 경우에 대해 반대할 이유가 그렇게 많았는데! 그런데 매리앤과 어머니가 함께 나누고 있는 행복한 젊음의 열정이 그런 반대를 무시하고 쑥 들어가 버리게 했던 것이다. 엘러너는, 윌러비가 마음이 변했으리라는 의심을 문득 문득 하면서도, 매리앤이 황홀한 기대감에 빠져 온 마음이 들떠있고 눈이 빛나는 것을 목격하면서, 자신의 미래는 얼마나 암담한지, 매리앤과 비교할 때 자신의 마음 상태가 얼마나 암울한지, 그리고 자신에게도 매리앤과 마찬가지로 생기를 주는 대상이, 희망을 품을 가능성이 있다면 매리앤의 처지에 대한 염려를 얼마나 기꺼이 받아들일 것인지 느끼지 않을 수 없었다. 그러나 짧은, 아주 짧은 시간이 지나면 윌러비의 의도가 어떤지 밝혀질 것이었다. 그가 이미 런던에 가있을 것은 분명했다. 매리앤이 그렇게 가고 싶어 한다는 것은 거기서 그를 만날 것으로 믿고 있기 때문이 분명했다. 그래서 엘러너가 마음먹은 것은, 자신이 직접 관찰해서, 혹은 다른 사람들이 알려 주는 것을 통해 그의 성격의 새로운 면모를 모두 파악할 것이며, 또한 동생을 대하는 그의 행동을 열심히 살펴봐서 여러 번 만나지 않아 그가 어떤 사람이고 어떤 의도를 가지고 있는지 확인하겠다는 것이었다. 만일 자신이 살펴본 바로 보건대 바람직하지 않으면 어떻게 해서라도 동생의 눈을 뜨게 할 것이라고 결심했다. 만약 그 반대라면 그녀의 노력도 다른 성격을 띨 것이다. 그렇다면 그녀는 개인적 취향으로 비교하지 않도록 하면서, 매리앤의 행복을 별로 만족스럽지 않게 여길 수 있는 미진한 기분을 죄다 없애도록 노력해야 한다.

그들은 삼 일간 여행했다. 여행하는 동안 매리앤의 행동은 앞으로 그녀가 제닝스 부인에게 얼마나 사근사근한 벗이 되어 줄 것인가를 잘 보여주는 것이었다. 그녀는 거의 내내 말없이 혼자만의 생각에 잠겨서 자발적으로 입을 떼는 일이 거의 없었으며, 단지 그림같이 아름다운 풍경이 시야에 들어 올 때에만 언니 쪽을 향해 기쁨에 겨운 찬사를 터뜨릴 뿐이었다. 이런 행동을 벌충하기 위해 엘러너는 곧바로 스스로 공손한 처신을 떠맡았고, 제닝스 부인을 최대로 배려하여 행동하면서 내내 그녀와 웃으며 이야기를 나누었고 그녀의 말을 들어주었다. 제닝스 부인 편에서도 그들 둘을 최대한 친절하게 대접하면서 그들이 편안하고 즐겁도록 모든 경우에 신경을 썼다. 단지 그녀가 좀 불편한 점이 있었다면, 여관에서 자매에게 정찬을 직접 고르게 할 수 없었다는 점과 그들에게서 대구보다 연어를, 송아지 고기보다 삶은 닭고기를 더 좋아한다는 고백을 끌어낼 수 없었던 점이었다. 그들은 삼 일째 되는 날 세 시에 런던에 도착했으며 그런 여행을 하며 마차에 갇혀 있다 빠져나오는 것이 기뻤고 반갑게 난로가의 안락함을 찾았다.

저택은 훌륭했고 멋지게 갖추어져 있었다. 아가씨들은 곧 편안한 방으로 안내되었다. 그 방은 이전에 샬럿이 쓰던 것으로 벽난로 위에는 그녀가 런던의 큰 학교에서 칠 년을 제대로 잘 다녔다는 증거물로 채색 비단실로 짠 풍경화가 아직도 걸려 있었다.

정찬은 두 시간이나 있어야 준비될 예정이어서 엘러너는 그 사이에 어머니에게 편지를 써야겠다고 생각하고 그럴 양으로 자리에 앉았다. 몇 분 후 매리앤도 같은 일을 하고 있었다. 엘러너가 말했다.

"매리앤, 내가 집에 편지 쓰고 있어. 너는 하루나 이틀 뒤에 쓰는 게 좋지 않겠니?"

"어머니께 쓰는 게 아니야."

매리앤이 급히 대답했는데 마치 더 이상의 질문을 피하고 싶은 것 같았다. 엘러너는 더 이상 말하지 않았지만, 매리앤이 윌러비에게 편지를 쓰는 게 틀림없다는 생각이 곧 떠올랐으며, 뒤이어 내린 결론은, 그들이 아무리 이상스럽게 관계를 끌어가고 싶어하지만 약혼한 것은 틀림없다는 것이었다. 엘러너는 비록 완전히 만족한 것은 아니었지만 이런 확신을 가지게 되어 기뻤고 그래서 더욱 활발하게 편지를 계속 쓸 수 있었다. 매리앤은 몇 분 되지 않아 끝냈는데 길이로 보아 간단한 쪽지 정도였다. 매리앤은 편지를 접고 봉해서 주소를 적었다. 엘러너는 주소에서 "윌"자를 본 것 같았다. 곧 매리앤은 종을 울려 하인을 불러 그 편지를 2페니 우편 취급소(당시 런던 시내 우편 배달을 맡던 곳 – 역주)에 보내달라고 부탁했다. 이것으로 그 점이 확실해졌다.

매리앤은 여전히 활기가 넘쳐 있었지만 그 술렁거리는 모습 때문에 언니로서는 기뻐할 수만도 없었다. 저녁이 다가올수록 이처럼 안절부절못하는 것이 점점 더 심해졌다. 매리앤은 정찬을 거의 들지 못했으며 나중에 거실로 들어 왔을 때도 마차 소리가 날 때마다 열심히 귀를 기울이는 것 같았다.

제닝스 부인이 대부분 자기 방에 들어가 있어서 이런 모습을 잘 보지 못했다는 것이 엘러너로서는 크게 다행스러웠다. 차도구가 준비되어 들어 왔다. 매리앤은 이웃집을 두드리는 소리에 이미 여러 번 실망한 터였다. 이 때 갑자기 다른 집이라고 오해할 여지가 없이 크게 문을 두드리는 소리가 들려왔다. 엘러너는 직감적으로 윌러비가 온 것이라고 느꼈으며 매리앤은 벌떡 일어나 방문으로 향했다. 정적이 흘렀다. 매리앤은 몇 초도 더 기다릴 수 없는지 문을 열고 계단을 향해 몇 걸음 나가더니 잠시 귀를 기울인 후 방으로 돌아왔는데, 윌러비의 목소리를 들었다는 확신에서 저절로 나올 수 있는 흥분된 모습을 하고 있었다. 그 순간 매리앤은 황홀한 감정을 주체하지 못하고 "아! 엘러너, 윌러비야, 정말 그이야!"라고 소리쳤다. 그녀는 그의 팔에 자신을 내맡길 참이었는데, 그 때 브랜든 대령이 들어섰다.

그것은 침착하게 받아들이기에는 너무나 큰 충격이었으므로 매리앤은 곧장 방을 나가 버렸다. 엘러너도 역시 실망했다. 동시에, 그녀는 브랜든 대령을 좋아했으므로 그를 기쁘게 맞으면서, 동생을 그렇게 좋아하는 남자가 동생이 자기를 보고 실망하고 비통해하는 것을 보게 된 것이 못내 가슴 아팠다. 동생의 행동을 그가 눈치 채지 못한 것도 아니라는 것을 그녀는 알았다. 심지어 그는 매리앤이 방을 나갈 때 몹시 놀란 듯 염려스럽게 지켜보느라고 엘러너에게 예절을 차리는 것도 잊어버리고 있을 정도였다.

"동생 분이 아프십니까?" 그가 말했다.

엘러너는 다소 당황하여 그렇다고 대답하고는 두통, 우울한 기분, 과로 등 동생의 행동을 변명할 수 있는 이유를 적절하게 둘러댔다.

그는 주의 깊게 성심껏 그녀의 말을 들었다. 그러나 정신을 차린 듯이 더 이상 그 화제는 언급하지 않았고 곧, 런던에서 그들을 만나게 되어 기쁘다면서 그들의 여행과 뒤에 남은 지인들에 대해 일상적인 질문을 했다.

이렇게 침착하게, 별로 흥이 나지 않은 채 대화는 계속했지만 두 사람 다 우울했고 각기 다른 생각에 골몰해 있었다. 엘러너는 월러비가 지금 런던에 있는지 묻고 싶은 마음이 굴뚝같았지만, 경쟁자에 대해 묻는 것이 그에게 고통을 줄 것 같았다. 드디어 말을 하던 중 그녀는 지난번 헤어진 후 계속 런던에 머물렀는지 물었다. 그는 다소 당황하면서 대답했다.

"예. 거의 계속 있었습니다. 한두 번 델러포드에 며칠간 들르기는 했습니다. 그렇지만 바튼에 돌아갈 계제는 못되었습니다."

이 말이나 말을 하는 태도에서, 그가 그 곳을 떠날 때의 모든 상황과, 그로 인해 제닝스 부인이 가졌던 걱정과 의문 등을 새삼 상기하면서 엘러너는 그렇게 물어 본 것이 원래 의도와 달리 주제넘은 호기심을 드러내는 것으로 여겨지지 않았나 하고 다소 꺼림칙했다.

곧 제닝스 부인이 들어오면서 여느 때처럼 호들갑을 떨면서 말했다.

"아유! 대령. 당신을 보니 정말 반갑구려. 더 일찍 나오지 못해 미안해요. 용서해요. 주변 정리를 좀 해야 했어요. 워낙 오래 집을 비웠잖수. 알다시피 조금이라도 떠났다 오면 늘 자질구레한 할 일들이 쓸데없이 얼마나 많은지. 그리고 카트라이드에게 시킬 일도 있었고. 세상에, 정찬 후에 일벌만큼이나 부지런을 떨었다오! 그런데 대령, 도대체 내가 오늘 시내에 온 걸 어떻게 알게 되었수?"

"파머 씨 댁에서 정찬을 하면서 소식을 들었습니다."

"아! 그랬군. 그래 그 애들은 잘 지내고 있수? 샬럿은 어떻던가요? 내 장담 하건데 지금쯤 그 애 몸이 대단히 불었을 텐데."

"파머 부인은 아주 좋아 보였습니다. 그리고 내일 꼭 뵈러 오겠다는 말씀을 전해 달라고 부탁 받았습니다."

"아, 사실 나도 그렇게 생각했수. 그런데, 대령, 보다시피 내가 두 아가씨를 런던으로 모셔 왔다우. 그게, 지금 한 사람만 보이지만 다른 아가씨도 여기 있어요. 당신 친구 매리앤 양도 왔다니까. 듣기 싫지 않지요. 당신과 윌러비 씨가 그녀를 두고 서로 어떡할지 모르겠네. 아, 젊고 잘 생긴다는 건 멋진 거지. 그래요! 나도 한 때는 젊었지. 그렇지만 아주 잘나진 못했어. 복이 없었지. 그래도 남편을 잘 만났다우. 아무리 잘났더라도 얼마나 더 잘 되었을지는 알 수 없는 노릇이지. 아! 가엾은 이! 그이가 죽은지 팔 년도 훨씬 넘었구려. 그런데 대령, 우리가 헤어진 후로 당신은 어디 있었수? 당신 일은 어떻게 되고 있고? 자, 자. 친구 사이에 비밀이 없기로 합시다."

그는 부인의 모든 질문에 늘 하던 식으로 부드럽게 대답은 했지만 어떤 것도 그녀에게는 흡족하지 못했다. 이제 엘러너가 차를 만들기 시작해서 매리앤은 다시 나와야 했다.

매리앤이 들어 온 후 브랜든 대령은 전보다 더 생각에 잠겨 말이 없었다. 그는 제닝스 부인이 더 머물라고 아무리 말해도 듣지 않았다. 그날 저녁에는 다른 방문객이 없어 숙녀들은 모두 일찍 잠자리에 들기로 했다.

매리앤은 다음날 아침 다시 생기가 돌고 행복한 표정으로 일어났다. 전날 저녁의 실망은 그날 일어날 일을 기대하느라 잊혀진 것 같았다. 아침을 먹은 지 얼마 되지 않아 파머 부인의 사륜마차가 문 앞에 와 서고 곧 그녀가 웃으면서 방에 들어 왔다. 그리고 그들 모두를 보고 너무 기쁘다면서, 어머니와 대시우드 자매 중 어느 쪽을 다시 보게 되어 더 기쁜지 알 수 없다고 했다. 그들이 온 것에 너무나 놀랐지만 사실 그것은 자신이 내내 예상했던 것이라고 했다. 또 자신의 초대를 거절했으면서 어머니의 초대를 받아 들여서 너무 화가 났지만 동시에 그들이 오지 않았더라면 결코 용서하지 않았을 것이라고 했다! 그녀가 말했다.

"파머 씨도 당신들을 보면 아주 반가워할 거예요. 당신들이 어머니와 함께 온다니까 그이가 뭐라고 한 줄 알아요? 지금은 그 말이 생각이 안 나는데 아무튼 너무 재미있는 말이었어요!"

그녀의 어머니가 편안한 세상얘기라고 이름 붙인 대화를 하며 한 두 시간을 보낸 후, 다른 식으로 말하자면, 제닝스 부인 편에서는 지인들에 대해 각종 다양한 질문을 하고 파머 부인 편에서는 이유도 없이 웃으면서 보낸 후, 파머 부인은 그날 오전에 볼일이 있는 가게에 함께 가자고 제안을 했으며 제닝스 부인과 마침 살 것이 좀 있던 엘러너는 거기에 쉽게 동의 했다. 매리앤은 처음에는 거절했지만 함께 가게 되었다.

언제나, 어디로 가든 매리앤은 눈에 띌 정도로 주위를 살펴보고 있었다. 특히 그들의 볼일이 몰려 있던 본드 가에서 그녀의 시선은 끊임없이 두리번거리고 있었다. 일행이 들어간 어느 상점에서든지 한결같이 그녀의 정신은 실제로 자신 앞에 있는 모든 것에서, 그리고 다른 사람들의 관심과 마음을 끄는 모든 것에서 멀리 떨어져 있었다. 어디서나 안절부절 못하고 불편해했으므로 그녀의 언니는 사야할 물건이 둘에게 똑같이 관계있는 경우에도 그녀의 의견을 들을 수 없었다. 매리앤은 어떤 것에서도 즐거움을 느끼지 못했고 다시 집에 가고 싶어 초조해 할뿐이었다. 그래서 예쁜 것이나 비싼 것, 새 것이라면 죄다 눈이 팔려 몽땅 다 사고 싶어 야단이면서도 막상 아무 것도 정하지 못한 채 황홀해 하고 우물거리면서 시간만 질질 끄는 파머 부인의 끈덕진 모습을 보고 매리앤은 곤혹해하면서 간신히 참고 있을 뿐이었다.

오전이 거의 끝나갈 때가 되어서야 그들은 집에 돌아 왔다. 집에 들어서자마자 매리앤은 급히 계단을 올라갔으며 뒤따라 간 엘러너는 동생이 슬픈 얼굴로 탁자에서 돌아서는 것을 보았는데 그것은 윌러비가 오지 않았다는 것을 의미하는 것이었다.

그때 하인이 꾸러미를 들고 들어오자 매리앤이 물었다.

"우리가 나간 뒤에 내게 편지가 오지 않았어?"

그녀는 아니라는 대답을 들었다.

"분명해? 하인이나 짐꾼이 편지나 쪽지를 남기지 않은 게 분명해?" 그녀가 물었다.

그렇다고 하인이 대답했다.

'정말 이상해!' 매리앤은 창문 쪽으로 돌아서면서 실망한 목소리로 나지막이 말했다.

'정말 이상해!' 엘러너는 불안한 심정으로 동생을 보면서 마음속으로 되풀이했다. '그이가 시내에 있다는 것을 몰랐다면 저 애가 그런 식으로 편지를 쓰지 않았을 거야. 저 애는 쿰 매그너로 썼을 테지. 만일 그이가 시내에 있다면, 오지도 않고 편지도 안하다니 정말 이상한 거야! 아! 다정한 어머니, 아직 어린 딸이 잘 알지도 못하는 남자와 이렇게 의심스럽고 이상한 형태로 약혼을 하게 내버려 두신 건 잘못하신 거예요! 나라도 물어보고 싶지만 내가 간섭하는 것을 어떻게 받아들일지!'

얼마간 생각한 후 그녀는 만일 지금처럼 보기 좋지 않은 모습이 며칠 더 계속된다면 이 문제에 대해 진지하게 물어볼 필요가 있다는 의견을 어머니에게 최대한 강력하게 표명하겠다고 결심했다.

파머 부인과, 제닝스 부인과 절친한 친구로 아침에 만나 초대를 한 두 노부인이 함께 정찬을 했다. 파머 부인은 차를 마신 후 약속이 있어 곧 자리를 떴다. 엘러너는 다른 사람들이 휘스트 게임을 할 수 있도록 도와야 했다. 매리앤은 이 게임을 배우려 하지 않았기 때문에 이런 경우에 도움이 되지 못했다. 그래서 그녀는 자신의 시간을 마음대로 쓸 수 있었지만 엘러너나 마찬가지로 저녁 시간을 즐겁게 보내지 못했다. 기대에 몸이 달고 실망으로 괴로워하며 보냈기 때문이다. 그녀는 때때로 몇 분이라도 독서를 해 보려고 노력했지만 곧 책을 옆에 내던지고 한결 마음 내키는 일로 되돌아갔으니, 방을 가로질러 왔다 갔다 하며 걸어 다녔다. 그리고 창문 옆에 올 때마다 오래 고대하는 문 두드리는 소리를 듣지 않을까 해서 잠시 멈추어선 채 귀를 기울이곤 했다.

27장

다음날 아침 식사 때 제닝스 부인이 말했다.

"이런 온화한 날씨가 더 계속 되면 존 경이 다음 주에 바튼을 떠나고 싶지 않겠는데. 수렵가들은 하루라도 재미를 놓치면 애통해 한다우. 가엾은 사람들! 그이들이 그럴 때면 언제나 안됐다는 생각이 든다우. 그들은 그걸 너무 애통해한다니까."

"그렇군요." 매리앤은 명랑한 목소리로 탄성을 지르며 날씨를 살피러 창으로 걸어갔다. "저는 **그건** 생각도 못했어요. 이런 날씨는 수렵가들을 대부분 시골에 붙잡아 둘 거예요."

다행히도 그런 생각을 해내는 바람에 그녀는 생기를 되찾았다. 그녀는 행복한 표정으로 아침 식탁에 앉으면서 계속 말했다.

"정말 **그런 사람들**에게는 멋진 날씨네요. 그들은 이런 날씨를 굉장히 즐길 거예요! 그렇지만, (다시 걱정을 하면서) 오래 계속

되지는 않을 거예요. 이 시기에, 게다가 줄기차게 비가 온 뒤니까 틀림없이 얼마 못 갈 거예요. 곧 서리가 내릴 테고 분명 사정없겠죠. 아마 하루 이틀 내로 그렇게 되겠죠. 이렇게 특이하게 온화한 날씨는 오래 가지 않을 거예요. 아니, 오늘밤이라도 얼어붙을지 모르지요!"

엘러너는 제닝스 부인이 동생의 생각을 자신처럼 분명하게 알아채지 못하게 하고 싶어 말했다.

"어쨌든, 제 생각에 존 경과 레이디 미들튼이 다음 주말까지는 시내로 오실 것 같군요."

"그럼, 아가씨, 그건 내가 장담하겠수. 메리는 언제나 마음먹은 대로 하고 마니까."

'그러니 이제 저 애는 오늘 우편으로 쿰에 편지를 보내겠지.' 엘러너는 혼자 추측했다.

그러나 만일 매리앤이 **편지를 썼다면** 그것은 몰래, 그리고 사실을 확인하려는 언니의 주의를 피해 써서 부쳤을 것이다. 사실이 어떻든 간에, 거기 대해 완전히 납득을 한 것은 결코 아니었지만, 매리앤이 활기찬 것을 보는 동안은 엘러너도 마음이 어두울 수 없었다. 매리앤은 생기가 살아나 날씨가 온화해서 행복했고 서리를 기다리면서 더욱 행복했다.

오전은 주로 제닝스 부인의 친구들 집에 그녀가 시내에 돌아왔다는 연락을 남기느라 지나갔다. 매리앤은 바람의 방향을 살피고 하늘의 변화를 살펴보고 대기의 변화를 상상하느라 내내 바빴다.

"엘러너, 아침보다 더 추워진 것 같지 않아? 내가 보기에 확실하게 차이가 있는데. 토시를 끼고 있어도 손이 따뜻하지 않아. 어제는 그렇지 않았어. 구름도 흩어지고 좀 있으면 해가 나올 거야. 그러면 오후는 화창할 거야.'

엘러너는 우습기도 하고 마음이 아프기도 했다. 그러나 매리앤은 참고 기다렸으며 매일 저녁 밝은 불빛에서, 매일 아침 대기의 상태에서, 서리가 다가오는 확실한 징조를 보고 있었다.

대시우드 자매는 변함없이 친절한 제닝스 부인의 행동 뿐 아니라 부인의 사는 방식이나 지인들로 인해 불편하다고 여길 이유가 없었다. 집안일은 모두 관대한 계획에 따라 처리되었다. 또, 레이디 미들튼이 유감을 표시하는데도 불구하고 결코 친분을 끊지 않았던 구시가(런던의 중심 상업 지역인 시티지구 -역주)에 사는 몇몇 친구를 제외하고는, 소개해서 젊은 친구들의 감정을 불편하게 할 수 있는 누구도 방문하지 않았다. 엘러너는 특히 그 점에서 자신이 예상했던 것보다 훨씬 편안한 상황에 처한 것이 기뻐서, 저녁 모임에서 진짜 즐거움이 많이 모자라는 것에 대해서는 기꺼이 타협했다. 모임은 이 집에서건 다른 집에서건 오직 카드놀이를 위한 것이어서 그녀는 전혀 재미를 느끼지 못했다.

브랜든 대령은 이 집에 늘 초대를 받는 사람이었으므로 거의 매일 그들과 함께 지냈다. 그는 와서 매리앤을 보고 있거나 엘러너와 대화를 나누었다. 엘러너는 매일 하는 다른 어떤 일보다도 대령과 대화를 나누면서 더 만족감을 느꼈지만 동시에, 동생에 대한 그의 호감이 계속되는 것을 몹시 걱정스레 지켜보았다. 그녀는 대령의 사랑이 점점 깊어지고 있다는 것을 알았다. 매리앤을 바라보는 그의 열렬한 시선을 보면서 그녀는 종종 마음이 아팠다. 그는 바튼에 있을 때보다 더 생기가 없는 것이 역력했다.

그들이 온지 일주일 후에 윌러비 역시 도착한 것이 분명했다. 그들이 오전 산책에서 돌아 왔을 때 그의 명함이 탁자 위에 있었다. 매리앤이 소리쳤다.

"이를 어쩜 좋아! 우리가 나간 새 그이가 여기 왔었어."

엘러너는 그가 런던에 있다는 것을 확인하고 기뻐서 이제 대담하게 말했다.

"내일 그이가 다시 방문하겠지."

그러나 매리앤은 그녀의 말을 듣는 둥 마는 둥이었고 제닝스 부인이 들어오자 소중한 명함을 들고 피해 버렸다.

이 사건으로 엘러너의 기운은 살아난 반면 동생에게는 이전의 불안함이 전부, 아니 그 이상으로 되돌아 왔다. 이 순간부터 매리앤은 안절부절 못했다. 그날 매시간 그를 만날 거라는 기대로 그녀는 어떤 일에도 적응하지 못했다. 다음 날 아침에는 다른 사람들이 외출할 때도 혼자 남아 있겠다고 고집했다.

엘러너도 자기가 없는 새에 버클리 가에서 일어나고 있을 일로 머리가 복잡했다. 그러나 돌아 왔을 때 동생을 흘깃 보고서 윌러비가 다시 방문하지 않았다는 것을 충분히 알 수 있었다. 바로 그 때 하인이 쪽지를 가져와 탁자에 놓았다.

"내 거야!" 매리앤이 급히 나서면서 소리쳤다.

"아닙니다. 아가씨, 주인마님 것입니다."

그러나 매리앤은 믿지 못하고 바로 그것을 집어들었다.

"정말로 제닝스 부인 것이군. 정말 짜증나는 일이야!"

"그러면 너는 편지를 기다리고 있니?" 더 이상 침묵할 수 없어 엘러너가 말했다.

"응, 조금…… 많이는 아니고."

잠시 침묵이 흘렀다.

"내게 속을 털어놓지 않는구나, 매리앤."

"뭐라고, 엘러너, 언니가 그런 비난을 하다니. 언니는 누구에게도 속을 보이지 않으면서!"

"내가!" 엘러너는 다소 당황해서 대답했다. "사실, 매리앤, 나는 말할게 아무 것도 없어."

"나도 마찬가지야." 매리앤이 열을 내며 말했다. "그러면 우리 상황은 똑같은 거야. 우리 둘 다 말할 게 없는 거지. 언니는 말하지 않기 때문이고 나는 아무 것도 숨기지 않기 때문이야."

엘러너는 마음대로 털어 놓을 수도 없는 것을 털어놓지 않는다는 이런 비난을 듣자 당황했고, 이런 상황에서 어떻게 해야 매리앤더러 속을 좀 터놓으라고 채근할 수 있을지 알 수가 없었다.

제닝스 부인이 곧 들어 와 쪽지를 들고 소리 내어 읽었다. 그것은 레이디 미들튼에게서 온 것으로 전날 밤에 콘뒤트 가에 도착했음을 알리면서, 내일 저녁 어머니와 친구들이 합석해 줄 것을 요청하는 것이었다. 존 경은 일이 있었고 자신은 심한 감기 때문에 버클리 가로 방문하지 못했다는 것이다. 초대는 수락되었다. 그러나 약속시간이 가까워지자, 그런 방문에는 그들 자매 둘 다 제닝스 부인을 동행하는 것이 상식적인 예법에 맞는 것인데도 불구하고, 엘러너는 동생에게 가자고 설득하느라 애를 먹었다. 매리앤은 아직 윌러비를 만나지 못했기 때문에, 집밖에서 즐기기 싫어서라기보다는 자기가 없는 새 그가 다시 방문하는 불상사가 없게 하고 싶었던 것이다.

엘러너는 그날 저녁이 끝났을 때, 거주지가 변한다고 해서 성향이 변하는 것은 아니라는 것을 알게 되었다. 존 경은 제대로 자리를 잡지도 않은 상태에서 거의 스무 명에 가까운 주변의 젊은이들을 모아 무도회를 열려고 했던 것이다. 그러나 이것은 레이디 미들튼이 용납하지 못하는 행사였다. 시골에서는 미리 계획되지 않은 춤 모임도 허용될 수 있었다. 그러나 런던에서, 우아하다는 평판이 더 중요하지만 얻기는 더 어려운 이 곳에서, 레이디 미들튼이 바이올린 주자를 둘만 두고 찬장에서 꺼낸 간식 정도만 마련한 채 여덟 내지 아홉 쌍을 위한 작은 춤판을 열었다고 알려지는 것은, 몇몇 아가씨들을 만족시키자고 치르기에는 너무 큰 위험이었던 것이다.

파머 씨 부부도 일행 중에 있었다. 대시우드 자매는 시내에 도착한 후로도 파머 씨를 보지 못했었다. 파머 씨는 장모를 배려하는 것처럼 보이지 않으려고 조심했고, 그래서 근처에도 오지 않았던 것이다. 그들이 들어 올 때 그는 아는 체도 하지 않았다. 그는 방의 반대쪽에서 마치 그들이 누구인지 알지도 못하는 양 지나치듯이 보면서 제닝스 부인에게만 목례를 했다. 매리앤은 들어가면서 방을 한번 훑어보았다. 그것으로 충분했다. 그는 거기에 없었다. 그래서 그녀는 재미있게 지내고 싶은 마음도 없는 채 앉아 있었다. 모인지 한 시간 가량 지났을 때 파머 씨가 대시우드 양 쪽으로 어슬렁거리며 오더니 시내에서 보게 되어 뜻밖이라고 말했다. 사실은 브랜든 대령이 그의 집에서 그들이 온 것을 처음 알았던 것이며 그들이 올 거라고 듣고서 그 자신은 매우 재미있는 말을 했으면서 말이다.

"두 분이 데번셔에 있다고 생각했습니다." 그가 말했다.

"그러셨어요?" 엘러너가 대답했다.

"언제 다시 돌아가십니까?"

"모르겠어요."

이렇게 그들의 내화는 끝났다.

매리앤은 지금껏 그날 저녁처럼 춤추고 싶지 않은 적이 없었으며, 춤을 춘 후 그렇게 피곤한 적도 없었다고 했다. 그녀는 버클리 가로 돌아갔을 때 그런 불평을 했다. 그러자 제닝스 부인이 말했다.

"아하. 그 이유야 아주 잘 알지. 이름을 말할 수 없는 어떤 사람이 있었더라면 당신은 조금도 피곤하지 않았을 텐데. 말이야 바른 말이지, 그이가 초대를 받고도 만나러 오지 않은 건 잘한 일이 아니지."

"초대를 받았다구요!" 매리앤이 소리쳤다.

"내 딸 미들튼이 그렇게 말했수. 존 경이 오늘 아침 거리에서 그이를 만났다는 거야."

매리앤은 더 이상 말하지 않지만 극도로 상처 입은 것 같았다. 이런 상황에서 동생의 고통을 덜어줄 뭔가를 해야겠다는 초조한 마음이 들어 엘러너는 다음날 아침 어머니에게 편지를 써야겠다고 결심했다. 그리고 어머니에게 매리앤의 건강에 대한 걱정을 일깨워서 자꾸만 미루어 왔던 질문을 하게 만들겠다고 생각했다. 다음날 아침을 먹은 후 매리앤이 다시 편지를 쓰는 것을 보고 엘러너는 더욱 그렇게 해야겠다는 생각이 굳어졌다. 편지의 대상이 윌러비가 아닌 다른 사람이라고 생각할 수 없기 때문이다.

정오경에 제닝스 부인은 일이 있어 혼자 나갔으며 엘러너는 바로 편지를 쓰기 시작했다. 매리앤은 일을 하기에는 마음이 너무 들떠 있고 대화를 하기에는 불안한 상태여서, 이쪽 창에서 저쪽 창까지 걸어 다니거나 우울한 생각에 잠겨 불 곁에 앉아 있었다. 엘러너는 어머니에게 지금까지 있었던 일과 윌러비가 마음이 변한 것 같다는 자신의 의심을 털어놓았고, 의무와 애정 등 모든 구실을 들어 매리앤에게 윌러비와 관련된 실제 상황을 설명하라고 어머니가 요구할 것을 간곡하게 호소했다.

편지 쓰기가 끝나기도 전에 문 두드리는 소리가 들려 방문객이 온 것을 짐작했는데, 곧 브랜든 대령이라는 전갈이 있었다. 매리앤은 창으로 그를 보았고, 누구와도 함께 있기 싫은 심정이었기에 그가 들어서기 전에 방을 나가 버렸다. 그는 여느 때보다 더 우울해 보였다. 마치 특별히 말할 게 있는 듯 대시우드 양이 혼자 있는 것을 보고 다행이라고 말은 하면서도, 한참을 한 마디 말도 없이 앉아 있었다. 엘러너는 그가 동생과 관계된 어떤 얘기를 할 것이라고 믿고 말문을 열기를 초조하게 기다렸다. 이런 직감은 이번이 처음이 아니었다. 전에도 그는, "동생 분이 오늘 좋지 않아 보입니다."라거나 "동생 분이 생기가 없어 보입니다."라고 말문을 열면서 그녀에 대해 특별한 것을 밝히거나 물어 보려고 했던 적이 여러 번 있었다. 한참 지난 후 그가 침묵을 깨면서 고통스러운 목소리로 물은 것은, 언제쯤이면 엘러너가 제부를 얻게 될 것으로 축하드리면 되느냐는 것이었다. 엘러너는 그런 질문을 들을 줄은 꿈도 꾸지 못했으므로 적절한 대답을 할 수 없어서, 간단하고 평범한 임기응변을 써 무슨 말씀이냐고 물어 볼 수밖에 없었다. 그는 미소를 지으려고 하면서 대답했다.

"동생 분이 윌러비 씨와 약혼 했다고 알려져 있습니다."

"그렇게 알려질 리 없어요. 가족도 그 사실을 모르고 있는데요." 엘러너가 대답했다.

"죄송합니다." 그는 놀란 듯이 말했다. "제 질문이 너무 무례했던 것 같군요. 그렇지만 그들이 터놓고 편지 왕래를 하고, 사람들 사이에 두 사람의 결혼 얘기가 공공연히 퍼져 있어 비밀로 하기로 했다고 생각하지 못했습니다."

"어떻게 그럴 수가 있을까요? 어디서 그런 말을 들었어요?"

"여러 곳에서 들었습니다. 당신이 모르는 사람들에게서도 들었고, 친하게 지내는 사람들, 제닝스 부인이나 파머 부인, 미들튼 가에서도 들었지요. 그러나 저는 여전히 그 사실을 믿지 않았을 것입니다. 마음이란 믿고 싶지 않은 곳에서는 언제나 의심을 받쳐줄 만한 것을 찾게 마련이지요. 그러나 오늘 하인이 저를 들여

보낼 때 우연히, 동생 분의 필체로 윌러비 씨에게 보내는 편지가 손에 들려 있는 것을 보았습니다. 저는 여쭤 보러 왔습니다만, 여쭙기도 전에 확인이 된 거지요. 모든 것이 최종적으로 결정이 되었습니까? 혹시라도?…… 그러나 저는 권리도 없고, 성공할 기회도 없겠지요. 용서하십시오, 대시우드 양. 제가 이렇게까지 말을 많이 하는 것이 잘못인 것 같습니다만, 어떻게 해야 할 지도 모르겠고, 무엇보다 당신의 분별을 믿고 있기 때문입니다. 그것이 완전히 결정되었고, 어떤 일이 있어도…… 간단히 말해, 숨기는 것이 가능할지 모르지만, 숨긴 채 아직 공표만 않는 것인지 말씀해 주십시오."

엘러너는 이런 말을 동생에 대한 사랑을 직접 토로하는 것으로 들었으므로 몹시 감동했다. 그녀는 곧바로 어떤 말도 할 수 없었고, 정신이 좀 들었을 때도 자신이 할 수 있는 가장 적절한 대답이 어떤 것인지 잠시 갈등했다. 윌러비와 동생 사이의 실제 상황은 그녀 자신도 거의 모르고 있었기에 그것을 설명하려고 노력하다가 자칫 실제와 달리 말할 수도 있었다. 그러나 윌러비에 대한 매리앤의 애정의 결과가 어찌 될지언정 브랜든 대령이 성공할 희망은 없을 것으로 확신했고, 또 동생의 행동이 비난받지 않게 막아주고 싶었기에, 잠시 고려한 후, 자신이 정말 알고 있거나 혹은 믿고 있는 것 이상으로 말을 해 주는 것이 한결 신중하고 친절한 일이라고 생각했다. 그래서, 비록 그들이 어떤 관계인지 본인들에게서 듣지는 못했지만 자신은 그들이 서로 사랑한다는 것을 의심치 않으므로 편지 왕래를 한다는 말을 들어도 놀랍지 않다고 인정했다.

그는 말없이 주의 깊게 귀 기울이고 있다가 그녀가 말을 마치자 곧 자리에서 일어났으며 감정이 북받치는 목소리로, "동생 분이 부디 행복하시기를 빕니다. 윌러비가 동생분의 기대에 걸맞은 사람이 되기를 빕니다."라고 말했다. 그리고 작별인사를 하고 나가 버렸다.

엘러너는 이런 대화를 하면서 윌러비와 동생의 관계에 대해 불안한 마음이 줄어들게 할 편안한 기분을 얻지 못했다. 반대로 그녀는 브랜든 대령의 불행을 우울할 정도로 깊이 느꼈으나, 대령의 불행을 확실하게 해 줄 바로 그 결혼이 제대로 이루어지지 않을지도 모른다는 걱정 때문에 대령의 불행이 없어지기를 빌고 싶은 마음도 없었다.

28장

다음 삼사일 동안에도 엘러너가 어머니에게 부탁한 것을 후회하게 만들 일은 일어나지 않았다. 윌러비가 방문을 하지도, 편지를 보내지도 않았기 때문이다. 사 일째 되는 날 그들은 레이디 미들튼과 파티에 동행하기로 되어 있었다. 제닝스 부인은 작은딸의 몸이 불편한 관계로 빠지게 되었던 것이다. 매리앤은 파티에 갈 준비를 하면서도 완전히 기운을 잃은 채, 외양에 신경도 쓰지 않고, 자신이 가든 머물든 마찬가지라는 듯이 기대하는 표정도 기쁘다는 말도 전혀 없었다. 그녀는 차를 마신 후 레이디 미들튼이 오기를 기다리면서 거실의 난로 곁에 앉아 한번도 자리에서 움직이거나 자세를 바꾸지도 않았고, 언니가 있다는 것도 모른 채 생각에 빠져 있었다. 마침내 레이디 미들튼이 현관에서 그들을 기

다린다는 전갈을 듣자 그녀는 누가 오기로 되어 있었다는 것도
잊고 있었던 듯 깜짝 놀랐다.

그들은 정해진 시간에 목적지에 도착했으며 앞에 늘어선 마차
의 행렬이 빠져나가는 대로 내려서 계단을 올라갔다. 그들은 자
신들의 이름이 이쪽 층계에서 저쪽 층계까지 들릴 만큼 큰 소리
로 호명되는 것을 들었으며, 환하게 밝혀진 채 사람들이 가득 차
있어 견딜 수 없이 더운 방안으로 들어갔다. 그들은 예법에 따라
여주인에게 허리 굽혀 인사하고나자 사람들과 섞여, 자신들의 도
착으로 인해 더해졌을 열기와 불편함을 몸소 느껴야만 했다. 레
이디 미들튼은 얼마간 거의 입도 떼지 않고, 아예 꿈적이지도 않
고 있더니, 카지노(카드놀이의 일종-역주)탁자에 앉았다. 매리앤은
움직일 기분이 아니었음으로, 다행히 그녀와 엘러너는 의자를 찾
아 탁자에서 그리 멀지 않은 곳에 앉았다.

이런 식으로 있은 지 얼마 되지 않았을 때, 엘러너는 그들에게
서 몇 야드 떨어진 곳에 아주 세련되게 잘 차려입은 젊은 숙녀와
열심히 이야기를 하며 서있는 윌러비를 알아보았다. 곧 엘러너와
시선을 마주친 그는 즉시 목례를 보냈지만 그녀에게 말을 걸려고
하지도 않았고, 매리앤을 보지 못했을 리 없건만, 다가오려고 하
지도 않은 채 그 숙녀와 대화를 계속할 뿐이었다. 엘러너는 매리
앤의 눈에 이 장면이 들어왔는지 보려고 자기도 모르게 몸을 돌
렸다. 그 순간 매리앤이 처음 윌러비를 알아보고 기쁨에 겨워 얼
굴이 온통 달아올랐는데, 언니가 붙잡지 않았더라면 그녀는 바로
그를 향해 달려 갔을 것이다. 매리앤이 외쳤다.

"이럴 수가! 그이가 저기 있어. 그이가 저기 있어. 세상에! 왜
내 쪽을 보지 않지? 그이에게 말을 걸면 왜 안 되는 거야?"

"제발, 제발 침착해. 여기 있는 사람들에게 네 감정을 드러내선

안 돼. 아마 그이는 아직 너를 보지 못했을 거야." 엘러너가 소리쳤다.

그러나 이것은 엘러너 자신도 믿을 수 없는 소리였다. 그리고 그런 순간에 침착하게 있는 것은 매리앤의 역량을 넘어서는 일이었고, 매리앤이 바라는 바도 아니었다. 매리앤은 앉아서 안절부절 못하면서 그런 감정을 그대로 드러내고 있었다.

마침내 윌러비가 다시 돌아서다가 그들을 보았다. 매리앤은 벌떡 일어나 다정하게 그의 이름을 부르며 손을 내밀었다. 그는 다가왔다. 그리고 마치 매리앤의 시선을 피하고 싶은 듯, 또 그녀의 태도를 보지 않으려고 결심한 듯, 그녀보다는 엘러너를 상대로 황급하게, 대시우드 부인은 안녕하신 지, 시내에 온 지는 얼마나 되었는지 물었다. 엘러너는 그런 식의 말을 듣고 마음을 가눌 수가 없었고 한 마디 말도 할 수 없었다. 그러나 동생은 즉시 자신의 감정을 드러냈다. 그녀는 얼굴이 빨갛게 달아오르더니 감정이 북받쳐 오르는 목소리로 외쳤다.

"세상에! 윌러비, 이게 도대체 무슨 뜻이죠? 내 편지를 받지 못했어요? 나와 악수도 하지 않을 건가요?"

그때는 윌러비도 피할 수 없었다. 그러나 그녀의 손길이 고통스러운 듯 잠깐 잡았을 뿐이었다. 그 동안 내내 그는 침착 하려고 노력하는 것이 뚜렷했다. 엘러너가 그의 안색을 지켜보니 표정이 점점 차분해지고 있었다. 잠시 침묵한 후 그는 담담하게 말했다.

"지난 화요일 제가 버클리 가를 방문하는 영광을 누렸습니다만 운이 없게도 두 분과 제닝스 부인이 댁에 계시지 않아 정말 유감이었습니다. 제 명함을 보셨기를 바랍니다."

"그렇지만 내 쪽지를 받지 못했단 말인가요?" 매리앤이 몹시 애가 타서 소리쳤다. "무슨 실수가 있는 게 틀림없어. 끔찍한 실

수가. 이런 행동의 의미가 뭐지요? 말해 봐요, 윌러비. 제발 말해 봐요. 왜 그러는 거예요?"

윌러비는 대답하지 못했다. 그의 안색이 바뀌면서 당황한 기색이 되돌아 왔다. 그러나 앞서 대화를 나누고 있었던 젊은 숙녀의 시선과 마주치자 그는 즉시 노력해야할 필요를 느낀 듯 다시 자신을 가다듬고, "네, 시내에 도착하셨다고 친절하게 보내주신 전갈은 기쁘게 받았습니다."라고 말하며 목례를 한 후 급히 돌아서서 자신의 동행과 합류했다.

이제 백지장처럼 창백해진 매리앤은 서있을 수가 없어 의자에 주저앉았다. 그녀가 금새라도 기절할 것 같아 엘러너는 다른 사람이 보지 않게 막으려고 하면서 라벤더 수로 정신을 차리게 하려고 했다. 매리앤은 말을 할 수 있게 되자마자 소리쳤다.

"그이에게 가봐, 엘러너. 그리고 내게 데려와. 내가 다시 봐야 한다고 말해. 지금 즉시 그이에게 말을 해야만 한다고. 나는 진정할 수가 없어. 설명을 들을 때까지는 한 순간도 편안하지 못할 거야…… 어떤 끔찍한 오해가…… 제발 지금 그이에게 가봐."

"어떻게 그럴 수 있어? 안 돼, 매리앤, 기다려야 해. 여기는 설명을 들을 만한 곳이 아니야. 내일까지만 기다리자."

그러나, 매리앤이 그를 몸소 따라가는 것은 힘들여 막을 수 있었지만 흥분을 가라앉히라고, 최소한 남이 보지 않는 곳에서 한결 효과적으로 그에게 말할 수 있을 때까지 침착한 태도로 기다리라고 설득하는 것은 불가능했다. 매리앤은 신음소리를 내면서 나지막하게 자신의 비참한 심정을 계속 토로했다. 잠시 후 윌러비가 계단 쪽의 문을 통해 방을 나가는 것을 보고 엘러너는 매리앤에게 그가 갔다고 말하면서, 오늘 저녁에는 그와 다시 얘기 하는 것이 불가능하니 마음을 가라앉히라고 새로 설득했다. 매리앤은 곧바로 언니더러, 자신이 너무 비참한 기분이어서 일 분이라도 더 머물 수 없으니 레이디 미들튼에게 집으로 데려다 달라는 부탁을 하라고 간청했다.

레이디 미들튼은 비록 러버를 하는 중간이었지만, 예절을 최고로 아는 사람이었기에, 매리앤이 좋지 않다는 말을 듣자 그녀가 가고 싶다는 말에 조금도 이의를 달지 않았다. 레이디는 자신의 카드를 친구에게 넘겨주었으며 그들은 마차가 대령되자마자 출발했다. 버클리 가로 돌아가는 동안 말은 거의 한마디도 오가지 않았다. 매리앤은 말없이 고통스러워했으며 니무 괴로워 눈물도 흘리지 못했다. 다행히도 제닝스 부인이 집에 오지 않아서 그들은 곧장 자신들의 방으로 갔으며 거기서 매리앤은 탄산암모니아수로 어느 정도 정신을 차렸다. 매리앤은 곧 옷을 벗고 침대에 들었으며 혼자 있고 싶어하는 것 같아 엘러너는 그녀를 남겨 두고 나왔다. 제닝스 부인이 돌아오기를 기다리는 동안 엘러너는 지난 일을 다시 생각해 볼 여유가 있었다.

윌러비와 매리앤 사이에 어떤 식이든 약혼관계가 있었다는 것을 엘러너는 의심할 수 없었다. 그리고 윌러비가 그것에 싫증이 났다는 것도 그만큼 명백한 것 같았다. 매리앤은 자신의 소망을 여전히 키우고 있을지 몰라도, 엘러너 자신은 그런 행동을 어떤 류의 착오라거나 오해로 여길 수 없었기 때문이다. 감정이 완전히 변했다는 것 말고는 그것을 달리 설명할 길이 없었다. 그가 자신의 부당한 행동을 알고 있다는 것을 보여 주는 당황한 태도를 목격하지 않았더라면 엘러너의 분노는 지금보다 훨씬 더 컸을 것이다. 그러나 그런 태도를 보고 그녀는, 그가 당당히 내세울 계획도 없이 처음부터 동생의 애정을 가지고 놀았을 정도의 파렴치한 사람은 아니라고 생각하게 되었다. 헤어져 있다보니 사랑이 약해졌을지도 모르며 또 부를 추구하려다보니 사랑을 억누르기로 한 지도 모르나, 그런 사랑이 이전에 존재했었다는 것은 그녀 자신도 의심할 수 없었다.

매리앤에 대해서는, 그런 불행한 만남으로 이미 그녀가 받은 고통에 대해, 그리고 그 결과 틀림없이 그녀에게 닥쳐올 한층 더 심한 고통에 대해 엘러너는 진심으로 염려하지 않을 수 없었다. 동생과 비교하면 자신의 상황이 훨씬 더 나았다. 앞으로 에드워드와 헤어지는 일이 있더라도 전처럼 에드워드를 존중할 수 있는 한 그녀의 마음은 꿋꿋할 수 있기 때문이다. 그러나 윌러비와 최종적으로 이별하면서, 그와 즉각적이고 돌이킬 수 없는 결별을 하면서는, 그런 불행을 더욱 쓰라리게 할 수 있는 상황이 모두 뭉쳐서 매리앤의 슬픔을 고조 시키고 있는 것 같았다.

29장

다음날 하녀가 불을 지피기도 전에, 아니 태양이 1월의 차갑고 우울한 아침을 헤치고 나올 힘을 얻기도 전에, 매리앤은 옷을 반만 입은 채 얼마 안 되는 빛을 조금이라도 더 받으려고 창 밑 의자에 무릎을 꿇고 기대서는, 연신 눈물을 흘리며 간신히 편지를 쓰고 있었다. 이런 상황을, 자다가 들썩이는 기척과 흐느끼는 소리에 깨어났던 엘러너는 우선 보고만 있었다. 잠시 말없이 걱정스레 보고 있다가 그녀는 그야말로 사려 깊은 부드러운 어조로 말했다.

"매리앤, 내가 물어 봐도 되겠니?"

"안 돼, 엘러너. 아무 것도 묻지 마. 언니도 곧 모든 것을 알게 될 거야." 그녀가 대답했다.

필사적으로 침착한 태도로 이 말은 했으나 말을 끝내자마자 곧 이전과 마찬가지로 고통스럽게 울음을 터뜨렸다. 몇 분이 지나서야 그녀는 계속 편지를 쓸 수 있었는데 중간 중간 펜을 멈추어야 할 정도로 자주 울음을 터뜨리는 것으로 보아, 자신이 윌러비에게 마지막으로 편지를 쓰고 있음을 절감하는 그녀의 심정을 잘 알 수 있었다.

엘러너는 제 힘이 닿는 한 말없이, 방해가 되지 않으면서 그녀를 배려했다. 매리앤이 제발 자신에게 말을 걸지 말라고 신경을 곤두세우며 간곡히 청하지 않았더라면 좀 더 그녀를 달래고 진정시키려고 노력했을 것이다. 그런 상황에서는 그들이 오래 같이 있지 않는 것이 둘을 위해 더 나았다. 옷을 입은 후 매리앤은 안절부절 못하는 마음에 잠시도 방에 남아 있지 못했을 뿐 아니라 혼자 있고 싶기도 하고 계속 이리저리 자리를 옮기고 싶기도 해서 아침 식사 때가 될 때까지 사람들을 피해 집 주위를 배회했다.

아침식사 때 그녀는 아무 것도 먹지 않았고 먹으려고 하지도 않았다. 엘러너는 동생에게 먹으라고 권하거나 안쓰럽게 여겨서 배려하는 것처럼 보이기보다는, 제닝스 부인의 주의를 자신에게 돌리려고 노력하는 데에 온 신경을 쏟고 있었다.

이번 식사는 제닝스 부인이 제일 좋아하는 음식이어서 시간이 상당히 오래 걸렸다. 그 후 그들이 막 작업탁자에 앉으려는데 편지 한 통이 매리앤에게 배달되었다. 매리앤은 하인에게서 편지를 낚아채듯이 받아서 시체처럼 창백해진 채 바로 방을 나가 버렸다. 이것을 보고 엘러너는, 마치 주소를 본 거나 진배없이 윌러비에게서 온 편지가 틀림없다고 분명히 알았으므로 곧 가슴이 아파와 머리를 들고 앉아 있을 수 없을 지경이 되었다. 그녀는 전신이 떨려 왔으므로 제닝스 부인의 눈치를 피할 수 없을 것이라고 생각했다. 그렇지만 이 사람 좋은 부인은 매리앤이 윌러비에게서 편지를 받았다는 것만 보았고, 그것이 좋은 농담거리라고 여겨 웃으면서 매리앤이 좋아할 내용이기 바란다고 말했다. 그녀는 깔개에 쓸 소모사의 길이를 재느라고 정신없이 바빠서 엘러너의 걱정은 전혀 눈치 채지 못했다. 그리고 매리앤이 나가자마자 차분하게 하던 이야기를 계속했다.

"정말 내 평생 저렇게 사랑에 푹 빠진 아가씨는 처음 본다우. 내 딸애들은 저 아가씨에 비하면 어림도 없었다우. 그 애들도 아주 무모했었지. 그렇지만 매리앤 양을 보면 아주 딴 사람이 된 것 같아. 진심으로 바라는데, 그이가 아가씨를 너무 많이 기다리게 하지 않았으면 좋겠어. 혈색이 아주 초췌하고 쓸쓸해 보여서 영 마음이 안됐어. 그래, 언제 결혼할 것 같수?"

엘러너는 이 순간처럼 아무 말도 하고 싶지 않은 적은 없었지만 그런 질문에 대답을 해야 했으므로 미소를 지으려고 애쓰면서 말했다.

"부인, 자꾸 말씀하시더니 정말로 동생이 윌러비 씨와 약혼을 했다고 믿게 되셨나요? 저는 농담이라고만 생각했는데, 그런 진지한 질문은 그 이상을 의미하시는 것 같아요. 그래서 더 이상 오해 하지 마시라고 부탁드려야겠어요. 제가 분명히 말씀드릴 것은, 저로서는 그들이 결혼할 것이라는 말을 듣는 것보다 더 황당한 일은 없다는 거예요."

"이런, 이런, 대시우드 양! 어떻게 그런 말을 할 수 있수! 그이들이 만난 첫 순간부터 사랑에 푹 빠져 버린 천생연분이라는 걸 우리 모두가 모른단 말이우? 데번셔에서 그이들이 매일, 또 하루 종일 함께 있는 것을 내가 보지 않았단 말이우? 동생이 나와 함께 런던으로 온 것도 웨딩드레스를 사려는 목적에서라는 걸 내가 몰랐을 것 같수? 그러지 말아요, 그래야 소용이 없으니까. 당신이야 그 문제에 대해 몹시 조심하니까 다른 사람들이 모르는 줄 아는데, 내 말하건대 그렇지 않다우. 이 일은 이미 오래 전부터 시내에 퍼져 있다우. 나도 누구한테나 그 얘기를 했고 샬럿도 그랬지."

"부인, 정말 잘못 아신 거예요. 사실은 그런 소문을 퍼뜨리면 정말 잘못하시는 거예요. 비록 지금은 저를 믿지 않으시겠지만 곧 그렇다는 것을 아실 거예요." 엘러너는 매우 심각하게 말했다.

제닝스 부인은 다시 웃었다. 엘러너는 더 이상 말할 기분이 아닌 데다, 무엇보다 윌러비가 편지에 뭐라고 했는지 알고 싶어 서둘러 자신들의 방으로 갔다. 문을 열자, 매리앤이 한 손에 편지 한 통을 든 채 거의 숨이 막힐 지경으로 비통해 하면서 침대에 길게 누워 있었고, 그 옆에 두 세 통의 편지가 놓여 있었다. 엘러너는 가까이 갔으나 말은 한 마디도 하지 못했다. 그녀는 침대에 앉아 동생의 손을 잡고 여러 번 다정하게 입을 맞추다가 마침내 감당하지 못하고 눈물을 터뜨렸다. 처음 울음이 시작되었을 때의 강도는 매리앤이 울 때보다 덜 격렬하지도 않았다. 매리앤은 비록 말은 못했지만 이런 다정한 행동을 모두 느끼는 것 같았다. 이렇게 함께 아픔을 나누며 얼마를 지난 후 매리앤은 편지를 모두 엘러너의 손에 놓아주고는 손수건으로 얼굴을 덮고 고통스러워 거의 비명을 지르기까지 했다. 엘러너는 그처럼 고통스러워하는 것을 두 눈으로 직접 보는 것이 괴롭기는 했지만 갈 데까지 가야 한다는 것을 알았으므로 이런 극도의 고통이 저절로 소진될 때까지 지켜보았다. 그리고 얼른 윌러비의 편지로 돌아서서 다음의 글을 읽었다.

본드 가, 1월

친애하는 아가씨께:

지금 막 삼가 아가씨의 편지를 받았으며 그에 대해 심심한 사의를 전하는 바입니다. 어제 저녁의 제 행동에서 아가씨께서 용납하기 어려운 점이 있었다는 것을 알고 대단히 염려가 됩니다. 불행히도 제가 어떤 점에서 아가씨를 거슬리게 되었는지 알 수 없어 당황스런 심정입니다만, 절대 고의는 아니었다고 분명히 말씀드리는 바, 그 점에 대한 아가씨의 용서를 간청합니다. 이전에 데번셔에서 아가씨 가족과 친교를 맺게 된 것을 회상할 때마다 저는 깊은 기쁨을 느끼고 있으며, 제 행동이 오해를 받거나 잘못 이해된다고 해도 그런 기쁨이 사라지는 일은 없을 것으로 자위하고 있습니다. 아가씨 가족 전부에 대한 저의 존경심은 진심이었습니다만, 만일 불행히도 제가 느낀 것, 혹은 제가 표현하고자 한 것 이상을 믿게 했다면, 저는 그런 존경심을 드러내면서 좀 더 조심하지 않은 제 자신을 나무랄 것입니다. 제가 절대로 더 깊은 감정을 의도할 수 없었다는 것은 저의 애정이 오래 전에 다른 곳에 약속 되어 있었다는 것을 이해해주신다면 인정하실 수 있을 것입니다. 그리고 몇 주 지나지 않아 이 약혼이 공식화될 것이라고 믿습니다. 삼가 아가씨로부터 받은 편지와, 감사하게도 제게 주신 머리타래를 돌려 달라는 아가씨의 명령에 제가 복종하게 됨을 매우 유감스럽게 생각합니다.

친애하는 아가씨의
가장 보잘 것 없는 충복,
존 윌러비 드림

이따위 편지를 읽으면서 대시우드 양이 얼마나 큰 분노를 느꼈는지는 상상이 될 것이다. 읽기 전부터 그 내용은 자신의 마음이 변한 것을 고백하는 것이며 앞으로 그들이 영원히 헤어질 것을 확인하는 것이라고 알고는 있었지만, 그 말을 하기 위해 그런 언어를 함부로 내뱉을 것이라고는 생각도 못했었다. 또 윌러비가 겉치레라도 명예롭고 섬세한 감정을 전혀 보이지 못하고, 신사로서 일반적으로 지닐 예법에서 그렇게 동떨어져 그처럼 무례할 정도로 잔인한 편지를 보낼 수 있을 것이라고는 생각도 못했었다. 풀려나고 싶다는 소망과 더불어 유감을 고백하는 대신, 그 편지는 신의를 깨뜨린 적이 없다고 공언했고 어떤 종류든 특별한 애정이 있었다는 것도 송두리째 부정했다. 그 편지는 한 줄 한 줄마다 모욕이었으며 그것을 쓴 사람이 비정한 악행에 깊이 빠져 있음을 증명하는 것이었다.

엘러너는 화가 치밀었고 기가 막혀서 편지를 든 채 얼마간 생각에 잠겨 있다가 다시 읽어보았다. 그러나 읽을수록 그 남자에 대한 혐오감이 커질 뿐이었다. 그에 대한 그녀의 감정은 너무나 신랄해서 함부로 말을 하기 겁날 지경이었다. 그들의 파혼이 어떤 있을 법한 선을 놓친 것이 아니라, 악 중에서도 최악이며 전혀 되돌이킬 수 없는 악, 즉 파렴치한 남자와 평생 관계를 맺는 일에서 벗어나는 것이며, 가장 실제적인 구원이며 가장 중요한 축복이라고 밀해서 매리앤에게 더 깊은 상처를 주지 않을까 해서였다.

그녀는 편지의 내용과, 그런 내용을 쓸 수 있는 비열한 마음에 대해, 그리고 그 사람과 전혀 다른 사람의 전혀 다른 마음에 대해 골똘히 생각했다. 그 다른 사람은 지난 모든 일에 있어 자신의 마음이 허용한 것 외에는 자신들의 사랑과 다른 관련은 없었다. 엘러너는 이런 생각에 빠져 동생이 겪는 눈앞의 고통을 잊어버렸고, 무릎에 아직 읽지 않은 세 통의 편지가 있다는 것도 잊어 버렸으며, 자신이 얼마나 오래 그 방에 있었는지도 까맣게 잊어 버렸다. 그때 마차가 현관에 도착하는 소리를 듣고, 누가 이렇게 터무니없이 일찍 방문하는지 보려고 창으로 갔다가 제닝스 부인의 사륜 경마차를 알아보고 깜짝 놀랐다. 그것은 한 시까지 오기로 되어 있었기 때문이다. 현재는 매리앤을 편안하게 해 줄 수 있는 길이 없었지만 동생 옆을 떠나지 말아야겠다는 생각에 그녀는 서둘러 내려가, 동생이 몸이 좋지 않아 동행할 수 없다고 제닝스 부인에게 말했다. 부인은 그 변명을 선선히 받아들이면서, 아픈 사람에 대해 그야말로 인정어린 걱정을 했다. 엘러너는 부인을 제대로 배웅하고 매리앤에게 돌아갔을 때, 매리앤이 침대에서 일어나려다 오랫동안 잘 먹지도 쉬지도 못하여 혼미한 바람에 바닥으로 떨어지려는 찰나에 간신히 그녀를 잡았다. 매리앤이 식욕을 느끼지 못한지 이미 여러 날이었고, 제대로 잠을 자지 못한 지도 여러 날이었다. 이제 정신이 더 이상 긴장의 열기로 지탱할 수 없게 되자 그 모든 것의 결과가 두통과 위장장애, 신경성 현기증으로 나타난 것이었다. 엘러너가 바로 포도주 한 잔을 가져다주어 마음이 가라앉자 비로소 매리앤은 언니에게 고마운 마음을 말로 나타낼 수 있었다.

"가엾은 엘러너! 내가 언니를 괴롭히지!"

"내가 바라는 건, 너에게 위로가 될 일을 할 수 있는 거란다." 그녀의 언니가 대답했다.

매리앤은 다른 모든 것에 대해서나 마찬가지로 이 말도 참을 수 없어서 "아! 엘러너, 나는 정말로 비참해."라고 고통스럽게 외쳤으며 목소리도 흐느낌 속에 완전히 묻혀 버렸다.

엘러너는 이처럼 추스르지 못하고 고통을 쏟아내는 것을 더는 말없이 볼 수 없어 간곡히 말했다.

"정신 좀 차려, 사랑하는 매리앤. 너 자신과 너를 사랑하는 모두를 죽이지 않으려면 말이야. 어머니를 생각해봐. 네가 괴로워하는 동안에 어머니가 겪을 고통을 생각해 봐. 어머니를 봐서라도 힘을 내야지."

"그게 안돼, 그게 안돼." 매리앤이 소리쳤다. "날 그냥 둬. 두라고. 나 때문에 괴롭다면 말이야. 나를 내버려 두고 미워하고 잊어버려! 그렇지만 그렇게 나를 고문하지는 말아줘. 아! 자신의 슬픔이 없는 사람은 힘내라고 말하는 게 정말 쉬울거야! 행복하고, 행복한 엘러너, 언니는 내 고통을 전혀 모를 거야."

"매리앤, 날더러 행복하다고 하는 거니? 아! 만일 네가 안다면!…… 그리고 이렇게 슬퍼하는 너를 보고 있는데 내가 행복할 거라고 믿을 수 있다니!"

매리앤은 언니의 목에 팔을 둘렀다.

"용서해 줘, 용서해 줘. 언니가 나를 안쓰러워하는 건 알아. 언니 마음이 얼마나 착한지도 알아. 그렇지만 언니는…… 언니는 행복하지. 에드워드가 언니를 사랑하니까…… 무엇이, 아! 무엇이 그런 행복을 없앨 수 있겠어?"

"많은, 많은 상황이 그럴 수 있지." 엘러너가 숙연하게 말했다.

"아냐, 아냐, 아냐." 매리앤이 격렬하게 소리쳤다. "에드워드는 언니를, 단지 언니만을 사랑해. 언니에겐 슬픔이 있을 리 없어."

"네가 이런 상태에 빠져 있는 것을 보는 한 나는 즐거울 수 없단다."

"언니는 다른 모습의 나를 보지 못할 거야. 어떤 것으로도 내 슬픔을 없앨 수 없을 거야."

"매리앤, 그런 식으로 말해서는 안돼. 다른 좋은 일은 없니? 다른 친구는? 네 실연이 위로받을 여지도 남겨주지 않는 그런 것이니? 지금은 많이 괴롭겠지만, 만일 그의 성격을 발견하는 것이 훨씬 뒷날까지 미뤄졌더라면…… 만일 네 약혼이, 충분히 그랬을 수 있는데, 그가 끝을 내기로 결정하기 전 이미 수개월 동안 지속되었을 경우 네가 얼마나 고통을 받았을 지 생각해 봐. 네 입장에서는 아무 것도 모른 채 믿고 있던 날이 하루라도 더 많으면 많을수록 그 충격도 더 끔찍했을 거야."

"약혼이라고! 약혼은 없었어." 매리앤이 소리쳤다.

"약혼이 없었다고?"

"응, 그이는 언니가 생각하듯이 그렇게 몹쓸 사람은 아니야. 그이는 나와의 신의를 깨뜨린 건 없어."

"그러나 그가 사랑한다는 말은 했었지?"

"응…… 아니…… 분명하게 말한 적은 없었지. 매일 암시는 했지만 결코 드러내어 말한 적은 없었지. 때로 그랬다고 나도 생각은 했지만…… 사실은 그렇지 않았어."

"그렇지만 그이에게 편지를 했었잖아?"

"응. 그렇게 지낸 후인데 그게 잘못일까? 말을 못하겠어."

엘러너는 더 이상 말하지 않고, 이제 전보다 훨씬 더 호기심을 불러일으키는 세 통의 편지로 돌아서서 곧장 그 내용을 읽기 시작했다. 첫 번째 편지는 동생이 시내에 도착하면서 윌러비에게 보낸 것으로 다음의 내용이었다.

버클리 가, 1월

윌러비, 당신이 이 쪽지를 받고 얼마나 놀랄까요. 게다가 내가 시내에 있다는 것을 알면 놀라는 것으로 그치지 않을 걸로 생각되는군요. 비록 제닝스 부인과 함께이기는 하지만, 여기로 올 기회는 저항할 수 없는 유혹이었답니다. 당신이 오늘 밤 여기 올 수 있게끔 이 쪽지를 받을 수 있으면 좋겠지만, 꼭 기대는 않을게요. 어쨌든 내일은 당신을 기다릴게요. 그 동안, 아듀.

ㅁ.ㄷ.

  그녀의 두 번째 쪽지는 미들튼 가에서의 무도회 다음 날 아침에 쓴 것인데 이런 글이었다.

  그저께 당신을 만나지 못해 실망한 것이나, 일주일도 전에 내가 당신에게 보낸 쪽지의 답을 받지 못해 놀란 것은 말로 다 할 수 없군요. 매 시간 당신에게서 소식을 듣기를, 아니 그보다 더, 당신을 보기를 기다리고 있어요. 제발 가능한대로 곧 다시 방문해서, 기다려도 소용이 없었던 이유를 설명해요. 다음번에는 좀더 일찍 오는 게 좋을 거예요. 우리는 대개 한시 경에 외출하거든요. 어제 저녁에 레이디 미들튼의 저택에 갔었는데 거기서 춤을 추었어요. 당신이 초대를 받았다는 이야기를 들었어요. 그럴 수가 있어요? 만일 정말로 그랬는데 당신이 오지 않았다면, 우리가 헤어진 후 당신은 정말 많이 변한 게 틀림없군요. 그렇지만 나는 그럴 리 없다고 생각하며, 당신이 곧 그렇지 않다는 것을 몸소 확인해 주기 바래요.

ㅁ.ㄷ.

그녀의 마지막 쪽지의 내용은 이러했다.

　윌러비, 어제 저녁 당신 행동을 보고 내가 무슨 상상을 해야
할까요? 다시 한번 그에 대한 해명을 요구해요. 나는 헤어져 있
었기에 자연히 생긴 기쁜 마음으로, 바튼에서 우리의 친밀한
관계로 볼 때 당연한 친근감을 갖고 당신을 만날 준비가 되어
있었어요. 내가 정말 퇴짜를 맞은 거였지요! 모욕이라고 밖에
는 볼 수 없는 행동을 이해해 주려고 하면서 나는 비참한 밤을
보냈어요. 그러나, 당신의 행동에 대해 어떤 타당한 설명도 만
들어 낼 수 없었지만, 당신의 변명을 들을 준비는 완벽하게 되
어 있어요. 아마 당신은 나에 관해 어떤 것을 잘못 알고 있거나
속아서 나를 낮추어 보게 되었을 거예요. 그게 뭔지 말해줘요.
당신 행동의 이유를 설명해줘요. 그러면, 당신의 오해를 풀어
주면서 나도 풀릴 거예요. 당신을 나쁘게 생각해야 한다는 것
이 진정 내 가슴을 아프게 해요. 그렇지만 만일 내가 그렇게 생
각해야 한다면, 만일 당신이 우리가 지금까지 믿었던 그런 사
람이 아니며, 우리에 대한 당신의 호의가 진실하지 못했으며,
나에 대한 당신의 행동이 오직 기만적인 의도였다는 것을 내가
알아야 한다면, 가능한 빨리 듣게 해 주세요. 내 감정은 현재
끔찍할 정도로 흔들리고 있답니다. 나는 당신의 잘못이 없다고
믿고 싶지만, 어느 쪽이든 확실한 것이 내가 지금 겪는 고통을
가라앉혀 줄 거예요. 만일 당신의 감정이 더 이상 옛날과 같지
않다면, 내 쪽지와 당신이 간직한 내 머리카락을 돌려주세요.

　　　　　　　　　　　　　　　　　　　　　　　ㅁ. ㄷ.

애정과 신뢰로 가득 찬 이 편지들에 대해 그런 식으로 답장할 수 있다는 것을 엘러너는 윌러비를 위해서도 믿고 싶지 않을 정도였다. 그렇지만 그를 비난하면서도 그녀는, 매리앤이 그런 편지를 쓴 자체가 올바른 행실은 아니었다는 것에 눈이 멀지 않았다. 그녀는 말은 않았지만 그 무모함을 속으로 안타까워했다. 매리앤은 무모하게도 이전의 어떤 것으로도 보장된 적이 없었고 그 결과로 볼 때 심하게 비난받는 그런 사랑의 증거물을 보내는 모험을 했던 것이다. 그때 매리앤은, 엘러너가 편지를 다 읽은 것을 보고, 그 편지는 같은 상황에 처했다면 어느 누구라도 그렇게 썼을 내용이라고 말했다. 매리앤이 덧붙여 말했다.

"나 자신은 그이와 엄숙하게 약혼했다고 느꼈어. 마치 가장 단단한 법률적 서약으로 맺어진 것처럼 말이야."

"나도 그건 믿을 수 있어. 그러나 불행히도 그이는 그렇게 느끼지 않았어." 엘러너가 말했다.

"그이도 같이 **느꼈어**, 엘러너. 몇 주를 보내면서 그이도 그렇게 느꼈어. 그이도 그랬다는 걸 알아. 지금은 무엇 때문에 변했던 간에,(나를 괴롭히려는 추악한 계교가 아니고는 그리 될 리가 없어) 한때 나는 그이에게 내 영혼이 원할 만큼이나 매우 소중한 사람이었어. 이 머리타래도, 그이가 지금 이렇게 쉽게 내어놓은 이것도, 그이가 정말 간곡히 청한 것이었어. 그 순간의 그이의 표정, 그이의 태도, 그이의 목소리를 언니가 보고 들었더라면! 언니는 우리가 바튼에서 함께 지냈던 마지막 저녁을 잊었어? 또 우리가 헤어지던 아침은 어떻구! 한동안 헤어져야 한다고 말하면서 그이가 괴로워하던 모습…… 그 괴로워하던 모습을 내가 잊어버릴 수 있을까!"

잠시 동안 매리앤은 더 이상 말을 할 수 없었다. 그러나 이런 감정이 지나갔을 때 그녀는 한층 단호한 목소리로 말했다.

"엘러너, 나는 잔인하게 당했어. 그렇지만 윌러비한테서가 아니야."

"사랑하는 매리앤, 그가 아니면 도대체 누구야? 누가 그를 부추겼다는 거니?"

"그이의 마음이 아니라 온 세상이 그랬지. 그이의 본성으로 이런 잔인한 일을 할 수 있다고 믿기보다는 차라리, 내가 아는 모두가 작당을 해서 그이가 나를 몹쓸 사람으로 여기게 했다고 믿겠어. 그이가 편지에서 얘기한 그 여자, 그녀가 누구든 간에, 혹은 모두 다, 말하자면 사랑하는 언니와 어머니, 그리고 에드워드를 빼고는 모두가 잔인하게도 나를 중상했을 거야. 이 세 사람 말고는, 내가 마음을 속속들이 잘 알고 있는 윌러비 말고 의심하지 않을 사람이 이 세상 누가 있겠어?"

엘러너는 반박하는 대신 다음과 같이 대답할 뿐이었다.

"그렇게 혐오스런 적이 누구든 간에, 매리앤, 너 자신의 순결함과 선의를 의식함으로써 너의 정신을 얼마나 고결하게 지탱하는지 보여줘서, 그들이 악의적인 승리를 누리지 못하게 하자꾸나. 온당하고 장한 자존심이 그런 악의를 물리친단다."

"아니야, 아니야." 매리앤이 소리쳤다. "나같이 비참하면 자존심도 없어. 내가 비참하다는 것을 누가 안다 해도 상관없어. 세상 누구라도 그런 모습의 나를 보는 승리감을 누리라고 해. 엘러너, 엘러너, 고통을 당해 보지 않은 사람은 마음대로 자존심을 가질 수도 있고 독립적이 될 수도 있겠지. 모욕을 이겨 낼 수도 있고 굴욕을 되돌려 줄 수도 있어. 그러나 나는 할 수 없어. 나는 느껴야 해. 나는 비참해야 해. 그럴 수 있는 사람이나 마음대로 그런 의식을 즐기라고 해."

"그러나 어머니와 나를 위해서라도……"

"나 자신을 위해서보다 더 그러고 싶어. 그렇지만 내가 이렇게 비참할 때 행복한 척하기는…… 아! 누가 그걸 요구할 수 있어?"

그들은 다시 침묵했다. 엘러너는 난로 가에서 창가로, 창가에서 난로가로 생각에 잠겨 걸으면서도, 난로에서 온기를 받고 있는 것도 몰랐고 창을 통해서 사물을 식별하는 것도 아니었다. 매리앤은 침대 발치에 앉아 침대 기둥 하나에 머리를 기대고서 다시 윌러비의 편지를 집어 든 채 한 구절 한 구절을 몸서리치며 읽으면서 소리쳤다.

"이건 너무 심해! 아! 윌러비, 윌러비, 이것이 당신 글일 수 있다니! 잔인하고 잔인해. 절대 당신을 용서할 수 없어. 엘러너, 절대로 안돼. 나에 대해 어떤 몹쓸 말을 들었던 간에 그이는 일단 그대로 믿지 말아야 하는 거잖아? 나의 혐의를 벗길 힘을 주려면 그이는 그 이야기를 내게 해야 하지 않아? (편지의 구절을 되풀이하며) '감사하게도 제게 주신 머리타래를'이라니. 이건 용서할 수 없어. 윌러비, 이런 말을 썼을 때 당신 심장은 어디 있었나요. 아! 상스러울 정도로 모욕적이야! 엘러너, 그이에게 변명의 여지가 있을까?"

"없어, 매리앤, 조금도."

"그런데 이 여자, 그녀의 계교가 어땠을지 누가 알아. 얼마나 오래 전부터 생각해 두었던 일일까, 얼마나 머리를 짜내서 벌인 일일까! 그녀는 어떤 사람이지? 도대체 누굴까? 그이가 아는 여자들 중에서 어느 누가 젊고 매력적이라고 말하는 걸 들었던 적이 있나? 아! 아무도, 아무도 없었어. 그이는 나에 대한 이야기만 할 뿐이었어."

또 침묵이 이어졌다. 매리앤은 몹시 심란해하더니 결국 이렇게 끝을 맺었다.

"엘러너, 집에 가야해. 가서 어머니를 위로해야 해. 우리 내일 갈 수 없을까?"

"내일이라고, 매리앤!"

"그래. 내가 왜 여기 머물러야 하지? 나는 윌러비 때문에 왔을 뿐인데. 지금은 누가 나를 좋아해? 누가 나를 좋아하냐구?"

"내일 가는 것은 불가능해. 우리는 제닝스 부인에게 예법을 지켜야하는 이상의 빚을 지고 있는데, 아주 기본적인 예의만 따지더라도 그렇게 성급하게 떠나는 일은 안 되지."

"그렇다면, 하루나 이틀 후는 되겠지. 나는 여기 오래 머물 수 없어. 여기 있으면서 이 사람들의 질문을 받고 말을 듣는 건 견딜 수 없어. 미들튼 가족과 파머 가족들. 그들의 동정을 어떻게 견뎌내야 해? 레이디 미들튼 같은 여자의 동정이라니! 아! 그이는 그것에 대해 뭐라고 할까!'

엘러너는 매리앤에게 다시 누우라고 충고 했으며 잠시 동안 그녀는 그렇게 했다. 그러나 어떤 자세로 누워도 매리앤은 편안하지 못했다. 몸과 마음이 다 계속 아픈 바람에 그녀는 연신 이쪽저쪽으로 뒤척거렸다. 그러더니 점점 더 발작적으로 뒤척거려서 그녀의 언니는 그녀를 침대에 붙잡아 두기 어려울 지경이었고, 도움을 청해야만 하지 않을까하고 잠시 생각했다. 그러나 마침내 그녀는 라벤더 수를 마시도록 설득이 되었고 그것이 효력이 있었다. 그때부터 제닝스 부인이 돌아올 때까지 그녀는 침대에서 조용히, 움직이지 않고 있었다.

30장

　제닝스 부인은 돌아오자마자 곧장 그들의 방으로 와서 들어가 겠다고 말하고는 허락을 기다리지도 않고 문을 열고 진심으로 걱정스런 표정으로 방에 들어섰다.

　"몸은 어떠우, 아가씨?" 그녀는 매리앤을 진정으로 염려하며 말했는데 매리앤은 고개를 돌리고 대답도 하지 않았다.

　"내시우드 양, 동생은 어떠우? 딱하기도 해라! 아주 나빠 보이네. 놀랄 일도 아니지. 아, 믿을 수가 없어. 그 사람이 머잖아 결혼할 거라는 구려. 아무 짝에도 쓸모없는 사람! 그런 사람은 참아 줄 수가 없어. 테일러 부인이 반시간 전에 말해 주었는데, 그이는 바로 그레이 양의 각별한 친구에게서 들었다는 게야. 그렇지 않음 나도 절대로 믿지 않았을 거야. 사실 나는 주저앉을 뻔 했다우. 그래서 내가 말했지. 만일 그게 사실이라면 그 사람은 내가 아는 젊은 숙녀에게 가증럽게 나쁜 짓을 했으니, 아내가 그의 속을 새까맣게 태우기를 빌고 또 빌 거라고. 아가씨, 앞으로도 언제나 그렇게 말할 거라고 믿어도 좋아요. 남자들이 이런 식으로 노는 건 이해 못 해. 그 사람을 다시 만나기만 한다면 이날까지 평생 당해 보지 못한 호된 꾸지람을 할거라우. 그래도 위로가 되는 일은 있어요, 매리앤 양. 괜찮은 사람이 그 사람뿐인 건 아니니까. 당신같이 예쁜 얼굴에는 숭배자들이 모자라지 않을수. 아유, 가여운 사람! 내가 더는 머물지 말아야지. 빨리 울음을 터뜨리고 끝을 내버리는 것이 나을 테니. 다행히도 패리 네와 샌더슨 네가 오늘밤에 올 테고 그러면 아가씨도 기분이 나아질 테지."

　그러고는 그녀는 마치 소리 때문에 젊은 친구의 고통이 더 커지기라도 하는 듯 발끝을 들고 방밖으로 걸어 나갔다.

매리앤은 놀랍게도, 그들과 함께 정찬을 들기로 결심했다. 엘러너는 그러지 말라고 충고까지 했다. 그러나 매리앤은 내려가서 잘 견딜 수 있으며 그러면 자신에 대한 야단법석도 줄어들 것이라고 했다. 엘러너는 그녀가 정찬시간을 제대로 견뎌낼 것이라고 믿을 수 없었지만, 잠시라도 그런 이유로 마음을 다잡는 것이 기뻐서 더 이상 막지 않았다. 그리고 매리앤이 여전히 침대에 앉아 있는 동안 되도록 옷매무새를 바로 잡아 주었고, 부르면 부축해서 정찬실로 갈 준비를 갖추었다.

정찬실에 가자 매리앤은 아주 처참해 보이기는 했으나 언니가 예상한 것보다는 훨씬 침착하게 식사도 제대로 했다. 만일 그녀가 말을 하려고 했거나 혹은 제닝스 부인의 선의에서 나왔지만 분별 없는 배려를 반이라도 의식했더라면 이처럼 침착한 태도를 유지할 수 없었을 것이다. 그녀는 한 마디도 입 밖에 내지 않았고 멍한 생각에 잠겨 눈앞에서 무슨 일이 일어나는 지 관심도 없었다.

엘러너는 제닝스 부인의 넘쳐흐르는 친절이 곤혹스럽기도 하고 우스꽝스럽기도 했지만 그 본뜻은 잘 알았으므로 고맙다는 표시를 했고 정중한 행동으로 보답했다. 매리앤은 혼자 힘으로 그런 표시나 보답을 할 수 없었다. 그들의 선량한 친구는 매리앤이 침울한 것을 보고 그것을 조금이라도 덜어 주는 것이 전부 자기 몫이라고 느꼈다. 그래서 부인은 자식 사랑에 푹 빠진 부모가 제일 아끼는 자식에게 휴가 마지막 날에 하듯이 그녀를 대우했다. 매리앤은 난로가의 제일 좋은 자리에 앉아야 했고 집안의 맛있는 것은 다 먹도록 권해져야 했으며 기운을 돋우기 위해 그날 있었던 소식을 다 말해 주어야 했다. 동생의 슬픈 안색에서 그녀가 모든 즐거움에 무감각하다는 것을 보지 않았더라면 엘러너는, 실연의 아픔을 각종 사탕과자와 올리브와 따뜻한 불로 치료하려는 제닝스 부인을 보고 재미있어 했을 것이다. 그러나 이런 일이 계속 반복되는 바람에 매리앤도 그것을 의식하게 되자 그녀는 더 이상 머물 수 없었다. 그녀는 비참한 외마디 소리를 내뱉고는 언니에게 자신을 따라 오지 말라는 신호를 한 후 곧장 일어나 방에서 나가 버렸다. 그녀가 나가자마자 제닝스 부인이 소리쳤다.

"가엾은 사람! 동생을 보면 내 마음이 얼마나 아픈지! 포도주를 다 마시지도 않고 방을 나가서는 안 되는데! 말린 체리도 안 먹고! 맙소사! 아무 것도 도움이 안 되는 것 같아. 좋아하는 게 있으면 온 시내를 뒤져 구하게 할 텐데. 남자가 저렇게 예쁜 아가씨에게 그리 나쁜 짓을 하다니 정말 이해가 안 된다니까! 그렇지만 한쪽은 돈이 많고 다른 쪽은 없는 거나 마찬가지면, 기가 막히긴 하지만, 예쁘고 말고에는 별 관심이 없어지는 거지!"

"그러면 그 숙녀는, 그레이 양이라고 하신 것 같은데, 아주 부자인가요?"

"50,000파운드라오, 아가씨. 그녀를 봤수? 똑똑하고 맵시는 있지만 예쁘지는 않다고들 하던데. 그 아주머니 되는 비디 헨샤워는 내가 잘 알지. 그이는 굉장한 부자와 결혼했다우. 그렇지만 원래 그 집안이 다 부자라우. 50,000파운드라! 다들 그러는데 돈이 들어와도 남아 있을 새가 없을 거라는 구면. 들리는 말로는 윌러비는 파산 지경이라우. 이상할 것도 없지. 쌍두 이륜마차를 타고 사냥개들을 몰고 다니니! 글쎄 이런 말을 하는 게 소용이 없긴 하지만, 어떤 젊은이든 와서 예쁜 아가씨와 사랑을 하고 결혼을 약속한 후에, 자기가 가난해질 것 같다고 해서, 더 돈 많은 아가씨가 마련되어 있다고 해서, 자기 언약을 휑하니 날려 보내서는 안 되는 거지. 그런 경우라면 말을 팔고 저택을 세놓고 하인들을 내 보내고 해서 재빨리 철저히 뜯어 고쳐야 되는 거 아니우? 내 장담하건대, 매리앤 양은 문제가 해결될 때까지 기다릴 준비가 되어 있었을걸. 그런데 요즘은 그런 게 소용이 없다니까. 요즘 젊은이들이란 쾌락을 좇을 때는 아무 것도 포기하지 않으려고 하니."

"그레이 양이 어떤 여성인지 아세요? 그녀는 상냥한 사람인가요?"

"그 아가씨에 대해 나쁜 얘기는 듣지 못 했다우. 사실은 그녀에 대해 들은 게 거의 없어요. 단지 오늘 아침 테일러 부인한테 들은 바로는, 언젠가 워커 양이 슬쩍 해준 말이라는 데, 엘리슨 내외는 그레이 양이 결혼해 나가도 섭섭하지는 않을 거라는 거야. 그녀와 엘리슨 부인이 별로 마음이 맞지 않았다는 게야."

"엘리슨 부인이 누군데요?"

"그레이 양의 후견인이라우. 하지만 이제 그 아가씨도 성년이 되었으니 마음대로 선택할 수 있는 거지. 그러고 보니 정말 기막힌 선택을 한 거로군! 그런데 참,"하고 부인은 잠깐 머뭇거린 후 말했다. "가만 보니 가엾은 당신 동생은 방에 가서 혼자 슬퍼하고 있겠구려. 위로해 줄 수 있는 방법이 없겠수? 가엾은 사람, 혼자 내버려 두는 건 너무 무정한 일이지. 참, 얼마 안 있어 친구가 몇 사람 올 테니 그러면 동생도 기분이 좀 나아지겠지. 무슨 카드놀이를 하는 게 나을까? 휘스트를 싫어하는 건 아는데. 동생이 좋아하는 라운드 게임은 없수?"

"친절하신 부인, 그렇게까지 친절을 베풀지 않으셔도 되겠어요. 매리앤이 오늘 저녁은 자기 방에서 나오지 않을 거 같아요. 할 수 있다면 빨리 자라고 그 애를 설득하겠어요. 그 애는 휴식이 필요하거든요."

"아유, 내가 생각해도 그게 가장 좋겠군. 저녁은 내키는 대로 먹고 자라고 합시다. 세상에! 지난 일 이주 동안에 그렇게 안 좋아 보이고 기운이 없었던 게 당연했지. 이 문제가 그 동안 내내 머리에 맴돌고 있었을 테니 말이우. 그리고 오늘 온 편지가 매듭을 지은 거지! 가엾은 이! 정말이지 그런 줄 조금이라도 알았더라면 절대로 편지를 두고 농담을 하지 않았을 텐데. 그렇지만 당신도 알다시피, 그 당시에 어떻게 그런 일을 짐작이나 할 수 있었겠수? 나는 그게 흔한 연애편지일 거라고 믿었지. 게다가, 당신도 알다시피 젊은 사람들은 그런 걸로 웃음거리가 되는 걸 좋아하잖수. 세상에! 존 경과 내 딸들이 이 소식을 들으면 얼마나 걱정할까! 내가 정신이 있었더라면 집에 오는 길에 콘뒤트 가에 들러 이 얘기를 해주었을 텐데. 하지만 내일은 거기 가봐야지."

"파머 부인과 존 경께, 동생 앞에서는 윌러비의 이름을 꺼내지 말고, 또 지난 일을 되도록 언급하지 말라고 부인께서 주의를 주실 필요는 없겠죠. 동생이 있을 때 그런 얘기를 조금이라도 하는 게 정말 잔인한 일이라는 건 그분들의 선량한 성품으로 보아 스스로 알고 계실 테니까요. 그리고 저도 그 문제에 대해 덜 들을수록 시름을 덜게 될 거예요. 친절하신 부인께서는 잘 아실 테지만 말예요."

"아이구! 세상에! 그럼. 잘 알고 있지. 그런 얘기를 들으면 당신은 정말 힘들 거야. 동생에 대해서도 말인데, 정말 무슨 일이 있어도 그런 얘기는 그이에게 한 마디도 않을 거라우. 당신도 봤지만, 내가 저녁 내내 그랬잖수. 존 경이나 내 딸도 마찬가질 거구. 그이들도 생각이 깊고 분별이 바르니까. 특히 내가 그런 암시를 꼭 할 테니, 그러면 더욱 조심하겠지. 내 생각에는, 그런 일은 말을 적게 할수록 더 좋고 더 빨리 날아가 잊혀진다우. 당신도 알겠지만 말을 많이 해봤자 무슨 좋은 일이 있겠수?"

"이번 경우에는 단지 해만 끼칠 뿐이죠. 아마 이와 비슷한 다른 경우보다 더 그럴 거예요. 여기 관련된 사람의 입장에서 보면 이번 경우는 여러 사람의 입에 오르내릴 만한 상황이 아니거든요. 이 점에서는 윌러비 씨를 옹호해야겠어요. 그가 동생과의 정식약혼을 파기한 것은 아니에요."

"맙소사, 아가씨! 그 사람을 옹호하려고 하지 말아요. 정식약혼이 아니었다니! 동생을 앨런험 저택으로 데려가서 앞으로 살게 될 방도 정했는데!"

엘러너는 동생을 생각해서 그 화제를 더 이상 계속할 수 없었다. 그리고 윌러비를 위해서 굳이 그 이야기를 할 필요도 없을 것 같았다. 있는 그대로를 강조해서 매리앤은 많은 것을 잃을지 모르지만 윌러비는 얻을 것이 거의 없었기 때문이다. 짧은 침묵이 오간 후 제닝스 부인이 기분 좋아 떠들어대는 타고난 기질을 발휘해서 다시 말문을 열었다.

"그런데, 아가씨, 험한 바람이 불 때라도 좋은 일은 생긴다는 속담이 정말 들어맞네. 브랜든 대령에게는 더 잘 된 일이니 말이우. 마침내 그이가 동생을 차지하게 될 테니. 암, 그렇게 될 거야. 한여름까지 결혼하지 않는지 한번 보구려. 세상에! 그이가 이 소식을 들으면 기뻐서 얼마나 싱글벙글 할까! 그이가 오늘밤에 왔으면 좋겠네. 동생에게 더할 데 없이 좋은 혼담일거라우. 빚이나 환급금도 없이 일년에 2,000파운드니. 사실 사생아가 있긴 하지. 그리고 보니 내가 그 아가씨를 잊고 있었군. 그렇지만 그 아가씨야 적은 비용으로 기숙학교에 보낼 수도 있을 테니, 그러면 그게 대수겠수? 내 장담 하는데 델러포드는 멋진 곳이라우. 고풍스런 멋진 저택이라고 부르기에 딱 어울리는 곳이지. 편안하고 편리한 게 가득하고. 그 지방에서 제일 좋은 과일나무로 꽉 들어찬 큰 정

원이 담장인 셈이고 그 안에 파묻혀 있다우. 게다가 한 구석에는
뽕 나무가 얼마나 좋은지. 세상에! 샬럿과 내가 한번 갔을 때 얼
마나 먹었던지! 그리고 비둘기장도 있고, 멋진 양어장도 여러 개
있고, 또 아주 예쁜 운하가 있어요. 말하자면, 원하는 게 모두 다
있다우. 게다가 교회도 가깝고, 유료도로에서도 반마일 거리라
결코 지겹지 않아요. 저택 뒤로만 가서 오래된 주목 정자에 앉아
있으면 지나가는 마차를 다 볼 수 있기 때문이라우. 아! 멋진 곳
이지! 마을 푸주간도 바로 옆에 있고 목사관도 코앞에 있지. 내가
보기는 바튼 파크보다 천 배나 더 멋지다우. 바튼에서는 고기를
사러 삼 마일이나 가야 되고 당신 어머니보다 더 가까이 있는 이
웃도 없잖수. 자, 될 수 있는 한 빨리 대령의 기운을 북돋아 주어
야겠어. 좋은 고기가 나오면 전에 나온 고기가 밀려나게 돼있거
든. 윌러비를 그녀의 머리에서 내쫓을 수만 **있다면!**"

"아, **그렇게만** 할 수 있다면, 부인, 브랜든 대령이 있건 없건 문
제없이 잘 될 거예요."

엘러너는 이렇게 말한 후 매리앤과 함께 있으려고 나갔다. 그녀
가 짐작한 대로 매리앤은 자신의 방에서 조금 남아 있는 불 위로
몸을 굽힌 채 슬픔을 삭이고 있었다. 엘러너가 들어갈 때까지 난
로불만이 유일한 불빛이었다.

"나를 두고 나가는 게 좋겠어." 언니에게 한 소리는 고작 이게
전부였다.

"네가 잠을 자면 나갈게." 엘러너가 말했다.

처음에 매리앤은 참을 수 없는 고통으로 인해 순간적으로 고집
을 부리면서 말을 들으려 하지 않았다. 그러나 언니가 부드럽지
만 간곡하게 설득하자 곧 고분고분해져서, 엘러너는 자신이 바라
는 대로 동생이 머리를 베개에 대고 조용히 쉬는 것을 보고 밖으

로 나왔다.

엘러너가 다시 거실에 들어가자 뭔가 가득 든 잔을 손에 든 제닝스 부인이 다시 들어와 이렇게 말했다.

"아가씨. 여태껏 맛본 중에 제일 좋고 오래된 콘스탠셔 포도주가 집안에 좀 남아 있다는 게 생각이 났다우. 그래서 동생 주려고 한 잔 가져 왔지. 가엾은 내 남편! 그이가 이걸 얼마나 좋아했든지! 그이는 고질적인 담낭성 통풍끼가 도질 때마다 세상 어떤 것보다 이게 도움이 된다고 말했다우. 동생에게 가져다주구려."

엘러너는 전혀 다른 병에 그것을 추천하는 것에 웃으면서 대답했다.

"부인, 정말 친절하세요! 하지만 막 매리앤을 침대에 눕혔으니 아마 잠을 잘 거예요. 그리고 쉬는 것만큼 그 애에게 도움이 될 것도 없을 테니, 괜찮으시면 포도주는 제가 마실게요."

제닝스 부인은 자신이 오 분 더 일찍 오지 않은 것을 안타까워하면서도 그런 타협안에 만족했다. 엘러너는 그것을 거의 다 마시면서, 담낭성 통풍에 대해 효과가 좋은지는 현재의 그녀에게 별 상관이 없지만, 절망한 마음을 치유할 수 있는지는 동생만큼이나 자신에게서도 적절하게 시험될 수 있다고 생각했다.

일행이 차를 마시고 있을 때 브랜든 대령이 왔는데, 매리앤이 있는지 방을 둘러보는 품으로 보아 그녀가 있을 것으로 예상하지도 않았고 볼 생각도 아니었으며, 왜 그녀가 없는지도 이미 알고 있다는 것을 엘러너는 곧 깨달았다. 제닝스 부인은 같은 식으로 생각하지 않았다. 그가 들어 온 직후 방을 가로질러 엘러너가 차를 준비하고 있는 탁자로 와서 속삭였다.

"대령은 평소나 마찬가지로 우울해 보이구려. 저이는 그 일을 전혀 모른다우. 저이에게 말해 주구려."

그는 잠시 후 엘러너 가까이로 의자를 당겨 앉아 동생에 대해 물어 보았는데 표정으로 보아 모든 것을 알고 있는 것이 확실했다.

"매리앤은 몸이 좋지 않습니다. 그 애는 하루 종일 좋지 않아서 자라고 달랬어요." 엘러너가 말했다.

"그럼, 아마도," 그는 주저하면서 말했다. "오늘 아침에 제가 들은 것이, 처음에는 설마 했는데 아마 사실이겠군요."

"무슨 말을 들으셨어요?"

"어떤 신사가, 제가 그렇게 생각할 이유가 있는…… 간단히 말해 약혼한 것으로 제가 알고 있는 신사가…… 당신에게 어떤 식으로 말해야 할까요? 만일 이미 그 사실을 알고 계신다면, 틀림없이 그러실 것 같은데, 그러면 제가 애쓸 필요가 없겠지요."

"윌러비 씨와 그레이 양의 결혼 말씀이군요." 엘러너가 애써 침착하게 대답했다. "네, 저희도 모두 그것을 알고 있습니다. 오늘은 모든 것이 밝혀지는 날인 것 같군요. 저희에게도 바로 오늘 아침 처음으로 밝혀졌으니까요. 윌러비 씨는 속을 알 수 없는 사람이에요! 어디서 들으셨어요?"

"제가 일을 보러 갔던 펠 맬의 문구상에서입니다. 두 숙녀 분이 마차를 기다리고 있었는데 그중 한 숙녀가 숨기려는 내색도 없는 목소리로 동행에게 예정된 결혼에 대해 설명하고 있어서 듣지 않을 수 없었습니다. 처음에는 윌러비, 존 윌러비라는 이름이 자주 되풀이되는 바람에 제 주의를 끌었는데, 그 다음에 나온 얘기가 그레이 양과 그의 결혼에 관해 이제 모든 것이 완전히 결정되었다면서, 이제 더 이상 비밀이 아니라며, 구체적인 준비와 다른 등등에 대한 이야기를 하면서 몇 주 내로 결혼식이 있을 것이라고 잘라 말하는 것이었습니다. 특히 기억나는 한 가지는, 그것으로 그 신사를 더 분명히 확인할 수 있었기 때문인데, 식이 끝나자마자 그들이 서머싯셔에 있는 그의 영지인 쿰 매그너에 갈 것이라는 것이었습니다. 제가 얼마나 놀랐던지! 그러나 그때의 제 심정을 제대로 말씀드리기란 힘들 것입니다. 그들이 갈 때까지 가게에 머물렀다가 물어 보고 안 것으로는 그 말을 한 부인은 엘리슨 부인이며, 나중에 들은 바로는 그분이 그레이 양의 후견인이라는 겁니다."

"그렇습니다. 그런데 그레이 양이 50,000파운드를 가졌다는 말도 들으셨어요? 이 일을 설명하는 게 가능하다면, 거기서 설명을 찾을 수 있을 거예요."

"그렇겠군요. 그러나 윌러비라는 사람은, 적어도 제가 생각키로는……" 그는 잠시 말을 멈추었다. 그 다음 감정을 자제하지 못하는 목소리로 덧붙였다. "그리고 동생 분은, 그녀는 어떻게……"

"그 애는 매우 상처 받았습니다. 심했던 만큼 짧기를 바랄 뿐이에요. 정말 몹시도 가슴앓이를 했고 지금도 마찬가지랍니다. 어제까지만 해도 그 애는 그의 애정을 의심하지 않았던 것 같아요. 아마 심지어 지금도…… 그렇지만 저는 그가 동생을 진정으로 사랑했다고 생각하지 않아요. 그는 아주 기만적이었어요! 그리고 어떤 점에서 보면, 냉혹한 마음을 가진 것 같아요."

"아! 정말 그렇습니다! 그렇지만 동생 분은 그런 생각이 아닌 걸로…… 당신이 그렇게 말씀하신 것 같은데…… 동생 분은 당신처럼 생각하지 않는 거지요?" 브랜든 대령이 말했다.

"그 애의 성격은 아시지요. 그 애는 여전히 그를 힘껏 변명하고 싶어 한다는 걸 짐작하실 거예요."

그는 대답하지 않았다. 그리고 잠시 후, 찻잔이 물려지고 카드를 할 사람이 정리되어 그 화제는 중단되었다. 그들이 말하고 있는 동안 제닝스 부인은 기쁜 마음으로 쳐다보면서, 대시우드 양의 이야기를 듣고 브랜든 대령에게서 한창 젊은데다 희망과 행복이 넘치는 남자에게 어울릴법한 명랑한 태도가 곧 드러날 것으로 기대하고 있다가 그가 저녁 내내 평소보다 더 진지하고 생각에 잠겨 있자 놀라서 바라보았다.

31장

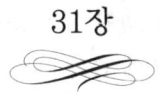

다음날 아침, 생각했던 것보다 훨씬 많이 자고 난 후에도 매리앤은 눈을 감았을 때나 마찬가지로 비참한 기분으로 깨어났다.

엘러너는 될 수 있는 한 매리앤이 자신의 감정을 많이 말하게 하려고 노력했다. 그래서 아침식사가 준비되기 전에 그들은 그 화제를 여러 번 되풀이 이야기했다. 엘러너 편에서는 꾸준히 설득하고 다정하게 충고 했으며 매리앤 편에서는 격렬한 감정과 수시로 바뀌는 생각을 드러내었다. 매리앤은 때로는 윌러비가 자신처럼 불행하고 순수하다고 믿을 수 있었고 다음 순간 도저히 그에게 혐의가 없다고 여길 수 없어 절망했다. 한순간 그녀는 세상의 이목에 전혀 무관심했으며 다음 순간 세상을 피해 영원히 숨어버리겠다고 하다가, 또 다음 순간에는 열을 내어 세상에 항거했다. 그러나 한가지 점에서는 변함이 없었다. 즉 막상 때가 되었을 때도 가능하면 제닝스 부인과 함께 있는 것을 피했고 그런 상황을 꼭 견뎌내야 할 때는 굳게 침묵을 지켰다. 그녀의 마음은 꽁꽁 얼어붙어서 제닝스 부인이 연민의 마음으로 그녀의 슬픔에 동참한다는 것을 믿지 않았다.

"아니, 아니, 아니야, 그럴 리가 없어." 매리앤은 소리쳤다. "부인은 감정이 없어. 부인의 친절은 연민도, 호의도, 다정함도 아니야. 부인이 원하는 것은 소문거리일 뿐이고, 지금은 내가 그걸 만들어내니까 좋아할 뿐이야."

굳이 이런 말을 듣지 않았더라도 엘러너는, 동생이 과민할 정도로 고결한 마음 때문에, 또 섬세하고 강력한 감성과 우아하고 매끈한 태도를 너무 강조하다가 종종 다른 사람을 부당하게 평가한다는 것을 잘 알고 있었다. 만일 이 세상에 똑똑하고 선량한 사람이 반 이상이 된다면, 거기에 속한 다른 사람들처럼 매리앤도 우수한 재능과 성품을 가졌으면서도 분별이 있지도 공정하지도 않았다. 그녀는 다른 사람들한테 자신과 똑같은 의견과 감정을 기대했고, 그 사람들의 행동이 자신에게 직접 끼치는 결과로 그들의 동기를 판단했다. 그래서 아침 식사 후 자매가 함께 방에 있을 때, 매리앤이 제닝스 부인의 마음을 더욱 낮게 평가하게 된 상황이 일어났다. 제닝스 부인은 그야말로 선의의 충동에서 한 일이었지만 매리앤 자신의 약점 때문에 그녀가 새로이 고통을 느끼게 될 원인을 제공하게 되었기 때문이다.

제닝스 부인은 위로가 될 것을 가져온다는 생각에 편지를 든 손을 앞으로 내밀고서 만면에 미소를 가득 띤 채 그들의 방에 들어오면서 말했다.

"자, 아가씨, 정말 당신에게 도움이 될 것을 가져 왔수."

매리앤으로서는 그 정도 들은 것으로 족했다. 한순간 그녀의 상상력은 윌러비에게서 온, 애정과 회한에 가득 차 있으며 지난 일전부를 설명하는 만족스럽고 믿음직한 편지를 그녀 앞에 펼쳐 놓았다. 그리고 곧이어, 윌러비가 미친듯이 방으로 달려 들어와 그녀의 발치에서 호소하는 눈길로 자신의 편지를 증거하는 모습이 연달아 상상되었다. 한순간의 몽상은 다음 순간 무너졌다. 그 때까지는 반갑지 않은 적이 없었던 어머니의 필체가 그녀 앞에 놓여 있었다. 기대감에는 댈 것도 아닌 황홀감에 뒤따라온 절망감이 너무나 쓰라려서 그녀는 마치 그 순간까지는 괴로웠던 적도 없었던 것처럼 느꼈다.

제닝스 부인의 잔인함은 매리앤이 비할 데 없이 기뻐서 막힘없이 술술 말을 할 수 있었더라도 제대로 표현할 수 없을 정도로 큰 것 같았다. 이제 그녀는 거침없이 격정적으로 흐르는 눈물로만 부인을 책망할 수 있을 뿐이었다. 그렇지만 막상 비난의 대상이 된 부인은 전혀 감을 잡지 못하고 편지를 위문품으로 삼아 동정 어린 말을 계속한 후 방을 나갔다. 그러나 매리앤은 마음이 가라앉아 편지를 읽게 되어서도 위로를 얻지 못했다. 편지의 면면마다 윌러비라는 이름이 가득 차 있었다. 어머니는 그들의 약혼을 여전히 확신하며 그가 변함없을 것이라고 철석같이 믿고 있지만 단지 엘러너가 부탁 하니까 좀 털어놓기를 매리앤에게 청하고 있었다. 그녀에 대한 다정함, 윌러비에 대한 깊은 애정, 그리고 그들이 앞으로 함께 행복할 것이라는 확신으로 사연이 이루어져 있어 매리앤은 편지를 읽으면서 내내 고통스럽게 울고 또 울었다.

집에 가고 싶어 안달하는 마음이 이제 되돌아 왔다. 어느 누구보다 더 어머니가 소중하게 느껴진 것이었다. 윌러비를 터무니없이 과신했던 것 때문에 더욱 소중하게 느껴졌다. 매리앤은 가고 싶어 어쩔 줄 몰랐다. 엘러너는 런던이나 바튼 중 어디에 있는 것이 매리앤에게 좋을지 자신은 결정할 수 없어 어머니가 원하는 것을 알 때까지 참으라고만 했다. 결국 엘러너는 어머니의 소식을 기다리겠다는 동생의 동의를 얻어냈다.

제닝스 부인은 평소보다 더 일찍 그들을 남겨 두고 나갔다. 미들튼 가와 파머 가가 자신만큼 비통해할 때까지는 편안하지 못했기 때문이다. 그녀는 동행하겠다는 엘러너의 제안을 단호히 거절하고 오전 내내 혼자 외출했다. 엘러너는 어머니에게 편지를 써서 지난 일을 설명하고 앞으로 어떻게 해야 할 지에 대해 어머니의 지시를 여쭈려고 했다. 매리앤이 받은 편지로 보건대 이런 일이 벌어질 수 있다는 낌새를 어머니에게 제대로 알리지 못했다는 것을 절감했으므로 엘러너는 매우 무거운 마음으로 자신이 전달할 이야기가 주게 될 고통을 절실히 느끼고 있었다. 제닝스 부인이 나가자 거실에 온 매리앤은 엘러너가 편지를 쓰는 책상에 붙어 앉아 그녀의 펜이 움직이는 것을 보면서, 엘러너가 그런 힘든 일을 하는 것에 대해 슬퍼했고 더욱이 그것이 어머니에게 줄 영향에 대해 비통해했다.

이런 식으로 십오 분쯤 지났을 때, 이즈음 신경이 곤두서 갑작스런 소리를 견딜 수 없어 하던 매리앤이 문 두드리는 소리에 깜짝 놀랐다.

"도대체 누구지? 게다가 이렇게 일찍! 우리끼리만 있을 수 있겠다고 생각했는데." 엘러너가 큰소리로 중얼거렸다.

매리앤이 창으로 몸을 움직였다. 그녀가 당황해서 말했다.

"브랜든 대령이야! 저이에게서 벗어 날 수가 없다니까."

"제닝스 부인이 안 계시니까 들어오지 않을 거야."

"그건 믿지 못하겠는걸." 매리앤이 자기 방으로 물러가면서 말했다. "할 일이 없고 시간이 남아도는 사람은 자기가 다른 사람의 시간을 방해한다는 걸 조금도 모르거든."

비록 그 근거는 부당하고 잘못된 것이었지만 이번 일에 대해서는 그녀의 추측이 맞다는 것이 밝혀졌다. 브랜든 대령이 들어 왔기 때문이다. 엘러너는 매리앤에 대한 염려 때문에 그가 여기 왔다는 것을 확신했다. 또 그의 혼란스럽고 우울한 표정에서, 간단하기는 하지만 걱정스레 그녀의 안부를 묻는 데서도 **그런 염려**를 알아챘으므로 매리앤이 그를 그렇게 가벼이 평가한 것을 용서할 수 없었다.

안부 인사가 끝나자 그가 말했다.

"본드 가에서 제닝스 부인을 만났습니다. 그 분이 제게 들러 보라고 권하시더군요. 제가 쉽게 그 권유를 받아들인 것은, 아마 당신이 혼자 계실 거라고 여겼기 때문인데, 그것이 제가 정말로 바라는 것이었습니다. 제 목적은…… 제 소망은…… 그렇게 바라면서 제가 가진 유일한 소망은…… 바라건대, 그렇게 생각합니다만…… 위로를 드릴 수 있으면 해서입니다. 아니, 위로라고 해서는 안 되겠지요. 당장의 위로라기보다는 확신을, 동생 분의 마음에 지속적인 확신을 주고 싶습니다. 그녀와 당신, 어머님에 대한 저의 호의는…… 몇 가지 상황을 이야기해서 그것을 증명하도록 해주시겠습니까? 정말로 진지한 호의에서가 아니라면…… 진정으로 도움이 되고 싶다는 마음에서가 아니라면…… 저는 타당하다고 생각합니다만…… 비록 오랜 시간을 보내면서 제가 옳다고 확신하기는 했지만 제가 틀렸다고 여길 이유가 없을까요?" 그는 말을 멈추었다.

"말씀을 이해하겠어요." 엘러너가 대답했다. "월러비 씨에 대해, 그의 성품을 더 밝혀 줄 얘기를 아시는군요. 그걸 말씀해 주시는 것이 매리앤에게 보여 줄 수 있는 최상의 우정어린 행동이 될 것입니다. 그런 목적을 가진 어떤 소식도 즉시 서의 감사를 받을 것이며 그 애도 때가 되면 감사할 것입니다. 제발, 제발 이야기해 주세요."

"그러겠습니다. 간단히 말하자면, 제가 지난 시월에 바튼을 떠났을 때…… 그렇지만 이렇게 해서는 이해되기 어렵겠군요. 좀 더 뒤로 돌아 가야겠습니다. 제가 말솜씨가 없는 편이라서요, 대시우드 양. 어디서부터 시작할지 모르겠군요. 제 생각에, 저 자신에 대해 간단히 설명하는 것이 필요하겠는데, 그것은 짧게 하겠습니다. 그런 주제에 대해," 그는 무겁게 한숨을 내쉬었다. "장황하게 늘어놓을 마음은 전혀 없습니다."

그는 옛일을 떠올리는 듯 잠시 쉬더니 다시 한숨을 내쉬고 계속했다.

"어느 날 저녁, 바튼 파크에서 무도회가 있던 밤이었는데, 우리가 나누었던 대화를 아마 까맣게 잊고 계시겠지요. (그런 얘기가 당신께 깊은 인상을 주었을 리는 없으니까요.) 그때, 제가 한 때 알았던, 어떤 면에서 동생 분인 매리앤 양을 닮은 숙녀 이야기를 했었습니다."

"그래요. 저도 잊지 않았어요." 엘러너가 대답했다.

그는 이처럼 기억해 준 것이 기쁜 것처럼 보였고 덧붙여 말했다.

"애틋한 기억으로 인해 확실치 않기도 하고 편파적일 수도 있겠지만, 두 사람은 외모만큼이나 마음도 매우 유사합니다. 마음이 열렬한 것이나, 상상력과 정신이 정열적인 것이 똑 같습니다. 그 숙녀는 저와 가까운 친척인데 어린 시절에 고아가 되어 제 아버지의 보호를 받고 있었습니다. 우리는 나이가 비슷해 아주 어린 시절부터 놀이 동무로, 친구로 지냈습니다. 저는 일라이저를 사랑하지 않았던 때를 기억할 수 없습니다. 자라면서 제가 그녀에게 느낀 애정은, 아마 쓸쓸하고 생기도 없이 엄숙한 지금의 저를 보고서 당신이 짐작도 할 수 없는 그런 감정이었습니다. 저를 향한 그녀의 사랑도 윌러비 씨를 향한 동생 분의 사랑만큼이나 열렬했습니다. 그리고 다른 이유 때문이기는 하지만, 그보다 불행하지 않은 것도 아니었습니다. 열일곱 나이에 그녀는 제게서 영원히 떠나 갔습니다. 결혼한 것입니다. 그녀의 뜻과는 상관없이 제 형님과 결혼한 것입니다. 그녀의 재산은 많았지만 우리 가문의 토지는 저당이 많이 잡혀 있었습니다. 그녀의 아저씨이자 후견인인 제 아버지의 행동을 설명할 수 있는 것은 이것 뿐일 것입니다. 제 형님은 그녀에게 걸 맞는 사람이 아니었습니다. 그녀를 사랑하지도 않았습니다. 저는 그녀가 어떤 어려움 속에서도 저에 대한 사랑의 힘으로 버텨주기를 바랐습니다. 얼마간은 그랬습니다. 그러나 엄청난 수모를 당하면서 비참한 상황을 겪었기 때문에 마침내 결심이 무너져서, 비록 제게 약속하기로는 어떤 일이 있어도⋯⋯ 제가 정말 두서없이 이야기하는군요! 일이 어떻게 되었는지 제가 말하지 않았군요. 우리는 몇 시간 후 함께 스코틀랜드로 달아날 예정이었답니다. 그런데 배신을 한 건지 아니면 어리석어서 그렇게 된 건지, 그녀의 하녀가 들통을 낸 것입니다. 저는 멀리 떨어져 있는 친척집으로 쫓겨 갔고 그녀는 아버지의 목적이 이루어질 때까지 자유도 교제도 오락도 전혀 허용 받지 못했던 것입니다. 저는 그녀가 견뎌낼 것이라고 단단히 믿고 있었기에 엄청난 충격을 받았습니다. 그러나 그녀의 결혼이 행복했더라면, 그 당시 저는 아주 젊었기 때문에 몇 달이 지나서 사태를 받아 들였을 것이고, 아니면 최소한 이제 와서 이렇게 애통하지는 않을 겁니다. 그러나 상황은 그렇지 못했습니다. 형님은 그녀를 사랑하지 않았습니다. 형님은 마땅히 찾아야 힐 곳이 이닌 디른 곳에서 즐기움을 찾았던 것입니다. 처음부터 형님은 그녀를 함부로 대했습니다. 그토록 젊고 생기 있고 세상을 모르는 브랜든 부인 같은 성격에 그 결과는 뻔 할 수밖에 없었습니다. 그녀는 처음에는 자신의 비참한 상황을 체념하고 받아 들였습니다. 그녀가 차라리 죽어서, 저와의 추억을 돌

이켜 보면서 후회의 감정을 이겨내야만 하는 일이 없었더라면, 그
것이 더 다행이었을 것입니다. 그러나 부정을 부추기는 그런 남편
과 살면서, 충고를 하거나 붙들어줄 친구도 없을 때 (아버지는 그
들이 결혼한 지 몇 달 후에 돌아가셨고 저는 동인도에서 복무하고
있었습니다.) 그녀가 타락한 것을 이상하게 여길 수 있겠습니까?
제가 영국에 남아 있었더라면, 아마도…… 그러나 그녀와 몇 년간
떨어져 있는 것이 서로에게 좋겠다는 생각에 저는 해외파견을 얻
어내었던 것입니다." 그는 떨리는 목소리로 말을 이었다. "그녀가
결혼한 것 때문에 제가 받은 충격은, 이년 후 이혼에 대한 이야기
를 들었을 때와 비하면 별로 큰 것도 아니었습니다. 아무것도 아
닌 셈이었지요. 이렇게 우울해진 것이 바로 그 때문입니다. 지금
도 제가 겪었던 것을 회상하면……"

그는 더 이상 말을 못하고 벌떡 일어나 몇 분간 방안을 걸어 다
녔다. 엘러너도 그의 이야기 때문에, 아니 그보다도 그의 고통을
절실히 느꼈으므로 말을 할 수 없었다. 그는 그녀가 염려하는 것
을 보고 다가와 손을 꼭 잡고는 감사의 마음을 담아 입을 맞추었
다. 몇 분을 더 말없이 마음을 다잡은 후에야 그는 담담하게 계속
할 수 있게 되었다.

"저는 그런 불행한 일이 벌어진 후 거의 삼년이 지나서 영국에
돌아 왔습니다. **도착해서** 처음 한 일은 물론 그녀를 찾는 것이었
습니다. 그런 추적은 그럴 수 없이 우울한 일이었고 성과도 전혀
없었습니다. 그녀를 처음 유혹한 사람밖에 알아낼 수 없었는데
그녀가 그와 헤어진 후 타락한 생활에 더 깊이 빠져든 것은 충분
히 짐작 가는 일이었습니다. 그녀의 법적위자료는 화려하게 살
정도가 아닌 것은 물론 그럭저럭 지낼만한 정도도 못되었습니다.
게다가 형님에게 듣기로 돈을 받을 권리도 몇 달 전에 다른 사람

에게 양도되었다는 것이었습니다. 형님 추측으로는, 냉정하게 그런 추측도 할 수 있는 인물입니다만, 그녀가 방탕한 생활로 곤궁해져서 바로 눈앞에 닥친 문제를 해결하려고 그것을 처분했을 거라는 것이었습니다. 그러나 마침내, 영국에 온지 여섯 달 후에 그녀를 **찾았습니다.** 한 때 제 하인이었던 사람이 불행한 일을 당해 채무를 지고 스펀징 하우스(채무자들이 임시로 갇히는 곳−역주)에 갇히게 되었는데 걱정이 되어 방문했다가 거기서, 바로 같은 감옥에서, 마찬가지로 갇힌 몸인 저의 불행한 형수를 찾은 것입니다. 얼마나 변했는지…… 얼마나 시들어버린 모습이었는지…… 그간의 처절한 고통에 지쳐 있는 모습이라니! 제 눈앞에 있는 불쌍하고 병든 몰골을 한 사람이 제가 한 때 사랑했던, 그토록 사랑스럽고 환하게 피어나던 건강한 소녀의 잔영이라고 믿을 수가 없었습니다. 그런 그녀를 보면서 제가 어떤 마음이었는지…… 그러나 그 얘기를 해서 당신의 기분을 상하게 할 권리는 제게 없습니다. 이미 당신을 너무 괴롭힌 것 같습니다. 누가 보더라도 그녀가 폐병 말기라는 것이…… 그렇습니다. 그런 상황에서는 그것이 제게 가장 큰 위안이었습니다. 남은 삶이라고는 죽음을 잘 맞이하도록 준비 할 수 있는 시간 정도 뿐이었습니다. 그래서 그렇게 했습니다. 저는 편안한 거처로 그녀를 옮기고 적절한 보살핌을 받도록 했습니다. 그녀의 짧은 생애의 마지막 남은 시간 동안 매일 그녀를 방문했지요. 그녀의 마지막 순간에도 함께 있었습니다."

대령은 다시 자신을 기다듬기 위해 말을 멈추어야 했다. 그래서 엘러너는 그의 불행한 연인의 운명에 대해 연민과 동정을 표시했다. 그가 말을 이었다.

"불쌍하고 타락한 제 형수와 동생 분이 비슷한 점이 있다고 제가 생각한 것에 대해 동생 분이 화내시지 않기를 바랍니다. 그들의 운명이나 운세가 같지는 않을 겁니다. 제 형수의 타고난 다정한 성격을 좀 더 단호한 정신이 지켜주었거나 그것이 더 행복한 결혼으로 보호 되었더라면 당신이 앞으로 지켜볼 수 있는 동생분 같은 모습이 되었을 것입니다. 그런데 이런 말을 왜 하는 거죠? 제가 쓸데없이 당신을 괴롭히고 있는 것 같군요. 아! 대시우드 양, 이런 화제는…… 십사 년간이나 가슴에 담아 둔 것인데…… 얘기를 끄집어 낸 것만으로도 감당하기 어렵습니다. 정신을 차리고 좀 더 간략하게 말하겠습니다. 그녀는 자식을 제게 맡겼습니다. 첫 번째 불륜 관계에서 낳은 딸로 그때 약 세살이었습니다. 그녀는 아이를 사랑해서 언제나 자기 곁에 두었지요. 그러니 저를 진정으로 믿고 맡긴 것이었습니다. 우리 상황이 허락했다면 저는 아이의 교육을 직접 돌보면서 그녀의 바람을 기꺼이 철저하게 수행했을 것입니다. 그러나 저는 집도 없고 가족도 없었습니다. 그래서 우리 어린 일라이저를 학교에 보냈습니다. 틈이 날 때마다 거기서 그 애를 만났고 형님이 돌아가시고 나서는 (그게 오년 전으로 그때 이후 제가 가문의 재산을 소유하게 된 겁니다.) 그 애가 델러포드로 자주 방문했습니다. 그 애를 먼 친척이라고 했습니다만 세상 사람들은 제가 그 애와 훨씬 더 가까운 관계라고 의심하는 것도 잘 압니다. 지금부터 바로 삼 년 전에(그 애가 막 열네살이 된 해였습니다.) 저는 그 애를 학교에서 데려와 도싯셔에 거주하는 평판이 좋은 부인의 보살핌을 받게 했습니다. 그분은 그 또래의 네댓 명의 소녀들을 책임지고 있었습니다. 이년 동안은 그 애의 상황을 흡족하게 여길 만했습니다. 그런데 지난 2월, 거의 열두 달 전입니다만, 그 애가 갑자기 사라졌습니다. 그 애가 간절히 바라는 바람에 (나중에 보니 경솔했습니다.) 아버지의 건강 때문에 바스에서 아버지를 돌보고 있던 한 친구를 따라 가도 좋다고 허락했던 것입니다. 저는 그 아버지되는 사람이 괜찮은 분이라고 알고 있은 데다 딸도 좋게 생각했던 것이지요. 사실 그 아가씨는 생각했던 것과 딴판이었습니다. 그 아가씨는 분명히 다 알고 있으면서도 터무니없게 고집을 부리며 비밀을 지키느라 말을 해주려하지 않았고 실마리 하나 주지 않았습니다. 아버지되는 분도 사람은 좋으나 안목이 뛰어나지는 못해서 사실 도움이 될 정보를 주지 못했습니다. 그분은 대개 집안에만 있었고 그동안 여자 애들은 도시를 돌아다니면서 마음대로 교제를 했던 것입니다. 그분은 자신이 철저히 믿고 있는 것처럼 자기 딸이 그 문제와 전혀 관계가 없다고 저를 설득하려 했습니다. 간단히 말하자면, 그 애가 사라졌다는 것 이외에는 저는 아무 것도 알 수 없었습니다. 지난 팔 개월이라는 긴 기간 동안 나머지는 전부 추측만 할 수 있을 따름이었습니다. 제가 무슨 생각을 하고 무엇을 두려워했는지 상상하실 수 있을 것입니다. 그리고 제가 어떤 고통을 받았는지도……"

"세상에! 설마…… 윌러비인가요!" 엘러너가 소리쳤다.

브랜든 대령이 계속해서 말했다.

"제가 그 애에 대해 받은 첫 소식은 지난 시월에 그 애가 직접 쓴 편지였습니다. 편지는 델러포드로 보낸 것이었고 그것을 우리가 윗트웰로 놀이를 나가려던 바로 그날 아침 제가 받게 된 것이었습니다. 그게 제가 바튼을 그렇게 갑자기 떠난 이유였습니다만, 당시 모든 분이 이상하게 여겼고 이편 분은 기분이 상했으리라는 것도 잘 압니다. 윌러비 씨는 제가 놀이를 망치는 무례를 저질렀다고 비난의 눈길을 보냈을 때, 그가 불쌍하고 비참하게 만든 사람을 구하기 위해 제가 불려 간다는 것을 상상도 못했겠지요. 그러나 그가 알았다 한들 무슨 소용이 있었을까요? 동생 분의 미소를 받으면서 꺼림칙하고 기분이 좋지 않았을까요? 아닙니다. 다른 사람을 동정할 수 있는 사람이라면 할 수 없는 그런 짓을 그는 이미 저질렀던 것입니다. 그는 자기가 유혹했던 젊고 순결한 아가씨를, 마땅한 집도 없고 도움 받을 데도 없고 친구도 없는 처지로, 그의 연락처도 모르는 극도로 비참한 상황에 남겨둔 채 떠나갔던 것입니다. 그는 그 애에게 돌아오겠다고 약속했습니다. 그러나 그는 돌아가지도 않았고 편지를 쓰지도 않았으며 그 애를 구해주지도 않았습니다."

"정말 상상도 할 수 없군요!" 엘러너가 소리쳤다.

"이제 그의 성격을 다 아신 겁니다. 낭비적이고 방탕한데다, 그 둘을 합친 것보다 더 나쁘지요. 저도 그것을 안지 이제 몇 주가 지난 셈인데, 이 모든 것을 알면서 동생 분이 변함없이 그를 좋아하는 것을 볼 때, 또 그와 결혼할 것이라는 확언을 들었을 때 제가 어떤 기분이었겠습니까. 당신 가족을 생각하면서 제가 어떤 기분이었겠습니까. 지난주에 여기 와서 당신이 혼자 있는 것을 보았을 때 저는 진실을 알아야겠다고 결심했습니다. 안다고 해서 어떻게 하겠다는 것인지는 정하지 못했지만 말입니다. 그 당시의 제 행동이 이상하게 여겨졌을 것입니다. 그러나 이제 이해하실 겁니다. 당신 가족 모두가 그렇게 속임을 당하게 내버려두는 것이나 동생 분의 애정을 보는 것이…… 그러나 제가 어떻게 할 수 있었겠습니까? 제가 관여해서 잘 되리라는 희망도 없었습니다. 때로는 동생 분의 영향력으로 그가 바른 사람이 될 것이라는 생각도 했습니다. 그러나 이제, 이처럼 치욕스레 행동한 것을 보니 그가 동생 분에게도 어떤 계략을 품었는지 알게 뭡니까? 그러나 어쨌든 간에, 동생 분이 우리 가엾은 일라이저의 상황과 자신의 상황을 비교해 보면, 그 가엾은 애의 비참하고 절망적인 상황을 생각하고 머릿속에 그려보면, 자신의 상황에 대해 이제는, 앞으로는 틀림없이 감사의 마음을 가지게 될 것입니다. 그 애 역시 아직도 그에 대해 강한, 동생 분만큼 강한 애정을 품고 있으며 평생을 두고 따라 다닐 자책감으로 괴로워하고 있답니다. 분명 이런 비교가 동생 분에게 도움이 될 것입니다. 동생 분은 자신의 고통이 아무 것도 아니라는 것을 느끼게 될 것입니다. 행실을 잘못해서 그런 것도 아니니 불명예스러울 것도 없을 것입니다. 반대로, 친구들은 그 일로 인해 더욱 동생 분의 편이 될 것입니다. 동생 분의 불행을 염려하는 마음과 불행을 견뎌내는 동생 분을 존경하는 마음으로 인해 애정은 더 강해 질 것입니다. 제가 말한 것을 매리앤 양에게 전달하는 문제는 당신 자신이 잘 판단하시기 바랍니다. 어떤 효과가 있을 지는 당신이 가장 잘 알고 계실 것입니다. 그러나 제가 진심으로 마음 속 깊이 이 이야기가 도움이 될 것이며 미련을 줄여줄 것이라고 믿지 않았더라면, 저는 이처럼 저희 가족의 고통스런 일을 설명하지 않았을 것입니다. 또 다른 사람을 희생해서 저 자신을 높이려는 의도로 여겨질 수도 있는 얘기를 해서 당신을 괴롭히는 이런 일을 하지 않았을 것입니다."

엘러너는 그의 말을 듣고 진심으로 감사를 표명했다. 또 지금 있었던 이야기를 전달함으로써 매리앤에게 실제로 도움이 될 것으로 기대한다는 확신을 덧붙이며 말했다.

"저는 다른 무엇보다도 그에게 죄가 없다고 동생이 믿고 싶어 애쓰는 것을 보고 마음이 아팠답니다. 그렇게 하느라고 그가 가치 없는 사람이라고 그대로 믿어 버리는 것보다 더 마음을 태우기 때문이지요. 이제는, 처음에는 많이 고통을 받겠지만, 곧 그 애도 마음을 더 편하게 가지게 될 거예요." 그녀는 잠시 침묵한 뒤 말을 이었다. "바튼을 떠난 뒤에 윌러비 씨를 만난 적이 있었어요?"

"네." 그는 침울하게 대답했다. "한 번 만났습니다. 한 번은 꼭 만나야 했지요."

엘러너는 그의 태도에 놀라 걱정스레 바라보며 말했다.

"뭐라구요? 그렇다면 만나서……"

"다른 일로는 만날 리가 없었지요. 일라이저는 마지못해 연인의 이름을 고백했습니다. 그래서 그가 런던에 왔을 때, 그때가 제가 온지 보름 정도 지나서였는데, 약속을 해서 만났습니다. 그는 방어를 하기 위해서였고 저는 그의 행동을 처벌하기 위해서였지요. 둘 다 부상을 입지 않고 돌아섰으므로 그 결투는 바깥에 알려지지 않았던 겁니다."

엘러너는 그럴 필요가 있다고 생각하는 것에 대해 한숨이 나왔으나 남자이며 군인인 사람에게 그걸 탓할 엄두는 내지 못했다.

"어머니와 딸의 운명은," 브랜든 대령이 잠시 후에 말했다. "그처럼 불행한 닮은꼴이 되고 말았습니다. 저는 맡은 소임을 제대로 해내지 못한 겁니다!"

"그녀가 아직 시내에 있나요?"

"아닙니다. 그 애를 찾았을 때는 해산할 무렵이라 출산 뒤 회복한 연후 곧장 아이와 함께 시골로 보내어 거기에 머무르고 있습니다."

잠시 후 그는 자기 때문에 엘러너가 동생과 오래 떨어져 있다는 것을 깨닫고 자리에서 일어났다. 그는 그녀에게서 다시 감사의 인사를 받으며 자신에 대한 그녀의 연민과 존경의 감정을 뒤로 한 채 걸어 나갔다.

32장

～～～

대시우드 양이 곧 이 대화의 구체적인 내용을 동생에게 되풀이 했을 때 그녀의 반응은 언니가 예상했던 것과 똑같지는 않았다. 매리앤이 그중 일부에 대해서라도 진실성을 의심하는 것 같지는 않았다. 그녀는 한결같고 순종적인 태도로 주의 깊게 그 모든 것을 들었고, 반대나 논평을 하지도 않았고, 윌러비를 방어하려는 시도를 하지도 않았다. 눈물을 흘리는 것으로 보아 그렇게 하기가 불가능하다고 그녀 자신도 느끼는 것 같았다. 이런 행동을 볼 때 엘러너는, 그의 죄에 대한 확신이 그녀의 마음에 뿌리 **박혔다**는 것을 확신했다. 그리고 브랜든 대령이 방문했을 때 매리앤이 더이상 피하지 않고 그에게 말을 거는데서, 심지어 일종의 연민 어린 존경심을 드러내며 자발적으로 말을 거는 데서 그 이야기의 영향이 나타나는 것을 다행스러운 마음으로 바라보았다. 또 매리앤이 전처럼 그렇게 무서울 정도로 안달을 부리지는 않는 것을 알았다. 그렇긴 했지만 매리앤의 처참한 기분이 전보다 나아진 것 같지는 않았다. 그녀는 마음이 진정은 되었으나 우울한 절망감에 싸여 있었다. 그녀는 자신이 윌러비에게서 버림 받았다고 느꼈을 때보다 윌러비라는 사람의 적나라한 면모를 알고 더 상처 받았다. 그가 일라이저 윌리엄스 양을 유혹했다가 버린 것과, 그 가엾은 아가씨의 비참한 상황, 또 **한때** 자신에 대한 그의 계획은 무엇이 었을까에 대한 의심이 함께 뭉쳐서 그녀의 정신을 온통 갉아먹었다. 그녀는 자신의 느낌을 엘러너에게 조차 말할 수 없을 지경이었다. 엘러너는 동생이 말없이 슬픈 생각에 잠겨 있는 것이 그녀가 슬픔을 드러내 놓고 자주 하소연하던 것보다 더 고통스러웠다.

엘러너의 편지를 받고 답장을 한 대시우드 부인의 감정이나 말을 묘사하는 것은 딸들이 이미 느끼고 말했던 것을 되풀이하는 것에 다름없을 것이다. 단지 매리앤이 느낀 것보다 덜 고통스럽다고 볼 수 없는 절망과 엘러너가 느낀 것보다 더 큰 분노가 들어 있었다. 연이어 오는 그녀의 장문의 편지들에 그녀의 느낌과 생각이 잘 드러나 있었다. 매리앤에 대한 근심 어린 염려가 표현되어 있었고 이런 불행아래서도 참을성 있게 견딜 것을 간청하고 있었다. 그녀의 어머니가 참을성을 언급하는 걸 보면 매리앤이 겪는 고통이 정말로 좋지 못한 성격인 것이 틀림 없었다! 그녀로서는 절대 딸이 겪지 않기를 바랐을 그런 후회의 원인이 굴욕적이고 모욕적인 것에 틀림없었다.

대시우드 부인은 자기 개인의 안위는 무시한 채, 매리앤이 지금은 바튼이 아닌 다른 곳에 있는 것이 좋을 것이라고 결정했다. 바튼에서는 딸의 시야에 들어오는 모든 것이 윌러비의 이전 모습을 연상시키면서, 과거를 가장 강렬하고 고통스럽게 떠오르게 할 것이었다. 그래서 딸들에게 절대로 제닝스 부인 댁에 머무는 날짜를 줄이지 말라고 일렀다. 머무는 기간이 비록 정확하게 정해지지는 않았지만 적어도 오륙 주가 될 것으로 모두가 예상하고 있던 터였다. 바튼에서는 생기지 않을 일이나 볼거리, 친구 등이 거기서는 어쩔 수 없이 다양하게 생길 테니, 지금은 매리앤이 일축해버리기는 하지만 때로는 자기도 모르게 흥미를 느끼게 되거나 심지어 즐거움을 느낄 수도 있을 것을 바란 것이었다.

시골에서나 마찬가지로 런던에서도 매리앤이 윌러비와 마주칠 위험은 별로 없을 것이라는 것이 어머니 생각이었다. 지금쯤 매리앤의 친구라고 할 만한 사람들은 그와의 교제를 끊을 것이기 때문이다. 고의로 그들이 서로 마주치게 할 리는 절대 없었고 부주의하게 그들이 갑작스레 마주치게 내버려 둘 일도 없을 터였다. 우연히 만날 가능성도 한적한 바튼보다는 복잡한 런던이 덜했다. 바튼에서는 그가 결혼해서 앨런험을 방문하다가 매리앤의 눈에 띌지도 모르기 때문이다. 대시우드 부인은 처음에는 그럴 수도 있을 것이라고 여기다가 나중에는 틀림없이 그럴 것으로 확신하게 되었다.

부인으로서는 딸들이 지금 있는 곳에 계속 머물기를 원하는 다른 이유가 있었다. 의붓아들이 보낸 편지에 자신과 아내가 2월 중순이 되기 전에 런던에 갈 것이라고 되어 있었으므로 딸들이 오빠를 만나는 것이 옳다고 판단했던 것이다.

매리앤은 어머니의 의견에 따르기로 약속 했기에 반대하지 않고 복종했다. 그러나 그것은 그녀가 원하고 예상하던 것과는 완전히 달랐으며, 그녀는 어머니의 판단이 전적으로 틀렸고 잘못된 근거에서 이루어진 것이라고 느끼고 있었다. 또 자신더러 런던에 계속 있으라고 했기 때문에 비참함을 줄여 줄 수 있는 유일한 것, 즉 어머니의 살가운 정을 받을 기회를 박탈해 버렸고, 자신에게 한 순간의 휴식도 허용하지 않는 그런 사람들과 그런 상황에 자신을 내맡겨 버렸다고 여기고 있었다.

그러나 자신에게는 고통스러운 상황이 언니에게는 이익이 될 것이라는 점이 그녀에게 크게 위안이 되었다. 반면 엘러너는, 애를 쓴다고 해서 에드워드를 완전히 피할 수도 없을 것으로 여겼기에, 런던에 더 미무는 깃이 자신의 행복에 도움이 되지는 않겠지만, 매리앤에게는 데번셔에 바로 돌아가는 것보다 좋을 것이라고 생각하고 위안으로 삼았다.

동생이 윌러비의 이름을 듣는 일이 없게 하려고 엘러너가 주의를 기울인 것이 헛되지 않았다. 자신은 모르고 있었지만 매리앤은 그 덕을 보았다. 제닝스 부인, 존 경, 심지어 파머 부인도 그녀 앞에서는 윌러비에 대한 이야기를 하지 않았다. 엘러너는 그들이 자기 앞에서도 그렇게 자제하는 모습을 보여 주기를 바랐지만 그것은 불가능한 일이었다. 그녀는 매일매일 그들이 하는 분노에 찬 말을 들어야 했다. 존 경은 그런 일은 있을 수도 없다고 생각했다.

"본인이 좋게 생각할 이유가 그렇게도 많았던 사람인데! 그렇게 호인이었는데! 영국에 그 사람보다 더 대담한 기수가 있다고는 생각도 못했는데! 도대체 알 수 없는 일이야. 악마에게나 잡혀가라지. 본인은 절대 그 사람에게 말을 걸지 않을 것이야. 어디서 만나더라도 말이지! 안 한다구. 바튼의 잠복지에서 만나게 되어 두 시간이나 함께 기다리고 있어야 하더라도 말을 안 할거라구. 그런 악당 같은 놈이 있다니! 그런 사기꾼이 있다니! 바로 지난번에 만났을 때 그 사람에게 폴리 새끼를 한 마리 주겠다고 했었는데! 이젠 그런 것도 끝이다!"

파머 부인도 자기 식으로 그만치 화를 냈다.

"이 몸은 즉시 그와의 교제를 끊기로 결심했어요. 그와 전혀 사귀지도 않았던 것이 매우 다행스럽다니까요. 나는 쿰 매그너가 클리블랜드와 그렇게 가깝지 않았기를 진심으로 바란답니다. 그러나 그건 큰 문제는 아니에요. 방문하기에는 그곳이 상당히 머니까요. 이 몸은 그가 너무 미워서 다시는 그의 이름을 거론하지 않기로 결심했어요. 그리고 만나는 사람마다 그가 아무 짝에도 쓸모없는 인간이라고 말할 거예요."

그 외에도 파머 부인은 다가오는 결혼에 대해 힘닿는 한 자기가 얻어들은 구체적인 상황을 모두 엘러너에게 전달해 주는 것으로 동정심을 나타냈다. 어떤 마차 제조소에서 새 마차가 만들어지고 있는지, 어떤 화가가 윌러비의 초상화를 그리는지, 어떤 가게에서 그레이 양의 옷을 볼 수 있는지를 곧 말해 줄 수 있었다.

다른 사람들의 떠들썩한 친절로 인해 종종 엘러너의 가슴이 답답해졌다면 레이디 미들튼이 그 사건에 대해 냉랭하고 정중하게 무관심한 태도를 취하는 것이 마음을 편하게 해 주었다. 친구들 중 적어도 **한 사람**은 관심이 없다는 것을 확신하는 것이 그녀에게 큰 위안이 되었다. 즉 그녀를 만나서도 구체적인 사항에 대해 전혀 호기심을 느끼지 않으며 동생의 건강에 대해서도 전혀 걱정을 하지 않는 **한 사람**이 있다는 것이 큰 위안이었던 것이다.

때로 모든 자질은 순간의 상황에 따라 진짜 가치 이상으로 높이 평가되기도 한다. 때로는 쓸데없는 애도에 지쳐서 엘러너는 성품이 좋은 것보다는 교양이 있는 것이 위로에 더 도움이 된다고 느낄 지경이었다.

레이디 미들튼은 매일 한번씩, 혹은 그 화제가 자주 언급될 때면 두 번씩 정도 "정말, 충격적이에요!"라고 그 사건에 대한 자기 견해를 표명했다. 이처럼 변함없이 온건하게 감정을 토로해버림으로써 그녀는 처음부터 조금도 감정의 동요 없이 대시우드 자매를 대할 수 있었을 뿐 아니라 곧 그들을 보면서도 그 문제에 대해 조금도 상기하지 않을 수 있었다. 이런 식으로 그녀는 자신과 같은 성의 위엄을 지지하고 다른 성이 잘못한 것에 대해 단호히 비난했으므로 자신의 사교 모임에 도움이 되는 일을 해도 괜찮을 거라고 여기고(존 경의 의견과는 맞지 않았지만), 윌러비 부인은 새산아이며 기품 있는 부인이니 그녀가 결혼하사마사 사신의 넝함을 전해야겠다고 결심했다.

브랜든 대령의 섬세하면서도 주제넘지 않은 질문들이 대시우드 양에게 반갑지 않은 적은 결코 없었다. 그는 어떻게든 매리앤을 절망적인 심경에서 벗어나게 하려고 성심을 다해 노력했고 그로

써 그 문제에 대해 내밀한 이야기를 나눌 권한을 얻은 거나 마찬가지였으므로, 그들은 늘 마음을 터놓고 이야기를 나누었다. 과거의 슬픔과 현재의 굴욕을 털어놓은 고통스러운 노력에 대한 가장 큰 보상은 매리앤이 때때로 그를 동정 어린 시선으로 바라보는 것이었으며, 그녀가 그에게 말을 해야 하거나 할 수 있을 때 (자주 그런 일이 있는 것은 아니었지만), 부드러운 목소리로 말하는 것이었다. 이것으로 인해 그는 자신의 노력으로 호감을 얻게 되었다는 것을 확신했고, 이것으로 인해 엘러너는 앞으로 그 호의가 더 커질 것이라는 희망을 가지게 되었다. 그러나 제닝스 부인은 이 모든 것을 전혀 모른 채 대령이 전이나 마찬가지로 우울해 보인다고만 알고 있었다. 그녀는 대령이 직접 청혼하도록 만들 수도 없고 그렇다고 자기가 대신 해줄 수도 없는 터라 이틀이 지나자 여름 중반이 아니라 성 미가엘 축일(9월 29일 – 역주)이나 되어야 그들이 결혼할 것이라고 생각했다가, 일주일이 지나자 결혼 얘기가 전혀 없을 것이라고 생각하게 되었다. 대령과 대시우드 양이 서로 마음이 잘 통하는 것으로 보아 뽕나무와 운하, 주목정자의 영예는 차라리 모두 그녀에게 넘겨질 것이 분명한 것 같았다. 제닝스 부인은 얼마 전부터 페러스 씨에 대해서는 생각도 하지 않았다.

2월초, 윌러비의 편지를 받은 지 보름쯤 후에 엘러너는 그가 결혼했음을 동생에게 알리는 괴로운 임무를 맡게 되었다. 그녀는 매리앤이 매일 아침 열심히 대중신문을 훑어보는 것을 알고 있었기 때문에 매리앤이 신문에서 그 소식을 처음 알게 하고 싶지 않아서, 식이 끝난 것이 알려지는 대로 그 소식을 전달하려고 신경을 썼던 것이다.

매리앤은 처음에는 그 소식을 아무 말 없이 차분하게 받아들였고 눈물을 흘리지도 않았다. 그러나 잠시 후에 눈물이 터져 나왔고 그날 내내 그녀는 처음으로 그런 일을 예상했을 때나 마찬가지로 비참한 모습이었다.

윌러비 부부는 결혼하자마자 시내를 떠났다. 엘러너는 이제는 동생이 그들 둘 중 어느 쪽도 보게 될 위험이 없어졌기에, 처음으로 충격을 받은 뒤 집을 떠난 적이 없었던 동생을 달래 다시 전처럼 조금씩 외출 하게 하려고 마음먹었다.

이 무렵 홀본의 바틀릿츠 빌딩스에 있는 사촌 집에 막 도착한 스틸 자매가 콘뒤트와 버클리 가에 있는 더 지체 높은 친척에게 다시 인사를 와서 그들 모두에게서 아주 진심으로 환대를 받았다.

엘러너만이 스틸 자매를 보는 것이 언짢았다. 그들의 모습을 보는 것은 언제나 고통스러웠다. 그리고 그녀가 아직 시내에 있는 것을 보고 루시가 뛸 듯이 기뻐하는 것을 보고 어떤 식으로 해야 품위 있게 대응하는 것이 될 지 알 수 없었다.

"당신이 아직 여기 있는 걸 못 보았다면 나는 매우 실망했을 거예요." 그녀는 '아직' 이라는 단어에 잔뜩 힘을 주며 거듭 말했다. "그렇지만 보게 될 거라고 꼭 믿고 있었답니다. 당신이 한참동안 런던을 떠나지 않을 거라고 믿었지요. 물론 당신은 바튼에서, 생각나겠지만, 한 달 이상은 머물지 않을 것이라고 말했지만요. 그러나 그때가 되면 마음을 바꿀 것이라고 그 당시에 생각했어요. 당신 오빠와 올케가 오기 전에 가삐리면(루시의 표준어법에 어긋난 말 - 역주) 정말 섭섭할 테니까요. 그리고 이제는 정말이지 당신이 가려고 서두르지는 않겠죠. 당신이 했던 말을 지키시 않아서 나는 엄청나게 기쁘답니다.'

엘러너는 루시의 말뜻을 완전히 알아들었다. 그래서 무슨 뜻인지 알아채지 못한 것처럼 보이기 위해서 온 힘을 다해 자제력을 발동해야 했다.

"그래, 아가씨. 여행은 어떻게 했나?" 제닝스 부인이 물었다.

"합승마차를 타지 않았어요." 스틸 양이 들떠서 재빨리 대답했다. "정말이라니까요. 내내 사륜역마차를 타고 왔고 함께 온 멋쟁이 신사도 있답니다. 데이비스 박사도 런던에 오게 되어 그와 함께 사륜역마차를 타기로 한 거랍니다. 그이는 아주 점잖게 행동하면서 10내지 12실링을 내서 우리보다 더 썼답니다."

"아하! 정말 멋지군, 정말로! 그리고 박사는 독신이겠지, 내 장담한다니까." 제닝스 부인이 소리쳤다.

"이보라니까요." 스틸 양이 억지로 선웃음을 지으며 말했다. "모두가 박사를 두고 나를 놀리는데 왠지 모르겠네. 사촌들도 내가 정복을 했다고 확신한다는 거예요. 그렇지만 나는 맹세코 단 한 시간도 그를 생각하지 않아요. 그가 길을 건너 집으로 오는 것을 보고 사촌이 '세상에 낸시, 네 멋쟁이가 와.'라고 말하더라니까요. 내 멋쟁이라니, 정말이지! 나는, '누굴 말하는지 모르겠어. 박사는 내 멋쟁이가 아니라니까.' 하고 말했지요."

"아하, 아주 멋지게 꾸며대는군. 그러나 그렇지 않을걸. 박사가 그 사람일걸."

"아니에요, 정말이에요! 만일 그런 얘기를 들으면 아니라고 말해 주세요." 부인의 친척이 열이 오른 척 대답했다. '

제닝스 부인은 자신은 절대 그렇게 말하지 않겠다는 기분 좋은 확답을 해주어 스틸 양은 지극히 행복해했다.

루시가 적대적인 암시를 멈추었다가 다시 포화를 열었다.

"대시우드 양, 당신은 오빠와 올케가 시내에 오면 방문해서 거기서 머물겠군요."

"아니에요. 그러지 않을 거예요."

"아니죠, 분명히 그럴 걸요."

엘러너는 더 반대를 해서 루시의 기분을 좋게 해주고 싶지 않았다.

"대시우드 부인이 한번에 이렇게 오랜 기간을 당신들과 떨어져 지낼 수 있다니 정말 멋지세요!"

"오래라니, 무슨 말이야! 이 아가씨들의 방문은 이제 막 시작인데!" 제닝스 부인이 끼어들었고 루시는 입을 다물었다.

"매리앤 양을 못 봐서 섭섭하네요, 대시우드 양. 몸이 안 좋다니 안됐어요." 스틸 양이 말했다. 매리앤은 그들이 도착하자 방을 나갔던 것이다.

"친절하시군요. 동생도 만나지 못해 마찬가지로 서운할 거예요. 그렇지만 최근에 신경성 두통으로 많이 시달려서 손님을 맞거나 대화를 하기는 힘들답니다."

"어머나, 정말 안됐군요! 그래도 루시와 나 같이 오랜 친구는 어떻겠어요! 우리는 만날 거예요. 입을 다물고 있을게요."

엘러너는 아주 예의바르게 그 제안을 거절했다. 동생은 아마 침대에 누워 있거나 잠옷차림일 것이고 그래서 그들에게 올 수 없다고 했다.

"아, 그래서라면, 우리가 가서 그녀를 볼 수도 있죠." 스틸 양이 소리쳤다.

엘러너는 자기로서도 이런 뻔뻔스러움은 참기 힘들다고 느꼈다. 그러나 루시가 언니를 혹독하게 야단치는 바람에 참는 수고를 덜 수 있었다. 루시의 참견은, 다른 여러 경우처럼 지금도 본인의 태도에 대해 호감을 불러일으키는 것은 아니었지만 언니의 태도를 통제하는 데는 효과가 있었다.

33장

어느 날 아침, 매리앤은 얼마간 반대를 하다가 언니의 간청에 마음을 굽혀 언니와 제닝스 부인과 함께 반시간 정도만 외출할 것에 동의했다. 그러나 방문은 하지 않겠다는 조건을 특별히 달았으며 색빌 가에 있는 그레이 보석상(피커딜리에 있음 – 역주)까지만 동행하겠다고 했다. 그 가게에서 엘러너는 어머니의 구형 보석 몇 점을 교환하려고 했다.

그들이 상점 문에 이르렀을 때 제닝스 부인은 거리의 다른 쪽 끝에 사는 부인을 방문할 일이 머리에 떠올랐다. 그녀는 그레이 보석상에는 볼일이 없어서 아가씨들이 일을 보는 동안 자신은 친구를 방문하고 다시 그들이 있는 곳에 돌아오기로 했다.

계단을 올라가자 가게 안에는 대시우드 자매보다 먼저 온 사람들이 많아서 그들의 주문을 들어줄 여유가 있는 점원이 없었다. 그들은 좀 기다려야 했다. 할 수 없이, 제일 빨리 다음 차례가 올 것 같은 주문대 끝에 앉아 있을 수밖에 없었다. 거기에는 신사가 한 사람 서있었는데 엘러너를 보고 일을 좀 더 빨리 끝내는 신사도를 발휘할 가능성이 없지도 않을 것 같았다. 그러나 그는 신사도를 발휘하는 것보다는 정확한 안목이나 세련된 취향을 더 중요하게 여기는 것으로 드러났다. 그는 자신이 쓸 이쑤시개 통을 주문하고 있었는데 그 크기, 형태, 장식 등을 결정하느라 상점에 있는 이쑤시개 통을 십오 분 여에 걸쳐 샅샅이 살펴보고 장단점을 논한 후 마침내 자신의 독창적인 상상에 따라 주문을 했다. 그동안 그는 두 숙녀를 서너 번, 거침 없는 시선으로 쳐다보았을 뿐 다른 고려를 하는 기색은 전혀 없었다. 그런 시선을 받으면서 엘러너는, 그가 비록 최신 유행에 따라 맵시는 냈지만 정말 타고난 하찮은 인물과 외양이라고 또렷이 기억하게 되었다.

자신들의 모습을 이렇게 뻔뻔스럽게 훑어보는 것이나 한번 보라고 내놓은 여러 개의 이쑤시개 통에서 제각각 흠을 잡는 그의 안하무인격인 행동에 대해 매리앤은 전혀 의식하지 못하고 있어서 경멸감이나 분노 같은 골치 아픈 생각을 하지 않아도 되었다. 그녀는 자신의 침실에서나 마찬가지로 그레이 씨의 상점에서도 자기 생각에 빠져 주변에서 일어나는 일을 모를 수 있었던 것이다.

마침내 주문이 완료되었다. 상아와 황금과 진주가 들어갈 자리가 모두 정해진 후 신사는 이쑤시개 통이 없이도 자신이 살아갈 수 있는 최종 시한을 거명하고는 여유있게 신경 쓰고는 장갑을 끼었으며 찬사를 보내기보다는 요구하는 것 같은 그런 시선으로 대시우드 자매를 다시 한번 훑어 본 후, 정말로 으쓱대면서 짐짓 무관심을 가장한 흐뭇한 태도로 걸어 나갔다.

엘러너가 지체 없이 자신의 일을 거론하여 막 끝내 가는 차에 다른 신사가 들어와 그녀 옆에 섰다. 그의 얼굴로 시선을 보낸 엘러너는 자신의 오빠를 알아보고 다소 놀랐다.

그들이 만나서 반가워하는 모습은 그레이 씨의 상점에서 평판에 흠이 가지 않을 정도의 광경은 되었다. 존 대시우드는 다시 누이들을 만나게 된 것을 싫어하는 기색은 정말로 아니어서 그들도 마음이 흡족했다. 그는 계모에 대해서도 공손히고 시려 깊게 인부를 물었다.

그와 패니는 런던에 온지 이틀이 되었다고 했다. 그가 말했다.

"어제 너희를 꼭 방문하려고 했었단다. 그런데 해리한테 엑시터 익스체인지(런던에 19세기 초까지 있던 건물로 상점들과 연결되어 있으며 그 속에 있던 동물원으로 유명했음 – 역주)에서 야생동물을 보여 주려다 보니 그게 안 되었어. 그리고 남은 시간은 페러스 부인과 함께 있어야 했지. 해리는 엄청나게 좋아하더구나. **오늘 아침에는 삼십 분만 쪼갤 수 있어도 너희를 방문하려고 잔뜩 마음을 먹었는데**, 시내에 오면 처음에 할 일이 그렇게 많더구나. 여기는 패니의 도장을 예약하려고 들른 거란다. 그러나 내일은 틀림없이 버클리 가로 방문해서 친구 분인 제닝스 부인께도 인사를 할 수 있을 것 같다. 그 분은 재산이 상당히 많은 분 같더구나. 참 미들튼 가족도. **그들에게도** 소개해다오. 새어머니의 친척들이니까 내가 기꺼이 인사를 해야지. 너희들은 시골에서 이웃을 아주 잘 만났구나."

"정말 좋은 분들이에요. 우리를 편하게 해주려고 신경을 쓰는 것이나 사소한 일에도 우정을 베풀어주는 것이 말로 다 할 수 없답니다."

"정말이지, 그 말을 들으니 참 다행이구나. 정말 다행이다. 그렇지만 당연한 일이지. 그분들은 재산도 많은데다 너희와 친척이니까 너희 처지를 편안하게 해 줄 수 있는 대접이나 숙식을 당연히 기대해도 되지. 그러고 보니 너희는 작은 코티지에 편안하게 자리를 잡았고 모자라는 것이 없구나! 에드워드가 그곳을 정말 멋지게 설명해 주더구나. 처남 말로는 그런 종류의 집 중에 가장 완벽하며, 무엇보다 너희 식구 모두가 좋아한다더구나. 분명히 말하지만, 그 말을 듣고 우리는 아주 흡족하게 여겼단다."

엘러너는 오빠가 다소 창피스러웠다. 그래서 제닝스 부인의 하인이 도착해서 마님이 문에서 기다리고 있다고 말하는 바람에 대답할 필요가 없어진 것이 별로 섭섭하지 않았다.

대시우드 씨는 계단 아래까지 그들을 따라와 마차 문에서 제닝스 부인에게 인사를 한 후 다음날 그들을 방문할 수 있게 되면 좋겠다는 말을 되풀이한 후 떠났다.

그는 지체 없이 방문했다. 그리고 "집사람은 장모님을 모시느라고 정말이지 어디든 방문할 여유가 없답니다."라며 아내가 오지 못한 것에 대한 변명조의 말을 했다. 그러나 제닝스 부인은 그들은 모두 친척이고, 아무튼 그 비슷하므로 자신은 격식을 차리지 않는다면서, 자신이 곧 존 대시우드 부인을 방문할 테고 그때 시누이들도 만나도록 데려 가겠다고 잘라 말했다. 누이들에 대한 오빠의 태도는 비록 밋밋하기는 했으나 흠잡을 데는 없었다. 제닝스 부인에 대해서는 그야말로 신경을 써서 예의바르게 대했다. 또 자신이 온 직후 브랜든 대령이 방문하자 호기심의 눈길을 보냈는데 그것은 그가 부자인지, **그에게도** 마찬가지로 예의를 차려야 하는지 알고 싶을 뿐이라고 말하는 듯 했다.

반시간쯤 머문 후 그는 엘러너에게 자기와 함께 콘뒤트 가로 걸어가 존 경과 레이디 미들턴에게 소개시켜달라고 부탁했다. 날씨가 아주 화창했으므로 그녀는 쾌히 동의했다. 집밖으로 나오자마자 그의 질문이 시작됐다.

"브랜든 대령은 어떤 사람이지? 재산가니?"

"네. 그 분은 도싯셔에 상당한 영지가 있어요."

"그 말 들으니 반갑구나. 아주 신사답더라. 엘러너야, 네가 아주 모양새 좋게 정착할 걸로 봐도 되겠구나."

"내가요, 오빠! 무슨 말이에요?"

"그는 너를 좋아한다. 내가 눈여겨보고 확신 했다. 재산이 얼마나 된다니?"

"연수 2,000파운드라고 해요."

"연수 2,000이라." 그는 최대한 관대해지려고 노력하여 다음과 같이 덧붙였다. "엘러너, 진심으로 비는데, 너를 위해서는 그 두 배가 되었으면 좋겠다."

"오빠 마음은 알겠어요. 하지만 제가 알기로 브랜든 대령은 저와 결혼할 마음이 조금도 없답니다." 엘러너가 대답했다.

"네가 잘못 안 거다, 엘러너. 완전히 잘못 안 거야. 네 편에서 아주 조금만 애를 쓰면 그를 붙잡을 수 있을 거야. 아마 지금 당장은 그도 결심을 못할지 모르지. 네가 재산이 보잘 것 없다는 점 때문에 물러 설 수는 있지. 친지들도 모두 말리는 충고를 할 것이야. 그렇지만 여자들이 흔히 잘하는 식으로, 조금만 사소한 신경을 써 주면서 고무시키면, 자기도 모르게 붙잡히게 되어 있어. 네가 그를 잡지 못할 이유는 없어. 네 쪽에서 전에 느끼던 연모의 감정은…… 너도 내가 무슨 말을 하는지 알겠지만, 그건 불가능한 거야. 반대를 극복할 수 없거든. 너는 분별이 있으니 그런 점을 모르지 않을 거야. 브랜든 대령이 너의 상대가 되어야 해. 나로서도 그가 너나 네 가족을 흡족하게 여기도록 깍듯이 정중하게 대할 거야. 그런 결혼이 모두를 만족하게 하는 거란다. 간단히 말하자면, 그렇게 되는 것을," 그는 중대한 말을 하듯 목소리를 낮추어 속삭였다. "모든 관련자들이 지극히 환영할 거야." 그러나 그는 자신을 가다듬고 덧붙여 말했다. "즉, 내 말은 말이지, 친지들은 네가 좋은 자리에 정착하기를 진심으로 원한다는 거야. 특히 패니가 그렇단다. 네가 잘되기를 올케언니가 절실히 원한다는 건 보장할 수 있다. 그리고 우리 장모님도 마찬가지지. 페러스 부인은 인품이 참 좋으시거든. 그리되면 틀림없이 그분도 매우 기뻐하실 거다. 저번 날 그분이 바로 그런 말씀을 하시기도 했단다."

엘러너는 어떤 대답도 해주고 싶지 않았다. 그가 계속 말했다.

"그것 참 굉장한 일인데. 재미도 있겠고. 패니는 남동생을, 나는 여동생을 같은 시기에 결혼시키게 된다면 말이다. 아주 가능하지 않은 것도 아니겠는데."

"에드워드 페러스 씨가 결혼할 예정인가요?" 엘러너는 마음을 다잡으며 물었다.

"실제로 결정이 된 건 아니지만 물밑 작업이 이루어지고 있지. 훌륭한 어머니가 계시니까 말이야. 페러스 부인이 정말 관대 하시게도 도와주시려고, 그 결혼만 성사된다면 처남에게 연 1,000파운드를 양도해 주려고 하시거든. 아가씨는 모튼 양인데 작고하신 모튼 경의 외동딸이고 30,000파운드의 재산이 있지. 어느 쪽으로 보나 서로 바람직한 배필이지. 곧 성사될 거라고 믿어 의심치 않는다. 일 년에 1,000파운드라는 돈은 어머니로서도 포기하기에는, 영원히 양도해 버리기에는 너무 많은 액수지. 하지만 페러스 부인은 마음이 고결 하시단다. 그분의 관대함을 보여주는 다른 예를 들어볼까. 저번 날 우리가 시내에 오자마자 그분은 지금 당장은 우리가 여유가 없는 것을 알고 200파운드나 되는 은행 수표를 패니 손에 쥐어 주시는 거야. 정말 감사한 일이었지. 여기 있는 동안 사는데 상당한 비용이 들 테니까."

그가 동의를 기다리며 말을 멈추었으므로 그녀는 할 수 없이 말을 해야 했다.

"런던과 시골 양쪽으로 드는 비용이 분명 상당하긴 하겠지만, 수입이 많을 텐 데요."

"사실 말이지, 많은 사람들이 생각하는 것처럼 그렇게 많지는 않단다. 그러나 우는 소리를 하고 싶은 생각은 없어. 분명 살만하기는 하고 앞으로 더 좋아질 것이라고 기대한다. 지금 놀런드 공유지에 울타리 치는 일을 하고 있는데, 여기에 돈이 제일 많이 먹히고 있어. 게다가 요 반년 새에 내가 땅을 좀 샀지. 이스트 킹

엄 농장이라고 너도 기억할거야. 거기서 늙은 깁슨이 살았지. 여러모로 그 땅이 가지고 싶은데다 내 소유지와 바로 붙어 있으니 꼭 사야겠더구나. 그게 다른 사람의 손에 떨어지게 놔두는 건 정말 꺼림칙해서 말이야. 사람이 편해지려면 돈을 써야 하는 거지. 그러다 보니 돈이 엄청나게 드는 거야."

"오빠가 실제 가치라고 생각한 것보다 더 들었군요."

"글쎄, 그렇지는 않을걸. 그 다음날이라도 산 돈보다 더 많이 받고 되팔 수 있었을 거야. 그렇지만 돈을 지불하느라고 손해를 많이 볼 수 있었을 거야. 그 당시 주식 값이 상당히 내려갔는데 만일 은행에 현금을 두고 있지 않았더라면 손해를 심하게 보면서 주식을 팔아야 했을 테니까 말이다."

엘러너는 웃을 수밖에 없었다.

"또 놀런드로 처음 올 때 필요경비가 많이 들었지. 너도 잘 알지만 아버지께서 스탠힐에서 가져와 놀런드에 있던 물건들은(아주 좋은 것들이었는데) 전부 네 어머니께 물려주셨지. 아버지가 하신 일을 불평하는 건 아니야. 당신 재산을 마음대로 처분할 권리가 분명 있으시거든. 그렇지만 결과적으로 우리는 없어진 물건을 채우려고 리넨, 도자기 등등을 엄청나게 사야 했거든. 이렇게 돈을 썼으니 우리가 풍부하다고는 전혀 볼 수 없지, 페러스 부인이 베풀어 주신 게 얼마나 고마웠는지 너도 짐작이 갈 거야."

"그렇군요. 그리고 그분이 넉넉히 도와주시는 덕분에 오빠가 편안하게 살기 바래요." 엘러너가 말했다.

"일 이년 있으면 분명히 그렇게 될 거야." 그는 진지하게 대답했다. "그렇지만 아직은 할 일이 산더미 같아. 패니의 온실에는 돌 하나도 못 얹었고 화원은 계획만 간신히 세웠어."

"어디다 온실을 지을 건데요?"

"집 뒤에 있는 언덕에다가. 그 자리를 만드느라고 오래된 호도밤나무들을 전부 잘랐지. 영지의 어느 방향에서 보더라도 아주 멋진 풍경이 될 거야. 화원은 바로 그 앞에서 경사를 지어 내려올 테니 정말 예쁘겠지. 언덕 마루에 군데군데 자라던 오래된 산사나무는 다 베어 버렸지."

엘러너는 우려와 질책을 속으로 삼켰다. 그리고 매리앤이 여기 없어서 화를 내지 않아도 된 것을 다행으로 여겼다.

그는 자신에게 돈이 없다는 것을 분명히 밝혔고, 다음에 그레이 보석상을 방문했을 때 누이들 각자에게 귀걸이 한 쌍씩 정도라도 사줄 필요가 없어질 만큼 충분히 말하고 나자 밝은 쪽으로 생각이 돌아서서, 엘러너가 제닝스 부인 같은 친구를 사귄 것을 축하하기 시작했다.

"그분은 정말이지 아주 좋은 분인 것 같구나. 집이나 사는 방식을 보니 수입이 상당히 많다는 것이 나타나더구나. 그런 교제는 지금까지도 너희에게 상당히 도움이 되었겠지만 나중에도 물질적으로 득이 될 거야. 그분이 너희를 런던으로 초대한 것이 너희를 대단히 잘 봤다는 증거지. 정말이지, 그건 너희에게 관심이 지극하다는 것을 말해주는 것이니, 틀림없이 돌아가시면서 너희를 잊지 않으실거야. 상당히 많은 재산을 물려줄거야."

"저는 전혀 그렇게 생각하지 않아요. 그분은 미망인 급여를 받으실 뿐이고 그것은 따님들에게 상속될 거예요."

"그렇지만 그분이 수입을 다 써버린다고는 생각할 수 없거든. 상식적인 사람이라면 그런 일을 하지 않지. 저금해 둔 것은 남겨줄 수 있을 거야."

"그래도 우리보다는 따님들에게 남겨 주지 않겠어요?"

"따님들은 둘 다 결혼을 잘 했으니 그분이 더 이상 생각해줄 필요는 없다고 본다. 반면, 내 의견으로는, 그분이 이토록 너희를 배려해주고 이런 식으로 대접해 주었으니 나중에 유산을 분배할 때 너희가 제 몫을 요구할 권리를 준 거라고 할 수 있지. 양심적인 부인이라면 그걸 모를 리 없지. 그분의 행동은 그야말로 친절하신 거야. 그리고 자신이 이런 일들을 할 때 그런 기대감을 일으키는데 걸 모르시지 않을걸."

"그렇지만 당사자인 우리는 그런 기대감이 조금도 없답니다. 사실, 오빠는 우리가 행복하게 잘 살았으면 하는 염려에서 너무 앞서 나가고 있어요."

"사실 말이지," 그는 자신을 가다듬으면서 말했다. "사람은 자기 힘으로 할 수 있는 것이 거의, 거의 없단다. 그런데, 애, 엘러너야, 매리앤은 무슨 문제가 있니? 몸이 아주 안 좋아 보이고 혈색도 나빠진데다 굉장히 야위었더구나. 어디 아픈 거냐?"

"몸이 좋지 않아요. 몇 주 동안 신경성 병을 앓았어요."

"그거 안됐구나. 그 나이 또래에는 어떤 병이건 앓으면 미모를 완전히 망치고 마는데! 그 애의 미모는 너무 빨리 끝났어! 지난 9월에만 해도 내가 본 중에서는 제일 예뻤고 남자들도 많이 끌 수 있었는데. 그 애의 미모는 특히 남자를 끄는 면이 있었어. 그러고 보니 그 애가 너보다 결혼을 빨리 하고 더 잘 할 거라고 패니가 말하곤 했었구나. 네 올케가 너를 지극히 좋아하기는 하지만 그런 생각이 들었다는 거지. 그렇지만 이제 네 올케 말이 틀리겠는데. 이제는 매리앤은 잘해봤자 연수 오륙백 파운드 이상의 수입을 가진 남자와 결혼할 수나 있을지 의문이다. 네가 훨씬 더 결혼을 잘 하지 않는다면 내가 손에 장을 지지겠다. 도싯셔라구! 도싯셔는 잘 모르겠어. 그러나 엘러너야, 그곳을 더 알게 되면 정말 기쁘겠다. 제일 빨리, 제일 기뻐하면서 너를 방문할 사람 중에 나와 패니를 꼽아도 좋을거야."

엘러너는 자신이 브랜든 대령과 결혼할 가능성이 없다는 것을 오빠가 믿도록 진지하게 노력했다. 그러나 그 생각은 그에게 너무나 즐거운 기대였으므로 그만 둘 수 없었다. 그는 그 신사와 친교를 맺으면서 최대한 신경을 써서 결혼을 진행시켜야겠다고 단단히 마음 먹었다. 그는 자신이 누이들을 위해 한 일이 아무 것도 없어서 당연히 가책을 느끼고 있었고 자기 외의 다른 사람들이 뭔가 하기를 절실히 바라고 있었다. 브랜든 대령의 청혼이나 제닝스 부인의 유산은 자신의 무심함을 속죄시켜줄 가장 손쉬운 수단이었다.

운 좋게도 레이디 미들튼이 집에 있었으며 방문을 끝내기 전에 존 경이 돌아 왔다. 서로가 예의바른 인사를 풍성하게 주고받았다. 존 경은 누구라도 좋아할 마음이었으므로 대시우드 씨가 말에 대해 많이 알지는 못하는 것 같았지만 곧 그를 좋은 사람으로 점찍었다. 반면 레이디 미들튼은 그의 외모에서 세련된 면을 파악했고 그와 사귈만하다고 생각했다. 대시우드 씨도 두 사람에 대해 만족해서 돌아갔다. 그는 누이와 함께 돌아가면서 말했다.

"패니에게 멋진 소식을 전할 수 있게 됐어. 레이디 미들튼은 정말 우아한 부인이야! 패니가 사귀고 싶어 할 그런 부인이야. 제닝스 부인도 아주 몸가짐이 바른 부인이야. 그 따님만큼 우아하지는 않지만 말이다. 네 올케가 그 분을 방문하는걸 망설일 필요가 없겠어. 사실은 당연한 일이지만, 다소 망설였거든. 우리는 제닝스 부인이 저속한 방법으로 돈을 번 사람의 미망인이라고만 알았거든. 그래서 패니와 페러스 부인은 그 분이나 따님 어느 쪽도 패니가 사귀고 싶을 만한 부인은 못될 거라는 선입견을 강하게 가지고 있었지. 그렇지만 이제 두 사람에 대해 아주 만족스런 소식을 전해 줄 수 있겠어."

34장

　존 대시우드 부인은 남편의 판단력을 철저히 믿었으므로 바로 다음날 제닝스 부인과 따님을 다 방문했다. 그리하여 제닝스 부인, 즉 자기 시누이들을 데리고 있는 이 부인이 자신이 신경 쓸 필요가 없는 사람은 결코 아니라는 것을 발견하여 남편 말을 믿은 보상을 받은 셈이었다. 레이디 미들튼에 대해서는, 세상에서 가장 매력적인 여성 중 한 사람이라는 것이었다!

　레이디 미들튼도 대시우드 부인만큼이나 반가워했다. 두 사람 모두 일종의 냉담한 이기심이 있었는데 그 점때문에 서로 매혹되었다. 그들은 지겨울 정도로 예절을 차리는 행동을 하는 것이나 이해력이 대체로 부족하다는 점에서 서로 잘 어울렸다.

　그렇지만 존 대시우드 부인은 레이디 미들튼의 호감을 얻은 바로 그 태도 때문에 제닝스 부인의 마음에 들지 못했다. 제닝스 부인에게 존 대시우드 부인은 체구가 작고 말투가 사근사근하지 못한 거만한 표정의 부인일 뿐이었다. 존 대시우드 부인은 시누이들을 만나서 다정하게 굴지도 않고 말도 거의 붙이지 않았다. 버클리 가에 할애한 십오분 동안 적어도 칠분 삼십초는 입을 꾹 다물고 앉아 있었다.

　엘러너는 물어볼 엄두는 내지 못했지만 에드워드가 지금 시내에 있는지 매우 알고 싶었다. 그러나 모튼 양과 그의 결혼이 결정

되었다고 말할 수 있게 되거나, 혹은 브랜든 대령에 대한 남편의 기대가 이루어질 때까지는 패니가 무슨 일이 있더라도 엘러너 앞에서 자진해서 그의 이름을 입에 올릴 리 없었다. 패니는 지금도 그들이 서로에게 애정을 품고 있으므로 상황이 생길 때마다 말이나 행동으로 아무리 공들여 떼어놓아도 모자란다고 믿었기 때문이다. 그러나 그녀가 주지 않으려 했던 정보는 곧 다른 쪽에서 흘러 나왔다. 바로 얼마 뒤에 루시가 찾아와, 에드워드가 대시우드 부부와 함께 시내에 도착했는데도 그를 볼 수 없다면서 엘러너의 동정을 구했다. 그는 드러날까 두려워 감히 바틀릿츠 빌딩스로 오지 못했다는 것이며, 비록 서로 만나고 싶어 초조해하는 마음은 이루 말할 수 없을 정도지만 현재는 편지를 쓰는 외에 별 수가 없다는 것이었다.

에드워드 자신이 바로 얼마 뒤에 버클리 가로 두 번이나 방문해서 자신이 시내에 있다는 것을 알려 주었다. 그들이 오전 약속에서 돌아 왔을 때 탁자 위에 그의 명함이 두 장이나 놓여 있었던 것이다. 엘러너는 그가 방문을 해서 기뻤고 그를 만나지 않게 되어 더 기뻤다.

대시우드 부부는 미들튼 부부를 대단히 흡족하게 생각하여 평소 그다지 베푸는 습관이 아니었음에도 불구하고 그들에게 베풀기로 결정했으니, 정찬을 하기로 했다. 그래서 교제를 튼 직후 그들을 할리가로, 멋진 저택을 삼 개월 간 빌려 둔 그 곳으로 정찬 초대를 했다. 누이들과 제닝스 부인도 마찬가지로 초대 되있다. 존 대시우드는 신경을 써서 브랜든 대령도 챙겼다. 대령은 그 열렬한 초청에 다소 의외기는 했으나 대시우드 자매가 있는 곳에 가는 것은 언제나 기꺼워했기에 기쁘게 수락했다. 그들은 페러스 부인을 만나게 될 것이라고 했다. 엘러너는 부인의 아들들이 일

행 중에 있을 것인지는 듣지 못했지만 그녀를 보게 된다는 기대
만으로도 충분히 그 약속에 흥미를 느꼈다. 지금은 에드워드의
어머니를 만나더라도 인사를 하면서 한때는 당연히 느꼈을 긴장
감은 없을 것이며, 또 지금은 그녀가 자신을 어떻게 생각할까에
대해서도 완전히 무관심한 채 만날 수 있게 되었지만, 페러스 부
인과 만나고 싶다는 소망이나 그녀가 어떤 사람인지 알고 싶은
호기심은 전이나 마찬가지로 생생했다.

파티에 대한 엘러너의 관심은, 얼마 후 스틸 자매도 역시 거기
갈 것이라는 말을 듣고 더욱 커졌다. 기쁘다기보다는 강력해졌다
고 할 수 있을 것이다.

루시 자매는 레이디 미들튼에게 잘 보이려고 애를 썼고 그들의
마음 씀씀이가 부인의 마음에 쏙 들었으므로, 루시는 분명 우아
하지 못하고 그녀의 언니는 점잖지도 않았지만 부인도 존 경 만
큼이나 기꺼이 그들을 콘뒤트 가에 일 이주 정도 와있으라고 초
청했었다. 대시우드 부부의 초대가 알려지자마자 스틸 자매는 방
문 날짜를 우연히도 파티가 열리기 며칠 전이 특히 좋다고 했다.

존 대시우드 부인이 자신의 식탁에 스틸 자매의 자리를 마련할
정도로 신경을 쓰게 된 데는 그들이 몇 년간 자신의 동생을 돌 봐
준 신사의 조카딸이라는 점은 그다지 관계가 없었다. 단지 레이
디 미들튼의 손님이므로 그들은 환영받아야 했던 것이다. 루시는
그 가족과 개인적인 친분을 맺으면서 그들의 성격과 자신이 겪을
어려움을 좀 더 가까이에서 관찰하고 그들의 기분을 맞춰줄 노력
을 할 기회를 오랫동안 원했기에, 존 대시우드 부인의 초대장을
받았을 때보다 더 행복한 적은 평생 없었다.

그 초대는 엘러너에게는 달리 작용했다. 그녀는 어머니와 함께
살고 있는 에드워드가 누나가 주최하는 파티에 어머니와 함께 초

대받았을 것이라고 단정 짓기 시작했다. 그 모든 일이 있은 후에 처음으로, 그것도 루시가 있는데서 그를 만나게 되다니! 그녀는 자신이 어떻게 그것을 견딜 수 있을지 짐작도 할 수 없었다!

이런 걱정은 이성에 근거한 것은 아니었고 사실에 근거한 것은 더욱 아니었다. 그녀의 걱정이 곧 사라지게 된 것은 스스로 마음을 다잡아서라기보다는 루시가 '자상하게도' 마음을 써 준 덕분이었다. 루시는 에드워드가 절대로 화요일에 할리 가에 오지 않을 것이라고 알려주어 엘러너에게 큰 실망을 안겨 주었다고 생각했으며, 심지어 에드워드는 함께 있을 때 자신에 대한 지극한 애정을 숨길 수 없기 때문에 오지 않는 것이라고 우겨서 엘러너가 느낄 고통을 더 키우고자 했다.

두 숙녀가 이 만만찮은 시어머니에게 소개될 운명의 화요일이 다가왔다.

"어떡하면 좋아요, 대시우드 양." 계단을 함께 올라가면서 루시가 말했다. 미들턴 부부가 제닝스 부인 바로 뒤를 이어 도착해서 그들은 함께 하인을 따라가게 된 것이었다. "여기서 내 심정을 알아줄 사람은 당신밖에 없어요. 정말이지 다리가 후들거려서 서 있을 수가 없어요. 세상에! 얼마 뒤면 내 행복을 좌우할 분을 만날 거예요. 시어머니 될 분을요!"

엘러너는 그들이 보게 될 분이 그녀가 아니라 모튼 양의 시어머니가 될 가능성이 있다고 말해 주어 즉시 안심시킬 수도 있었지만 그렇게 하는 대신, 가엾게 여긴다고 진지하게 대답하여 루시를 지극히 놀라게 했다. 루시는 정말 불안하기도 했지만 적어도 엘러너에게는 억누를 수 없는 질투의 대상이 되고 싶었기 때문이다.

페러스 부인은 자그마하고 여윈 여성으로 몸매는 꼿꼿하다 못해 딱딱할 정도였고 태도는 진지하다 못해 심통스러워 보일 정도였다. 안색은 창백했다. 얼굴은 작으며, 아름답지도 않았으며, 자연히 표정도 없었다. 그러나 다행히도 찌푸린 눈썹 때문에 얼굴이 멍청해 보이는 불명예에서는 벗어난 대신 오만하고 못된 성격의 특징은 강하게 드러났다. 그녀는 말을 많이 하는 여성이 아니었다. 다른 대부분의 사람들과 달리 머리 속에 든 생각만큼의 말만 했기 때문이다. 그녀에게서 나온 몇 마디 안 되는 말 중에서 단 한마디도 대시우드 양의 몫으로 떨어진 것은 없었다. 부인은 무슨 일이 있어도 그녀를 싫어하겠다고 잔뜩 작심하고 그녀를 보고 있었다.

엘러너는 **이제는** 이런 행동 때문에 불행해 질 수 없었다. 몇 달 전이라면 그로 인해 엄청나게 상처를 입었을 것이지만 이제는 그런 식으로 괴롭힐 힘이 페러스 부인에게 없었다. 그리고 스틸 자매를 대할 때는 부인이 다른 태도를 취하는 것이, 엘러너를 모욕하려고 고의로 그렇게 차별을 하는 것 같았는데, 오히려 더 재미있었다. 루시가 특히 환대를 받았는데, 어머니와 딸 둘 다가 바로 그 사람, 만일 자신만큼 알았더라면 가장 모욕하고자 했을 바로 그 사람을 친절하게 대하면서, 상대적으로 해를 끼칠 힘이 없는 자신을 눈에 띄게 무시하는 것에 엘러너는 웃지 않을 수 없었다. 이처럼 잘못 짚고 친절하게 구는 모양을 보고 웃으면서도 엘러너는, 그런 행동이 비열하고 어리석은 생각에서 비롯되었다는 것을 느끼면서, 또 스틸 자매가 계속 환심을 사려고 공들여 아양을 떠는 것을 보면서, 그들 모두를 철저히 경멸하지 않을 수 없었다.

루시는 영광스럽게도 그렇게 특별하게 대우받는 것으로 인해 황홀할 지경이었고 스틸 양도 데이비스 박사에 대해 놀려 주기만 한다면 더 바랄 것이 없었다.

정찬은 으리으리했고 하인도 북적거렸으며, 모든 데서 한껏 과시하려는 여주인의 성향과 그것을 받쳐줄 수 있는 주인의 재력이 드러났다. 놀런드 영지에서 개량과 확장이 진행되고 있음에도 불구하고, 그 곳의 소유주가 한때는 손해를 보면서도 수천 파운드 어치의 주식을 팔려고 했던 적이 있었다지만, 어디에서도 그 얘기를 하면서 그가 암시하려고 했던 빈곤의 징후는 보이지 않았다. 어떤 점에서도 빈곤해 보이지 않았다. 대화가 빈곤했다는 점을 제외하면 말이다. 그런데 바로 그 점에서는 상당히 결핍되어 있었다. 존 대시우드는 들을 만한 가치가 있는 말은 별로 하지 못했고 그의 아내는 더 심했다. 그러나 이 점이 유별나게 창피한 일은 아니었다. 방문객들 대부분이 마찬가지였기 때문이다. 그들은 거의 모두 호감을 끌지 못하는 결격사유를 가지고 있었다. 타고났든 나중에 그리 되었든 간에, 분별이 부족하거나 우아함이 부족하거나, 활기가 부족하거나 기질이 부족했다.

정찬 후 숙녀들이 거실로 물러났을 때 이런 빈곤은 특히 두드러졌다. 남자들이 다소 다양한 대화, 정치나 공유지 울타리 치기, 말 길들이기 정도의 다양한 대화를 **이끌었는데** 이제 그것도 다 끝난 것이었다. 커피가 나올 때까지 숙녀들은 단 한 가지 얘기만 나누었다. 거의 같은 또래인 해리 대시우드와 레이디 미들턴의 둘째 아들 윌리엄 중에서 누가 더 키가 큰가 하는 것이었다.

두 아이가 다 거기 있었더라면 즉시 맞춰 보아서 너무 쉽게 결론이 났을 것이다. 그러나 해리만 있었기 때문에 양쪽 다 추측성의 주장을 했고 누구나 똑같이 자신의 의견을 밀고 나가면서 마음 내키는 대로 자주 그 얘기를 거듭거듭 되풀이할 수 있었다.

일행은 다음과 같이 갈렸다.

두 어머니는 각자 사실은 자신의 아들이 더 크다고 확신하면서도, 예법을 지키느라 상대 쪽이 더 크다고 서로를 추켜세웠다.

두 할머니들은 편파적인 면이 덜한 것도 아니었지만 좀 더 솔직했으므로 자기 손자 편을 드느라 똑같이 열심이었다.

루시는 이쪽 어머니나 저쪽 어머니를 다같이 기쁘게 해주고 싶은 마음이 절실했으므로, 두 아이가 다 나이치고는 상당히 크다고 생각하며 조금도 차이가 없다는 것이었다. 스틸 양은 재빨리 양쪽의 비위를 모두 맞추는 더 그럴싸한 말을 했다.

엘러너는 일단 윌리엄의 편을 드는 의견을 내어 그로 인해 더욱더 페러스 부인과 패니의 비위를 뒤틀리게 했으나 굳이 그 의견을 계속 주장해서 감정을 악화시킬 필요까지는 없다고 생각했다. 매리앤은 의견을 물어 오자, 자신은 그런 것을 생각해 본 적이 없어 의견을 내놓을 것도 없다고 잘라 말해서 양편 모두의 기분을 상하게 했다.

엘러너는 놀런드를 떠나기 전에 올케를 위해서 가리개(난로의 열기를 막기 위해 얼굴을 가리는 용도-역주) 한 쌍에 예쁘게 그림을 그려주었는데 그것이 적당한 자리에 놓여서 지금의 거실을 장식하고 있었다. 존 대시우드는 다른 신사들을 따라 방으로 들어오다가 이 가리개에 시선이 가자 멋진 것이라며 브랜든 대령에게 친절하게 건네주면서 말했다.

"제 큰누이동생 솜씨입니다. 안목이 있으시니까 마음에 드실 겁니다. 전에도 그 애의 작품을 보신 적이 있는지 모르겠지만 매우 잘 그린다는 얘기를 듣고 있습니다."

대령은 감식가로 여겨지는 것은 부정하면서도, 대시우드 양의 어떤 작품에 대해서라도 그랬을 듯이 이 가리개를 열렬히 칭찬했다. 그러자 자연히 다른 사람들도 호기심이 일어나 가리개는 모두가 볼 수 있게 죽 돌려졌다. 페러스 부인은 그것이 엘러너의 작품이라는 것을 모르고 특별히 살펴보고 싶어했다. 그래서 황송하게도 레이디 미들튼까지 가리개를 칭찬한 후에, 패니는 그것을 자기 어머니에게 건네주면서 사려 깊게도 대시우드 양이 그린 것이라고 알려 주었다.

"흠, 아주 예쁘구나." 페러스 부인은 가리개를 쳐다보지도 않고 딸에게 돌려주면서 말했다.

패니마저도, 잠시, 어머니가 지나치게 무례하다고 생각한 듯 했다. 그녀는 다소 얼굴이 붉어지면서 즉시 말했다.

"아주 예쁘지요, 어머니. 그렇지요?" 그러다 자신이 너무 친절하게 기를 살려주고 있는 게 아닌가하는 두려움이 엄습한 듯 곧 다시 보태어 말했다.

"모튼 양의 화법과 같다고 생각 안 되세요, 어머니? **그이야말로 정말** 멋지게 그리죠! 지난번에 그린 풍경화는 얼마나 예쁘든지!"

"정말 예쁘지! 하지만 **그이**는 뭐든 다 잘하잖니."

매리앤은 이것은 그냥 넘어갈 수 없었다. 그녀는 이미 페러스 부인 때문에 속이 상할 대로 상해 있었다. 게다가 엘러너를 얕잡아보면서 얼토당토않게 엉뚱한 사람을 칭찬하는 것을 보고, 그런 말들이 실제로 어떤 의미인지는 몰랐지만, 바로 열을 내며 말하지 않을 수 없었다.

"정말 칭찬치고는 특이하군요! 모튼 양이 뭔데요? 누가 그런 여자를 알고 상관이나 한대요? **우리는** 엘러너 얘기를 하고 있는 거라구요."

이런 말을 하면서 매리앤은 올케에게서 가리개를 가져와 그것이 당연히 받아 마땅한 찬사를 자신이 직접 해 주려고 했다.

페러스 부인은 몹시 화가 나서 전보다 더 **뻣뻣해** 진 것처럼 보였고 보복하느라고 공격의 화살을 쏘았다.

"모튼 양은 모튼 경의 영애라우."

패니도 몹시 화가 난 것 같았고 남편은 누이의 **뻔뻔**스러움에 경악했다. 엘러너는 그 상황 자체보다는 매리앤이 흥분한 것 때문에 더 상처 받았다. 그러나 브랜든 대령의 눈길은 매리앤에게 못 박힌 채 자신은 찬사를 보낼 만한 것을, 즉 언니가 조금이라도 얕잡아 보이는 것을 참을 수 없어 하는 다정한 마음씨만을 보았다는 것을 드러내고 있었다.

매리앤의 감정은 여기서 끝나지 않았다. 페러스 부인이 언니에게 지금껏 냉담하고 모욕적인 행동을 하는 것을 보면서 그녀는, 자신이 가슴에 상처를 입으면서 끔찍하다는 것을 알게 된 그런 어려움과 고통을 엘러너가 겪을 지도 모른다는 것을 짐작할 수 있었다. 그래서 다정한 감성의 충동에 휩싸여 얼마 후 언니의 의자로 다가와 목에 한 팔을 두르고 볼에 얼굴을 대고서 나지막하지만 열렬한 목소리로 말했다.

"사랑하는 엘러너, 저들에게 신경 쓰지 말아. 저들 때문에 마음 상해 하지마."

그녀는 더 이상 말을 할 수 없었다. 그녀는 완전히 의기소침해져서 엘러너의 어깨에 얼굴을 묻고 눈물을 터뜨렸다. 모두의 시선이 집중되었고 모두가 걱정을 했다. 브랜든 대령은 자기도 모르게 일어서서 그들에게 다가갔다. 제닝스 부인은 의미심장하게 "아유! 가엾어라."라고 하면서 즉시 자신의 방향염을 그녀에게 건네주었다. 존 경은 이처럼 신경 발작을 일으키게 한 장본인에 대해 치 떨리는 분노를 느끼면서 바로 루시 스틸 옆으로 자리를 바꾸어 앉아 충격적인 사건의 전모를 귓엣말로 간단히 알려 주었다.

몇 분 후 매리앤은 정신을 차려 이런 소란을 끝내고 다른 사람과 함께 앉아 있었다. 그러나 저녁 내내 그녀는 조금 전의 사건에서 받은 충격을 벗어나지 못했다.

그녀의 오빠는 브랜든 대령의 주의를 끌게 되자마자 낮은 목소리로 말했다.

"가엾은 매리앤! 저 애는 제 언니만큼 건강이 좋지 않습니다. 아주 신경이 예민해요. 저 애는 엘러너같은 체질을 가지지 못했지요. 한 때는 미인이었던 아가씨가 매력적인 외모를 잃었으니 몹시 괴로울 게 뻔하지요. 아마 상상도 못하시겠지만 매리앤도 몇 달 전에는 아주 예뻤답니다. 엘러너 만한 미모가 있었지요. 이제는 보시다시피 다 사라졌지만 말입니다."

35장

페러스 부인에 대한 엘러너의 호기심은 충족되었다. 엘러너는 두 가족간에 더 이상의 관계를 맺는 것이 바람직하지 못하다고 여기게 할 모든 것을 그녀에게서 보았다. 그녀의 오만함, 비열함, 그리고 자신에 대한 철저한 편견 등을 충분히 보았으므로 에드워드가 사정이 달라서 자유로운 몸이었다 하더라도 그와 자신의 약혼을 힘들게 하고 결혼을 늦추게 만들었을 모든 어려움을 알아채게 되었다. 그녀는 자기 자신을 위해서는 지금이 잘 된 일이라고 여길 만큼 충분히 보았다. 더 큰 장애물이 생겨서 페러스 부인이 만들어 낼 다른 어려움 때문에 고통당하지 않게 막아 준 셈이 있고, 그녀의 변덕을 맞추려고 하거나 호감을 얻으려고 계속 염려 하지 않아도 되게 해 준 것이었다. 아니, 최소한 에드워드가 루시에게 발목을 잡힌 것을 자신이 아주 기뻐할 수는 없다 하더라도 루시가 조금만 더 좋은 사람이었더라면 마땅히 기뻐해야 했을 것 같았다.

엘러너가 이해할 수 없는 것은 페러스 부인이 친절하게 대해 주었다고 해서 루시의 마음이 그렇게 들뜰 수 있다는 것이었다. 루시는 자신에게 중요한 문제인데다가 허영심으로 인해 눈이 멀어, **엘러너가 아니기 때문에** 베풀어 졌을 따름인 배려를 자신에 대한 찬사로 받아들이는 것 같았다. 또 자신의 진짜 상황이 드러나지 않았기 때문에 그녀에게 퍼부어진 편애에서 용기를 얻는 것 같았다. 실제로 루시가 그렇다는 것이 당시에 그녀의 눈에서 분명히 드러났을 뿐 아니라 다음날 아침 아예 드러내놓고 말로 표현되었다. 루시가 특별히 부탁하는 바람에 레이디 미들튼이 그녀를 버클리 가에 내려 주어 자신이 얼마나 행복한 지 엘러너가 혼자 있을 때 말할 수 있게 해주었던 것이다.

기회를 잘 잡았다고 할 수 있었다. 그녀가 도착한 직후 파머 부인에게서 전달이 와서 제닝스 부인이 나가야 했기 때문이다. 그들끼리만 남게 되자마자 루시가 외쳤다.

"좀 봐요. 내가 얼마나 행복한지 당신에게 말하러 왔어요. 어저께 페러스 부인이 나를 대하던 태도처럼 희망을 주는 게 있을까요? 그분은 정말이지 상냥했어요! 그분을 만날 생각만 해도 내가 얼마나 두려워했는지 당신도 알지요. 그렇지만 인사를 드리는 바로 그 순간, 그분의 태도는 너무나 살가워서 마치 나를 무척 좋아한다고 말씀 하시는 것과 진배없었다구요. 그렇지 않았어요? 당신도 다 봤잖아요. 눈에 확 띄지 않던가요?"

"확실히 당신한테는 정중하더군요."

"정중하다구요! 정중하다고만 봤나요? 나는 훨씬 더 많이 봤는데. 그런 친절이 나 말고는 누구의 몫으로도 떨어지지 않았지요! 그분은 고고하게 굴지도 거만부리지도 않았어요. 당신 올케도 마찬가지였어요. 그저 다정하고 상냥했어요!"

엘러너는 다른 얘기로 바꾸고 싶었지만 루시는 자신이 행복하다고 믿을 타당한 이유가 있다는 말을 기어코 듣고야 말겠다는 듯이 재촉했으므로 엘러너는 계속 말을 하지 않을 수 없었다. 그녀가 말했다.

"물론, 만일 그들이 당신의 약혼을 알고 있다면, 당신을 대하는 그들의 태도보다 희망적으로 받아 들여도 좋을 건 없겠지요. 그렇지만 그렇지 못하니까……"

"그렇게 말할 줄 알았어요." 루시가 재빨리 대답했다. "그렇지만 페러스 부인이 나를 좋아하지 않으면서 그런 체 할 이유가 도대체 없잖아요. 그분이 나를 좋아한다는 사실이 중요한 거죠. 당신이 무슨 말을 해도 흡족한 내 기분이 사라지지 않아요. 틀림없이 모든 게 잘 끝날 것이고 내가 우려했던 그런 어려움은 없을 거예요. 페러스 부인은 매력적인 분이고 당신 올케도 마찬가지예요. 정말이지 두 분 다 좋은 분들이에요! 이상하게도, 당신이 대시우드 부인을 상냥한 분이라고 말하는 것을 들은 적이 없네요!"

이 말에 엘러너는 대답할 말도 없었거니와 말할 기분도 나지 않았다.

"어디 아픈가요, 대시우드 양? 기분이 가라앉은 것 같군요. 말도 별로 없구요. 몸이 좋지 않은 게로군요."

"이렇게 좋은 적이 없는데요."

"그 말을 들으니 진심으로 반갑군요. 그렇지만 정말이지 그래 보이지 않아요. **당신이 아프면** 나는 정말 마음이 이플 거예요. 정말이지 당신이 얼마나 큰 위안이 되는데요! 당신의 우정이 없었더라면 나는 어떻게 됐을지 몰라."

엘러너는 정중한 대답을 하려고 했는데 그것이 성공했는지는 스스로도 의문이었다. 어쨌든 루시가 곧장 대답을 하는 것으로 보아 그녀는 그 대답에 만족한 것 같았다.

"정말이지 나는 당신이 나를 좋아한다고 굳게 믿고 있답니다. 내게는 그게 에드워드의 사랑 다음 가는 위로가 된답니다. 가엾은 에드워드! 그렇지만 이제 좋은 일이 하나는 생겼어요. 우리가 만날 수 있고, 그것도 자주 만날 수 있을 테니까요. 레이디 미들턴은 대시우드 부인을 마음에 들어 하니까 우리가 할리 가에 자주 갈게 뻔하지요. 에드워드는 누나와 함께 지내는 시간이 절반은 되거든요. 게다가 레이디 미들턴과 페러스 부인도 이제 서로 방문하겠죠. 페러스 부인과 당신 올케 두 분 다 나와 만나는 것은 언제나 환영이라는 말을 고맙게도 여러 번이나 해주셨답니다. 정말 매력적인 분들이에요! 올케에 대한 내 말을 그대로 전해준다 하더라도 지나친 말이 아닐 거예요."

그러나 엘러너는 올케언니에게 꼭 그 말을 할 것이라는 기대를 주고 싶지 않았다. 루시는 말을 이었다.

"정말이지, 페러스 부인이 나를 싫어하는 낌새가 있었다면 나는 당장 알아챘을 거예요. 예를 들면, 그분이 내게 말 한마디 없이 형식적으로 인사만 하고는, 그 후로 일체 무시하면서 기분 좋게 바라보는 법이 없다든지 했으면……(무슨 말인지 알 거예요) 내가 만일 그렇게 근접도 못하게 하는 식으로 대접 받았다면 절망에 빠져 포기하고 말았을 거예요. 나는 견딜 수 없었을 거예요. 그분이 정말 싫어하면 지독하게 군다는 걸 알거든요."

엘러너는 이처럼 매끈하게 발린 말로 승리감을 드러내는 것에 대답 하지 않아도 되었다. 문이 활짝 열리면서 하인이 페러스 씨의 도착을 알렸고 에드워드가 곧장 걸어 들어 왔기 때문이다.

그것은 정말 어색한 순간이었다. 모두의 얼굴에서 그렇다는 것이 드러났다. 그들은 모두 극도로 멍해 보였다. 에드워드는 방으

로 들어오려던 만큼이나 다시 밖으로 걸어 나가고 싶은 마음이
굴뚝같은 것 같았다. 그들 모두가 가장 피하고 싶었던 그런 상황
이 가장 불쾌한 형태로 닥친 것이었다. 그들 셋이 모두 모였을 뿐
아니라 긴장을 풀어줄 다른 사람도 없이 모여 있는 것이었다. 숙
녀들이 먼저 정신을 차렸다. 루시는 먼저 나설 자리가 아니었으
며 겉으로는 비밀이 지켜지고 있는 척 해야 했다. 그래서 그녀는
눈으로만 애정 표시를 하며 간단히 인사를 한 후 더 이상 입을 열
지 않았다.

　그러나 엘러너는 해야 할 역할이 더 있었다. 그녀는 그와 자신
을 위해 그 역할을 잘하고 싶은 마음이 간절했다. 그녀는 잠시 숨
을 돌린 후 간신히 솔직하고 스스럼없는 표정과 태도로 그를 환영
했다. 그리고 좀 더 애를 쓰고 좀 더 노력해서 점점 나아졌다. 엘
러너는 루시가 있다고 해서, 혹은 자신이 다소 피해를 받았다는
생각 때문에, 그를 보아서 반가우며 그가 전에 버클리 가에 왔을
때 자신이 집에 없어서 유감이었다는 말을 않하고 싶지는 않았다.
그녀는 곧 루시의 눈이 예사롭지 않게 자신을 지켜보고 있는 것을
알았지만, 그런 살펴보는 눈초리가 무서워서 친구이며 사돈으로
서 당연히 그가 받게 되어 있는 배려를 생략하고 싶지 않았다.

　엘러너의 태도에 에드워드는 다소 안심이 되어 자리에 앉을 용
기가 일었다. 정도로 따져 본다면 그는 숙녀들보다 훨씬 더 당황
하고 있었다. 그와 같은 남성으로서는 드문 일이었지만 상황으로
보아 당연한 일이었다. 그의 마음은 루시처럼 무심할 수 없있고
그의 양심은 엘러너만큼 편안할 수 없었기 때문이다.

　루시는 새초롬하니 차분한 태도를 하고는, 다른 사람의 마음을
편안하게 해 주려고 힘쓰는 일은 하지 않겠다고 작정한 것처럼
한 마디도 하지 않았다. 그러므로 말을 하는 사람은 엘러너뿐이

었다. 그녀는 에드워드가 물어 봐야만 하는데도 묻지 않고 있는 어머니의 건강이나 자기들이 런던에 온 일 등등의 소식을 자진해서 알려 주어야 했다.

엘러너의 노력은 여기서 끝나지 않았다. 그녀는 잠시 후 영웅적일 정도로 마음을 다잡아먹고는 매리앤을 데리러 간다는 핑계 아래 그들 둘만을 남겨 놓으려 했다. 그녀는 실제로 그렇게 했으며 게다가 아주 기품 있게 해냈다. 그녀는 동생에게 가기 전에 정말 고결한 용기를 내어 층계참에서 몇 분을 서성거리기까지 했던 것이다. 그러나 일단 매리앤에게 알리자 에드워드가 느꼈을 '환희'도 끝나야 했다. 매리앤이 기쁨에 겨워 서둘러 거실로 왔기 때문이다. 그를 보고 좋아하는 것도 그녀가 다른 감정을 드러낼 때나 마찬가지로 강렬했고 강렬한 말로 표현되었다. 매리앤은 그를 보자 손을 내밀며 처제의 애정을 담은 목소리로 말했다.

"사랑하는 에드워드! 이렇게 반가울 수가 없군요! 이로서 다른 모든 것에 대한 보상이 되는 셈이에요!"

에드워드도 이런 친근감에 걸맞게 대답을 하려 했으나 그렇게 지켜보고 있는 데서는 자신이 실제로 느끼는 것의 반도 제대로 말할 수 없었다. 다시 그들 모두가 앉았고 한순간 모두가 침묵했다. 그동안 매리앤은 눈에 드러나게 다정하게 때로는 에드워드를, 때로는 엘러너를 쳐다보면서, 그들이 서로를 보고 반가워할 상황에 루시가 불청객으로 자리 잡고 있어 감정을 억제해야 하는 것을 애석하게 여겼다. 에드워드가 먼저 말을 꺼내어, 매리앤의 안색이 바뀐 것을 보니 런던이 그녀와 맞지 않는 것 같다는 염려를 표시했다.

"아! 저에 대해서는 신경 쓰지 마세요!" 그녀는 활기차게 대답은 했지만 말을 하면서 눈에는 눈물이 솟아올랐다. "제 건강은 신경 쓰지 마세요. 엘러너가 잘 있잖아요. 당신과 저에게는 그러면 된 거죠."

이 말은 에드워드나 엘러너를 더 편하게 해주는데도, 루시의 호의를 얻는데도 모두 적합하지 못했다. 루시는 매리앤을 곱지 않은 표정으로 올려다보았다.

"런던은 좋습니까?" 에드워드가 다른 화제를 이끌어낼 만한 얘기를 해 보려고 말했다.

"전혀 아니에요. 즐거울 일이 많을 줄 알았는데 그렇지 못했어요. 에드워드, 당신을 만난 것이 런던에서 얻은 유일한 위안이에요. 다행히도! 당신은 한결같군요!"

매리앤이 말을 멈추었다. 다른 누구도 입을 열지 않았다. 매리앤이 곧 덧붙였다.

"엘러너, 내 생각에 말이야, 에드워드더러 우리가 바튼에 돌아갈 때 돌봐 달라고 해야겠어. 한두 주 후면 우리는 떠날 거예요. 에드워드가 그런 임무를 맡는 것을 싫어하지 않을 걸로 믿어요."

가엾은 에드워드는 뭐라고 중얼거렸지만 그게 무슨 말인지는 아무도, 심지어 자신도 몰랐다. 그러나 매리앤은 그가 당황하는 것을 보고 그 이유를 마음 내키는 대로 생각해 버리고 흐뭇한 마음으로 곧 다른 이야기를 꺼냈다.

"에드워드, 어제 우리는 할리 가에서 굉장한 하루를 보냈답니다! 너무 지루해서 비참할 지경이었어요! 그 문제에 대해 할 말이 정말 많은데 지금은 안 되겠군요."

이처럼 그녀는 자기들 둘에게 친척이 되는 사람이 얼마나 불쾌한 사람인지 전보다 더 잘 알게 되었다는 것과, 특히 그의 어머니를 싫어하게 되었다는 얘기를 신중하게도, 칭찬할 만하게도, 그들끼리 있게 될 때까지 미루어 두었다.

"그런데 당신은 왜 거기 없었어요, 에드워드? 왜 오지 않았어요?"

"다른 약속이 있었습니다."

"약속이 있었다구요! 우리 같은 친구들을 보게 되어 있는데 그런 약속이 뭐가 중요해요?"

매리앤에게 복수를 하고 싶어 안달이던 루시가 소리쳤다.

"어머, 매리앤 양. 당신은 젊은 신사들이 약속을 지킬 생각이 없으면 크든 작든 개의치 않고 그걸 지키지 않는다고 여기는군요."

엘러너는 매우 화가 났지만 매리앤은 신랄한 의미를 전혀 알아채지 못한 듯 침착하게 대답했다.

"전혀 그렇지 않아요. 진심으로 말하자면 에드워드는 양심에 따라 할리 가에 오지 않은 거라고 생각해요. 나는 이분이 세상에서 가장 섬세한 양심을 가진 분이라고 믿고 있어요. 아무리 사소하더라도, 아무리 자신의 이익이나 기쁨에 어긋나더라도, 어떤 약속이라도 지켜내려 할 만큼 양심적이지요. 이분은 내가 아는 사람 중에서, 남에게 상처를 주거나 기대를 저버리는 것을 가장 싫어하는, 절대로 이기적이 될 수 없는 분이에요. 에드워드, 정말이니까 나는 그렇게 말하겠어요. 어머나! 당신은 칭찬은 듣지 않겠다는 건가요!…… 그러면 당신은 내 친구가 아니에요. 나의 사랑과 존경을 받을 분은 나의 공개적인 칭찬에 굴복해야 하니까요."

그러나 현재의 상황에서 그녀의 칭찬은 말을 듣고 있던 사람들 중 두 아가씨의 감정에는 특히 어울리지 않는 편이었다. 또 에드워드의 기분을 돋우어 주는 것과도 아예 거리가 멀었으므로 곧 그는 가려고 일어섰다.

"이렇게 빨리 가다니요! 에드워드, 이럴 수는 없어요." 매리앤이 말했다.

그리고 에드워드를 약간 옆으로 끌더니 루시가 그렇게 오래 있지는 않을 것이라고 속삭이며 설득을 했다. 그러나 이렇게 부추겨도 소용이 없이 그는 가겠다고 고집했다. 그가 두 시간을 넘게 있었더라도 그보다 더 오래 머물러 있었을 루시도 얼마 후 가버렸다. 매리앤은 그들을 보내고서 말했다.

"도대체 저 여자는 여기에 왜 이리 자주 오는 거지! 자기가 가주기를 원하는 것도 못 알아챈단 말이야! 에드워드가 얼마나 성가셨을까!"

"왜 그렇겠니? 우리는 다 그이 친구인걸. 그리고 우리 중 루시가 그이를 안지 제일 오래 됐잖니. 당연히 우리만큼 그녀도 보고 싶다고 할 수 있지."

"언니도 알겠지만," 매리앤은 엘러너를 뚫어지게 바라보면서 말했다. "그런 식의 말을 들으면 나는 참을 수 없어. 만일 언니가 한 말을 반박해 주기를 바라면서 그런 말을 했다면, 내 생각에는 분명 그런 것 같지만, 내가 절대 그럴 사람이 아니라는 것을 기억해야 할 걸. 내가 언니 사랑을 믿지 않는 지경이 될 리도 없고. 그걸 정말로 원하는 것도 아니잖아."

그리고 매리앤은 방을 나갔다. 엘러너는 그녀를 따라 가서 더이상의 얘기를 해 줄 수도 없었다. 루시에게 비밀을 지키겠다는 약속을 한 상태였기 때문에 매리앤을 납득시킬 어떤 정보도 줄수 없었다. 매리앤이 잘못 알고 있기 때문에 자신이 고통을 당하게 되더라도 어쩔 수 없었다. 단지 엘러너가 바랄 수 있는 것은, 매리앤이 잘못 알고 하는 열렬한 말을 에드워드나 엘러너 자신이 들어야 하는 괴로움이나, 혹은 방금 전의 만남과 같은 고역이 반복되는 상황에 처하지 않게끔 에드워드가 해주는 것이었다. 그리고 그녀로서는 그렇게 될 것이라고 기대할 만 했다.

36장

　이런 만남이 있은 지 며칠 후 토머스 파머 향사님의 레이디께서 아들이며 상속자를 무사히 분만하셨다는 소식을 신문이 세상에 알렸다. 이것은 적어도 이미 그 사실을 알고 있던 가까운 친지들에게는 매우 관심이 가는 흐뭇한 구절이었다.

　제닝스 부인의 행복에 아주 중요한 이 사건은 그녀가 시간을 보내는 방법에 일시적인 변화를 야기했으며 젊은 친구들의 시간 활용에도 영향을 끼쳤다. 부인은 가능한 샬럿과 함께 있고 싶었기에 매일 아침 옷을 입자마자 거기 가서 저녁 늦게까지 돌아오지 않았다. 그래서 대시우드 자매는 미들튼 가의 특별 요청에 따라 매일 콘뒤트 가에서 하루 종일 보냈다. 그들은 아침나절만이라도 제닝스 부인의 집에 편안하게 남아 있고 싶었지만 모두가 바라는 것을 무시하고 밀고 나갈 수도 없는 일이었다. 그래서 공공연히 원하는 것만큼 사실은 그들과 함께 지내는 것을 귀하게 여기지도 않는 레이디 미들튼과 스틸 자매에게 그들의 시간을 바치게 되었던 것이다.

　대시우드 자매는 레이디 미들튼의 바람직한 친구가 되기에는 너무 분별이 있었다. 또 스틸 자매로부터 **그들의** 영역을 침범해서 독점하고 싶은 친절을 나누어 가지려 한다고 시샘하는 눈초리를 받았다. 엘러너와 매리앤에 대해 레이디 미들튼만큼 정중하게 행동하는 사람도 없었지만 그녀는 사실은 그들을 전혀 좋아하지 않았다. 그들은 자신이나 아이들의 비위를 맞추려고 하지 않았으므로 성품이 좋다고 믿을 수 없었다. 그들이 독서를 좋아했기 때문에 그녀는 그들이 냉소적이라고 여겼다. 냉소적이라는 것이 정확히 무슨 말인지는 몰랐지만 그것은 중요하지 않았다. 그 말은 보편적으로 손쉽게 쓰이는 비난이었다.

대시우드 자매가 함께 있는 것이 레이디 미들튼이나 루시에게는 짐이 되었다. 그들이 있기 때문에 부인은 게으름을 피우기 힘들었고 루시는 행동하기가 껄끄러웠다. 레이디 미들튼은 그들 앞에서 아무 일도 않고 지내는 것이 꺼림칙한 기분이었고, 루시는 다른 때는 자랑스럽게 아첨하는 말이나 행동을 해왔지만 그들이 보고 경멸할까봐 신경이 곤두섰던 것이다. 그나마 셋 중에서 가장 덜 불편해 하는 사람은 스틸 양이었다. 하기에 따라 그들이 있는 것을 스틸 양이 정말로 만족스럽게 여기도록 만들 수도 있었다. 만일 대시우드 자매 중의 누구라도 매리앤과 윌러비 씨 사이에 생긴 일을 시시콜콜한 것까지 자세히 말해 주었다면 스틸 양은 그들의 도착으로 인해 정찬 후에 난로 가의 제일 좋은 자리를 희생한 것에 대한 충분한 보상이 되었다고 여겼을 것이다. 그러나 이런 회유의 선물은 주어지지 않았다. 스틸 양은 엘러너에게 동생을 동정한다는 표현을 자주 흘렸고, 매리앤 앞에서 여러 번이나 불성실한 멋쟁이에 대한 의견을 피력했지만, 전자는 무관심한 표정을, 후자는 혐오하는 표정을 지을 뿐 아무런 성과가 없었다. 그보다 힘을 덜 들이고도 스틸 양을 자신들의 친구로 만들 수도 있었을 것이다. 그들이 박사 얘기를 하면서 그녀를 우스개 감으로 삼기만 했더라도! 그러나 다른 사람들과 마찬가지로 그들도 스틸 양에 대해 비위를 맞추어줄 의향이 없었으므로 그녀는, 만일 존 경이 밖에서 정찬을 하는 날이면, 자신이 애를 써서 스스로 만들어내지 않는 경우 그 화제에 대한 농담을 한마디도 듣지 못한 채 온종일을 보낼지도 몰랐다.

이처럼 질투심과 불만이 팽배해 있는 것을 제닝스 부인은 전혀 눈치 채지 못했으므로, 숙녀들이 함께 모여 있는 것을 기쁜 일로 여기고, 젊은 친구들이 재미없는 노파와 죽치다가 이리 오래 벗어났으니 잘됐다며 매일 저녁 축하를 보내는 것이었다. 제닝스 부인은 때로는 존 경의 집에서, 때로는 자신의 집에서 그들과 만났는데 장소가 어디든 간에 늘 활기가 넘쳤다. 그녀는 샬럿의 회복이 빠른 것은 자신이 잘 보살피기 때문이라고 즐거워하고 뿌듯해 하면서 딸의 상태를 정확하고 상세하게 알려주려 했는데 그것은 오직 스틸 양만이 듣고 싶어 안달하는 화제였다. 부인을 상심시키고 그래서 매일 불평하게 하는 일이 한 가지 있었다. 파머 씨가 갓난애들은 다 똑같아 보인다는, 남자들이 흔히 하는 이야기이기는 하지만 아버지가 된 사람이 할 이야기는 아닌 것을 고집한다는 점이었다. 부인은 볼 때마다 갓난애가 친가와 외가 사람들을 죄다 빼다 박아 놓은 듯이 닮았다는 점을 분명히 알겠는데 아버지 되는 사람에게 그 점을 믿게 할 수가 없었다. 또 애가 그 또래의 다른 애들과 똑같이 생기지 않았다고 믿게끔 설득할 수도 없었고, 심지어 이 애가 세상에서 제일 잘 생긴 갓난애라는 단순한 가설도 깨닫게 할 수가 없었던 것이다.

나는 이제 이 무렵 존 대시우드 부인에게 닥친 불행한 일을 이야기하겠다. 그녀의 시누이들이 제닝스 부인과 함께 처음으로 할리 가로 방문한 날 또 다른 지기가 들르게 되었다. 그 자체가 존 대시우드 부인에게 해가 될 만한 것은 절대로 아니었다. 그러나 다른 사람의 상상이 제멋대로 발전해서 우리의 행동을 잘못 판단하고 피상적인 외양만 보고 결론을 내려 버리기도 하는 동안 사람의 행복도 얼마간은 우연에 좌우되게 마련이다. 이번 경우에는, 나중에 도착한 이 부인이 제멋대로 상상하여 사실과 개연성을 앞질러 버린 바람에, 대시우드 자매의 이름만 듣고 그들이 대시우드 씨의 누이라는 것을 알고서 대뜸 그들이 할리 가에 머물고 있다고 생각해 버린 것이었다. 이런 오해로 말미암아 이 부인은 하루 이틀 뒤 자신의 집에서 열릴 조촐한 음악회에 오빠와 올케 뿐 아니라 그들에게도 초대장을 보낸 것이었다. 그 결과 존 대시우드 부인은 대시우드 양들을 태우고 오도록 자신의 마차를 보내야 하는 크나큰 불편을 당해야 했을 뿐 아니라 더 심했던 것은, 그들을 사려 깊게 대하는 것처럼 보여야 하는 불쾌한 일을 겪어야 한다는 점이었다. 그러니 그들이 또 다시 그녀와 함께 외출하기를 바라지 않으리라고 누가 장담할 수 있겠는가? 그들을 실망시킬 힘이 언제나 자신의 손아귀에 있는 것도 사실이었다. 그러나 그걸로 충분하지 않았다. 사람이란 나쁘다는 것을 자신도 알고 있는 행동방식에 집착을 하게 되면 자신이 더 낮게 행동하기를 남들이 바라고 있다는 자체로도 기분이 상하기 때문이다.

매리앤은 이제 점차로 매일 외출하는 습관에 젖게 되어 가느냐 가지 않느냐는 무심하게 받아 들였다. 그녀는 어디를 가든 조금이라도 즐거운 일이 있을 것으로 기대하지도 않았고 종종 마지막 순간까지 어디로 가는지도 몰랐지만 매일 저녁의 약속에 조용히 기계적으로 준비를 했다.

매리앤은 옷이나 차림새에 대해 완전히 무관심해져서 치장을 하는 동안 그녀가 쓴 신경은, 치장이 끝난 후 스틸 양이 처음 오분 간 쏟아 부은 관심의 절반도 되지 않았다. 어느 것도 **스틸 양**의 세밀한 관찰과 전반적인 호기심을 벗어나지 못했다. 그녀는 모든 것을 살펴보고 모든 것을 물어 보았다. 그녀는 매리앤의 옷의 각 부분의 가격을 다 알 때까지 편안한 마음이 될 수 없었다. 또 매리앤의 야회복이 전부 몇 벌인지 매리앤보다 더 잘 알아맞힐 수 있었다. 매리앤의 세탁비가 일주일에 얼마나 들며 매년 혼자 쓰는 돈이 얼마인지 헤어지기 전에 알아내리라는 희망도 없는 게 아니었다. 이런 식으로 뻔뻔스럽게 캐물어 보다가 대개 찬사로 마무리 지었는데 그것은 아부로 바쳐진 것이었지만 매리앤에게는 최고로 무례한 행위로 여겨졌다. 야회복의 가격이나 만듦새, 구두의 색깔, 머리의 매무새 등을 뜯어 본 후엔 언제나 "정말이지 당신은 엄청 멋들어지게 보이니까 내 장담하는데, 죄다 정복해 버릴걸요."라는 말을 들을 것이 뻔했기 때문이다.

매리앤은 이런 부추김의 말을 들으면서 이번에는 오빠의 마차를 타게 되었다. 그들은 마차가 현관에 도착한 지 오 분만에 타게 되었는데 이런 정확성도 그들의 올케에게는 그리 유쾌한 것이 아니었다. 존 대시우드 부인은 그들보다 앞서 친구 집에 갔었는데, 그들로 인해 자신이나 마부에게 불편을 초래할 정도로 늦어지게 되는 일이 일어나기를 바랐기 때문이다.

저녁의 연주회는 그리 훌륭하지 못했다. 다른 음악회나 마찬가지로 이 모임에도 연주를 감상할 진정한 안목을 가진 사람들도 있었지만 전혀 그렇지 못한 사람들이 훨씬 많았다. 연주자들 자체는, 늘 그렇듯이, 그들 자신이 평가할 때, 또 가까운 친구들이 평가할 때, 영국에서 제일가는 아마추어 연주자들이었다.

엘러너는 음악에 밝지 않았고 그런 체 할 마음도 없었기에 마음 가는 대로 거리낌 없이 피아노에서 눈을 돌렸고, 심지어 하프나 첼로가 나와도 구애받지 않고 내키는 대로 방안의 다른 대상에 시선을 두곤 했다. 이처럼 이리저리 눈길을 보내다가 신사들이 모여 있는 데서 그레이 보석상에서 이쑤시개 통에 대해 잔뜩 강의를 했던 바로 그 신사를 알아보았다. 바로 얼마 후 그도 그녀 쪽을 돌아보면서 그녀의 오빠와 허물없이 이야기를 하는 것을 보게 되었다. 그래서 오빠한테 신사의 이름을 물어봐야겠다고 막 마음을 먹었는데 둘이 그녀를 향해 왔으며 대시우드 씨는 그를 로버트 페러스 씨라고 소개했다.

그는 매끈하고 정중한 태도로 인사말을 하고 머리를 꼬며 절을 했다. 그 모양을 보고 엘러너는 루시가 맵시꾼이라고 묘사하는 것을 들은바 있는 바로 그 사람이라는 것을 말로 들은 것만큼이나 확실히 알 수 있었다. 에드워드를 좋아하게 된 것이 그 사람 본인이 괜찮아서가 아니라 그 가족이 마음에 들어서였다면 지금의 엘러너는 차라리 마음이 편했을 것이다! 그랬다면 그의 동생이 절을 하는 모양새가 그의 어머니와 누나의 혐오스런 성질머리가 시작했을 충격을 완결시켜 주는 역할을 했을 것이 틀림없었기 때문이다. 그러나 형제가 그렇게 차이를 보이는 것에 의아해 하면서도 그녀는 동생 되는 사람의 건방지고 바람만 잔뜩 든 모습 때문에 형의 겸손하고 진중한 면도 덩달아 매도하게 되지는 않았다. 로버트는 십오분 여 동안 대화를 나누는 중에 스스로 왜 자기 형제가 다르게 되었는지 대놓고 말했다. 그는 형에 대한 이야기를 하면서, 형이 지독하게 **촌스럽다고** 혀를 끌끌 차면서, 자기가 보기에 그래서 형이 품위 있는 사람들과 어울리지 못하고 있다는 것이다. 그는 화통하게 선심을 쓴다는 듯이 그것이 타고난 결함이라기보다 불행히도 사설교육을 받았기 때문이라는 것이다. 자신은 비록 특별히 우수하게 타고난 것은 아니지만 일류 사립학교에 다닌 덕택으로 다른 사람만큼은 세상에 잘 어울리고 있다는 것이다. 그는 덧붙였다.

"사실 말입니다. 그 이상은 아니라고 믿고 있는 편이지요. 그래서 나는 어머니께서 그 문제로 상심하실 때 이런 말을 자주 하지요. '사랑하는 모친, 마음을 편히 가지세요. 이제 고칠 수도 없는 잘못을 한 겁니다. 게다가 전적으로 당신 탓인 걸요. 왜 당신 판단대로 하지 않으시고 로버트 경 아저씨의 말을 듣고 인생의 가장 중요한 시기에 에드워드에게 개인교수를 받게 하셨습니까? 모친께서 형을 프래트 씨에게 보내지 않고 저처럼 웨스트민스터 (런던 웨스터민스터 대사원 부속의 유명한 사립학교-역주)에 보냈더라면 이런 일이 일어나지 않았을 텐데요.' 나는 늘 그 문제를 그런 식으로 생각합니다. 어머니께서도 당신 실수를 전적으로 인정하고 계시지요."

엘러너는 그의 의견에 반대하려고 하지 않았다. 사립학교의 이점을 일반적으로 어떻게 평가하느냐와 별개로 그녀도 에드워드가 프래트 씨의 가족과 함께 지낸 것을 만족스럽게 여길 수 없었기 때문이다.

"데번셔에 있는, 그 뭐더라, 돌리시 근처의 작은 코티지에 거주하고 있다면서요." 라는 것이 그의 다음 말이었다.

엘러너가 장소를 바로 잡아 주자 그는 데번셔에 살면서도 돌리시 근처에 살지 않는 것이 놀랍다는 표정이었다. 그러면서도 그는 그런 종류의 집에 대해 철철 넘치게 찬사를 쏟아 부었다.

"나는 말입니다, 작은 코티지를 정말 좋아합니다. 그곳에는 항상 안락함과 우아함이 넘쳐나지요. 맹세코, 나는 여윳 돈이 있으면 런던에서 얼마 떨어지지 않은 곳에 땅을 조금 사서, 손수 집을 짓고, 기분 내키면 마차를 타고 거기로 내려가 주변에 친구들을 모아 재미있게 지낼 겁니다. 나는 집을 지을 생각이 있는 사람 누구에게나 전부 코티지를 지으라고 충고하지요. 얼마 전에 친구인 코틀랜드 경이 일부러 내 충고를 들으러 와서 보너미(1739-1808. 당대의 유명한 건축가-역주)의 설계도를 셋이나 보여 주었지요. 그 중에서 제일 나은 것을 결정해 달라는 겁니다. 바로 그걸 전부 불속에 집어던지면서 말했지요. '이보게 코틀랜드, 이 중의 어느 것도 하지 말고 단연코 코티지를 짓게나.' 그렇게 결말이 날 것으로 여기고 있습니다.

"어떤 사람들은 코티지에는 잘 곳이 마땅찮고 공간이 부족하다고 여기지요. 그러나 그게 다 잘못된 생각입니다. 지난 달에 다트퍼드 근처에 있는 친구인 엘리엇의 집에 갔지요. 레이디 엘리엇은 무도회를 열고 싶어 했습니다. 그녀가 묻더군요. '그렇지만 어떻게 하면 될까요? 페러스 씨, 어떻게 해야 될지 말씀 좀 해 주세요. 이 코티지에는 열 쌍이 들어 올만한 방이 없는데다, 식사는 또 어디서 해야 할까요?' 나는 전혀 어려울 게 없다는 것을 바로 알아챘으므로 이런 말을 해주었지요. '친애하는 레이디 엘리엇, 어려워할 거 없습니다. 정찬실에 열여덟 쌍은 쉽게 들어갈 수 있어요. 카드 탁자는 거실에 두면 되겠고 서재를 열어 두어 차나 다른 음료수를 마시게 하고, 저녁은 응접실에 차리게 하지요.' 레이디 엘리엇은 이 생각에 아주 기뻐했지요. 우리는 정찬실을 재어보고 거기에 정확하게 열여덟 쌍이 들어 갈 수 있다는 것을 알았고 모든 것이 정확하게 내 계획에 따라 정리가 되었지요. 그러니, 사실 아시겠지만, 사람들이 어떻게 정리를 할지 알기만 한다면 코티지에서도 넓은 저택과 마찬가지로 편안함을 누릴 수 있는 거지요."

엘러너는 그 모든 것에 동의했다. 이성적인 반대를 하는 것마저도 그에게는 과분하다고 여겼기 때문이다.

존 대시우드도 자신의 큰누이 동생이나 마찬가지로 음악에서 재미를 느끼는 축은 아니었으므로 그의 정신도 마음껏 다른 데로 옮겨 다녔다. 그러다가 그날 저녁 어떤 생각이 떠올라서 아내의 승낙을 빌으려고 집에 와 그 얘기를 꺼냈다. 누이들이 자기 집에 초대받아 와 있는 것으로 데니슨 부인이 잘못 알았다는 것을 생각해 보다가, 제닝스 부인이 바빠서 집을 비울 경우가 많을 때 그들을 정말로 초대하는 것이 마땅하다는 생각이 떠올랐다는 것이다. 비용은 얼마 들지 않을 것이고 불편한 점도 그 이상은 아닐 것이다. 그의 섬세한 양심은 자신이 아버지에게 한 약속에서 완전히 해방되려면 그 정도 배려는 꼭 필요하다고 지적한다는 것이다. 패니는 이 제안에 경악했다. 그녀가 말했다.

"그렇게 하는 경우 레디 미들튼의 마음을 상하게 할 거예요. 아가씨들은 매일 그녀와 함께 지내잖아요. 그렇지만 않다면 정말이지 기꺼이 그렇게 하고 싶어요. 오늘 저녁에 아가씨들을 데리고 간 것처럼 힘이 닿는 한 내가 늘 배려를 한다는 건 당신도 알잖아요. 그렇지만 그들은 레디 미들튼의 손님이에요. 어떻게 아가씨들을 빼내 올 수가 있겠어요?"

남편은 기가 한풀 죽기는 했지만 그녀의 반대에 꺾이진 않았다.

"누이들은 이미 그런 식으로 콘뒤트 가에서 일주일을 보냈으니 레디 미들튼도 그 애들이 그 비슷한 날짜만큼 더 가까운 인척들과 지내는 것을 불쾌하게 여기지는 않을 거요."

패니는 잠깐 있더니 새로 힘을 내어 말했다.

"여보, 그럴 수만 있다면 진심으로 아가씨들을 초대하고 싶어요. 그렇지만 스틸 자매더러 며칠간 함께 지내자고 청해야겠다고 막 마음을 먹은 참이었어요. 그이들은 행동거지도 바르고 좋은 아가씨들이에요. 그이들 아저씨가 에드워드에게 그렇게 잘 했으니 우리도 당연히 배려를 해야 한다고 생각해요. 아가씨들은 다음에도 청할 수 있잖아요.하지만 스틸 자매는 다시는 런던에 오지 않을지도 몰라요. 당신도 그들을 좋아할 거예요. 사실, 당신도 벌써 아주 **좋아하잖아요**. 어머니도 마찬가지구요. 게다가 해리가 스틸 자매를 그렇게나 좋아하잖아요!"

대시우드 씨도 납득이 갔다. 그도 스틸 자매를 바로 초대해야할 필요성을 느꼈다. 또 누이들은 다음 해에 초대하겠다는 결심을 하자 양심도 달랠 수 있었다. 그러나, 동시에, 다음 해에 엘러너는 브랜든 대령의 아내가 되고, 매리앤은 **그들의** 손님이 되어 런던에 오게 되면 초대할 필요도 없게 될 것이라는 점도 슬쩍 생각하고 있었다.

패니는 궁지에서 잘 빠져 나온 것이 기뻤고 그렇게 할 수 있었던 임기응변적인 재치가 자랑스러워, 다음날 당장 루시에게 편지를 써서 레이디 미들튼이 그녀와 언니를 놓아 주실 수 있으면 곧 할리 가로 와서 며칠간 함께 지내주기 바란다고 했다. 당연한 일이지만, 이것은 루시를 정말로 행복하게 만들기에 충분했다. 존 대시우드 부인이야말로 실제로 그녀를, 바로 그녀 자신을 위해서 일을 꾸미고 있는 것 같았다. 자신의 소망을 북돋아주고 자신의 계획을 죄다 착착 진행시켜 주는 것 같았다! 다른 무엇보다도 에드워드나 그의 가족과 함께 있을 수 있는 그런 기회는 가장 실질적으로 그녀에게 도움이 되었고, 그런 초대는 그녀의 기분을 가장 뿌듯하게 해주는 것이었다! 이런 절호의 상황은 아무리 감사해도 부족했고, 아무리 빨리 이용해도 빠르다고 볼 수 없었다. 그래서 즉시, 레이디 미들튼의 집에 언제까지 있을지 이전에 한마디 말도 없었지만, 이틀 후면 이 방문을 끝내려고 이전부터 계획하고 있었던 것처럼 느닷없이 얘기되고 있었다.

쪽지는 받은 지 십 분도 채 되지 않아 엘러너에게 보여졌다. 그것을 보고 엘러너는 처음으로 루시의 기대가 맞을지도 모른다는 생각을 하게 되었다. 사귄 기간이 그렇게 짧은 데도 그렇게 특별나게 친절을 베푼다는 것은 루시에 대한 호의가 단순히 엘러너 자신에 대한 악의 때문만은 아닌 다른 원인에서 생겨났다는 것을 분명히 보여주는 것 같았기 때문이다. 그리고 시간이 가면 루시의 능란한 태도 덕분에 그녀가 원하는 모든 것이 이루어질 수도 있었다. 그녀의 아첨은 이미 레이디 미들튼의 자만심을 누그러뜨렸고 존 대시우드 부인의 꽉 닫힌 마음을 파고들어 갔다. 이런 결과로 보건대 더 큰 결과가 이루어질 가능성이 얼마든지 있었다.

스틸 자매는 할리 가로 옮겨갔다. 그곳에서 그들이 어떻게 지내는지에 대한 소식을 들으면서 엘러너는 일이 성사될 것이라는 예상을 더 강하게 하게 되었다. 몇 번 그들을 방문한 존 경이 그들이 얼마나 사랑받고 있는지에 대해 누가 듣더라도 놀라울 정도의 얘기를 전달해 주었다. 존 대시우드 부인은 평생 젊은 숙녀와 지내면서 이처럼 즐거웠던 적이 없다고 했다는 것이며, 그들 각자에게 어떤 이민자가 만든 바늘겨레를 주었고, 루시를 이름으로만 불렀다는 것이다. 그리고 자신이 그들과 헤어질 수나 있을지 알수 없다고 말했다는 것이다.

제3권

37장

　보름쯤 지나자 파머 부인도 몸이 많이 좋아졌으므로 제닝스 부인은 더 이상 자신의 시간을 온통 딸에게 바칠 필요가 없다고 여기게 되었다. 그래서 하루에 한두 번씩만 딸을 방문하는 것으로 만족하고 그때부터 자신의 집으로, 자신의 습관으로 되돌아 왔다. 대시우드 자매도 기다리고 있었다는 듯이 기꺼이 이전처럼 지내고자 했다. 그들이 이렇게 다시 버클리 가에 자리 잡은 지 사나흘 후의 아침에 제닝스 부인이 늘 하던 식으로 파머 부인을 방문하고 돌아와 거실로 들어 왔다. 혼자 앉아 있던 엘러너는 그녀가 서두는 품이 유별났으므로 굉장한 소식을 들으리라는 예상을 했다. 그 정도 간신히 생각하자마자 부인은 그런 예상을 증명이나 하듯이 바로 다음과 같이 말했다.

　"맙소사! 친애하는 대시우드 양! 그 소식 들었지!"

　"아니에요, 부인. 무슨 일이에요?"

　"이렇게 기막힌 일이 있을 수가! 내가 전부 얘기해 주리다. 파머 네로 갔을 때 샬럿이 애 때문에 법석을 부리고 있지 뭐유. 갓난애가 많이 아프다는 거야. 애가 막 울고 짜증을 부리고 온 몸에 열꽃이 나 있기는 했지. 그래 내가 바로 들여다보고 말했다우. '아이고! 애, 레드검(주로 애들의 잇몸에 나는 발진 – 역주)이구먼.' 보모도 똑같은 말을 하더라구. 그런데도 샬럿이 마음을 못 놓아서 도너번 씨를 불러 오랬다우. 다행히도 그이가 할리 가에서 막 돌아 온 참이었기에 곧 바로 건너 올 수 있었지. 그이도 애를 보자마자 우리처럼 레드검이라는 거야. 그제야 샬럿도 안심했지.

그이가 돌아가려고 할 때 문득 어떤 생각이 떠올랐다우. 내가 어떻게 그런 생각을 하게 되었는지 정말 모르겠지만 말이우. 특별한 일이 있는지 물어 보겠다는 생각이 머리에 떠올랐다우. 내 말을 듣자 그이가 능글맞게 선웃음을 치다가 우울한 표정을 짓는데 뭔가 아는 것 같더라니까. 그러더니 그이가 귓속말을 하는 거야. '부인이 데리고 있는 아가씨들에게 올케가 불편하다는 좋지 않은 소문이 들어 갈까봐 걱정이 되어서, 차라리 별로 놀랄 건 없다는 말을 하는 게 좋을 것 같군요. 존 대시우드 부인은 별 탈 없을 겁니다.'"

"세상에! 패니가 어디 아픈가요?"

"내가 한 말이 바로 그 말이라우, 아가씨. 내가 물었지. '맙소사! 대시우드 부인이 어디 아프우?' 그래서 모든 게 밝혀진 거라우. 내가 알게 된 바로는 그 전모가 이렇게 된 거라네. 에드워드 페러스 씨 있잖소. 내가 그 젊은이에 대해 당신에게 농담을 하곤 했잖수. (이렇게 되고 보니 그런 관계가 아니었던게 기막히게 기쁘구려.) 그 에드워드 페러스가 내 친척인 루시와 요 근래 열두 달 넘게 약혼한 사이라는구먼! 놀랄 일 아니우! 낸시 말고는 누구도 그걸 손톱만큼도 눈치 채지 못했다는 거야! 그런 일이 있을 거라고 생각이나 할 수 있었수? 그이들이 서로 좋아한다는 건 크게 이상할 게 없어요. 그렇지만 그이들 사이에 일이 그렇게 진전될 때까지 아무도 몰랐다니! **그게 참 이상한 거지!** 나는 그이들이 함께 있는 것을 본 적이 한 번도 없었다우. 봤더라면 내가 몰랐을 리 없지. 아무튼, 페러스 부인 때문에 이 일이 절대 비밀이었다는 거지. 그래서 그 부인이나 당신 오빠, 올케 누구도 이 일을 생각도 못하고 있었던 거라우. 그러다 바로 오늘 아침, 가엾은 낸시가 그걸 터뜨리고 말았다는 거야, 그이는 당신도 알다시피 마음은 좋지만 머리는 없잖수. 그이는 혼자 생각해본 거지. '이것 봐! 모두들 루시를 좋아하니까 이제 반대 같은 건 절대 안할걸.' 그래서 그이가 당신 올케에게 간 거라우. 당신 올케는 혼자서 깔개를 만들고 있었는데 무슨 일이 생길지 짐작도 못했겠지. 올케는 바로 오 분전쯤에 당신 오빠에게 에드워드와 어떤 귀족의 딸인지 뭔지, 누군지는 나도 잊어 버렸는데, 그런 숙녀와의 혼담을 성사시켜야겠다고 말하고 있었다는구먼. 그러니 그이의 허영심과 자만심이 얼마나 충격을 받았을지 짐작할 수 있을 거유. 그이는 곧바로 격렬한 히스테리를 일으키며 소리를 질러댔는데, 아래층의 자기 옷방에서 시골 집사에게 편지를 쓸 생각이던 당신 오빠 귀에까지 그 소리가 들렸다는 거야. 그래서 그는 바로 날듯이 뛰어 올라갔는데 굉장한 상황이 벌어졌다는 거야. 무슨 일이 일어나고 있는지 꿈에도 모른 채 루시가 그때 그쪽으로 왔던 거지. 가엾은 사람! 그이가 참 안됐어. 내 말하는데 루시는 굉장히 심하게 당했어. 당신 올케가 불같이 퍼붓는 바람에 루시가 기절 해서 뒤로 넘어간 걸 보면 알 수 있지. 낸시는 무릎을 꿇고 펑펑 울어대고, 당신 오빠는 방안을 빙빙 돌면서 어떻게 할지 모르겠다고 말했다네. 대시우드 부인이 그들이 한 순간이라도 이 집안에 더 머물러서는 안 된다고 주장하는 바람에 당신 오빠는 옷가지를 챙길 때까지 머물게 해야 하지 않겠냐고 **자기도** 무릎을 꿇고 설득했다네. **그러자** 아내가 다시 히스테리를 일으키는 바람에 당신 오빠는 너무 놀라서 도너번 씨를 부르러 보낸 거고, 그래서 도너번 씨는 온 집안이 난리법석인 걸 보게 된거지. 내 가엾은 친척을 태워가 버릴 마차는 미리 문간에 준비되어 있어서, 도너번 씨가 내릴 때 그들은 막 그리로 오르고 있었다는 거야. 그 상황에서 가엾은 루시는, 도너번 씨 말로는, 잘 걷지도 못하더라는 거야. 낸시도 마찬가지고. 정말이지 당신 올케는 참고 봐줄 수가 없구려. 당신 올케가 난리 치든 말든 그 결혼이 성사됐으면 좋겠어. 세상에! 가 없은 에드워드가 이 소식을 들으면 얼마나 마음이 상할까! 자기 약혼녀가 그렇게 경멸스럽게 당했으니! 당연히 그렇겠지만 듣자 니 에드워드는 루시를 끔찍하게 좋아한다는구려. 그이가 그렇게 정열적으로 빠져있다 해도 난 놀라지 않을 거야! 도너번 씨도 같은 생각이라우. 도너번 씨와 나는 그 문제에 대해 많은 이야기를 했다우. 제일 잘된 건, 그이가 다시 할리 가로 돌아갔다는 거지. 내 친척이 그 집을 떠나자마자 페러스 부인을 모셔 오라고 했다 니까 그 부인이 그 소식을 들을 때 옆에 있으려고 그런 거지. 당 신 올케는 **그녀도** 틀림없이 히스테리를 일으킬 것으로 보고 있는 거지. 그러든 말든 내 알 바 아니지. 그들이 안됐다는 생각이 들 지 않아요. 돈이나 지위 때문에 그렇게 법석을 떠는 사람들이 이 해가 안 된다우. 도대체 에드워드 씨와 루시가 결혼 못할 이유가 없어요. 페러스 부인이 아들에게 제법 보태줄 수 있을 테고, 루시 는 비록 무일푼이긴 해도 알뜰하게 사는 법을 누구보다 잘 알고 있어요. 아들이 일년에 500파운드만 받도록 페러스 부인이 해준 다면 루시는 그 돈으로 다른 사람이 800파운드로 사는 것보다 더 번듯한 모양새로 살거라우. 아! 그들은 당신 집 같은 코티지에서, 아니면 조금 더 큰 곳에서 하녀 둘과 하인 둘을 데리고 정말 아늑 하게 살 수 있을 텐데. 그러고 보니 내가 하녀 한 사람은 찾아 줄 수도 있겠네. 우리 집에서 일하는 베티의 동생이 일자리가 없는 데, 그이들한테는 안성맞춤이겠어."

그제야 제닝스 부인은 말을 멈추었으므로 엘러너는 그 사이 자 신의 생각을 정리할 시간이 충분했고 따라서 그런 화제를 들었을 때 의당 나올만한 대답과 의견을 말해 줄 수 있었다. 자신이 이 문제에 특별한 관심을 두고 있는 것으로 의심받지 않는 것이나, 자신이 에드워드를 염두에 두고 있다는 상상을 제닝스 부인이 그만두게 된 것이 다행이었다. (사실 최근에 부인은 종종 그런 희망을 비쳤었다.) 무엇보다 다행이었던 것은 매리앤이 그 자리에 없었기에 당황하지 않고 그 문제를 이야기하면서 관련된 당사자 모두의 행동에 대해 적어도 자기 생각에는 공정하게 판단해 줄 수 있었던 것이었다.

엘러너는 이 일이 어떻게 결말나기를 자신이 정말로 바라고 있는지 마음을 정할 수 없었다. 사실 에드워드와 루시의 관계가 마지막에는 결혼이 아닌 다른 결과로 끝날 수도 있다는 생각을 머리에서 몰아내려고 애를 썼다. 페러스 부인이 뭐라고 말하고 행동할지 의심할 여지도 없었지만 다 듣고 싶은 것이 그녀의 심정이었다. 더욱 궁금한 것은 에드워드 본인은 어떻게 행동할 것인가 하는 점이었다. 그에 대해 연민을 금할 수 없었다. 루시에 대해서는 아주 약간의 동정만을 느꼈으며 그나마도 일부러 애를 써야 가능한 것이었다. 다른 당사자들에게는 전혀 동정이 가지 않았다.

제닝스 부인은 계속 이 얘기만 할 게 뻔하므로 엘러너는 이런 얘기가 나올 때를 대비해 매리앤에게 사전에 일러두어야 할 필요를 바로 느꼈다. 한시라도 빨리 그녀가 잘못 알고 있는 것을 깨닫게 하고 진실을 알게 해서, 다른 사람들이 그 이야기를 하는 것을 들으면서 언니 때문에 속상해하거나 혹은 에드워드에게 분개하는 일이 없도록 단속을 해야 했다.

엘러너가 할 일은 고통스러운 것이었다. 동생이 큰 위안으로 삼고 있다는 것을 뻔히 알면서도 그것을 없애게 될 것이었다. 에드워드에 대한 동생의 호감을 영원히 망칠지도 모를 구체적인 이야기를 다 알려 주게 될 것이었다. 또 그들의 상황이 비슷하기 때문에, **매리앤이** 상상하기에는 엄청나게 비슷할 테니까, 매리앤이 자신의 낙담을 되씹게 만들 수도 있었다. 그러나, 내키지 않는 일이기는 했지만 반드시 해야 할 일이었으므로 엘러너는 이 문제를 매듭 지으려고 서둘러 나갔다.

엘러너는 자신의 감정을 장황하게 이야기하거나 자신이 고통을 많이 당한 것으로 나타내기보다는 처음으로 에드워드의 약혼을 알게 된 이후에도 외견상 아무 일 없는 듯이 자제한 얘기를 하여 매리앤도 그렇게 따라 할 수 있다는 암시를 하려고 했다. 그녀는 분명하고 간결하게 이야기 했다. 비록 감정이 들어가지 않을 수는 없었지만 지나치게 고통스러워하고 한탄하는 일은 하지 않았다. 차라리 듣는 쪽에서 **그런** 감정을 드러내었다. 매리앤은 경악해서 들었고 울고 또 울었다. 엘러너는 자신이 고통을 느낄 때도 다른 사람이 고통스러워할 때나 마찬가지로 위로하는 역할을 했다. 자신의 마음은 평온하다고 확인하며 거듭 안심시켰고, 에드워드는 신중하지 못했던 것을 **빼고는** 잘못이 없다고 열심히 변호했다.

그러나 매리앤은 얼마간 어떤 말도 믿으려 하지 않았다. 에드워드는 제 2의 윌러비 같았다. 엘러너가 그를 진심으로 **사랑했다고** 인정하면서 어떻게 자기보다 덜 상처받을 수 있느냐는 거였다! 루시 스틸에 대해서 매리앤은 그녀가 전혀 호감을 주지 못하며 분별 있는 남자를 매혹할 수 없을 거라고 여겼기에 에드워드가 이전에 그녀를 좋아했다는 것을 처음에는 믿으려 하지 않았고 나중에는 용서하지 않으려 했다. 심지어 그 애정이 자연스럽게 이루어졌다는 것을 수긍하지 않으려 했다. 엘러너는 사람에 대한 매리앤의 이해가 좀더 깊어지면 그런 것을 인정하게 될 것이라고 믿고 그대로 내버려두기로 했다.

엘러너가 처음 전달한 내용은 약혼 사실과 그 기간을 언급한 이상으로 진전되지 못했다. 매리앤의 감정이 북받쳐 오르는 바람에 차례로 하려던 상세한 이야기를 하지 못했던 것이다. 얼마간은 그녀의 아픔을 달래주고 놀란 것을 가라앉혀 주면서 분을 진정시켜야 했다. 매리앤 편에서 첫 질문을 해서 더 상세한 내용이 전개되었다.

"엘러너, 언니는 언제부터 이 일을 알고 있었어? 그이가 편지를 했어?"

"넉 달 전부터 알았단다. 지난 11월에 루시가 바튼 파크에 왔을 때 비밀로 하라면서 내게만 약혼 사실을 얘기해 주었어."

이 말에 매리앤은 놀라서 눈이 휘둥그레졌으며 차마 말문을 열지 못했다. 놀라서 말도 못하다가 그녀가 소리쳤다.

"넉 달이라고! 넉 달 전에 언니는 이 일을 알았단 말이야?"

엘러너는 그렇다고 했다.

"이럴 수가! 비참해하는 나를 돌보고 있을 때도 이 일을 가슴에 품고 있었단 말이야? 그런데도 나는 언니가 행복하다고 비난했었어!"

"그 때는 내가 그렇지 못하다는 것을 네가 모르는 게 좋았어!"

"넉 달간이나!" 매리앤은 다시 소리쳤다. "그토록 태연하게! 그렇게 명랑하게! 어떻게 견딜 수 있었어?"

"내 의무를 다하고 있다고 느꼈기 때문이지. 루시에게 약속을 했기 때문에 비밀을 지켜야 했어. 나는 진실을 밝히지 않을 의무를 그녀에게 지고 있었어. 가족과 친구들에게는 내 힘으로 풀어 줄 수도 없는 그런 염려를 일으키지 않을 의무가 있었지."

매리앤은 매우 충격받은 것 같았다. 엘러너가 덧붙였다.

"너와 어머니에게 사실을 밝히고 싶은 적이 자주 있었어. 한두 번은 시도도 했지. 그렇지만 약속을 깨지 않고는 내 말을 믿게 할 수가 없었을 거야."

"넉 달 동안이나! 그렇지만 언니는 그이를 사랑했잖아!"

"그래. 그렇지만 그이만을 사랑한 건 아니지. 다른 사람들의 평안함도 내게는 소중한 만큼 내가 얼마나 힘든지 모르게 하는게 좋았어. 이제 나는 감정의 동요 없이 그 문제를 생각하고 말할 수 있어. 나 때문에 네가 고통을 겪게 하고 싶지 않아. 사실 나 자신도 이제는 고통스럽지 않아. 날 지탱해주는 게 많이 있으니까. 내가 신중하지 못해서 실연을 당하게 된 것도 아니고 실망감을 더 키우지 않고 잘 버텨왔어. 에드워드에게 본질적으로 잘못이 있다고 탓하는 마음도 없어. 그이가 행복하기를 바래. 그이는 언제나 자신의 의무를 다 하는 사람이야. 지금은 후회하는 마음도 있겠지만 결국에는 잘 살 거야. 루시도 분별이 없지 않으니까, 그게 바탕이 되어 만사가 좋아지겠지. 결국 말이지, 매리앤, 유일하고 영원한 애정이라는 생각이 멋지기는 하고, 사람의 행복은 어떤 특정한 사람에게 절대적으로 달려 있다는 말도 있지만, 꼭 그렇게 되어야 한다는 건 글쎄, 맞지도 않고 가능하지도 않은 거야. 에드워드는 루시와 결혼할거야. 그이는 그나마 인물로 보나 이해력에서나 여성 인구 절반의 수준은 넘는 여성과 결혼하는 거야. 세월이 흐르고 살다 보면 그이도 **그녀보다** 뛰어난 사람을 좋아했던 것을 잊어버리게 되겠지."

"언니가 그런 식으로 생각하고 있다면," 매리앤이 말했다. "가장 소중한 것을 잃고도 그렇게 쉽게 다른 것으로 메꿀 수 있다면, 언니의 결심이나 언니의 자제력은 그다지 경탄할 필요가 없을 것 같아. 나도 이제는 충분히 이해할 정도에 불과하고."

"네 말뜻을 알겠어. 내가 크게 아팠던 것도 아니라고 여기는 거지. 넉 달 동안, 매리앤, 이 약혼을 알고 있으면서 어느 한 사람에게도 그 얘기를 마음대로 할 수 없었어. 어머니나 네가 이 이야기를 아는 날이면 얼마나 괴로워할까 알면서도 조금의 언질을 줄 수도 없었단다. 그 얘기를 해 준 사람은, 어떻게 보면 억지로 들려준 사람은 바로, 자기가 먼저 약혼을 해버려서 내 미래를 망쳐버린 그 사람이었단다. 의기양양하게 말하더라. 이런 사람의 의심의 눈초리를 벗어나기 위해 나는 가장 관심이 있는 것에 대해 무심한 척하려고 노력해야 했단다. 그런 일이 한번으로 그친 것도 아니었어. 그녀의 소망과 기쁨에 대해 듣고 또 들어야 했단다. 나는 에드워드와 영원히 헤어져야 한다는 것을 알았지만 그와 맺어지는 것을 그리 탐탁하지 않게 여길 정황은 한 가지도 들은 게 없었어. 한번도 그이가 몹쓸 사람으로 보여 진 일이 없었고 내게 무심한 것으로 드러난 적도 없었어…… 그의 누나에게서 무시를 당해야 했고 그의 어머니의 무례를 겪어야 했지. 사랑이 주는 이점은 누리지 못하면서 그것으로 인한 벌은 받아야 했던 거지. 너도 너무나 잘 알다시피, 불행한 일이 그것 뿐만 아닌 그런 시기에 그 모든 일이 한꺼번에 진행되고 있었던 거야. 나도 감정이 있는 사람이라고 네가 생각한다면, 내가 아파했다고 **지금** 생각할 수 있을 거야. 지금에 와서 내가 그 문제를 침착하게 말할 수 있는 것이나, 마음이 편안하다고 기꺼이 인정할 수 있는 것도 끝없이 고통스럽게 노력한 결과라고 할 수 있지. 저절로 그런 마음이 솟아난 게 아니란다…… 처음부터 솟아나서 내 마음을 달래준 게 아니었어…… 아니야, 매리앤. **그 당시에는**, 만일 입을 다물겠다고 약속하지만 않았더라면, 아마 틀림없이, 가장 사랑하는 사람들에게 아무리 의무를 지고 있었더라도, 자신이 **너무나** 불행하다는 것을 다 알 수 있게 드러내고 말았을 거야."

매리앤은 뭐라고 말할 수 없을 정도로 가슴이 벅차서 소리쳤다.

"아! 엘러너. 언니 말을 들으니 내가 한없이 미워져. 내가 언니에게 너무 못되게 굴었어! 나의 유일한 위로가 되어 주고 내가 너무나 비참할 때 함께 견뎌 주며 나 때문에 고통스러워 보였던 언니에게 이러다니! 이게 나의 감사의 표시라니! 이게 언니에게 하는 유일한 보상이란 말일까? 언니의 장점이 밀어 닥치니까 내가 그것을 무시하려고 한 거였어."

이처럼 털어놓은 후에 매리앤은 엘러너를 그야말로 다정하게 안아 주었다. 이제 매리앤이 이런 마음 상태에 이르렀으므로 엘러너는 동생에게서 자신이 원하는 약속을 별로 어렵지 않게 얻어 내었다. 언니의 요청에 따라 매리앤은, 다른 사람과 그 일을 이야기하게 될 때 속상한 모습을 조금도 보이지 않겠다고 약속했다. 루시를 만나더라도 더 싫어하게 되었다는 기색을 드러내지 않을 것이며, 심지어 우연히 에드워드를 만나는 일이 있더라도 예전처럼 정답게 대하겠다고 약속했다. 이것은 굉장한 양보였다. 그러나 매리앤은 자신이 상처를 주었다고 느끼는 경우에는 어떤 보상을 해도 충분하지 않다고 느끼는 사람이었다.

매리앤은 신중하게 행동하겠다는 약속을 감탄할 정도로 잘 지켰다. 제닝스 부인이 그 문제에 대해 참지 못하고 하는 얘기들을 안색 하나 변하지 않은 채 들으면서 반대 의견을 내지도 않았고, 세 번이나 "네, 부인." 하고 말하는 것이 들렸다. 제닝스 부인이 루시에 대해 칭찬하는 것을 듣고서는 단지 이쪽 의자에서 저쪽 의자로 옮겨갔을 뿐이었고, 에드워드의 애정에 대해 말했을 때는 목에 경련이 생겼을 뿐이었다. 동생이 그렇게 영웅적일 정도로 나아진 것을 보고 엘러너는 자신도 어떤 일이라도 견딜 수 있을 것 같았다.

다음날 아침 그들의 오빠가 방문하여 심각한 모습으로 이 끔찍한 사건을 이야기하며 아내의 소식을 전하는 바람에 더 큰 시련이 다가 왔다. 그는 자리에 앉자마자 엄숙하게 말을 꺼냈다.

"너희들도 들었지. 어제 우리 집 지붕 밑에서 발각된 그 충격적인 일 말이다."

그들은 모두 들었다는 표정을 했다. 말을 해서는 안 될 정도로 끔찍한 순간 같았기 때문이다. 그는 말을 이었다.

"네 올케 언니가 얼마나 상처를 입었는지 모른다. 페러스 부인도 마찬가지다. 간단히 말해서 이리 저리 얽힌 괴로운 소동이 한바탕 있었다. 하지만 우리 중의 누구도 상하지 않고 폭풍이 걷히겠지. 가엾은 패니! 네 올케는 어제 내내 히스테리를 겪었단다. 그렇지만 그리 놀랄 것은 없어. 도너번 말로는 실제로 걱정할 것은 없다는 구나. 체력이 좋은데다 의지력이 굉장하잖니. 집사람은 이 모든 일을 천사 같은 인내심으로 견뎠단다! 다시는 누구도 좋아하지 않겠다고 하더구나. 그렇게 속고 난 뒤니 놀라운 일도 아니지! 그렇게 친절하게 대해 주고 믿었는데 이런 배은망덕한 일을 당하다니! 단지 은혜를 베푸는 마음으로 그 아가씨들을 집으로 초대했던 거란다. 그 아가씨들은 좀 신경을 써 줄 만 했고, 아무 해도 끼치지 않을 정도로 몸가짐이 바른 여성들이라 좋은 말상대가 될 것 같아서였지. 그렇지 않았다면 우리 둘 다 친절하신 친구 분께서 따님을 돌보실 동안 너와 매리앤을 함께 있자고 초대하고 싶은 마음이 많았거든. 그런데 이제 이런 보답을 받다니! 가엾은 패니는 다정하게 '정말이지, 그네들 대신 아가씨들을 초대할 걸 그랬어요.' 라고 말하더구나."

여기서 그는 감사의 인사를 받으려고 말을 멈추었으며 인사를 받자 계속 말했다.

"패니가 그 일을 처음 털어놓았을 때 가엾은 페러스 부인이 얼마나 상처 입었는지 말로 다 할 수 없을 정도다. 장모님이 정말 자식을 아끼는 마음에서 가장 온당한 혼사를 계획하고 있는 동안에 아들이 다른 사람과 비밀리에 약혼을 하고 있었다니 생각이나 할 수 있겠니! 장모님 머리에 그런 생각은 손톱만큼도 들어 있지 않았지! 아들이 이미 연애 감정을 느끼는 사람이 있다고 장모님이 의심을 했다손 치더라도 그 쪽을 의심하지는 않았단다. 장모님이 '그 사람에 대해서는, 정말이지, 나는 전혀 걱정도 하지 않았어.'라고 말씀하셨어. 장모님이 얼마나 고통스러워하시는지. 우리는 이 일을 어떻게 처리할지 의논했고 마침내 장모님은 에드워드를 불러오기로 결정하셨지. 처남이 왔어. 그렇지만 그 이후 일어난 일은 말하기도 창피하군. 페러스 부인은 처남에게 약혼을 없던 일로 끝내라고 간곡히 말씀했고, 네가 짐작하듯이, 거기에 내가 거들어 설득을 하고 패니가 애원을 해도 아무 소용이 없지 뭐냐. 의무나 애정, 아니 모든 것을 무시하더구나. 나는 에드워드가 그렇게 고집이 세고 냉정한 사람인 줄 전에는 몰랐구나. 장모님은 모든 양과 결혼하는 경우에 당신이 베풀어주실 관대한 계획을 설명했단다. 즉 노포크 영지를 물려주겠다고 했는데 그러면 토지세를 내고도 일년에 족히 1,000파운드는 들어오는 거지. 그래도 먹혀들지 않자 심지어 1,200파운드까지 제안을 했단다. 그리고 반대로, 처남이 여전히 이런 형편없는 혼사를 고집하면 그 때문에 얼마나 빈곤해질 것인가도 얘기하셨지. 처남이 지금 가지고 있는 2,000파운드가 전 재산이 될 거라고 단호히 말씀하셨고 다시는 그를 보지도 않을 거라고 하셨어. 조금이라도 도움을 줄 생각은 결코 없으며 만일 더 나은 수입을 얻으려고 무슨 전문직

에라도 들어갈 계획이라면 있는 힘을 다해 성사 되는 걸 막으시 겠다는 거야."

여기서 매리앤은 끓어오르는 화를 참을 수 없어서 손뼉을 치며 소리쳤다.

"세상에! 어쩌면 그럴 수가!"

"네가 놀랄 만도 하지, 매리앤." 그녀의 오빠가 대답했다. "그런 애기도 다 무시하고 고집을 부리니 말이다. 네가 기막혀 하는 것 도 당연해."

매리앤은 반박을 하려다가 자신이 약속한 것을 기억하고 입을 다물었다. 그가 계속 말했다.

"그렇지만 아무리 말해도 소용이 없더구나. 에드워드는 말도 거의 않더라구. 그러더니 입을 열어 결정적인 말을 하는 거야. 무 슨 말을 해도 자신이 약혼을 포기하게 만들 수 없다는 거야. 어떤 대가를 치르더라도 약혼을 고수하겠다는 거야."

"그러면," 제닝스 부인이 더 이상 입을 다물고 있을 수 없어 정 색을 하고 큰 소리로 말했다. "그이는 올바른 행동을 했군요! 실 례입니다만, 대시우드 씨, 그이가 다르게 행동 했다면 나는 그이 를 악당이라고 여겼을 거라우. 당신이나 마찬가지로 나도 그 문 제에 관련이 좀 있는 편이지요. 루시 스틸은 내 친척인데다 나는 이 세상에 그녀보다 더 좋은 아가씨도 없으며 그녀만큼 좋은 남 편을 만날 자격이 있는 아가씨도 없다고 여기니까요."

존 대시우드는 엄청나게 놀랐다. 그러나 그의 성격은 조용한데 다 쉽게 울컥하는 편이 아니었으며 특히 상당한 재산이 있는 명 사를 거스르고 싶지는 않았다. 그래서 그는 화를 내지 않고 대답 했다.

"부인의 친척을 업수이 말하려던 건 아닙니다. 루시 스틸 양이 장점이 많은 아가씨라는 건 분명하지요. 그렇지만, 아시겠지만 말씀입니다, 현재 상황에서 결혼은 불가능할 수밖에 없습니다. 자기 아저씨의 보호를 받던 젊은이와, 특히 페러스 부인처럼 엄청난 재산을 가진 분의 아들과 비밀 약혼을 하는 것은 그야말로 유별난 일이겠지요. 간단히 말하자면, 제닝스 부인, 저는 당신이 좋아하는 어떤 사람의 행동을 헐뜯으려는 의도는 없습니다. 우리 모두는 그녀가 매우 행복하기를 바라고 있습니다. 페러스 부인의 지금까지의 행동은 비슷한 상황에서 생각있는 훌륭한 어머니들이라면 다들 했음직한 행동이었습니다. 고결하고 너그러우신 행동이었지요. 에드워드는 제비를 뽑았는데 잘못 뽑은 것 같습니다."

매리앤도 그럴 것으로 여기고 걱정이 되어 한숨을 쉬었다. 자신에게 보답이 될 수도 없는 여성을 위해 어머니의 위협에 맞서는 에드워드에 대한 연민으로 엘러너의 가슴은 찢어지는 듯 했다.

"그래서요. 일이 어떻게 끝났나요?" 제닝스 부인이 물었다.

"말씀드리기도 마음이 아픕니다, 부인. 아주 불행하게 끝이 났습니다. 에드워드는 어머니의 눈앞에서 영원히 추방되었습니다. 처남은 어제 집을 떠났습니다. 그러나 어디로 갔는지, 아직 시내에 있는지는 저도 모릅니다. 우리는 물론 물어 볼 수가 없으니까요."

"가엾은 젊은이! 그래 그이는 어떻게 되겠어요?"

"그게, 부인, 정말이지! 생각해 보면 우울한 일이지요. 엄청나게 풍요롭게 살게 되어 있었는데! 저는 더 비참한 상황은 생각할 수 없습니다. 2,000파운드의 이자라니, 그 돈으로 신사가 어떻게 살 수 있을까요! 게다가 처남이 어리석게 굴지만 않았다면 삼 개월 후에는 일년에 2,500파운드를 받을 수 있었다는 생각까지 하게 되면, (모든 양이 30,000파운드를 가지고 있으니까 말입니다.) 더 비참한 상황은 상상할 수도 없을 것 같습니다. 우리 모두 그를 불쌍히 여겨야 합니다. 게다가 우리는 전혀 그를 도와줄 수 없으니 말이죠."

"가엾은 젊은이!" 제닝스 부인이 큰소리로 말했다. "그이는 안심하고 내 집에서 숙식을 해도 좋아요. 그이를 보면 그렇게 말하겠어요. 그이는 이제 자기 돈을 쓰며 하숙이나 여관에서 사는 건 맞지 않아요."

엘러너는 친절의 형식에는 웃음을 금할 수 없었지만 에드워드에 대한 그런 친절에 대해 속으로 감사했다.

"가족이 처남에게 잘 해주려고 마음먹은 만큼만 처남이 스스로에게 잘 하기만 했더라면," 존 대시우드가 말했다. "그는 지금쯤 버젓한 자리에 있을 테고 아무 것도 부족하지 않을 겁니다. 그러나 현재로서는, 누구도 처남을 도와줄 여력이 없게 되었지요. 그리고 처남에게는 다른 어떤 것보다 더 불리한 일이 한 가지 더 준비되고 있습니다. **바로** 그 재산을, 에드워드의 것이 되었을 그것을 즉시 적절한 조건으로 로버트에게 물려주기로 마음먹은 겁니다. 장모님이 그런 마음이 된 건 당연한 거지요. 오늘 아침 집을 나올 때 장모님은 그 문제를 논의하느라고 변호사와 함께 계셨지요."

"세상에! **그렇게** 분풀이를 하는구려. 누구나 자기 방식대로 살긴 하지. 하지만 한 자식이 괴롭힌다고 해서 다른 한 자식을 독립시켜 주는 것이 내 방식은 아닐 것 같구려." 제닝스 부인이 말했다.

매리앤은 벌떡 일어나 방을 빙빙 돌아 다녔다. 존이 계속 말했다.

"자기 몫이 될 수도 있었던 재산을 동생이 차지하는 것을 보는 것보다 더 남자의 마음에 못을 박는 게 또 있을까요? 가엾은 에드 워드! 정말 안됐다니까요."

그는 몇 분을 더 이런 식으로 늘어놓다가 방문을 끝냈다. 그리고 누이들에게 패니의 신경쇠약 증세에 심각한 위험은 없다고 확신하니까 걱정할 필요는 없다고 되풀이해서 다짐을 하고 돌아갔다. 그로 인해 세 숙녀는, 현재의 경우에 대한 감정에 있어서, 적어도 페러스 부인과 대시우드 부부, 에드워드의 행동에 대해서는 똑같은 심정을 가지게 되었다.

존 대시우드가 방을 떠나자마자 매리앤의 분노가 터져 나왔다. 그녀의 열정으로 인해 엘러너도 침묵을 지킬 수 없었고 제닝스 부인은 침묵할 필요가 없었으므로 그들은 입을 모아 그 사람들을 맹렬히 비난했다.

38장

제닝스 부인은 에드워드의 행동을 칭찬하느라 침이 마를 지경이었지만 오직 엘러너와 매리앤만이 그 진정한 가치를 이해하고 있었다. 그가 얼마나 보잘것없는 것 때문에 거역해야 했는지, 가족과 재산을 잃은 후 옳은 일을 한다는 의식 외에 그에게 남아있을 위안이 얼마나 하찮은 것일지 그들만이 알고 있었다. 엘러너는 그의 올곧음을 높이 보았고 매리앤은 그가 받게 된 벌을 가엾이 여겨 그의 잘못을 모두 용서했다. 이처럼 모든 것이 밝혀진 덕에 서로의 마음을 알게 되어 그들은 이전처럼 서로 내밀한 이야기를 나누게 되기는 했으나 자기들끼리 있을 때 이 화제를 얘기하고 싶어하지는 않았다. 엘러너는 도덕적 견지에서 그 이야기를 피했는데, 자신은 머리에서 지우고 싶은데도, 에드워드가 여전히 언니를 사랑하고 있다고 매리앤이 너무나 열정적으로, 철썩 같이 믿고 있었기 때문에 그녀로서는 자신의 생각에 더 매달려야 했기 때문이다. 매리앤 역시 곧 이야기할 힘이 빠졌다. 그 얘기를 하다 보면 어쩔 수 없이 엘러너와 자신의 행동을 비교하게 되고 그로 인해 전보다 더 자신이 불만스러워지기 때문이다.

매리앤은 그런 비교를 뼈저리게 했지만 언니가 바란 대로 마음을 다잡는 쪽으로 나가지는 못했다. 계속 자책하면서 고통스러워했고 이전에 마음을 다잡으려고 하지 않았던 것을 쓰라리게 후회했다. 그러나 후회로 인해 고통스러워할 뿐 나아지는 기미는 없었다. 그녀는 마음이 몹시 허약해져서 지금도 마음을 다잡는 것이 불가능하다고 생각했고 그래서 더욱 의기소침해 할뿐이었다.

이후 하루 이틀 동안은 할리 가에서도 바틀릿츠 빌딩스에서도 그 사건에 대한 소식이 들려오지 않았다. 이미 상당히 많이 알고 있었으므로 더 이상 듣지 않더라도 충분히 그 소식을 퍼트릴 수 있었는데도, 제닝스 부인은 여가가 나면 자기 친척을 방문해서 위로도 하고 내용도 알아보려고 처음부터 마음먹고 있었다. 그러나 평상시보다 방문객들이 많은 바람에 부인은 그 동안 방문을 하지 못하고 있었다.

그들이 세세한 내막을 알게 된지 사흘 째 되는 날은 일요일인데다 날씨가 아주 맑고 좋아서, 아직 3월의 둘째 주일에 불과했지만, 많은 사람들이 켄싱턴 가든으로 몰려 나왔다. 제닝스 부인과 엘러너도 그중의 하나였다. 매리앤은 윌러비 부부가 다시 시내에 돌아온 것을 알았고 혹시 그들을 만나게 될까 봐 계속 두려워 했으므로 그렇게 공개적인 장소에 가는 모험을 하기보다는 차라리 집에 있겠다고 했다.

그들은 공원에 들어가면서 바로 제닝스 부인의 절친한 친구와 만나게 되었다. 그 친구가 함께 있으면서 제닝스 부인의 대화를 독점하게 되자, 엘러너는 조용히 생각할 기회를 가지게 된 것이 과히 나쁘지 않았다. 그녀는 한동안은 윌러비 부부도, 에드워드도, 좋은 일로든 나쁜 일로든 그녀의 흥미를 끌만한 사람은 누구도 보지 못했다. 그러다 어느 결에 보니 스틸 양이 옆에 와 있어 깜짝 놀랐다. 스틸 양은 다소 계면쩍은 듯 하면서도 그들을 만나 무척이나 기쁘다고 했고 제닝스 부인이 특히 친절하게 사기를 북돋아주자 자신의 원래 일행과 헤어져 그들과 잠깐 합류했다. 제닝스 부인은 즉시 엘러너에게 속삭였다.

"아가씨, 저이에게서 전부 다 끌어내 보오. 묻기만 하면 죄다 말해 줄거라우. 보다시피 나는 클라크 부인을 내버려 둘 수가 없잖수."

제닝스 부인의 호기심을 위해서나 엘러너의 호기심을 위해서 다행이었던 것은 스틸 양은 묻지 **않아도** 전부 다 말을 해 주려 했다는 점이다. 그렇지 않았더라면 아무 것도 알 수 없었을 것이다. 스틸 양은 친근하게 그녀의 팔을 잡으면서 말했다.

"만나서 무척이나 반가워요. 당신이 세상에서 제일 보고 싶었어요." 그리고는 목소리를 낮추어 물었다. "제닝스 부인도 그 소식을 들었겠지요. 화를 내셨나요?"

"당신에게는 전혀 그렇지 않은 것 같아요."

"아유, 다행이야. 레이디 미들튼은요, **그분은** 화가 나셨나요?"

"그분은 화를 낼 줄도 모를 거예요."

"그렇다니 엄청 반가워요. 맙소사! 나는 지독하게 시련을 겪었답니다! 내 평생 루시가 그렇게 화내는 것을 본 적이 없어요. 처음에는, 살아 있는 동안에 절대로 새 모자 손질을 해 주지도 않을 것이며 다른 어떤 것도 해 주지 않겠다고 맹세하는 거예요. 그래도 이제는 진정이 되어서 우리는 전처럼 사이가 좋아졌답니다. 보세요. 그 애는 내 모자에 이 활도 만들어 주고 어제 밤에는 깃털도 끼워 주었어요. 저런, **당신도** 나를 보고 웃으려고 하는군요. 왜 내가 분홍 리본을 달아서 안 되나요. 이게 박사님이 제일 좋아하는 색**이라도** 난 관심 없어요. 그이가 우연히 그런 말을 하지 않았더라면 그 색을 다른 색보다 더 좋아**한다는** 것을 나는 결코 몰랐을 걸요. 내 친척들은 나를 그리도 놀리고 있어요! 어떤 때는 정말이지 그이들 앞에서 어느 쪽을 보아야 할지도 모르겠다니까요."

스틸 양은 엘러너로서는 할 말도 없는 옆길로 나갔다가 곧 처음 화제로 다시 돌아가는 게 낫겠다는 판단을 한 모양이었다. 그녀는 의기양양해 하면서 말했다.

"글쎄, 대시우드 양, 남들이야 제멋대로 페러스 씨가 루시를 버리겠다고 맹세했다는 식으로 말하라지요. 그게 아니라고 내 장담할 수 있으니까. 그런 악성 소문이 널리 퍼지다니 부끄러운 일이에요. 루시 본인이야 어떻게 생각하든 간에 말이죠, 남들이 틀림없이 그럴 거라고 단정 지을 건 아니지요."

"나는 그런 얘기가 돌고 있다는 것도 전혀 몰랐어요." 엘러너가 말했다.

"아! 그랬어요? 그러나 그런 얘기가 **돌았어요.** 내가 잘 알아요. 한번이 아니라니까요. 고드비 양이 스팍스 양에게 그랬다는 거예요. 자기들 상식으로는 페러스 씨가 아무 것도 가진 것이 없는 루시 스틸 때문에 자기 몫으로 30,000파운드를 가진 모튼 양 같은 여자를 포기할 거라고 기대할 수 없다구요. 나는 그 말을 스팍스 양에게서 직접 들었어요. 그 밖에 내 사촌 리처드도, 막상 때가 되면 페러스 씨가 떨어져나갈 것 같다고 말했어요. 게다가 에드워드가 삼일간이나 우리 근처에 오지 않았을 때 나도 어떻게 생각해야 될지 모르겠더라구요. 루시가 놓쳤다, 포기해야겠다고 생각했지요. 우리가 당신 오빠 집에서 수요일에 나왔는데 목요일, 금요일, 토요일까지 그이를 전혀 보지도 못했고 어떻게 되었는지도 몰랐거든요. 한번은 루시가 그이에게 편지를 쓸까하고 생각했다가 성질이 나서 그만 두더라구요. 그런데 오늘 아침 우리가 막 교회에서 돌아 왔을 때 그이가 왔답니다. 그러자 모든 게 밝혀졌어요. 수요일에 그이가 어떻게 할리 가로 불려갔는지, 어머니를 비롯해 모두에게서 어떤 말을 들었는지, 그들 앞에서 자신은 루시 이외는 누구도 사랑하지 않으며 루시 외는 누구와도 결혼하지 않겠다는 말을 어떤 식으로 선언 했는지도 들었어요. 그리고 그이는 벌어진 일이 하도 걱정이 되어, 어머니 집에서 나오자마자 말을 타고 시골 어딘가로 나가서, 여관에서 목요일과 금요일을 머물면서 이 일을 잘 해결해 보려고 했다는 거예요. 그 일을 생각하고 또 생각하고 나서, 그이 말로는, 이제 자신은 재산은커녕 아무 것도 없으니 루시를 약혼으로 묶어 두는 것이 너무 몹쓸 짓 같았다는 거예요. 그렇게 되면 루시가 손해를 보는 것이 되니까요. 그이는 2,000파운드밖에 없고 다른 수입이 생길 가능성도 바랄 수 없거든요. 그이가 한때 생각해 본 성직을 갖는다 해노 목사보밖에 할 게 없으니 그래서야 그들이 어떻게 살아가겠어요? 그이는 루시가 더 잘 살지 못하게 되는 것을 견딜 수 없었다는 거예요. 그래 그이가 간청하더라구요. 만일 루시가 약혼에 대해 조금이라도 꺼리는 마음이 있으면 당장 그것을 청산하고 자신이 혼자

떠돌게 내버려두라고요. 그이가 분명하게 그런 말을 하는 걸 들었다니까요. 그이가 그만두자고 말한 것은 자신을 생각해서가 아니라 전적으로 **루시를 위해서**, **루시 때문에** 그랬다니까요. 루시에게 싫증이 났다거나, 모든 양과 결혼하고 싶다거나, 그 비슷한 말은 한 마디도 그이가 내뱉지 않았다고 맹세할 수 있어요. 그렇지만, 절대로 루시가 그런 말을 들으려 하지 않았지요. 그리고는, 루시가 그이에게 곧 말하더라구요. (다정하다느니, 사랑한다느니 하는 그런 말을 잔뜩 하면서 말예요. 흐흥! 그런 말은 되풀이 할 수 없지 않겠어요.) 그 애는 곧 말하더라구요. 자신은 죽어도 그만둘 생각이 없다는 거예요. 자기는 아무리 적은 돈으로도 그이와 살아갈 수 있으며 돈이 아무리 적더라도 기쁘게 받아들일 거라나, 뭐 그런 말을 하더라구요. 그러자 그이는 엄청나게 기뻐했고 앞으로 할 일을 얼마간 의논을 하더니, 빨리 서품을 받기로 하고, 목사 자리를 구할 때까지 결혼을 미루자는 것이었어요. 바로 그때 나는 더 이상 들을 수가 없었답니다. 사촌이 아래서 부르면서, 리처드슨 부인이 우리를 켄싱턴 가든으로 데려 가려고 마차를 타고 왔다는 거예요. 그래서 할 수 없이 방으로 들어가 대화에 끼어들어 루시에게 가고 싶냐고 물었던 거지요. 그렇지만 그 애는 에드워드와 헤어지고 싶지 않다고 해서 나는 이층으로 가 비단 양말을 신고는 리처드슨 부부와 함께 온 거지요."

"방에 들어가 대화에 끼어들었다니 이해가 안 되네요. 방에 같이 있지 않았어요?" 엘러너가 의아해서 물었다.

"천만에요. 아니지요. 함께 있다니요. 어머! 대시우드 양, 당신은 다른 사람을 옆에 두고도 사람들이 사랑 얘기를 한다고 생각해요? 아유 창피해라! 정말이지 그렇게 몰라서는 안 되지요. (가식적으로 웃으면서) 아니지, 아니에요. 둘은 거실 문을 닫고 있었어요. 죄다 문간에서 들은 거예요."

"어쩌면!" 엘러너가 소리쳤다. "그럼 당신은 문간에서 엿들어서 안 것을 말해주었나요? 진작 몰랐던 게 유감이군요. 당신 자신도 알아서는 안 되는 구체적인 대화 내용을 알려 주는 일은 없도록 했을 텐 데요. 어쩌면 당신은 동생에게 그런 부당한 행동을 할 수가 있어요?"

"어머나! 그건 별거 아니에요. 나는 단지 문에 서 있었고 내가 들을 수 있는 것만 들은 걸요. 그리고 루시도 나한테 그렇게 했을 걸요. 일, 이년 전에 마사 샤프와 나 사이에 비밀이 많을 때 그 애는 우리말을 들을 목적으로 옷장 안이나 굴뚝 가리개 뒤에 숨는 짓을 태연히 했는데 뭘요."

엘러너는 뭔가 다른 말을 하려고 했지만 스틸 양은 마음에 있는 말을 다 하려고 잠시도 틈을 주려 하지 않았다. 그녀가 말했다.

"에드워드는 곧 옥스퍼드로 가겠다고 이야기하더라구요. 하지만 지금은 팰 맬 가 OO 번지에 하숙하고 있어요. 그이 어머니는 정말 모질어요, 그렇지 않아요? 당신 오빠와 올케도 그리 친절하지 못해요! 하지만 당신에게 그분들을 헐뜯는 말은 않겠어요. 사실 그분들은 우리를 자신의 사륜경마차로 집에 데려다 주게 했답니다. 그건 생각도 못한 일이었어요. 나는 당신 올케 언니가 며칠 전에 우리에게 준 반짇고리를 내놓으라고 할까봐 잔뜩 겁이 났답니다. 그렇지만 거기 대해서는 아무 말도 없더라구요. 나는 내 건 눈에 안 띄게 치워두었지요. 에드워드는 옥스퍼드에서 일이 있다더군요. 그래서 잠시 거기 가야 한대요. 그 후에는 주교와 마주치자마자 서품을 받을 거예요. 어디서 목사보직을 얻을까 궁금해요! 맙소사! (말을 하면서 그녀는 낄낄거렸다.) 내 사촌들이 이 말을 들으면 뭐라고 할지 안다는 것에 내 목을 걸게요. 내가 박사님에게 편지를 써서 에드워드가 먹고 살 목사보 자리를 얻어주어야 한다고 말할 거야. 그런 말을 할 걸 알고 있다니까요. 그렇지만 무슨 일이 있어도 그런 일은 할 수 없어요. 나는 곧바로 말할 거예요. '어머! 어떻게 그런 생각을 다 할 수 있어요. 정말이지 내가 박사님에게 편지를 쓰다니!'"

"글쎄요. 최악의 경우에 대비가 되어 있다는 것이 위로가 되지요. 당신은 답이 준비되어 있군요." 엘러너가 말했다.

스틸 양은 그 문제에 대해 대답을 하려고 했으나 자신의 일행이 다가 오는 바람에 다른 화제로 넘어 가게 되었다.

"어머! 리처드슨 부부가 오네요. 할 얘기가 엄청 더 많지만 저 분들과 더 이상 떨어져 있어서는 안 되겠어요. 정말이지 저분들은 매우 점잖은 분들이랍니다. 남편은 엄청 돈을 벌어들이고 개인용 대형 사륜마차도 가지고 있답니다. 제닝스 부인에게 직접 이야기 할 시간이 없었는데, 제발, 그분이 우리에게 화나지 않았고 미들튼 부인도 그렇지 않다는 말을 듣고 제가 무척 기뻐하더라고 전해 주세요. 만일 일이 생겨 당신 자매가 떠나게 되고 제닝스 부인이 말동무가 필요하면 우리가 기꺼이, 그분이 원하시는 만큼 함께 머물겠어요. 레이디 미들튼은 이번에 우리를 다시 초청하지 않을 것 같거든요. 안녕히 가세요. 매리앤 양이 여기 없어 섭섭하네요. 꼭 안부 전해 주세요. 어머! 당신 땡땡이 모슬린 옷을 입었군요! 옷이 찢어질까봐 걱정도 안 되나봐."

이런 염려의 말을 끝으로 스틸 양은 떠나야 했다. 이 말을 한 후 곧 리처드슨 부인에게서 동행을 요구받았기 때문에 그녀는 간신히 제닝스 부인에게 공손한 작별의 인사를 할 수 있었을 뿐이었다. 엘러너는 마음속으로 이미 예상하고 짐작했던 이상을 알게 된 것은 아니었지만 잠시 생각해 볼 정보는 얻게 되었다. 에드워드와 루시의 결혼이 확실히 정해진 만큼이나 그 시기는, 그녀가 미루어 짐작했듯이, 불확실한 것이 분명했다. 예상했던 대로 모든 것이 에드워드가 목사직을 얻는 것에 달려 있었지만 현재로서는 그것은 거의 가능성이 없는 일 같았다.

마차로 돌아가자마자 제닝스 부인은 이야기를 들으려고 안달이었다. 그러나 엘러너는 소식을 전한 사람이 그렇게 부정한 방법으로 얻은 정보를 될 수 있으면 다른 사람에게 알리고 싶지 않아서, 루시가 자신을 드러내 보이려고 알리고 싶어 할 만하다고 짐작되는 구체적인 사실만을 골라 간단히 되풀이했다. 그들의 약혼이 계속된다는 것과 그 목적을 잘 이루기 위해 취해질 방법 등이 그녀가 전달한 전부였다. 이 말을 듣고 제닝스 부인은 당연히 이렇게 말했다.

"그이가 목사직을 얻기를 기다리다니! 아이고, **그런 일**이 어떤 식으로 끝날지 다 알잖수. 한 열두 달을 기다릴 테고 그래 봤자 별 수가 없다는 걸 알고 나서야, 일년에 50파운드의 목사보 급료에다 그이가 가진 2,000파운드에서 나오는 이자와, 스틸 씨와 프래트 씨가 그녀에게 줄 수 있는 쥐꼬리만한 것을 보태서 정착을 할 테지. 그리고 매년 애가 생길 테고! 하느님 맙소사! 찢어지게 가난할거야! 집에 가구로 쓰게 줄만한 걸 찾아 봐야겠군. 내가 전날 말한 하녀 둘과 하인 둘은 어림도 없겠어! 아니지, 아니야. 이런 저런 일을 다 할 튼튼한 여자애가 하나 있어야겠군. 베티 동생은 **이제는** 그이들 일은 못하겠어."

다음날 아침 엘러너는 루시 본인에게서 2페니 우편으로 보낸 편지를 받았다. 그 내용은 다음과 같았다.

바틀랏츠 빌딩스, 3월

  친애하는 대시우드 양은 내가 허물없이 편지를 보내게 된 것을 이해해 주기 바랍니다. 그렇지만 나에 대한 당신의 우정으로 미루어 짐작컨대, 나와 사랑하는 에드워드가 최근에 그런 시련을 겪은 후에 우리에 대한 상세한 이야기를 듣고 싶어 할 것으로 알고 있습니다. 그러니 더 이상의 변명은 않고 말하겠어요. 감사하여라! 비록 우리는 엄청나게 괴로웠으나 지금은 둘 다 아주 잘 있으며 언제나 그렇듯이 서로의 사랑 속에서 행복답니다. 우리는 크나큰 시련과 크나큰 박해를 받았습니다만, 동시에, 고마운 친구 분들도 많았습니다. 그중에서도 당신은 뺄 수 없는 분이니, 당신의 친절을 언제나 기억할 것이며 내 말을 들은 에드워드도 그럴 것입니다. 사랑하는 제닝스 부인과 마찬가지로 당신도 듣고 틀림없이 기뻐할 이야기를 하겠습니다. 나는 어제 오후에 그이와 함께 행복하게 두 시간을 보내면서, 나의 의무나 진배없다고 여기고 그에게 신중할 것을 열심히 애원했답니다. 그이가 동의를 한다면 바로 그 자리에서 영원히 헤어지려고도 했지만, 그이는 헤어지자는 말을 들으려고 하지 않았답니다. 그이는 절대 헤어질 수 없으며, 나의 애정만 가질 수 있다면 어머니가 화내는 것이야 아무렇지도 않다는 거예요. 우리의 전망은 그리 밝지는 않아요. 그러나 기다리면서 좋은 일이 있기를 바라야지요. 그이는 곧 서품을 받을 것이니까, 혹시라도 목사직을 줄 수 있는 분에게 그이를 추천할 계제가 된다면, 틀림없이 당신이나 사랑하는 제닝스 부인이 우리를 잊지 않으시겠지요. 그리고 부인께서 존 경이나 파머 씨나, 어쨌든 우리를 도와줄 수 있는 친구 분들에게 좋은 말을 해 주실 걸로 믿어요. 가엾은 앤은 비난받을 일을 하긴 했지만 잘되게 하려고 한 일이라 나는 아무 말도 않는답니다. 제닝스 부인이 우리를 방문해 주시는 것이 지나친 고역이 아니길 바라며 언제라도 아침나절에 이쪽으로 오신다면 너무 감사할 거예요. 내 사촌들도 그분을 알게 되는 것을 자랑스럽게 여길 것입니다. 종이가 다 되어 끝내야겠군요. 기회가 있으면 감사와 존경의 인사를 부인과 존 경, 레이디 미들턴, 사랑스런 아이들에게 전해 주시고 매리앤 양에게도 사랑을 전합니다.

이만 줄이며

엘러너는 편지를 다 읽자마자 그것을 제닝스 부인의 손에 넘겨주어 편지를 쓴 사람의 진짜 목적일 것이라고 짐작되는 일을 수행했다. 부인은 소리 내어 읽으면서 흐뭇해 하며 칭찬하는 말을 늘어놓았다.

"정말이지 아주 잘 썼어! 얼마나 예쁘게 편지를 쓰는지! 아유, 그이가 원하면 놓아주려 했다니 지당한 말이지. 루시다운 생각이지. 가엾은 사람! 내가 그이에게 목사직을 줄 수 있으면 좋겠구려. 이것 보오, 나를 사랑하는 제닝스 부인이라는구먼. 그럴 수 없이 마음씨가 고운 아가씨야. 틀림없어요. 그 문장은 아주 예쁘게 표현이 되었어. 그럼, 그럼, 내가 그이를 보러 가야지. 물론이고말고. 모두에게 안부를 전하다니 얼마나 사려가 깊은지! 고마워요, 아가씨. 내게 편지를 보여주어서. 지금까지 본 중에서 제일 예쁜 편지야. 이걸로도 루시의 머리나 마음을 높이 보게 되는구려."

39장

〰〰〰

　대시우드 자매는 이제 런던에 머문 지 두 달이 넘었다. 매리앤
은 떠나고 싶어 안달하는 마음이 날마다 더 심해졌다. 그녀는 시
골의 공기와 자유로움, 조용함을 그리워하며 한숨지었다. 만일
장소로 인해 자신이 안정을 얻을 수 있다면 바튼이 바로 그 곳이
라는 것이다. 엘러너도 떠나고 싶은 마음이 동생보다 덜 한 것도
아니었다. 단지 그녀는 그렇게 긴 여행의 어려움을 잘 아는 만큼
즉시 떠나는 것에 대해 그렇게 열심이 아니었는데 그것을 매리앤
에게 이해시킬 수 없었다. 그러나 엘러너도 그 일을 성사시키는
쪽으로 심각하게 생각을 돌리기 시작했고 친절한 주인에게도 이
미 그들의 소망을 언급했지만 부인은 선의에서 나온 갖은 좋은
말로 그들을 만류했다. 그 무렵 한 가지 계획이 제안되었는데 그
렇게 할 때 집에 가는 것이 몇 주간 더 늦어지기는 해도 엘러너가
보기에 다른 방법보다 훨씬 더 바람직했다. 파머 부부는 부활절
휴가를 보내기 위해 3월 말경에 클리블랜드로 옮겨 갈 예정이었
다. 샬럿은 제닝스 부인더러 두 친구와 함께 자기를 따라 가자고
졸랐다. 이런 초대만으로는 가림이 많은 대시우드 양에게 충분하
지 않았다. 그러나 동생의 불행이 알려진 후 자신들에 대한 태도
가 확 달라진 파머 씨 본인이 나서서 정말로 정중하게 초청을 했
으므로 엘러너도 기꺼운 마음으로 초대를 받아들였다.

　그러나 매리앤에게 이 애기를 하자 그녀의 첫 대답은 그리 좋은
징조가 아니었다. 그녀는 매우 심란해 하면서 소리쳤다.

　"클리블랜드라고! 싫어. 나는 클리블랜드로 가지 않을 테야."

　"네 생각과 달라." 엘러너는 조심스레 말했다. "그 곳은…… 거

기는 그 곳과 가깝지 않아."

"그렇지만 거기도 서머싯셔잖아. 나는 서머싯셔에 갈 수 없어. 거기를, 내가 가리라고 기대했던 그 곳을…… 안돼, 엘러너, 내가 그리로 갈 거라고는 기대하지도 말아."

엘러너는 그런 감정을 극복하는 것이 좋다는 식으로 설득하려고 하지는 않았다. 그녀는 다른 말로 설득해 보려고 노력했다. 그래서, 다른 방법보다는 그렇게 하는 것이 한층 더 적절하고 편안하게, 더 이상 늦추지 않고, 매리앤이 그렇게 보고 싶어하는 사랑하는 어머니에게 돌아갈 시기를 정할 수 있는 방법이라는 점을 내세웠다. 브리스톨에서 몇 마일 떨어져 있는 클리블랜드에서 바튼까지는 비록 온종일이 걸리는 여행이기는 하나 하루 이상은 걸리지 않는다. 거기로는 집의 하인이 그들을 모시러 오기도 쉽다. 클리블랜드에서 일주일 이상을 머물 일은 없을 테니 이제부터 삼 주 정도만 더 지나면 집에 갈 수 있을 것이다 등등이었다. 어머니에 대한 매리앤의 애정은 절실했으므로 처음에 생각만 하고 겁먹었던 것을 물리치는데 어려움은 없었다.

제닝스 부인은 자신의 손님들에게 전혀 물리지 않았으므로 클리블랜드에서 지낸 후 다시 자신과 함께 런던으로 돌아오자고 성화를 부렸다. 엘러너는 배려해 주는 것에 감사했지만 계획을 바꾸지 않았다. 어머니의 허락도 이미 얻어둔 터였으므로 돌아갈 것에 대한 모든 준비가 착착 진행되었다. 매리앤도 바튼에서 떨어져 있게 될 기간을 세어보면서 다소 위안을 얻었다.

제닝스 부인은 대시우드 자매와 헤어지기로 정해진 후 처음으로 브랜든 대령이 방문했을 때 그에게 말했다.

"아! 대령, 당신과 내가 대시우드 자매 없이 어떻게 지낼지 모르겠수. 아가씨들이 파머 네서 자기 집으로 가기로 아주 정해 버렸다오. 그러니 거기서 돌아오면 우리가 얼마나 외롭겠수! 세상에! 두 마리 고양이처럼 무료하게 마주 앉아서 하품이나 하고 있을 테지."

아마도 제닝스 부인이 앞으로 닥칠 자신들의 권태를 이처럼 생생하게 그려 보인 것은 대령이 그것을 벗어날 방안으로 청혼을 하게끔 유도하려는 희망에서였을 것이다. 만일 그랬다면 그녀는 곧 자신의 목표가 이루어졌다고 여길 충분한 이유가 있게 되었다. 엘러너가 부인을 위해 찍어 주려던 판화의 치수를 좀 더 신속하게 재려고 창가로 옮겨가자 그가 의미 있는 표정을 지은 채 따라가더니 거기서 몇 분간 이야기를 하는 것이었다. 그 이야기가 아가씨에게 준 영향은 결코 부인의 눈을 피할 수 없었다. 부인은 품위를 지키려니 들으려고 할 수는 없었고, 심지어 듣지 **않기 위해서** 매리앤이 연주하는 피아노 가까이에 있는 의자로 옮겨 앉기는 했지만, 엘러너가 안색이 변하고 당황한 채 그가 말하는 내용에 집중하느라 일을 계속하지 못하는 것이 보이는 것까지는 마다할 수 없었다. 자신이 바라던 것이 이루어진 게 틀림없다고 여기게 된 것은, 매리앤이 다른 곡으로 바꾸어 치는 사이 불가피하게 그녀의 귀에 와 닿은 대령의 몇 마디 말이었다. 그는 자기 집이 보잘것없다며 양해를 구하고 있는 것 같았다. 이것으로 의심할 여지없이 확실해졌다. 정말은 그가 집에 대해 그런 식으로까지 말할 필요가 있는지 의아했지만 예의상 그러는 것이거니 하고 넘어갔다. 엘러너가 뭐라고 대답했는지는 알아들을 수 없었다. 그러나 입 움직이는 모양으로 보건대 그녀는 **그 점을** 실제적인 장애로 여기지 않는 것으로 판단되었다. 그래서 제닝스 부인은 마음 속으로 엘러너가 그렇게 솔직한 것을 칭찬했다. 그 다음 그들은 몇 분 더 대화를 나누었는데 부인으로서는 한 마디도 알아들을 수 없었다. 그러다 다행히도 매리앤의 연주가 잠시 멈춘 덕분에 대령의 침착한 목소리가 이런 말을 하는 것이 들려 왔다.

"곧 이루어질 것 같진 않습니다."

사랑에 빠진 사람답지 않은 이런 말에 놀라고 충격을 받아서 그녀는 "세상에! 어떤 장애가 있겠어요?"라고 소리를 치려다 자제는 했지만 속으로 탄식하지 않을 수 없었다.

'정말 이상해라! 정말이지 더 나이 들기를 기다릴 필요는 없을 텐데.'

그러나 대령이 이렇게 늦추고자 하는 것에 대해 그의 여성 상대방은 조금도 언짢아하는 기색이 없었다. 그 후 곧 두 사람이 곧 대화를 끝내고 헤어지면서 엘러너가 진심을 담은 목소리로 "저는 언제나 당신께 감사할 것입니다."라고 말하는 것을 제닝스 부인은 분명하게 들을 수 있었기 때문이다.

제닝스 부인은 엘러너가 감사를 표시하는 것이 기뻤으며, 단지 그런 말을 들은 후 대령이 아주 침착하게 그들과 작별을 할 수 있으며 더구나 엘러너에게 어떤 대답도 없이 가버릴 수 있다는 것이 아주 이상했다! 그녀는 자신의 오랜 친구가 그렇게 무덤덤한 청혼자가 될 수 있다는 것을 생각도 못했었다.

그들 사이에 정말로 오갔던 대화는 이런 것이었다. 그는 연민에 가득 차서 말했다.

"당신의 친구 분인 페러스 씨가 가족한테서 부당한 처사를 당한 얘기를 들었습니다. 제가 제대로 들었다면, 그이는 아주 훌륭한 숙녀분과의 약혼을 계속한다고 해서 가족에게서 완전히 내침을 당했다더군요. 제가 바르게 들은 겁니까? 그렇습니까?"

엘러너는 그렇다고 말했다. 그러자 그는 흥분해서 말했다.

"그건, 사랑을 오래 키워온 두 젊은이를 갈라놓거나, 혹은 갈라놓으려고 하는 것은 잔인한, 끔찍하게 잔인한 짓입니다. 페러스 부인은 자신이 무슨 일을 하는 건지, 아들을 어디로 몰고 가는 건지 모르는 겁니다. 저도 할리 가에서 페러스 씨를 두, 세 번 만난 일이 있었는데 좋은 분이었습니다. 금방 친해질 수 있는 젊은이는 아니었습니다만, 제가 그 만큼 본 바로도 잘 되기를 빌고 싶은 분입니다. 또 당신의 친구이므로 더욱 그렇게 바라고 있습니다. 그분이 목사직을 구하고 있다는 말을 들었습니다. 델러포드의 목사 자리가 막 비게 되었다는 소식을 오늘 우편으로 받았는데, 그분이 받아 들일만한 가치가 있다고 생각한다면 드리겠다는 말씀을 좀 전해 주시겠습니까. 그분이 지금처럼 불행한 상황에 처해 있으니 **수락하지 않으리라고** 생각되지는 않습니다만. 그 자리가 좀 더 보수가 많았으면 더 좋았을 텐데요. 규모가 작은 목사직입니다. 전임 목사도 일년에 200파운드 이상은 받지 못했습니다. 나아질 가능성은 많지만 아주 안락하게 살 정도의 수입까지는 안 될 겁니다. 그렇긴 하나 그분을 모시는 것이 제게는 큰 기쁨일 것입니다. 그 점을 그분에게 알려주십시오."

엘러너는 대령이 정말로 청혼을 했다고 하더라도 이런 임무를 받은 것보다 더 놀라지는 않았을 것이다. 이틀 전만 해도 에드워드가 목사직을 받을 수 없다고 여겼는데 그가 결혼할 수 있도록 이미 마련이 되었다니. 그것도 하고 많은 사람 중에 **자기**가 그것을 주도록 정해지다니! 이런 그녀의 감정을 제닝스 부인은 전혀 다른 이유 때문이라고 여겼던 것이다. 그러나 이런 감정 속에 다소 덜 순수하고 덜 기뻐하는 기분이 약간의 자리를 차지하고 있었다 하더라도, 이런 행동을 하는 브랜든 대령의 관대한 마음에 대한 존경과 특별한 우정에 대한 감사의 마음은 절실해서 그것을 열렬히 표현했다. 그녀는 대령에게 진심으로 감사하면서 에드워드의 도의심과 성품에 대해 당연히 받을만한 칭찬을 해주었다. 그리고 그렇게 좋은 일을 정말 다른 사람에게 맡기고 싶다면 자기가 기꺼이 그 일을 맡겠다고 약속했다. 그러나 동시에 누구도 대령만큼 그 일을 잘 수행할 수는 없을 것이라고 생각하지 않을 수 없었다. 솔직히 말하자면, **자기에게서** 에드워드가 은혜를 받는 고통은 주고 싶지 않아서 진정으로 자신은 그 일에서 **빠지고** 싶었다. 그러나 브랜든 대령도 마찬가지의 미묘한 이유로 그 일을 거절하면서, 그녀를 통해 그 자리를 주는 것이 바람직하다고 여기는 것 같았으므로 어떤 이유에서건 더 이상의 반대를 할 수 없었다. 그녀가 알기로 에드워드는 여전히 시내에 있었으며 다행히 그녀는 스틸 양에게서 그의 주소를 들어 그날 중에 본인에게 이 일을 알려 줄 수 있었다. 이렇게 결정 된 후 브랜든 대령은 그렇게 반듯하고 좋은 이웃을 두게 되어 자신에게도 잘된 일이라는 이야기를 하기 시작했고, **그때** 유감스럽게도 집이 작고 보잘것없다는 말을 한 것이었다. 그런 결점에 대해 엘러너는, 제닝스 부인이 추측했듯이, 적어도 그 크기에 관한 한 아무 문제도 아니라고 말했던 것이다.

"집이 작다는 것이 불편할 것 같지는 않은데요. 작은 것이 식구 크기나 수입에 적합하겠죠."

이 말을 듣자 대령은 목사 자리를 얻었기 때문에 페러스 씨가 결혼을 할 수 있을 것으로 **그녀가** 생각하는 것을 알고 놀랐다. 델러포드의 목사직은 자기 같은 생활방식을 가진 사람이라면 결혼할 임무라도 낼만한 수입이 못될 것이라고는 생각했기 때문이다. 그래서 그는 이렇게 말했다.

"이 작은 목사관은 페러스 씨가 독신으로 편안하게 지낼 정도밖에 안 될 겁니다. 결혼해서 살 정도는 아닐 겁니다. 죄송하지만 제 후원은 거기까지입니다. 더 이상은 제 힘이 닿지 않습니다. 그렇지만 앞으로 기회가 생겨 더 도와 줄 힘이 있는데도 그때 제가 지금 진정 원하는 것만큼 기꺼이 도와주고 싶은 마음이 들지 않는다면, 그건 그분에 대해 지금과는 아주 다르게 생각하게 되었기 때문일 겁니다. 제가 지금 하려는 일이 보잘것없는 것 같군요. 결국 그분의 유일무이한 행복의 목적이라고 여겨지는 것에는 별로 도움이 못되니까요. 그분의 결혼은 여전히 먼 앞날의 일이겠군요. 적어도 곧 이루어질 것 같진 않습니다."

이 마지막 말이 잘못 이해되어 당연히 제닝스 부인의 섬세한 감정에 상처를 준 것이었다. 그러나 브랜든 대령과 엘러너가 창가에 서서 사실은 이런 이야기를 나눈 후 헤어지면서 엘러너가 한 감사의 인사는, 아마도 청혼을 받으면 감격해서 당연히 하게 될 감사의 말보다 조금도 덜하지 않을 정도였다.

40장

제닝스 부인은 신사 분이 물러가자마자 다 알고 있다는 듯 웃으면서 말했다.

"그런데, 대시우드 양, 대령이 무슨 말을 하고 있었는지 묻진 않겠수. 맹세코, 안 들으려고 **노력했지만** 그이의 목적을 알아챌 정도로는 들을 수밖에 없었다우. 세상에, 평생 이보다 기쁜 일은 없을거라우. 진심으로 축하하우."

"고맙습니다, 부인." 엘러너가 말했다. "제게도 정말 기쁜 일이에요. 브랜든 대령님의 친절을 절실하게 느낍니다. 그분처럼 행동하는 분은 많지 않을 거예요. 그렇게 동정심이 가득 찬 분도 없을 거예요! 저도 평생 이렇게 놀란 적은 없었어요".

"세상에! 아가씨, 정말 겸손하구려! 사실 나는 조금도 놀라지 않았다우. 요즘 와서 그 일이야말로 반드시 이루어질 것이라고 종종 생각했었다니까."

"부인은 대령이 원래 관대한 분이라고 알고 계시니 그렇게 판단하셨지요. 그렇지만 부인께서도 그런 기회가 그렇게 빨리 생길 것은 알지 못하셨지요."

"기회라구!" 제닝스 부인이 되풀이했다. "아! 그런 거라면, 남자는 그런 일에 일단 마음을 정하면, 어찌 됐건 곧 기회를 찾게끔 되어 있다우. 그래, 아가씨, 다시 한번 축하하우. 이 세상에서 제일 행복한 부부를 어디서 찾아봐야 될지 알만 하구려."

"부인께서는 델러포드로 가보실 생각이시군요." 엘러너가 희미하게 미소 지으며 말했다.

"그럼, 아가씨, 가지요, 물론. 그런데 집이 좋지 않다니, 나는 대령이 무슨 말을 하는지 모르겠수. 내가 본 중에서 가장 멋진 곳인데."

"수리가 안 되어 있다고 하시던데요."

"글쎄, 그게 누구 탓이우? 그이는 왜 수리를 하지 않을까? 그이가 아니면 누가 하겠수?"

그 때 하인이 들어 와 마차가 현관에 와 있나고 하는 바람에 대화가 중단되었다. 제닝스 부인은 바로 나가려고 하면서 말했다.

"글쎄, 아가씨, 하고 싶은 얘기를 반도 채 끝내기 전에 가야 되겠구려. 그렇지만 저녁에는 우리끼리 있을 테니 죄다 얘기해 봅시다. 나랑 같이 가자고는 않겠수. 그 문제로 머리가 가득 차서 동행에게 신경 써 줄 틈도 없을 테니 말이우. 게다가 동생에게 그 얘기를 하고 싶어 못 견딜 테고."

매리앤은 그 대화가 시작되기 전에 방을 나갔었다.

"물론이죠, 부인. 매리앤에게 얘기 하겠어요. 하지만 아직은 다른 사람에게는 이야기하지 않겠어요."

"아! 좋아요. 그러면 루시에게 이야기 하면 안되겠군. 나는 오늘 홀본까지 갈 생각이었다우." 제닝스 부인은 다소 실망해서 말했다.

"네, 부인, 죄송하지만 루시에게도 말하지 마세요. 하루 늦게 이야기한다고 해서 큰 차이는 없을 거예요. 제가 페러스 씨에게 편지를 쓸 때까지는 다른 누구에게도 이 이야기를 해서는 안 된다고 생각해요. 편지는 바로 쓸 거예요. 페러스 씨가 일각이라도 놓치지 않는 것이 중요하거든요. 서품을 받는 것과 관련해서 할 일이 많을 테니까요."

이 말로 인해 처음에 제닝스 부인은 아주 혼란스러웠다. 왜 페러스 씨가 그 문제에 대해 서둘러 편지를 받아야 하는지 금방 이해가 되지 않았다. 그러나 잠시 생각해 보고 아주 행복한 생각이 떠올라 소리쳤다.

"아하! 이제 알겠구려. 페러스 씨가 그 역할을 할 거군. 그래요. 그이로서는 더 잘 된 거지. 아, 그러니 그이는 대비를 해서 서품을 받아야겠군. 당신들 두 사람 사이에 그렇게 일이 진척 된 것을 보니 기쁘구려. 그런데, 아가씨, 이런 건 다소 상궤에 벗어난게 아니우? 대령이 직접 편지를 해야 하지 않수? 그래요. 그이가 하는 게 타당하지."

엘러너는 제닝스 부인의 말 중 서두 부분은 도대체 이해가 되지 않았지만 굳이 물어볼 가치가 있다고 생각하지 않았기에 마무리

하는 말에 대해서만 대답 했다.

"브랜든 대령은 워낙 가림이 많은 분이라서 자신의 의향을 페러스 씨에게 알리는 일을 다른 사람이 하기를 원하시더군요."

"그래서 당신이 그 일을 떠맡았군. 글쎄, 그런건 지나치게 가림이 심한 거지! 그렇지만 (그녀가 편지 쓸 준비를 하는 것을 보고는) 당신을 방해하지 않겠수. 당신 일은 당신이 제일 잘 알 테니까. 그럼 나는 나갔다 오리다. 나는 샬럿이 애를 낳은 이후로 이렇게 기쁜 소식은 들은 적이 없다우."

그리고 그녀는 나갔는데 곧 다시 돌아 왔다.

"나는 막 베티의 여동생을 생각하고 있었다우, 아가씨. 그 애에게 좋은 여주인을 얻어 주고 싶어. 그 애가 숙녀의 몸종 노릇을 잘 할려나 모르겠구려. 훌륭한 하녀이기는 하고 바느질도 아주 잘 하지. 그렇지만 그런 건 전부 여가가 있을 때 생각해 볼 테지요."

"네, 부인." 엘러너는 대답은 하면서도 그녀의 말을 대부분 듣고 있지 않았고 그런 이야기를 일일이 따라가기 보다는 혼자되기만을 바라고 있었다.

에드워드에게 전갈을 보내면서 어떻게 말을 꺼낼 것인지, 어떻게 의중을 털어놓아야 할지가 이제 걱정이었다. 이 일은 다른 사람에게라면 그처럼 쉬웠을 텐데 그들의 특별한 상황 때문에 어렵게 되어 있었다. 별 말을 쓰지 않기도, 이런 저런 얘기를 하기도 다 꺼려져서 종이를 앞에 두고 연필을 손에 든 채 고민을 하며 앉아 있는데 당사자인 에드워드가 불쑥 들어 왔다.

그는 작별 인사를 하려고 왔다가 마차를 타려는 제닝스 부인을 문간에서 만났는데, 부인은 자신은 되돌아 갈 수 없다고 양해를 구하면서 대시우드 양이 위에 있으며 아주 특별한 일로 그와 이야기를 하고 싶어 하니 들어가라고 했던 것이었다.

그가 이렇게 갑작스레 들어 왔을 때 엘러너는 심란한 와중에도, 편지로 생각을 적절히 털어놓기가 아무리 어렵더라도 직접 말로 소식을 전하는 것보다는 그래도 나을 것이라고 자위하면서, 어쨌거나 힘을 내어 그 일을 막 하려던 참이었다. 그가 이렇게 갑작스레 나타난 것을 보고 그녀는 정신을 추스르기 위해 안간힘을 써야했다. 그의 약혼이 공개된 후로는, 그러므로 그녀가 그 사실을 안다는 것을 그가 알게 된 이후로는, 그녀는 그를 보지 못했었다. 그런 생각과 더불어 자신이 생각하고 있었던 것과 그에게 말해야 할 것을 의식하자 특히 얼마간 어색할 수밖에 없었다. 에드워드 역시 아주 당황했으므로 그들은 함께 앉아 있었지만 앞으로 어떡할지 난감하기 이를데 없었다. 그는 처음에 들어오면서 방해해서 미안하다는 말을 했는지 기억이 나지 않았다. 그러나 신중을 기하기 위해, 자리를 잡은 후 말을 할 수 있게 되자 정식으로 사과하는 말을 꺼냈다.

"제닝스 부인께서 당신이 제게 할 말이 있다고 하시더군요. 적어도 제가 듣기로는 그랬습니다. 그렇지 않았다면 제가 이런 식으로 불쑥 밀고 들어오지 않았을 겁니다. 그렇지만 당신과 동생을 보지 않고 런던을 떠났다면 무척 서운했을 겁니다. 특히 오랜 기간이 될 것 같아서…… 곧 다시 만날 기쁨을 누리기는 어려울 겁니다. 내일 옥스퍼드로 떠납니다."

엘러너는 정신을 차리고 자신이 그토록 두려워하던 일을 가능한 빨리 끝내겠다고 결심했다.

"그렇지만 직접 만날 수 없었더라도 당신이 떠나기 전에 꼭 행운을 빌어드렸을 거예요. 제닝스 부인 말씀이 옳답니다. 당신에게 전할 중요한 얘기가 있어서 막 편지를 쓰려던 참이었어요. 저는 아주 유쾌한 일을 맡았답니다. (이 말을 하면서 그녀는 평소보다 더 가쁘게 숨을 몰아쉬었다.) 약 십여 분전에 브랜든 대령이 여기에 오셨어요. 그분은 당신이 목사직을 원한다는 것을 아시고 지금 비어있는 델러포드의 목사직을 기꺼이 제안하고 싶으시답니다. 좀 더 수입이 나은 자리가 못 돼서 미안하다는 말도 전해 달라고 하셨답니다. 그런 점잖고 올바른 판단을 하시는 친구 분을 둔 것을 축하드려요. 그 목사직이 연수 약 200파운드라고 하던데, 저도 그분이 바라시는 것처럼 수입이 훨씬 더 많아서 당신이 더 잘…… 당신에게 일시적인 방편 이상이 되기를…… 간단히 말해 당신의 행복한 계획을 다 세울 수 있기를 바랍니다."

에드워드가 어떤 생각을 했는지는 그 자신도 말할 수 없었으므로 다른 누가 그를 대신해서 말할 수 있을 것으로 기대될 수 없을 것이다. 그는 그런 예기치 못한, 그런 생각도 못한 소식을 듣는다면 드러낼 수밖에 없는 그런 놀란 **모습**이었다. 그는 단지 두 마디를 내뱉었을 뿐이었다.

"브랜든 대령!"

"그렇답니다." 최악의 상황은 어느 정도 끝났으므로 엘러너는 좀 더 마음을 다 잡고 계속 말했다. "브랜든 대령은 최근에 일어났던 일, 즉 당신 가족의 도리에 어긋난 행동으로 인해 당신이 처하게 된 그 혹독한 상황에 대해, 매리앤이나 저나 당신의 친구라면 다 하게 마련인 그런 염려를 그분도 하고 있다는 것을 나타내신 거지요. 뿐만 아니라 그분이 당신의 성품을 높이 보고 있으며 특히 이번 경우에 당신의 처신을 지지한다는 증거지요."

"브랜든 대령이 **제게** 목사직을 주다니! 이게 가능한 일입니까?"

"가족이 매정한 것을 경험했기 때문에 다른데서 우정을 얻는 것에 놀라는군요."

"아닙니다." 그는 급히 정신을 차리고 대답했다. "당신에게서 받는다면 놀랍지 않지요. 이 모든 것이 당신의, 당신의 우정 덕분이라는 것을 제가 모르지 않기 때문이지요. 저는 잘 알고 있습니다. 할 수 있다면 말로 표현하고 싶지만…… 당신도 잘 알고 있듯이 저는 달변가가 못되지요."

"많이 오해하시는 것 같아요. 분명히 말씀드리지만 그건 전적으로, 거의 전적으로 당신 자신의 미덕과 그것을 알아 본 브랜든 대령의 안목 덕분이예요. 저는 전혀 관계가 없답니다. 저는 그분의 계획을 들을 때까지도 그 자리가 비어 있다는 걸 몰랐어요. 그리고 그분이 목사직을 부여할 수 있다는 생각도 해보지 못했답니다. 그 자리를 제공하면서 그분이, 저의, 제 가족의 친구이기 때문에 아마도…… 더 기쁨을 느끼시기도 하겠지요. 그렇지만 맹세코 제가 부탁을 한 덕분은 아니랍니다."

진실을 말하려다 보니 그녀는 그 행동에 자신도 약간의 역할을 했다는 것을 인정해야 했지만 동시에 에드워드의 시혜자로 여겨지는 것이 정말 내키지 않아 인정을 하면서도 머뭇거린 것이다. 그로 인해 최근에 생겨난 의심이 그의 머리 속에 자리 잡게 된 듯했다. 엘러너가 말을 끝낸 후에도 잠시 동안 그는 깊은 생각에 잠겨 앉아 있었다. 그리고 마침내, 마지못한 듯이 말했다.

"브랜든 대령은 매우 훌륭하고 존경할만한 분 같습니다. 그분에 대해서는 늘 그런 얘기를 들었습니다. 제가 알기로 당신 오빠도 그분을 높이 평가하고 있더군요. 그분은 말할 나위 없이 분별 있는 분이며 태도에서도 철저히 신사시군요."

"정말이에요." 엘러너가 대답했다. "더 사귀어 보면 듣던 대로 좋은 분이라는 걸 알게 될 거예요. 또 그분과 아주 가까운 이웃이 될 테니 (제가 듣기로 목사관이 대령님의 저택 바로 옆에 붙어 있다더군요.) 듣던 그대로**여야** 하는 것이 특히 중요하지요."

에드워드는 대답하지 않았다. 그러나 그녀가 시선을 다른 데로 돌리자 너무나 진지하고 열성적이고 우울한 표정으로 그녀를 쳐다보는 모습이 마치 앞으로 저택과 목사관의 거리가 더 멀어지기를 원하는 것 같았다. 그는 곧바로 의자에서 일어서며 말했다.

"브랜든 대령은 세인트 제임스 가에 거주하시는 것으로 알고 있는데요."

엘러너는 그에게 번지수를 말해 주었다.

"그러면 저는 서둘러 가서 **당신이** 받으려 하지 않는 감사의 인사를 그분께 드리고 덕분에 제가 매우, 엄청나게 행복한 사람이 되었다고 확신시켜 드려야겠군요."

엘러너는 그를 더 있으라고 잡지 않았다. 그들은 작별을 하면서, 그녀 편에서는 진심에서 우러나서 그에게 닥칠 상황이 아무리 변하더라도 변함없이 그의 행복을 기원하겠다는 말을 했고, 그의 편에서는 그런 축복에 답례하려는 시도를 했으나 제대로 표현되지는 못했다. 그의 뒤로 문이 닫힐 때 엘러너는 혼잣 말을 했다.

"저이를 다시 만날 때는 루시의 남편으로서 보게 되겠지."

이런 기막힌 예상을 하면서 그녀는 앉아서 지난 일을 다시 생각해 보고, 오고간 말을 회상해보면서, 에드워드의 감정을 이해해 보려고 노력했으며, 물론 사신의 삼성을 불만스럽게 놀이켜 보기도 했다.

제닝스 부인은 새로운 사람들을 만나고 돌아 왔으므로 집에 와서 그들에 대해 할 말이 수두룩 할 텐데도 다른 무엇보다 자신이 알고 있는 중요한 비밀로 머리가 꽉 차있어서 엘러너가 나타나자마자 다시 그 문제로 옮아갔다. 그녀가 큰소리로 말했다.

"그래, 아가씨. 내가 그 신사를 당신에게 올려 보냈다우. 잘 하지 않았수? 그리 어렵지 않았을거우. 그이가 당신 제안을 내키지 않아 했을 리 없지."

"네, 부인. **그럴 리가** 없죠."

"그래, 준비하려면 얼마나 걸린다우? 모든 게 거기에 달려 있잖우."

"사실은," 엘러너가 말했다. "저는 이런 절차에 대해 아는 게 거의 없어서 필요한 시간이나 준비에 대해서는 추측도 할 수 없답니다. 그렇지만 두세 달이면 그이가 서품을 받을 거예요."

"두세 달이라구!" 제닝스 부인이 소리쳤다. "맙소사! 아가씨, 어찌 그리 침착할 수 있수. 대령이 어떻게 두세 달을 기다릴 수 있누! 하느님 맙소사! 정말이지 **나라면** 지쳐 죽을거야! 가엾은 페러스 씨에게 아무리 친절을 베풀고 싶더라도 그이 때문에 두세 달을 기다릴 수는 없어요. 틀림없이 그만큼 잘 할 사람이 또 있을거라구. 이미 성직에 있는 사람 말이우."

"존경하는 부인. 무슨 생각을 하고 계세요? 글쎄, 브랜든 대령의 유일한 목적은 페러스 씨에게 도움을 주자는 건데요." 엘러너가 말했다.

"맙소사, 아가씨! 페러스 씨에게 10기니를 주려고 대령이 당신과 결혼하는 것이라고 설득할 생각은 아니겠지!"

이 말을 들은 후에는 오해가 계속될 수 없었다. 즉시 상황이 설명되었고 그로 인해 두 사람 다 잠시 동안 상당히 즐거웠고 그러면서 어느 쪽도 실제로 잃은 것은 없었다. 제닝스 부인은 한 종류의 즐거움에서 다른 종류의 즐거움으로 바꾸었을 뿐이며 여전히 처음의 기대는 버리지 않았다. 부인은 처음에 놀라면서 잘됐다고 법석을 떨고 나서 말했다.

"아아, 목사관이 작기는 하다우. 수리도 안 되어 있을 거라는 말이 맞고. 그렇지만 내가 알기로 일층에 다섯 개의 거실이 있고, 하녀장 말로는 열 다섯채의 침대를 놓을 수 있다는 집을 두고 남자가 미안해하는 말을 들었다고 생각했으니! 게다가 바튼 코티지에서 사는데 익숙해진 당신에게 말이야! 아주 이상하더라니까. 그런데 아가씨, 루시가 거기 가기 전에 대령더러 목사관을 손봐서 편안하게 만들어 주라고 우리가 부추깁시다."

"하지만 브랜든 대령은 목사직을 얻었다고 해서 그들이 결혼할수 있을 거라고 생각하지 않는 것 같아요."

"대령은 바보라우, 아가씨. 그이는 자신이 연 2,000파운드를 버니까 다른 사람도 그 보다 적은 돈으로는 결혼할 수 없다고 생각하는 거지. 내 말을 믿어요. 만일 내가 살아 있다면 나는 성 미가엘 축일 전에 델러포드 목사관을 방문할거니까. 루시가 거기 없으면 들어가지도 않겠수."

에드워드와 루시가 뭔가 더 생길 것을 기다리지 않을 가능성에 대해 엘러너도 부인과 동감이었다.

41장

다음날 축하를 하러 방문한 제닝스 부인에게 루시가 확언한 바로는, 에드워드는 브랜든 대령에게 감사의 인사를 한 후 행복한 소식을 듣고 루시에게 갔으며, 바틀릿츠 빌딩스에 당도했을 즈음

에는 행복의 절정에 달해 있어서 루시 자신도 지금껏 그처럼 활기찬 에드워드의 모습을 본 적이 없을 정도였다는 것이다.

적어도 루시가 행복해서 생기가 넘치는 것은 역력했다. 성 미가엘 축일이 되기 전에 그들 부부가 델러포드 목사관에 편안하게 자리 잡을 것이라는 제닝스 부인의 예상에 루시도 기꺼이 동의했다. 동시에 루시는 에드워드가 엘러너에게 하려고 했을 사례를 대신 하는데 결코 주저함이 없었다. 자신들 둘에 대한 대시우드 양의 우정에 대해 열렬히 칭송했고, 모두가 대시우드 양 덕분이라고 거리낌 없이 고백했다. 또 지금이든 나중이든, 자신들에게 도움이 된다면 대시우드 양이 어떤 노력을 하더라도 놀라지 않을 것인데, 진정으로 아끼는 사람을 위해 대시우드 양은 어떤 일도 할 것이라고 믿기 때문이라는 말을 드러내놓고 했다. 브랜든 대령에 대해서는, 루시는 그를 성인으로 숭배할 태세가 되어 있었을 뿐만 아니라, 더 나아가 세속적인 모든 일에서 그를 성자로 여길 정도가 되기를 간절히 바랐다. 대령의 십일조도 최대로 올리기 바랐고 델러포드에서 최대한 그의 하인이나 마차, 가축, 가금류를 이용해야겠다고 속으로 다짐 했다.

존 대시우드가 버클리 가를 방문하고 간 뒤 벌써 일주일이 넘었고 엘러너는 그때 이후로 올케의 안부를 한번 물은 외에는 배려를 하지 못했기 때문에 올케를 방문할 필요가 있다고 느끼게 되었다. 그러나 이런 의무는 그녀도 내키지 않았을 뿐 아니라 주변에서 격려를 받지도 못하는 일이었다. 매리앤은 절대로 가지 않겠다고 거절한 것으로 만족하지 못하고 언니가 가는 것마저 굳이 막으려고 했다. 제닝스 부인은 엘러너가 원하는 대로 마차는 쓰게 해주었지만, 존 대시우드 부인을 너무나 싫어해서, 최근에 이런 일이 밝혀진 후 그녀가 어떤 몰골인지 보고 싶은 호기심이나 에드워드의 편을 들어 그녀에게 맞서고 싶은 강렬한 욕구도 다시 그녀와 함께 있고 싶지 않은 마음을 이겨낼 수 없었다. 그 결과 엘러너는 혼자서, 정말은 그녀만큼 내키지 않아 할 사람도 없을 그런 방문을 하러, 동생이나 제닝스 부인 중 누구도 그녀만큼 싫어할 이유를 많이 가지고 있을 리 없는 그런 여자와 잡담을 나누는 끔찍한 일을 하러 출발 했다.

대시우드 부인은 면회사절이었다. 그러나 마차가 저택에서 돌아 나가기 전에 그녀의 남편이 우연히 나왔다. 그는 엘러너를 만난 것에 몹시 기뻐하면서 자신이 막 버클리 기로 방문을 하려던 참이며 그녀를 보면 패니가 무척 반가워할 것이라면서 들어오라고 했다.

그들은 계단을 올라가 거실로 갔다. 거기에는 아무도 없었다. 그가 말했다.

"패니는 자기 방에 있을 거야. 내가 곧 가 볼께. 네 올케 언니가 **너를** 만나기 싫어할 이유는 전혀 없거든. 사실 그 반대지. **이제는** 특히 그럴 이유가 없지. 그렇지만 네 올케는 너와 매리앤을 항상 좋아했어. 왜 매리앤은 오지 않았니?"

엘러너는 적당한 변명을 했다. 그가 다시 말했다.

"너만 만난 것이 잘됐기도 해. 너한테 말할 게 많거든. 브랜든 대령의 목사직 말인데, 그게 사실이니? 정말로 그가 에드워드에게 주었어? 어제 우연히 그 말을 듣고 더 물어 보려고 너한테 가려고 했던 거야."

"분명한 사실이에요. 브랜든 대령이 에드워드에게 델러포드의 목사직을 주었어요."

"그럴 수가! 참 놀라운 일이야! 아무 관계도 없는 처지에! 그들 사이에 아무 관련도 없는데! 요즘 그런 목사 자리는 대단한 가격에 팔리는데! 수입이 얼마짜리지?"

"연수 약 200파운드예요."

"아주 괜찮군. 그 정도 수입이 있는 목사직이라면 후임 추천권의 가치는…… 죽은 목사가 늙고 병들었으니 곧 그 자리를 비울거라고 가정했다면…… 틀림없이 대령은 1,400파운드는 받았을거야. 어떻게 그는 전임 목사가 죽기 전에 그 문제를 정하지 않았을까? 이제는 팔기에 너무 늦었을 거야. 그렇지만 브랜든 대령같은 사람의 분별이란! 그처럼 상식적이고 당연한 문제에 그렇게선견지명이 없다니 이해가 안되는군! 글쎄, 사람들의 성격이 대체로 일관성이 없는 건 분명해. 그런데, 생각해 보니, 이번 일은아마 이런 경우일지 몰라. 대령이 정말로 추천권을 팔아넘기고싶은 사람이 적령기가 될 때까지만 에드워드에게 목사직을 넘긴걸 거야. 그래, 그래, 틀림없이 그럴 거야."

엘러너는 그 말을 단호하게 반박하면서 자신이 직접 브랜든 대령의 말을 듣고 에드워드에게 전달하는 역할을 했으므로 그 제안의 기본 조건을 잘 알고 있다고 말해서 그는 믿지 않을 수 없었다. 그는 그녀의 말을 듣고 소리쳤다.

"정말로 놀랍군! 대령의 동기가 뭘까?"

"아주 간단하지요. 페러스 씨를 도와주고 싶은 거예요."

"그래, 좋아. 브랜든 대령이 왜 그랬든 에드워드는 운이 좋은사람이야! 패니에게는 그 얘기를 하지 말거라. 내가 그 얘기를 했을 때 아주 잘 참기는 했지만, 자꾸 들으면 기분이 좋지 않을 거야."

이 말을 듣고 엘러너는, 패니가 자신이나 자식의 돈을 빼앗기는일 없이 동생에게 돈이 생기는 것은 편안하게 견딜 수 있을 것 같다고 말하고 싶은 것을 간신히 참았다.

존 대시우드는 아주 중요한 화제에 걸맞는 어조로 목소리를 낮추고 보태어 말했다.

"페러스 부인은 아직 아무 것도 모르고 계셔. 장모님한테는 그 얘기를 될 수 있는 대로 오래, 철저히 숨기는 게 좋을 거야. 결혼식을 하게 될 때는 그분도 듣게 될 테지."

"그렇지만 왜 그렇게 조심해야 해요? 아들에게 생계를 꾸려갈 만한 돈이 생기게 되었다는 것을 알고 페러스 부인이 손톱만큼도 만족한 기분이 되지는 않겠지요. 그런 일은 있을 수가 없겠지요. 그런데 왜, 그분이 그런 행동을 한 이후인데도 충격을 받을 거라고 여기는 거죠? 그분은 아들과 인연을 끊고 완전히 저버렸으며 자기 영향력 아래에 있는 사람들에게도 자기를 따라 그이를 저버리라고 했잖아요. 사실, 그렇게 한 후인데, 그분이 그이 때문에 기쁨이나 슬픔을 느낄 거로는 상상이 되지 않아요. 그분은 그이에게 생기는 일에는 아무 관심도 없을걸요. 자식을 편안하게 해줄 것을 팽개쳐 버렸으면서도 여전히 부모다운 걱정을 할 정도로 마음이 약하실 리가 없겠지요!"

"아! 엘러너. 네 논리도 그럴듯하지만 인간성에 대해 몰라서 하는 말이야. 정작 에드워드의 불행한 결혼이 성사될 때 장모님은 아들을 내친 적이 없었던 것처럼 괴로워하실 거야. 그러니까 그런 끔찍한 사건에 속도를 가할 상황은 가능한 그분께 숨겨야 되는 거지. 페러스 부인은 에드워드가 당신 아들이라는 생각을 결고 지워 버릴 수 없거든."

"오빠는 저를 놀라게 하는군요. 지금쯤은 그런 생각이 그분의 기억에서 빠져나간 것 같은데요."

"너는 그분을 아주 잘못 보고 있는 거야. 페러스 부인이야말로 세상에서 가장 다정한 어머니란다."

엘러너는 침묵했다. 대시우드 씨가 잠시 말을 멈추었다가 말했다.

"이제 우리는 **로버트**를 모튼 양과 결혼시킬 생각이야."

엘러너는 자기 오빠가 우쭐해 하면서 엄숙하고 단호한 어조로 말하는 것을 듣고 웃으면서 조용히 대답했다.

"그 문제에 관해 숙녀 분은 선택권이 없군요."

"선택권이라고! 무슨 뜻이니?"

"제 말은 단지, 오빠 말을 들으면 에드워드와 결혼하든 로버트와 결혼하든 모튼 양에게는 마찬가지인 것 같다는 거예요."

"물론이지. 차이가 있을 리 없지. 이제 어느 점으로 보나 로버트가 장남으로 여겨질 테니까. 다른 점에서 보더라도 둘 다 호감이 가는 젊은이들이니 어느 한 쪽이 다른 쪽보다 더 낫다고 보기도 어렵지."

엘러너는 더 이상 말하지 않았고 존도 잠시 침묵했다. 그의 생각은 이런 식으로 끝났다.

"확실한 게 **한 가지** 있어, 사랑하는 동생." 그는 그녀의 손을 다정하게 잡고는 터무니없이 목소리를 죽이고 말했다. "네가 기뻐할 테니까 말을 **해 줄게.** 상당히 근거가 있는 얘긴데…… 사실 정통한 소식통에게서 들은 얘기야. 아니면 내가 남에게 전해서 안 되지. 그런 얘기를 하는 건 큰 잘못일거야. 그렇지만 아주 정통한 소식통에서 들은 얘기야. 페러스 부인 당신이 그 말씀을 하시는 것을 직접 들은 것은 아니야. 그분의 딸이 **들었고** 나는 그 사람에게서 들은 거지. 간단히 말하자면 어떤, 어떤 혼담이…… 내 말을 알아듣겠지. 아무리 반대할 면이 많았다 하더라도 차라리 그 혼담이 그분에게는 훨씬 나았을 것이며 **이번** 혼담의 반만큼도 당혹스럽지 않았을 거라고 하셨어. 페러스 부인이 그 문제를 그런 각도에서 생각하신다고 듣고 나는 엄청나게 기뻤단다. 너도 알다시피 우리 모두에게 매우 기쁜 상황이지. 그분은 그러셨다는 구나. '두 개의 불행 중에서는 그 혼인이 비교할 필요도 없이 덜 나쁜 쪽이었을 거야. **이제는** 나도 더 나쁘지 않은 쪽과는 기꺼이 타협을 할거야.' 그렇지만 그건 전적으로 불가능해졌지. 생각될 수도 얘기될 수도 없지. 너도 알고 있는 어떤 연정에 대해서 말이야. 절대 가능하지 않게 됐어. 모든 게 끝났어. 그렇지만 이 얘길 네게 해야겠다고 생각했지. 네가 얼마나 기뻐할지 아니까 말이다. 네가 미련을 가지고 있을 이유가 있어서는 아니야, 엘러너. 네가 아주 잘되어 가고 있다는 데는 의심의 여지가 없거든. 모든 것을 고려할 때 저번만큼, 아니 더 잘 된 거지. 브랜든 대령이 최근에 너랑 함께 있었니?"

이런 말을 듣고 엘러너는 허영심이 만족되고 자만심이 부추겨졌다가 보다는 신경이 거슬리고 마음이 착잡해졌다. 그래서 그녀는 로버트 페러스가 들어오는 바람에 자신이 이런저런 대답을 해야 할 필요성과 오빠의 말을 계속 더 듣는 위험에서 벗어나게 된 것이 반가웠다. 잠깐 대화를 나눈 후 존 대시우드는 시누이가 왔다는 연락을 패니가 아직 받지 못한 것을 상기하고 그녀를 찾아 방을 나갔다. 그래서 엘러너는 남아서 로버트를 좀 더 알게 되는 기회를 가지게 되었다. 그는 자신의 허랑방탕한 생활 방식과 형의 고결한 처신 덕분에 내침을 당한 형을 제치고 어머니의 사랑과 관대함이라는 부당한 몫을 즐기면서도 명랑하고 무심하며 행복한 자아도취에 빠진 태도를 하고 있어서, 그녀는 그의 머리와 마음이 모두 형편없다는 생각을 확인하게 되었다.

그들끼리 있은 지 약 이분도 되지 않아 그는 에드워드에 대해 말하기 시작했다. 그도 목사직에 대한 이야기를 들었고 어떻게 된 것인지 매우 궁금했기 때문이다. 엘러너는 존에게 했듯이 구체적인 얘기를 해 주었다. 그 이야기의 효과는 존의 경우와는 매우 다르기는 했으나 기가 막히기로는 마찬가지였다. 그는 정신없이 웃어댔다. 에드워드가 목사가 되고 조그만 목사관에서 살 거라는 생각을 하면서 그는 주체할 수 없이 즐거워했다. 게다가 에드워드가 중백의를 입고 기도문을 읽으면서 존 스미스와 메리 브라운의 결혼에 반대가 없는지 물을 것이라는 기막힌 상상을 하자 더 우스꽝스런 것은 생각도 할 수 없다는 듯 웃어대는 것이었다.

엘러너는 그런 어리석은 행동이 끝나기를 말없이, 한결같이 엄숙한 태도로 기다리는 동안, 그에 대한 경멸을 그대로 드러내는 표정으로 그를 뚫어지게 보지 않을 수 없었다. 그러나 그녀의 표정은 잘 다듬어져서 자신의 감정은 해소하면서도 그런 기미를 그가 알아채게 하지는 않았다. 그는 그녀의 표정에 담긴 비난 때문이 아니라 스스로의 감성 덕분에 재치에서 지혜로 돌아섰다. 그는 정말 유쾌해서 웃는 순간을 길게 끌며 가식적으로 한참을 웃더니 마침내 그치고 말했다.

"우리는 이 문제를 우스개로 여길 수도 있죠. 그러나 정말 참 심각한 일이지요. 가엾은 에드워드! 형은 영원히 끝장난 겁니다. 나는 그게 정말 안됐어요. 형이 마음씨가 좋은 사람이라는 건 내가 알거든요. 그럴 수 없이 남에게 잘 해주려는 사람이지요. 대시우드 양, 당신이 조금 아는 것으로 형을 판단해서는 안 됩니다. 가엾은 에드워드! 형의 태도는 별 바람직하지는 못하지요. 그렇지만, 아시겠지만, 우리 모두가 같은 매력, 같은 태도를 가지고 태어나는 게 아니거든요. 참 안됐어요! 형이 낯선 사람들 사이에 있는 걸 보면! 정말 보기 딱하다니까요! 그렇지만, 맹세코, 형은 이 세상 누구보다 선량한 마음씨를 가지고 있지요. 나는 이 일이 죄다 밝혀졌을 때만큼 충격을 받은 적이 없다고 맹세할 수 있다 니까요. 믿을 수가 없었어요. 어머니에게서 이 이야기를 처음 들으면서 단호하게 행동할 필요가 있다고 느끼고, 즉시 말씀드렸지요. '사랑하는 모친, 이 상황에서 어떤 의향을 가지고 계신지 모르겠습니다만, 이런 말을 안 할 수가 없는데, 저라면, 만일 에드워드 형이 그 여자와 결혼하면, 다시는 형을 보지 않을 것입니다.' 나는 즉시 그렇게 말했지요. 정말이지 나는 그럴 수 없이 큰 충격을 받았거든요! 가엾은 에드워드! 형은 완전히 끝장났지요. 점잖은 사회에서 아주 영원히 배제된 거지요! 어머니께도 그런 말을 했지만, 그렇게 된 게 조금도 놀랄 일이 아니지요. 형의 교육 방식 때문에 다 예상되던 거지요. 가엾은 어머니는 반쯤 정신이 나가셨지요."

"그 숙녀를 직접 본 적이 있으세요?"

"네, 한번 보았지요. 그녀가 이 집에 머물고 있을 때 내가 한 십여 분 정도 들렀던 적이 있었는데, 그 정도면 다 본 거지요. 그야말로 촌스런 시골 아가씨로 스타일도 없고 우아하지도 않은데다 미모도 아니더군요. 그녀를 똑똑히 기억하고 있어요. 가엾은 에드워드를 사로잡을만한 정도는 되는 아가씨였어요. 어머니께서 두 사람의 관계를 얘기하시기에 내가 형에게 바로 말을 해보고 그런 결혼을 포기하도록 설득해 보겠다고 제안했지요. 그렇지만 알고 보니 **그때**는 어떤 일을 하기에는 너무 늦었더군요. 불행히도 처음에 내가 막지 못했고, 그런 불화가 벌어진 후까지 까맣게 몰랐으니까요. 아시다시피 그때는 내가 끼어들 일이 아니었지요. 그렇지만 몇 시간 전이라도 그 일을 알았더라면, 충분히 그럴 수도 있었다고 생각되는데, 뭔가 묘안이 생겼을 텐데 말이죠. 나는 분명 에드워드에게 아주 강력하게 주장했을 겁니다. '친애하는 형님, 형님의 행동을 생각해 보십시오. 격이 형편없이 떨어지며, 가족이 한결같이 찬성하지 않는 그런 결혼을 형님이 하는 겁니다.' 간단히 말하자면, 방법이 있을 수도 있었다는 것을 생각하지 않을 수 없어요. 그렇지만 이제는 너무 늦었지요. 말이지, 형은 배를 곯게 되어 있어요. 그건 확실하다니까요. 절대로 배를 곯게 되어 있어요."

그는 느긋하게 이런 결론을 지었는데 그때 존 대시우드 부인이 들어와 이야기가 끝났다. 그녀는 자기 가족 외에는 그 얘기를 절대 하지 않았지만, 엘러너는 그녀가 들어오면서 지은 난처한 표정이나, 자신에 대한 행동에 정중하게 굴려는 시도가 보이는데서 그 일이 그녀에게 끼친 영향을 알 수 있었다. 심지어 엘러너와 동생이 그렇게 곧 시내를 떠날 것이라는 것을 알고서는 더 많이 만날 걸 그랬다고 할 정도가 되었다. 아내를 방으로 데려와 그녀의 어조에 반해 곁을 맴돌던 남편은 아내의 그런 노력에서 다정함과 우아함의 화신을 찾아 낸 것 같았다.

42장

엘러너는 한번 더 할리 가로 잠깐 방문해서, 그들이 비용을 한 푼도 들이지 않고 바튼 쪽으로 그만큼 가까이 가게 된 것과 브랜든 대령이 하루 이틀 후에 클리블랜드로 그들을 따라 갈 것에 대해 오빠의 축하를 받는 것으로 런던에서의 오누이 상봉을 끝맺었다. 패니는 놀런드 근처를 지나는 일이 있을 때 들르라는 모호한

초대를 했으나 그런 일은 도무지 일어날 것 같지 않았다. 존은 드러내 놓고 말한 것은 아니었지만 엘러너를 만나러 델러포드로 기꺼이 오겠다는 언질을 주었다. 그것만이 시골에서 그들이 만날 것을 예견하는 것이었다.

엘러너는 자신의 친지들이 모두 자신을 델러포드로, 다른 어디보다 이제는 방문하고 싶지도 거주하고 싶지도 않은 그곳에 자신을 보내려고 작정한 것 같아서 어이가 없었다. 오빠나 제닝스 부인이 그곳을 그녀의 미래의 집으로 여기고 있을 뿐 아니라 심지어 루시도 헤어지면서 그곳으로 방문해 달라고 끈질기게 초대를 했다.

4월초 상당히 이른 아침, 하노버 스퀘어와 버클리 가의 두 일행은 각자의 집에서 출발했으며 도중에 만나기로 약속되어 있었다. 샬럿과 아기의 편의를 위해서 그들은 이틀을 더 걸려서 여행할 예정이었고 파머 씨는 브랜든 대령과 함께 다소 빨리 여행하여 그들이 클리블랜드에 도착한 후 곧 합류하기로 하였다.

매리앤은 런던에서 편안한 적이 거의 없었고 오래 전부터 떠나고 싶어 야단이었지만 막상 때가 되자, 윌러비에 대해 이제는 영원히 사라져 버린 희망과 믿음을 마지막으로 품었던 그 집에 작별을 하면서 고통스러워 했다. 또 그녀가 같이 나눌 수 없는 새로운 약속과 새로운 계획으로 윌러비가 바쁘게 지내는 그곳을 떠나면서 매리앤은 많은 눈물을 쏟지 않을 수 없었다.

떠나는 순간 엘리니의 만족감은 훨씬 더 확실했다. 미련을 둘 대상도 없었고, 영원히 헤어져 한순간의 회한을 느끼게 될 그런 사람을 뒤에 남겨두고 가는 것도 아니었다. 루시의 집요한 우정에서 벗어나는 것이 기뻤으며, 윌러비의 결혼 이후에 동생을 그와 마주치게 한 일 없이 멀리 데려가게 된 것이 고마웠다. 바튼에서 몇 개월간 조용히 지내면 매리앤의 마음의 평화도 회복될 것이며 자신의 마음의 평화도 단단히 굳힐 수 있을 거라고 희망적으로 기대하고 있었다.

그들의 여행은 무사히 이루어졌다. 둘째 날 그들은, 매리앤의 상상력에 나타나는 차례로 이야기하자면, 소중했다가 이제는 금지된 서머싯 주에 들어섰으며 셋째 날 오후에 클리블랜드에 도착했다.

클리블랜드는 경사진 잔디밭에 자리 잡은 큼직한 현대식 저택이었다. 장원(사냥터가 딸린 큰 영지-역주)은 없었지만 정원은 상당히 방대했다. 같은 급의 장중한 다른 저택들처럼 이곳에도 탁 트인 관목 숲이 있었고 주위가 막혀 있는 오솔길이 있었으며, 농원 주위를 빙 둘러싸고 있는 부드러운 자갈길은 정문까지 이르고 있었다. 잔디밭에는 큰 나무들이 군데군데 서 있었고 저택 자체는 전나무와 마가목, 아카시아의 보호를 받고 있었으며, 그런 나무들 전체가 키 큰 롬바르디 포플러와 섞인 채 두꺼운 가리개가 되어 헛간 등을 가리고 있었다.

매리앤은 저택에 들어서면서 여기서 바튼까지 팔십마일에 불과하며 쿰 매그너까지는 삼십 마일도 안 된다는 것을 알고 가슴이 벅차올랐다. 그녀는 집안에 들어 온지 오 분도 채 되지 않아, 다른 사람들은 샬럿이 아기를 하녀장에게 보여주는 것을 돕느라고 바쁜 동안에 다시 나가서, 이제 막 물이 오르기 시작한 굽이진 관목 숲을 살짝 지나 멀리 있는 높은 곳으로 올라갔다. 거기서 그녀의 시선은 그리스 풍 교회에서부터 남동쪽의 넓은 들판으로 배회했고, 지평선 위의 먼 언덕 등성이에 다정하게 머물면서 그 꼭대기에서는 쿰 매그너가 보일 것으로 상상할 수 있었다.

그처럼 소중하고 귀한 불행의 순간에 클리블랜드에 있게 된 것을 그녀는 고통스런 눈물을 흘리며 기뻐했다. 그리고 시골에서 누릴 수 있는 자유, 즉 자유롭고 호사스런 고독 속에서 이곳에서 저곳으로 방황하는 행복한 특권을 모두 맛보았고, 다른 길로 저택에 돌아오면서, 파머 가족과 함께 있는 동안 매일 매시간을 그런 고독한 산책을 즐기면서 지내기로 결심했다.

그녀는 마침맞게 돌아와서 집을 나서던 다른 사람들과 합세해서 구내의 부속지들을 둘러보았다. 오전에 남아있는 시간은 그렇게 금새 흘러갔다. 텃밭 주위를 돌아보고 울타리 위의 꽃들을 살펴보며 진디가 많다는 정원사의 불평을 듣기도 했다. 샬럿은 온실을 거닐다가, 방심하는 바람에 때늦게 내린 서리에 노출되어 아끼던 식물들이 얼어 시들었다는 얘기에 웃음을 터뜨리기도 했으며, 가금류가 있는 마당에 갔을 때는, 암탉들이 둥지를 버리거나 여우에게 물려 가버린 것 때문에 하녀가 실망하는데서, 혹은 잘 자라던 어린 병아리가 갑작스레 죽은 것에서 새로이 즐거워할 거리를 찾기도 했다.

아침은 화창하고 건조해서 매리앤은 바깥에서 보낼 계획을 했을 때 클리블랜드에서 머무는 동안 날씨가 바뀔 것이라고는 전혀 예상하지 못했었다. 그러므로 정찬을 먹은 후 비가 줄기차게 내리는 바람에 다시 밖으로 나가지 못하게 되자 기가 막히지 않을 수 없었다. 석양 무렵에 산책할 때는 그리스 풍 교회나 공원을 다 돌아 볼 요량이었고 저녁이라 좀 추워진다든지 습기가 많아지는 것쯤으로는 그 계획을 그만두지 않을 요량이었다. 그러나 그녀라 하더라도 줄기차게 퍼붓는 비를 산책할 수 있는 맑고 상쾌한 날씨라고 상상할 수는 없었다.

일행이 적어 시간은 조용히 흘러갔다. 파머 부인은 갓난애를 어르고 있었고 제닝스 부인은 깔개를 만들었다. 그들은 남겨두고 온 친구들 이야기를 했고, 레이디 미들튼의 약속을 이리저리 점쳐보기도 했고, 파머 씨와 브랜든 대령이 그날 밤 레딩보다 멀리 올 수 있을지 궁금해 했다. 엘러너는 그런 것에 대해 아무리 관심이 없더라도 대화에 끼었지만 매리앤은 어느 집에 가든 서재를, 그 집 가족들이 아무리 피하는 곳이더라도, 찾아가는 요령이 있었으므로 곧 책을 골라 들었다.

파머부인은 한결같고 다정한 호의를 베푸는데 부족함이 없어서 그들이 환대 받는다는 기분이 들게 해주었다. 그녀의 솔직하고 푸근한 태도는, 생각과 우아함이 부족해서 정중한 형식이 좀 모자라는 것을 보충하고도 남았다. 그녀의 친절은 그렇게 예쁜 얼굴에 힘입어 마음을 끌었다. 그녀가 어리석다는 것은 분명했지만 우쭐대는 점이 없었으므로 혐오스럽지는 않았다. 엘러너는 그녀의 웃음만 아니었다면 모든 것을 용서할 수 있었을 것이다.

다행스럽게도 두 신사가 다음날 아주 늦은 정찬을 들게끔 도착해 일행이 늘었으므로, 여전히 주룩주룩 비가 내리는 바람에 기나긴 아침을 보내느라 매우 처져있던 대화에 반갑게도 활력이 생겨났다.

엘러너는 파머 씨를 알 기회가 별로 없었던 데다 자신과 동생에 대한 그의 태도가 변화무쌍한 것을 보았으므로 가족 사이에서 그가 어떻게 처신하는 것을 보게 될지 알지 못했다. 그녀는 방문객들에 대한 그의 행동이 완벽하게 신사답다는 것은 알게 되었다. 단지 아내와 장모에게만은 때때로 무례하게 굴었다. 그는 아주 유쾌한 상대가 될 수 있는 가능성이 있었지만 늘 그렇지는 못하다는 것도 알게 되었다. 자신이 제닝스 부인이나 샬럿보다 우월하다고 여기는 것은 당연하겠지만, 그와 더불어 대개의 사람들보다도 자신이 우월하다고 착각하는 경향이 지나쳤기 때문이다. 그의 나머지 성격과 습관은 엘러너가 파악할 수 있는 한 당대의 남성과 특이하게 다른 점은 없었다. 그는 음식에 까다로웠고 시간을 잘 지키지 않았다. 아이를 좋아하면서도 무시하는 척 했고 일에 빠져 있어야만 하는 아침나절을 당구를 치면서 빈둥거렸다. 그러나 그녀는 대체로 예상했던 것보다는 그를 좋아하면서, 더 이상은 좋아할 수 없는 것이 미안하다는 마음이 들지 않았다. 그의 식도락, 이기심, 자만심을 보면서 에드워드의 관대한 기질과 소박한 기호, 수줍은 감정들을 기억하며 위안을 느끼는 것이 미안하지 않았던 것이다.

이제 엘러너는 에드워드에 대해서, 아니 최소한 몇 가지 근황에 대해서는 최근에 도싯셔에 갔었던 브랜든 대령에게서 소식을 들었다. 그는 당연히 그녀를 페러스 씨의 사심 없는 친구이자 자신의 허물없는 친구로 여기고 델러포드의 목사관에 대해 많은 이야기를 하면서 그곳의 결점을 설명했고, 그것을 없애려고 어떻게 할 것인지 등을 말해 주었다. 다른 모든 구체적인 점에서도 그랬지만 이 경우에도 그녀를 대하는 그의 태도라든지, 단지 열흘 동안 그녀와 만나지 못했을 뿐인데 다시 만나자 내놓고 기뻐하는 것이라든지, 그녀와 대화를 나누고 싶어 하고 그녀의 의견을 존중하는 것 등은 그가 연정을 품고 있다는 제닝스 부인의 믿음을 정당화시킬 만했을 뿐 아니라, 그의 진짜 흠모의 대상은 처음부터 매리앤이라는 것을 엘러너가 알지 않았더라면 엘러너 자신도 그 점을 의심할 만 하게 했다. 그러나 사실 제닝스 부인의 암시가 아니었다면 그런 생각은 그녀의 머리에 들어 온 적도 없었다. 그녀는 둘 중에서 자신이 더 세심한 관찰자라는 것을 믿지 않을 수 없었다. 제닝스 부인이 그의 행동에 대해서만 생각하는 반면 엘러너는 그의 눈을 보았다. 머리와 목이 아프다며 독감이 시작되는 징조를 보이는 매리앤을 바라보는 그의 근심스런 염려의 표정이 말로 표현되지 않았기 때문에 부인의 관찰에서는 완전히 벗어났지만, **엘러너**는 거기서 연인이 으레 갖는 민감한 감정과 쓸데없는 걱정을 발견할 수 있었다.

매리앤은 사흘째와 나흘째 되는 저녁 등 두 번을 멋진 석양 길의 산책을 나가서는, 관목 숲의 마른 자갈길만 다닌 게 아니라 정원을 다 걸어 다녔고, 특히 멀리 있어서 다른 곳보다 더욱 거칠며 나무도 가장 오래 되고 잔디도 가장 길고 가장 젖어 있는 곳을 골라 다녔으며, 더불어 젖은 구두와 양말을 신은 채 앉아 있는 더 큰 부주의를 저지르는 바람에 급성 감기에 걸렸다. 비록 하루 이틀은 사소한 것으로 취급하거나 아프지 않다고 부정했지만 점점 심해져서 모두 걱정을 하게끔 되었고 그녀 자신도 증상을 느끼게 되었다. 모두 각종 처방을 쏟아 부었지만 늘 그렇듯이 그녀는 다 거절했다. 몸이 무겁고 열이 나며 사지에 통증을 느끼고 기침을 하고 목이 쓰라리면서도 하루 밤 잘 쉬면 완전히 치료가 될 것이라고 했다. 그녀가 자러 갈 때 엘러너는 간신히 설득을 해서 간단한 한두 가지 처방을 했다.

43장

다음날 아침, 매리앤은 평상시와 같은 시간에 일어났다. 그녀는 안부를 묻는 사람들에게 더 좋아졌다고 대답하면서 늘 하던 일을 하여 그 점을 증명하려고 했다. 그러나 읽지도 못하는 책을 손에 들고 하루 종일 불 곁에서 오들오들 떨고 앉아 있는 것이나, 기력을 차리지 못하고 늘어진 채 소파에 누워 있는 것을 좋아진 징조라고 볼 수는 없었다. 그녀가 점점 더 아파하다가 마침내 일찍 잠자리에 들어갔는데도 언니는 여전히 침착한 것에 브랜든 대령은 놀랄 뿐이었다. 엘러너는 매리앤이 싫다고 해도 하루 종일 그녀를 돌보고 간호하면서 밤에는 억지로 적당한 약을 먹이기도 했지만 매리앤과 마찬가지로 잠을 자면 확실히 나아질 것이라고 생각해서 크게 걱정 하지 않았다.

그러나 매리앤이 밤새 몸이 아프고 열이 오르자 두 자매의 기대가 무너졌다. 매리앤이 일어나겠다고 고집을 피우더니 앉아 있을 수가 없다며 자진해서 침대로 돌아가자 엘러너도 기꺼이 제닝스 부인의 충고를 받아 들여 파머 씨의 약제사(시골에서는 의사역할을 겸함-역주)인 해리스 씨를 부르러 보냈다.

그가 와서 환자를 살펴보더니 며칠 후면 동생이 건강하게 회복될 것을 기대해도 된다며 다독거리면서도 병에 고약한 징후가 보인다며 '감염'이라는 단어를 입 밖에 내는 바람에 파머 부인은 화들짝 놀라며 갓난애 걱정을 했다. 처음부터 엘러너보다는 매리앤의 병세를 심각하게 보았던 제닝스 부인은 해리스 씨의 진단을 듣고 매우 심란해져서 샬럿의 근심과 예방책에 동조하면서 아이를 데리고 빨리 다른 데로 가라고 재촉했다. 파머 씨는 그들의 걱정이 쓸데없다고 하면서도 아내의 근심과 끈질긴 요구가 너무 커 감당할 수 없다는 것을 깨닫고 이내를 떠나보내기로 결성했다. 그래서 해리스 씨가 도착한 지 한 시간 후, 파머 부인은 아들과 보모를 데리고 바스의 반대편으로 몇 마일 떨어진 곳에 사는 파머 씨의 가까운 친척집으로 출발했다. 그녀가 끈질기게 조르는 바람에 남편도 하루나 이틀 뒤에 거기서 만나기로 약속했다. 그녀는 자기 어머니에게도 함께 가자고 고집을 부렸다. 그러나 제닝스 부인은, 엘러너가 그녀를 진정으로 사랑하게 만든 그 따뜻한 마음으로, 매리앤이 아픈 동안은 클리블랜드에서 움직이지 않을 것이며 자신의 정성어린 보살핌으로 환자에게 어머니가 계신 집과 똑 같은 기분이 들게 하겠다는 결심을 천명했다. 엘러너는 부인이 어떤 경우에나 솔선수범하는 사람이며 궂은 일을 함께 거들어주려 하며, 간호를 해본 경험이 더 있어서 실제적인 도움이 된다는 것을 깨달았다.

가엾은 매리앤은 병 때문에 기력이 없고 처진 채 온몸이 다 아픈 것 같아서 다음날 회복될 것이라는 희망을 접을 수밖에 없었다. 그리고 불행히도 이렇게 아프지만 않았더라면 다음날 무슨 일을 했을까를 생각하고서 아픈 게 더 심해졌다. 그날 그들은 집으로 출발하여, 제닝스 부인의 하인의 수행을 받아 여행을 해서 다음 날 오후에 어머니를 깜짝 놀라게 해 줄 예정이었기 때문이다. 매리앤이 간신히 말을 했을 때도 이처럼 불가피하게 연기된 것을 한탄할 뿐이었다. 엘러너는 기운을 북돋아 주려고 하면서 잠시 연기됐을 뿐이라고 믿게 하려고 했다. 그 당시는 그녀도 정말 그렇게 믿고 있었다.

다음날도 환자의 상태는 별 차도가 없었다. 좋아진 것은 분명 아니었다. 차도가 없다는 점을 제외하고는 더 나빠진 것으로 보이지도 않았다. 그들 일행은 이제 더 줄어들었다. 파머 씨는 아내 말을 듣고 놀라 도망가는 것처럼 보이기 싫어서이기도 했지만 진정한 인간애와 친절한 마음에서 선뜻 가려고 하지 않았다. 그러나 부인을 따라 가겠다던 약속을 지키라는 브랜든 대령의 설득을 마침내 받아 들였다. 그가 갈 준비를 하는 동안 브랜든 대령은, 파머 씨보다 훨씬 더 내키지 않아 하면서도, 자신도 역시 가야겠다는 말을 꺼내기 시작했다. 그러나 여기서 반갑게도 제닝스 부인이 친절하게 끼어들었다. 그의 연인이 동생 때문에 그렇게 힘들어할 때 대령을 보내 버리는 것은 두 사람 모두의 위안을 죄다 빼앗아 버리는 짓이라고 부인은 생각했다. 그래서 그녀는 즉시, 그가 클리블랜드에 머물러 주는 것이 자신에게 절실히 필요하며 저녁에 대시우드 양이 위층에서 동생과 함께 있는 동안 자기와 피켓(두사람이 하는 카드게임-역주)을 해주었으면 좋겠다는 등의 얘기를 하면서 그가 남아 있어 줄 것을 하도 강력하게 고집 하는 바람에, 그 말에 고분고분 따르는 것이 자신의 마음속에 있는 첫째가는 소망을 만족시키는 것이었던 대령으로서는 오래 반대하는 척 할 수도 없었다. 특히 파머 씨가 제닝스 부인의 청을 열심히 거들었다. 그는 자기가 떠난 후에 위급 상태가 생길 경우 대시우드 양을 돕고 충고할 수 있는 사람을 뒤에 남겨 두고 가는 데서 안도감을 느끼는 것 같았다.

매리앤은 물론 이런 일 처리에 대해서는 전혀 모르고 있었다. 매리앤은 자신이 클리블랜드의 주인들을 집에 도착한지 칠일 만에 멀리 쫓아버리는 원인이 되었다는 것도 몰랐다. 매리앤은 파머 부인을 전혀 보지 못해도 놀라지 않았다. 또 걱정도 되지 않는지 그녀의 이름을 언급하는 일도 없었다.

파머 씨가 떠난 지 이틀이 흘렀고 매리앤의 상태는 거의 변동 없이 마찬가지 상태로 계속되었다. 매일 그녀를 진찰하는 해리스 씨는 여전히 그녀기 빨리 회복될 것이라고 사신했으며 대시우드 양도 마찬가지로 낙관적이었다. 그러나 다른 사람들의 예상은 결코 밝지 못했다. 제닝스 부인은 매리앤이 발병한 후 그녀가 결코 병을 이기지 못할 것이라고 단정 짓고 있었고, 주로 제닝스 부인의 불길한 예감을 들어주는 상대가 되었던 브랜든 대령은 그런 얘기의 영향을 물리칠 수 있는 마음상태가 아니었다. 그는 약제사가 내린 전혀 다른 판단에 비추어 볼 때 불합리하기 짝이 없는 그런 두려운 생각들을 이성적으로 벗어나려고 해 보았다. 그러나 매일 혼자만 있는 시간이 많아서 우울한 생각이 밀려 들어오기에 안성맞춤이었으므로 다시는 매리앤을 볼 수 없으리라는 강박관념을 머리에서 지울 수 없었다.

그러나 사흘째 아침에 부인과 대령의 우울한 예상은 거의 끝나게 되었다. 해리스 씨가 도착해서 환자가 실제로 좋아졌다고 장담했다. 맥박도 훨씬 강해졌고 모든 증상이 저번에 왔을 때보다 호전되었다는 것이다. 엘러너는 당연히 차도가 있을 것으로 여기면서 아주 쾌활해졌다. 부인이나 대령의 의견보다 자신의 판단을 믿고, 어머니에게 보낸 편지에서 그들을 클리블랜드에서 지체하게 만든 병에 대해 대수롭지 않게 말했던 것이 다행이라고 여기면서 매리앤이 여행할 수 있는 시간을 정해 보려고 했다.

그러나 그날은 시작만큼 그렇게 상서롭게 끝나지 않았다. 저녁이 가까워오자 매리앤은 다시 아프기 시작하면서 이전보다 더 몸을 주체하지 못하고 안절부절 못하면서 불편해 했다. 그녀의 언니는 여전히 낙관하고 있었기에 그런 변화는 침상을 정리하는 동안 앉아 있다 보니 피곤해서 그런 것에 불과하다고 여겼다. 그래서 처방된 강심제를 조심스레 복용시키자 마침내 그녀가 잠에 빠져드는 것을 만족스레 쳐다보면서 한 숨 자는 것이 무엇보다 도움이 될 것으로 기대했다. 매리앤은 엘러너가 원하는 만큼 평온하게는 아니었지만 상당기간 잠을 잤다. 엘러너는 그 결과를 자신이 직접 관찰하고 싶어서 그동안 내내 그녀 옆에 앉아 있기로 했다. 제닝스 부인은 환자에게 변화가 있다는 것은 전혀 모른 채 보통 때보다 일찍 잠자리에 들었다. 주로 간호를 담당하던 부인의 몸종은 하녀장 방에서 쉬고 있었고 엘러너만이 매리앤 옆에 남아 있었다.

매리앤은 자면서 점점 더 많이 뒤척거렸다. 언니는 끊임없는 주의를 기울이면서 그녀의 상태가 변하는 것을 계속 살피다가 무슨 말인지 모를 헛소리가 자주 입 밖에 나오는 것을 듣고 그토록 고통스러운 잠에서 동생을 깨우고 싶은 마음까지 들었다. 그때 매리앤이 집 안 어디에선가 우연히 난 소리에 깜짝 놀라 갑자기 깨어나서 벌떡 일어나더니 열에 들떠 정신없이 외쳤다.

"어머니가 오신 거야?"

"아직은 아니야." 엘러너는 놀란 마음을 숨기고 매리앤이 다시 눕게 도와주면서 대답했다. "그렇지만 곧 여기로 오실 거야. 여기서 바튼까지 먼 길인 거 알잖니."

"그렇지만 어머니가 런던을 거쳐서 오시면 안돼." 매리앤이 여전히 황급한 태도로 소리쳤다. "런던을 거쳐서 오시면 나는 못보고 말 거야."

엘러너는 그녀가 제정신이 아니라는 것을 눈치 채고 놀라서 달래는 한편 열심히 맥박을 짚어 보았다. 맥박은 그 어느 때보다 약했으며 빠르게 뛰고 있었다! 매리앤이 여전히 어머니에 대한 황당한 이야기를 하므로 그녀는 두려움에 휩싸여서 즉시 해리스 씨를 청하고 또 바튼의 어머니에게도 심부름꾼을 보내야겠다고 결심했다. 두 번째 일을 실행할 결심을 하자 그 일을 효과적으로 할수 있는 최선의 방법에 대해서는 브랜든 내령과 의논해야겠다는 생각이 들었다. 그녀는 하녀를 불러 동생 곁을 지키게 한 후 서둘러 거실로 내려갔다. 지금보다 훨씬 더 늦은 시간이라도 대개는 거기서 그를 볼 수 있다는 것을 알고 있었기 때문이다.

주저할 때가 아니었다. 그녀는 자신의 두려움과 어려움을 즉시 대령 앞에 털어놓았다. 그녀의 두려움을 달래주려고 시도할 용기나 자신은 그에게 없었다. 그는 말없이 낙담해서 들었다. 그러나 그녀의 어려움은 바로 없어지게 되었다. 이유를 짐작할 수 있는 기꺼운 마음으로, 심중에 미리 도와야겠다는 마음을 먹고 있는 듯, 그는 자신이 대시우드 부인을 모셔올 심부름꾼이 되겠다고 했다. 엘러너는, 쉬운 일은 아니었지만, 만류하지 못했다. 그녀는 그에게 간단하지만 뜨거운 감사의 인사를 했으며 그가 나가서 하인을 시켜 해리스 씨에게 전갈을 보내고 역마(빌려주는 말로 중간에 바꿀 수도 있으므로 장거리를 신속하게 여행할 수 있다.—역주)를 신청하게 하는 동안 어머니에게 몇 자를 적었다.

그런 순간에 브랜든 대령 같은 믿을만한 분이 있다는 것이 얼마나 위로가 되는지! 어머니가 그런 분과 함께 동행 할 것도 얼마나 감사하게 여겨졌든지! 판단력으로 이끌어 주며, 함께 있으면서 편하게 해주며, 우정으로 위로해 줄 수 있는 동행이니! 그런 전갈을 받고 어머니가 받을 충격이 적어 질 수도 **있다면** 그의 존재, 그의 태도, 그의 도움이 그 일을 할 수 있었다.

그동안, **그는** 어떤 기분이었든 간에 겉으로는 침착하게 행동하면서 필요한 처리를 모두 그야말로 신속하게 끝냈으며 자신이 돌아 올 것으로 예상되는 시간을 정확하게 계산해 주었다. 한순간도 쓸데없는 지체로 허비되지 않았다. 말들도 그들이 예상한 시간 전에 도착했다. 브랜든 대령은 진지한 표정으로 그녀의 손을 꽉 잡았고 몇 마디 말을 했으나 너무 적어 그녀의 귀에 들리지도 않았다. 그 다음 그는 서둘러 마차를 탔다. 그때가 자정이었다. 그녀는 동생의 방으로 돌아가 약제사가 도착하는 것을 기다리면서 밤이 다 지날 때까지 동생을 지켜보기로 했다. 그 밤은 두 사람 모두에게 똑같이 괴로운 밤이었다. 해리스 씨가 오기 전의 매시간을 매리앤은 잠을 이룰 수 없을 정도의 고통과 환각상태를 겪었고 엘러너는 생전 처음 겪는 끔찍한 걱정에 사로 잡혔다. 한 번 걱정을 시작하자 이전에 방심했던 것 때문에 이번에는 걱정이 지나치게 커졌다. 그녀가 제닝스 부인을 깨우려 하지 않았기 때문에 계속 함께 앉아 있던 하녀는 자신의 여주인이 항상 염려했던 것을 암시해서 그녀를 더욱 괴롭힐 뿐이었다.

간간이 드러나는 바로는 매리앤의 생각은 여전히 종잡을 수 없이 어머니에게 집착하고 있었다. 그녀가 어머니를 언급할 때마다 가엾은 엘러너는 고통을 느꼈다. 그렇게 여러 날 앓는 것을 가볍게 여기고 손에 잡히는 가벼운 처방에만 매달려 온 자신을 자책하면서 엘러너는, 모든 처방이 곧 소용이 없을 것이고 모든 것이 너무 오래 지체되었다고 생각했다. 마음을 끓이고 있는 어머니가 너무 늦게 도착해서 이 사랑하는 딸을 볼 수 없거나 혹은 정신이 나간 모습을 보게 될지도 모른다는 생각만이 어른거렸다.

다시 해리스 씨를 부르러 보내거나 만일 그가 올 수 없다면 다른 사람의 도움이라도 청하려는 판에 그가 도착했는데, 그때는 다섯시가 넘어 있었다. 그러나 그의 견해는 늦게 온 것을 다소 벌충해주었다. 그는 환자에게서 예기치 못했던 불길한 변화를 인지하면서도 실제적인 위험이 있다고는 보지 않았으며 새로운 치료를 했으니 좋아 질 것이라고 자신 있게 말했다. 그전만큼 믿음이 가지는 않았지만 엘러너는 그 말을 믿었다. 그는 서너 시간 후에 다시 방문하기로 약속하고 환자와 근심 어린 간호원을 자기가 왔을 때보다 편안해진 상태로 남겨두고 떠났다.

아침이 되어 제닝스 부인은 밤새 일어났던 일을 전해 듣고 몹시 걱정하면서 도와 달라고 부르지 않은 것을 꾸짖었다. 부인은 이 문제에 대해 이전에도 걱정 많이 했으므로 더 큰 이유가 생긴 지금에는 더 이상 의심하지 않았다. 그녀는 엘러너를 위로하는 말을 하고 싶었지만 동생이 위독하다고 굳게 믿었기에 나을 것이라고 위로를 할 수도 없었다. 부인은 정말 비통한 심정이었다. 매리앤과 같이 젊고 사랑스러운 처녀가 빨리 시들어 일찍 세상을 떠나는 것은 별 관련이 없는 사람에게도 염려를 불러 일으켰을 것이지만 매리앤이 제닝스 부인의 연민을 일으키는 이유는 여럿 있었던 것이다. 매리앤은 지난 삼개월간 자신의 말벗이었으며 아직도 자신의 보살핌을 받고 있는 상황이었다. 또 그녀는 크게 상처를 받았고 계속 불행하게 지냈던 것이다. 게다가 특히 자기가 좋아하는 그녀의 언니도 눈앞에서 고통을 겪고 있었다. 그리고 그들의 어머니에 대해 생각해 보고서, 매리앤과 **그녀의** 관계는 샬럿과 자신의 관계와 같을 것이라고 생각하자 **그 어머니가** 느낄 고통에 대해 진심으로 연민을 느꼈다.

해리스 씨는 두 번째는 정확히 시간에 맞춰 왔다. 그러나 그는 저번 방문을 한 후 차도가 있을 것으로 여겼던 것이 오산이라는 것을 알게 되었다. 약이 듣지 않았던 것이다. 열도 내리지 않았다. 매리앤이 조용해지기는 했으나 제 정신이 들었다기보다는 심한 인사불성 상태였다. 엘러너도 그 모든 것을 깨닫고, 아니 그보다도 약제사도 걱정한다는 것을 알아채고 다른 사람에게 도움을 청하자고 제안했다. 그러나 그는 그럴 필요가 없으며 아직 새 처방을 써 볼 수 있다고 했다. 그것은 들을 것이라며 지난번처럼 자신 있게 말했다. 이처럼 고무적인 이야기를 하고 그가 돌아갔는데 그런 말을 들으면서도 대시우드 양은 믿음이 가지 않았다. 그녀는 어머니 생각을 할 때만 빼고는 대체로 침착함을 유지하고 있었지만 사실 거의 희망을 잃고 있었다. 이런 상태로 정오가 될 때까지 꼬박 동생의 침상을 지키면서, 그녀는 비통해할 이 사람

저 사람을 차례로 떠올려 보았다. 그녀의 기분은 제닝스 부인의 얘기 때문에 더욱 우울해졌다. 부인은 주저하지 않고, 매리앤이 지난 몇 주 동안에 실연으로 인해 몸이 좋지 않더니 이번에 이렇게 위독할 정도로 심각하게 앓게 된 것이라고 했다. 엘러너도 그 말이 일리가 있다는 생각이 들자 그녀의 상념에 새로운 고뇌가 더해졌다.

정오경에 엘러너는 동생의 맥박이 약간씩 호전되는 기미가 감지된다는 희망을 품게 되었다. 그러나 조심스럽고, 실망할까 두려워 얼마간 부인에게는 입을 다물고 있었다. 그녀는 시간을 두고 살피면서 거듭거듭 눈여겨보았다. 마침내 엘러너는, 앞서 동생이 괴로워할 때 보다 더 침착하지 못하고 안절부절못하면서, 자신의 희망을 과감하게 전달했다. 제닝스 부인은 살펴보더니 일시적으로 회복되는 것 같다고 인정은 하면서도 그런 상태가 계속될 것이라는 기대에 자신의 젊은 친구가 빠지지 않게 하려고 했다. 엘러너도 과신하지 말라는 충고를 되뇌면서 기대하지 말자고 혼잣말을 했다. 그러나 이미 너무 늦었다. 희망이 벌써 밀고 들어온 것이었다. 그것이 안달하고 퍼덕거리는 것을 느끼면서 그녀는 살펴보려고, 무엇을 보려는 지는 자신도 몰랐지만, 동생에게로 몸을 굽혔다. 반시간이 흘렀으나 호전되는 기미가 여전히 그녀에게 축복처럼 내리고 있었다. 심지어 더욱 확신을 주는 다른 징후가 있었다. 숨쉬는 것이나, 피부색, 입술 등 모두 차도가 있다는 느낌을 더 해주었다. 그리고 매리앤의 시선은 풀어져 있기는 했으나 초점이 돌아온 채 그녀를 보고 있었다. 이제 불안과 희망이 똑같이 그녀에게 밀려들었으며 네 시에 해리스 씨가 도착할 때까지 그녀는 잠시도 마음을 놓지 못했다. 동생이 기대 이상으로 회복되고 있다고 그가 확언하면서 축하를 할 때에야 그녀도 자신을 얻고 안심해서 기쁨의 눈물을 흘렸다.

매리앤은 모든 면에서 실제로 좋아지고 있었고 해리스 씨는 그녀가 완전히 위험에서 벗어났다고 단언했다. 제닝스 부인은 바로 전에 놀란 것에서 자신의 불길한 예감이 부분적으로 맞은 것에 만족한 듯 그의 판단을 받아 들였으며 가식 없이 기뻐하면서 완쾌할 가능성을 비할 데 없이 명랑하게 인정했다.

엘러너는 명랑해질 수는 없었다. 그녀의 기쁨은 종류가 달랐고 명랑한 것과는 좀 다른 쪽으로 향했다. 매리앤이 살아나 건강을 되찾고 친구들과 사랑하는 어머니에게 되돌아온 것을 생각하면 그녀의 마음은 그처럼 편안해질 수가 없었으며 누구에게라도 감사를 표시하고 싶을 정도였다. 그러나 그것이 기쁨을 드러내는 외적인 행동이나 말이나 미소로 나타나지는 않았다. 단지 조용하고 강한 만족감이 엘러너의 가슴속에 있을 뿐이었다.

그녀는 오후 내내 거의 쉬지 않고 계속 동생 곁에 있으면서 허약해진 정신 상태의 동생이 무서워하면 달래 주고 질문에 적절하게 대답해주었고 도움이 되는 일은 다 하면서 표정이나 호흡을 일일이 살폈다. 물론 어느 순간에는 재발의 기미가 보여서 근심을 일으키기도 했다. 그러나 자주 세심하게 살펴보는 중에도 회복의 증상이 계속되다가 여섯시에 매리앤이 겉보기에도 편안한 잠에 푹 빠져드는 것을 보자 엘러너는 모든 의심을 잠재웠다.

이제 브랜든 대령이 돌아오겠다고 예정한 시간이 가까워지고 있었다. 열시쯤에나, 혹은 거기서 그리 많이 넘지 않으면 어머니도, 그들을 향해 오면서 지금 느끼고 있을 그 끔찍한 긴장상태에서 풀려 날 것이었다. 대령도 마찬가지고! 대령이 어머니보다 덜 가엾은 것도 아니었다! 아! 그들이 아무 것도 모르고 있는 상태에서 시간은 얼마나 느리게 흘러가는지!

일곱 시에, 여전히 잘 자고 있는 매리앤을 남겨 두고 엘러너는 거실에서 제닝스 부인과 함께 차를 마셨다. 아침은 걱정하느라고, 정찬은 상황이 갑작스레 역전되는 바람에 그녀는 많이 먹지 못했었다. 그러므로 안심이 된 기분으로 지금 먹는 다과는 특히 반가운 것이었다. 차를 다 마신 후 제닝스 부인은 어머니가 도착하기 전에 좀 쉬라면서 그녀를 대신해 자신이 매리앤 옆에서 지키겠다고 달랬다. 그러나 엘러너는 피곤하다는 느낌도 없고 그 순간에 잠을 잘 수 있을 것 같지도 않다면서, 불가피하지 않다면 동생에게서 떨어지려 하지 않았다. 그래서 제닝스 부인은 그녀를 따라 병실로 가서 모든 것이 계속 잘 되고 있는 것을 보고서야 자기 방에 가서 편지를 쓰고 잠이 들었다. 엘러너는 다시 동생을 돌보는 일을 하면서 나름대로 생각에 잠겨 있었다.

밤에는 춥고 폭풍우가 휘몰아쳤다. 바람이 집 주위에서 울부짖었으며 빗발이 창을 때리고 있었다. 그러나 엘러너는 행복한 생각에 가득 차 있어서 상관도 하지 않았다. 매리앤은 폭풍이 몰아쳐도 자고 있었고 이리 오고 있는 사람들에게는, 그들에게는 당장의 모든 불편에 대한 풍요로운 보상이 기다리고 있었다.

시계가 여덟시를 쳤다. 만일 열시였다면 엘러너는 그 순간 마차가 집을 향해 올라오는 소리를 들었다고 확신했을 것이다. 그러나 그들이 벌써 도착한다는 것이 거의 불가능했음에도 불구하고 분명히 소리를 들었다고 생각했으므로 사실을 확인하려고 옆에 있는 옷빙으로 들어가 창의 덧문을 열었다. 그녀는 잘못 들은 것이 아니라는 것을 알았다. 마차의 활활 타오르는 램프들이 바로 눈앞에 보였다. 그 희미한 빛으로 그녀는 네 필의 말이 끄는 마차라는 것을 식별할 수 있었는데, 그로써 가엾은 어머니가 엄청나게 놀랐다는 것이 드러났고 또 그렇게 예상보다 빨리 도착한 것이 다소 설명 되었다.

엘러너는 평생 그 순간만큼 침착하기 어렵다고 느낀 적이 없었다. 마차가 문 앞에 섰을 때 어머니가 틀림없이 느꼈을 기분, 의심, 두려움, 아마도 절망까지 알기에! 그리고 자기가 무슨 말을 할지도 알기에! 그런 것을 알면서 침착하기는 불가능했다. 이제 남은 일은 신속하게 처리하는 것이었다. 그래서 제닝스 부인의 하녀를 불러 동생과 있게 하고는 곧장 아래층으로 내려갔다.

엘러너는 안쪽 로비를 지나갈 때 현관 객실에서 나는 부산스런 소리를 듣고 그들이 이미 집안에 들어 온 것을 알았다. 그녀는 거실 쪽으로 달려갔다. 거기로 들어갔고, 그리고 윌러비를 보았을 따름이다.

44장

엘러너는 윌러비를 보고 깜짝 놀라 새파랗게 질렸으며 본능적으로 즉시 돌아서서 방에서 나가려고 했다. 그녀가 손잡이를 잡았을 때 그가 급히 다가오면서 애원이라기보다 명령에 가까운 어조로 말을 하는 바람에 그녀는 주춤했다.

"대시우드 양, 제발 반시간 만, 아니 십분 만이라도 머물러 주십시오."

"싫습니다." 그녀는 단호하게 대답했다. "저는 여기 있을 수 **없군요.** 당신이 제게 볼일이 있을 리 없을 테지요. 파머 씨가 집에 계시지 않는다는 얘기를 하인들이 잊고 말하지 않은 모양이군요."

"파머 씨와 그 가족들이 다 악마에게 가버렸다고 말했더라도 저를 문에서 돌아서게 할 수 없었을 겁니다. 저는 당신에게, 오직 당신에게 볼일이 있을 뿐입니다." 그는 격렬하게 소리쳤다.

"제게요!" 그녀는 몹시 놀랐다. "그렇다면, 빨리 끝내시죠. 가능하면…… 좀 가라앉히시고……"

"앉으시지요. 말씀하신 대로 하겠습니다."

그녀는 망설였다. 어떻게 해야 할 지 알 수가 없었다. 브랜든 대령이 도착해서 그와 마주치게 될 가능성이 떠올랐다. 그러나 그의 말을 듣겠다고 약속한데다 그에 못지않게 호기심도 일었다. 그녀는 잠시 생각해 본 후 서두르는 것이 사리에 맞으며 그의 말을 들어주는 것이 일을 빨리 진척시킬 수 있겠다고 결론을 내리고 조용히 탁자 쪽으로 걸어가 앉았다. 그는 반대편 의자에 앉았고, 삼십초 동안은 어느 쪽도 입을 열지 않았다. 엘러너는 참을 수 없어서 말했다.

"빨리 말씀하시죠. 저는 시간이 별로 없어요."

그는 깊은 생각에 잠겨서 그녀의 말을 알아들은 것 같지도 않았다. 잠시 후 그가 불현듯 말을 꺼냈다.

"동생 분께서 위험한 고비를 넘기셨다고요. 하인에게서 들었습니다. 하느님 감사합니다! 그렇지만 사실입니까? 정말로 그렇습니까?"

엘러너는 말하려고 하지 않았다. 그는 더 열심히 질문을 되풀이했다.

"제발 말씀해 주십시오. 그녀가 고비를 넘겼습니까, 아닙니까?"

"고비는 넘긴 걸로 보고 있어요."

그는 일어나더니 방을 가로 질러 건넜다.

"만일 제가 반시간 전에 그 정도라도 알았더라면…… 그러나 제가 여기 왔으니 그런 말을 해봤자 뭐하겠습니까?" 그는 제자리로 돌아오며 억지로 활기차게 말했다. "한번만이라도, 대시우드 양, 아마 마지막이겠지만, 우리 함께 즐거워합시다. 저는 아주 기분이 좋습니다…… 정직하게 말해 주십시오." 그의 얼굴이 더욱 붉어졌다. "저를 악당으로 보세요? 아니면 바보로 생각하세요?"

엘러너는 아까보다 더 놀라서 그를 쳐다보았다. 그가 술을 마신 게 틀림없다는 생각이 들기 시작했다. 이처럼 이상하게 방문해서 그런 이상한 태도를 보이는 것은 다른 식으로 설명될 수 없을 것 같았다. 이런 인상이 들자 그녀는 즉시 일어서서 말했다.

"윌러비 씨, 당신은 바로 쿰으로 돌아가시는 게 좋겠군요. 저는 여기 있을 만큼 한가롭지 않습니다. 저한테 무슨 볼일이 있는지 모르겠지만 내일 정신이 들면 이야기하는 것이 좋겠군요."

"어떤 생각을 하시는지 알겠습니다." 그는 의미 있는 웃음을 띠고 그야말로 침착한 목소리로 대답했다. "그렇습니다. 제가 아주 취했습니다. 말버러에서 찬 쇠고기에다 포터(흑맥주—역주) 한 파인트하고는 이렇게 정신을 못차리니까요."

"말버러라고요!" 그가 어쩌려는 것인지 점점 더 갈피를 잡지 못하고 엘러너가 소리쳤다.

"그렇습니다. 저는 오늘 아침 여덟시에 런던을 떠났습니다. 그 이후 제 경마차 밖에서 보낸 시간은 말버러에서 십분 간 넌천(식사 사이에 먹는 간단한 음식 – 역주)을 먹었을 때뿐입니다."

태도에 일관성이 있고 말할 때 눈에서 지력이 엿보이므로 엘러너는 그가 용서할 수 없는 어떤 다른 어리석음 때문에 클리블랜드로 왔는지는 모르지만 술에 취해서 온 것은 아니라는 것을 확신하고 잠시 마음을 가다듬은 후 말했다.

"윌러비 씨, 그런 일이 있은 후, 당신이 이런 식으로 여기 오거나 억지로 저를 보자고 한다면 아주 특별한 용건이 있어야만 한다는 건 **당연히** 아시겠지요. 저는 **그렇게** 생각합니다. 도대체 왜 이러시는 거지요?"

"제 의도는," 그는 진지하게 열성적으로 말했다. "만일 가능하다면 당신이 저를 지금보다 조금이라도 덜 미워하게 만드는 것입니다. 저는 지난 일에 대해 어떤 식으로든 설명을, 아니 변명을 하고자 하는 것입니다. 제 마음을 전부 당신에게 열어 보이고 비록 제가 언제나 얼간이기는 했지만 악당은 아니었다는 것을 당신이 믿게 해서 매…… 동생 분께 용서 같은 것을 얻고자 해서입니다."

"그게 당신이 여기 온 진짜 이유인가요?"

"맹세코 그렇습니다." 그가 대답했는데 그 열렬함이 이전의 윌러비의 모습을 전부 되살려 놓아 그녀는 자신도 모르게 그가 진실하다고 생각했다.

"만일 그게 전부라면 마음 놓으셔도 좋을 겁니다. 매리앤은 **용서했으니까요.** 그 애는 **오래 전에** 당신을 용서했어요."

"그랬군요!" 그는 여전히 열렬한 어조로 외쳤다. "그렇다면 그녀는 용서할 이유를 알기도 전에 그랬군요. 그렇지만 그녀는 저를 다시 한번, 더 타당한 이유로 용서해야 합니다. **이제 제 말을 들어주시겠습니까?"**

엘러너는 고개를 끄떡이며 동의했다.

"저는 모르고 있습니다." 그는 생각을 가다듬느라고, 그녀는 기다리느라고 잠시 침묵이 흐른 후 그가 말했다. "동생 분에 대한 제 행동을 당신이 어떻게 이해하셨는지, 제가 얼마나 극악무도한 동기를 가졌다고 여기시는지 말입니다. 아마 이야기를 듣는다고 저를 더 잘 보게 될 리도 없을 겁니다. 그렇지만 시도해볼 가치는 있으니 죄다 털어놓겠습니다. 처음 당신 가족과 친해졌을 때 저는, 데번셔에 부득이 있어야만 하는 기간 동안에 즐겁게, 이전의 어떤 때보다 즐겁게 지내고자 하는 생각 외에는 다른 의도, 다른 생각은 없었습니다. 동생 분의 아름다운 모습과 매력적인 태도에 저는 즐겁지 않을 수 없었습니다. 그리고 저에 대한 그녀의 행동은 거의 처음부터 일종의…… 지나간 일과 옛날의 그녀를 회상해보면 제 마음이 그처럼 무정했다는 것이 놀라울 뿐입니다! 그렇지만 먼저 고백해야겠습니다만, 그로 인해 제 허영심만이 부추겨졌을 뿐입니다. 그녀의 행복에는 관심이 없이 오직 제 자신의 즐거움만 생각하면서, 제가 늘 몰두해버리는 감정에 휩싸여서는, 할 수 있는 모든 수단을 써서 그녀에게 잘 보이려고 노력하면서도 그녀의 애정에 보답하려는 계획은 전혀 없었습니다."

이 부분에서 대시우드 양은 그야말로 분노에 찬 경멸스런 시선을 던지면서 그의 말을 막고 말했다.

"윌러비 씨, 그런 이야기는 당신이 할 가치도, 제가 더 이상 들을 가치도 없을 것 같군요. 이런 식으로 시작된 이야기에 무슨 특별한 게 있겠어요. 이야기를 더 듣는 고역은 사양하겠어요."

"꼭 다 들어 주셔야 합니다." 그가 대답했다. "저는 재산이 많지도 않은데 항상 씀씀이가 컸고 저보다 수입이 나은 사람들과 주로 사귀고 있었습니다. 성인이 된 후 매년, 아니 그 전부터 제 빚은 늘어만 갔습니다. 연로한 스미스 부인이 돌아가시면 제가 거기서 헤어 날 수 있었지만, 그 일은 불확실하고 아주 먼 이야기 같아서 재산이 많은 여자와 결혼해서 이런 처지를 벗어나 보려는 마음을 먹고 있던 중이었습니다. 그러니 동생 분과 사랑한다는 것은 생각될 수도 없는 일이었습니다. 비열하고 이기적이고 잔인하게도, 어떤 분노에 찬 경멸적인 시선으로 책망해도, 대시우드 양, 심지어 당신의 그런 시선으로 책망 해도 모자랄 것입니다만, 저는 그런 식으로 행동했고, 그녀의 사랑을 얻으려고 노력하면서도 그 사랑에 보답할 생각은 없었던 것입니다. 그렇지만 변명을 하자면, 그토록 이기적인 허영심에 사로잡혀 있던 끔찍한 상태에서조차도 저는 제가 만들어 낸 상처가 얼마나 큰지를 몰랐던 것입니다. 그 당시는 사랑한다는 것이 뭔지 몰랐기 때문입니다. 제가 언제는 그것을 알았냐고요?…… 그렇습니다. 의심하시는 것이 당연하지요. 제가 진정으로 사랑했다면 제 감정을 허영심과 탐욕에 희생시킬 수가 있었겠습니까? 더군다나, 그녀의 감정을 그렇게 희생시킬 수가 있었을까요? 그렇지만 저는 그런 짓을 한 것입니다. 상대적으로 빈곤해지는 처지를 벗어나려고 풍요롭게 사는 길을 선택하면서, 축복이 될 수 있었던 모든 것을 놓쳐 버린 것입니다. 사실 그녀가 함께 있으면서 애정을 베풀어줌으로써 빈곤으로 인한 괴로움을 깡그리 없애 줄 수도 있었는데 말입니다."

"그러면 그 당시에 그 애를 사랑한다고 생각하긴 했군요." 엘러너는 다소 누그러져서 말했다.

"누가 그런 매력을 거부하고 그런 다정함을 물리칠 수 있겠습니까! 세상에 그렇게 할 수 있을 남자가 있겠습니까! 그렇습니다. 저는 모르는 새에 조금씩 그녀를 진심으로 좋아하게 되었다는 것을 깨달았습니다. 제 인생의 가장 행복한 시간은 그녀와 함께 지내면서 제 의도가 온전히 명예롭고 제 감정이 가식이 아니라고 느꼈을 때였습니다. 그렇지만 그녀에게 사랑을 고백하겠다고 굳게 결심을 한 그때조차도, 정말 말도 안 되는 일이지만, 저는 매일 매일 그 일을 미루었던 것입니다. 제 상황이 몹시 어려운 상태에서 덜컥 약혼을 하는 것이 내키지 않았기 때문입니다. 제가 여기서 그 이유를 일일이 대지는 않겠습니다. 약혼을 한 것처럼 행동은 하면서 고백하는 것을 미루는 것은 말도 안 되는 얼토당토 않은 일이라고 당신이 말씀하실 기회를 주지도 않겠습니다. 그 일로 인해 저는 자신을 영원히 경멸스럽고 비참하게 만드는 기회를 아주 용의주도하게 확보한 교활한 바보였다는 것이 증명됐으니까요. 그렇지만 마침내 저는 결심했습니다. 그래서 곧 그녀가 혼자 있을 때를 봐서, 제가 변함없이 그녀에게 보였던 배려를 정당화하고, 제가 드러내려고 애썼던 애정을 공식적으로 밝히겠다고 결심 했습니다. 그런데 그동안, 제가 그녀와 단둘이 말할 기회를 가지기 전에 흘러가게 되어 있던 바로 그 몇 시간 사이에 어떤 상황이, 제 결심 뿐 아니라 저의 안락함도 전부 앗아가 버린 아주 불행한 상황이 생겨난 것입니다. 어떤 일이 밝혀 진 것입니다."
여기서 그는 머뭇거리며 시선을 내려 깔았다. "스미스 부인이 어떤 경로로, 제가 그분의 호의를 받지 못하게 하려는 의도를 가진 먼 친척에게서 들은 것 같은데, 어떤 연애 사건, 어떤 불미스런 관계에 대해 알게 되신 겁니다. 그러나 더 이상 설명할 필요가 없을 겁니다." 그는 얼굴이 달아 오른 채 캐묻는 듯한 시선으로 그녀를 쳐다보면서 덧붙였다. "당신은 특히 친하게 지내는 분에게서…… 아마도 오래 전에 그 이야기를 전부 들었겠지요."

"네, 그렇습니다." 엘러너도 같이 얼굴이 붉어 졌고 그에 대해 연민이 생기려다 다시 굳어지면서 대답했다. "그 이야기를 다 들었습니다. 그 끔찍한 사건에서 당신이 저지른 죄를 어떻게 해명할 수 있을지 정말 상상이 되지 않는군요."

"기억해 주십시오." 윌러비가 소리쳤다. "당신이 그 이야기를 누구에게서 들었는지를. 공평한 이야기였을까요? 제가 그 아가씨의 상황이나 인격을 존중해야 했다는 것은 인정합니다. 저도 자신을 정당화할 생각은 없습니다. 그러나 동시에, 제가 주장할 얘기는 아무 것도 없다는 식으로, 그녀는 상처받았으니까 잘못이 없고 제가 난봉꾼이니까 그녀는 성녀라고 당신이 생각하게 할 수는 없습니다. 만일 그녀의 과도한 정열과 보잘것없는 이해력이…… 그러나 저는 변명하려는 것은 아닙니다. 제게 대한 그녀의 애정을 보면 더 나은 대우를 받을 만 했습니다. 저도 종종, 아주 짧은 동안이긴 했지만 제 애정을 불러일으키는 힘이 있었던 그녀의 사랑을 회상하면서 자신을 몹시 책망합니다. 저는…… 저는 진정으로 그 일이 없었기를 바랍니다. 그렇지만 제가 그녀에게만 상처를 입힌 것도 아니었지요. 저는 동생 분에게 상처를 준 것입니다. 저에 대한 동생 분의 사랑은 (이렇게 말해도 될까요?) 그녀보다 결코 못하지 않았으며 정신은…… 아! 훨씬 뛰어났지요!"

"이런 화제는 불쾌하기 짝이 없지만 말을 해야겠어요. 당신의 마음이 그 불행한 아가씨에게서 떠났다는 것이, 당신의 마음이 멀어졌다는 것이 그녀를 잔인하게 버린 데 대한 변명이 되지는 못해요. 그녀가 원래 이해력이 모자라고 문제가 있다고 해서 당신이 저지른 변덕스럽고 잔인한 일을 용서 받을 것이라고는 생각하지 마세요. 당신이 데번셔에서 새로운 계획에 몰두해서 명랑하고 행복하게 즐기는 동안 그 아가씨는 극도로 빈곤한 상태에 몰려 있었다는 것을 알고 있었잖아요."

"맹세코 저는 그것을 알지 **못했습니다**." 그는 열을 올리며 대답했다. "그녀에게 주소를 주지 않았다는 것을 잊어버린 겁니다. 그녀는 상식만 있었더라도 저를 어떻게 찾을지 알았을 것입니다."

"그래서, 스미스 부인이 무슨 말씀을 하셨나요?"

"그분은 바로 그 비행에 대해 저를 책망했는데 제가 얼마나 곤란했는지 짐작되실 겁니다. 그분의 순결한 삶이나 규범적인 생각들, 세상일에 무지한 것 등 모든 것이 제게 불리했습니다. 그 사건 자체는 부정할 수 없는데다 얼버무려 보려는 노력도 다 소용이 없었습니다. 추측컨대 그분은 이미 제 행동 전체의 도덕성을 의심하고 있던 차에, 제가 그 당시 방문하고 있으면서 그분을 배려하거나 시간을 할애한 적이 거의 없었던 것에 화가 났던 것입니다. 간단히 말해 완전히 사이가 벌어지는 결말이 되고 말았지요. 자신을 구할 수 있는 한 가지 방법이 있기는 했습니다. 참 훌륭한 숙녀분이시지요! 지고한 도덕성을 가진 그분은 만일 제가 일라이저와 결혼한다면 과거를 용서하겠다고 했습니다. 그럴 수는 없었지요. 그래서 유산상속은 없던 일로 된 채 저는 그 집에서 쫓겨난 거지요. 저는 다음날 아침에 떠나게 되어 있었습니다. 그일이 있은 밤에 저는 앞으로 어떻게 행동할 것인가를 곰곰 생각해 보았습니다. 갈등은 엄청났습니다만, 너무 빨리 끝났습니다. 매리앤에 대한 저의 사랑, 그녀가 진정 저를 사랑한다는 뚜렷한 확신, 그런 것들은 가난에 대한 두려움을 극복하기에는, 아니 부가 꼭 필요하다는 잘못된 생각을 극복하기에는 역부족이었습니다. 제가 원래도 그런 잘못된 생각을 하는 경향이 있는 데다 낭비적인 교제를 하다 보니 그런 생각이 점점 커졌던 것입니다. 지금제 아내가 된 사람과는 제가 청혼만 하면 결혼이 성사될 것으로 믿을 근거가 있었습니다. 그래서 저는, 상식적으로 따질 때 다른 방책은 남아 있지 않다는 생각을 하려고 노력했습니다. 그러나데번셔를 떠나기 전에 치러야 할 부담스런 상황이 있었습니다. 바로 그날 당신 가족과 정찬을 하기로 약속했던 것입니다. 그 약속을 깨려면 어떤 구실이 있어야 했습니다. 이런 구실을 편지로 알릴 것인지 직접 말로 할 것인지 한참 동안 결정할 수 없었습니다. 매리앤을 만나는 것이 두려웠으며, 그녀를 다시 만났을 때 제 결심을 지킬 수 있을지도 의문이었습니다. 그러나 그 사건으로 분명히 드러났듯이, 그 점에서는 제가 자신의 배짱을 과소평가했던 것이지요. 저는 가서 그녀를 만났고, 그녀가 불행해하는 것을 보고도 그대로 내버려 둔 채 떠났으니까요. 다시는 그녀를 보지 않게 되기를 바라면서 떠났으니까요."

"당신은 왜 직접 왔었나요, 윌러비 씨? 쪽지 하나면 목적을 이룰 수 있었을 텐데요. 왜 방문할 필요가 있었어요?" 엘리너가 힐난조로 말했다.

"제 자존심 때문에 필요했습니다. 당신 가족이나 이웃들이 스미스 부인과 저 사이에 실제로 있었던 일을 조금이라도 눈치 채게 하면서 마을을 떠나기는 싫었습니다. 그래서 호니튼으로 가는 길에 코티지에 들리기로 마음먹었던 것입니다. 그렇지만 동생 분을 보기가 정말 두려웠습니다. 설상가상으로 그녀는 혼자 있었습니다. 다른 가족은 어디로 가셨는지 안 계셨던 것입니다. 바로 전날 저녁에 저는 옳은 일을 하겠다고 그토록 굳게, 그토록 철저하게 속으로 다짐하면서 그녀와 헤어졌던 것입니다! 그로부터 몇 시간 후면 그녀는 저와 영원히 맺어졌을 것입니다. 코티지에서 앨런험으로 걸어가면서 자신이 자랑스럽기도 하고 모든 사람에 대해 다정한 마음이 되어서 제가 얼마나 기분이 좋고 행복했던지도 기억납니다! 그러나 우리의 교제에서 마지막이 될 그 대면에서 그녀를 마주하고는 죄의식 때문에 제대로 숨기지도 못했습니다. 제가 그렇게 갑자기 데번셔를 떠나야 한다고 말했을 때 그녀가 드러낸 슬픔, 절망, 깊은 회한…… 저는 그것을 결코 잊을 수 없을 겁니다! 더욱이 저에 대한 그런 믿음과 신뢰와 연결되어 있으니 말입니다. 오, 하느님! 저야말로 정말 비정한 악당이었지요!"

그들은 잠시 둘 다 말없이 있었다. 엘러너가 먼저 입을 열었다.

"당신은 곧 돌아오겠다고 말했나요?"

"제가 뭐라고 했는지도 모르겠습니다." 그는 안절부절 못하며 대답했다. "틀림없이 지난 시절로 보아 당연히 해야 될 것보다는 훨씬 덜 말했을 테고, 아마도 미래에 실현될 수 있는 이상으로 얘기 했을 겁니다. 생각이 나지도 않습니다. 그 얘기가 도움이 되지도 않을 겁니다. 그 때 존경하는 어머니가 오셔서 친절과 신뢰를 베푸시는 바람에 저로서는 더욱 고문을 당하는 기분이었지요. 정말입니다! 그것은 저에게 고문이었습니다. 저는 비참했습니다. 대시우드 양, 제가 자신의 불행을 돌이켜 보면서 얼마나 마음의 위안을 얻는지 생각도 못하실 겁니다. 어리석고 비열한 바보짓을 저지른 제 자신이 너무 싫어서 그 때문에 얻게 된 과거의 고통이 지금의 저에게는 승리이며 환호가 될 따름입니다. 그렇습니다. 저는 떠났으며 제가 사랑하던 모든 것을 버리고 제가 잘해야 무관심하게 여기는 사람들에게 갔습니다. 제 말들로만 여행하다보니 그렇게 더디게(역마와는 달리 말을 바꾸지 않아서 말을 쉬게 하느라고 오래 걸림-역주) 런던으로 가면서 말붙일 사람도 없는데다, 앞에서 저를 기다리고 있을 지독히 반가운 일을 생각해보고 바튼을 돌아보며 그토록 마음을 달래주는 모습을 그려 볼 때, 제 마음이 기막히게 명랑했겠지요! 아! 기막히게 축복 받은 여행이었지요!"

윌러비는 말을 멈추었다.

"그런데, 윌러비 씨." 엘러너는 그를 동정하면서도 그가 가주기를 초조하게 바라면서 말했다. "얘기가 끝나신 건가요?"

"끝이냐구요! 아니지요. 런던에서 있었던 일을 다 잊었습니까? 그 수치스러운 편지, 그녀가 그걸 보여 주었습니까?"

"네, 오고간 쪽지는 다 보았어요."

"첫 번째 쪽지가 제게 전달되었을 때 (저는 그 동안 쭉 시내에 있었기 때문에 곧 받아 보았지요.) 제가 느낀 것은, 상투적인 어구를 쓴다면, 말로 표현할 수 없을 정도였습니다. 좀더 간단한 말로 표현하자면, 너무 간단해서 어떤 감정도 일으키지 않을지 모르지만, 제 감정은 매우, 매우 고통스러웠습니다. 행마다, 글자마다, 그 글을 쓴 사람이 여기 있다면 못하게 할 낡아빠진 비유를 쓴다면, 제 가슴을 찌르는 단검이었습니다. 매리앤이 시내에 온 것을 알고서는, 같은 식으로 말하자면, 벼락을 맞은 듯했습니다. 벼락과 단검이라! 그녀는 저를 매우 꾸짖었을 것입니다! 저는 그녀의 취향이나 의견을 제 자신의 것보다 더 잘 알고 있으며 더 소중히 여기고 있습니다."

엘러너의 마음은 이런 특이한 대화가 진행되는 중에 여러 변화를 겪었는데 이제 다시 부드러워졌다. 그렇지만 그녀는 그 전의 생각이나 마찬가지로 이런 생각도 함께 있는 이 사람에게 숨기는 것이 의무라고 느꼈다.

"이런 얘기는 옳지 않아요, 윌러비 씨. 당신은 결혼한 몸이라는 것을 기억하세요. 양심에 비추어 제가 들을 필요가 있는 것만 얘기하세요."

"매리앤의 쪽지는, 세가 이전과 마찬가지로 그녀에게 여전히 다정한 존재로 남아 있으며, 우리가 수많은, 수많은 나날을 헤어져 있었지만 그녀의 감정은 변함이 없고 저도 전처럼 변함없을 것으로 굳게 믿고 있다는 것을 분명히 보여주어 제게 양심의가책이 온통 되살아나게 했습니다. 되살아나게 했다고 제가 말했습니다. 시간이 흘렀고 런던에 있으면서, 일을 하고 방탕하게 지내면서, 그것이 어느 정도 가라앉게 되었기 때문이지요. 저는 점점 멋진 악당으로 틀이 잡혀서 자신이 그녀를 잊었다고 생각했고 그녀역시 저를 잊었을 거라고 생각하려고 했지요. 우리의 과거의 연애는 한갓 부질없고 시시한 일에 지나지 않았다고 혼잣말을 하면서, 그렇다는 증거로 어깨를 추키면서 가끔씩, '그녀가 결혼을 잘했다는 얘기를 들으면 진심으로 기쁠 거야.' 라고 중얼거리면서모든 비난을 잠재우고 모든 양심의 가책을 없애려고 했지요. 그렇지만 그 쪽지는 제 자신을 더 잘 알게 해 주었습니다. 그녀는제게 이 세상의 어떤 여성보다 더 사랑스러운데 제가 그녀를 파렴치하게 대하고 있다는 것을 느꼈습니다. 그렇지만 그때는 저와그레이 양 사이에 모든 것이 막 결정이 된 때였습니다. 되돌이키기는 불가능했습니다. 제가 할 일은 두 분을 피하는 것이었습니다. 저는 매리앤에게 답장을 보내지 않았고 그렇게 해서 그녀의관심에서 벗어날 수 있기를 바랐습니다. 얼마간은 버클리 가를방문하지 않기로 결심하기도 했습니다. 그러나 마침내, 냉정하고평범한 교우관계라는 태도를 취하는 것이 다른 방법보다 더 현명하겠다고 판단하고서, 어느 날 아침 모두 외출하는 것을 보고 명함을 남겨 둔 것입니다."

"우리가 외출하는 것을 봤다구요!"

"그렇게까지 했습니다. 제가 당신들을 얼마나 자주 보았고 마주칠 뻔한 순간이 얼마나 자주 있었던지를 아시면 놀랄 겁니다.마차가 지나갈 때면 당신들의 눈에 띄지 않으려고 상점에 들어간 적이 수도 없었습니다. 저는 본드 가에 거주했기 때문에 당신들 중 한 분을 보지 않는 날이 거의 하루도 없었습니다. 당신들의눈에 띄지 않기를 줄기차게 바라면서 제 편에서 끝없이 경계를 하지 않았다면 우리가 그렇게 오래 못 볼 수가 없었을 것입니다. 저는 가능한 미들튼 가를 피해 다녔고 우리를 같이 알만한 사람은 누구나 다 피했습니다. 그러나 존 경이 시내에 온 것을 몰랐다가, 아마 그가 도착한 첫날, 제가 제닝스 부인 댁을 방문한 다음 날 그와 마주쳤던 것입니다. 그는 연회에, 저녁에 집에서 열리는 무도회에 저를 초대했습니다. 저를 꼭 오게 하려고 굳이 그 말을 하지 **않았더라도** 당신과 동생이 거기 올 것은 뻔한 일이라 저는 갈 수가 없었습니다. 다음날 아침 매리앤에게서 또 짧은 쪽지가 왔는데, 여전히 다정하고 솔직하며 꾸밈없이 마음을 열고 있어서, 그 모든 것이 제 처신을 더욱 혐오스럽게 했습니다. 저는 답장을 할 수 없었습니다. 노력했지만…… 한 문장도 쓸 수 없었습니다. 그렇지만 그날 매순간 그녀를 생각했습니다. 만일 당신이 저를 동정할 수 있다면, 대시우드 양, **그 당시의** 제 상황을 동정해 주십시오. 저는 동생 분으로 머리와 마음이 가득찬 채 다른 여성에게 행복한 연인의 역할을 해야만 했던 것입니다! 그 삼사 주는 최악이었습니다. 그러다 마침내, 제가 말할 필요도 없지만, 당신들과 맞닥뜨린 것입니다. 제가 얼마나 기막힌 모습을 보였든지! 얼마나 고통스런 저녁이었든지! 한편에서는 천사처럼 아름다운 매리앤이 그럴 수 없이 다정한 목소리로 저를 윌러비라고 부르고! 오! 하느님! 제게 손을 내밀면서, 그렇게 절절한 갈망이 담긴 그토록 매혹적인 눈을 제 얼굴에 못 박고서 설명을 요구했지요! 저쪽 편에서는 악마처럼 질투에 찬 소피아가 모든 것을 보고 있으니. 그래요, 그건 중요하지 않습니다. 이제 그건 끝났지요. 그런 저녁이라니! 저는 가능한 빨리 당신들을 피해 달아났습니다. 그러나 매리앤의 다정한 얼굴이 죽은 듯이 핼쑥해진 것을 보고 말았지요. **그것이** 제가 마지막, 마지막으로 본 그녀의 표정이며 제가 기억하는 그녀의 마지막 모습이었습니다. 그 모습은 차마 볼 수가 없을 정도였습니다! 그렇지만 오늘 그녀가 정말로 죽어간다고 생각했을 때, 그녀를 이 세상에서 마지막으로 본 사람들에게 어떤 모습으로 보일지 제가 정확하게 알고 있다고 상상하자 다소 위로가 되었습니다. 제가 이리로 오는 중에도 그녀는 똑같은 표정과 안색으로 제 앞에, 끊임없이 제 앞에 나타났습니다."

두 사람 다 각자 생각에 잠기는 바람에 잠시 말이 끊어졌다. 윌러비가 먼저 정신을 차리고 침묵을 깼다.

"자, 서둘러 끝내고 가야겠습니다. 동생 분은 분명히 나아서 고비를 넘긴 거지요?"

"그렇게 믿고 있어요."

"가엾은 어머니께서도 이제 괜찮으시겠군요! 매리앤을 그리도 아끼시는데."

"그런데 그 편지는, 윌러비 씨, 당신이 쓴 편지 말인데요. 거기 대해서 할 말이 있으세요?"

"네, 네, 특히 그것입니다. 아시다시피 동생 분은 바로 그 다음 날 다시 제게 편지를 했지요. 그 내용을 알고 계시지요. 저는 엘리슨 가에서 아침을 들고 있었습니다. 그녀의 편지는 다른 것들과 함께 제 거처에서 거기로 전달된 겁니다. 그 편지는 제 시선이 가기도 전에 소피아의 시선을 사로잡았지요. 크기나 훌륭한 종이질, 그리고 필체 등이 모두 그녀에게 즉시 의심을 일으켰어요. 제가 데번셔의 어느 아가씨와 사랑하는 사이였다는 소문을 막연하게 이미 알고 있는 데다, 전날 저녁 자기가 보는 앞에서 일어난 일로 인해 그 아가씨가 누구인지 드러났으므로 전보다 더 질투에 사로잡힌 거지요. 그래서 그녀는 사랑하는 여성이 그러면 매력적이기나 한 그런 장난을 치는 체 하면서 곧장 편지를 열어 그 내용을 읽었어요. 그녀는 무례한 행동을 한 대가를 충분히 받았지요. 자신을 비참하게 만드는 내용을 읽은 겁니다. 그녀가 비참해하는 것은 견딜 수 있었지만 그녀의 흥분과 악의는, 무슨 수를 써서라도 그걸 달래야 했습니다. 간단히 말하자면, 제 아내의 편지 스타일을 어떻게 생각합니까? 기막히게 섬세하고 다정하고, 진정으로 여성스럽고…… 그렇지 않던가요?"

"당신 아내라고요! 그건 당신의 필체였어요."

"그렇습니다. 그렇지만 저는 서명을 하기도 부끄러운 그런 문장을 비굴하게 베낄 권리를 가졌을 뿐이었지요. 원본은 모두 그녀의 것이었습니다. 그녀 자신의 멋진 생각과 점잖은 말이지요. 그렇지만 제가 어떻게 할 수 있었겠습니까! 우리는 약혼했고 모든 것이 준비 중이었고 날짜도 거의 잡혀 있었습니다. 이런, 제가 바보 같은 말을 하고 있군요. 준비라니! 날짜라니! 정직하게 말하자면 저는 그녀의 돈이 필요했고 제 상황에서는 일이 틀어지는 것을 막기 위해 무슨 짓이라도 해야 했지요. 결국 제 답장이 어떤 어투로 표현되던 매리앤 양과 친구 분들이 저의 인격에 대해 가지게 될 의견이 얼마나 달라지겠습니까? 거기에는 단지 한 가지 목적만이 있었지요. 제 일은 자신이 악당이라고 공표 하는 것이었고 그 일을 점잖게 하든 상스럽게 하든 그건 중요한 게 아니었던 거지요. 저는 혼잣말을 했습니다. '그들은 이제 나를 완전히 형편없는 사람으로 보겠구나. 그들과의 교제는 영원히 끝이 났구나. 그들은 이미 나를 지조 없는 사람으로 여기는데 이 편지로 인해 그들은 나를 파렴치범으로 여길 거야.' 절망적으로 될 대로 되라는 기분에서 아내의 말을 베껴 쓰고 매리앤의 마지막 기념품을 내어놓으면서 저는 그런 생각을 하고 있었습니다. 그녀가 보냈던 세 통의 쪽지도 내놓아야 했고 심지어 거기에 입을 맞추지도 못했습니다. 불행히도 그것이 모두 저의 지갑에 있었는데, 그렇지 않았더라면 없다고 하면서 평생 지니고 있었을 것입니다. 머리타래 역시 늘 같은 지갑에 넣어 두었는데, 그 귀부인이 애교를 가장한 악의에 가득 차서 뒤지더니 사랑스런 머리타래를, 모든 추억 거리를 깡그리 빼앗아 가버린 겁니다."

"윌러비 씨, 당신은 잘못하고 있어요. 정말 문제가 있어요." 엘러너는 자신도 모르게 연민의 감정을 목소리에 드러내면서 말했다. "당신은 윌러비 부인에 대해서건 제 동생에 대해서건 이런 식으로 말해서는 안 됩니다. 당신은 스스로 선택한 거예요. 누구도 당신에게 강요하지 않았어요. 당신 부인은 적어도 당신에게서 존경과 배려를 받을 권리는 있어요. 그녀는 분명 당신을 사랑하고 있을 테고 그렇지 않다면 당신과 결혼하지도 않았을 겁니다. 그녀를 매정하게 대하거나 경시해서 말하는 것이 매리앤에게 속죄가 될 수 없으며, 당신 자신의 양심에 위안이 될 수도 없을 것 같군요."

"제 아내에 대해서는 말씀하지 마십시오." 그는 무겁게 한숨을 쉬며 말했다. "그녀는 당신의 동정을 받을 자격도 없습니다. 그녀는 결혼할 때부터 제가 애정이 없다는 것을 알고 있었습니다…… 네, 우리는 결혼을 했고 행복하게 지내려고 쿰 매그너에 내려왔고, 나중에 즐기려고 다시 런던으로 돌아갔지요…… 이제 당신은 저를 동정하십니까, 대시우드 양? 아니면 제가 이런 얘기를 한 것이 아무 소용도 없었습니까? 제가 단지 조금이라도…… 당신이 보시기에 제가 전보다는 죄가 덜하다고 여겨질까요? 제 의도가 언제나 나빴던 것은 아니었습니다. 제가 저지른 죄에 대해 조금이라도 해명을 한 셈일까요?"

"네, 분명 어떤 점에서는, 약간은 그렇다고 할 수 있습니다. 제가 대체로 생각했던 것보다는 나쁜 사람이 아니라는 것을 증명한 셈이에요. 당신의 마음이 덜, 훨씬 덜 악하다는 것도 증명했어요. 그렇지만, 모르겠군요. 당신이 일으킨 불행은…… 그보다 더 나쁜 일이 또 있을지 모르겠군요."

"동생 분이 회복되면 제 얘기를 전달해 주시겠습니까? 당신뿐 아니라 그녀의 견해에서도 저의 죄를 조금 덜어 주십시오. 그녀가 저를 이미 용서했다고 말씀하셨지요. 제 마음과 현재의 감정을 더 잘 알게 되면 그녀가 좀 더 자발적이고 좀 더 자연스럽고 좀 더 다정하고 좀 덜 엄숙하게 용서를 내릴 것이라고 상상할 수 있게 해 주십시오. 그녀에게 저의 비참함과 참회를 전해 주십시오. 제 마음은 그녀에게 불성실한 적이 결코 없었다는 것도, 가능하면, 이 순간 그녀를 전보다 더 사랑한다고 전해 주십시오."

"그 애에게 비교적 당신을 변명해 준다고 볼 수 있는 얘기들은 다 말해 주겠어요. 그런데 오늘 오신 특별한 이유나 그 애가 아프다는 얘기를 어떻게 들었는지는 설명해 주지 않았어요."

"어제 저녁 드루리 레인 극장의 휴게실에서 존 미들튼 경과 마주쳤습니다. 그는 저를 알아보고서 두 달 만에 처음으로 제게 말을 걸었습니다. 제가 결혼한 이후로 그가 저와 절연한 것은 놀라거나 화낼 일도 아니었지요. 그런데 이제 이 호인답고 정직하고 우둔한 양반은 저에 대한 분노와 동생 분에 대한 염려로 가득 차서 제게 말을 걸고 싶은 유혹을 이길 수 없었던 것입니다. 그 얘기를 듣고 제가 엄청나게 괴로워해야 한다고 여겼지만 막상 정말로 **그럴 것이라고는** 생각하지 않았을 것입니다. 그래서 가능한 퉁명스럽게 매리앤 대시우드가 클리블랜드에서 지독한 열병으로 죽어가고 있다고 말해 주었던 것입니다. 그날 아침 제닝스 부인한테 받은 편지에는 그녀의 생명이 화급을 다투고 있고 파머 가는 놀라서 모두 떠나 버렸다는 등의 얘기가 들어 있었다는 겁니다. 둔감한 존 경마저도 모르고 넘어가지 못할 정도로 그 말에 제가 엄청나게 충격을 받았던 모양입니다. 제가 고통 받는 것을 보고 그의 마음도 부드러워지더군요. 그가 지니고 있던 나쁜 감정도 상당히 없어져서 헤어질 때는 포인터 강아지에 대한 옛 약속을 상기시키며 악수를 나누기까지 했답니다. 동생 분이 죽어가고 있으며, 게다가 저를 세상에서 가장 나쁜 악당으로 여기고 마지막 순간까지 경멸하고 미워하면서 죽어간다는 말을 들었을 때의 제 기분이란…… 그녀의 머리에 저에 대한 끔찍한 영상이 새겨졌을 것은 뻔했을 테니까요! 어떤 한 사람은 저를 어떤 일이라도 할 수 있는 사람으로 나타냈을 것이라고 확신했습니다. 제 기분은 끔찍했습니다! 저는 곧 결심을 했고 오늘 아침 여덟시에는 제 마차를 타고 있었습니다. 이제 다 들으신 겁니다."

엘러너는 아무 말도 하지 않았다. 인물과 재능의 이점을 갖추었고, 솔직하고 정직한 성격과 감성, 다정한 성격을 골고루 타고났으면서도 너무 이른 독립과 뒤따른 게으름, 방탕, 호사로 인해 한 남자의 정신과 성격과 행복이 돌이킬 수 없는 해악에 빠진 것을 말없이 골똘히 생각해 보았다. 세상이 그를 낭비벽과 허영심에 물들게 만들었다. 낭비벽과 허영심으로 인해 그는 냉정하고 이기적인 마음에 빠져들게 되었다. 그는 다른 것을 희생하면서 잘못된 허영심을 채우던 와중에 진정한 사랑에 빠지게 되었는데, 낭비벽으로 인해, 아니면 적어도 그 산물인 곤궁함으로 인해 그 사랑을 희생하게끔 떠밀렸던 것이다. 그를 악으로 이끌었던 바로 그 잘못된 성향 때문에 마찬가지로 그는 벌을 받게 되었다. 신뢰를 저버리면서, 자신의 감정을 거부하면서, 더 나은 이점을 저버리면서, 겉으로 보아서는 그 스스로 떨쳐버렸던 그 사랑이 이제,

더 이상 가능하지 않은 지금에 와서, 그의 생각을 온통 지배하고 있었다. 그 결혼은, 동생을 비참하게 만들면서도 별로 양심의 가책도 느끼지 않고 이루었던 그 결혼은 그에게 훨씬 더 몹쓸 불행의 원천이 된 것으로 밝혀 진 것 같았다. 엘러너는 몇 분간 이런 상념을 하다가 윌러비 때문에 깨어났다. 그도 적어도 그만큼 고통스런 상념에서 깨어나서 일어나 갈 준비를 하며 말했다.

"여기서 머물 필요가 없군요. 저는 가야겠습니다."

"런던으로 돌아가시나요?"

"아닙니다. 쿰 매그너로 갑니다. 그 곳에 일이 있습니다. 거기서 하루나 이틀 지낸 후 런던으로 갈 것입니다. 안녕히 계십시오."

그는 자신의 손을 내밀었다. 그녀는 그에게 자신의 손을 내주지 않을 수 없었다. 그는 손을 다정하게 꼭 잡았다.

"이전보다는 저를 더 좋게 **생각**하십니까?" 그는 손을 놓으면서 마치 갈 것을 잊은 것처럼 난로 가에 기대어 서서 말했다.

엘러너는 그렇다고 말했다. 자신은 그를 용서하고 동정하며 잘 되기를 빈다고 했다. 심지어 그의 행복을 빌었다. 그리고 그의 행복을 향상시킬만한 행동에 대한 점잖은 조언까지 했다. 그의 대답은 그리 기운차지 못했다.

"그 문제라면, 저는 할 수 있는 한 근근이 살아가겠지요. 가정의 행복은 불가능합니다. 그러나 만일 당신과 당신 가족이 제 운명과 행동에 관심을 가지고 있다고 생각해도 좋다면, 그게 살아갈 방법이 될…… 그게 저를 지탱해 줄…… 최소한 그게 힘을 얻고 살아가게 해 줄 것입니다. 매리앤은 분명 제게서 영원히 떠나갔습니다. 혹시라도 제가 무슨 복을 받아 다시 자유로워진다 해도……"

엘러너가 책망하며 그의 말을 막았다.

"자," 그가 대답 했다. "한 번 더 작별을 고하겠습니다. 이제 가서 한 가지 사건을 두려워하며 지낼 것입니다."

"무슨 말씀이세요?"

"동생 분의 결혼 말입니다."

"아주 잘못 생각하고 계시군요. 그 애가 지금보다 더 당신과 멀어질 수는 없을 거예요."

"그렇지만 그녀는 다른 누군가의 차지가 될 것입니다. 만일 그 사람이 제가 제일 견딜 수 없어 하는 바로 그 사람이라면…… 그렇지만 더 있으면서 제가 가장 상처를 준 사람에게 옹졸하게 구는 모습을 보여서 당신의 동정적인 호의를 다시 잃어버리지는 않겠습니다. 안녕히, 하느님의 가호가 있기를 빕니다!"

이 말을 남기고 그는 달리다시피해서 방을 나갔다.

45장

그가 떠난 후 한참동안, 심지어 그가 탄 마차 소리가 사라져 간 한참 후까지도 엘러너는 물밀듯 밀려드는 생각에 빠져 있었다. 갖가지 생각이 어지럽게 교차하면서 마음을 아프게 해 동생도 잊어버리고 있을 정도였다.

윌러비, 반시간 전만 하더라도 아주 형편없는 사람으로 혐오했던 사람인 윌러비는 그 모든 결점에도 불구하고, 그 결점 때문에 당하는 고통으로 인해 일말의 동정을 불러 일으켰다. 그로 인해

그녀는 이제 자신의 가족과는 영원히 멀어진 그를 다정하게, 애
틋하게 생각하게 되었다. 그것은 물론 곧 속으로 인정한 것처럼,
그의 장점 때문이라기보다는 그가 원했기 때문이다. 이성적으로
따지면 별 무게가 없어야 하는 정황 때문에, 소유하고 있다는 것
이 미덕은 아닌 드물게 매력적인 외모와 솔직하고 다정하고 생기
있는 태도 때문에, 또 심지어 순수하지 못하다고 볼 수 있기는 하
지만 여전히 매리앤을 열렬히 사랑한다는 점 때문에 자신의 마음
을 휘어잡은 그의 영향력이 커지게 되었다는 것을 엘러너는 깨달
았다. 그러나 아주 한참이 지나서야 그녀는 그의 영향력에서 다
소 벗어났다고 느꼈다.

마침내 엘러너가 아무것도 모르는 매리앤에게 돌아갔을 때 동
생이 자신이 바라던 만큼 길고 달콤한 잠을 잔 후 원기를 회복하
여 막 깨어나는 것을 발견했다. 엘러너의 가슴에는 만감이 교차
하고 있었다. 과거와 현재, 미래, 윌러비의 방문, 매리앤의 안정,
어머니의 도착이 임박한 것 등으로 인해 그녀는 신경이 몹시 곤
두서 피곤한 기미는 아예 느끼지도 못했으며, 단지 동생에게 자
기 감정을 눈치 채일까 봐 두려울 뿐이었다. 그러나 그런 두려움
에 사로잡힌 시간은 얼마 되지 않았다. 윌러비가 나간 지 삼십 분
도 채 지나지 않아 다른 마차 소리가 들려서 다시 아래로 내려가
야 했기 때문이다. 어머니가 불필요하게 마음 졸이며 있을 끔찍
한 순간을 잠시라도 빨리 덜어주고 싶은 마음에 그녀는 즉시 홀
로 달려가 어머니가 현관문을 들어설 때 맞을 수 있었다.

저택이 가까워지자 두려움에 휩싸여 매리앤이 이제 살아 있지
않을 것이라고 확신하게 된 대시우드 부인은 딸의 생사를 물을
기운도, 심지어 엘러너에게 말을 할 기운도 남아 있지 않았다. 그
러나 **엘러너**는 질문이나 인사를 기다리지 않고 바로 기쁜 소식을

전했다. 어머니는 평소의 열렬한 태도로 그 말을 들으면서 이전에 두려움에 사로잡혔던 만큼 큰 기쁨에 휩싸였다. 그녀는 딸과 대령의 부축을 받고 거실로 안내되었다. 거기서, 아직 말문은 열지 못했지만 기쁨의 눈물을 흘리면서 엘러너를 꼭 껴안고 또 껴안았고, 중간 중간 브랜든 대령의 손을 꼭 쥐고 이런 기쁜 순간을 그가 자신과 함께 나누고 있다는 확신과 감사를 드러내었다. 그는 함께 기뻐했으나 그녀보다 더 무거운 침묵을 지키고 있었다.

대시우드 부인은 정신을 간추리자마자 먼저 매리앤을 보고 싶어 했다. 이분 후 그녀는 자신의 사랑하는, 떨어져 있었을 뿐 아니라 불행해지고 위험에 빠져 더욱 소중하게 여겨진 딸과 함께 있었다. 두 사람이 만나서 좋아하는 것을 보고 엘러너가 느낀 기쁨을 가로막는 것은 그로 인해 매리앤이 잠을 더 못 자지나 않을까 하는 걱정뿐이었다. 그러나 대시우드 부인은 딸의 생명이 위급할 때는 침착할 수도, 심지어 신중할 수도 있었다. 매리앤도 어머니가 옆에 있다는 것을 아는 것으로 만족했으며, 대화를 하기에는 자신이 기력이 모자란다는 것을 느끼고 주변에서 간호하는 사람들이 시키는 대로 고분고분 따라서 조용히 안정을 취했다. 대시우드 부인이 딸과 밤을 새겠다고 **고집했고** 엘러너는 어머니의 간청에 따라 자러 갔다. 그러나, 하룻밤을 꼬박 새운데다 마음을 갉아먹는 근심을 하면서 많은 시간을 보냈기 때문에 휴식이 꼭 필요할 텐데도 어지러운 상념으로 인해 잠이 오지 않았다. 월러비가, 그녀가 이제 '가여운 월러비'라고 부를 마음까지 생긴 그가 끊임없이 뇌리를 차지했다. 그녀는 그의 변명을 받아들이지 않을 수 없었으며, 이전에 그를 그토록 심하게 판단한 것에 대해 자신을 책망하기도 했다가 용서하기도 했다. 그러나 동생에게 모두 이야기하겠다는 약속 때문에 계속 고통스러웠다. 이야기를 하는 것 자체도 두려웠고 그 이야기가 매리앤에게 어떤 영향을 줄지도 두려웠다. 그런 이야기를 들은 후에 매리앤이 다른 사람과 행복하게 살 수나 있을지 의심스러웠으며, 한순간은 윌러비가 홀아비가 되었으면 하고 바랬다. 그러다 브랜든 대령을 기억하고서 자신을 책망했고, 동생이 받은 보상은 대령의 적수가 아니라 바로 **대령의** 고통과 한결같은 마음에 힘입은 바가 훨씬 크다고 느끼면서 윌러비 부인이 죽는 일은 없기를 바랬다.

대시우드 부인은 바튼에서 진작부터 걱정을 하고 있던 차여서 바튼에 온 브랜든 대령의 전갈로 그리 큰 충격을 받은 것은 아니었다. 매리앤이 몹시 걱정되어 더 이상 소식을 기다리기보다 바로 그날 클리블랜드로 출발하려고 이미 결정을 하고 여행준비도 다 해 놓은 상황에서 그가 도착한 것이었다. 전염이 될 수도 있으므로 부인은 마거릿을 데려 가고 싶지 않아서 캐리 가에서 마거릿을 데려 가기를 시시각각 기다리고 있던 참이었다.

매리앤은 매일 조금씩 회복 되었고 대시우드 부인은, 환한 표정과 명랑한 기분으로 보건대, 그녀가 되풀이 말하듯, 세상에서 제일 행복한 여성이 되었다. 엘러너는 그런 식으로 말하는 것을 들을 때마다, 그리고 실제로 그런 모습을 볼 때마다, 어머니가 에드워드에 대해서는 생각이나 하는지 궁금하지 않을 수 없었다. 그러나 대시우드 부인은 엘러너가 자신의 상처를 적당히 절제해서 설명한 것을 그대로 믿은 데다, 주체할 수 없이 기뻐서 더 기쁘게 될 일에만 골몰해 있었다. 그녀는 매리앤을 위험에서 다시 찾은 것이었다. 이제 와 느끼기 시작했지만, 자신이 판단을 잘못해서 윌러비와의 불행한 사랑을 부추겼기 때문에 딸을 위험에 빠뜨리는데 자신도 한 몫 했던 것이다. 게다가 딸이 회복되면서 그녀는, 엘러너는 미처 생각지도 못했지만, 기뻐할 이유가 따로 있었다.

은밀한 얘기를 할 기회가 생기자마자 그녀는 이런 식으로 얘기를 털어놓았다.

"마침내 우리만 있게 되었구나. 엘러너야, 내가 왜 이렇게 행복한지 너는 아직 모르지. 브랜든 대령이 매리앤을 사랑하는구나. 그이가 내게 직접 그랬단다."

딸은 기쁘기도 하고 고통스럽기도 했으며 놀랍기도 하고 전혀 놀랍지 않기도 해서 말없이 주의를 기울였다.

"너는 나와 너무 다르다니까, 엘러너. 내가 그걸 모르고 있었다면 네가 지금 침착한 것을 보고 놀랐을 거야. 우리 가족에게 좋은 일이 생기기를 내가 빌었다면, 내가 제일 바란 것은 브랜든 대령이 너희 둘 중 하나와 결혼하는 것이었을 거야. 둘 중에서 매리앤이 그이와 가장 행복할 것 같구나."

엘러너는 그렇게 생각하는 이유를 묻고 싶은 마음이 일어나기도 했다. 그들의 나이나 성격, 감정을 공정하게 고려해 볼 때 전혀 타당하지 않았기 때문이다. 그러나 어머니는 흥미 있는 화제에 대해서는 언제나 자신의 상상력을 좇아가므로 엘러너는 질문을 하는 대신 미소를 짓고 넘어갔다.

"어제 여행 하면서 그이는 내게 자기 마음을 전부 열어 보였단다. 정말 자기도 모르게, 정말이지 무심코 털어놓게 되었단다. 너도 믿을 수 있겠지만, 나는 딸 얘기밖에 할 수 없었고, 그이는 자신의 고통을 숨길 수 없었지. 나는 그이도 나만큼이나 고통스러워한다는 것을 알았지. 그이는 아마 그런 열렬한 공감이 보통 말하는 우정이라고 하기에는 지나치다고 생각 했기에, (아니면 전혀 그런 생각을 하지 않았을 수도 있겠지만) 주체할 수 없는 감정에 휘말려서, 매리앤에게 열렬하고 다정하며 변치 않는 사랑을 품고 있다고 털어놓았단다. 그이는 그 애를 처음 본 순간부터 쭉 사랑해 왔다는 구나, 엘러너야."

그러나 이 말을 들으면서 엘러너는, 브랜든 대령이 그런 단어를 쓰고 그렇게 고백했다기보다, 분명히 모든 것을 자신에게 내키는 대로 즐겁게 만들어 가는 어머니가 활발한 상상력으로 만들어 낸 수사적인 표현이라는 것을 간파했다.

"매리앤에 대한 그이의 호감은, 윌러비가 보였던 것보다, 아니 그런 체했던 것과는 비교할 수 없을 정도로 강한 것이야. 훨씬 더 열렬하고 훨씬 더 진지하고 한결같으며…… 어떻게 이름 붙이든 그런 감정이 불행하게도 그 형편없는 젊은이를 우리 사랑하는 매리앤이 편애하고 있는 것을 죄다 알면서도 지속 되었다는 구나! 이기적인 욕심도 없이…… 희망을 키워갈 수도 없었는데! 그이는 그 애가 다른 사람과 행복을 누리는 것도 지켜볼 수 있었을 게 다…… 그렇게 고결한 마음을 가질 수가! 그처럼 마음이 넓고 진실하다니! 그이에게서는 누구도 배신당하지 않을 거야."

"브랜든 대령이 훌륭한 분이라는 건 모두 잘 알고 있어요." 엘러너가 말했다.

"그건 나도 알지." 어머니가 진지하게 대답했다. "그렇지 않다면 그런 몹쓸 일을 겪은 후인데 내가 그런 애정을 부추기거나 기뻐할 리가 없지. 그렇지만 그처럼 적극적이고 기꺼운 우정의 마음으로 다가온다는 것이 그이가 정말 괜찮은 사람이라는 증명이 되는 거야."

"인정이 님겨서가 아니라도," 엘러너가 대답했다. "매리앤에 대한 사랑 때문에 그런 친절을 베풀기도 했을 테지만, 그분의 성격을 알려 주는 것이 그 한 가지 친절한 행동 뿐만이 아니에요. 그분은 제닝스 부인이나 미들튼 가족이 오래 전부터 잘 알던 친구분이예요. 그들은 모두 그분을 사랑하고 존경해요. 저는 그분을 사귄 지 얼마 되지 않았지만 상당히 잘 알게 되었어요. 저도 그분을 아주 높이 보고 존경해요. 만일 매리앤이 그분과 행복할 수 있다면, 저도 어머니만큼이나 기꺼이 그렇게 맺어지는 것이 이 세상에서 제일가는 축복이라고 여길 거예요. 어머니는 그분에게 어떻게 대답하셨어요? 그분에게 희망적인 언질을 주셨어요?"

"아유! 애야, 그 당시는 그이에게나 나 스스로에게 희망적으로 말할 수가 없었지. 그 순간 매리앤은 죽어가고 있을지도 몰랐어. 그렇지만 그이가 희망이나 격려를 바란 건 아니었어. 그이는 부모에게 청을 한 것이 아니라, 위로하는 친구에게 자기도 모르게 고백을 한 것이었고 억누를 수 없어 털어 놓은 거였지. 하지만 나중에 내가 말을 하기는 했어. 처음에는 나도 정신이 없었거든. 만일 그 애가 산다면, 그럴 거라고 믿었는데, 나의 가장 큰 행복은 두 사람의 결혼을 성사시키는데 있을 거라고 했지. 그리고 우리가 도착한 후, 반갑게도 안심을 하게 된 후, 그이에게 다시 확실하게 말을 하면서 내 힘이 닿는 한 격려를 아끼지 않았단다. 시간이, 아주 약간의 시간이 지나면 잘될 거라고 말했지. 매리앤의 마음이 윌러비 같은 남자를 향해서 영원히 허비되지는 않을 테니까. 그이 자신의 매력으로 곧 그 애 마음을 얻게 될 거야."

"대령의 안색을 보니 아직 그분이 어머니만큼 낙관적으로 생각하게 만들지는 못하셨군요."

"그래, 그이는 매리앤의 애정이 너무 깊었기 때문에 상당한 시간이 걸려도 변화되기 힘들다고 여기는 데다, 자신감이 부족해서, 혹시 그 애의 마음이 다시 헤어나게 되더라도 두 사람의 나이와 성격이 너무 달라서 자기가 그 애를 붙들 수 있을 거라고 믿질 못하는 거야. 그건 그이가 잘못 생각한 거지. 그이 정도로 나이가 많은 거야 장점이 되며 안정된 성격과 사고방식을 말해주는 정도지. 내가 분명히 말하는데 그이의 성향은 네 동생을 행복하게 해 주기에 나무랄 데 없고, 외모나 태도도 훌륭하지 않니. 내가 편애를 해서 눈이 먼 것이 아니야. 그이가 윌러비만큼 잘 생기진 못했지만, 표정은 훨씬 매력적인 면이 있어. 네가 기억하는지 모르겠다만, 윌러비 눈에는 때로 마음에 안 드는 점이 있다는 말을 내가 했었지."

엘러너는 그것을 기억할 수 **없었다**. 그러나 어머니는 동의를 기다리지도 않고 계속 말했다.

"대령의 태도는 윌러비보다 훨씬 마음을 끌 뿐 아니라 매리앤에게 아주 실질적으로 어울리는거야. 점잖고 진정으로 다른 이들을 배려하고 남자답게 꾸미지 않은 소박한 태도 등이 그 사람의 꾸며낸, 때로는 어울리지도 않는 활발함보다는 매리앤의 진짜 성정과 훨씬 잘 어울려. 만일 윌러비가 정말로 애정이 있다고 하더라도, 사실은 그 반대라는 것을 스스로 증명했지만, 매리앤이 **그와는** 브랜든 대령과 사는 것의 반만큼도 행복하지 않았을 거라고 장담할 수 있다."

부인은 말을 멈추었다. 딸은 그녀의 말에 그대로 동의할 수 없었으나 그런 반대는 그녀의 귀에 들어가지도 않았고 그래서 기분 나빠하지도 않았다. 대시우드 부인은 말을 이었다.

"델러포드에서 살게 되면 내가 바튼에 그대로 남아 있더라도 그리 멀다고 볼 수는 없지. 그리고 틀림없이, 거긴 꽤 큰 마을이라니까, 그 근처에도 지금 우리 집만큼이나 꼭 맞는 작은 집이나 코티지가 **틀림없이** 있을거야."

가엾은 엘러너! 그녀를 델러포드로 데려가려는 새로운 계획이 있었던 것이다. 그러나 그녀는 정신을 꼿꼿이 다잡았다.

"게다가 그이의 재산! 너도 알겠지만 내 나이가 되면 모두 **그런**

것을 고려한단다. 그게 정말로 얼마나 되는지 알지도 못하고 알고 싶은 마음도 없지만 상당할 거라고 믿고 있다."

여기서 다른 사람이 들어오는 바람에 그들은 대화를 중단했다. 엘러너는 물러가 혼자 거듭 생각해 보면서 대령이 성공하기를 빌었으며, 그런 중에도 윌러비가 안됐다는 마음이 들었다.

46장

매리앤의 병은 서서히 물러가긴 했어도 회복을 더디게 할 정도로 길게 끌지는 않았다. 젊음과 타고난 강인함, 어머니가 옆에서 도와주며 있는 것으로 인해 순조롭게 회복이 진행되어, 어머니가 도착한지 나흘 후에는 파머 부인의 옷방으로 자리를 옮길 수 있었다. 그녀는 어머니를 모셔와 준 브랜든 대령에게 감사를 쏟아붓고 싶어 안달을 해서 그녀의 특별한 요청에 따라 브랜든 대령이 초대되었다.

방에 들어서면서 그녀의 변한 표정을 보고, 그리고 그녀가 바로 내미는 창백한 손을 잡으면서 그가 느낀 감정은, 엘러너가 추측하기로는, 매리앤에 대한 사랑이나 혹은 다른 사람이 그것을 알고 있다는 의식을 넘어선 어떤 감정에서 비롯된 것이었다. 그가 동생을 바라 볼 때의 우울한 시선과 흔들리는 얼굴빛에서, 동생과 일라이저 사이에 이미 포착된 그런 유사성 때문에 상기되었다가, 이제 푹 꺼진 눈, 창백한 피부, 힘없이 기대고 있는 자세와, 특별한 감사를 열렬히 표현하는 것으로 인해 더욱 강력히 떠오른 과거의 불행한 여러 장면이 그의 마음에 주마등처럼 스쳐가고 있음을 엘러너는 곧 알아챘다.

대시우드 부인은 눈앞의 일에 대해 딸보다 주의를 덜 기울인 것도 아니었지만 전혀 다른 인상을 받는 정신 상태에서 전혀 다른 결과로 보았다. 대령의 행동에서는 아주 분명하고 다른 말이 필요 없는 감정에서 솟아 나오는 것만을 보았고 매리앤의 행동과 말에서는 감사 이상의 감정이 이미 싹트기 시작했다고 생각해 버렸다.

하루 이틀 후, 매리앤이 시간이 흐를수록 눈에 띄게 튼튼해지자, 대시우드 부인은 자신의 소망이기도 하고 딸이 바라는 바대로 바튼으로 옮겨가야겠다는 말을 하기 시작했다. 그녀의 계획에 두 친구의 일정도 달려 있었다. 제닝스 부인은 대시우드 가족이 머무는 동안에는 클리블랜드를 떠날 수 없었다. 브랜든 대령은, 부인만큼 불가피한 것은 아니었지만, 두 부인이 함께 청을 하는 바람에 자신도 머물러 있는 것을 당연하게 여겨야 했다. 대신 그와 제닝스 부인이 함께 청을 하여 대시우드 부인이 집으로 돌아갈 때 아픈 딸을 더 잘 보살필 수 있도록 그의 마차를 쓰도록 설득이 되었다. 그리고 대시우드 부인 뿐 아니라 제닝스 부인도 함께 초대를 하는 바람에 대령은 몇 주 후에 코티지로 방문해서 마차를 되찾기로 흔쾌히 약속했다. 제닝스 부인은 적극적인 좋은 성품으로 인해 자기 집뿐 아니라 남의 집에도 나서서 주인인양 친절히게 초대를 한 셈이다.

작별을 하고 출발할 날이 다가왔다. 매리앤은 제닝스 부인과 아주 특별나게 긴 작별을 나누었다. 자신이 과거에 부인을 무시했던 것을 남몰래 인정하고 있었기 때문에 그녀 마음에는 당연한 것으로 여겨지는 열렬한 감사와 존경과 친절한 기원으로 가득 찬 작별이었다. 브랜든 대령에게는 다정한 친구로서 인사를 한 후 그의 도움을 받으면서 마차로 들어갔는데 그는 그녀가 적어도 마차의 자리를 반은 차지할 수 있도록 조바심을 내는 것 같았다. 대시우드 부인과 엘러너가 그 다음에 마차를 탔다. 나머지 두 사람은 자기들끼리 남아 무료함을 느끼면서 떠나간 사람들에 대한 이야기를 나누다가 곧 제닝스 부인도 자신의 이륜 경마차가 와서 타고 가면서 두 젊은 친구를 잃은 것에 대해 하녀와 잡담을 하며 위안을 받았다. 바로 후에 브랜든 대령은 델러포드로 혼자서 길을 떠났다.

대시우드 가족은 길에서 이틀을 지냈는데 매리앤은 심각한 피로를 느끼지 않고 이틀의 여행을 잘 견뎠다. 열렬한 애정과 성심어린 보살핌으로 매리앤을 편안하게 해 주는 것이 각별히 주의 깊은 두 동행의 일이었다. 두 사람은 모두 그녀가 신체적으로 편안하고 정신적으로 침착한데서 보상을 받은 셈이었다. 엘러너는 특히 그녀의 정신이 침착해지는 것을 보면서 감사를 느꼈다. 말할 용기도 없고 의연하게 숨기지도 못하는 마음의 고통으로 억눌린 채 몇 주간이나 끊임없이 고통스러워하는 동생을 보았던 그녀는 이제 동생이 확실하게 마음의 평정을 얻은 것을 보면서 다른 누구도 느낄 수 없는 기쁨을 느꼈다. 동생의 안정은 진지한 성찰의 결과에서 나온 것이므로 결국에는 동생을 만족과 즐거움으로 이끌 것이라고 믿었다.

사실 그들이 바튼에 도달했을 때, 그리고 들판 하나하나 나무 하나하나가 어떤 특별한, 어떤 고통스런 기억을 불러일으키는 풍경 속으로 들어오게 되자 매리앤은 조용해지고 생각에 잠겼으며 그들에게서 얼굴을 돌린 채 골똘히 창 밖을 보고 앉아 있었다. 그러나 엘러너는 이것을 의외로 여기거나 비난할 수 없었다. 매리앤을 마차에서 내리도록 도와주면서 그녀가 울고 있었다는 것을 알았을 때 엘러너는 그 자체가 너무나 자연스러운 감정이라고 여겼기에 애틋한 연민의 감정을 느낄 뿐이었고 다른 사람 눈에 띄지 않게 삭이려는 자세는 대견스럽다고 생각했다. 그 다음에 한 매리앤의 행동은 모두 이성적인 노력을 하겠다고 마음을 다잡았다는 것을 드러내고 있었다. 그들이 같이 쓰는 거실로 들어서자마자 매리앤은 마치 윌러비에 대한 기억과 연결될 수 있는 모든 사물을 보는 것에 익숙해지기로 작심한 듯 결연하고 단호한 시선으로 주위를 둘러보았다. 그녀는 별로 말은 없었지만 막상 말을 할 때는 명랑하게 하려고 했다. 때로 한숨이 새어나오기도 했지만 그런 경우 미소로 벌충되지 않고 넘어가는 법이 없었다. 정찬 후 그녀는 피아노를 치려고 했다. 그녀는 피아노로 갔다. 그녀의 눈길이 처음 머문 악보는 오페라였는데 그것은 윌러비가 사 준 것으로 그들이 곧잘 불렀던 이중창이 들어 있으며 바깥 표지에는 그의 필체로 매리앤의 이름이 적혀 있었다. 이건 할 수 없어 하고 그녀는 머리를 흔들며 악보를 밀어 놓고는 잠시 건반을 두들긴 후 손가락에 힘이 없다고 불평하면서 다시 악기를 덮었다. 그러면서도 나중에 연습을 많이 하겠노라고 단호히 말했다.

다음날 아침에도 이런 다행스런 증상이 줄어들지 않았다. 오히려 휴식을 한 덕분에 몸과 마음이 더불어 튼튼해져 매리앤은 진짜로 생기가 돌아 보였다. 그녀는 마거릿이 돌아올 것을 예상하며 기뻐했고, 그때 다시 시작 될 즐거운 가족 모임에서 각자의 일을 하면서 즐겁게 지내는 것이 유일하게 바랄만한 행복이라고 말하기도 했다. 그녀가 말했다.

"날씨가 좋아지고 내가 건강을 회복하면 매일 멀리까지 산책을 나가봐. 구릉지 가의 농장까지 걸어가서 아이들이 얼마나 자랐는지도 보자. 바튼 크로스와 애비랜드의 존 경의 새 농장까지도 걸어가 봐. 대 수도원의 낡은 폐허까지도 자주 가서 그 초석을 다 찾아보도록 해. 우리는 행복할거야. 여름은 행복하게 지나갈 거야. 절대 여섯시 넘어서 일어나는 일은 없을 거고, 그때부터 정찬까지의 시간을 쪼개서 음악과 독서만 할 거야. 계획을 이미 짰는데, 진지한 공부를 해보기로 결심했어. 우리 집 장서는 내가 샅샅이 잘 알아서, 심심풀이 이상은 못돼. 그렇지만 파크에는 읽을만한 작품이 많을 거야. 또 좀더 최근에 나온 다른 책들은 브랜든 대령에게서 빌릴 수 있을 거야. 하루에 여섯 시간 씩 읽으면서 열두 달이 지나면 내가 지금 부족하다고 여기는 지식을 많이 쌓게 될 거야."

엘러너는 이처럼 훌륭한 계획을 세운 것에 대해 그녀를 추켜주었다. 그러면서도, 매리앤으로 하여금 지극히 무기력하고 나태하며 이기적인 불평을 하게 했던 바로 그 열렬한 환상이 작용해서 이제는 그토록 이성적인 일과 훌륭한 자기 통제의 계획을 지나칠 정도로 만들어 내는 것을 보고 웃음이 나왔다. 그러나 윌러비에 대한 자신의 약속을 아직 지키지 못한 것을 기억하자 웃음이 한숨으로 바뀌었다. 매리앤의 마음을 다시 불편하게 할지도 모르며 이런 멋진 망중한의 전망을 적어도 얼마간은 망칠지도 모를 얘기를 전달해야 한다는 것이 두려웠다. 그래서 내키지 않는 시간을 늦추고 싶어서 시기를 정하기 전에 우선 동생의 건강이 좀 더 안정이 될 때까지 기다리기로 마음먹었다. 그러나 그 결심은 곧 깨어지고 말았다.

매리앤이 집에 이삼 일을 있고서야 그녀 같은 환자가 밖에 나가도 좋을만한 날씨가 되었다. 마침내 따스하고 온화한 아침이 되어 딸들이 나가고 싶은 마음이 들 만 했고 어머니도 허락할 만 해서, 매리앤은 엘러너의 팔에 기대고서 피곤하지 않은 채 할 수 있는 만큼 집 앞의 오솔길을 산책하게 되었다.

병을 앓은 후 여태껏 해 보지 않은 운동에 매리앤이 익숙치 못할 것을 고려해서 자매는 매리앤에게 맞추어 느린 걸음으로 출발했다. 그들은 집에서 벗어나 집 뒤의 그 멋진 언덕이 다 보이는 데까지만 갔다. 그때 매리앤이 시선을 언덕 쪽으로 향한 채 멈추어 조용히 말했다.

"저기서, 바로 저기서……" 그녀는 한 손으로 가리켰다. "저 튀어나온 구릉에서, 저기서 내가 넘어졌어. 저기서 윌러비를 처음 보았어."

윌러비라는 말과 더불어 목소리가 가라앉았으나 곧 기운을 내며 덧붙였다.

"그 자리를 이렇게 고통 없이 볼 수 있다는 것이 정말 고마운 일이야! 그 얘기를 해도 되겠지, 엘러너?" 매리앤은 머뭇거리면서 말했다. "아니면 잘못일까? 이젠 해야 할 그 얘기를 **할 수 있어.**"

엘러너는 마음을 털어놓으라고 다정하게 말했다. 매리앤이 말했다.

"그에 관해 미련 같은 건 없어. 이전에 그에 대한 내 감정이 어땠는지 보다는 **지금** 어떤지를 얘기하고 싶어. 현재로서는, 만일 내가 한 가지만 납득할 수 있다면, 그가 **항상** 연극을 하고 있었거나 **항상** 나를 속이고 있었던 것은 아니었다고 생각할 수만 있다면, 무엇보다도 그 불행한 아가씨의 이야기를 들은 후에 내가 두려움에 싸여 때때로 상상한 만큼이나 그가 나쁜 사람은 아니라는 믿음을 가질 수만 있다면……"

매리앤은 말을 멈추었다. 엘러너는 그녀의 말을 기쁘게 새겨들으면서 대답했다.

"만일 그 점을 확신할 수 있다면 마음이 편안해질 거라고 생각하는구나."

"응. 내 마음의 평화는 이중으로 그것과 관련되어 있어. 나한테는 특별했던 **사람**이 그런 계교를 부렸다고 의심한다는 것은 끔찍할 뿐 아니라, 그렇다면 나 스스로는 어떤 모습이 되겠어? 나 같은 상황에서는 정말 수치스럽게도 헤픈 사랑에 빠진 꼴밖에 아닌 거야."

"그러면 너는 그의 행동을 어떤 식으로 이해하고 싶니?" 언니가 물었다.

"나는 그가…… 아! 그가 변덕스럽다고, 아주 아주 변덕스럽다고 여길 수 있으면 차라리 얼마나 좋을까."

엘러너는 더 이상 말하지 않았다. 그녀는 자신이 할 이야기를 당장 시작하는 것이 옳을지 아니면 매리앤이 건강이 더 좋아질 때까지 연기하는 것이 좋을지 속으로 갈등하고 있었다. 그들은 잠시 말없이 걸어갔다. 매리앤이 마침내 한숨을 쉬며 말했다.

"그가 속으로 지난날을 돌이켜 보면서 나만큼 불쾌하지는 않기를 바란다고 해서 많이 봐주는 것도 아닐 거야. 속으로 생각하면서 그도 충분히 힘들 거야."

"너는 자신의 행동을 그의 행동과 비교하니?"

"아니. 마땅히 해야 했던 행동에 내 행동을 비추어 보는 거야. 언니의 행동과 비교하는 거야."

"우리의 상황은 비슷한 게 거의 없잖니."

"우리의 행동과 달리 상황은 더욱 비슷해. 사랑하는 엘러너, 내가 알기로 언니의 판단력으로는 비판할 것이 뻔한데 친절한 마음으로 변명해줄 건 없어. 앓으면서 생각하게 되었어. 진지하게 생각해볼 여유와 침착함이 생긴 거지. 말을 할 정도로 회복되기 훨씬 전에도 생각은 온전히 할 수 있었어. 옛 일을 생각해 보았지. 지난 가을 우리가 그와 사귀기 시작한 이후의 내 행동에서는, 자신에 대해 경솔했고 다른 사람에 대해 친절하지 못했던 면밖에 찾아 볼 수 없었어. 나 자신의 감정이 내 고통을 예비했던 것이며 고통을 참을성 있게 견디지 못해서 무덤으로 끌려 갈 뻔했다는 것을 알게 된 거야. 병이 난 것만 하더라도 전적으로 나 자신이, 심지어 당시에 잘못하고 있다고 느끼면서도, 자신의 건강을 그토록 소홀히 했기 때문인 거야. 만일 내가 죽었다면 그건 자살 행위였을 거야. 나는 위험한 고비가 지날 때까지도 그걸 몰랐어. 그러나 이런 반성을 하면서 생긴 감정 상태에서 내가 회복된 게 신기해. 내가 꼭 살아나서 하느님에게, 언니랑 모두에게 보속할 시간을 갖고 싶다는 그 열렬한 욕망으로 인해 즉시 죽지 않은 것이 경이롭게 느껴질 정도야. 만일 내가 죽었다면, 나의 간호원이자 친구인 언니를 얼마나 비참한 지경에 빠뜨렸을까! 내가 최근에 부린 이기적인 신경질을 모두 보았고 내 마음에 있던 불평을 다 알고 있었던 언니를! 내가 언니의 기억 속에 어떤 사람으로 남아 있었을까! 어머니도 마찬가지야! 언니가 어머니를 어떻게 위로할 수 있었을까! 나는 스스로에 대한 혐오감을 말로 다 할 수 없어. 옛일을 돌이켜 보면, 나는 의무를 망각했고 잘못을 저지르고 있었어. 모두가 나 때문에 상처 입은 것 같았어. 제닝스 부인의 친절, 끝이 없는 친절도 나는 배은망덕하게 경멸로 돌려주었지. 미들튼 가나 파머 가, 그리고 스틸 자매, 심지어 알고 지내는 모든 사람들을 무례하고 부당하게 대했어. 마음이 굳어서 그들의 장점은 보지도 않았고, 그들이 관심을 베푸는 것에 짜증을 내는 성격이었어. 존이나 패니도, 그래, 그들이 그럴 가치가 없긴 하지만,

심지어 그들에게도 나는 합당하지 못하게 대했어. 그런데 언니는, 누구보다도 언니는, 어머니보다 더 괴로움을 겪었어. 나는, 나만이 언니의 심정과 슬픔을 알았지. 그게 내게 어떤 영향을 주었지? 언니나 내게 도움이 될만한 연민은 아니었어. 언니가 바로 내 앞에 본보기로 서 있었지. 그러나 무슨 소용이 있었어? 언니가 편안하도록 내가 언니를 좀더 고려하게 되었어? 내가 언니의 인내심을 본받았어? 아니면 지금껏 언니가 혼자서 처리하도록 팽개쳐 두었던 예의을 차리는 일이나 특별한 감사를 표시하는 일의 한 몫을 담당하여 언니의 부담을 덜어 주기나 했었어? 아니었어. 언니가 편하다고 믿었을 때나 마찬가지로 언니가 불행하다는 것을 알았을 때도 나는 의무나 우정을 베푸는 일을 외면했어. 나 이외의 사람은 슬플 리가 없다고 여기면서, 나를 저버리고 잘못한 그 마음만 섭섭해 하면서, 그토록 언니를 사랑한다고 말했으면서도, 언니를 나 때문에 비참한 상태로 내버려 두었던 거야."

여기서 급류처럼 쏟아지던 그녀의 자책의 말이 끝났다. 엘러너는 너무 정직해서 입에 발린 위로를 할 수는 없었지만 못 견디게 위로를 하고 싶어 곧 그녀의 솔직함과 참회에 대해 당연히 받을 만한 칭찬과 지지를 해 주었다. 매리앤은 그녀의 손을 꼭 잡고 대답했다.

"언니는 참 착해…… 앞으로 보면 알거야. 나는 계획을 세웠고 만일 내가 그것을 지킬 수 있다면, 내 감정은 절제되고 성격도 고쳐질 거야. 그 때문에 다른 사람을 걱정시키거나 스스로를 괴롭히는 일은 없을 거야. 이제는 우리 가족만을 위해 살겠어. 언니랑, 어머니, 그리고 마거릿이 지금부터 나의 전부고 내 애정을 완전히 나누게 될거야. 우리 가족을, 우리 집을 떠날 마음이 드는 일은 다시는 없을 거야. 내가 다른 사람과 어울리는 경우는, 내 정신이 겸손해졌고 마음도 고쳐졌으며, 공손한 예절이나 살아가면서 지켜야 할 자질구레한 의무를 점잖게 인내심을 가지고 해낼수 있다는 것을 보이기 위해서일 거야. 윌러비에 대해서는, 내가그를 곧, 또 영원히 잊어버리겠다고 말하는 것은 부질없겠지. 그에 대한 기억은 여건이나 인생관이 아무리 변해도 지울 수 없을거야. 그렇지만 끊임없이 일을 하면서 신앙과 이성으로 통제하고조절할 수 있을 거야." 그녀는 멈추었다. 그리고 더 낮은 목소리로 덧붙였다. "그의 마음을 알 수 있다면 모든 것이 쉬워질 텐데."

엘러너는 이 말을 들으면서, 지금 그 이야기를 빨리 해버리는것이 적절할지 아닐지를 얼마간 생각을 해보고 있었으나 처음이나 마찬가지로 뾰족한 결론이 나지 않았다. 생각을 해보았자 결론이 나지 않으니까 결단을 내릴 수밖에 없다는 생각이 들어 곧사실을 털어놓게 되었다.

엘러너는 자신이 원한대로 솜씨 좋게 이야기를 풀어나갔다. 귀를 곤두세운 매리앤을 조심스레 마음의 준비를 시키고 윌러비가해명하면서 근거로 내세운 중요한 요점을 간단히 정직하게 전달했다. 그가 후회한다는 것도 제대로 전달했으나 단지 지금도 사랑한다는 주장만은 적당히 누그러뜨려서 전했다. 매리앤은 한 마디도 하지 않았다. 그녀는 몸을 떨면서 시선은 아래만 보고 있었고 입술은 아플 때보다 더 하얗게 질려 있었다. 마음속에서는 수천 개의 질문이 솟아올랐으나 단 히니도 입 밖에 내지 못했다. 그녀는 한 음절 한 음절을 두근대며 열심히 들었다. 그녀는 자신도모르는 새 언니의 손을 꼭 잡았고 눈물을 줄줄 쏟아 부었다.

엘러너는 매리앤이 지쳤을까 봐 걱정하면서 그녀를 집으로 이끌었다. 코티지에 도달할 때까지 매리앤이 감히 어떤 질문도 입

밖으로 내지 못하지만 얼마나 궁금할지는 쉽게 짐작 되었으므로 엘러너는 줄곧 윌러비와 함께 나눈 대화를 되풀이 말해주었다. 상세한 얘기를 해도 별 탈이 없을 듯 한 부분에서는 구체적인 표정이나 말도 조심스럽게 세세하게 말해 주었다. 그들이 집에 들어가자마자 매리앤은 감사의 키스를 하면서 눈물을 쏟는 와중에 "어머니께 말씀드려"라고 간신히 두 마디 말을 하고는 언니를 두고 천천히 계단을 올라갔다. 엘러너는 매리앤이 지금 혼자 있고 싶어하는 것이 당연하다고 생각했으므로 막고 싶지 않았다. 그녀는 그 후 어떻게 할지 걱정스레 생각해보면서, 만일 매리앤이 그 화제를 다시 꺼내지 않는다면 자기라도 다시 꺼내야겠다고 마음먹었고, 매리앤이 가면서 한 부탁을 수행하려고 거실로 들어갔다.

47장

대시우드 부인은 이전에 그렇게 좋아했던 사람에 대한 변호를 아무 감정 없이 듣지는 않았다. 그녀는 그가 저질렀다고 여겼던 잘못의 일부는 그렇지 않은 것으로 밝혀진 것을 기뻐했다. 그녀는 그를 불쌍히 여겼다. 그가 행복하기를 바랐다. 그러나 과거의 감정이 되살아날 수는 없다고 했다. 어떤 일이 있더라도 그가 신의를 저버리지 않은 사람으로, 흠 없는 성격으로 매리앤에게 되돌아 갈 수는 절대 없다. 어떤 일이 있더라도 매리앤이 그 사람이라는 존재 때문에 고통을 받았다는 기억을 지울 수 없고, 일라이저에 대한 그의 행동도 면죄를 받을 수 없다. 그러므로 어떤 일이 있어도 그를 이전처럼 잘 생각할 수가 없거니와, 어떤 것도 브랜든 대령의 이익에 흠집을 낼 수 없다는 것이었다.

만일 대시우드 부인이 딸처럼 윌러비의 이야기를 직접 들었거나, 그의 고통을 눈으로 보고 그의 안색과 태도를 그대로 느낄 수 있었더라면 그녀의 동정심이 더 커졌을지도 몰랐다. 그러나 들은 이야기를 옮기면서 자신이 처음 느꼈던 감정을 다른 사람에게 그대로 불러일으키는 힘이 엘러너에게 있지도 않았거니와, 그렇게 하고 싶지도 않았다. 엘러너는 생각을 좀 해 보면서 침착한 판단을 할 수 있게 되었고 윌러비가 받게 된 응분의 벌에 대해서도 현실적인 의견을 가지게 되었던 것이다. 그래서 그녀는 사실 그 자체만을 말하고 싶었다. 그의 애정을 미화해서 엉뚱한 상상으로 이끄는 일없이 그의 성격을 정말로 합당하게 보여줄 그런 사실만을 털어놓고 싶었던 것이다.

저녁에 셋이 모두 모였을 때 매리앤이 자진해서 그에 대한 얘기를 꺼냈다. 그러나 그 전에 얼마간 엄청난 노력을 했고, 안절부절 못하며 갈피를 잡지 못하는 여러 생각을 하고서야 그렇게 할 수 있었다는 것이, 말할 때 그녀의 볼이 붉어지는 것에서, 목소리가 떨리는데서 분명히 드러났다. 매리앤이 말했다.

"저도 모든 것을, 언니와 어머니가 기대하는 대로 생각하고 있다는 얘기를 꼭 하고 싶어요."

동생의 허심탄회한 의견을 정말로 듣고 싶었던 엘러너가 열심히 신호를 해서 막지 않았더리면 대시우느 부인은 즉시 다정한 말로 위로하면서 매리앤의 말을 막았을 것이다. 매리앤은 천천히 계속했다.

"그 얘기가, 엘러너가 오늘 아침에 해 준 얘기가 제게는 큰 위로가 되었어요. 제가 듣고 싶어 하던 바로 그 얘기를 이제 들은 거예요"

얼마동안 매리앤은 목소리가 잠겨서 말을 하지 못했다. 그러나 그녀는 자신을 가다듬고 좀 더 침착하게 말을 이었다.

"저는 이제 완전히 마음이 편해졌고, 달리 되기를 바라지 않아요. 이런 것을 죄다 알고 난 다음에는 (틀림없이 조만 간에 알게 되었을 테니까요) 그와 행복하지 못했을 거예요. 저는 아무런 믿음도 존경도 가지지 못했을 거예요. 절대로 내 마음에서 그것을 떨쳐낼 수 없었을 거예요."

"알지. 알아." 어머니가 외쳤다. "방탕한 행실의 사람과 행복하다니! 우리의 가장 소중한 사람, 그토록 훌륭한 신사의 평온함을 그렇게 망가뜨린 사람과! 아니지. 우리 매리앤 같은 마음을 가진 사람이 그런 남자와 행복할 수가 없지! 그런 양심, 그런 민감한 양심으로는 남편의 양심이 느껴야만 하는 것을 전부 느꼈을 거야."

"저는 달리 되기를 바라지 않아요." 매리앤은 한숨을 쉬며 되풀이했다. "올바른 정신과 건전한 이해력이 있는 사람이라면 마땅히 너처럼 이 문제를 생각할 거야." 엘러너가 끼어들었다. "너도 이 문제 뿐 아니라 다른 여러 상황에 대해서도 나처럼 믿을 충분한 이유를 깨달은 것 같은데, 네가 그와 결혼했으면 분명 이런 저런 많은 문제가 생기고 실망에 부딪히게 되었을 텐데, 막상 그 사람 편에서 사랑이 굳건하지 못하니 힘이 되어 주는 일도 없었을 거야. 결혼했다면 너는 언제나 가난했을 거야. 그의 낭비벽은 심지어 자신도 잘 알고 있어. 또 그가 하는 행동을 보면 자기 극복이라는 말과는 전혀 관계가 없다는 것이 나타나 있어. 수입은 적고, 아주 적은데다, 그의 씀씀이가 크고 네가 경험이 없기 때문에 엄청나게 괴로웠을 거야. 전에는 전혀 알지도 못했고 생각도 못해 보았다고 해서 덜 고통스럽다고 할 수도 없을 거야. 너는 자신의 상황을 깨닫게 되면 자존심이 있고 성실하니까 최대한 절약을 해보려고 했을 거야. 아마 자신의 편의를 줄이면서 절약을 할 수 있다면 그렇게 하려고 고생을 했을 테지. 그러나 그 이상으로는…… 너 혼자서 아무리 노력한들 결혼하기 전에 이미 시작된 파산을 막기에는 얼마나 힘이 부치겠니? 그러나 그 밖에도, 만일 네가 당연히 그의 유흥비를 적당하게 줄이려고 노력했다면, 그렇게 이기적인 사람이므로 네 말을 따르기보다는 네게서 마음이 멀어지게 되었을 테고 자신을 그런 어려움에 빠뜨리게 된 결혼을 후회하게 되지 않았을까?'

매리앤은 입술을 떨었고 "이기적이라고?"라는 말만 되풀이했는데, 그 어조는 마치 '언니는 정말로 그가 이기적이라고 생각해?'라는 뜻 같았다.

"이번 경우에 그의 행동은," 엘러너가 대답했다. "처음부터 끝까지 이기심에 바탕을 두고 있어. 먼저 이기심 때문에 너의 사랑을 희롱의 대상으로 삼았어. 나중에 사랑을 느끼게 되었으면서도 이기심 때문에 고백을 연기했으며, 이기심 때문에 마침내 바튼을 떠나 버린 것이었어. 자신이 즐거워야하고 자신이 편안해야한다는 것이 무슨 일에서건 그의 중심 되는 원칙이었던 거야."

"그건 정말이야. 내 행복이 그의 목적은 아니었어."

"지금은 그도 자신이 한 일을 후회하고 있지." 엘러너가 계속 말했다. "왜 후회하고 있을까? 그렇게 해보았더니 자신에게 별 보상이 되지 않는다는 것을 알았기 때문이지. 그렇게 했는데도 행복하지 못한 거야. 이제는 재정적으로 곤란하지는 않지. 그런 점에서 어려움이 있는 것은 아니거든. 단지, 자신이 결혼한 여인이 너보다 훨씬 성격이 원만치 못하다는 생각을 하는 거지. 그러나 그렇다고 해서 너와 결혼했다면 행복했을 거라는 결론이 저절로 따라 나오겠니? 다른 종류의 불편을 느꼈을 거야. 그렇게 됐으면, 지금은 없어졌으니까 별거 아니라고 생각하는 그런 재정적인 곤란 때문에 고통을 받았을 거야. 성격에 대해서는 불평할 게 없는 아내였을 테지. 그러나 늘 쪼들리고 궁핍했을 거야. 아마도 아내의 성품이라는 것보다는 확실한 부동산과 상당한 수입으로 얻을 수 있는 안락한 생활이 가정의 행복을 위해서 더 중요하다는 것을 곧 알게 되었을 거야."

"나도 동감이야. 나도 전혀 애석하지 않아. 내가 어리석었다는 것 말고는." 매리앤이 대답했다.

"차라리 네 엄마가 분별이 없어서라고 해야지, 애야. 엄마에게 책임이 있지." 대시우드 부인이 말했다.

매리앤은 어머니가 그런 말을 하게 놔두려 하지 않았다. 엘러너는 두 사람이 서로 자신의 실수를 절감하는 것을 다행스럽게 생각했고 동생을 기죽게 만들지도 모를 과거 이야기는 피하고 싶었다. 그래서 그녀는 처음 하던 이야기에 이어 계속 말했다.

"이 사건에서 한 가지 얘기 될 수 있는 것은, 윌러비가 겪는 모든 문제는 처음에 그가 몹쓸 행동을 한 것에서, 즉 일라이저 윌리엄스에 대한 그의 행동에서 비롯되었다는 거야. 그 잘못에서 다른 사소한 잘못이나 현재의 난감한 상황이 생겨난 거지."

매리앤도 그 말에 정말로 공감했다. 그녀의 어머니는 그 말에 이어, 당연히 우정의 마음에서지만 더불어 다른 의도도 있어, 브랜든 대령의 고통과 미덕에 대해 시시콜콜 열렬히 설명을 했다. 그러나 딸은 그 말을 제대로 듣고 있는 것처럼 보이지 않았다.

엘러너는 예상대로 그 다음 이삼 일 동안은 매리앤이 이전처럼 빨리 건강을 회복하지 못하고 있다는 것을 알았다. 그러나 매리앤의 결심은 여전했으며 명랑하고 느긋해지려고 노력하는 것도 여전해서 그녀의 언니는 시간이 가면 몸이 나아질 것이라고 안심했다.

마거릿도 돌아왔으므로 가족이 다 모였고 코티지에 조용히 자리를 잡았다. 그들은 평소 공부를, 처음 바튼에 왔을 때만큼 활기차게 하지는 못했으나, 앞으로 열심히 계속하겠다는 계획만은 세웠다.

엘러너는 에드워드에 대한 소식을 초조하게 기다렸다. 런던을 떠난 이후 그에 대한 어떤 소식도, 새로운 계획도, 심지어 지금 어디 있는지에 대해서도 전혀 듣지 못한 상태였다. 매리앤의 병 때문에 오빠와 몇 차례 편지가 오고갔는데 존의 첫 번째 편지에 이런 말이 씌어 있었다.

"우리는 불행한 에드워드에 대해 아무 것도 모르고 있으며, 그런 금지된 주제에 대해 알아 볼 수도 없지만, 그가 여전히 옥스퍼드에 있다고 보고 있다."

이것이 편지에서 거론된 에드워드의 유일한 소식이었다. 이후의 편지에서는 그의 이름조차 거론되지 않았기 때문이다. 그러나 그녀는 에드워드의 안부를 오래 모르고 있을 운명은 아니었던 모양이다.

어느 날 아침, 하인이 볼일을 보러 엑시터로 갔다 왔다. 그는 식탁에서 시중을 들면서 심부름 갔던 일에 대한 여주인의 질문에 대답한 후 지진해서 이런 얘기를 한 것이었다.

"마님, 페러스 씨가 결혼하신 건 알고 계신기지유."

매리앤은 깜짝 놀라서 엘러너를 뚫어지게 쳐 보다가 그녀가 창백해지는 것을 보고 히스테리를 일으키며 의자 뒤로 몸이 넘어갔다. 대시우드 부인은 하인의 질문에 대답하다가 직감적으로 매리앤과 같은 방향으로 시선을 돌렸으며 그때 엘러너의 안색을 보고 딸이 사실은 얼마나 많은 고통을 받았는지 비로소 깨닫고 충격을 받았다. 다음 순간 부인은 매리앤의 상태를 보고 또 당황했으며 어느 딸을 먼저 보살펴 주어야 할지 갈피를 잡을 수 없었다.

매리앤 양이 아픈 것만 알아챈 하인이 정신을 차려 하녀를 불렀고 하녀는 대시우드 부인의 도움을 받아 그녀를 다른 방으로 부축해 갔다. 그때쯤 매리앤은 정신이 좀 들어서 부인은 마거릿과 하녀가 그녀를 돌보게 맡겨두고 엘러너에게 돌아 왔다. 엘러너는 여전히 마음이 산란한 상태였지만 정신을 차렸고 말도 할 정도가 되어 어디서 그런 소식을 들었는지를 토머스에게 막 물으려던 참이었다. 대시우드 부인은 즉시 자신이 그 수고를 떠맡아서 엘러너는 굳이 캐내려고 노력하지 않고도 사실을 알 수 있게 되었다.

"페러스 씨가 결혼했다는 말을 누가 했나, 토머스?"

"오늘 아침 엑시터에서 페러스 씨와 부인인 스틸 양을 지가 만났습지요. 파크에 있는 샐리가 배달꾼인 오빠에게 보내는 소식을 전할라고 뉴 런던 여관으로 갔는디, 그분들이 문간에 서있던 마차에 타고 계셨지요. 마차 옆을 지나다가 우연히 올려봤더만 바로 작은 스틸 양이 보이는 기라요. 그래 모자를 벗고 인사를 드렸더니 지를 알아보고 불러서 마님과 아가씨들, 특히 매리앤 아가씨 안부를 물으시더만 자기랑 페러스 씨의 안부를 전해 달라시데요. 진정으로 안부와 안녕을 빈다고 전해 달라시맨서 와서 뵐 시간이 없능기 증말 섭섭하다고 하시데요. 얼마간 더 아래쪽으로 내려가야 된께 서둘러 가지만 돌아올 띠는 꼭 마님 식구를 방문하겠다고 하셨구만요."

"자기가 결혼했다고 말 하던가, 토머스?"

"네, 마님. 그분은 웃으시면서, 여개 왔던 이후랑 이름이 어떻구로 바뀌었는지 말씀했습니다요. 그분은 늘 싹싹하고 스스럼없이 말씀하시는 숙녀 분이었고, 예절도 아주 배른 분이었지요. 그래 지도 허물없이 행복을 빌어 드렸구먼요.”

“페러스 씨가 같이 마차를 타고 있었나?”

“네, 마님. 뒤로 기대앉은 모습만 봤는디 얼굴은 들지 않으시는 통에…… 원래 말씀이 밸로 없는 분이라서요.”

엘러너는 그가 자신의 모습을 내밀지 않은 이유를 쉽게 짐작할 수 있었으며 대시우드 부인도 같은 생각을 하는 것 같았다.

“마차에 다른 사람은 없었나?”

“네, 마님, 두 분만 계셨는디요.”

“어디서 왔다는 애기도 했어?”

“루시 양, 아니 페러스 부인 말씀이 런던에서 바로 오시는 길이라고 했는디요.”

“그리고 서쪽으로 계속 간다고?”

“네, 마님. 그러나 오래 걸리지 않는다던 디요. 곧 돌아오맨서 꼭 여개로 방문한다니께요.”

대시우드 부인은 이제야 딸을 쳐다보았다. 그러나 엘러너는 그들이 들르지 않을 것을 분명히 알았다. 그녀는 그 전갈에서 루시의 의도를 전부 깨달았고 에드워드가 절대로 자신의 집 근처로 오지 않을 것을 확신했다. 엘러너는 그들이 아마 플리머스 근처의 프래트 씨 댁으로 내려가는 것 같다고 어머니에게 낮은 목소리로 말했디.

토머스가 할 애기는 끝난 것 같았다. 엘러너는 이야기를 더 듣고 싶은 듯 했다.

“돌아오기 전에 그들이 떠나는 것을 보았나?”

“아닙니다요, 마님. 말들이 막 나오고 있었는디 지는 더 있을 수 없었습니다요. 늦을까 걱정이 되었습지요."

"페러스 부인은 좋아 보였나?"

"네, 마님. 아주 잘 지내신다고 말씀하시데요. 언제 봐도 곱게 생긴 아가씨였습지요. 아주 만족하신 듯이 보였구만요."

대시우드 부인은 더 이상 물어 볼 말을 생각해 낼 수 없었다. 그래서 토머스를 물러가게 하고 마찬가지로 필요 없게 된 식탁보도 곧 치워졌다. 매리앤은 더 못 먹겠다는 전갈을 이미 보내 왔으며 대시우드 부인과 엘러너의 식욕도 마찬가지로 사라졌기 때문이다. 마거릿으로서는, 언니 둘이 최근에 그토록 좋지 않은 일을 겪었고 당연히 식사도 종종 소홀히 할 이유가 있는 상태에서, 자신은 그전에 정찬을 못한 채 지내는 일이 없었던 것만도 다행이라고 여겼을 것이다.

후식과 포도주가 차려지고 대시우드 부인과 엘러너 둘만 남았을 때 그들은 비슷한 생각에 잠겨 오래 침묵에 빠져 있었다. 대시우드 부인은 말을 걸어 보기도 위로를 건네기도 두려웠다. 엘러너가 자기 얘기를 하는 것을 그대로 믿은 것이 잘못이었다는 것을 부인은 이제야 깨달았다. 어머니의 고통이 더 커지는 것을 막으려고, 어머니가 매리앤 때문에 겪는 고통을 또다시 겪지는 않게 하려고 큰딸이 그 당시 모든 것을 일부러 줄여서 이야기했다는 것을 당연히 깨달았다. 딸이 조심스럽고 사려 깊게 배려한 바람에 부인은 딸의 사랑을, 한때는 그렇게 세심하게 살펴보았던 그 사랑을 잘못 판단해서, 자신이 늘 믿어 왔던 것보다, 아니 지금 그런 것으로 판명된 것보다 더 가벼운 연정으로 여기게 되던 것이다. 이런 식으로 믿으면서 그녀는 엘러너를 불공평하게 대했고 제대로 관심을 보이지 않았으며 아니 심지어 매정하게 대했던 것이다. 매리앤이 겪는 고통은 겉으로 드러났고 바로 눈앞에 있었으므로 더 그녀의 사랑을 차지하면서, 그 보다는 덜 드러내고 더 참아내기는 하지만 엘러너도 그만큼 고통받는 딸이라는 것을 그녀가 잊어버리게 했던 것이다.

48장

엘러너는 어떤 불쾌한 사건이 확실히 일어 날 것이라고 아무리 마음속으로 다짐하더라도, 예상하는 것과 확실히 일어나는 것은 다르다는 것을 이제 알았다. 그녀는 자신도 모르게, 에드워드가 독신으로 있는 한 루시와 결혼하는 것을 방해할 어떤 일이 생길지도 모른다는 희망을 은연중에 품고 있었다는 것을 깨달았다. 말하자면 그가 새로운 결단을 내리거나, 어느 친구가 중재를 해준다거나, 혹은 그 아가씨가 좀 더 그럴듯하게 결혼할 다른 기회가 생기던가 해서 모두의 행복을 돕게 될 수도 있었다. 그러나 이제 그는 결혼을 했다. 그녀는 몰래 헛된 희망을 품었던 자신의 마음을 책할 뿐이었다. 희망을 품었기에 그 소식을 듣고 더욱 고통이 커진 것이었다.

처음에 엘러너는 그가 그렇게 빨리, (그녀가 예상하듯이) 서품을 받기도 전에, 결괴적으로 목사 사리에 앉기도 전에 결혼한 것이 다소 놀라웠다. 그러나 곧, 자기가 살길을 도모하느라고, 서둘러 그를 붙들기 위해, 결혼을 미루는 위험을 제외하고는 이런 저런 일을 다 무시하는 것이 루시답다는 것을 깨달았다. 그들은 결혼을, 런던에서 결혼을 했으며 이제 아저씨네로 서둘러 가고 있었다. 바튼에서 단지 4 마일밖에 떨어지지 않은 곳에서 어머니의 하인을 보고 루시가 안부를 전하는 말을 들으면서 에드워드는 어떤 생각을 했을까!

그들이 곧 델러포드에 정착할 것이 분명했다. 델러포드. 모든 상황이 그렇게 겹쳐서 그녀의 관심을 끄는 곳. 자신이 알고 싶었으나 이제는 피하고 싶은 곳. 그녀는 한 순간 그들이 목사관에 있는 것을 보는 것 같았다. 루시는 적극적으로 살림을 잘 꾸려 나가는 안사람으로서, 멋지게 외양을 꾸미고 싶은 마음과 최대한으로 절약하려는 의도를 잘 조화시키면서, 그렇게 아끼면서 해놓은 것이 드러날까 부끄러워하며, 또 모든 점에서 자기 이익을 추구하면서, 브랜든 대령이나 제닝스 부인, 그리고 모든 부유한 친구들의 비위를 맞추고 있는 모습이었다. 에드워드에 대해서는 자신이 어떤 모습을 상상했는지, 어떤 모습을 보고 싶은 것인지도 알 수 없었다. 그가 행복하건 불행하건 어느 쪽이어도 기쁘지 않았다. 그녀는 그에 대한 상상을 애써 회피했다.

엘러너는 런던에 있는 친지 중에서 누군가 그 사건에 대한 편지를 해서 좀더 구체적인 내용을 알려 줄 것이라고 자신을 달랬다. 하루하루가 흘러갔으나 어떤 편지도 어떤 소식도 오지 않았다. 그녀는 누구를 비난해야 할지도 모르면서 여기 없는 친구 모두를 원망했다. 그들은 모두 생각도 없고 게으른 사람들이었다. 사태가 어찌되고 있는지 알고 싶은 초조한 마음에서 이런 질문이 튀어 나왔다.

"언제 브랜든 대령에게 편지하실 거예요, 어머니?"

"지난주에 편지를 했지. 그이에게서 답장을 받기보다는 직접 보게 될 것 같구나. 방문해 달라고 열심히 청했으니 오늘이든 내일이든 아무 때라도 그이가 걸어오는 것을 봐도 놀라지 않을 거야.”

이것은 상당한 소득으로 기대할 만한 얘기였다. 브랜든 대령은 **틀림없이** 전해 줄 소식이 있을 것이다.

엘러너가 그렇게 마음을 먹은 순간 말을 탄 남자의 모습이 창쪽으로 그녀의 시선을 이끌었다. 그는 대문에서 멈추었다. 그 사람은 신사였고, 바로 브랜든 대령 본인이었다. 이제 그녀는 더 자세한 소식을 들을 것이다. 기대를 하면서 엘러너는 몸을 떨었다. 그러나…… 그 사람은 브랜든 대령이 **아니었다**…… 태도로 보거나…… 키로 보아도 아니었다. 만일 그런 일이 가능할 수 있다면, 그 사람은 에드워드라고 말해야 할 것이다. 그녀는 다시 보았다. 그는 막 말에서 내렸다. 그녀가 잘못 본 게 아니었다. 그 사람은 **에드워드였다.** 그녀는 창에서 떨어져 나와 앉았다.

‘저이는 프래트 씨 집에서 우리를 만나러 일부러 온 거야. 침착**해야지.** 의연하게 **굴어야지.**’

다음 순간 엘러너는 다른 사람들도 착오를 깨달았다는 것을 알았다. 그녀는 어머니와 매리앤이 안색이 변해서 자신을 쳐다보고 서로 속삭이며 몇 마디 주고받는 것을 보았다. 엘러너는 어떻게 해서라도 말을 해서, 그들이 절대로 그를 냉담하게 대하거나 푸대접하는 행동을 하지 않기 바란다는 것을 알리고 싶었다. 그러나 입이 떼어지지 않았으므로 모든 것을 그들 자신의 분별에 맡겨 둘 수밖에 없었다.

단 한 마디도 오가지 않았다. 그들 모두는 방문객이 모습을 나타낼 때까지 침묵 속에 기다렸다. 그의 발걸음 소리가 자갈길 위로 들렸고 다음 순간 그가 복도로 들어서더니 그 다음 순간 그들 앞에 와 있었다.

방에 들어섰을 때 그의 안색은, 엘러너가 보기에도 불안할 지경이었다. 당황해서 안색이 백지장이었다. 그는 마치 자신이 받아들여지거나 할지 두려우며 친절하게 환대 받을 자격이 없다는 것을 의식한 것 같았다. 대시우드 부인은 그때 따뜻한 마음으로, 모든 것을 딸의 뜻에 따르겠다고 생각하고서, 딸의 소망이라고 자신이 생각하는 대로 억지로 편안한 표정을 짓고 그를 맞으면서 손을 내밀어 축하를 했다.

에드워드는 얼굴이 붉어지면서 제대로 들리지도 않게 중얼거리며 대답했다. 엘러너도 어머니와 함께 입술만 달싹거렸는데, 막상 인사가 끝났을 때 자신도 그와 악수를 했으면 좋았을 것이라는 생각이 들었다. 그러나 이미 늦었으므로 허물없는 표정을 지으려고 노력하면서 다시 앉아 날씨 이야기를 했다.

매리앤은 당황했다는 것을 드러내지 않으려고 가능한 눈에 띄지 않는 곳에 물러나 있었다. 마거릿은 지금의 상황을 전부는 아니지만 일부는 이해하고 있었기에, 자신도 엄숙하게 있는 게 타당하겠다고 여기고 될 수 있는 한 그에게서 떨어진 곳에 자리를 잡고 앉아 굳게 입을 다물고 있었다.

엘러너가 날씨가 맑아서 다행이라는 말을 끝내자 매우 어색한 침묵이 흘렀다. 대시우드 부인이 이 침묵을 깨었다. 그녀는 페러스 부인의 안부를 물어야 한다고 생각했던 것이다. 그는 허둥대면서 잘 있다고 대답했다.

또 다시 침묵이 흘렀다.

엘러너는 목소리가 어떻게 나올지 두려웠지만 자신이 노력을 해야겠다고 결심하고 말했다.

"페러스 부인은 롱스태이플에 계시나요?"

"롱스태이플이라구요!" 에드워드는 뜻밖이라는 듯이 대답했다 "아닙니다. 어머니는 런던에 계십니다."

"제말은," 엘러너는 탁자에서 일감을 집어 들면서 말했다. "에드워드 페러스 부인의 안부를 묻는 겁니다."

엘러너는 감히 올려다보지 못했다. 그러나 그녀의 어머니와 매리앤은 둘 다 에드워드를 쳐다보았다. 그는 얼굴이 붉어졌고 당황한 것 같았으며 주저하는 듯이 보이며 얼마간 머뭇거리더니 말했다.

"아마도 당신은…… 제 동생의…… 아마 로버트 페러스 부인 말이군요."

"로버트 페러스 부인이라구요!"

매리앤과 어머니는 아연실색한 어조로 그의 말을 되풀이했다. 엘러너는 입은 떨어지지 않았지만 그녀의 시선도 초조하게 그를 향한 채 궁금증을 드러내었다. 그는 자리에서 일어나더니 어떻게 해야 할지 도대체 알 수가 없는 듯 창 쪽으로 걸어갔다. 그리고 거기 놓여 있는 가위를 집어 들더니 가윗집을 조각내어 가위와 가윗집 둘 다를 망쳐 놓으면서 서둘러 말했다.

"아직 모르고 계시군요…… 제 동생이 최근에 결혼한 사람이…… 동생 쪽인…… 루시 스틸 양이라는 것을 듣지 못하셨군요."

말을 할 수 없을 정도로 놀라서 엘러너를 제외하고는 모두가 그의 말을 앵무새처럼 되뇌었다. 엘러너는 자신의 일감에 머리를 기댄 채 자신이 어디 있는 지도 모를 정도로 혼란한 상태에 빠져 있었다.

"네, 그들은 지난주에 결혼 했으며 현재 돌리쉬에 있습니다." 그가 말했다.

엘러너는 더 이상 앉아 있을 수 없었다. 그녀는 방을 뛰쳐나가서 문이 닫히자마자 기쁨의 눈물을 터뜨렸는데 처음에는 결코 멈추지 않을 것만 같았다. 에드워드는 그때까지 엘러너를 외면하고 있었는데 그녀가 급히 나가는 것을 보자 그녀의 감정을 알아 챈 것 같았다. 심지어 그녀가 우는 것을 들은 것 같았다. 그는 생각에 빠져들어 대시우드 부인이 어떤 말, 어떤 질문, 어떤 다정한 말을 해도 그것을 깰 수 없었다. 마침내 그는 한마디 말도 없이 방을 나가더니 마을 쪽으로 걸어 가버렸다. 다른 사람들은 그토록 반갑고 그토록 갑작스럽게 그의 상황이 변한 것에 대해 극도로 놀라고 당황한 채로, 그런 당혹감을 자신들의 추측으로밖에 줄여갈 수단이 없는 상태로 남아 있었다.

49장

가족 누구도 에드워드가 놓여나게 된 정황이 이해가 되지 않았지만, 그가 자유로운 몸이라는 것은 분명했다. 그 자유가 어떤 목적에 쓰일 지는 쉽게 예상되었다. 이미 지난 사년이 넘게 어머니의 동의 없는 경솔한 약혼이라는 축복을 **한번** 경험한 후에 **그 약혼**이 무효화된 마당에 그가 즉시 다른 약혼을 맺을 수 있는 것은 자명한 일이었다.

사실 바튼에서 그가 하려던 일은 간단했다. 엘러너에게 자신과 결혼해달라고 청하는 것이었다. 그런 문제에 그가 경험이 없지는 않다는 점을 고려할 때, 지금 실제로 그런 만큼 그렇게 불안해하고, 격려와 신선한 공기가 그렇게 필요했다는 것이 이상할 것이다.

그러나 에드워드가 산책을 하면서 얼마나 빨리 적당한 결정을 내렸는지, 그 결정을 드러낼 기회가 얼마나 빨리 왔는지, 어떤 식으로 자신을 표현했는지, 어떻게 받아들여졌는 지를 구체적으로 말할 필요는 없을 것이다. 단지 이 말을 할 필요는 있겠다. 그들이 모두 네 시경에, 그가 도착한 지 세 시간 후에 모여 앉았을 때, 그는 자신의 연인을 얻었고 그녀의 어머니의 동의를 얻었으며, 연인이 하는 열광적인 고백의 말로서 뿐 아니라 이성과 진실이라는 현실 면에서도 가장 행복한 사람이 되어 있었다. 그의 상태는 보통 기쁘다고 말할 수 있는 이상이었다. 흔히 사랑의 승리감이 마음을 뿌듯하게 하고 활기를 일으킨다면 그에게는 그 이상이었다. 그는 스스로를 비난하게 되는 일을 하지 않고서도 오랫동안 자신을 비참하게 만들었던 관계에서, 이미 오래 전에 사랑하지 않게 된 여인에게서 벗어났던 것이다. 그리고 바로 다른 여인과의 사랑을, 자신이 그것을 바란다는 것을 깨닫게 된 순간부터 거의 절망적으로 여겨야만 했던 그런 사랑의 결실을 맺는 일까지 이룬 셈이었다. 그는 의심하고 긴장하다가 행복해진 것이 아니라 비참하다가 행복해진 것이었다. 그런 변화는 주변사람들이 전에는 결코 본 적이 없었던 자연스럽고 넘칠 듯이 감사해하는 그의 명랑한 태도에서 공공연히 드러났다.

그는 엘러너를 향해 마음을 활짝 열고 모든 결점, 모든 잘못을 고백했으며 루시에 대한 소년다운 최초의 애정을 스물넷답게 점잖게 달관한 듯이 이야기했다.

"어리석고 무익한 연정이었어요. 세상을 너무 몰랐고, 할 일이 없었기 때문이지요. 내가 열여덟에 프래트 씨의 보호를 벗어났을 때 어머니가 활동적인 직업을 주기만 했더라면, 아마, 아니 틀림없이, 그런 일은 결코 일어나지 않았을 것입니다. 롱스테이플을 떠나면서 프래트 씨의 조카딸에 대해 당시 생각으로는 억누를 수 없는 호감을 품고 있다고 여겼지만, 만일 그때 내게 할 일이 있었더라면, 몇 달만이라도 시간을 들여야 되고 그녀와 멀리 떨어져 있어야 되는 목적이 있었더라면, 특히 세상일에 휩쓸리면서 당연히 그렇게 되듯이, 그 상상의 연정을 순식간에 극복했을 겁니다. 그러나 할 일이 있는 대신, 나를 위해 선택된 전문직이 있거나, 아니면 나 스스로 어떤 것을 선택하도록 허용된 대신, 나는 집에 돌아와 빈둥거리며 지내게 되었던 것입니다. 그 후 열두 달 동안은 대학에 들어갈 경우 하게 되는 명목상의 활동마저도 전혀 없었던 것입니다. 나는 열아홉이 되어서야 옥스퍼드에 들어갔으니까요. 그러므로 사랑에 빠졌다고 상상하는 것 이외에는 도대체 할 일이 없었던 것입니다. 어머니는 모든 점에서 집을 편한 곳으로 만들어 주지 않았고, 동생은 친구나 동료의 몫을 해줄 사람이 못되었고, 새로 교제를 트는 것도 싫었기에, 내가 롱스테이플에 자주 가는 것이 이상한 일이 아니었지요. 거기서는 언제나 편안했고 환영받을 것을 알았으니까요. 그러다 보니, 열여덟에서 열아홉이 될 때까지의 많은 시간을 거기서 보냈습니다. 루시는 그렇게 다정하고 그렇게 친절할 수가 없었습니다. 또 그녀는 예뻤습니다. 적어도 그 당시에는 그렇게 생각했지요. 나는 다른 여성은 거의 보지 못했기 때문에 비교를 할 수도 없었고 결점을 볼 수도 없었습니다. 그러므로 그 약혼은 어리석은 짓이었고, 나중에는 여러 면에서 어리석은 짓이라는 것이 증명이 되기도 했지만, 모든 것을 고려할 때 그 당시에는 부자연스럽거나 변명할 수 없을 정도로 어리석은 짓은 아니었습니다."

단 몇 시간 만에 대시우드 가족의 마음과 행복에는 너무나 큰 변화가 일어난 바람에 그들 모두는 들떠서 밤에 잠을 이루지 못했다. 대시우드 부인은 너무 행복해서 마음이 가라앉지 않았다. 에드워드를 어떻게 사랑해 주어야할지, 엘러너를 어떻게 충분히 칭찬해야 할지, 어떻게 하면 그의 예민한 감정을 건드리지 않으면서도 그가 놓여난 것을 충분히 감사할 수 있을지, 혹은 어떻게 하면 두 사람이 끝없는 대화를 나눌 여가를 주면서도 동시에 자신이 원하는 만큼 두 사람을 보면서 함께 있을 수 있을지 알 수가 없었다.

매리앤은 자신이 행복하다는 것을 눈물로만 말할 수 있을 뿐이었다. 비교하는 마음이 생기기도 했고 회한의 감정이 일기도 했다. 그녀의 기쁨은 언니를 사랑하는 만큼이나 진실하기는 했지만, 그녀에게 활기를 불어넣고 말을 할 수 있게 해줄 그런 종류는 아니었다.

그러나 엘러너는…… (어떻게 그녀의 감정을 묘사할 수 있을까?) 루시가 다른 사람과 결혼했으며 에드워드가 자유의 몸이라는 것을 안 순간부터, 곧 이어 그가 희망을 확인해 준 그 순간까지, 그녀는 평정심을 잃었고 만감이 교차하는 것을 느꼈다. 그러나 두 번째 순간이 지났을 때, 자신의 상황을 바로 조금 전과 비교해 보고 모든 의문과 근심이 없어진 것을 알았을 때, 그가 이전의 약혼에서 명예롭게 풀려 난 것을 알았을 때, 그가 그런 자유로움을 호기로 삼아 곧 바로 자신에게 청혼을 하면서 생각했던 그대로의 다정하고 변함없는 사랑을 천명했을 때, 그녀는 압도되었으며 자신의 행복에 싯눌릴 정도였다. 다행히도 인간의 정신은 더 나은 것을 위한 변화에는 쉽게 익숙해지는 경향이 있기는 하지만 몇 시간이 지나서야 그녀의 정신은 침착해지고 마음도 어느 정도의 안정을 되찾았다.

에드워드는 이제 적어도 일주일은 코티지에 머물기로 했다. 아무리 다른 할 일이 있다한들 엘러너와 함께 있으면서, 과거, 현재 그리고 미래에 대한 이야기를 반이라도 마치려면 일주일보다 덜 할애해서는 불가능했다. 단지 몇 시간만 끝없이 이야기를 하는 힘든 노력을 하면 이성적인 두 인간 사이에서는 정말로 공통될 수 있는 것보다 더 많은 화제도 급히 해치울 수 있지만, 연인들에게는 사정이 다르다. 그들 사이에서는 적어도 스무 번을 되풀이 하지 않으면 어떤 화제도 끝나지 않고 심지어 의사소통도 되지 않는 법이다.

그중에서도 루시의 결혼은 아무리 생각해도 알 수 없는 문제로, 물론 연인들이 가장 먼저 나눈 화제였다. 각 당사자를 구체적으로 잘 알고 있는 엘러너에게는 어떤 면에서 보더라도 그 결혼은 듣던 중 가장 특이하고 설명될 수 없는 상황 중의 하나로 여겨졌다. 어떻게 그들이 함께 맺어 졌을까. 로버트가 일체 아름답다는 찬사 없이 언급하는 것을 엘러너 자신이 들은 적도 있었던 여성, 이미 자신의 형과 약혼 하고 있으며 그 때문에 형이 가족에게서 내침까지 당했던 그런 여성에게 어떤 매력을 느껴서 로버트가 결혼까지 이르게 되었는지, 그것은 도저히 그녀로서는 이해하기 힘든 일이었다. 마음으로야 반가운 사건이었고 상상해 보면 우스꽝스러운 일이었지만 이성적으로 사리를 따져보면 오리무중의 수수께끼였다.

에드워드는, 아마 처음에는 우연히 만나서 루시가 아첨하는 바람에 동생의 허영심이 부추겨졌다가 점점 다른 감정으로 발전하게 되었으리라는 추정을 할 수 있을 뿐이었다. 엘러너는 로버트가 할리 가에서 자신에게 했던 이야기, 즉 만일 때만 잘 맞았다면 형의 문제를 중재하느라고 자신이 어떤 일을 했을 것인지 말했던 기억이 났다. 그녀는 그 말을 에드워드에게 들려주었다. 에드워드가 즉시 말했다.

"그게 바로 로버트다운 겁니다." 에드워드는 곧 보태어 말했다.
"그들 사이에 처음 교제가 시작됐을 때는 아마 **그게 동생의 뇌리**
에 있었을 것입니다. 루시도 아마 처음에는 단지 나를 위해서 그
의 도움을 얻으려고 생각했을 겁니다. 다른 계획은 나중에 생겨
났겠지요."

그러나 그들의 특별한 관계가 얼마나 오래 되었느냐에 대해서
는 에드워드도 엘러너나 마찬가지로 전혀 감을 잡지 못했다. 그
가 런던을 떠난 이후 머물고 있었던 옥스퍼드에서는 루시 본인에
게서가 아니라면 그녀의 소식을 들을 방법이 전혀 없었는데, 마
지막 순간까지도 그녀의 편지는 평상시보다 빈도가 뜸해졌다거
나 다정하지 않은 면이 조금도 없었던 것이다. 그러므로 그 뒤에
일어날 일에 대해 마음의 준비를 시켜줄만한 의심 같은 것은 조
금도 일어난 적이 없었다. 마침내, 루시 본인이 보낸 편지에서 그
이야기가 갑자기 불거졌을 때 에드워드는 놀람과 경악과 놓여났
다는 기쁨 사이에서 얼마간은 반은 마비된 거나 마찬가지였다는
것이다. 그는 그 편지를 엘러너에게 건네주었다.

　친애하는 선생님,

　제가 오래 전에 당신의 사랑을 잃었다는 것을 분명히 알므로,
저는 제 애정을 다른 사람에게 바칠 자유가 스스로에게 있다고
생각해 왔으며, 한때 제가 당신과 있으면서 행복하리라고 생각
하곤 했듯이 그분과도 행복할 것을 의심치 않습니다. 저는 마
음이 다른 사람의 것이 된 이상 당신의 청혼을 받아들이는 것
을 수치로 여깁니다. 당신이 선택한 곳에서 행복하기를 진심으

로 빌며, 이제 우리가 인척관계가 되므로 당연히 좋은 사이가 되어야 하지만, 항상 그렇지 못하더라도 그것이 제 잘못은 아닐 것입니다. 저는 당신에게 악감정을 품고 있지 않다고 분명히 말할 수 있으며, 당신도 관대한 분이니 우리에게 해꼬지를 하지는 않을 것으로 믿습니다. 당신의 동생이 제 애정을 완전히 사로잡았습니다. 우리는 서로가 없이는 못살기 때문에 막 제단에서 돌아와서, 이제 몇 주간을 지내려고 당신의 친애하는 동생 분이 매우 보고 싶어 하는 돌리쉬로 가는 길입니다. 그러나 저는 황망 중에 당신에게 우선 몇 자 적어야겠다고 생각했습니다. 이만 총총.

당신의 행복을 진정으로 비는 사람이며 친구이자 제수
루시 페러스

저는 당신 편지를 모두 불태웠고 기회가 닿는 대로 빨리 당신의 초상을 돌려 드리겠습니다. 제발 제 날필들은 없애주십시요. 그러나 제 머리카락이 든 반지는 가지셔도 좋아요.

엘러너는 편지를 읽은 후 아무런 평을 하지 않고 돌려주었다. "편지의 작문 실력에 대해 당신의 평을 묻지는 않겠소." 에드워드가 말했다. "옛날 같으면 무슨 일이 있더라도 당신이 그녀의 편지를 보게 하지 않았을 거요. 제수씨로서도 기가 막힐 정도지만 아내였다면! 그녀가 쓴 글을 보면서 내 얼굴이 얼마나 붉어 졌던지! 어리석은 약혼을…… 저지른 지 처음 반년이 지난 후로는…… 이 편지가 내용이 문체의 결점을 보상해준 유일한 것이지요."

"어떻게 그렇게 되었든," 엘러너가 잠시 있다가 말했다. "그들은 분명히 결혼을 했어요. 당신 어머니는 스스로에게 가장 적절한 벌을 내린 셈이구요. 당신에게 화가 나서 로버트를 독립시켜 준 바람에 그가 마음대로 선택을 할 수 있었던 거예요. 그분은 큰아들이 그런 행동을 했다고 해서 유산을 박탈했는데, 작은 아들이 똑같은 행동을 할 수 있게 일년에 1,000파운드의 뇌물을 준 셈이 됐어요. 당신이 루시와 결혼하려고 했을 때보다 로버트가 그녀와 결혼한 것 때문에 그분이 마음이 덜 상하시지는 않았을 테지요."

"마음은 더 상하셨을 겁니다. 어머니는 로버트를 제일 좋아하셨거든요. 어머니는 훨씬 더 마음이 상하셨을 테지만, 같은 이유에서 동생을 훨씬 더 빨리 용서하실 겁니다."

그 사건이 현재 가족 사이에서 어떻게 받아들여지고 있는지는 에드워드도 알지 못했다. 가족과 대화해 볼 생각을 전혀 하지 않았기 때문이다. 그는 루시의 편지가 도착한지 스물네 시간이 되지 않아 옥스퍼드를 떠났다. 눈앞에는 오직 한가지 목표, 즉 바튼으로 가는 가장 가까운 길만 염두에 두었으므로 그 길과 밀접하게 연관되지 않은 어떤 행동 계획도 짤 여유가 없었다. 그는 대시우드 양과 자신의 운명을 확신할 때까지는 아무 일도 할 수 없었다. 그 운명을 그리 신속하게 찾아 온 것으로 볼 때, 그가 한때 브랜든 대령을 질투했음에도 불구하고, 자신의 자격이 보잘것없다고 평가하면서도, 자신이 확신은 못했노라고 정중하게 말했음에도 불구하고, 아주 냉혹한 대접을 받을 것으로 생각하지는 않았던 모양이다. 그러나 자신이 **그랬다고** 하는 게 그가 할 몫이었고 그는 그 일을 아주 잘 해냈다. 열두 달쯤 후에 그가 그 화제를 어떤 식으로 얘기할지는 남편과 아내들의 상상력에 맡겨두어야 할 것이다.

토머스에게 전갈을 보내어 루시가 속이려고 의도했다는 것, 그에게 불리하게 악의를 휘두르고 사라지려고 했다는 것이 엘러너에게 명백했다. 그리고 에드워드도 이제는 루시의 성격에 대해 완전히 눈을 떠서 그녀가 지극히 비열하고 변덕스런 악의를 행할 수 있다는 것을 망설이지 않고 믿었다. 그는 엘러너와의 교제가 시작되기 전부터 루시가 어떤 의견을 낼 때 무지하고 관대하지 못한 것에 눈을 떴기는 했지만, 그것을 그녀가 교육을 받지 못한 탓으로 여겼다. 그녀의 마지막 편지가 도착하기 전까지만 하더라도 그는 늘 그녀가 성품이 좋고 마음씨 고운 아가씨며 자신을 지극히 사랑한다고 믿고 있었던 것이다. 오직 그렇게 믿었기에, 약혼이 탄로 나는 바람에 어머니의 화를 덮어쓰기 오래 전부터 걱정과 후회만을 계속 일으켰던 이 약혼을 끝내지 못했던 것이다. 에드워드가 말했다.

"어머니에게서 외면당하고 어느 모로 보나 도와줄 친구 한 사람 없게 되었을 때, 내 감정과는 별개의 문제로, 그녀에게 약혼을 계속할 것인지 아닌 지의 선택권을 주는 것이 의무라고 생각했어요. 그런 상황에서, 사람의 탐욕이나 허영심을 끌만한 것이 전혀 없는 듯한 그런 때에, 그녀가 그렇게 성심으로, 그렇게 열렬히, 내 운명이 어떻게 되든 함께 나누겠다고 고집할 때, 정말로 사심이라곤 없는 사랑 이외에 어떤 다른 동기가 있으리라고 어떻게 생각이나 할 수 있었겠소? 심지어 지금도, 그녀가 어떤 동기에서 그렇게 행동했는지, 조금도 애정이 없으며 통틀어 2,000파운드밖에 없는 남자에게 매여 있는 것이 자신에게 어떤 이익이 될 것으로 예상했는지 알 수가 없군요. 브랜든 대령이 목사 자리를 줄 것을 예상한 것도 아니었지요."

"그렇지요. 그러나 당신에게 유리하게 일이 풀릴 거라는 예상은 했을 거예요. 시간이 지나면 당신 가족이 누그러질 것도요. 어쨌든 약혼을 지속해서 잃는 것은 아무 것도 없었거든요. 약혼을 하고 있다고 해서 자신의 의향이나 행동에 제약을 받는 것도 아니라는 것을 증명했잖아요. 약혼한 집안이 지체가 높은 것은 분명 하니 아마도 친구들 사이에서 그녀의 평판이 높아졌겠지요. 만일 더 이익이 되는 일이 생기지 않는다면 그녀로서는 혼자인 것보다는 **당신과** 결혼하는 것이 더 나았을 테니까요."

에드워드도 루시가 그렇게 행동한 것이 당연했으며 그 동기도 분명하다는 점을 즉시 인정했다.

엘러너는 에드워드가 마음이 흔들리는 것을 깨달았으면서도 놀런드에서 자기들과 그렇게 많은 시간을 보낸 것을 꾸짖었다. 그러나 그것은 숙녀들이 대개 자신에 대한 칭찬이나 마찬가지인 남성들의 무모한 행동을 꾸짖을 때 하는 정도였다. 그녀가 말했다.

"당신 행동은 분명 잘못된 거였어요. 왜냐하면…… 제가 어떻게 믿느냐는 놔두고라도, 우리 가족은 모두 그로 인해 착각하면서 **그 당시** 당신이 처해 있던 상황으로는 결코 이루어 질 수도 없는 것을 기대했던 거예요."

그는 자신의 마음을 스스로도 몰랐고 자신이 약혼했다는 사실을 과신하고 있었기 때문이라고 변명할 수 있을 뿐이었다.

"나는 다른 사람에게 **언약**을 한 상태였기 때문에 당신과 함께 있어도 위험한 일이 생길 리 없다고 생각할 정도로 단순했습니다. 내가 약혼했다는 것을 의식하는 것만으로도 내 지조를 지킬 수 있을 뿐 아니라, 내 마음도 그만큼 안전하고 성스럽게 지켜질 것이라고 생각했지요. 당신을 흠모한다는 느낌이 들었지만 단지 우정일 뿐이라고 스스로를 달랬지요. 당신과 루시를 비교하기 시

작했을 때에야 내가 얼마나 멀리 나가버렸는지 깨달았습니다. 그
런 이후에도 내가 서식스에 그렇게 오래 있은 것은 잘못이었습니
다. 그렇게 내가 편한 대로 생각하면서 자신을 이런 말로 달랬지
요. 위험을 겪는 사람은 바로 나다. 나는 스스로를 제외하고는 누
구에게도 해를 끼치고 있지 않다고요."

엘러너는 웃고는 머리를 저었다.

에드워드는 브랜든 대령이 코티지에 오기로 되어 있다는 말을
듣자 기뻐했다. 그는 정말로 대령과 더 친해지고 싶었을 뿐만 아
니라, 델러포드의 목사직을 자신에게 준 것에 대해 더 이상 기분
나쁘게 여기지 않는다고 확인시켜줄 기회를 가지고 싶었기 때문
이다. 그는 말했다.

"그 상황에서 내가 워낙 시큰둥하게 감사를 표시했던 터라 지
금 그분은 목사직을 제공한 것을 내가 괘씸하게 여긴다고 생각하
실 겁니다."

이제야 그는 자신이 그곳에 가 보지도 않은 것에 놀랐다. 그는
그 문제에 거의 관심을 기울이지 않았기에, 이제 집과 정원, 교회
부속농지, 교구의 범위, 땅의 상태, 십일조의 비율 등에 대한 모
든 지식을 전적으로 엘러너를 통해 알게 되었다. 그녀는 브랜든
대령에게서 너무나 많이 들었을 뿐 아니라 대단히 관심을 갖고
들어서 그 주제에 대해 훤하게 알고 있었다.

이후 그들 사이에 결정되지 않은 채 남은 문제는 단 한가지였
다. 그들은 단 한가지 어려움을 넘어야만 했다. 그들은 서로에 대
한 사랑으로 엮어졌고, 가족의 진심 어린 허락을 받았다. 또 서로
를 세세히 알고 있다는 것이 그들의 행복을 확실하게 해주는 것
같았다. 이제 먹고 살 돈만 있으면 되었다. 에드워드에게 2,000
파운드가 있었으며, 엘러너의 1,000파운드가 델러포드의 목사

수입과 더불어 자신들의 것이라고 부를 수 있는 전부에 불과했다. 대시우드 부인이 내놓을 돈이 따로 있는 것도 아니었다. 그들은 둘 다 사랑에 푹 빠져 일년에 350파운드로 편안한 생활을 할 수 있다고 생각할 사람들은 아니었다.

에드워드는 어머니가 다소 호의적으로 변할 거라는 희망을 전혀 가지지 않은 것도 아니었다. 그는 나머지 수입은 거기에 기대고 있었다. 그러나 엘러너는 그렇게 믿을 수 없었다. 에드워드는 여전히 모튼 양과 결혼할 수 없을 것이고, 자신을 선택하는 것은, 페러스 부인이 기껏 듣기 좋은 말로 한 것도, 루시 스틸을 선택하는 것보다 조금 나은 정도라고 얘기되었기 때문에, 로버트의 잘못은 패니를 부자로 만들어주는 것이 아닌 다른 목적에 기여하지는 못할 것으로 보였다.

에드워드가 도착한지 나흘 후에 브랜든 대령이 나타나 대시우드 부인의 만족감을 완성시켜 주고 그녀가 바튼에 산 이후 처음으로 집에 들일 수 있는 이상의 손님을 맞는 위풍을 누리게 해 주었다. 에드워드는 먼저 온 사람의 특권을 누리게 허용 받았으므로 브랜든 대령은 매일 밤 파크에 있는 자신의 옛 숙소로 걸어갔다. 거기서 그는 대개 아침에 돌아 왔는데, 아침 식사 전에 연인들이 나누는 첫 밀담을 방해할 정도로 일찍 오곤 했다.

델러포드에서 삼 주를 지내면서, 적어도 저녁 시간에는 서른여섯과 열일곱 사이의 불균형을 계산하는 것밖에는 할 일이 거의 없이 지내다 보니, 막상 바튼에 왔을 때 그의 마음 상태가 명랑해지기 위해서는 훨씬 나아진 매리앤의 표정과 친절한 환영, 어머니의 격려해 주는 말 등 온갖 것이 다 필요할 정도였다. 그러나 그런 친구들 사이에서 그런 기분 좋은 말을 들으면서 그는 생기가 돌아났다. 루시의 결혼에 대한 소문은 아직 그에게 도달하지 않았었다. 그는 지난 일에 대해서는 아무 것도 모르고 있었다. 그 결과 그가 방문한 처음 몇 시간은 듣고서 놀라는 것으로 다 보냈다. 대시우드 부인이 모든 것을 설명했다. 자신이 페러스 씨를 위해 한 것이 결과적으로 엘러너에게 도움이 되는 격이어서 그는 자신이 한 일에 대해 기뻐할 새로운 이유를 찾은 셈이었다.

두 신사가 서로를 더 알게 되면서 서로 호감을 가지게 되었다는 것은 말할 필요도 없을 것이다. 달리 될 수도 없었다. 다른 점에서 서로에게 끌리지 않았더라도 훌륭한 생활신조와 상식에서, 성격과 생각하는 방식에서 서로 닮았다는 것만으로도 그들이 우정으로 맺어 지기에 충분했을 것이다. 그러나 그들이 두 자매와 사랑에 빠져 있고 두 자매가 서로를 좋아했기 때문에, 그렇지 않다면 시간과 판단의 결과를 기다린 후에야 생겼을 상호 호감이 필연적으로 빠른 시간 내에 이루어지게 되었다.

런던에서 온 편지들이 며칠 전에 왔더라면 엘러너는 전 신경을 곤두세워서 열중했을 테지만 이제는 환희라기보다는 유쾌한 기분으로 읽을 뿐이었다. 제닝스 부인은 편지에서 그 기막힌 이야기를 하면서 남자를 차버린 여자에 대한 진정한 분노를 털어놓았고, 값어치도 없는 바람둥이에게 푹 빠져 지금 옥스퍼드에서 비탄에 빠져 있을 게 분명한 가엾은 에드워드 씨에 대한 연민을 쏟아 놓았다. 그녀의 편지는 이렇게 계속되었다.

"그렇게 교활하게 진행될 수가 없었어요. 바로 이틀 전만 해도 루시가 방문해서 두 시간이나 나랑 앉아 있었다오. 단 한 사람도 그런 의심을 한 사람이 없었어요. 심지어 낸시도 마찬가지라오. 가엾게도! 다음날 울면서 내게 왔는데 새파랗게 질려서는 페러스 부인이 무서워 겁도 나고 플리머스에 어떻게 가야할 지도 모르겠다는 거예요. 루시가 결혼하러 떠나기 전에 그이의 돈을 몽땅 빌려 가 버렸는데 과시를 하려고 일부러 그런 것 같아. 그래 가엾은 낸시는 7실링 짜리 금화 한 닢도 없지 않겠수. 그래서 내가 기꺼이 5기니를 주어 엑시터로 내려가게 했고 거기서 그이는 버지스 부인과 삼사 주를 머물며 내 말대로 다시 박사를 만나기를 바라고 있다오. 루시가 심술궂게도 자기 언니를 마차에 함께 태워 가지 않은 것이 제일 나쁜 짓이었어요. 가엾은 에드워드 씨! 나는 그이를 머리에서 지울 수가 없다오. 그이를 바튼으로 불러서 매리앤 양더러 위로해 주라고 해요."

대시우드 씨의 문투는 더 엄숙했다. 페러스 부인은 가장 불행한 여성이고, 가엾은 패니는 감성에 상처를 입었으며, 그런 충격을 받고도 두 사람이 다 살아 있는 것에 자신은 놀라고 감사한다는 것이었다. 로버트의 잘못은 용서할 수 없지만 루시의 잘못은 최악이다. 그들은 다시는 페러스 부인 앞에서 언급되는 법이 없을 것이다. 그녀가 앞으로 아들을 용서할 마음은 생길지 몰라도 그의 아내는 결코 며느리로 인정되지 않을 것이며 면전에 나타나는 것도 허락되지 않을 것이다. 모든 것을 그들끼리 비밀리에 진행시켰다는 것이 당연히 그 죄를 엄청나게 크게 만든 것이다. 다른 사람이 눈치 챘더라면 결혼을 막을 적절한 방책이 강구되었을 것이기 때문이다. 루시가 그 가족에게 이런 불행을 퍼뜨릴 수단이 될 줄 알았더라면 차라리 엘러너와 에드워드의 결혼이 이루어지지 않은 것이 후회스럽다는 기분에 엘러너도 공감해 주기를 바라고 있다는 등의 내용이었다. 그의 글은 이렇게 계속 되고 있었다.

"페러스 부인은 아직 에드워드의 이름을 전혀 언급도 않으신다. 그건 놀라운 일이 아니다. 그러나 정말 놀랄 일은, 이런 일이 일어 났는데도 처남에게서 한 줄의 소식도 없는 거란다. 아마도 그는 어머니를 거스를까 봐 겁이 나서 가만히 있는 것으로 보인다. 그래서 내가 옥스퍼드로 편지를 해서 암시를 하려고 한다. 네 올케와 내가 생각하기로는, 처남이 잘못을 비는 편지를 패니에게 보내고, 패니가 그 편지를 어머니에게 보여주면 화를 내시지는 않을 것 같구나. 페러스 부인의 마음은 여리디 여려서 아들과 좋은 관계를 유지하는 것보다 더 원하시는 것은 없기 때문이다."

이 구절은 에드워드의 전망이나 처신에 중요한 암시가 되는 것이었다. 그로 인해 그는 매형이나 누나가 제안한 바로 그 방식으로는 아니지만 화해를 시도해 보려고 결심하게 되었다. 에드워드가 되풀이 말했다.

"잘못을 비는 편지라고! 로버트가 **어머니**에게 배은망덕한 짓을 하고 **나를** 배반했는데 나더러 어머니에게 잘못했다는 말을 하라고? 나는 그렇게 할 수 없어요. 지난 일 때문에 비굴하거나 뉘우칠 것은 없습니다. 나는 매우 행복합니다만 그런 데는 관심도 없을 겁니다. 내가 왜 잘못을 빌어야 하는 건지 통 모르겠군요."

"당신이 용서를 구할 수는 있겠지요." 엘러너가 말했다. "어머니를 거슬렀으니까요. 그리고 어머니를 화나게 했던 그런 약혼을 맺었던 것에 대해 죄송하다는 말 정도는 **지금은** 해야 될 것 같군요."

그는 그러겠다고 동의했다.

"그분이 당신을 용서하실 때, **그분** 눈에는 첫 번째 만큼이나 무모하다고 생각될 두 번째 약혼을 알리면서 조금 굽히는 게 좋을 거예요."

그는 거기에 대해서는 반대하지 않았지만 여전히 잘못을 비는 편지를 쓰는 것에 대해서는 반대했다. 게다가 그는 언짢은 양보도 편지가 아니라 직접 말로 할 때는 훨씬 더 기꺼이 할 수 있다고 단언해서 일을 쉽게 하려고, 패니에게 편지를 쓰는 대신 런던에 가서 직접 그녀를 만나 그를 위해 힘을 써달라고 청해보기로 결정 했다.

"만일 존과 패니가 정말로 화해를 시키는데 **관심**이 있다면 저도 그들에게 좋은 점이 아주 없지는 않다고 생각할거예요." 매리앤이 새로 얻은 허심탄회한 면모로 말했다.

브랜든 대령 입장에서 보자면 고작 사나흘 머문 후에 두 신사는 함께 바튼을 떠났다. 그들은 바로 델러포드로 향했는데 그 곳에서 에드워드는 자신의 미래의 집을 직접 보면서 어떻게 고쳐야 할지에 대해 자신의 후원자이자 친구를 도울 예정이었다. 그는 거기서 이틀 정도 머문 후 런던으로 향하기로 했다.

50장

페러스 부인 쪽에서는 그녀가 늘 두려워하는 비난, 즉 너무 온후하다는 비난을 받지 않을 정도로만 격렬하고 단호하게 적당히 거부한 후에 에드워드를 면전에 들이도록 허용했고 다시 아들로 받아 들였다.

그녀의 가족은 최근 극심한 변동을 겪었다. 평생 두 아들이 있었다. 그런데 몇 주 전에 에드워드가 죄를 짓고 죽은 거나 진배없어 아들 하나를 잃은 셈이 되었는데 이제 로버트가 비슷하게 죽은 거나 마찬가지라 지난 보름 동안 그녀에게는 아들이 하나도 없었다. 그리고 이제 에드워드를 부활시킴으로써 다시 아들이 하나 있게 된 것이다.

에드워드는 다시 한번 살도록 허락은 받았지만 현재의 약혼을 밝히고 나서도 자신의 생명이 보장될지는 자신이 없었다. 그 상황을 공표하면 자신의 몸에 갑작스런 변화가 몰아쳐 전처럼 순식간에 그의 생명을 앗아 갈지도 몰랐다. 그래서 약혼 사실을 걱정스레 조심하면서 밝혔는데 모두들 예기치 못할 정도로 침착하게 듣고 있었다. 페러스 부인은 처음에는 당연히 대시우드 양과 결혼하지 말라고 설득하려고 자기 힘으로 할 수 있는 논리를 다 동원했다. 즉 모튼 양을 택하면 훨씬 더 높은 지위와 더 많은 재산을 가진 아내를 얻을 것이라고 말했다. 그리고 그 주장을 뒷받침하느라고, 대시우드 양이 평범한 신사의 딸로 겨우 3,000파운드 이상을 가지지 못한 반면에 모튼 양은 30,000파운드를 가진 귀족의 딸이라고 말했다. 그러나 그녀의 말이 사실이라는 것을 인정하면서도 아들이 결코 그 말을 따르려는 의도가 없다는 것을 알고서, 그녀는 과거의 경험으로 볼 때 굽히는 것이 가장 현명하다고 판단했다. 그래서 자신의 위엄을 지키기 위해, 또 온후하다는 의심을 불식시키기 위해 얼마간 화를 내며 시간을 끈 후 엘러너와 에드워드의 결혼에 동의한다는 포고를 발표했다.

아들의 수입을 늘려주기 위해 그녀가 어떻게 할 것인지가 다음에 생각할 문제였다. 여기서 명백히 나타난 것은, 에드워드가 지금은 그녀의 유일한 아들이지만 결코 장남은 아니라는 것이었다. 로버트는 일년에 1,000파운드를 확실하게 받게 된 반면 에드워드가 기껏해야 일년에 250파운드를 받기 위해 목사가 되는 것에 대해 조금의 반대도 없었기 때문이다. 또 패니와 같이 받게 된 10,000파운드 이외는 현재건 미래건 간에 전혀 약속이 없었다.

그러나 그것이 바랄 수 있는 최대한이었고 에드워드와 엘러너가 예상하던 것보다는 많은 것이었다. 페러스 부인 자신은 얼버무리는 핑계를 대는 것으로 보아 자신이 더 주지 않은 것에 대해 놀라는 유일한 사람인 것 같았다.

그들이 바라던 충분한 수입이 이렇게 확보되자, 에드워드가 목사직에 앉게 된 후에는 주택이 준비되는 것만 기다리면 되었다. 브랜든 대령은 엘러너를 편안하게 해주는데 열성이어서 주택을 상당히 개축하고 있었다. 그것이 완성될 때를 좀 기다리다, 언제나 그렇듯이 일꾼들이 이해할 수 없을 정도로 꾸물거리는 바람에 수천 번의 실망과 지체를 겪은 후에 엘러너는, 항상 그렇듯이, 모든 준비가 다 될 때까지 결혼하지 않겠다던 처음의 단호한 결심을 깨게 되었고 이른 가을 바튼의 교회에서 결혼식이 치러졌다.

그들은 결혼 후 첫 달은 브랜든 대령의 저택에서 함께 지냈다. 거기서 목사관의 진척 상황을 감독하면서 자신들이 좋아하는 대로 만들도록 지시할 수 있었다. 벽지를 선택하고 관목숲길을 계획하고 발코니 앞의 가로수 길을 요리조리 궁리해서 만들 수 있었다. 제닝스 부인의 예상은 뒤범벅이 되어 섞이기는 했지만 대개는 성취가 되었다. 그녀는 성 미가엘 축일 경에 에드워드와 그의 아내를 목사관으로 방문할 수 있었고, 진정 믿었듯이 엘러너와 그녀의 남편이 이 세상에서 가장 행복한 부부라는 것을 발견했던 것이다. 그들 부부는 이제 브랜든 대령과 매리앤의 결혼과, 소를 키울 더 좋은 목축지를 빼고는 더 이상 바랄 것이 없었다.

그들이 처음 정착했을 때 거의 모든 친척과 친구들이 방문을 했다. 페러스 부인도 인가해 주기를 수치스러워하기까지 했던 행복을 조사하러 왕림했으며, 심지어 대시우드 부부도 서식스에서 이곳까지 여행 하는 부담을 치루면서 그들의 면목을 세워 주었다.

어느 날 아침, 델러포드 하우스의 대문 앞에서 함께 걷고 있을 때 대시우드 씨가 말했다.

"사랑하는 누이, 내가 실망했다고는 말하지 않겠어. 그건 지나친 말이지. 네가 이 세상에서 제일 운 좋은 아가씨인 것은 틀림없으니까 말이야. 그렇지만 고백하건대, 브랜든 대령을 매제로 부를 수 있었으면 나는 정말이지 기뻤을 거야. 여기 있는 그의 재산, 영지, 저택, 모든 게 아주 상급이고 훌륭한 상태야! 게다가 숲도! 나는 도싯셔의 어디에서도 지금 델러포드 행어(급경사지의 숲 ─역주)에 있는 그런 목재는 본 적이 없어! 매리앤은 그를 매혹할 정도의 인물이 못되긴 하지만, 내 생각에는 그래도 자주 그들을 너와 함께 머물게 하는 것이 좋겠어. 브랜든 대령은 대체로 집에 있는 때가 많은 것 같으니까, 무슨 일이 생길지 누가 알겠니. 많은 시간을 함께 지내고 다른 사람들을 만나는 일이 거의 없으면…… 그 애를 돋보이게 하는 일은 네가 언제든지 할 수 있을 거야. 한마디로 말하자면, 네가 그 애에게 기회를 주라는 거야. 내 말 알겠지."

페러스 부인은 그들을 보러 **와서는** 짐짓 품위 있는 애정으로 대하는 체 했지만 그들이 그녀의 진짜 호의와 편애를 받는 모욕을 당하는 일은 결코 없었다. **그것은** 어리석은 로버트와 그의 교활한 아내의 몫이었다. 그들은 몇 개월이 지나지 않아 그것을 얻어내었다. 처음에 로버트를 곤경에 **빠트렸던** 루시의 이기적인 총명함이 바로 그를 곤경에서 벗어나게 해주는 중요한 도구가 되었다. 루시의 예의바른 겸손, 주도면밀한 배려, 그리고 끝없는 아첨은 써먹을 틈이 조금이라도 생기자마자 페러스 부인을 둘째 아들의 배우자와 화해시키고 아들에게는 부인의 총애를 다시 완전히 회복시켜 주는 역할을 했던 것이다.

그러므로 이 사건에서 루시의 모든 행동과 그리고 결국 얻게 된 번성은, 자기 이익을 위해 끝없이 열심히 주의를 기울이면, 그 과정에서 아무리 분명한 방해를 받더라도 시간과 양심을 희생하는 것 이외에는 별다른 희생 없이 재산상의 이득을 확보할 수 있다는 것을 가장 잘 증거 하는 예로 내세워질 수 있을 것이다. 처음에 로버트가 그녀와 만나려고 은밀히 바틀릿츠 빌딩스로 방문했을 때는 에드워드가 추측했던 그런 생각만을 하고 있었다. 그는 루시에게 약혼을 포기하라는 설득을 하려고 했던 것이다. 두 사람의 애정 이외에는 극복할 문제가 없었기 때문에 그는 당연히 한두 번 만나면 사태를 해결할 수 있을 것으로 기대했다. 그러나 그 점에서, 단지 그 점에서 그는 실수를 했다. 루시는 그의 달변의 영향으로 머지않아 자신이 용단을 내릴 것처럼 기대하게 하면서도 언제나, 그런 용단을 내리려면 또 한 번의 방문, 또 한 번의 대화가 필요하다는 인상을 주었던 것이다. 그들이 헤어질 때면 언제나 그녀의 마음속에는 약간의 의문이 맴돌았고 그것은 다음에 그와 반시간 정도의 대화를 나누면 없어질 것이었다. 이런 식으로 그의 방문이 확보되었고 그다음 일은 자연히 일어났다. 그들은 에드워드에 대해 말하는 대신 점점 로버트에 대해서만, 즉 그가 말할 거리를 가장 많이 가지고 있는 주제에 대해 말을 하게 되었고, 그녀도 그 주제에 대해 그에 못지않은 관심을 드러낸 것이었다. 간단히 말해, 그가 형을 대신하게 되었다는 것이 곧 둘에게 명백해졌다. 그는 자신이 정복한 것이 자랑스러웠고, 에드워드를 속여서 빼앗게 된 것이 자랑스러웠고, 어머니의 동의 없이 은밀히 결혼하게 된 것이 아주 자랑스러웠다. 그다음 일은 잘 알려져 있다. 그들은 돌리쉬에서 아주 행복하게 몇 달을 보냈다. 그 동안 루시가 관계를 끊어버릴 친척과 옛날의 지기들이 수두룩했기 때문이다. 그는 멋진 코티지의 설계도를 여러 장 그렸다. 그는 거기서 런던으로 돌아와서 루시의 부추김을 받아 용서를 청하기만 하는 간단한 방법으로 페러스 부인의 용서를 얻어냈다. 사실 처음에 용서는, 당연한 일이지만, 로버트에게만 내려졌다. 그의 어머니에게 어떤 의무도 없었고 그래서 거스를 것도 없었던 루시 는 몇 주간을 더 용서받지 못한 채 남아 있었다. 그러나 비굴한 행동을 하고, 비굴한 전갈을 보내고, 로버트의 죄에 대해 자신을 비난하며, 자신에게 퍼붓는 불친절에 감사하면서 인내하며 기다 린 보람이 있어 거드럼 피며 아는 체 해주는데 이르자 루시는 감 사해서 몸 둘 바를 몰라 했으며, 그 후 사랑 받고 세력을 누리는 가장 높은 자리까지 빠르게 올라가게 되었다. 루시는 로버트나 패니와 마찬가지로 페러스 부인에게 꼭 필요한 존재가 되었다. 에드워드가 한때 그녀와 결혼하려고 한 것 때문에 결코 충심으로 용서받지는 못했으며, 엘러너는 재산과 출생에서 그녀보다 나은 데도 침입자라고 입에 오르내리는 반면, **루시**는 모든 점에서 가 장 예쁜 자식이라고 공공연히 얘기되었다. 로버트 부부는 런던에 정착해서 페러스 부인에게서 매우 넉넉한 도움을 받았고 대시우 드 부부와는 상상할 수 있는 가장 좋은 관계를 유지했다. 로버트 와 루시 사이에 자주 생기는 가정 불화뿐 아니라 패니와 루시 사 이에 계속 일어나고 남편들도 끼어들어 한 몫을 하는 질투와 악 의를 제외한다면, 그들이 함께 살아가는 조화를 능가할 것은 아 무 것도 없었다.

　에드워드가 무엇 때문에 장남의 권리를 몰수당했는지 알면 사 람들은 의아할 것이다. 그리고 로버트가 무엇 때문에 그 권리를 이어 받을 수 있었는지 알면 사람들은 더욱 의아할 것이다. 그러 나 그것은 원인으로 볼 때는 아닐지 몰라도 결과적으로는 타당해 진 결정이었다. 로버트가 살아가는 방식이나 말하는 태도를 보 면, 자기 형에게 너무 적게 남겨 주었거나 혹은 자신이 너무 많이 가져온 것 때문에 자신의 수입에 대해 유감스럽게 생각하는 것으로 보일만한 점이 전혀 없었기 때문이다. 에드워드의 경우도, 그가 모든 일상적인 일에서 자신의 의무를 기꺼이 수행하는 것이나 아내와 가정에 점점 더 애착을 가지는 것, 항상 명랑한 마음가짐을 유지하는 것을 보고 판단하자면, 그가 자신의 운명에 대해 동생보다 덜 만족하는 것도 아니며 운명을 바꾸고 싶다는 소망이 동생만큼이나 없다고 할 수 있을 것이다.

엘러너의 결혼으로 인해 바튼의 코티지를 전혀 쓰지 않게 된 것은 아니면서도 엘러너와 그녀의 가족이 헤어져 지내는 기간은 얼마 되지 않았다. 그녀의 어머니와 동생들은 일 년의 반 이상을 그녀와 함께 보냈던 것이다. 대시우드 부인이 델러포드를 자주 방문하는 것은 좋아서이기도 했지만 전략적인 동기에서 나온 행동이기도 했다. 매리앤과 브랜든 대령을 함께 묶어주고 싶은 소망은 존보다는 넓은 도량에서 나온 것이기는 했으나 그 열렬함에 있어서는 그보다 못하지 않았던 것이다. 이제 그것이 그녀의 소중한 목표였다. 그녀도 딸과 함께 있고 싶은 마음이 절실하기는 했지만 딸이 주는 변함없는 기쁨을 자신의 사랑하는 친구에게 넘겨주는 것처럼 못내 바라는 것도 없었다. 에드워드와 엘러너의 소망 역시 매리앤이 저택에서 정착하는 것이었다. 두 사람은 대령의 슬픔을 알았고 그에게 감사를 느끼고 있었다. 매리앤이 그 모든 것에 대한 보상이 될 수 있다는 것이 대체적인 공감대를 형성하고 있었다.

그녀에 맞선 그런 동맹이다, 그의 선량함을 피부로 느끼면서, 다른 사람들은 이미 오래 전에 알고 있었고 마침내 그녀 자신도 눈을 뜨게 되어 그의 다정한 애정을 확신하게 되었을 때…… 그녀가 어떻게 할 수 있었을까?

매리앤 대시우드는 특별한 운명을 타고났던 것이다. 그녀는 자신의 생각이 잘못되었음을 발견하게끔, 자신이 가장 좋아하는 금언을 자신의 행동으로 반대하게끔 타고 났던 것이다. 그녀는 열일곱이라는 늦은 나이에 이루어진 애정을 극복하게끔, 깊은 존경과 생생한 우정보다 더 강력한 감정은 없는 채로 기꺼이 첫사랑이 아닌 다른 사람의 청혼을 받아들이게끔 타고 났던 것이다! 다른 그 사람도 과거의 사랑 때문에 그녀 못지않게 고통을 받았고, 이년 전만 하더라도 그녀가 결혼하기에는 너무 늙었다고 여긴 바로 그 사람이었다. 그리고 그는 여전히 플란넬 조끼라는 몸의 방패를 찾는 사람이었다!

그러나 그렇게 되었다. 한때 그녀가 들떠서 기대했던 저항할 수 없는 정열의 희생자가 되는 대신, 나중에 그녀가 좀더 침착하고 냉정한 판단에 따라 결심한대로 영원히 어머니와 함께 살며 조용히 공부하면서 유일한 즐거움을 찾는 대신, 그녀는 열아홉의 나이에 새로운 사랑에 몸을 맡기고 새로운 의무를 맡으면서 새 집에서 아내로, 가족의 여주인으로, 마을의 후원자로 자리 잡는 자신을 보았다.

브랜든 대령은 이제, 그를 사랑하는 사람들이 그라면 마땅히 행복해야한다고 믿는 만큼 행복했다. 그는 매리앤에게서 지난날의 모든 고통을 위로 받았다. 그녀의 사랑을 받고 그녀와 함께 있음으로써 그는 다시 활기차고 명랑해졌다. 매리앤이 그를 행복하게 만드는 데서 자신의 행복을 찾았다는 것은 주위에서 보고 있는 친구들이 한결같이 믿는 것이었고 그만큼 기뻐하는 일이었다. 매리앤은 사랑을 반쪽만 하지는 못하는 사람이었으므로 한 때 윌러비에게 온 마음을 바쳤듯이 이제 남편에게 온 마음을 다 바쳤다.

윌러비는 매리앤의 결혼 소식을 고통 없이 들을 수 없었다. 게

다가 스미스 부인이 곧 스스로 용서를 베풀었기 때문에 그가 받은 응보는 완성된 셈이 되었다. 부인은 그가 인품 있는 여성과 결혼한 것이 자비를 베푸는 이유가 되었다고 말하여 만일 그가 매리앤에게 명예롭게 행동했더라면 행복과 부를 동시에 누렸을 것이라고 생각할 근거를 주었다. 이처럼 저절로 벌을 받게 된 자신의 잘못된 행동을 그가 진심으로 후회했다는 것은 의심할 필요도 없다. 그가 오랫동안 브랜든 대령을 질투했고 매리앤에 대해 후회 했다는 것도 의심의 여지가 없다. 그러나 그가 영원히 마음이 편치 못했다거나, 사교계를 피했다거나, 습관적인 우울증에 빠졌다거나, 아니면 마음이 아파 죽었다거나 하는 일은 기대할 필요가 없다. 그는 전혀 그렇지 않았기 때문이다. 그는 살면서 이런저런 일을 하며 자주 즐겁게 지냈다. 아내가 언제나 기분이 나쁜 것도 아니었고 집이 언제나 불편한 것도 아니었다. 그는 말과 개를 키우면서, 각종 스포츠를 즐기면서 누구 못지않은 가정적 행복을 누렸다.

그러나 매리앤에 대해서는, 그녀를 잃고도 살아남은 무례함을 저질렀음에도 불구하고, 그는 항상 그녀에 대한 확고한 호의을 품고 있으면서 그녀에게 일어나는 모든 일에 관심을 가졌으며, 마음속으로 그녀를 완벽한 여성의 기준으로 삼았다. 그래서 그는 후일 수많은 새로운 미인들을 보면서도 브랜든 부인과는 비교가 안 된다며 무시하곤 했다.

대시우드 부인은 다행히 분별이 있어 델러포드로 이사하지 않고 코티지에 남아 있었다. 매리앤이 가버린 후, 존 경과 제닝스 부인에게는 천만 다행이게도, 마거릿이 춤을 추기에 알맞고 연인이 생겨도 그리 부적당하게 여겨지지 않을 정도의 나이가 되었다.

    바튼과 델러포드 사이에는 강한 애정으로 엮어진 가족 사이에
는 자연스럽게 그리되듯이 끊임없이 교류가 있었다. 그리고 엘러
너와 매리앤이 누리는 장점과 행복 중에서도, 자매이며, 서로 빤
히 보이는 가까운 거리에 살면서도, 서로 불화를 일으키지 않고
남편들 사이를 냉담하게 만드는 일도 없이 살 수 있었다는 것을
절대 하찮겄없는 것으로 여기지 말자.

옮긴이 후기
제인 오스튼의 생애
『이성과 감성』해설
제인 오스튼 연보

옮긴이 후기

　고등학교 시절, 비록 번역을 통해서이기는 하지만, 제인 오스튼의 『오만과 편견』과 『설득』을 읽으면서 얼마나 재미있었던지 몇 번을 되풀이 읽었던 기억이 있다. 얼핏 보면 오스튼의 소설에서는 박진감 넘치는 큰 사건도 없으며 감정 묘사가 부족한 것도 같다. 그러나 오스튼에게 매료되었던 버지니아 울프도 지적했듯이 오스튼에게는 감정이 없는 것이 아니라 숨겨져 있다. 역자가 오스튼에게 매료되었던 것은 놀라울 정도로 철저히 감정을 절제하는 그녀의 뛰어난 기술 때문이었다. 그 절제된 언어 속에 숨겨져 있는 사랑과 갈등의 파노라마를 찾아내는 것은 꽁꽁 숨겨져 있는 보물을 찾는 것이나 다름없었다. 게다가 숨겨진 보물을 덮고 있는 마술적인 언어, 재치, 아이러니, 풍자, 유머 등은 나도 모르게 입가에 미소가 번지게 만들었다. 오스튼이 살던 시절에도, 이제나 마찬가지로 탐욕스런 사람, 지위나 부만 내세우면서 다른 사람을 깔보는 사람, 자신의 이익만 챙기다 보니 다른 사람에 대한 배려를 상실한사람, 그러면서도 자신을 매끈하게 합리화하는 사람 등 제대로 봐주기 힘든 사람들이 세상을 주도하고 있었다. 『이성과 감성』에서 자신의 탐욕 때문에 아버지의 유언까지 저버린 존 대시우드와 그 아내 패니가 대표적인 인물들이다. 그러나 대시우드 부인이나 딸들처럼 작가의 공감을 받는 인물들은 절제된 감정으로 세상을 대하고 있다. 이런 인물들은 작가의 여유있는 인간성을 그대로 반영하고 있는 듯 하다. 오스튼에게는 부정한 인물들을 풍자하되 그것이 개인적인 분노로 표출되지 않게 하는 여유가 있다. 이런 절제된 감정이 참 좋았다. 『이성과 감성』을 번역하면서 다시 오스튼의 절제 속에 숨겨져 있는 여유를 배웠다.

Sense and Sensibility 라는 제목을 어떻게 번역할 지 다소 고심이 많았다. 센스는 분별이라고 하는 번역이 적절하지만 소설 속에서는 상황에 따라 분별, 이성, 이해력 등으로 번역하기도 했다. 센서빌러티는 민감성, 감수성이 적절한 듯했다. 그런데 역자로서는 제목에서 드러난 대조적인 성격을 살리면서 영어의 두운을 우리말에서도 살리고 싶었다. 그래서 센스와 센서빌러티의 의미를 포괄적으로 표현하는 '이성과 감성'으로 번역했다. 특히 '이성과 감성'이라는 번역은 제인 오스튼이 이성을 강조하던 계몽적 페미니스트와 같은 맥락에 있다는 점을 강조할 수 있어서 더 마음에 들었다.

이 번역은 1999년에 처음 출판되었다. 오스튼에 대한 나름대로의 정열에서, 또 기존에 번역되어 있지 않은 고전을 번역해 보겠다는 욕심으로 『이성과 감성』의 번역을 시작했다. 그러나 번역이 못내 미덥지 않아서 계속 붙들고 있다보니 시간이 많이도 흘렀고 그런 와중에 영화가 나오고 영화상영에 발맞춘 번역이 몇 군데서 나왔으니 굳이 처음으로 번역을 했다는 생색을 낼 수도 없게 된 채 1999년에 출판되었다. 막상 출판된 후에 발견된 오류나 어색한 부분을 수정하고 싶었는데 모지희 사장의 도움으로 개정판을 내게 된 것은 무척 감사한 일이다. 수정작업을 하던 도중 마침 출간된 윤지관 교수의 『이성과 감성』을 참조하며 도움을 받은 것에 감사한다. 최대한 오류를 수정하고 어색한 표현도 바꾸어 표현하고자 노력하였으나 그럼에도 불구하고 여전히 부족한 점이 많을 것으로 생각되어 부끄러운 마음이지만, 조금의 진전을 핑계 삼아 다시 책을 내게 되었다. 독자 여러분의 뜨거운 질책을 받을 각오를 하고서.

2007년 3월 옮긴이

제인 오스튼의 생애

제인 오스튼은 1775년 12월 16일 영국 햄프셔 주 스티븐튼의 목사관에서 국교회 목사인 아버지 조지 오스튼 George Austen과 어머니 커샌드러 Cassandra 사이의 팔 남매 중 일곱째로 태어났다. 오스튼 목사는 학자적인 면모를 가진 사람으로 주로 책을 읽고 사색을 즐기면서 소규모의 지기들과 어울려 지내는 조용한 삶을 살았으며, 옥스퍼드의 유명한 발리올 대학 학장의 딸인 커샌드러는 이런 남편의 지적인 동반자가 되었다. 제인 오스튼이 일찍부터 언어가 주는 매력에 열중하여 자신 만의 독특한 글을 쓰게 된 것도 항상 책을 읽던 아버지의 영향이었을 것이다.

제인 오스튼은 유일한 여형제이며 세살 위인 커샌드러와 평생 다정하게 살면서 생각이나 느낌을 함께 나누었다. 두 딸은 1782년부터 오년간 옥스퍼드와 레딩에서 학교를 다녔으며 잠깐 사우샘튼에서 학교를 다니던 중 심한 병에 걸려 죽을 뻔한 위기를 넘기기도 했다. 제인이 십이 세 되던 해부터 자매는 집에서 아버지의 지도를 받으며 공부를 계속했다.

1801년까지 스티븐튼에 살던 오스튼 가족은 조지 오스튼의 건강이 악화되는 바람에 물이 좋고 의사도 비교적 많은, 당시의 유명한 휴양지 바스로 이사를 가게 된다. 이십오 세까지 줄곧 살던 곳을 떠나게 된 제인은 이사를 해야 한다는 소식을 처음 들었을 때는 상당한 충격을 받아 기절했던 것으로 전해지는 것으로 보아 심약한 면이 있다는 것을 짐작할 수 있다.

남자 형제들은 다 결혼해서 안정된 가정을 이루었지만 자매는 결혼하지 않았다. 언니 커샌드러는 1795년 경 토마스 파울 Thomas Fowle 목사와 약혼 했으나 이년 후 그가 죽자 평생 독신으로 지냈다. 제인은 1801년경에 신원이 밝혀지지 않은 젊은이와 일종의 로맨스가 있었으나 그 역시 곧 죽는 바람에 이루어지지 않은 것으로 추정된다. 1802년 겨울, 제인은 오래 알고 지내던 해리스 빅 위더 Harris Bigg Wither의 청혼을 받아 들였으나 무슨 이유에서인지 다음날 취소를 해버린 후 더 이상 결혼에 대한 얘기는 없었고 독신으로 지냈다.

1805년 바스에서 조지 오스튼은 세상을 떠나게 되고 그 후 남은 가족은 몇 번의 이사 끝에 1809년에 최종적으로 초튼으로 옮기게 되는데, 이곳에서 제인은 정착하게 된다. 여기로 옮기게 된 것은 오스튼 목사의 셋째 아들인 에드워드의 청에 의해서였다. 일찍이 친척집에 양자로 갔던 에드워드는 양부에게서 상당한 재산을 물려받았는데, 1808년에 아내가 죽자 자기 아이들을 위해, 또 어머니와 누이들을 위해 서로 가깝게 살기를 희망했고 그래서 자기 소유의 집중에서 하나를 어머니와 누이가 골라 살도록 한 것이었다. 이곳에서 제인은 오빠 가족과 자주 왕래를 하는 안온한 생활을 즐기면서 마음껏 글을 썼고 자신의 소설이 출판되는 것도 보게 된다.

제인은 십오 세 경에 이미 소품을 쓰기 시작했으며 그 결과『소품집 Juvenilia』, 『사랑과 우정 Love and Friendship』, 『영국 역사: 헨리 4세에서 찰스 1세의 서거까지 History of England from the Reign of Henry the 4th to the Death of Charles the 1st』를 완성했다. 1797년, 이십이 세가 되던 해에 제인은 『첫인상 First Impression』이라는 제목의 소설을 완성해 가족에게 읽어 주었다. 아버지는 이 이야기를 아주 마음에 들어 했으며, 나중에 출판사를 하는 친구 커델 Cadell 에게 원고를 보내어 출판해 볼 것을 제안했다. 그러나 커델은 출판을 거절하고 돌려보냈다. 후에 제인은 『첫인상』을 대폭 손을 봐 『오만과 편견 Pride and Prejudice』이라는 걸작으로 출판을 하였으니 커델이 거절한 것이 문학적으로는 오히려 다행한 일이라 하겠다.

제인은 거절당한 『첫인상』을 밀쳐둔 채, 1796년 이전의 어느 때쯤 일련의 편지 형식으로 써두었던 『엘러너와 매리앤 Elinor and Marianne』을 대대적으로 수정하여 다시 썼고 여기에 『이성과 감성』이라는 제복을 붙였다. 『엘러너와 매리앤』의 원고가 남아 있지 않기 때문에 『이성과 감성』이 초고에서 어느 정도까지 달라졌는지를 짐작하기는 쉽지 않다. 제인은 자신의 생활이나 생각 등을 언니인 커샌드러와 나누었는데, 나중에 제인이 유명해지자, 자신들의 사생활이 들어 있는 편지가 공개될 것을 우려한 커샌드러가 편지의 상당부분을 파기해버렸기 때문에 여러 사정을 짐작할 수 있는 정보가 거의 없다. 단지, 서간체에서 삼인칭 서술형식으로 바뀐 것에서 짐작되듯이 초기의 원고에서 많은 개작이 이루어진 것으로 보이며 1811년 초에 출판업자의 손에 넘기기 전까지 틈틈이 개작을 한 것으로 짐작된다. 『이성과 감성』은 1811년 11월 "한 숙녀"라는 익명으로 자비 출판이 되면서 제인 오스튼 최초의 출판 소설이 된다. 1813년 7월 그녀는 오빠인 프랜시스 Francis에게 보낸 편지에서, 『이성과 감성』의 초판이 다 팔렸고 자신은 인세로 140파운드를 받게 되었다면서 기뻐하고 있다. 이 무렵 판권이 그녀에게 넘어왔고 1813년에 약간의 수정을 거쳐 재판이 발행되었다. 최초의 미국판은 그녀가 죽은 지 16년 후 1833년에 필라델피아의 벤들리 Bendley 출판사에서 나왔다.

1811년 『이성과 감성』이 출판된 후에 1813년 『오만과 편견』,

1814년 『맨스필드 파크 *Mansfield Park*』, 1816년 『에머 *Emma*』가 차례로 출판이 되었다. 제인은 『수잰 *Susan*』이라는 제목의 소설을 완성하여 1803년 런던에 있던 오빠 헨리 Henry를 통해 10파운드에 출판사에 팔았다. 나중에 『노생거 사원 *Northanger Abbey*』으로 제목이 바뀐 이 소설은 그녀가 죽은 후인 1818년 『설득 *Persuasion*』과 함께 출판 된다.

조지 오스튼은 딸의 소설이 출판되는 것도 보지 못하고 세상을 떠났고 제인의 소설을 출판하는 구체적인 일은 런던에 사는 오빠 헨리가 관리하고 있었다. 그런데 헨리가 심한 병에 걸리자 제인은 그를 간호하느라고 무리해서 허약해졌으며 헨리가 경제적으로 파산하게 되자 다시 충격을 받아 건강이 점점 악화되었다. 결국 제인 오스튼은, 1817년 1월에 시작한 『샌디턴 *Sanditon*』을 마무리하지 못한 채, 1817년 7월 18일 43세의 나이로 언니 커샌드러의 팔에 안겨서 숨을 거두었다.

『오만과 편견』, 『에머』 등을 통해 오스튼은 본격 소설가로 인정받게 되었으나 한편으로는 그녀를 여류작가의 테두리에 한정시키려는 비평도 적지 않았다. 그녀의 소설은 젠트리 계층[1]에 속하는 인물들이 교제를 하면서 그중 몇몇 젊은 남녀가 사랑을 하고 결혼을 하게 되는 이야기를 다루고 있기 때문에, 오스튼은 자신의 한정된 경험의 테두리 속에 갇혀 있는 여류 지방작가로 여겨졌던 것이다. 오스튼이 당시의 큼지막한 역사적인 사건을 언급하거나 소설의 배경으로 삼는 일이 거의 없었던 것도 그런 평가의 이유가 되었다. 프랑

---

[1] 젠트리는 귀족보다는 아래이며 중산층보다는 위에 위치한 계급으로, 귀족의 장남이 아닌 아들로서 작위를 물려받지 못하는 남자나 준남작 등이 이에 속한다. 젠트리 내에서도 재산이나 가문의 정도에 따라 차이가 있었지만 대개는 일정한 영지나 자산을 보유한 채 여유있는 생활을 하면서, 시골 영지에는 저택을 두었고 런던에는 타운하우스를 소유하거나 임대하여 사교생활을 하곤 했다.

스 혁명이나 나폴레옹 전쟁 등 유럽 전역에 큰 영향을 미친 사회적인 격동기에 오스튼이 작품을 쓰고 출판했다는 점을 감안할 때, 정치, 사회, 문화적 변화를 동반한 이런 사건들을 간과한 것은 역사적 현실에 대한 그녀의 인식의 부족을 드러낸다는 것이다.

그러나 당대의 역사적 진실을 제대로 반영하고 있느냐 아니냐를 중요한 사건의 언급유무로 결정할 것만은 아니다. 사실에 집착하지 않으면서도 인물들의 삶 속에서 역사적 흐름을 제대로 그려낼 수도 있기 때문이다. 오스튼은 각 인물이 젠트리 계층에서도 어느 위치에 속하는지, 그의 정확한 수입은 얼마이며 경제적 형편은 어떤지를 밝힌 후, 그들의 행동을 구체적으로 묘사하여 꼼꼼한 도덕적 판단을 시도하고 있다. 이처럼 개별 인물의 도덕적 정체성을 정의하는 이유는 젠트리 계층에 속해 있다는 것만으로 도덕적 우월성을 주장할 수 없는 시대적 상황을 반영하는 것으로 변화의 소용돌이 속에 있는 당대사회의 실상을 올바로 포착한 것이다. 18세기의 정체된 사회가 흔들리는 모습을 개별 인물의 구체적인 삶 속에서 박진감 있게 드러내기 때문에 오스튼의 결혼이야기는 안정을 요구하는 사회와 개인의 잠재적 불안정이 빚어내는 갈등으로 촉진된 드라마가 되고 있는 것이다. 따라서 오스튼은 자신의 경험 속에 갇혀있는 작가가 아니라 자신의 경험을 이용하여 역사적 현실을 우리 눈앞에 생생히 재현시키는 작가이며, 영국소설의 위대한 전통을 시작한 작가로 여겨지는데 손색이 없는 것이다.

『이성과 감성』 해설

　『이성과 감성』은 놀런드 파크의 제 일 상속인이던 헨리 대시우드 씨가 아저씨인 대시우드 노인의 재산을 "유산의 가치를 반은 망치는 거나 마찬가지의 조건으로"(1장) 한정 상속 받게 되었다는 이야기로 시작된다. 대시우드 가족은 상속을 꼭 받으려는 의도에서보다는 정말로 마음에서 우러나서 대시우드 노인을 열심히 보살폈다. 그런데 노인은 헨리 대시우드에게 놀런드의 영지를 물려주기는 했으나, 이후 그의 아들인 존과 손자 해리에게 상속이 되어야 한다는 조건을 달아서, 자신의 노년에 기쁨을 준 대시우드 자매들을 상속에서 배제한 것이다. 헨리 대시우드는 살아 있는 동안 영지에서 나오는 소득을 가질 수는 있으나 영지를 마음대로 처분할 수는 없으며 그가 죽으면 딸들은 영지의 소득에 대한 권한이 전혀 없어지는 것이다. 꼬마 해리의 재롱이 귀여워서 노인이 이런 의외의 행동을 한 것으로 묘사 되고 있지만 대시우드 자매들에게 단 1,000파운드씩만 남겨준 인색함으로 볼 때 그의 행동은 가부장제의 오랜 전통인 장자상속제도와 연결되어 있다는 것이 암시되고 있다.[2]

---

2) 오스튼은 서두에서, "대시우드 가문은 서섹스 지방의 유서깊은 집안"이고 "그들의 영지는 광대했으며" "여러 세대동안 점잖게 살아오면서 주변 지기들에게서 대체로 좋은 평판을 누렸다"(1장)는 묘사를 통해, 대시우드 가문이 장자상속제도 위에서 번영해온 집안임을 암시하고 있다.

상속을 박탈 당한데다, 물려줄 만한 재산을 모으기도 전에 아버지가 돌아가시는 바람에 대시우드 자매는 경제적으로 어려운 상태가 된다. 물론 집안일을 도와줄 하녀 둘과 하인 하나가 있고, 엘러너와 매리앤이 "일"을 한다고 하지만 그것은 생계를 위한 일이나 집안일 등이 아니라 취미 생활로 하는 수예 정도를 말하는 것이므로 굳이 가난한 처지가 된 것이라고 할 수는 없다. 그러나 적절한 수입이 없이는 사교 모임에 참가할 수 없고 문학이나 예술을 즐길 수도 없으며 심지어 다른 곳으로 나들이를 가는 것도 힘든 상황이므로, 이들이 속해 있던 계층의 기준으로 본다면 전락한 상태라고 할 수 있다.[3]

　네 명의 숙녀가 10,000파운드의 이자인 500파운드로 살아야 하는 것도 힘들지만[4] 더 큰 문제는 장성한 딸들이 결혼할 때 가지고 가야할 지참금이다. 지참금은 결혼상대로 여성을 평가하는 중요한 기준이었다.[5] 엘러너는 미모도 뛰어나고 교양도 있지만 지참금이 1,000파운드에 불과하기 때문에 패니와 페러스 부인의 괄시를 받는다. 엘러너의 열악한 상황은 이복 오빠인 존 대시우드의

---

3) 실제로, 마차와 말을 다 처분해버린 대시우드 부인은 바튼으로 이사한 후 걸어서 다닐 수 있는 곳에 사는 가족으로 교제범위를 한정하므로 존 미들튼 집안 이외에는 거의 사귈 수 없게 된다.

4) 영국의 이자율은 상당히 안정적이어서 연 5%로 거의 고정되어 있었으므로 현금자산에 대한 이자 소득이 금방 계산이 된다. 이러한 수입이 실제로 생활하는데 어느 정도 도움이 되는지는 엘러너와 매리앤의 대화에서 짐작할 수 있다. 엘러너는 젠트리 계층이 품위를 잃지 않고 살려면 연 1,000파운드가 있어야 한다고 본다. 매리앤은 연 2,000파운드는 있어야 다소 충족하게 살 수 있다고 본다.

5) 페러스 부인은 모튼 양이 30,000파운드의 지참금이 있기 때문에 아들인 에드워드와 결혼시키려고 하며, 윌러비는 매리앤을 버리고 50,000파운드의 지참금이 있는 그레이 양과 결혼한다.

말에서 잘 드러난다. 그는 엘러너가 지참금이 없어서 상당히 불리하겠지만 미모를 이용해서 브랜든 대령을 잡으라고 충고한다.

> "네가 재산이 보잘것없다는 점 때문에 그가 물러 설 수는 있
> 지. 친지들도 모두 말리는 충고를 할 것이야. 그렇지만 여자들
> 이 흔히 잘하는 식으로, 조금만 사소한 신경을 써주면서 고무
> 시키면, 자기도 모르게 붙잡히게 되어 있어."(33장)

존 대시우드의 말은 그의 편협한 결혼관을 보여주는 것이기도 하지만 이런 편협한 의식을 가진 사람들이 그 당시의 현실을 주도하고 있다는 점도 부정할 수 없다. 그러므로 결혼이 여성에게 열려 있는 유일한 가능성이던 시대에 지참금이 제대로 없는 대시우드 자매는 심각한 상황에 처해 있는 것이다. 이런 상황에서 두 자매는 각기 사랑하는 사람을 만나고 결혼을 하게 되는데 이 과정에서 두 자매의 대조적인 행동양식이 그들의 삶에 어떤 영향을 끼치는지가 『이성과 감성』의 주된 플롯을 이루고 있다.

제목에서 암시되듯이 오스튼은 센스 Sense와 센서빌러티 Sensibility를 대조하고 있다. 19세기 초에 센스는 상식이라는 뜻과 더불어 분별, 판단력, 지성과 같은 뜻으로 쓰이면서 이성적 능력을 시사한다. 센서빌러티는 다른 사람에게 공감하고 동정하는 자비로운 충동, 상상적이고 심미적인 즐거움에 대한 감수성, 자연과 예술에 반응하는 민감성 등 감성적 능력을 암시한다. 오스튼은 엘러너와 매리앤의 이성적 성향과 감성적 성향이 이들의 삶에 어떤 영향을 주는지, 그런 성향으로 인해 이들이 기존사회 체제에 어떻게 적응하는지 혹은 좌절하는지를 그린다.

그렇다고 해서 엘러너와 매리앤 어느 한 사람이 한 가지 성향을

가진 것으로 그려져서 이성과 감성 사이의 단순하고 이분법적인 대립을 드러내고 있지는 않다. 엘러너의 경우, "이해력이 뛰어 났으며 침착한 판단력을 가지고"(1장) 있으므로 십구 세 밖에 되지 않았는데도 어머니의 의논상대가 되며, 매리앤처럼 낭만적이기만 한 어머니의 행동을 바로 잡아 주기도 하는 등 분별력이 뛰어나고, 또 현재의 처지에 맞지도 않는 큰집을 구하려는 어머니를 만류하는 경제적 분별력까지 지니고 있는 등 이성적 능력이 강조되는 것은 사실이다. 동시에 오스튼은 처음부터 "[엘러너는] 마음씨도 빼어났다. 성격은 다정했으며 감정은 열정적이었다."(1장)고 묘사하여 엘러너에게 감성이 풍부한 것으로 그리고 있으며 실제로 그런 모습을 다양하게 보여준다. 매리앤이 윌러비의 편지를 받고 충격을 받아 거의 기절한 상태로 누워있을 때 엘러너는 마음이 아파서 "마침내 감당하지 못하고 눈물을 터뜨렸는데, 처음 울음이 시작되었을 때의 강도는 매리앤이 울 때보다 덜 격렬하지도 않았다."(29장)고 묘사된다. 매리앤이 사경을 헤매고 있을 때 헌신적으로 간호하면서 매리앤의 회복을 비는 엘러너의 감정 역시 절실하게 묘사되어 있다. 이 소설에 나타난 가장 정열적인 부분은 윌러비에 대한 매리앤의 사랑이 아니라 동생의 절망에 가슴 아파하는 엘러너의 감정이라고 할 수 있을 정도로 엘러너는 매리앤의 아픔을 함께 나누고 있다. 또 에드워드가 루시에게서 자유로워졌다는 것을 알고서 지금까지 억제해오던 자신의 감정을 주체하지 못해서 울음을 터뜨리며 방밖으로 달려 나가는 모습에서 감정적인 엘러너의 모습이 나타나고 있다. 따라서 엘러너가 매리앤 덕분에 감성을 배운다기보다는 원래부터 엘러너에게는 감성이 풍부한 것으로 그려져 있다.

　오스튼은 엘러너가 이성적으로 보이는 것은 감성이 부족해서가 아니라 "그런 것을 다스릴 줄"(1장) 알았기 때문임을 강조하고 있다. 감정을 다스리려고 노력하는 엘러너의 모습은 곳곳에서 드러난다. 아버지의 죽음을 맞아 엘러너는 "몹시 괴로웠지만" "마음을 추스르려고 노력할 수 있었고" 심지어 자기 어머니도 "자기와 비슷한 노력을 하게"(1장) 격려한다. 특히 엘러너의 이성적인 노력이 두드러지게 나타나는 것은 에드워드와 루시의 약혼 사실을 알고 나서이다. 그녀는 루시에게서 약혼사실을 듣고서는 정신이 아득해지면서도 "기운을 내려고 노력"(22장)한다. 나중에 루시와 같이 있는 자리에 에드워드가 들어와 세 사람이 마주 앉게 된 기가 막힌 상황에서도 엘러너는 침착하게 견디며 사회적 예법에 따라 자신의 도리를 다 할뿐 아니라 "그녀의 노력"(35장)은 거기서 끝나지 않고 루시와 에드워드 둘만 남겨두고 방을 나오기까지 한다. 이후 그녀가 다소나마 마음의 평화를 찾았다고 할 수 있다면 그것은 "끝없이 고통스럽게 노력한 결과"(37장)에서 나온 것이다. 이처럼 엘러너는 극도로 자신의 감정을 자제한다는 점에서 이성적이라고 할 수 있다.

엘러너가 이처럼 자신의 감정을 절제하는 것은 가족을 사랑하고 타인의 감정을 존중하기 때문임을 알 수 있다. 엘러너는 에드워드와 루시의 약혼을 매리앤과 어머니에게 숨기는데 그것은 자신의 감정만 소중한 것이 아니라 "다른 사람들이 편안한 것도 자신에게는 소중한 만큼"(37장) 어머니와 매리앤에게 괴로움을 주지 않기 위해서다. 또 에드워드의 약혼을 알게 된 후 엘러너는 자신보다는 에드워드의 암울한 미래를 생각하며 눈물을 흘린다. 엘러너가 다른 사람과의 관계에서 일상생활의 적절한 예법을 지켜야 할 것을 강조하는 것도 바로 타인에 대한 배려와 연결되어 있다. 그녀는 아버지가 돌아가시자마자 통고도 없이 놀런드 파크로 이사 온 오빠 부부에 대해서도 "적절한 배려"를 해서 맞아들이며, 제닝스 부인의 주책없는 이야기도 참을성 있게 들어 주고, 레이디 미들튼의 비위를 맞추어 주면서 자신이 원하는 것을 이루기도 한다. 심지어 엘러너는 명확한 이유 없이 불쑥 바튼을 떠나가 버린 윌러비의 행동을 이성적으로 의심하면서도, "[자신과는] 판단이 다르다는 이유에서, 또 [자신이] 옳고 조리 있다고 생각하는 행동과 동떨어졌다는 그런 아량 없는 기준"(15장)으로 그를 평가하지 않겠다는 유보적 자세를 취할 정도로 다른 사람의 입장을 고려한다. 엘러너는 매리앤에게 제닝스 부인이나 존 경을 "좀 더 사려 깊게"(17장) 대하라고 충고하는데, 그것은 그들의 분별력을 따르라거나 그들의 감정을 받아들이고 그들의 판단에 순응하라는 것이 아니라 타인에 대한 이해를 촉구하는 것이다. 따라서 엘러너가 사람 간의 관계를 매끄럽게 하는 예법을 중시하는 것은 피상적인 도덕이나 사회적 관례에 굴종해버린 것이 아니라 타인에 대한 진심어린 이해와 연결되어 있다.

이처럼 타인에 대한 사랑과 이해를 기반으로 한 엘러너의 이성적 노력을 오스튼이 긍정적으로 평가하고 있다는 것은 이성을 대표하는 다른 편협한 인물들과 비교할 때 잘 나타난다. 오스튼은 1장에서 감성적인 매리앤과 대시우드 부인에 대한 풍자적 비판을 하고 이성적인 엘러너를 칭찬한 후 곧 2장에서 경제적 분별력이 이기적인 탐욕의 다른 얼굴에 불과할 수도 있다는 것을 존 대시우드 부부를 통해 비판함으로써 이성과 감성에 대한 자신의 균형적 판단을 드러낸다. 존 대시우드는 상당히 많았던 자기 어머니의 재산을 다 물려 받았고 아내가 지참금도 많이 가지고 왔으므로 이미 엄청난 수입을 가진 부자인데다, 새로 놀런드 파크를 물려받음으로써 매년 4,000 파운드가 "더" 들어오게 되었다. 일년에 1,000내지 2,000파운드면 충분히 잘 살 수 있다는 엘러너와 매리앤의 예상을 염두에 두건대 그의 수입은 풍족한 것 이상임을 알 수 있다. 그런데도 그는 아버지의 각별한 부탁에 대해 고민하고 또 고민한 끝에 1,000파운드씩을 누이들에게 주겠다고 마음을 먹는다. 그나마 억지로 다잡아먹은 이런 결심도 아내의 말에 손쉽게 무너지면서 결국은 한 푼도 주지 않기로, 아무 것도 주지 않기로 결정한 후, 계모와 이복누이들은 말이나 마차도 없을 테고 하인도 쓰지 않으면서 검소하게 살 테니 10,000파운드의 이자인 연 500파운드로 아주 편안하게 살 것이라며 자신을 합리화한다. "다소 냉담하고 다소 이기적인" 존 대시우드와 "그와 판에 박은 듯이 닮은데다 더 편협하고 더 이기적"(1장)인 그의 부인이 소위 분별 있게, 이성적으로, 신중에 신중을 거듭해서 아버지의 유언을 자신들의 이익에 합당하게 집행하는 문제를 의논하는 이 장면은 "감성이 아니라 이성이 경제적으로 신중한 의미로 남용되는 것에 대한 공격"인 것이다. 또 사회적인 예법만 지킬 줄 알 뿐 무미건조하고 냉담한 레이디 미들튼이나 "그렇고 그런 종류의 분별"(21장)을 자신의 이득을 취하는데 사용하는 스틸 자매를 통해 오스튼은 "감성이 없는 이성"의 실상을 보여준다. 그에 반해 "[엘러너]의 이성은 도덕적 안내자이며 그녀의 자제는 위선이 아니며 그녀의 감정은 강력하고 진지하다"는 것이 드러나 있는 것이다.

그렇다고 엘러너가 완벽한 인물로 창조되어 있는 것은 아니다. 그녀도 자신의 문제에 있어서는 제대로 분별을 발휘하지 못하는 면이 있다. 에드워드가 우유부단한 것을 그의 어머니 탓으로만 돌려버리는 실수를 범하기도 하며, 루시와 한 약속을 상식적으로 이해되지 않을 정도로 존중하기도 하며, 매리앤이 병상에 있다는 말을 듣고 찾아와 심경을 고백하는 윌러비의 말을 듣고는 그를 동정하는 마음에서 판단이 흐려지기도 한다. 그런 점에서 엘러너도 "결함이 있는 여주인공"으로 그려져 있으며 그만큼 더 살아 있는 인물로서 설득력이 있다.

한편 매리앤 역시 감성적인 인물로만 그려져 있는 것이 아니라 이성적 분별력을 갖추고 있지만 감성적 성향이 지나친 것이 문제라고 지적된다.

> 매리앤의 능력은 여러 면에서 엘러너와 비슷했다. 그녀는 분별도 있고 영리했다. 그러나 모든 점에서 열정적이었고, 슬플 때도 기쁠 때도 적당한 선이 없었다. 그녀는 관대하고 상냥했으며 재치도 있었으니, 신중하지 못하다는 점을 빼고는 다 좋았다. (1장)

"모든 점에서 열정적"이며 "적당한 선"을 모르는 매리앤의 이런 특성을 엘러너는 "과도한 감성"(1장)이라고 우려를 표시하지만, 매리앤 본인은 감성을 다스리는 엘러너 식의 지혜를 "결코 배우지 않겠다고 결심하고"(1장) 있으며 그것이 엘러너와 매리앤의 차이로 부각되고 있다. "엘러너의 자제"와 "매리앤의 감수성에의 몰입"이 대조되고 있는 것이다.

매리앤은 자신의 감정을 전혀 제어할 생각 없이, 아니 오히려 부추기면서 몰입해버린다. 아버지가 돌아가시자 매리앤은 "절대로 위로를 받지 않겠다"(1장)고 결심한 채 "격렬한 고통"을 "스스로 원해서 되씹었고, 찾아내었으며, 새록새록 새로운 것으로 만들어" 내면서 슬픔을 즐기고 있다. 윌러비가 떠나고 나자 매리앤의 감정은 더욱 절제를 모르고 표출된다. 그녀는 윌러비가 떠난 날 자신이 잘 자고 일어난다면 수치스럽다고 여길 정도이며, 계속 슬픔에 빠져 지내고 또 슬픔을 상기시키는 일만 하면서 "자신을 추스를 힘이 없었는데, 그것은 아예 그럴 생각이 없었기 때문"(15장)이다. 매리앤은 런던에 와서 윌러비의 배신을 알고 나서는 옷매무새도 신경을 쓰지 않을 정도로 완전히 자신을 팽개친다. 결국 클리블랜드에서 매리앤은 "나무도 가장 오래 되고 잔디도 가장 길고 가장 젖어 있는 곳"(42장)만 골라서 산책을 한 덕에 감기에 걸리고 생명을 잃어버릴 뻔한 위기를 겪는 것이다. "그녀의 감성이 그만큼 강력했던 것이다"(16장)라는 말로 매리앤에 대한 오스튼의 비판이 드러나 있다.

매리앤의 행동은 "낭만적인 기풍의 전 면모"를 다 보여준다. 그녀는 문학이나 예술에 몰두하며 얼마나 민감하게 문학과 예술에 반응하느냐에 따라 다른 사람을 평가한다. 자신을 황홀하게 만든 쿠퍼의 시집을 에드워드가 덤덤하게 읽는 것을 듣고서 그녀는, "만일 제가 그이를 사랑하는데 그렇게 감정도 없이 읽는 것을 들었다면 제 가슴은 터져 버렸을 거예요."(3장)라고 토로한다. 반면 윌러비가 매리앤 자신이 숭배하는 작가들을 모두 찬미하자 더 생각해보지도 않고 윌러비를 높이 평가한다. 자연 풍경 중에서도 거칠고 말라비틀어진 풍경, 즉 "회화적인 아름다움"(18장)을 가진 경치를 더 좋아하며 자연경관에 대한 찬미가 "진부한 상투어"(18장)로 변해버린 것을 한탄한다. 놀런드 파크를 떠날 때는 눈물을 쏟으면서, "사랑하고 또 사랑하는 놀런드! 언제면 내가 너를 그리워하지 않을까!"(5장)라고 한탄하는 등 장소나 풍경에도 자신의 감정을 이입시킨다.

남성이나 결혼에 대한 생각도 낭만적 사고의 선상에 있다. 그녀는 자신의 이상적인 남자는 "에드워드의 미덕을 다 가지고 있으면서도 아주 매력적인 외모와 태도로 그 미덕이 장식되어 있어야" 하며 자신의 "모든 감정에 공감해야 하고 같은 책, 같은 음악"(3장)에 함께 매혹될 수 있어야 한다고 여기는 등, 에드워드의 "분별과 선량함"(4장) 때문에 그를 사랑하게 되는 엘러너와는 정반대로 비현실적이며 공상적이다. 윌러비를 만난 그녀는 "자기가 좋아하는 이야기의 주인공을 상상으로 그려 본 모습"(9장)이라며 그와 사랑에 빠진다.

매리앤의 이런 낭만적인 성향이 공감을 일으키는 것도 사실이다. 특히 "냉정하고 무미건조한"(7장) 레이디 미들튼이나 이기적이고 편협한 패니 대시우드와 비교한다면 매리앤의 감성적인 모습은, 브랜든 대령이 말한 것처럼, "젊은 사람의 편견은 정말 사랑스러운 점"(11장)도 있다는 느낌을 준다. 또 매리앤의 "지극히 낭만적인 견해"(11장)는, 억지로 딸의 속마음을 듣지 않겠다는 대시우드 부인의 "낭만적인 세심한 배려"(16장)나 마찬가지로, "세속적인 실용성과 현실성에 순응하기를 거부하는 고결한 마음"을 암시하고 있다는 점에서 높이 평가될 수 있다. 엘러너가 그림을 그린 가리개를 두고 페러스 부인과 패니가 모욕적인 태도를 보이자 감정에 북받쳐서 엘러너를 껴안는 매리앤의 다정한 모습은 그런 고결함을 보인다. 이처럼 "극단까지 가는 도덕적 민감성"을 포함하고 있다는 면에서 매리앤은 독자의 공감을 불러일으키는 것이다.

인간의 감성적인 성향을 오스튼이 긍정적으로 보는 점도 있다는 것은 조연인물의 묘사에서 더 분명하게 드러나 있다. 존 경과 제닝스 부인은 다른 사람들에게 동정적이고 공감적인 성향을 나타낸다는 점에서 감성적 인물을 대표한다. 존 경은 "자비로운 사회적 동물로서의 인간의 전형"을 극단적이고 희극적으로 드러낸다. 그는 사람들에게 무도회를 열어주고 자기 집에 초대하는 데서 기쁨을 느낀다. 또 자기가 아는 사람을 모두 대시우드 자매에게 소개하지 않으면 마음이 편하지 않아서 스틸 자매를 알게 되자마자 대시우드 자매에게 소개하려고 안달을 하는 존 경은 "사돈의 팔촌도 혼자만 아는 것을 고통"으로 여기는 "자비심 많고 박애적인 사람"(21장)으로 풍자된다. 제닝스 부인은 젊은 남녀의 짝을 찾아주는 일에 골몰할 뿐 아니라 다른 사람의 삶에 공감하는 차원을 넘어 일일이 간섭하는 것을 일과로 삼고 있다고 할 수 있다. 브랜든 대령이 윗트웰 소풍을 포기하고 급히 런던으로 간다고 하자 "당신 일이 뭔지 알려주면 연기할 수 있는지 아닌지 우리가 가려 주리다"(13장)라는 말을 할 정도로 분별을 잃고 있다. 이처럼 지나친 감성으로 인해 분별을 잃고 있는 존 경과 제닝스 부인이 풍자되고 있는 것은 사실이나 동시에 두 사람의 인간애는 애정 어린 시선을 받고 있다. 존 경은 진심으로 대시우드 가족에게 도움을 주어서 존 대시우드의 행동과 비교되며, 교양이 없고 매리앤의 경멸을 받던 제닝스 부인은 매리앤이 병에 걸렸을 때 마음에서 우러난 극진한 보살핌을 베풀어서 엘러너와 매리앤의 존경을 받는다. 오스튼은 존 대시우드 부부의 냉철한 경제적 분별력이 실은 탐욕의 다른 얼굴에 지나지 않는다는 것을 비판한 반면 감성적인 존 경과 제닝스 부인은 진정한 인간애를 가지고 있는 것으로 그려서 감성적인 성향에 대한 자신의 공감을 드러내고 있는 것이다.

이처럼 감성에 대한 오스튼의 공감이 매리앤이나 조연인물을 통해 드러나 있으므로, "상식과 관찰이라는 합리적인 근거"(11장) 위에서 자신의 감정을 억제하고 분별 있게 행동하면서 매리앤에게도 예법을 지키라고 요구하는 엘러너가 때로는 편협하게 여겨지며 "까다롭고 자기만 옳다는 식"으로 보일 위험성도 없지 않다.

엘러너에게 감성이 풍부하다는 오스튼의 설명이 있긴 했지만 엘러너가 직접 감정을 드러내는 일은 드물었던 것도 이런 오해를 부추기는 원인이었다. 특히 에드워드를 사랑하는 엘러너의 감정이 제대로 묘사되지 않았기 때문에 루시에게서 약혼 이야기를 들은 후 "사랑하는 사람들에 대한 고려"(37장) 때문에 자신이 느끼는 충격과 고통을 참고 표시하지 않았다는 말이 실감을 덜 주는 면도 있었던 것이다. 그래서 엘러너는 "단지 부분적인 성공"에 그칠 뿐 독자의 마음을 휘어잡는 진짜 주인공은 매리앤으로 여겨지기도 했다. 그러나 매리앤이 책에서 가장 긍정적인 부분이라고 보는 것은, "여성이 선량한 마음을 가진 만큼이나 강한 머리도 가져야 할 필요성"을 피력하려는 오스튼의 의도를 오도하는 것이다. 오스튼은 매리앤의 감성적 행동의 폐해를 분명히 그리면서 『이성과 감성』을 "엘러너 대시우드의 이야기"로 만들고 있기 때문이다.

『이성과 감성』에서 오스튼은 매리앤이 하는 감성적 행동이 어떤 문제가 있는지 구체적으로 드러내고 있다. 매리앤은 이성적인 분별보다는 자신의 내적인 도덕성을 더 우선적으로 여기는데, 그런 성향은 윌러비와 앨런험에 가서 집안을 구경한 일화에서 잘 나타나 있다. 매리앤은 주인인 스미스 부인에게 인사도 없이 윌러비와 단 둘이서 집안을 구경한 것에 대해 엘러너의 핀잔을 듣자 다음과 같이 대답한다.

> "어떤 일이 즐거웠다는 것보다 더 예절을 강력하게 뒷받침하는 것은 없어, 엘러너. 내가 한 일이 정말 예의바르지 못했다면, 우리가 나쁜 일을 할 때 늘 알게 되듯이 그 당시에 알아챘을 것이고, 그렇게 생각했더라면 나는 기쁘지도 않았을 거야."
> (13장)

이처럼 그녀는 자신이 어떤 행위의 도덕성을 본능적으로 알 수 있다고 생각하기 때문에 사회적 관례가 필요 없다고 보는 것이며 따라서 현실에서 다른 사람을 고려하는 "일상적인 예절"(17장)은 지킬 필요가 없다고 무시한다. 이런 원칙을 고수하는 매리앤은 아무리 사소한 경우라도 자신이 느끼지 않는 것을 말하지 않으며 의례적으로 해야 하는 행동도 무시한다. 그러나 매리앤은 자신이 필요할 때는 언제든지 그런 의무를 수행할 뜻도 비친다는 점에서 그녀의 원칙은 자신의 이기적인 속성을 반영하는 것이다. 대표적인 예가 제닝스 부인의 런던 초대를 받아들인 일이다. 매리앤은 런던에 가고 싶은 마음에 자신이 주책없다고 생각하며 무시하던 제닝스 부인의 결점에 눈을 감고 그녀의 좋은 벗이 되어주겠다고 약속한다. 그러나 막상 여행이 시작되자 매리앤은 제닝스 부인에게 전혀 신경을 쓰지 않고 기분 내키는 대로 행동할 뿐이어서 제닝스 부인을 상대하는 일은 고스란히 엘러너에게 넘겨진다. 결국 매리앤은 자신의 고결함을 고수한다는 미명 아래 자신이 해야 할 귀찮은 몫을 다른 사람에게 전가하고 있는 것이다. 예의상 거짓말을 할 필요가 있을 때 그 일은 전적으로 엘러너에게 떨어지며, 매리앤이 무례하게 굴었을 때 엘러너가 변호를 해주어야 하며, 매리앤이 책임을 무시할 때 그 일을 엘러너가 대신하고 있다. 그런 점에서 매리앤은 다른 사람에게 기생하며 착취를 하고 있다고까지 할 수 있다.

매리앤은 또 자신의 감성이 풍부한 것을 자신의 우월성을 보장하는 기준으로 삼고 다른 사람을 비방한다. 매리앤은 제닝스 부인이 분별이 모자란다고 해서 그녀의 호의를 악의로 해석하는 편협함을 보인다. 심지어 엘러너에 대해서도 매리앤은 잘못된 판단을 한다. 그녀는 엘러너가 에드워드에 대한 감정을 "존중하며 좋아한다"고 신중하게 표현하자 "냉담하다"(4장)고 비난하며, 에드워드와 루시의 약혼을 이제는 담담하게 받아들인다는 엘러너의 이야기를 들으면서 "만일 가장 소중한 것을 잃고도 그렇게 쉽게 다른 것으로 메울 수 있다면 언니의 결심이나 자제력은 그다지 경탄할 필요가 없을 것 같아"(37장)라고 비판한다. 매리앤은 "과민할 정도로 고결한 마음 때문에, 또 섬세하고 강력한 감성과 우아하고 매끈한 태도를 너무 강조하다가"(31장) 다른 사람을 부당하게 평가하는 것이며 그런 점에서 그녀의 과도한 감성은 오히려 다른 사람의 감정에 대한 "냉담함"과 연결되는 면이 있다. 더구나 엘러너가 가족의 마음을 편하게 해주려고 자신의 고통을 감추는 데 비해, 매리앤은 윌러비가 떠난 후 자신의 고통을 드러내고 심지어 과장하기까지 하여 "매순간 어머니와 자매들의 마음을 아프게"(15장) 한다. 이처럼 매리앤은 자신의 감정을 표출하는 데에만 급급하여 다른 사람에 대한 배려를 하지 않으며 그것은 근본적으로 타인에 대한 이해와 사랑이 부족하다는 것을 의미한다는 점에서 "진정한 감성의 결핍"을 드러내는 것이다.

매리앤이 사회적 관례를 무시함으로써 생기는 더 큰 문제는 바로 여성으로서의 자신의 삶 자체를 위험에 빠트린다는 점이다. 에드워드의 약혼을 알고 난 후 엘러너는, "자신이 현재의 불행을 당해 마땅하게 여겨질 만한 행동을 한 적이 전혀 없다는 확신에 힘을 얻고"(23장) 안도하는데 그것은 여성이 실연을 당했을 경우에 기존의 사교계에서 처해질 수 있는 열악한 처지를 잘 암시한다. 그런데 매리앤은 윌러비와 교제하면서 자신의 감정에만 몰두한 채 주변 사람들의 시선을 전혀 고려하지 않았으며 약혼도 하지 않은 상태에서 편지를 보내는 등 비상식적인 행동을 하다가 결국 윌러비에게 배반당하고 상처를 입는다. 이런 여성의 운명이 어떻게 될지는 두 명의 일라이저, 즉 브랜든 대령의 첫사랑으로 등장하는 일라이저와 윌러비에게 버림받은 일라이저의 이야기에서 암시되고 있다. 브랜든 대령은 매리앤을 처음 보았을 때부터 그녀가 자신의 첫사랑이던 일라이저와 기질이나 마음에서 아주 닮았고 심지어 생각이나 판단도 비슷하다고 느끼며(11장), 나중에 병에서 회복되는 매리앤에게서 더욱 그 유사성을 느낀다(46장). 오스튼은 매리앤을 브랜든 대령과 결혼시켜 그녀에게서는 두 명의 일라이저가 겪는 불행한 운명을 보류하고 있지만, 매리앤이 죽을 정도의 병을 앓고 일어나는 것으로 그림으로써 매리앤의 행동은 자신의 생존을 위태롭게 하는 것이었다는 것도 분명하게 암시하고 있다.

엘러너와 매리앤의 사랑과 결혼을 그리면서 오스튼이 추구하고 있는 것은 이성과 감성의 가치에 대한 기계적인 구별이 아니라 여성에게는 특히 열악한 당대의 현실 속에서 여성의 바람직한 삶을 모색하는 것이다. 즉 오스튼이 엘러너에게 풍부한 감성적 요소를 부여했으면서도 그녀의 분별을 더 강조하고, 매리앤의 감성적 요소에 공감하면서도 자제와 이성적 노력을 더 강조한 것은 당대의 시대적 한계 속에서 여성이 자신의 정체성을 최대로 모색할 수 있는 길은 이성적인 행동 양식을 갖추는 것이라는 인식에서 비롯된 것이다. 그런 점에서 오스튼은 당대의 계몽적 페미니스트와 같은 맥락에 서있다.

오스튼 당시 영국은 프랑스 혁명과 낭만주의 운동의 영향으로 정치, 문화적으로 민주주의가 확산되고 있었다. 그러나 유독 여성문제에 있어서는, 여성은 본능적인 감정만 발달해 있으므로 이성이 발달한 남성에게 굴종해야 한다는 18세기적 사고에서 별 진전을 보이지 못하고 있었다. 여성에 관해서는 비민주적인 낭만주의의 면모는 루소의 『에밀 *Emile*』에 잘 드러나 있다. 루소는 이상적인 남성인 에밀의 상대자가 될 수 있는 이상적인 여인으로 소피(Sophie)를 그리면서, 여성의 역할은 남자를 기쁘게 해주는 것이므로 여성은 무엇보다도 먼저 상냥해야 하며 남자에게 절대 복종해야 하므로 소피에게 이성이 필요하지 않으며 대신 남성을 즐겁게 해 줄 수 있는 감성만 필요하다고 주장한다. 영국의 낭만주의 문학도 루소의 여성관을 기반으로 하면서 남성과 여성, 이성과 감성, 머리와 가슴을 구별하는 반여성적인 사고를 내포하고 있다.

이런 여성관에 비판의 목소리를 높이면서 여성의 정체성을 찾고자 하는 여권운동이 소수의 지적인 여성들을 중심으로 활발하게 전개되기 시작하는데 이들을 "계몽적 페미니스트"로 통칭할 수 있다. 이들의 이론적인 기반은 메리 월스턴크래프트의 『여성의 권리옹호 *A Vindication of the Rights of Woman*』에 잘 표현되어 있다. 월스턴크래프트는 여성에게서 이성을 부정하는 18세기적 견해나 낭만주의를 정면으로 거부한다. 월스턴크래프트는 인간성을 이성, 덕, 지식의 정도로 평가하면서, 덕과 지식은 이성에서 자연히 나오는 것이므로 이성이 가장 중요하며, 하느님이 여성을 남성의 반려로 만들었다면 여성도 남성과 똑같은 인간이고 따라서 여성 역시 이성을 가진 존재라고 주장했다. 그녀는 여성을 감성적 존재로만 여겨서 종국에는 남성의 노리개로 전락시키는 당대의 여성교육을 비판하면서 이성을 증진시키는 여성교육의 필요성을 강조하였고, 이성적 사랑, 상호이해, 존경에 바탕을 둔 이성적인 결혼을 이상적이라고 보았다.

오스튼은 매리앤을 통해서 여성이 감성적인 행동 양식에 몰두하는 경우 비극적인 결말에 빠질 수 있으므로 감성적 성향을 자제해야 한다고 그리면서 그 대안으로 엘러너와 에드워드의 분별과 상호이해를 기반으로 한 결혼을 내세우면서 계몽적 페미니즘에 대한 자신의 공감을 보여주고 있다. 그러므로 오스튼이 이성을 강조한 것은 18세기적인 사고로 복귀하려는 전근대적인 취향에서 비롯된 것이 아니라 18세기적 여성관에서 벗어나 여성의 삶의 새로운 차원을 이루고자 하는 시도인 것이다. 『이성과 감성』은 오스튼이 초기에 쓴 소설이고 또 최초로 출판한 소설로서 오스튼의 대표작이라고 얘기되는 『오만과 편견』이나 『에머』에 비해서는 다소 미숙하다고 평가되지만 바로 이런 점으로 인해 매력적이며 가치있는 소설로 다시 평가될 수 있는 것이다.

제인 오스튼 연보

1775년 12월 16일 햄프셔의 스티븐튼에서 목사인 조지와 커샌드러 오스튼의 팔 남매 중 일곱 째로 태어남.
  * 1776년 미국 독립선언
  * 1779년 윌리엄 쿠퍼의 첫 시집 『올니 찬가』가 출판됨.

1782-1787년 언니 커샌드러와 함께 수도원 학교에 다님.
  * 1785년 쿠퍼의 시집 『작업』이 출판됨.
  * 1789년 프랑스 혁명이 일어남.

1790-1795년 다양한 소극, 패러디, 단편소설 등을 썼는데 나중에 『소품집』에 수 록됨.
  * 1792년 메리 월스턴크래프트의 『여성의 권리 옹호』가 출판됨.

1795년 『이성과 감성』의 초고인 『엘러너와 매리앤』을 완성.

1796년 나중에 『오만과 편견』으로 발전한 『첫 인상』을 씀.

1797년 조지 오스튼이 출판업자 커델에게 『첫인상』의 출판을 의뢰했으나 거절 당함.
  * 1798년 윌리엄 워즈워스와 사무엘 테일러 코울리지가 『서정담 시집』 출판함.

1801년 조지 오스튼이 은퇴 하여 가족이 바스로 옮겨감.

1803년 『노생거 사원』의 초기형인 『수잔』을 런던의 출판업자가 샀으나 출판은 되지 않음.

1804년 『왓슨 가』를 시작했으나 곧 포기함.

1805년 조지 오스튼이 죽고, 어머니, 커샌드러, 제인은 다음 해에 사우샘튼으로 옮겨감.

  * 월터 스코트의 처녀시집, 『최후의 음유시인의 노래』가 출판됨.
  * 1807년 노예무역이 폐지됨. 런던에 가스등이 소개됨.

1809년 오빠인 에드워드가 소유하고 있던 집인 햄프셔의 초튼 카티지로 어머니
    와 언니와 함께 옮겨감.

1811년 『이성과 감성』을 익명으로 자비 출판함.

  * 1811년 섭정 시대가 시작됨. 정신이상인 조지 3세를 대신해서 황태자(나중의
    조지 4세)가 섭정을 시작함.
  * 1812년 프랑스의 나폴레옹 황제를 대상으로 유럽의 보수국가 연합이 전쟁을 시
    작함.

1813년 『오만과 편견』이 출판됨.

1814년 『맨스필드 파크』가 출판됨. 『에머』를 시작함.

  * 1814년 월터 스코트가 『웨이벌리』 출판.
  * 1815년 워털루에서 나폴레옹이 패하면서 전쟁이 끝남.

1816년 『에머』를 출판하고 섭정 황태자의 요청으로 그에게 헌정함. 『설득』을 완
    성함. 건강이 나빠짐.

1817년 미완의 소설 『샌디턴』을 시작. 치료를 위해 5월에 맨체스터로 옮기고 거
    기서 7월 18일 운명. 7월 24일에 원체스터 대성당에 묻힘.

1818년 『노생거 사원』과 『설득』이 묶여서 사후에 출판됨.